CB | CULTURBOOKS

KEITH GESSEN

EIN SCHRECKLICHES LAND

ROMAN

AUS DEM ENGLISCHEN
VON JAN KARSTEN

Gärtnerstraße 122, 20253 Hamburg
www.culturbooks.de

Foto Keith Gessen: © Nina Subin
Übersetzung: Jan Karsten
Redaktion: Zoë Beck
Korrektorat: Kristina Wengorz
Übersetzung aus einem Gedicht von
Ossip Mandelstam auf Seite 246: Kurt Lhotzky
Übersetzung von Anna Achmatowas »Requiem«
auf Seite 320: Rosmarie Düring
Herstellung: Klaus Schöffner
Umschlaggestaltung: Cordula Schmidt Design, Hamburg
Coverillustration: Alessandro Gottardo
Druck und Bindung: CPI – Clausen & Bosse, Leck
Printed in Germany
1. Auflage 2021
ISBN 978-3-95988-151-7

Für Rosalia Moiseewna Solodownik, 1920–2015

TEIL I

1. ICH ZIEHE NACH MOSKAU

Im Spätsommer 2008 zog ich nach Moskau, um mich um meine Großmutter zu kümmern. Sie wurde bald neunzig, und ich hatte sie seit fast zehn Jahren nicht mehr gesehen. Unsere Familie bestand nur noch aus meinem Bruder und mir; ihre einzige Tochter, unsere Mutter, war vor vielen Jahren gestorben. Jetzt lebte Baba Sewa allein in ihrer Moskauer Wohnung. Als ich anrief und ihr sagte, dass ich komme, schien sie sich zu freuen, wirkte aber auch ein bisschen verwirrt.

Meine Eltern und mein Bruder und ich hatten die Sowjetunion 1981 verlassen. Ich war sechs, und Dima war sechzehn, und das war ein entscheidender Unterschied. Ich wurde Amerikaner, während Dima im Grunde ein Russe blieb. Nach dem Zusammenbruch der Sowjetunion ging er sofort zurück nach Moskau und machte ein Vermögen. Seitdem hat er viele Vermögen gemacht und auch wieder verloren; wie es im Moment aussah, wusste ich nicht genau. Aber eines Tages schrieb er mich auf GTalk an und fragte, ob ich nach Moskau kommen könne, um mich um Baba Sewa zu kümmern, weil er für unbestimmte Zeit nach London müsse.

»Was willst du denn in London?«

»Das erklär ich dir, wenn wir uns sehen.«

»Du verlangst von mir, alles stehen und liegen zu lassen, um ans andere Ende der Welt zu fahren, und willst mir noch nicht mal sagen, warum?«

Ich war immer sehr schnell gereizt, wenn ich mit meinem älteren Bruder zu tun hatte. Das gefiel mir nicht, aber ich konnte es einfach nicht ändern.

Dima schrieb: »Wenn du nicht herkommen willst, dann sag es einfach. Aber ich werde es dir ganz bestimmt nicht auf GTalk erklären.«

»Weißt du«, antwortete ich, »man kann die Einstellungen auf vertraulich setzten. Dann sieht es niemand.«

»Du bist ein Idiot.«

Damit wollte er sagen, dass er es mit einigen echt finsteren Typen zu tun hatte, die sich nicht so leicht davon würden abhalten lassen, seine Chats zu lesen. Vielleicht war es die Wahrheit, vielleicht auch nicht. Dima bewegte sich diesbezüglich in einer permanenten Grauzone.

Was mich anging: Ich war nicht wirklich ein Idiot. Aber ich war auch nicht kein Idiot. Ich hatte vier lange Jahre am College und dann acht noch viel längere Jahre an der Grad School damit verbracht, russische Literatur und Geschichte zu studieren, Bier zu trinken und das Eishockeyturnier um den Grad Student Cup zu gewinnen (fünfmal!). Und anschließend hatte ich mich drei Jahre lang ohne jedes Ergebnis auf dem Arbeitsmarkt herumgetrieben. Als Dima mich anschrieb, hatte ich alle verfügbaren Postgraduiertenstipendien ausgeschöpft und mich verpflichtet, ein paar Onlinelektionen in der neuen Universitätsinitiative BOMOK – Abkürzung für »bezahlte offene Massen-Online-Kurse« – zu übernehmen, wobei sich der »bezahlte« Teil vor allem auf die Studierenden bezog, die wirklich ziemlich bluten mussten, und nicht so sehr auf die Lehrenden, die nur sehr wenig bekamen. Viel zu wenig, um weiterhin in New York leben zu können, wie sparsam man auch war. Kurz gesagt, wenn es darum ging, ob ich ein Idiot war oder nicht, ließen sich Argumente für beides finden.

Dass Dima mir gerade jetzt schrieb, kam so gesehen eigentlich genau zur richtigen Zeit. Allerdings hatte er auch ein Händchen dafür, Leute in etwas hineinzuziehen, das nicht in ihrem besten Interesse lag. Einmal hatte er seinen mittlerweile ehemals besten Freund überredet, nach Moskau auszuwandern und eine Bäckerei zu eröffnen. Bedauerlicherweise lag Toms Bäckerei zu nah an einer anderen Bäckerei, und er hatte Glück gehabt, Moskau lediglich mit einer ausgekugelten Schulter wieder verlassen zu können. Ich ging jedenfalls mit äußerster Vorsicht vor.

Ich fragte: »Kann ich in deiner Wohnung wohnen?« Dima hatte damals, nach dem Zusammenbruch der russischen Wirtschaft 1999, die Wohnung direkt gegenüber meiner Großmutter gekauft. Mich von dort aus um sie zu kümmern wäre ziemlich praktisch.

»Die ist untervermietet«, meinte Dima. »Aber du kannst in unserem alten Schlafzimmer in Großmamas Wohnung schlafen. Es ist ordentlich und sauber.«

»Ich bin dreiunddreißig«, antwortete ich und meinte damit, ich sei zu alt, um bei meiner Großmutter zu wohnen.

»Wenn du dir deine eigene Wohnung mieten willst, nur zu. Aber es sollte in Großmamas Nähe sein.«

Unsere Großmutter wohnte im Zentrum von Moskau. Die Mieten dort waren fast so hoch wie in Manhattan. Von dem, was ich mit meinen BOMOKs verdiente, würde ich mir gerade mal einen Schlafsessel leisten können.

»Kann ich dein Auto benutzen?«

»Das habe ich verkauft.«

»Alter! Wie lange wirst du denn weg sein?«

»Weiß nicht«, schrieb Dima. »Und ich bin schon weg.«

»Oh«, erwiderte ich. Er war bereits in London. Er musste ziemlich überstürzt aufgebrochen sein.

Und ich wiederum wollte ziemlich dringend New York den Rücken kehren. Der letzte meiner Kommilitonen aus dem Institut für Slawistik war gerade wegen eines neuen Jobs nach Kalifornien gezogen, und meine Freundin, Sarah, mit der ich ein halbes Jahr zusammen gewesen war, hatte vor Kurzem in einem Starbucks mit mir Schluss gemacht. »Ich weiß einfach nicht, wo das hinführen soll«, hatte sie gesagt und unsere Beziehung gemeint, glaube ich, aber eigentlich hatte sie mein ganzes Leben ziemlich gut auf den Punkt gebracht. Und sie hatte recht: Selbst das, was mir immer am meisten Spaß gemacht hatte – mich mit russischer Literatur und Geschichte zu beschäftigen und sie zu unterrichten –, bereitete mir kein Vergnügen mehr. Ich steuerte auf eine Zukunft zu, in der ich bis ans Ende meiner Tage halbherzig die halb fertigen Arbeiten von halb interessierten Studierenden benotete.

Moskau hingegen war ein ganz besonderer Ort für mich. Es war die Stadt, in der meine Eltern aufgewachsen waren und sich kennengelernt hatten; es war die Stadt, in der ich geboren worden war. Es war eine große, hässliche, gefährliche Stadt, aber zugleich die Wiege der russischen Zivilisation. Selbst als Peter der Große ihr 1712 den Rücken kehrte und nach St. Petersburg ging, selbst als Napoleon sie 1812 plünderte, blieb Moskau, wie Alexander Herzen es ausdrückte, die Hauptstadt des russischen Volkes. »Wie sehr ihnen Moskau im Blut lag, merkten sie an dem Schmerz, den sie spürten, als sie es vergossen.« Ja, das stimmte. Und ich war jahrelang nicht mehr dort gewesen. Im Verlauf einiger Grad-School-Sommer war ich ihrer Armut und ihrer Hoffnungslosigkeit überdrüssig geworden. Die aggressiven Betrunkenen in der Metro; die Schläger in Trainingsanzügen und Lederjacken, die überall herumliefen und einen anstarrten; der Typ, der jede Nacht aus den Mülltonnen neben dem Haus meiner Großmutter aß, als ich im Jahr 2000 den Sommer dort verbrachte, und immer wieder »Wichser!« und »Blutsauger!« schrie, während er sich weiter durch den Müll wühlte. Seitdem war ich nicht mehr dort gewesen.

Trotzdem ließ ich die Finger von der Tastatur. Ich brauchte irgendein Zugeständnis von Dima, und wenn auch nur aus Stolz.

»Kann ich da irgendwo Eishockey spielen?«, fragte ich schließlich. Im selben Maße wie es mit meiner akademischen Karriere bergab gegangen war, hatte sich mein Eishockeyspiel verbessert. Selbst im Sommer war ich drei Tage in der Woche auf dem Eis.

»Soll das ein Witz sein?«, fragte Dima. »Moskau ist ein Eishockeymekka. Überall werden neue Eisbahnen gebaut. Sobald du dort bist, bringe ich dich in einem Spiel unter.«

Ich ließ es sacken.

»Ach so: Das WLAN-Signal aus meiner Wohnung reicht bis über den Flur«, sagte Dima. »Es gibt kostenloses Internet.«

»Okay!«, schrieb ich.

»Echt?«

»Ja«, sagte ich. »Warum nicht.«

Ein paar Tage später ging ich zum russischen Konsulat in der Upper East Side, stand eine Stunde lang mit meinem Antrag in der Hand in der Schlange und bekam ein Jahresvisum. Dann erledigte ich, was zu erledigen war: Ich vermietete mein Zimmer an einen Rockschlagzeuger aus Minnesota, brachte meine Bücher zurück in die Bibliothek und holte mein Eishockeyzeug aus dem Schließfach in der Umkleidekabine der Eishalle. Es war alles ein ziemlicher Aufwand und nicht gerade billig, aber ich dachte die ganze Zeit an das neue Leben, das vor mir lag, und den neuen Menschen, der ich bald sein würde. Ich stellte mir vor, wie ich meiner Großmutter die Einkäufe trug, mit ihr Ausflüge durch die Stadt unternahm, ins Kino ging (sie hatte das Kino immer geliebt), mit ihr Arm in Arm durch die vertraute Nachbarschaft schlenderte und ihren Geschichten über das Leben während des Sozialismus lauschte. Es gab so viel in ihrem Leben, von dem ich nichts wusste, so viel, nach dem ich sie nie gefragt hatte. Ich war gleichgültig und selbstvergessen gewesen; ich hatte mehr an Bücher geglaubt als an Menschen. Ich malte mir aus, wie ich morgens gegen Putin demonstrierte, nachmittags Eishockey spielte und abends meiner Großmutter Gesellschaft leistete. Vielleicht konnte ich sogar das Leben meiner Großmutter als Grundlage für einen Aufsatz nutzen. Ich stellte mir vor, wie ich mit den Geschichten meiner Großmutter in der Hand mönchisch in meinem Zimmer saß und meiner wissenschaftlichen Arbeit eine ganz neue Dimension hinzufügte. Vielleicht könnte ich ihre Erinnerungen als kursive Passagen in meinen Aufsatz einflechten – wie bei *In Our Time* auf *BBC*.

An meinem letzten Abend in der Stadt schmissen meine Mitbewohner eine kleine Party für mich. »Auf Moskau«, sagten sie und hoben ihre Bierdosen.

»Auf Moskau!«, wiederholte ich.

»Und lass dich nicht umbringen«, fügte einer von ihnen hinzu.

»Ich lass mich nicht umbringen«, versprach ich.

Ich war aufgeregt. Und betrunken. Mir fiel auf, dass es durchaus einen Hauch von Glamour hatte, einige Zeit in einem zunehmend gewalttätigen und diktatorischen Russland zu verbringen, dessen Streitkräfte gerade dem kleinen Georgien eine demütigende Niederlage beigebracht hatten. Um drei Uhr nachts schrieb ich Sarah eine SMS. »Morgen ist es so weit«, lautete sie, als würde ich zu irgendeinem supergefährlichen Ort aufbrechen. Sarah antwortete nicht. Drei Stunden später wachte ich, noch immer betrunken, auf, schmiss meinen restlichen Kram in einen riesigen roten Koffer, schnappte mir meinen Eishockeyschläger und machte mich auf den Weg zum JFK. Ich stieg ins Flugzeug und schlief auf der Stelle ein.

Eh ich mich's versah, stand ich in der Schlange vor der Passkontrolle im trostlosen Keller des Scheremetjewo-II International Airport. Hier schien sich nie etwas zu ändern. Nach jeder Landung führten sie einen hinab in den Keller, wo man endlos anstehen musste, bevor man endlich sein Gepäck bekam. Es war wie ein Fegefeuer, das einen vermuten ließ, als Nächstes nicht unbedingt im Himmel zu landen.

Aber die Russen sahen anders aus, als ich sie in Erinnerung hatte. Sie waren gut gekleidet, hatten schicke Frisuren und telefonierten mit eleganten neuen Handys. Sogar die Grenzbeamten in ihren hellblauen, kurzärmeligen Uniformen waren guter Laune. Obwohl die Schlange lang war, standen mehrere Uniformierte abseits in kleinen Gruppen beisammen und lachten. Der Ölpreis stand bei hundertvierzehn Dollar pro Fass, und ihre Armee hatte gerade den Georgiern den Arsch versohlt – lachten sie darüber?

Die Modernisierungstheorie lehrt Folgendes: Wohlstand und Technologie sind mächtiger als Kultur. Gebt den Leuten schöne Autos, Farbfernseher und die Möglichkeit, nach Europa zu reisen, und sie werden aufhören, aggressiv zu sein. Zwei Länder mit McDonald's-Filialen werden niemals gegeneinander in den Krieg ziehen. Menschen mit Handys sind freundlicher als Menschen ohne Handys.

Ich war mir da nicht so sicher. In Georgien gab es McDonald's, und die Russen hatten es trotzdem bombardiert. Als ich mich der Passkontrolle näherte, bat ein großer, bebrillter, gut gekleideter Europäer – Holländer oder Deutscher – auf Englisch darum, vorgelassen zu werden: Er müsse seinen Anschlussflug bekommen. Ich nickte zustimmend – wir würden ohnehin noch eine Weile auf unser Gepäck warten müssen –, aber der Mann hinter mir, ungefähr so groß wie der Holländer, nur viel kräftiger und in einem kastigen, aber in meinen Augen nicht gerade billigen Anzug, fuhr mit starkem russischem Akzent auf Englisch dazwischen: »Geh zurück ans Ende der Schlange.«

»Aber ich verpasse meinen Flug«, sagte der Holländer.

»Geh zurück ans Ende der Schlange.«

Ich sagte auf Russisch zu dem Mann: »Aber das ist doch kein Problem.«

»Oh, es ist ein großes Problem«, antwortete er.

»Bitte?«, bat der Holländer noch einmal auf Englisch.

»Ich sage, zurück mit dir. Sofort!« Der Russe drehte sich ein wenig zur Seite, sodass er dem Holländer gegenüberstand.

Der trat frustriert gegen seine Reisetasche. Dann nahm er sie und ging zurück ans Ende der Schlange.

»Das war die richtige Entscheidung«, sagte der Russe auf Russisch zu mir und meinte damit, dass er als ein Mann mit Prinzipien bereit gewesen wäre, den Holländer mit den Fäusten zu bearbeiten, wenn er sich vorgedrängelt hätte.

Ich antwortete nicht.

Ein paar Minuten später erreichte ich die Passkontrollkabine. Ein junger, blonder, ernst dreinschauender Grenzschutzbeamter saß darin; in seiner lichtbeschienenen Uniform sah er aus wie ein Gott. Ich war jetzt rechtelos, fiel mir plötzlich ein; so etwas wie Recht und Gesetz gab es hier nicht. Während ich ihm meinen Reisepass aushändigte, fragte ich mich, ob ich diesmal mit der Rückkehr in das Land meiner Eltern mein Glück einmal zu oft strapaziert hätte. Würden sie mich schlussendlich nun doch in Gewahrsam nehmen, wegen all der unfreundlichen Dinge, die ich im Lauf der Jahre über Russland gedacht hatte?

Aber der Beamte nahm lediglich meinen ramponierten blauen amerikanischen Reisepass – den Pass von jemandem, der in einem Land lebte, in dem man seinen Pass nicht ständig mit sich herumtragen musste, in dem es tatsächlich passieren konnte, dass man monate- oder jahrelang gar nicht wusste, wo sich der Pass überhaupt befand – mit leichtem Abscheu entgegen. Hätte er einen Pass wie den meinen, er würde besser darauf achtgeben. Er glich meinen Namen mit der Terroristendatenbank ab, öffnete die Durchgangstür und ließ mich passieren.

Und das war's. Ich war wieder in Russland.

Meine Großmutter Sewa lebte mitten im Zentrum der Stadt, in einer Wohnung, die ihr in den späten 1940er-Jahren von Josef Stalin zuerkannt worden war. Manchmal, wenn er damit irgendwas beweisen wollte, ritt mein Bruder Dima darauf herum, und auch meine Großmutter erwähnte es hin und wieder, wenn sie in selbstkritischer Stimmung war. »Meine Stalin-Wohnung« nannte sie sie dann, wie um jeden – und allen voran sich selbst – daran zu erinnern, welchen fragwürdigen moralischen Kompromiss sie eingegangen war. Aber grundsätzlich waren wir uns in der Familie einig: Wenn man mit einer kleinen Tochter und zwei Brüdern und einer Mutter in einem zugigen Zimmer in einer Gemeinschaftsunterkunft lebte und einem jemand eine Wohnung anbot, war es absolut in Ordnung, dieses Angebot anzunehmen, ganz egal von wem es kam. Und es ist ja nicht so, als hätte Stalin persönlich ihr die Schlüssel übergeben oder eine Gegenleistung von ihr verlangt. Sie war damals eine junge Geschichtsprofessorin an der Staatlichen Universität Moskau und hatte als Beraterin an einem Film über Iwan den Großen mitgearbeitet, diesen »Zar aller Russen« aus dem fünfzehnten Jahrhundert und Großvater von Iwan dem Schrecklichen. Stalin hatte der Film so gut gefallen, dass er verkündete, jeder Beteiligte solle eine eigene Wohnung erhalten. Weshalb meine Großmutter sie nicht nur »meine Stalin-Wohnung«, sondern wahlweise auch

»meine Iwan-der-Große-Wohnung« oder, wenn sie es ernst meinte, »meine Jolka-Wohnung« nannte, nach ihrer Tochter, meiner Mutter, für die sie einfach alles getan hätte.

Um zu dieser Wohnung zu gelangen, tauschte ich ein paar Dollar an der Wechselstube bei der Gepäckausgabe – es gab damals ungefähr vierundzwanzig Rubel pro Dollar – und nahm den nagelneuen Schnellzug zum Bahnhof Savelowski. Auf dem Weg dorthin fuhr ich kilometerweit an verfallenen sowjetischen Wohnblocks vorbei und durch den alten (ebenfalls verfallenen), direkt bis ans Stadtzentrum reichenden Industriegürtel aus der Jahrhundertwende. Unterwegs fing der kräftige Kerl, der neben mir saß – ungefähr mein Alter, in Jeans und einem kurzärmligen Button-down-Hemd –, ein Gespräch mit mir an.

»Was ist das für ein Modell?«, fragte er und meinte mein Handy. Ich hatte am Flughafen eine SIM-Karte gekauft und legte sie gerade ein, um zu sehen, ob sie funktionierte.

Jetzt geht's los, dachte ich. Mein Telefon war ein ganz normales Klapphandy, das ich von T-Mobile bekommen hatte. Aber ich nahm an, dies wäre nur das Vorspiel, und der Typ würde versuchen, mich auszurauben. Ich wurde nervös. Mein Eishockeyschläger befand sich im Gepäckfach über uns, und es wäre sowieso schwer gewesen, mitten im Zug auszuholen und nach dem Mann zu schlagen.

»Ein ganz normales Handy«, sagte ich. »Samsung.«

Ich war russischsprachig aufgewachsen und sprach es immer noch mit meinem Vater und meinem Bruder, aber ich hatte einen leichten, schwer zuzuordnenden Akzent. Ich machte gelegentlich kleine grammatikalische Fehler oder betonte die falsche Silbe. Und ich war etwas eingerostet. Der Mann bemerkte es, und er sah auch, dass mich meine olivfarbene Haut von den meisten anderen Slawen in diesem schicken Zug unterschied.

»Woher kommst du?«, fragte er.

Er benutzte das vertrauliche *Ty* statt des *Wy* – es konnte bedeuten, dass er einfach nur freundlich sein wollte, weil wir ungefähr im selben Alter waren und im selben Zug saßen, oder aber er nahm sich das Recht heraus, mich anzusprechen, wie es ihm gerade beliebte. Ich wusste es nicht.

Er fing an zu raten, woher ich wohl käme. »Spanien?«, fragte er. »Oder Türkei?«

Und was sollte ich antworten? Wenn ich »New York« sagte, würde er denken, ich hätte Geld, obwohl ich eine alte Jeans trug und Sneaker, die ihre besten Tage bereits hinter sich hatten, und in Wahrheit kein Geld besaß. Jemand aus New York konnte ausgeraubt werden, entweder im Zug oder im Getümmel auf dem Bahnsteig gleich nach dem Aussteigen. Aber wenn ich »von hier«, also aus Moskau, sagte, wäre das zwar technisch korrekt, aber offensichtlich eine Lüge, was die Situation eskalieren lassen könnte. Schließlich saß ich im Zug, der vom Flughafen kam.

»New York«, sagte ich.

Der Mann nickte abgeklärt. »Gibt es da das neue iPhone?«

»Klar«, sagte ich und fragte mich, worauf er hinauswollte.

»Was kostet es?«

Ach so. Westliche Güter waren in Moskau immer viel teurer als im Westen, und die Russen wollten ständig wissen, wie viel teurer, damit sie sich darüber ärgern konnten.

Ich versuchte, mich zu erinnern. Sarah hatte ein iPhone gehabt. »Zweihundert Dollar«, sagte ich.

Die Augen des Mannes weiteten sich. Hatte er es doch gewusst! Das war ein Drittel des russischen Preises.

»Aber«, fuhr ich schnell fort, »man muss einen Vertrag abschließen. Für ungefähr hundert Dollar im Monat. Zwei Jahre lang. Also doch nicht so billig.«

»Einen Vertrag?« Er hatte noch nie von einem Vertrag gehört. Wusste ich überhaupt, wovon ich redete? In Russland holte man sich einfach eine SIM-Karte und bezahlte pro Minute.

»Ja, in Amerika braucht man einen Vertrag.«

Der Mann reagierte beleidigt. Tatsächlich fing er an, sich zu fragen, ob ich mir das nicht einfach nur ausgedacht hatte. »Es muss eine Möglichkeit geben, das zu umgehen«, sagte er.

»Ich glaube nicht.«

»Doch, doch«, sagte er. »Es muss möglich sein, das Telefon zu behalten und den Vertrag zu kündigen.«

»Ich weiß nicht«, sagte ich. »Die sind bei so was ziemlich streng.«

Der Mann zuckte mit den Schultern, zog eine Zeitung hervor – *Kommersant*, eine der täglichen Wirtschaftszeitungen – und sprach für den Rest der Fahrt kein Wort mehr mit mir.

Am Bahnhof erwartete mich keine Räuberbande, und ich fuhr von dort ohne weitere Vorkommnisse ein paar Stationen mit der Metro bis zum Zwetnoi-Boulevard.

Das Zentrum von Moskau war eine ganz eigene Welt. Verschwunden waren die hohen, maroden Wohnblocks und die alten, maroden Fabriken der Randbezirke. Als ich die lange Rolltreppe verließ und durch die großen, schweren, schwingenden Holztüren trat, empfingen mich stattdessen eine breite Straße, imposante Wohnhäuser aus der Stalinzeit, einige Restaurants und jede Menge Baustellen, wohin man auch sah. Der Zwetnoi-Boulevard lag direkt an dem gewaltigen Gartenring, der in einem Radius von etwa zweieinhalb Kilometern mit dem Kreml als Mittelpunkt in einer zehnspurigen Schlaufe einmal rund ums Zentrum führte. Aber sobald ich ein Stück Richtung Uliza Sretenka gegangen war, in der meine Großmutter wohnte, fand ich mich in stillen, verwahrlosten Seitenstraßen wieder, deren zwei- und dreistöckigen Bauten aus dem neunzehnten Jahrhundert jede Farbe fehlte und die sogar jetzt im August teilweise leer standen. Ein Rudel streunender Hunde sonnte sich auf einem verlassenen Grundstück an der Petschatnikow Pereulok, und sie bellten mich und meinen Eishockeyschläger an. Ein paar Minuten später war ich zu Hause.

Die Wohnung meiner Großmutter lag im zweiten Stock eines weißen fünfstöckigen Gebäudes, das sich einen Innenhof mit zwei älteren, flacheren Häusern teilte, von denen eines auf die Petschatnikow hinausging und das andere auf den Roschdestwenski-Boulevard zeigte. Eine große rote Ziegelmauer, hinter der sich eine alte Kirche befand, bildete die vierte Seite des Innenhofs. In meiner Kindheit war der Innenhof voller Bäume und lockerer Erde gewesen, mit der ich gespielt hatte, und im Winter hatte es sogar eine winzige Eisbahn gegeben. Aber nach dem Zusammenbruch der UdSSR hatte man die Bäume abgeholzt, und die Eisbahn war von Nachbarn, die dort ihre Autos parken wollten, abgebaut worden. Eine Zeit lang war der Innenhof auch ein beliebtes Ziel für ortsansässige Prostituierte; Männer fuhren mit ihren Autos hinein, ließen das Scheinwerferlicht über die Ware gleiten und trafen ohne auszusteigen ihre Wahl.

Diesen alten Innenhof betrat ich nun. Die Prostituierten waren längst verschwunden, und es handelte sich im Grunde immer noch um einen Parkplatz, aber jetzt standen hier sehr viel schönere Autos als bei meinem letzten Besuch, und es gab sogar wieder ein paar Bäume. An der Haustür tippte ich den Code ein – er hatte sich seit 2001 nicht geändert – und wuchtete meinen Koffer die Treppe hinauf. Meine Großmutter kam an die Tür. Sie war winzig; sie war schon immer schmal gewesen, aber nun war sie noch schmaler, das graue Haar auf dem Kopf noch etwas dünner, und einen kurzen Moment hatte ich Angst, sie würde mich nicht erkennen. Aber dann sagte sie: »Andrjuschik. Du bist da.« Sie schien diesbezüglich gemischte Gefühle zu haben.

Ich ging hinein.

2. MEINE GROSSMUTTER

Baba Sewa – Sewa Efraimowna Gechtman, meine Großmutter mütterlicherseits – wurde 1919 in einer kleinen Stadt in der Ukraine geboren. Ihr Vater war Buchhalter in einer Textilfabrik und ihre Mutter Krankenschwester. Sie hatte zwei Brüder, und die gesamte Familie war kurz nach der Revolution nach Moskau gezogen.

Ich wusste, dass sie in der Schule geglänzt hatte und an der Staatlichen Universität Moskau, der besten und ältesten russischen Universität, aufgenommen worden war und dort Geschichte studiert hatte. Ich wusste, dass sie kurz nach dem Einmarsch der Deutschen einen jungen Jurastudenten, meinen Großvater Boris (eigentlich Barutsch) Lipkin, an der Uni kennenlernte und dass sie sich ineinander verliebten und heirateten. Dann war er im zweiten Kriegsjahr in der Nähe von Wjasma gefallen, nur einen Monat nach der Geburt meiner Mutter. Ich wusste, dass meine Großmutter nach dem Krieg an der Staatlichen Universität Moskau unterrichtete und dann die Leute vom »Iwan der Schreckliche«-Film beriet und die Wohnung erhielt und dort mit meiner Mutter sowie einer älteren Verwandten, Tanta Klawa, lebte; dass die Wohnung für ziemliche Aufregung innerhalb der Familie sorgte, nicht dadurch, von wem sie kam, sondern weil meine Großmutter sich weigerte, ihren Bruder und seine Frau bei sich einziehen zu lassen – weil seine Frau eine Trinkerin war, aber auch, weil sie Tanta Klawa nicht auf die Straße setzen wollte; dass man sie, kurz nachdem sie die Wohnung erhalten hatte, auf dem Höhepunkt des »antikosmopolitischen« – also des antijüdischen – Feldzugs dazu zwang, die Staatliche Universität Moskau zu verlassen, und dass sie sich als Privatlehrerin und Übersetzerin aus anderen slawischen Sprachen durchschlug; und dass sie in ihren mittleren Jahren noch einmal heiratete, einen lieben, vergesslichen Geophysiker, den wir Onkel Lew nannten, und mit ihm nach Dubna zog, dem Zentrum der nuklearen Kernforschung, und die Wohnung meinen Eltern überließ und später meinem Bruder; und dass sie schließlich zurückkehrte – nur ein paar Jahre bevor ich vor der Tür stand –, weil Onkel Lew im Schlaf gestorben war.

Aber es gab vieles, was ich nicht wusste. Ich wusste nicht, was aus Tanta Klawa geworden war oder wie Großmutters Leben nach dem Krieg ausgesehen hatte. Ich wusste nicht, ob sie vor dem Krieg, während der Säuberungen, irgendetwas davon gewusst oder geahnt hatte, was im Land vor sich ging. Wenn nicht, warum nicht? Wenn doch, wie hatte sie mit diesem Wissen leben können? Und wie hatte sie in dieser Wohnung bleiben können, nachdem sie von alldem erfahren hatte?

Während meine Großmutter sich in der Küche beschäftigte, brachte ich mein Gepäck in unser altes Schlafzimmer, in dem sich, entgegen seinen Beteuerungen, noch immer Dimas ganzer Mist stapelte, und sah mich erst einmal um. Die Wohnung hatte sich nicht verändert: Sie war ein Museum für sowjetische Möbel, segmentiert in mehrere Schichten, von neu bis alt – wie eine Ausgrabungsstätte. Im Hinterzimmer standen Großmutters großer alter Eichenholzschreibtisch aus den Vierziger- oder Fünfzigerjahren und ihr ebenso altes Standregal mit den abschließbaren Türen; die meisten Möbel in diesem Zimmer stammten allerdings aus der Zeit, in der meine Eltern in der Wohnung gelebt hatten: die grüne Klappcouch, die verglasten Hängeregale und der hohe, lackierte Wandschrank. Und natürlich die Hochbetten in unserem Schlafzimmer, die mein Vater kurz vor unserer Auswanderung eingebaut und die Dima nie ersetzt hatte – während er hier wohnte, hatte er im Hinterzimmer geschlafen und unser Schlafzimmer als Gästezimmer genutzt. Es gab sogar noch ein paar Spielsachen aus unserer Kindheit, fast alles kleine Autos, mit denen Dima und ich gespielt hatten und die jetzt im Regal zwischen den Büchern steckten. Dann folgte die Neuzeit: Dima hatte einen Flachbildfernseher im Hinterzimmer installiert und einen Heimtrainer in unser Schlafzimmer gestellt, der sehr viel Platz einnahm. Die meisten Bücher in den Regalen waren russische Klassiker in vollständigen Sowjetausgaben: vierzehn Bände Dostojewski, elf Bände Tolstoi, sechzehn (!) von Tschechow, aber es gab auch ein paar Reihen mit englischsprachigen Büchern über Wirtschaft und die Kunst des Verhandelns, die offenbar von Dima importiert worden waren. Und in der Küche stand ein Esstisch mit Linoleumplatte, ungefähr aus der Zeit meiner Geburt, an dem meine Großmutter saß und auf mich wartete.

Aus irgendeinem Grund war ich ihr Liebling. Als ich klein war, hatte ich die Sommer häufig bei ihr und Onkel Lew in der Datscha in Scheremetjewo (direkt neben dem Flughafen) verbracht, und während meines Auslandssemesters in Moskau besuchte ich sie, sooft es ging. In den späten Neunzigern, als sie noch reisen konnte, waren sie und Dima und ich einmal im Jahr in Europa gewesen. All dies summierte sich auf insgesamt nicht mehr als ein paar gemeinsame Monate, und doch: Ich war das Nesthäkchen, das Lieblingskind ihrer einzigen Tochter, und das reichte vollkommen. Für sie war ich noch immer dieser kleine Junge.

Und jetzt wollte sie mich füttern. Langsam und sorgfältig erwärmte sie Kartoffelsuppe, Kotlety (russische Fleischbällchen) und Bratkartoffeln. Sie bewegte sich im Schneckentempo durch die Küche, zwar wackelig auf den Beinen, aber in dieser alten Küche gab es viele Möglichkeiten, sich abzustützen, und sie kannte sie alle. Sie konnte nicht gleichzeitig kochen und sich unterhalten, und ihr Gehör hatte nachgelassen, also wartete ich, bis sie fertig war, und half ihr dabei, das Essen auf den Tellern zu verteilen. Irgendwann saßen wir dann am Tisch. Sie fragte mich nach meinem Leben in Amerika.

»Wo wohnst du?«

»New York.«

»Was?«

»New York.«

»Oh. – Wohnst du in einem Haus oder einer Wohnung?«

»Einer Wohnung.«

»Was?«

»Einer Wohnung.«

»Gehört sie dir?«

»Ich habe sie gemietet. Gemeinsam mit ein paar Mitbewohnern.«

»Was?«

»Ich teile sie mir mit anderen. Wie eine Kommunalka.«

»Bist du verheiratet?«

»Nein.«

»Nein?«

»Nein.«

»Hast du Kinder?«

»Nein.«

»Keine Kinder?«

»Nein. In Amerika«, griff ich zu einer Halbwahrheit, »bekommen die Menschen erst spät Kinder.«

Zufrieden, oder zumindest halbwegs zufrieden, fragte sie mich, wie lange ich bleiben wolle.

»Bis Dima zurückkommt«, sagte ich.

»Was?«

Schriftstellerkolonie

»Bis Dima zurückkommt«, sagte ich noch einmal.

»Andrjuscha«, sagte sie nach einer kurzen Pause. »Kennst du meine Freundin Musja?«

»Ja«, sagte ich, Emma Abramowna – oder Musja – war ihre älteste und beste Freundin.

»Sie ist eine sehr gute Freundin von mir«, erklärte meine Großmutter. »Jetzt gerade ist sie in ihrer Datscha.«

Emma Abramowna, eine Literaturprofessorin, der es gelungen war, trotz des antijüdischen Feldzugs an der Staatlichen Universität Moskau zu bleiben, besaß eine Datscha in der alten Schriftstellerkolonie Peredelkino. Meine Großmutter hatte ihre eigene Datscha in den Neunzigern aufgeben müssen, unter Umständen, die ich nie so richtig durchschaut hatte.

»Ich denke«, sagte sie jetzt, »dass sie mich im nächsten Sommer zu sich einladen wird.«

»Ja? Hat sie das gesagt?«

»Nein«, sagte meine Großmutter. »Aber ich hoffe es.«

»Das klingt gut«, sagte ich.

Im August zog es alle Moskauer in ihre Datschas; offenbar machte es ihr zu schaffen, dass sie keine eigene Datscha mehr hatte.

Wir hatten jetzt aufgegessen und unseren Tee getrunken, und meine Großmutter griff sich ganz beiläufig in den Mund und nahm ihre Zähne heraus. Sie legte sie in eine kleine Teetasse auf dem Tisch.

»Ich muss mein Zahnfleisch schonen«, sagte sie zahnlos.

»Natürlich«, sagte ich. Ohne die Zähne, die sie stützten, fielen die Lippen meiner Großmutter ein bisschen nach innen, und ohne die Zähne, die ihre Zunge bremsten, sprach sie mit einem leichten Lispeln.

»Sag mal«, fuhr sie in demselben forschenden Ton wie vorhin fort, »kennst du Dima?«

»Natürlich«, sagte ich. »Er ist mein Bruder.«

»Oh.« Meine Großmutter seufzte, als könnte sie jemandem, der Dima kannte, nicht vollständig trauen. »Weißt du, wo er ist?«

»Er ist in London«, sagte ich.

»Er besucht mich nie«, sagte meine Großmutter.

»Das ist nicht wahr.«

»Doch, ist es. Nachdem er mich dazu gebracht hatte, ihm die Wohnung zu überschreiben, hat er jedes Interesse an mir verloren.«

»Omama!«, sagte ich. »Das stimmt nun wirklich nicht.«

Es stimmte, dass Dima vor ein paar Jahren die Wohnung auf seinen Namen überschrieben hatte – die postsowjetische Variante der Gentrifizierung brachte es mit sich, dass netten älteren Damen, die erstklassige Moskauer Immobilien besaßen, allerlei unerklärliche Unglücke zustießen. Sicherheitstechnisch gesehen war es die richtige Entscheidung gewesen, aber mir wurde klar, dass es meiner Großmutter verdächtig vorkommen musste.

»Was stimmt nicht?«, fragte sie.

»Es stimmt nicht, dass er kein Interesse an dir hat. Er spricht die ganze Zeit mit mir über dich.«

»Hm«, machte meine Großmutter nicht besonders überzeugt. Dann seufzte sie erneut.

Sie wollte aufstehen, um die Teller abzuräumen, aber ich bestand darauf, dass sie sitzen blieb. In dem Moment weniger, um ihr Arbeit abzunehmen, sondern weil bei ihr alles so wahnsinnig lange dauerte.

Schnell räumte ich den Tisch ab und machte mich an den Abwasch.

Als ich fast fertig war, kam meine Großmutter zu mir und stellte mir eine Frage, die ihr, wie ich merkte, ganz offenbar etwas heikel erschien.

»Andrjuscha«, sagte sie. »Du bist mir lieb und teuer. Unserer ganzen Familie. Aber ich kann mich gerade nicht erinnern – woher kennen wir dich noch mal?«

Einen Moment lang war ich sprachlos.

»Ich bin dein Enkel«, sagte ich. In meiner Stimme lag ein leichtes Flehen.

»Was?«

»Ich bin dein Enkel.«

»Mein Enkel«, wiederholte sie.

»Du hattest eine Tochter, erinnerst du dich?«

»Ja«, sagte sie unsicher, und dann fiel es ihr wieder ein. »Ja. Meine kleine Tochter.« Sie dachte einen Moment nach. »Sie ist nach Amerika gegangen«, sagte meine Großmutter. »Sie ist nach Amerika gegangen und gestorben.«

»Das ist richtig«, sagte ich. Meine Mutter war 1992 an Brustkrebs gestorben; das einzige Mal, dass meine Großmutter sie nach unserer Auswanderung wiedergesehen hatte, war auf ihrer Beerdigung gewesen.

»Und du ...«, sagte sie jetzt.

»Ich bin ihr Sohn.«

Meine Großmutter ließ es sacken. »Aber warum bist du dann hier?«

Ich verstand nicht.

»Das hier ist ein schreckliches Land. Meine Jolka hat dich nach Amerika gebracht, warum bist du dann zurückgekommen?« Sie schien verärgert zu sein.

Wieder fehlten mir die Worte. Warum war ich hier? Weil Dima mich darum gebeten hatte. Und weil ich meiner Großmutter eine Hilfe sein wollte. Und weil ich dachte, es würde mir helfen, ein Thema für einen Aufsatz zu finden, der mir helfen würde, einen Job zu finden. All diese Gründe wirbelten in meinem Kopf umher, und ich entschied mich für den, der mir am praktischsten vorkam.

»Wegen der Arbeit«, sagte ich. »Ich muss ein bisschen was recherchieren.«

»Oh«, sagte sie. »In Ordnung.« Auch sie hatte in diesem schrecklichen Land arbeiten müssen, das konnte sie verstehen.

Für den Moment zufriedengestellt, entschuldigte meine Großmutter sich und ging in ihr Zimmer, um sich hinzulegen.

Ich blieb in der Küche sitzen und trank noch eine Tasse Tee. Überall in der Wohnung waren Fotos unserer Familie, vor allem meiner Mutter – sie hingen an den Wänden, standen auf Kommoden und in Bücherregalen. In Amerika war unsere Familie auseinandergebrochen, in Moskau war sie noch genau so, wie sie immer gewesen war.

So eine Scheiße, dachte ich. Ich hatte nicht erwartet, meine Großmutter in solch einem Zustand vorzufinden. Dima hatte erwähnt, dass sie Medikamente gegen ihre Demenz einnehmen müsse, aber ich hatte nicht wirklich verstanden, was das bedeutete.

Mein erster Gedanke war: Dafür fehlt mir die Qualifikation. Ich bin nicht dafür geeignet, mich um eine neunundachtzigjährige Frau zu kümmern, die nicht einmal mehr weiß, wer ich überhaupt bin. Ich war ein Mensch, der einen unglaublich ausführlichen Bildungsweg durchlaufen hatte und dem es nicht gelungen war, diesen Bildungsweg auch tatsächlich in einem Job münden zu lassen.

»Ich weiß einfach nicht, wo das hinführen soll«, hatte Sarah bei Starbucks zu mir gesagt.

»Warum muss es denn irgendwo hinführen?«, hatte ich einigermaßen lahm geantwortet.

Sie hatte einfach nur den Kopf geschüttelt. »Vielleicht werde ich es bereuen, aber das bezweifle ich.«

Und sie hatte recht gehabt. Ich war ein Idiot, genau wie Dima sagte. Die Sache überforderte mich. Dort in der Küche, an diesem ersten Tag, war es das erste von vielen Malen, dass ich mir vornahm, wieder heimzufahren.

In Gedanken formulierte ich eine E-Mail. »Dima«, lautete sie, »ich habe das Gefühl, dass du mich, was die Verfassung unserer Großmutter betrifft, in die Irre geführt hast. Oder vielleicht habe ich dich auch falsch verstanden. Jedenfalls komme ich nicht damit zurecht. Es tut mir leid. Lass uns jemanden einstellen, der weiß, was er tut. Ich werde mich an den Kosten beteiligen.« Und dann würde ich nach New York zurückkehren.

Es ist keine Schande, seine Grenzen zu kennen. Wie genau ich es schaffen sollte, mich an den Kosten zu beteiligen, war mir allerdings ein Rätsel. Nachdem ich mein Ticket gekauft und das Visum bezahlt hatte, wies mein Konto nur noch knapp eintausend Dollar auf.

Meine Großmutter kam aus ihrem Zimmer und ging über den Flur zur Toilette. Sie hatte offenbar im Bett gelegen und war dann wieder aufgestanden: Ihr Haar war ganz zerwühlt, und sie trug noch immer kein Gebiss. Als sie mich sah, schenkte sie mir ein zahnloses Lächeln und winkte mir zu. Ich hatte das Gefühl, in dem Moment wusste sie, wer ich war. Das beruhigte mich ein bisschen.

Ich würde ihr also Gesellschaft leisten. Das konnte vielleicht sogar ein Idiot hinbekommen. Wen kümmerte es schon, dass sie sich an einige Sachen nicht mehr erinnerte? War ihr Leben denn so wundervoll gewesen, eine so endlose Parade von Freuden, dass sie dasitzen und sich an jede Kleinigkeit erinnern musste? Gut, dann würde sie mir eben nicht ihre Lebensgeschichte für meinen Möchtegern-Aufsatz erzählen können – ich würde etwas anderes finden, über das ich schreiben konnte. Und vielleicht würde sie tatsächlich die ganze

Zeit über nicht wissen, wer ich war. Aber *ich* wusste, wer ich war, und konnte sie daran erinnern. Ich war der jüngste Sohn ihrer Tochter, ihres einzigen Kindes, meiner Mutter, die nach Amerika gegangen und gestorben war.

Ich stand auf, wusch meine Teetasse ab und ging in mein Schlafzimmer. In der Ecke standen Umzugskartons, und der riesige Heimtrainer blockierte das untere Etagenbett. Ich musste über das Ding klettern, um mich hinzulegen. Ich freute mich jetzt richtig darauf, online zu gehen und meinen Bruder anzumeckern. Ich holte meinen Laptop raus und versuchte, das Signal aus der Nachbarwohnung zu empfangen, aber ich bekam es nicht rein. Das mochte nicht einmal Dimas Schuld sein – mein Laptop war alt, so alt, dass er nur funktionierte, wenn er an eine Steckdose angeschlossen war, und es gab zahlreiche Netzwerkprotokolle, die er nicht erkannte –, aber trotzdem: Es war schon wieder etwas, bei dem er mich in die Irre geführt hatte. Ich dachte kurz daran, nach nebenan zu gehen und nachzusehen, ob ich den Router neu ausrichten konnte, aber als zukünftiger Mieteintreiber (dies würde eine meiner Aufgaben sein) schien es mir unangebracht, am WLAN der Mieter herumzufummeln. Schließlich zahlten sie gutes Geld dafür.

Ich klappte meinen Laptop zu und streckte mich auf dem Bett aus; der Heimtrainer ragte vor mir auf wie ein Gebirge. Meine Großmutter hatte ein altes Handtuch und kratziges Bettzeug herausgesucht, und es gelang mir, das Bett zu beziehen, ohne aufzustehen. Dann lag ich da und dachte: Scheiße, Scheiße, Scheiße, Scheiße, Scheiße, Scheiße, Scheiße. Und dann: Okay. Okay. Alles wird gut. Meine Großmutter war in schlechter Verfassung, aber ich würde damit zurechtkommen. Mein Bettzeug war kratzig, aber ich konnte neues kaufen. Und das Schlafzimmer war ein totales Chaos, aber das hieß nur, dass ich etwas gegen Dima in der Hand hatte. Und das war gut. Wirklich. Nichts gegen Dima in der Hand zu haben, bedeutete, dass *er* einen in der Hand hatte.

Es war acht Uhr abends in Moskau und noch hell draußen, aber ich war müde, so unglaublich müde, und schlief schnell und ohne mich auszuziehen ein.

3. EIN RUNDGANG DURCH DIE NACHBARSCHAFT

Um fünf Uhr morgens wachte ich auf. Mein Fenster zeigte auf eine Gasse zwischen unserem Haus und dem an der Petschatnikow. Wir befanden uns im zweiten Stock, und da es Ende August war, hatte ich das Fenster geöffnet, und die beiden steinernen Gebäude erzeugten eine Art Mini-Echokammer, sodass aus der Gasse und ihrer Umgebung jedes Husten, jedes russische Schimpfwort, jedes Türenschlagen, jedes startende Auto und jedes Radio, aus dem schlechter russischer Pop quäkte, klar und deutlich direkt zu mir nach oben drang. Dieser ganze Lärm hinderte mich am Schlafen, aber es war nicht nur der Lärm. Dima hätte die Stadt nicht so überstürzt verlassen, wenn er nicht in Gefahr gewesen wäre, dachte ich, und wenn Dima in Gefahr war, dann wäre es möglich, dass sich auch Dimas Bevollmächtigter, sein Bruder und Mieteintreiber, in Gefahr befand. Obwohl, wahrscheinlich auch nicht. Ich lag eine Weile grübelnd im Bett, dann setzte ich mich auf, weil mir ein Gedanke gekommen war.

Was, wenn meine Großmutter ihre Medikamente nicht nahm? Dima war seit einem Monat weg. Was, wenn die Vergesslichkeit, deren Zeuge ich geworden war, nur auftrat, weil ihr wichtige Pillen fehlten? Ich ging in die Küche. Moskau liegt ziemlich weit im Norden, und im Sommer beginnen die Tage früh; die Sonne war schon aufgegangen. Ich hatte gesehen, dass meine Großmutter nach dem Abendessen ein paar Pillen eingenommen und die Fläschchen dann auf das Regel hinter sich gestellt hatte. Ich nahm sie in die Hand und schaute mir die Etiketten an. Eines der Fläschchen war tatsächlich leer. Natürlich sagte mir der Name des Medikaments nichts. Ich konnte nicht erkennen, ob es ein Demenzmittel war, aber es gab auch keinen Hinweis darauf, dass es das nicht war.

Dima hatte mir eine Liste mit Baba Sewas Medikamenten und was sie bewirkten gemailt, aber weil ich davon ausgegangen war, dass es in der Wohnung WLAN gäbe, hatte ich sie nicht ausgedruckt. Noch einmal versuchte ich vergebens, eine Verbindung mit dem Netzwerk herzustellen. Ich musste einen Ort finden, an dem es WLAN gab, und zwar schnell. Ich ging zurück in mein Zimmer, schnappte mir das kratzige Handtuch und ging ins Bad.

Das Badezimmer meiner Großmutter – ohne Toilette, die befand sich in einem eigenen, viel kleineren Raum vorne im Flur – war ziemlich groß für ein sowjetisches Badezimmer. Gut möglich, dass es früher ein Teil der Küche gewesen war. Auf einem Wandvorsprung lagen Hygieneartikel. Ich legte meine dazu.

Nachdem wir das Land verlassen hatten, war ich zum ersten Mal als Student nach Russland zurückgekehrt. Ich hatte ein kleines Reisestipendium erhalten, um über den »postsowjetischen Zustand« des Landes zu recherchieren. Die Reise war ein Schock. Mir war noch nie so viel Armut begegnet. In Astrachan, Rostow, Jalta, Odessa, Lemberg, aber auch in Moskau und in St. Petersburg sah man nichts als Ruinen – kaputte Gebäude, kaputte Straßen, kaputte Menschen –, als hätte das Land einen Krieg verloren.

Ich war allein unterwegs, und jeden Abend, an dem ich in den billigen Hostels und Wohnheimen, in denen ich übernachtete, meinen Kulturbeutel herausholte, empfand ich große Erleichterung. Die Farben waren heller und glänzender und viel anziehender als alles, was ich den ganzen Tag über gesehen hatte: mein cooler schiefergrauer Gillette-

Sensor-Rasierer (damals nur dreiklingig, aber die beste Rasur in der Geschichte der Menschheit); mein großes blaues Gillette-Rasiergel; mein ausgezeichnetes rot-weißes Old-Spice-Deo (das Zeug funktionierte wirklich, und niemand sonst in Russland hatte es, wie einem jedes Mal, wenn man einen der überfüllten Busse betrat, sofort bewusst wurde); mein leuchtend gelbes Gold Bond Powder; meine kleinen orangefarbenen Advil-Tabletten. Ich ging jeden Tag viele Kilometer zu Fuß, sprach mit den Menschen und sah mich um. In der Sommerhitze bekam ich davon Ausschläge im Schritt und Blasen an den Füßen, aber das Gold Bond Powder sorgte dafür, dass sie gleich wieder verschwanden. Und Advil! Die Russen nahmen immer noch Aspirin. Das einzige ihnen bekannte Mittel, um morgens einen fiesen Kater loszuwerden, war, wieder mit dem Trinken anzufangen. Ich hingegen warf einfach ein paar geschmeidige Pillen ein und war so gut wie neu. Mit meinem kleinen Beutel voller intelligent ausgetüftelter Hilfsmittelchen fühlte ich mich ein bisschen wie James Bond. Inzwischen hatten diese Wunder sogar Russland erreicht, auch wenn meine Großmutter sie nicht benutzte.

Dieser Sommer in Russland hatte die Weichen für den Weg gestellt, dem ich seither folgte. Ich hatte gerade mein erstes Jahr am College hinter mich gebracht, und es war eine Überraschung für mich gewesen, allerdings eine schlechte. Ich hatte erwartet, es wäre im Grunde wie die Highschool, nur cooler. Stattdessen war es etwas vollkommen anderes: ungeheuer groß und abweisend und extrem auf Wettbewerb ausgerichtet. Ich hatte davon geträumt, für das Eishockeyteam des College zu spielen, aber schon wenige Minuten nachdem ich das Eis fürs Vorspielen betreten hatte, wurde mir klar, dass es niemals dazu kommen würde – das Spielniveau war einfach zu hoch für mich. Und auch in meinen Kursen glänzte ich nicht besonders. Ich hatte durchaus den Willen, den westlichen Kanon zu meistern, aber immer, wenn ich *The Faerie Queene* aufschlug, fielen mir die Augen zu.

Jedes Mal, wenn ich einen Kurs über russische Kultur im Kursverzeichnis entdeckte, las ich mir die Beschreibung durch und blätterte dann weiter; warum sollte ich mich im Studium mit etwas beschäftigen, das ich zu Hause ganz nebenbei mitbekam? Aber als ich mich nach meinem ersten halben Jahr endlich dazu durchgerungen hatte, dem Eishockeyteam ein für alle Mal den Rücken zu kehren (ich hatte es in den Kader geschafft, aber nicht ein einziges Mal das Trikot getragen), wusste ich anschließend nicht, was ich mit mir anfangen sollte. Vielleicht wäre es eine gute Idee, meine Mutter zu ehren, indem ich ein paar Russischkurse belegte, dachte ich mir und machte mich auf den Weg zum Institut für Slawistik. Es befand sich im vierten Stock des grauen Fremdsprachengebäudes, und im Gegensatz zum gesamten Rest des Campus wirkte es irgendwie gemütlich. Sie hatten geschafft, es zu russifizieren. In der Ecke stand ein großer Samowar, alles war voller Teetassen und alter russischer Klassiker in ihren Sowjetausgaben, genau wie bei uns zu Hause, und an der Wand hing ein ironisches Poster von Lenin. Meine Eltern hätten sich niemals ein ironisches Poster von Lenin ins Haus gehängt, aber Dima hatte eins in seiner Wohnung in New York gehabt. Ich hatte in dieser riesigen und abweisenden Institution zum ersten Mal einen Ort gefunden, an dem ich mich zu Hause fühlen konnte.

Sechs Monate später bekam ich dann mein Stipendium und verbrachte den Sommer in Russland. Ich war zum ersten Mal seit unserer Auswanderung dort. Das also waren die Straßen, durch die meine Eltern gegangen waren; das waren die Menschen, zwischen denen sie gelebt hatten. Das war also unsere alte Wohnung (ich erinnerte mich kaum noch an sie), nun lebte Dima dort. So vieles erschloss sich mir jetzt, was vorher keinen Sinn ergeben hatte. Ich besuchte meine Großmutter und Onkel Lew in Dubna; meine Großmutter war damals in ihren Siebzigern, aber verblüffend aktiv; sie übersetzte, las, sah sich Filme an und unternahm kilometerlange Wanderungen durch den Wald (in dem ein gewaltiger Teilchenbeschleuniger stand). Ich verließ Moskau und reiste durchs Land; die Leute außerhalb Moskaus sprachen ehrlicher über ihre Träume, waren direkter, wenn sie etwas nicht wussten, und ihre Armut war offensichtlicher und hoffnungsloser.

Ich weiß noch, wie ich mit einem Mann aus Astrachan zusammensaß, einer Stadt am Kaspischen Meer mit einer großen kommerziellen Fischereiflotte, die unter dem Druck des globalen Wettbewerbs zerbröselte. Der Mann und ich hatten uns im Zug aus Moskau raus kennengelernt. Er war Programmierer, genau wie mein Vater, aber damals gab es keine Arbeit für Programmierer, und um über die Runden zu kommen, kaufte er in Moskau billige Kleidung aus der Türkei, die er dann auf dem Wochenmarkt in Astrachan weiterverkaufte.

Nun tranken wir Bier auf dem wackligen Balkon der winzigen Wohnung, in der er mit seiner Frau und dem kleinen Sohn lebte, und irgendwann sagte er: »Du, Andrej. Wie ist es so da drüben?« In Amerika, meinte er. »Ist es unterm Strich genau wie hier?«

Ich wusste nicht, was ich antworten sollte. In gewisser Weise war es genau wie hier, ja – auch die Menschen in Amerika lebten ihr Leben, verliebten sich, bekamen Kinder und versuchten, für sie zu sorgen. Aber es war auch ganz anders als hier. Der Überfluss. Die schiere Leichtigkeit des

Lebens, zumindest für Leute wie mich; die Menge und Auswahl und Qualität der Hygieneartikel: Es war nicht dasselbe. Mein Zimmer auf dem College-Campus, das ich mir mit einem Kommilitonen teilte, war größer und hübscher und besser in Schuss als die Wohnung dieses Programmierers, die er sich mit Frau und Kind teilen musste. Ich gab mir Mühe, es ihm behutsam, aber ehrlich zu erklären.

»Nun«, sagte mein Freund, den ich nie wiedersehen würde, obwohl wir Adressen austauschten und versprachen, in Kontakt zu bleiben, »vielleicht komme ich eines Tages rüber und überzeuge mich selbst.«

Und in dem Moment dachte ich, dass ich gerne bleiben würde. Also in Russland. Zumindest geistig, zumindest intellektuell – es war wie kein anderer Ort, den ich kannte, auch wenn es in anderer Hinsicht ein Ort war, den ich nur zu gut kannte, der Ort meiner Kindheit nämlich, mein Zuhause.

Mehr als ein Jahrzehnt später, ein Jahrzehnt voller russischer Bücher und russischer Kurse und wissenschaftlicher Konferenzen über Russland und einer mäandernden Dissertation über russische Literatur und »die Moderne«, auf die kein Verlag je reagiert hatte, stieg ich aus der Dusche – einer Dusche, deren Handbrause keine Halterung mehr hatte, in die man sie stecken konnte, sodass man sie die ganze Zeit in der Hand halten musste – und traf auf meine Großmutter, die vorgebeugt und konzentriert in ihrem rosa Morgenrock an einem Kaffee nippte. Ich sah mich in der Küche um, in der Hoffnung, eine Stempelkanne oder zumindest eine Filterkaffeemaschine zu finden, entdeckte aber nur einen Teekessel und eine Blechdose mit Nescafé. Das war enttäuschend; während der letzten Jahre hatte die Kaffee-Revolution Brooklyn erobert, und ich hatte mich inzwischen daran gewöhnt, verdammt starken Kaffee zu trinken. Ich beschloss – meine

Liste solcher Vorsätze wurde immer länger –, eine Stempelkanne und ein paar ganz normale Kaffeebohnen im ersten Kaffeeladen zu kaufen, den ich finden konnte.

Meine Großmutter hatte das Radio angeschaltet. Es lief *Echo von Moskau,* der Sender der liberalen Opposition, und sie versuchte, den Nachrichten zu folgen. Die russische Armee zog sich nur widerwillig aus Georgien zurück; der Kreml behauptete, die Georgier hätten eine Flüchtlingskrise verursacht; kremlfeindliche Kritiker machten Moskau für den Krieg verantwortlich. Das Radio meiner Großmutter war klein, tragbar und batteriebetrieben, und obwohl sie die Lautstärke voll aufgedreht hatte und es sich ans Ohr hielt, schien sie unsicher zu sein, was gesagt wurde.

Als sie mich sah, wurde sie munter. »Ah, du bist wach!«, sagte sie. »Möchtest du frühstücken?«

Ich wollte, und während ich mich anzog, schlug sie ein paar Eier in eine Pfanne mit Kascha. Als ich zurück in die Küche kam, wies auf *Echo* jemand sehr sarkastisch die russische Behauptung zurück, Georgien habe zuerst geschossen: »Das ist, als würde man sagen: Die Mücke hat mich gestochen. Ich musste sie und alle ihre Verwandten auslöschen. Natürlich hat die Mücke Sie gestochen! Es ist eine Mücke.« Ich hatte diesen Tonfall, in dem die russischen Oppositionellen sprachen, vollkommen vergessen – »gekränkt« war nicht das richtige Wort dafür. Sarkastisch, selbstgerecht, voller Unglauben darüber, dass diese Idioten das Land regierten und es da draußen sogar noch größere Idioten gab, die sie unterstützen. Es gibt eine einzige Insel des Anstands, sagten diese Stimmen, und Sie haben die richtige Frequenz gefunden. Ich meine, das sage ich jetzt. Tatsächlich konnte es auch sehr berauschend sein. *Echo,* die einsame Stimme der Opposition gegen das Regime (zu diesem Zeitpunkt waren alle TV-Sender bereits fest unter staatlicher Kontrolle): Jeden Tag wachten sie auf und stürzten sich in den Kampf von Gut gegen Böse. Aber natürlich konnte man im Radio nicht offen aussprechen, dass das Regime böse war. Das würde zu weit gehen. Also griffen sie zu Spott, Sarkasmus und Subversion. Der Tonfall ähnelte dem, den die Dissidenten damals in den 1970er-Jahren angeschlagen haben mussten – ganz so, als verspürte nicht nur die Regierung eine gewisse nostalgische Sehnsucht nach dieser Zeit.

Russland hatte also Georgien überfallen. Oder Georgien hatte einen Teil Georgiens namens Südossetien überfallen, und die Russen hatten überreagiert. Und natürlich würde jeder anständige Mensch zustimmen, dass ... Ich schaltete das Radio aus. Ich wollte mit meiner Großmutter über ihre Medikamente reden. Doch zuerst wollte ich Großmutters Kascha essen. Die Kascha war perfekt. Vor nicht allzu langer Zeit hatte ich mehrmals versucht, selbst Kascha zu machen, aber sie war immer viel zu matschig geworden.

»Andrjusch, sag mal«, sagte meine Großmutter jetzt, während sie mir beim Essen zusah. »Wo wohnst du?«

»New York.«

»Wo?«

»New York!«

»Oh, New York. Wohnst du in einem Haus oder in einer Wohnung?«

»Einer Wohnung.«

»Was?«

»Einer Wohnung!«

Gestern hatte sie ein Hörgerät getragen, aber heute hörte sie weder schlechter noch besser.

»Gehört dir die Wohnung, oder hast du sie gemietet?«

»Gemietet!«, sagte ich sehr laut.

»Du brauchst nicht so zu schreien«, sagte sie.

»Okay.«
»Bist du verheiratet?«
»Nein.«
»Nein?«
»Nein.«
»Hast du Kinder?«
»Nein.«
»Keine Kinder?«
»Nein.«
»Warum nicht?«

»Ich weiß nicht«, sagte ich. »Ich habe niemanden, mit dem ich sie bekommen könnte.«

»Ja«, sagte meine Großmutter, »das stimmt. Du musst heiraten.«

»Großmutter«, sagte ich. »Kann ich dich etwas fragen? Ich möchte dir dabei helfen, den Überblick über deine Medikamente zu behalten. Weißt du bei jedem der Medikamente, warum du es nimmst?«

Meine Großmutter wirkte nicht sonderlich überrascht. »So richtig weiß ich das nicht«, sagte sie. »Aber warte, ich hab's mir aufgeschrieben.«

Sie förderte ein kleines Notizbuch zutage. Über ungefähr ein Dutzend Seiten erstreckte sich darin eine Liste mit den Namen von Medikamenten und gelegentlich einem Vermerk, wofür sie gedacht waren (»Herz«, »Husten«). Sie hatte schon immer eine ausladende und verschnörkelte Handschrift gehabt, aber nun war sie noch ausladender und noch verschnörkelter. Nirgends stand etwas von Demenz.

Ich sah vom Notizbuch auf und bemerkte, dass meine Großmutter zum Kühlschrank gegangen war und eine Flasche Rotwein herausgeholt hatte. Sie war halb leer, und im Hals klebten abgebrochene Korkstückchen. Sie kämpfte mit dem Korken.

»Wollen wir einen Schluck Wein trinken und darauf anstoßen, dass du hier bist?«, fragte sie. »Ich bekomme ihn nicht auf.«

Es war sieben Uhr morgens.

»Vielleicht später«, sagte ich. »Jetzt muss ich erst mal kurz weg und was nachsehen. Ich bin in einer Stunde zurück.«

Sie sah enttäuscht aus. »Muss das sein?«

Es musste. Widerwillig stellte meine Großmutter den Wein zurück in den Kühlschrank.

Ich ging in mein Zimmer und schnappte mir meinen Laptop und meine Umhängetasche. Ich war schon fast aus der Tür, als das Telefon klingelte. Meine Großmutter war auf der Toilette, also ging ich ran. Eine ältere Frau wollte meine Großmutter sprechen. Ich sagte, sie könne gerade nicht ans Telefon kommen, aber ich würde gern etwas ausrichten. Die Frau stellte sich als Alla Aronowna vor. Meine Großmutter war noch immer auf der Toilette. Ich schrieb ihr eine Nachricht, dass Alla Aronowna angerufen hatte, und legte sie auf den Küchentisch. Dann ging ich raus.

Meine Großmutter hätte kaum zentraler wohnen können – der Kreml war nur fünfzehn Gehminuten entfernt –, aber ich brauchte vierzig Minuten, um einen Ort zu finden, an dem ich meine E-Mails abrufen konnte.

Am Tag zuvor hatte ich auf dem Weg von der Metro zu meiner Großmutter keine Cafés oder anderen Orte mit WLAN gesehen, also ging ich weiter den Boulevard hinauf zur nächsten Metro-Station, den Sauberen Teichen. Das war immer der geschäftigste und belebteste Ort der ganzen Nachbarschaft gewesen, und hinter dem Postamt hatte sich ein Internet-Café mit lauter verschwitzten, computerspielsüchtigen Russen befunden. Die Gegend war noch immer sehr lebhaft: Neben dem Eingang zur Metro gab es das große Postamt, ein McDonald's, ein Durcheinander aus kleinen Kiosken, die Handys, DVDs und Fleischspieße verkauften, sowie eine Statue des Dichters Gribojedow. Hinter Gribojedow erstreckten sich die namensgebenden Sauberen Teiche. Schräg gegenüber von diesem urbanen Ballungsraum stand das gigantische RussOil-Gebäude, der Hauptsitz des größten Ölkonzerns des Landes, das aus schwarzem Marmor bestand und das gesamte Licht um sich herum zu verschlucken schien. Aber das alte Internet-Café war von der Filiale einer deutschen Bank verdrängt worden. Ohne WLAN.

Ich gab mich geschlagen und folgte der Sretenka, die sich inzwischen in eine Geschäftsstraße verwandelt hatte, nach Norden. Es war eine hübsche, europäisch geprägte Straße, schmaler als die meisten anderen, mit Reisebüros und Restaurants und Bars, einem experimentellen Theater, einer Hugo-Boss-Filiale und einem miesen Buchladen mit den neuesten Bestsellern im Fenster, der im zweiten Stock offenbar einen Stripclub beherbergte – ein unbeleuchtetes Neonschild in der Form einer nackten Frau hing an der Fassade. Morgens um halb acht erwachte die Straße langsam zum Leben: Schwarz glänzende ausländische Autos jagten stadtauswärts, hin und wieder hielt eins an, und ein gut gekleideter Mann oder eine hübsch angezogene Frau stieg aus, ein elegantes Handy am Ohr. Dies war nicht das Russland, das ich in Erinnerung hatte. Ich fand mehrere Cafés im europäischen Stil, mit kleinen Tischen und kleinen Schildern im Fenster, die mit WLAN warben. Aber sie waren alle unglaublich teuer. Das Billigste auf der Karte, ein Tee, kostete zweihundert Rubel – fast neun Dollar. Einerseits musste ich herausfinden, ob meiner Großmutter ihre Demenz-Medikamente ausgegangen waren, andererseits: neun Dollar für eine Tasse Tee? In den Cafés drängten sich gut angezogene Russen, die an unverschämt teuren Cappuccinos nippten. Was war das für ein Scheiß.

Wieder gab ich mich geschlagen und zog mich an unsere Kreuzung zurück: Meine Großmutter wohnte direkt an der Ecke, wo sich die Sretenka und der Boulevard trafen, allerdings wurde die Sretenka auf der anderen Seite des Boulevards zur Bolschaja Lubjanka, die zum Lubjanka-Platz führte, an dem die Zentrale des ehemaligen KGB, des heutigen FSB, lag. In diese Richtung ging ich nun. Verglichen mit der Sretenka wenige Minuten zuvor, war es ein trostloser Spaziergang, als würde die Behörde – in deren Kellern während des Terrors in den 1930er-Jahren Tausende Menschen erschossen worden waren – sämtliche Geschäfte abschrecken. Dass meine Großmutter so nahe am KGB wohnte, war schon immer ein gespenstisches Detail ihres Moskauer Lebens gewesen – einerseits lagen im Zentrum von Moskau die wirklich guten Immobilen, sie hatte also großes Glück gehabt, andererseits hatten sich dort eben auch die Hinrichtungskammern befunden. Es war, als würde man direkt neben Auschwitz wohnen.

Aber ich musste dringend meine Mails abrufen.

Ich ging die breite, stille Straße hinauf, bis ich den KGB erreichte. Das klotzige Gebäude aus dunklem, grobem Granit türmte sich drohend über einem großen, ausladenden Kreisverkehr, in dessen Mitte einst eine gigantische Statue des KGB-Gründers Felix Dserschinski gestanden hatte. Aber 1991 war Dserschinski entfernt worden, und nun stand in der Mitte des Kreisverkehrs nur noch sein Sockel, den man in einen überdimensionalen Blumenkübel verwandelt hatte.

Zu meiner großen Freude und Überraschung gab es direkt an diesem gewaltigen und immer noch Furcht einflößenden

Platz ein kleines, gemütliches Café, das Coffee Grind, mit niedlichen kleinen Tischen, WLAN und einer handgeschriebenen Karte, auf der ich zumindest ein Getränk – die Spezialität des Hauses, einen Cappuccino – für vertretbare fünfundsiebzig Rubel, also drei Dollar, entdeckte. Vielleicht wurde es vom KGB subventioniert. Und wenn schon. Sie waren uns etwas schuldig.

Ich ging zum Tresen. »Hallo!«, begrüßte mich die hübsche Barista, als ob sie sich freute, mich zu sehen. Ich bestellte den Cappuccino und setzte mich.

Mir blieben nur noch fünfzehn Minuten, um meine Mails zu checken, wenn ich innerhalb einer Stunde wieder zu Hause sein wollte. Ich fand Dimas Erklärungen der Medikamente und kopierte sie schnell in mein Notizbuch; dann schrieb ich ihm eine kurze Nachricht, um zu fragen, warum ein Heimtrainer in meinem Zimmer stand und ob das Internet in seiner Wohnung funktionierte. Anschließend googelte ich »Demenz«. Es war ein Sammelbegriff, der auch Alzheimer umfasste. Hatte meine Großmutter Alzheimer? Mir lief die Zeit davon. Ich gab mir genau sechzig Sekunden für die Website mit den Stellenangeboten aus der Slawistik. Es war eine anonyme Seite, auf der Leute Hinweise auf offene Stellen posteten und sich über ihre Erfahrungen bei der Jobsuche beschwerten. (»Ich kann euch jetzt schon sagen, dass die Stelle sowieso an den internen Kandidaten geht.« – »Einer der älteren Professoren in der Auswahlkommission ist echt creepy. Er hat mir beim Bewerbungsgespräch die ganze Zeit auf die Brüste gestarrt.«) Es war nicht die einzige Möglichkeit, sich über offene Stellen zu informieren, aber die unterhaltsamste. Heute gab es nichts Neues. Ich gab mir dreißig Sekunden, um einen Blick auf Facebook zu werfen. Meine alten Kommilitonen richteten sich in ihren neuen Positionen als College-Professoren ein. Es gab Fotos von neuen Büros, Bitten um Tipps für die Lehrpläne (um alle daran zu erinnern: Ich bin jetzt College-Professor!) und anderes Zeug, von dem ich gedacht hatte, es würde mir nicht mehr so zusetzen, wenn ich mich erst einmal am anderen Ende der Welt befand. Aber es ging mir noch immer ziemlich unter die Haut. Alex Fishman, meine Nemesis aus dem Institut für Slawistik, hatte ein wunderschönes Foto von Princeton gepostet, wo er als Postdoc anfing. Was für ein Arsch. Ich klappte den Laptop zu, steckte ihn in die Tasche und ging wieder raus auf die Straße.

Es war jetzt acht Uhr morgens, und sogar die schläfrige, unheimliche Bolschaja Lubjanka erwachte langsam zum Leben. Teure deutsche Autos wurden vom Kreisverkehr ausgespuckt und glitten Richtung Sretenka; andere bogen auf einen riesigen Parkplatz ein, der zum FSB gehören musste. Einige der Autos fuhren auf den Bürgersteig und blieben dort stehen; elegant gekleidete Männer und Frauen auf dem Weg zur Arbeit schlängelten sich an ihnen vorbei, als wäre es vollkommen normal, dass jemand direkt auf dem Bürgersteig parkte.

Die Frauen, das konnte ich nicht übersehen, waren außerordentlich attraktiv. Auf den vier Häuserblocks zwischen dem Coffee Grind und unserem Haus begegneten mir mindestens ein Dutzend sehr gut aussehender Frauen. Sie hatten etwas Besonders an sich, eine gewisse Uniformität. Sie alle waren dünn, blond, um die dreißig und trugen schwarze Bleistiftröcke, weiße Blusen und High Heels. Ich weiß nicht, warum es mir gefiel, dass sie alle gleich aussahen, aber so war es.

Auch die Männer folgten einem Muster: Kräftig, kaschagefüttert und zwei Meter groß, stelzten sie in teure Anzüge gezwängt in glänzenden, spitz zulaufenden Schuhen durch die Gegend, ohne je zu lächeln. Wenn man vor zehn Jahren eine Moskauer Straße entlanggegangen war, hatte man jede Menge Schlägertypen in billigen Lederjacken getroffen. Diese Kerle gab es nicht mehr, sie waren durch die anderen ersetzt worden. Oder waren es am Ende dieselben Männer? Sie nahmen die ganze Breite des Bürgersteigs in Beschlag und walzten voran, ohne darauf zu achten, wer ihnen dabei in die Quere kam. Sie hatten die Hände zu Fäusten geballt, als wären sie jederzeit bereit, sie zu benutzen. Ich kam aus einem Land, in dem sich die Männer einen Bart wachsen ließen, kurze Hosen trugen und ununterbrochen lächelten, als spielte in ihrem Kopf eine Melodie, die nur sie hören konnten, während sie an einem Kaffee nippend auf dem Fahrrad die Bedford Avenue herunterradelten. Das hier war das Gegenteil davon.

Und noch etwas fiel mir auf: Sie waren alle weiß. Einige waren blond und blauäugig, andere hatten braune Haare und haselnussbraune Augen, und wieder andere waren ein bisschen dunkler, armenisch oder jüdisch, aber immer noch weiß. Auf den Baustellen arbeiteten dagegen ausschließlich kleine, dünne Männer aus Zentralasien, und zentralasiatische Frauen in orangefarbenen Westen hielten die vielen Hinterhöfe sauber.

Bevor ich in die Wohnung zurückkehrte, ging ich noch schnell in ein winziges Lebensmittelgeschäft an der Ecke Bolschaja Lubjanka und Boulevard. Es roch fürchterlich, und den beiden Frauen hinter der Theke war Kundschaft offenbar nicht sehr recht. Bierflaschen belegten den größten Teil des kleinen Raumes, aber hinter der Theke gab es Aufschnitt – er schien der Ursprung des Geruches zu sein – und, viel wichtiger, das, wonach ich suchte: Suschki – runde, knusprige, leicht süßliche Brotringe. Weil sie ein bisschen süß waren, passten sie gut zu Tee, aber weil sie nicht zu süß waren, passten sie auch gut zu Bier. Ich kaufte zwei Packungen, eine mit Mohn, eine ohne. Anders als alles andere in diesem neuen Russland waren Suschki noch immer billig.

Als ich nach Hause kam, saß meine Großmutter am Küchentisch. Vor ihr lagen vier kleine Telefonbüchlein. Sie hörte mich nicht reinkommen, und ich sah, wie sie, immer wieder »Alla Aronowna« vor sich hin murmelnd, langsam in einem der Büchlein blätterte.

»Andrjusch«, sagte sie, als sie mich schließlich bemerkte, »hast du mir diese Nachricht hinterlassen?«

Ich nickte.

»Ich kann eine Alla Aronowna nirgendwo finden. Bist du dir sicher, dass sie so hieß?«

Ich war mir sicher. Ich hätte sie nach ihrer Nummer fragen sollen! Aber sie klang sehr überzeugt, dass meine Großmutter genau wissen würde, wer sie war.

Meine Großmutter betrachtete hilflos ihre vielen Telefonbüchlein. »Andrjuschenka«, sagte sie und hielt mir eins von ihnen wie eine Opfergabe entgegen. »Kannst du mal gucken, ob du sie findest?«

Ich setzte mich zu ihr an den Tisch und ging die Büchlein durch. Sie waren mit ihrer ausladenden, raumgreifenden Handschrift beschrieben. Viele der Namen und Nummern waren durchgestrichen. Ich fragte sie nach einigen. »Die ist gestorben.« – »Die sind ausgewandert.« – »Ich weiß es nicht.« Ich hörte auf zu fragen. Wir kannten nur Alla Aronownas Vornamen und Vaternamen, nicht ihren Nachnamen, also musste wir jedes Büchlein von vorne bis hinten durchgehen. Ich fand zwei durchgestrichene Allas, aber beide waren schon tot (es gab Datumseinträge), und keine von ihnen war eine Aronowna.

»Bist du sicher, dass sie so hieß?«

Inzwischen war ich mir nicht mehr ganz so sicher, aber immer noch ziemlich sicher. Ich hatte es sofort aufgeschrieben.

Meine Großmutter blätterte weiter in den Büchlein. Schließlich sagte sie: »Es gibt eine Ella Petrowna. Vielleicht war sie es.«

»Sie war es nicht.«

»Ich rufe mal an. Vielleicht war sie es doch.«

Sie wählte die Nummer. Die Person am anderen Ende kannte weder eine Ella Petrowna noch eine Alla Aronowna. Meine Großmutter bat um Entschuldigung. Dann strich sie behutsam den Namen und die Nummer in ihrem Buch durch, wie man es macht, wenn man mit den Toten zu tun hat.

»Siehst du«, sagte meine Großmutter, »alle meine Freunde sind tot. Alle, die mir nahestanden, sind gestorben. Ich habe niemanden mehr.«

»Sie ruft bestimmt noch mal an«, sagte ich hoffnungsvoll.

Sie rief nie mehr an.

Ich nahm mein Notizbuch aus meiner Umhängetasche und verglich die Medikamentenliste, die Dima mir geschickt hatte, mit den Medikamenten im Regal. Das leere Fläschchen, so stellte sich heraus, war ein Vitamin-D-Ergänzungsmittel. Das Fläschchen mit den Demenzpillen war noch halb voll. Es lag also nicht an den Medikamenten. Es lag an ihr.

Ich setzte mich an den Küchentisch, öffnete die Tüte mit den Mohn-Suschki und aß einen nach dem anderen auf, bis die Packung leer war.

In der folgenden Woche ließ ich meine Großmutter nicht aus den Augen. Ich begleitete sie auf ihren Einkaufsrunden und leistete ihr beim Kochen Gesellschaft. Wenn sie ihr Vormittagsschläfchen hielt, schlich ich mich runter zum

KGB, um zu arbeiten, kam aber sofort danach wieder zurück. Ich hatte Schwierigkeiten, meinen Jetlag zu überwinden, und war schon am späten Nachmittag hundemüde, aber ich riss mich zusammen und unterstützte sie bei ihren Erledigungen. Am frühen Abend aßen wir ein an Tee und Süßigkeiten reiches Abendbrot und sahen uns die Abendnachrichten im Fernsehen an.

Körperlich war meine Großmutter für eine neunundachtzigjährige Frau gut beieinander. Sie und Onkel Lew hatten jahrzehntelang regelmäßig gemeinsame Spaziergänge rund um den Teilchenbeschleuniger in Dubna gemacht und unzählige Wanderungen in den Bergen der UdSSR unternommen. Das war in Wissenschaftskreisen sehr angesagt gewesen, und außerdem war es Teil seiner Arbeit, das ganze riesige Reich zu bereisen, um herauszufinden, ob sich unter der Erde Öl verbarg. Auch jetzt noch unternahm meine Großmutter Spaziergänge durch die Wohnung, wanderte hin und her, von einem Ende zum anderen – wie eine Gefangene. Aber ihr Gedächtnis ließ sie langsam im Stich. Nach einigem Hin-und-Hergemaile mit Dima und ein paar Stunden auf medizinischen Websites kam ich zu dem Schluss, dass sie an ganz normaler Altersdemenz litt. (Einige Wochen später verschaffte uns Dima einen Termin bei einem Neurologen; der Neurologe bestätigte es.) Die Furchen ihres Gedächtnisses schliffen sich ab. Ihre Persönlichkeit verblasste. Und währenddessen schlug ihr Herz wie eine perfekte kleine Maschine. Ihr Körper überlebte ihren Geist.

Ihre Tage folgten einem klaren Ablauf. Sie wachte jeden Morgen um sieben auf, rieb sich einen Apfel (für die Verdauung), nahm ihre Medikamente, machte ihr Bett und zog sich an. Wie alle Sowjetbürger hatte sie ihr Leben auf begrenztem Raum verbracht, und noch heute legte sie jeden Morgen ihr Bettzeug zusammen und verstaute es im Bettkasten, sodass sich ihr Bett fast schon in ein Sofa verwandelte. Sie achtete noch immer auf ihr Äußeres, indem sie zwischen zwei hellen Khakihosen und mehreren pastellfarbenen Blusen wechselte. Sie besaß einen blauen Baumwollhut, den sie trug, um sich vor der Sonne zu schützen. Dieser feminine Touch hatte sie in früheren Zeiten davor bewahrt, einsam zu sein, selbst in den Nachkriegsjahren, als die meisten Männer im Krieg geblieben waren und jene, die zurückkehrten, sich die Mädchen aussuchen konnten. Die Partnersuche hatte die Frauen vor große Herausforderungen gestellt, aber meine Großmutter hatte sich gut geschlagen.

Sie ging nach wie vor selbst einkaufen und machte innerhalb eines Zwei-Block-Radius ums Haus einen Rundgang durch die Geschäfte und über einen »Markt«, wie sie es nannte, der aus sechs Plastikständen auf einem leeren Parkplatz bestand. Der Großteil des Viertels hatte eine radikale Gentrifizierung durchlaufen, und Restaurants, Modeboutiquen und Banken hatten die meisten der deprimierenden Lebensmittelgeschäfte aus der Sowjetzeit verdrängt, aber ein paar wenige waren übrig geblieben, und meine Großmutter klapperte sie alle der Reihe nach ab. In einem Laden waren die Eier billiger, im anderen der Käse, und in einem dritten gab es den Rote-Bete-Salat mit zu viel Mayonnaise, den sie so gerne mochte. Für Sonderwünsche mussten wir unseren Operationsradius ausweiten.

»Möchtest du Hühnchen zum Mittag?«, fragte mich meine Großmutter eines Morgens.

Ich antwortete: »Aber klar.«

Also gingen wir zehn Minuten die Sretenka runter bis zur Metro-Station Sucharewskaja, wo sich ein Grillhähnchenstand befand, der von ein paar Aserbaidschanern betrieben wurde. Meine Großmutter bestellte ein halbes Hähnchen. Sie überreichten es ihr in einer kleinen Papiertüte.

Unsere Einkaufsrunde verlief nicht immer reibungslos. Einmal glaubte ich, eine der Verkäuferinnen dabei zu erwischen, wie sie meiner Großmutter achtzig Rubel zu wenig herausgab. Und weil die meisten Einkäufe auf sowjetische Art abliefen (das heißt, man musste am Tresen bestellen, dann vorne an der Kasse bezahlen und anschließend mit der Quittung zurückkommen und seine Sachen abholen) und weil meine Großmutter von einem Laden zum anderen zog, um die Preise zu vergleichen und Geld zu sparen, und weil sie all das extrem langsam erledigte, dauerte es viel, viel länger, als es eigentlich müsste. Anschließend brauchte sie meine Hilfe, um die Treppen in den zweiten Stock hinaufzukommen. Und dennoch: Dass sie so viele Dinge noch selbstständig hinbekam, war ein Triumph.

Abgesehen von Emma Abramowna, die sich immer noch in ihrer beneidenswerten Datscha aufhielt, hatte meine Großmutter keine Freunde, wie sie nicht müde wurde zu betonen: Der Kontakt war abgerissen, sie waren mit ihren Kindern nach Israel ausgewandert, sie waren gestorben. Im Innenhof des Nachbarhauses hockte oft eine Gruppe älterer Damen – ein paar Jahre jünger als meine Großmutter und viel stämmiger, kräftiger und gröber; sie trugen billige Freizeitkleidung, während meine Großmutter immerhin billige Businesskleidung anhatte –, aber als ich meine Großmutter auf sie ansprach, um die Möglichkeit eventueller freundschaftlicher Beziehungen anzudeuten, zog sie mich dichter zu sich heran (wir gingen gerade an ihnen vorbei) und sagte leise zu mir: »Früher habe ich mich zu ihnen gesetzt. Aber jetzt nicht mehr. Es sind Antisemiten.« Also blieb nur noch ich.

Die Abende waren recht unkompliziert: Wir sahen uns die Nachrichten an und spielten Anagramm, ein Spiel, bei dem man sich aus einem Buch ein langes Wort herauspickte, es auf ein Blatt Papier schrieb und dann versuchte, aus den

Buchstaben so viele verschiedene Wörter wie möglich zu bilden. Für ein Wort mit vier Buchstaben gab es einen Punkt, für ein Wort mit fünf Buchstaben zwei und so weiter. Meine Großmutter liebte dieses Spiel, war gnadenlos gut darin und schlug mich meistens sechzig zu acht. Das lief also schon mal. Aber bevor wir bei den Abendnachrichten und den Anagrammen ankamen, mussten wir den späten Nachmittag überstehen - die Geisterstunde. Während dieser Zeit hatte meine Großmutter die größten Schwierigkeiten, sich zu beschäftigen. Sie konnte nicht mehr wie früher längere Zeit am Stück lesen: Auf einem Stuhl zu sitzen und auf die Seiten zu schauen schlug ihr schnell auf Nacken und Rücken, und im Bett zu liegen und ein Buch in die Höhe zu halten strengte sie zu sehr an. Sie hatte sich angewöhnt, einzelne Kapitel aus Büchern herauszureißen, was es ihr leichter machte, sich die Seiten vors Gesicht zu halten, wenn sie im Bett lag, aber ihr Gedächtnis war so schlecht, dass es ihr schwerfiel, überhaupt irgendetwas mit Freude zu lesen, ganz gleich, wie lang es war. In dieser ersten Woche habe ich gesehen, wie sie dieselbe Tschechow-Geschichte, die sie aus einer Taschenbuchausgabe seiner gesammelten Geschichten herausgerissen hatte, wieder und wieder las. Abgesehen vom Lesen wusste meine Großmutter nicht so recht, wie sie sich zu Hause beschäftigen sollte. Sie hatte ein anstrengendes Leben geführt und nie wirklich gelernt, ihre Freizeit zu gestalten. Es war immer zu viel zu tun gewesen. Das war jetzt anders, und während dieser langen Nachmittage war sie schnell gelangweilt und sogar verzweifelt, wenn sie nirgendwo hingehen konnte. Aber irgendwo hinzukommen war gar nicht so einfach.

Moskau war riesengroß. Es war immer schon riesengroß gewesen. Stalin hatte die Alleen so sehr verbreitert, dass man unterirdische Unterführungen brauchte, um von einer Seite auf die andere zu gelangen. Meine kleine Großmutter musste viele Treppenstufen hinuntersteigen, dann durch eine Unterführung laufen und anschließend wieder viele Stufen hinaufsteigen, nur um die Straße zu überqueren. Und auf dem Rückweg dasselbe Spiel.

Moskaus Metro, ebenfalls von Stalin erbaut, war zu Recht berühmt. Die Bahnhöfe in der Innenstadt waren prachtvoll, mit Marmor verkleidet und mit bunten Mosaiken verziert, die von den heldenhaften Leistungen der Arbeiterklasse zeugten. In einigen standen noch immer riesige Statuen von Lenin oder Marx oder von Soldaten der Roten Armee im Kampf gegen die Nazis. Die Bahnhöfe waren blitzsauber und sogar während der stickigen letzten Augusttage immer angenehm kühl. Die Züge fuhren schnell und effizient, und in jeder Station zeigte eine Digitaluhr die Zeit an, die seit der Abfahrt des letzten Zuges vergangen war. Bevor die Uhr zwei Minuten und dreißig Sekunden erreichte, fuhr normalerweise schon der nächste Zug ein.

Aber als ich dieses berühmte Metro-Netz mit meiner Großmutter befuhr, wurde mir schnell klar, wo seine Schwachpunkte lagen. Es war unglaublich voll: Da bis auf eine Ausnahme alle Linien strahlenförmig verliefen, also vom Inneren des Kreises, den Moskau darstellte, in die Außenbezirke, gab es praktisch nur im Zentrum die Möglichkeit, von einer Linie in eine andere umzusteigen. Dadurch waren im Grunde alle Fahrgäste gezwungen, die paar wenigen Stationen rund um den Kreml zu benutzen, in deren Gegend wir wohnten. Jeder Zug, in den wir einstiegen, war überfüllt. Und »überfüllt« bedeutete hier etwas anderes als in New York. In New York waren die Züge während der Rushhour manchmal so voll, dass Leute, die einsteigen wollten, nicht mehr einsteigen konnten und auf den nächsten Zug warten mussten. Wenn es in Moskau so weit war, stiegen die Leute trotzdem ein.

Die Züge selbst waren in Ordnung, aber anders als die Bahnsteige heiß und stickig, und in der Luft lagen die Ausdünstungen Hunderter russischer Männer. Und schließlich, und das war das Schlimmste: Es gab nicht genug Haltestellen. Egal, wo man ausstieg, man musste immer noch eine Strecke zu Fuß gehen.

Wir versuchten, einen Ausflug zum Sokolniki-Park zu machen, solange das Wetter noch gut war. Er lag nur ein paar Metro-Stationen entfernt, aber der Fußweg und die Fahrt erschöpften meine Großmutter gründlich. Vom Schaukeln der schnell fahrenden Züge wurde ihr schlecht. Das Gedrängel setzte ihr zu.

»Lass uns nach Hause gehen«, sagte sie, kaum dass wir die Metro verlassen hatten.

»Wir sind doch gerade erst angekommen«, sagte ich. »Lass uns wenigstens bis zum Park gehen.«

»Und ich sage, ich möchte wieder nach Hause!«

Ich blieb stehen. Sie hatte sich bei mir untergehakt und blieb ebenfalls stehen. Wir befanden uns direkt vor dem Eingang der Metro-Station Sokolniki, Menschen gingen durch die schweren Schwingtüren ein und aus. Meine Großmutter war so schmal und zart. Sie hatte für unseren Ausflug ihren kleinen hellblauen Sonnenhut aufgesetzt und ihre hellgrüne Sommerhose angezogen.

»Ganz wie du willst«, sagte ich, auch wenn ich mich darüber ärgerte.

»Na gut«, sagte meine arme erschöpfte Großmutter schließlich. »Dann gehen wir halt bis zum Park und fahren dann zurück.«

Wir gingen zum Park und setzten uns eine Weile auf eine Bank direkt beim Eingang. Dann machten wir uns wieder auf den Heimweg. Keinem von uns hatte der Ausflug sehr viel Spaß gemacht. Ich gab mir die Schuld daran, weil mir nichts

Besseres eingefallen war. Aber ich hatte keine Ahnung, was das sein könnte.

Meine Großmutter war früher eine glühende Kinogängerin gewesen und jedes Wochenende mit dem Zug aus Dubna in die Stadt gefahren, um sich im Haus des Kinos nahe der Metro-Station Majakowskaja anzusehen, was immer dort gerade gespielt wurde – ein Mann, mit dem sie damals ausging, bevor sie Onkel Lew kennenlernte, versorgte sie mit schwer erhältlichen Passierscheinen. Sie beschwerte sich gerne bei allen, die es hören wollten, dass die Filme, die in Dubnas Haus der Kultur liefen, immer schon sechs Monate alt und völlig überholt waren. Jetzt sagte sie mir, dass sie die aktuellen Filme nicht mehr ertragen könne. »Immer nur pack-pack-pack.« Sie imitierte mit der Hand eine Pistole. »Ich kann's nicht mehr sehen.«

Aus Gewohnheit kaufte sie immer noch jede Woche ein Stadtmagazin mit Veranstaltungstipps an dem Zeitungsstand neben den aserbaidschanischen Brathähnchen-Jungs, und eines Morgens drückte sie es mir in die Hand. »Andrjusch«, sagte sie, »kannst du einen Film rausuchen?«

Sie hatte die Rubrik mit den Filmen mit Häkchen und Kreisen und Kreuzen versehen, aber ich hatte den Eindruck, dass dies recht wahllos geschehen war. Allerdings hatte ich auch nicht mehr Ahnung als sie. Ich nahm das Magazin mit ins Coffee Grind, um mir mithilfe des Internets zusammenzureimen, welche Filme es waren, da es sich bei den meisten um amerikanische oder englische Filme handelte und ich in der Übersetzung ihre Originaltitel nicht erkannte. Nachdem ich es herausgefunden hatte, sah ich das Problem: So gut wie alle ausländischen Filme, die in Moskau liefen (und seit dem Zusammenbruch der russischen Filmindustrie in den frühen 1990er-Jahren kamen fast alle Filme, die in Moskau gezeigt wurden, aus dem

Ausland), waren Mist. Es handelte sich um *Kung Fu Panda, Die Mumie: Das Grabmal des Drachenkaisers* und *Madagascar*. Ich möchte niemandem zu nahe treten, aber viele dieser Filme waren Zeichentrickfilme, der Rest war »pack-pack-pack«, genau wie meine Großmutter gesagt hatte. Um das »Pack-pack-pack« zu vermeiden, entschied ich mich schließlich für einen dänischen Arthouse-Film, der laut Website in einer Art Off-Kino nicht allzu weit von uns entfernt lief.

Die Adresse des Kinos lautete Rote-Armee-Allee 24, weshalb ich naiverweise annahm, dass es sich auch in der Rote-Armee-Allee befand. Wie sich herausstellte, lag das Kino jedoch in einem Hinterhof abseits der Rote-Armee-Allee. Während wir danach suchten, fing es an zu regnen; meine Großmutter plädierte dafür aufzugeben, aber ich bestand darauf, dass ich es finden würde, ließ sie unter einer Markise zurück und rannte fünf Minuten in der Gegend herum, bis ich es endlich entdeckte. Ich ging zurück, sammelte meine erschöpfte und leicht durchnässte Großmutter ein und schleifte sie zum Kino. Darin befanden sich einige Dutzend junge Moskauer Hipster, die Converse trugen. Meine Leute! Sie würden mich bestimmt für ziemlich cool halten, weil ich hier mit meiner alten Großmutter auftauchte.

Nun, das taten sie nicht. Sie wurde zweimal angezischt, weil sie mich fragte, worum es gerade ging. Die Hipster sahen genervt aus, als wir mittendrin aufstanden und uns an ihnen vorbeizwängten, damit meine Großmutter auf die Toilette gehen konnte. Am Ende des Films fragte sie mich, wie ich ihn gefunden hatte, und ich zuckte mit den Achseln, weil ich nicht darauf eingehen wollte. Daraufhin verkündete sie laut: »Es war sehr langweilig!« Einige der Hipster warfen uns böse Blicke zu. Aber sie hatte recht. Der Film war langweilig gewesen. Danach legte ich unsere Kinobesuche auf Eis.

Das Problem meiner Großmutter war nicht, dass sie die Aufgaben, die das Leben ihr weiterhin stellte, nicht bewältigen konnte. Das konnte sie. Ihr Problem war die Einsamkeit. »Die Sache ist die«, sagte sie bei unseren Spaziergängen, während des Mittagessens oder beim Frühstück zu mir, »alle meine Freunde sind tot. Alle, die mir nahestanden, sind gestorben. Borja Kraisenstern ist tot. Ljubima Gerschkowitsch ist tot. Rosa Pipkin ist tot. Schau«, sagte sie und hielt ihre Telefonbüchlein in die Höhe, »es sind jetzt Todeslisten. Nichts als Tod, Tod, Tod.« Gelegentlich versuchte ich, mit ihr zu diskutieren (»Und was ist mit Dima? Was ist mit mir?«), aber im Großen und Ganzen stimmte es ja. Ihre letzte verbliebene Freundin war Emma Abramowna, und die beiden telefonierten ziemlich häufig miteinander, aber da Emma Abramownas Datscha keinen Festnetzanschluss hatte, bestanden ihre Unterhaltungen meistens darin, dass meine Großmutter sagte: »Was? Ich kann dich nicht hööören!« Dieses Gespräch führten sie oft mehrmals am Tag. Hin und wieder bekam ich mit, wie meine Großmutter die Datscha erwähnte. »Was macht Peredelkino?«, sagte sie dann. »Ist es schön dort?« Auf die bejahende Antwort sagte sie traurig: »Hier in der Stadt ist es sehr stickig. Ich bekomme kaum Luft.«

Da wir nicht in den Park gehen konnten und aus Sorge, einen weiteren schlechten Film sehen zu müssen, begnügten wir uns damit, Spaziergänge durch die lang gestreckte Grünanlage zu unternehmen, die sich zwischen den Fahrbahnen des Boulevards erstreckte. Unser Abschnitt reichte von der Statue von Lenins Witwe, Nadeschda Krupskaja, bis zum riesigen, Furcht einflößenden RussOil-Gebäude gegenüber den Sauberen Teichen. Dazwischen liefen wir hin und her und diskutierten. Meine Großmutter brachte vor, dass man sie vernachlässigt und im Stich gelassen habe, dass

Dima sie nicht liebe und ich eh nicht lange bleiben würde. Ich hielt ihr entgegen, dass Dima sehr beschäftigt sei, dass niemand sie im Stich lasse und dass ich so lange bleiben würde, wie es nötig sei. Ich fand es wichtig, die Dinge richtigzustellen, bei denen sie sich irrte, und auch ein paar Sachen infrage zu stellen, bei denen sie richtiglag, um die Rädchen ihres Gedächtnisses in Bewegung zu halten. Das war oft frustrierend, weil sie mir nicht zu glauben schien, und das nur manchmal, weil ich gelogen hatte.

Ab und zu versuchte ich, ihre Erinnerungen an die Sowjetzeit wachzurütteln – an den Stalinismus, die Säuberungen, den Krieg, das »Tauwetter« –, aber ich kam nicht weit. Sie erinnerte sich nicht, und sie schien es auch gar nicht erst versuchen zu wollen. Jemand mit mehr Interesse an der Wahrheit hätte sie vielleicht dazu bringen können, sich zu erinnern, ob sie es nun wollte oder nicht. Ich weiß es nicht. Mir jedenfalls gelang es nicht.

Aber sie daran zu erinnern, wer ich war, das schaffte ich auf unseren Spaziergängen. Und es gefiel mir.

»Weißt du, wer ich bin?«, fragte ich.

»Du bist Andrjuscha.«

»Aber weißt du auch, woher wir uns kennen?«

»Woher wir uns kennen ...«

»Erinnerst du dich an deine Tochter?«

»Meine Tochter?« Fast immer folgte eine Pause. »Mein kleines Töchterchen? Meine Jolotschka?«

»Ja.«

»Sie ist gestorben.«

»Ja.«

»Und du?«

»Ich bin ihr Sohn.«

»Du bist ihr Sohn.« Ich konnte praktisch dabei zusehen, wie ihre Gedanken zurück zur Datscha in Scheremetjewo wanderten; ich, der als kleiner Junge im Hof herumrannte, mein Vater, der an einem Wochenende kam und mir das Fahrradfahren beibrachte. Dann sah sie mein Erwachsenen-Ich an.

»Andrjuscha?«

»Ja.«

Und wir gingen weiter, und ich versuchte, nicht zu heulen.

4. ICH VERSUCHE, EISHOCKEY ZU SPIELEN

Man musste schon ziemlich verblödet sein, dachte ich manchmal, um die Sorte akademischer Experte zu werden, die den Berufungskommissionen gefiel. Man musste auf gewisse Weise dumm sein. Man musste alle anderen Dinge auf der Welt ausblenden und sich auf eine einzige, sehr spezielle Sache konzentrieren. Aber wie konnte man sich, ohne all die anderen Dinge da draußen zu kennen, überhaupt für eine spezielle Sache entscheiden? An diesen Gedanken erfreute ich mich eines Tages auf dem Weg zum Coffee Grind. Es war nicht die einzige Zeit des Tages, während der ich zum Nachdenken kam, aber die konzentrierteste. Ich ging immer an dem kleinen Lebensmittelgeschäft vorbei, in dem ich meine Suschki gekauft hatte, und lief dann die unheimliche, verlassene Bolschaja Lubjanka entlang. Ich hatte gar keine andere Wahl, als nachzudenken.

Wenn ich mir meine Kommilitonen so ansah, die mit mir zusammen angefangen hatten – was war der Unterschied zwischen ihnen und mir? Es war nicht so, dass sie tatsächlich dumm waren. Die meisten von ihnen waren klug, und einige waren ein ganzes Stück klüger als ich. Aber das war nicht der Unterschied. Sondern ihre Bereitschaft, eine Sache durchzuziehen, wenn sie einmal damit angefangen hatten. Die Erfolgreichen waren wie Pitbulls, die sich in ein Thema verbissen und erst wieder losließen, wenn man sie erschoss oder ihnen eine Festanstellung gab.

Zur andauernden Frustration meines Studienberaters war ich keiner von ihnen.

»Tun Sie so, als wäre ich die Berufungskommission«, hatte er mich mal aufgefordert. »Wie würden Sie mich von sich überzeugen?«

»Indem ich Ihnen sage, dass ich den Kram, den ich mache, liebe. Ich liebe russische Geschichte und russische Literatur, und ich liebe es, mit Menschen darüber zu reden.«

»Okay, aber eine Universität ist auch eine Stätte der Forschung. Was ist Ihr Fachgebiet?«

Wir hatten das schon einmal durchexerziert.

»Die Moderne«, sagte ich und wusste bereits, dass es ihm nicht gefallen würde. »Mein Fachgebiet ist die Moderne.«

Mein Studienberater, ein zwei Meter großer ehemaliger Basketballspieler aus Iowa, sagte in einer sehr mädchenhaften Imitation meiner Stimme: »Mein Fachgebiet ist die Moderne. Ich untersuche den Einfluss der Moderne auf die russische Seele.«

Ich wartete, bis er fertig war.

»Mein Fachgebiet ist mein eigener Hintern!«, rief mein Berater. »Aber das ist nicht der Grund, warum ich diesen Job hier bekommen habe!«

»Was stimmt denn nicht mit der Moderne?«

»Sie umfasst drei Jahrhunderte! Das ist keine Spezialisierung. Drei Jahre sind eine Spezialisierung. Oder besser noch drei Monate. Drei Tage. Wenn Sie sich auf, sagen wir, Dienstag bis Donnerstag der ersten Februarwoche 1904 spezialisiert hätten und *zusätzlich* noch alles über die russische Moderne wüssten, könnte ich Ihnen jede Stelle verschaffen, die Sie haben wollen.«

Ich sagte nichts dazu.

»Ich meine, sehen Sie sich die Autoren doch an, die Sie studiert haben.« Wir saßen im winzigen Büro meines Beraters, zwischen uns auf dem Schreibtisch lagen die beiden ausgedruckten Seiten meines Lebenslaufs. Trotz seiner unkonventionellen Beratungsmethoden war er ein guter Kerl. Er sagte, er habe zum ersten Mal ernsthaft darüber nachgedacht, russische Literatur zu studieren, als ihm klar geworden sei, dass es für die NBA nicht reichen würde. (»Ich habe lange gebraucht, das zu verstehen«, sagte er, »weil ich ziemlich doof bin.«) Er war ein großartiger Lehrer, eine wirkliche Inspiration, aber auch seine akademische Karriere war nicht gerade reibungslos verlaufen. Er wollte nicht, dass ich dieselben Fehler machte wie er.

»Wer ist Patruschkin?«, fragte er jetzt, während er die Beschreibung meiner Dissertation überflog. Grigori Patruschkin war ein Dichter aus dem neunzehnten Jahrhundert. Er hatte eigentlich nicht sehr viele Gedichte geschrieben, und die Gedichte, die er geschrieben hatte, waren auch nicht besonders gut, aber ich hatte jemanden aus der Zeit gewollt, der nicht Puschkin war. Auch wenn Patruschkin Puschkin gekannt hatte.

»Patruschkin war ein Freund von Puschkin«, sagte ich jetzt.

»Ein Freund?«

»Irgendwie kannte er Puschkin.«

»Und heißt das, Sie können auch Puschkin unterrichten?«

»Das weiß ich nicht.«

»Es gibt nämlich keine Seminare über Patruschkin!«

»Ich wollte einfach nicht über die üblichen Verdächtigen schreiben. Ich dachte ...« Irgendwie hatte ich den Faden verloren.

»Glauben Sie ernsthaft«, sagte er, »ich interessiere mich für die Architektur altrussischer Blockhütten?« Sein einer kluger akademischer Schachzug hatte in der Entwicklung der Theorie bestanden, die altrussischen Bauern hätten aufgrund fehlender Schornsteine in mittelalterlichen russischen Hütten Gehirnschäden davongetragen – die Russen hatten Schornsteine erst ungefähr zweihundert Jahre nach den westeuropäischen Bauern eingeführt – und hätten deshalb bestimmte landwirtschaftliche Strategien nicht entwickeln können, die im frühneuzeitlichen Europa die Ernteerträge drastisch anwachsen ließen und den Weg in die Renaissance ebneten.

»Meinen Sie wirklich, ich wollte zu den Menschen gehören, die mit einer dieser monokausalen Erklärungen für die russische Rückständigkeit hausieren gehen? Nein, Mann, bestimmt nicht. Ich wollte Isaiah Berlin sein!«

»Mir ist klar, dass ich kein Isaiah Berlin bin.«

»Ja, ich weiß. Ich mein ja nur. Sie unterrichten gern. Das ist eine gute Sache. Aber um zu lehren, brauchen Sie einen Lehrauftrag, richtig? Und jetzt gerade bedeutet das, ein Thema zu finden, mit dem Sie eine Berufungskommission überzeugen können.«

Als ich ihm dann im Juli erzählte, dass ich nach Russland gehen würde, war er begeistert.

»Das ist toll!«, sagte er. »Sie werden vor Ort sein. Sie können etwas Neues finden, etwas Originäres, etwas Eigenes. Oder etwas Altes.« Er war es auch, der mir vorschlug, meine Großmutter zu befragen. »Sie kann Ihnen Geschichten aus der UdSSR erzählen. Die können Sie dann zu einer persönlichen Erzählung über die Moderne verweben. Der Scheiß ist Gold wert, mein Freund. Die Leute *lieben* so was.«

»Und die Berufungskommissionen? Gefällt es denen auch?«

»Ja, klar. Was dachten Sie denn, wen ich mit ›die Leute‹ meine?«

Diese Möglichkeit gab es nun nicht mehr. Wenn ich die Geschichten meiner Großmutter nicht verwenden konnte, weil sie sie vergessen hatte, musste ich mir etwas Neues einfallen lassen. Aber was? Ich hatte nicht die geringste

Idee. Leute wie Alex Fishman bauten ganze Karrieren darauf auf, die russische Diktatur mit neuen Etiketten zu versehen. Fishman brauchte nur »Gulag« und »Internet« zu sagen, und die Fördergelder sprudelten nur so. (Gerade arbeitete er an einer Online-Darstellung der Geschichte des Gulag.) Die Leute lasen gern über den sowjetischen Gulag, dann fühlten sie sich mit den Vereinigten Staaten von Amerika gleich viel wohler.

Natürlich war das heutige Russland keine blühende Demokratie. Aber ganz so einfach war es auch wieder nicht. Damals in Brooklyn im Internet und heute in Großmutters Küche auf *Echo von Moskau* hieß es immer nur, was für ein gefährliches Land Russland und was für ein blutiger Tyrann Putin geworden war. Und beides stimmte. Aber ich hatte schon halb damit gerechnet, am Flughafen verhaftet zu werden! Ich hatte erwartet, im Zug ausgeraubt zu werden. Tatsächlich lief ich höchstens Gefahr, verhaftet zu werden, wenn ich im Coffee Grind versehentlich zu viele Cappuccinos bestellte, ohne ausreichend Bargeld bei mir zu haben. (Sie akzeptierten keine Kreditkarten.) Und der einzige Raub, der stattfand, waren die Preise für Croissants auf der Sretenka.

Das Land war reich geworden. Nicht alle waren reich – meine Großmutter hatte nicht viel Geld, und übrigens, wenn schon von Raub die Rede ist, sie war tatsächlich einiger Dinge beraubt worden –, aber im Großen und Ganzen waren viele Menschen, speziell in Moskau, finanziell ziemlich gut dran. Wenn man aus dem Fenster sah, war es schwer, das ganze Gerede von der blutigen Diktatur mit all den Menschen in teuren Anzügen in Einklang zu bringen, die mit brandneuen Handys am Ohr in ihre Audis stiegen. War das naiv? Fuhren nicht auch in Saudi-Arabien die Menschen mit teuren Autos durch die Gegend und telefonierten mit schicken Handys, wenn sie nicht gerade Dissidenten die Köpfe abschlugen? Ja. Vielleicht. Ich wusste es nicht. Ich war noch nie in Saudi-Arabien. Für mich – und nicht nur für mich, glaube ich – waren sowjetische Unterdrückung und sowjetische Armut immer schon untrennbar miteinander verbunden gewesen.

Nicht alle waren glücklich über die neuen Verhältnisse. Die Liberalen auf *Echo* beklagten sich über die Einschränkung der Pressefreiheit und die Ausgrenzung oppositioneller Politiker. Manchmal versammelten sie sich zu kleinen Demonstrationen, um ihrer Wut über das Regime Ausdruck zu verleihen. Und gelegentlich gab es lokale, themenorientierte Proteste, etwa gegen den Bau eines Einkaufszentrums am Puschkin-Platz. Die meisten dieser Proteste wurden toleriert, aber einige wurden gewaltsam aufgelöst, und meine Großmutter hatte anscheinend eine solche Auflösung mit angesehen, denn jedes Mal, wenn wir an einer größeren Menschenmenge vorbeikamen – ob die Leute nun irgendwo anstanden oder einem Jongleur beim Jonglieren zusahen –, und besonders, wenn Polizei in der Nähe war, sagte sie: »Lass uns hier weggehen, da ist eine Demonstration, und die Polizei geht hart gegen Demonstranten vor«, und zog uns in entgegengesetzter Richtung davon. Gleichwohl interessierte sie sich immer noch sehr für die Nachrichten, und jedes Mal, wenn sie sah, dass ich in der Küche saß und Radio hörte oder im *Kommersant* oder in der *Moscow Times* blätterte, löcherte sie mich mit Fragen.

»Und, was sagen sie?«, fragte sie.

»Worüber?«

»Du weiß schon, die Gesamtsituation. Wie ist die Lage?«

Wie war die Lage? Ich konnte es nicht sagen! Es war eine Art moderner Autoritarismus. Oder eine autoritäre Modernisierung. Oder so. Ich versuchte, sie auf dem Laufenden zu halten, und sie nickte tapfer.

Inzwischen hatten die BOMOKs des Herbstsemesters begonnen. Ich war verantwortlich für vier Onlinemodule zu Jeff Wilsons Kurs über die Klassiker der russischen Literatur. Der Kurs war okay. Jeff war Mitte vierzig und unterrichtete eine Art aufgepeppte Version der Klassiker. Er sagte Sachen wie »Wronski ist ein Bro im Hipsteroutfit« und »Tolstoi war der Kanye der russischen Literatur – ständig erzählte er öffentlich irgendein peinliches Zeug, für das er sich anschließend entschuldigen musste«. Die Idee dahinter war, ein jüngeres Publikum für die Bücher zu begeistern. Ich hatte nichts dagegen, auch wenn ich als Jeffs ehemaliger Uni-Assistent mitbekommen hatte, wie er bereits Puschkin, Gogol und Dostojewski mit Kanye verglichen hatte, sodass ich mich fragte, ob er vielleicht gar keine anderen Figuren der Populärkultur kannte. (»Puschkin ist doch eigentlich der Tupac der russischen Literatur, oder?«, witzelte mein Berater, als ich mich bei ihm darüber beklagte.)

Der Kurs begann Anfang September, und so verfolgte ich im Coffee Grind gegenüber vom FSB Jeffs jeweilige Vorlesung, blätterte das entsprechende Buch durch, um meine Erinnerung aufzufrischen, und loggte mich dann in die verschiedenen Kursforen ein, in denen die Studierenden Anmerkungen zu dem Buch posteten und dann Kommentare zu diesen Anmerkungen und dann Kommentare zu diesen Kommentaren – bis in alle Ewigkeit.

In meinen vielen Jahren an der Grad School hatte ich alle möglichen Leute unterrichtet. Blutjunge Neuankömmlinge, Kinder fast noch, die Oberlippen gerötet von der ersten Rasur, die dachten, Tolstoi oder, besser noch, Dostojewski würde versuchen, mit ihnen ganz persönlich zu kommunizieren, und die dementsprechend reagierten (oft ohne die Texte überhaupt gelesen zu haben). Zynische Studierende in ihrem letzten Jahr, die gelernt hatten, das beschränkte Glaubenssystem der zeitgenössischen Literaturwissenschaften so zu manipulieren, dass dabei gute Noten herauskamen. Sie wussten, dass Tolstoi nur ein Name war, den wir einer Maschine gaben, die vor langer Zeit ein Blatt Papier mit Symbolen gefüllt hatte. Und dass es absurd war, dieser Maschine irgendeine Absicht oder Logik zu unterstellen. Diese abgeklärten Altstudierenden kamen und gingen, wann sie wollten, und machten sich über mich und meine Kurse lustig. Ein Jahr später hatten sie alle Jobs bei irgendwelchen Hedgefonds. Ich sah es als persönliche Niederlage, wenn sie der Literatur den Rücken kehrten; schlimmer war nur, wenn sie ihr treu blieben. Aber die Studierenden der Online-Kurse waren noch einmal etwas völlig anderes – eine flüchtige Mischung aus Jung und Alt, aus Überqualifizierten und Autodidakten. Sie schrieben mir unfassbar viele E-Mails.

Als erstes Buch in diesem Wintersemester lasen wir Tolstois *Die Kosaken*. Es war eine von Tolstois frühen Novellen und handelt von einem verwöhnten jungen Moskauer Offizier, der seinen Militärdienst in einer kleinen kosakischen Stadt an der südrussischen Grenze ableisten muss. In der Heimat hat der junge Offizier Wettschulden und einen schlechten Ruf, aber im Kosakendorf kann er noch einmal ganz von vorne anfangen und fühlt sich angezogen von der einfachen, geradlinigen, geerdeten Lebensweise der Einheimischen. Er verliebt sich in die hübsche, kräftige Kosakin Dunja, und obwohl sie bereits mit ihrer Jugendliebe verlobt ist, bringt der verwöhnte junge Offizier sie schließlich dazu, die Beziehung zu beenden. Sie ist zwar skeptisch, aber sie weiß auch, wie töricht es wäre, einen solchen wohlhabenden Moskowiter zurückzuweisen. Doch als sie sich gerade der Welt offenbaren wollen, wird das Dorf überfallen, und Dunjas ehemaliger Verlobter kommt ums Leben. Ziemlich unfairerweise gibt Dunja dem jungen Offizier die Schuld am Tod ihres Freundes. Da er nicht in der Lage ist, das Gegenteil zu beweisen, packt er seine Sachen und kehrt nach Moskau zurück. Ende.

Den Studierenden gefiel das Buch nicht, vor allem weil sie den jungen Offizier nicht mochten. »Warum soll man ein Buch über einen Blödmann lesen?«, fragten sie. Nachdem ich sieben oder acht ähnlicher Reaktionen lesen musste, schrieb ich eine flammende Verteidigung der *Kosaken*. Bücher seien nicht nur für sympathische Figuren da, die Entbehrungen zu überwinden hätten, argumentierte ich. Einige der besten Bücher der Welt handelten von Blödmännern! Ich schrieb den Post und lud ihn hoch und wartete. Die Blog-Software, die wir benutzten, ermöglichte es den Leuten, Posts wie auf Facebook zu »liken«; als mein tief empfundener Essay nur einen Like bekam, verbrachte ich im Coffee Grind eine Stunde damit herauszufinden, wie sich diese Funktion deaktivieren ließ, und tat es dann.

Am Ende meiner Arbeitssessions im Grind warf ich immer noch mal einen kurzen Blick auf die Seite mit den Slawistik-Jobs – Anfang September lag sie erwartungsgemäß ziemlich brach – und erlaubte mir dann das zweifelhafte Vergnügen, durch Facebook zu scrollen. Sarah hatte sich nicht die Mühe gemacht, mich zu entfreunden, nachdem wir Schluss gemacht hatten, und es wäre kleinlich gewesen, es von mir aus zu tun. Jetzt sah ich sie Fotos von sich posten, und von Foto zu Foto sah sie süßer aus; hier an irgendeinem Strand am Labor Day, dort auf irgendeinem College-Campus, der definitiv nicht unser Campus war ... Ihr Status war immer noch »Single«, und sie war auf allen Fotos allein, und es war gut möglich, dass eine Freundin die Fotos gemacht hatte – vielleicht Ellen? –, aber sie fühlten sich nicht an wie Fotos, die Ellen machen würde. Sarah kam jetzt ins dritte Jahr ihres Anglistikstudiums, und sie hatte immer gesagt, dass sie die Jungs dort albern fand, aber vielleicht hatte sie einen getroffen, der es nicht war. Oder vielleicht traf sie sich mit einem Typen aus der Anthropologie. Ich versuchte, nicht zu oft darüber nachzudenken, und konzentrierte mich wieder auf die Facebook-Posts meiner dämlichen ehemaligen Kommilitonen. Einen Lehrplan fertiggestellt! Ein Manuskript abgegeben! Ein von einem Fachkollegen begutachteter Artikel in der neuen Ausgabe der *Slavic Review!* Oh, wie ich sie alle hasste. Mit knirschenden Zähnen likte ich ihre Posts, fast ausnahmslos.

Ich versuchte, mich in der Wohnung nützlich zu machen, aber wie alles andere war auch das schwieriger als gedacht. Das Haus war so alt und auf so viele verschiedene raffinierte, aber improvisierte Weisen angepasst worden, dass jeder, der sich nicht haargenau damit auskannte, auf verlorenem Posten stand. In Brooklyn hatte ich ebenfalls in einem alten Gebäude gewohnt – mindestens so alt wie das Haus meiner Großmutter –, aber das war für die Ewigkeit gebaut worden, und wenn etwas kaputtging, sagten wir einfach dem Hausmeister Elvis Bescheid, der sich zwar Zeit ließ, aber früher oder später auftauchte und die Dinge mehr oder weniger ordentlich reparierte. Und wenn man Elvis zu Weihnachten zwanzig Dollar in die Hand drückte, kam er beim nächsten Mal etwas schneller. In Moskau würden die Mieter eines Hauses niemals auf die Idee kommen, einen festen Hausmeister einzustellen. Jeder Mann im Haus war sein eigener Hausmeister. Außer mir, wie sich herausstellte.

Eines Morgens kam ich nach dem Aufstehen in die Küche, und meine Großmutter saß mit sorgenvoller Miene am Küchentisch.

»Ah, Andrjusch, du bist wach«, sagte sie. »Wir haben ein Problem. Es gibt kein heißes Wasser.«

»Oh?«, sagte ich.

Insgeheim erwartete ich, dass ich, wenn ich den Wasserhahn aufdrehte, feststellen würde, dass warmes Wasser herauskam, um dann meiner Großmutter zu erklären, dass sie versehentlich den Kaltwasserhahn benutzt habe, aber das war nicht der Fall. Ich drehte den Warmwasserhahn auf, ließ es laufen, und nichts passierte. Sie hatte recht.

Das warme Wasser, so viel wusste ich, wurde von einem Mini-Boiler erhitzt, der in einer Ecke des Badezimmers angebracht war. Er ähnelte einem Ofen, denn es gab eine kleine blaue Zündflamme, die immer brannte. Wenn man das warme Wasser aufdrehte, befeuerte das Zündlicht eine große blaue Flamme, die das Wasser erwärmte, während es, so vermutete ich, durch den Boiler floss. Ich ging ins Badezimmer. Und tatsächlich: Die Zündflamme war erloschen. Ich hatte also die Ursache des Problems gefunden. Aber das war nur ein Etappensieg.

Dima hatte mir die Nummer seines Handwerkers, Stepan, gegeben, damit ich ihn anrufen könnte, falls etwas kaputtging. Aber das hier konnte ich doch bestimmt selbst reparieren? Ich fummelte an den allesamt unbeschrifteten Knöpfen des Boilers herum, doch es tat sich nichts. Dann fummelte ich an den Knöpfen herum, während ich ein brennendes Streichholz an die Stelle hielt, wo sich die Zündflamme befunden hatte, aber es tat sich immer noch nichts. Dann drehte ich den Warmwasserhahn auf und probierte das Ganze noch einmal. Und dann noch einmal mit kaltem Wasser. Einige dieser Versuche erforderten die Mitwirkung meiner Großmutter, die immer wieder »Wir sind am Ende, wir sind am Ende« vor sich hin murmelte, während sie das warme Wasser laufen ließ, dann das kalte und schließlich beides auf einmal. Diese Versuche dauerten in ihren unterschiedlichen Kombinationen ungefähr eine Stunde und brachten uns keinen Zentimeter voran. Schließlich knickte ich ein und rief Stepan an.

»Haben Sie versucht, den hinteren Knopf bei laufendem Warmwasser nach links zu drehen?«, fragte er als Erstes.

»Ja.«

»Okay, ich komme. Der Verkehr ist schlimm, es wird also eine Weile dauern, und das muss ich Ihnen in Rechnung stellen.«

»Wie viel?«

»Fünfzehnhundert, alles in allem.«

Das waren damals ungefähr sechzig Dollar. Es kam mir viel vor. Aber wir brauchten warmes Wasser. »In Ordnung«, sagte ich.

Zwei Stunden später war Stepan da, ein unwirscher Riese mit einem buschigen Schnurrbart. Er begrüßte meine Großmutter, die er namentlich kannte, und verschwand im Badezimmer. Es dauerte genau zwei Sekunden, bis die Zündflamme wieder brannte.

»Sie müssen den Knopf eine Weile gedrückt halten«, sagte er, »sonst schafft es das Gas nicht bis zum Zünder.«

Ich reichte ihm die Rubel, die ich schon zurechtgelegt hatte, und er nahm sie mit einer Geste tiefsten Bedauerns entgegen, als hätte das Ganze niemals passieren dürfen. Ich versuchte, ihn aufzumuntern.

»Beim nächsten Mal weiß ich's dann!«, sagte ich.

»Sie hätten es schon diesmal wissen sollen«, sagte Stepan finster, verabschiedete sich von meiner Großmutter und ging.

Ansonsten lief es im Haushalt ganz gut. Ich gewöhnte mich langsam an die kratzigen Laken und den Instantkaffee (als ich endlich einen Laden gefunden hatte, der Stempelkannen verkaufte, sah ich, dass ich sie mir gar nicht leisten konnte), und sogar das fehlende WLAN stellte sich als wahrer Segen heraus, weil es mich von den Foreneinträgen meiner Studierenden und weiteren fruchtlosen, wuterfüllten Facebook-Sitzungen abhielt. Das einzige echte Problem war, dass ich nicht gut schlafen konnte. Ich wachte regelmäßig um fünf Uhr morgens auf, wälzte mich noch ein bisschen hin und her, gab schließlich auf und stieg aus dem Bett. Am späten Nachmittag überfiel mich dann eine unerträgliche Müdigkeit; da dies die Zeit war, in der meine Großmutter meine Gesellschaft am dringendsten benötigte, versuchte ich alles, um wach zu bleiben, was mir allerdings nicht immer gelang.

Schuld war vor allem die Zeitverschiebung, vielleicht aber auch, so vermutete ich, mein plötzlicher Mangel an Bewegung. Damals in New York hatte ich fast jeden Tag in der Woche Eishockey gespielt oder war joggen oder ins Fitnessstudio der Universität gegangen. Jetzt tat ich nichts dergleichen mehr. Ein paarmal versuchte ich, laufen zu gehen, aber durch die Straßen zu joggen war unerträglich, weil die Autos Stoßstange an Stoßstange standen und einem die Abgase ins Gesicht bliesen, und den Grünstreifen auf dem Boulevard zu benutzen war viel zu nervig, weil man entweder alle hundertfünfzig Meter an einer riesigen Kreuzung anhalten oder sofort wieder umdrehen und den gleichen Abschnitt zurücklaufen musste. Ich hatte mir auch ein paar Fitnessstudios angesehen, die zu Fuß zu erreichen waren, aber keins von ihnen kostete weniger als dreihundert Dollar im Monat. Die Lösung war Eishockey. Ich hatte meine gesamte Ausrüstung mit in dieses sogenannte Eishockeymekka geschleppt, aber Dima hatte es bisher nicht geschafft, mir die versprochene Spielmöglichkeit zu vermitteln. Es gelang mir auch nicht, online selbst etwas herauszufinden – es gab keine Informationen über Freizeitmannschaften und noch nicht einmal Hinweise auf die Standorte von Eishockeyhallen. Es war, als wären die Eisbahnen nukleare Forschungsstätten, die strengster Geheimhaltung unterlagen.

Das Schlimmste an meinen Schlafproblemen war, dass sie mich reizbar machten. Mir war nicht klar, wie reizbar ich war, bis zu dem Nachmittag, an dem ich mal wieder meine Großmutter an meiner Schlafzimmertür vorbeischlurfen hörte, während ich arbeitete. Ich versuchte, sooft es ging, vom Coffee Grind aus zu arbeiten, aber manchmal war es so ein Drama, aus der Wohnung zu kommen (Wo wollte ich hin? In ein Café? Aber wir hatten doch reichlich zu essen im Haus! Nein, ich gehe ins Café, um zu arbeiten. Um zu arbeiten? Hatte ich einen Job im Café?), dass ich versuchsweise probierte, von zu Hause aus zu arbeiten. Ich würde sicherlich einiges an den Cappuccinos sparen. Aber es lief nicht besonders gut. Wenn ich versuchte, in der Küche zu arbeiten, dem hellsten Raum der Wohnung, kam meine Großmutter herein, setzte sich zu mir und bot mir etwas zu essen an. Ich ging dann in mein Zimmer und schloss die Tür, aber auch dorthin folgte sie mir. Sie klopfte an, löcherte mich mit Fragen – Wann wollte ich zu Mittag essen? Mochte ich Hühnchen? Kannte ich ihren Ehemann Lew? –, vergaß die Antwort aber prompt und stand fünf Minuten später wieder vor der Tür und fragte erneut.

An jenem Nachmittag, ungefähr zwei Wochen nachdem ich angekommen war, saß ich in meinem Zimmer und arbeitete mich gerade durch einen digitalen Stapel von studentischen Foreneinträgen, die ich im Grind in ein Worddokument kopiert hatte, als ich meine Großmutter an meiner Tür vorbeischlurfen hörte. Ich wartete darauf, dass sie anklopfte, aber sie schlurfte vorbei. Ungefähr fünfundvierzig Sekunden später stand sie wieder vor der Tür, und wieder klopfte sie nicht. Das gab's doch nicht. Ich wartete, bis sie erneut vorbeikam, dann stürmte ich zur Tür und riss sie auf.

Dort stand sie in ihrem Morgenmantel vor mir, die Hand zu einer kleinen Faust geballt, endlich bereit anzuklopfen.

»WAS WILLST DU?«, rief ich.

Meine Großmutter sah mich mit solch rührender Angst und Überraschung an, dass ich es auf der Stelle bereute.

»Ich ... ich weiß es nicht«, sagte sie. »Ich kann mich nicht erinnern. Es tut mir so leid.«

»Schon gut, das macht nichts«, versuchte ich, sie zu beruhigen, »mir tut es leid.«

Aber sie ging weg.

Da wurde mir klar, dass ich mein Schlafproblem unbedingt in den Griff bekommen musste, bevor es noch schlimmer wurde. Ich musste mich mehr bewegen. Wenn ich nicht laufen gehen oder mir ein Fitnessstudio leisten konnte, dann würde ich endlich eine Möglichkeit finden müssen, Eishockey zu spielen.

Am nächsten Tag schrieb ich Dima und fragte ihn, ob er wirklich noch überhaupt gar nichts herausgefunden habe. Er entschuldigte sich und meinte, es sei komplizierter als gedacht, und er habe bisher erst von einer Sache gehört, nämlich von einem offenen Spiel in der Spartak-Arena in Sokolniki. Er wusste nicht, wer sich dort traf oder wann es stattfand, aber vielleicht könne ich einfach hinfahren und es herausfinden? So würde ich es doch bestimmt in Amerika machen. Also packte ich eines Abends meine ganze Ausrüstung in eine große blaue IKEA-Tasche, die ich im Schrank fand – ich hatte vor der Abreise aus Brooklyn etwas voreilig, und um die Kosten für ein zusätzliches Gepäckstück zu vermeiden, meine alte abgewetzte Eishockeytasche weggeschmissen und meine Ausrüstung einfach mit in meinen großen roten Koffer gestopft – und fuhr mit der Metro nach Sokolniki.

Ich fand die Eishalle ohne Probleme; es war ein richtiges Stadion, in dem die Spiele von Spartak ausgetragen wurden, und anders als die meisten Gebäude in Moskau war es weder von einem hohen Metallzaun umgeben noch völlig übertrieben und unangemessen stark bewacht. Am Eingang stand ein Wachmann, aber als er mein Eishockeyzeug sah, winkte er mich durch. Ich machte mich auf dem Weg zum Eis. Es war eine hübsche, moderne, professionelle Halle, in der ungefähr fünftausend Zuschauer Platz fanden. Ich hatte noch nie in einem echten Eishockeystadion gespielt; vermutlich war Spartak bei einem Auswärtsspiel oder hatte an diesem Abend trainingsfrei, und wer auch immer die Halle verwaltete, hatte sie vermietet, um sich ein bisschen was dazuzuverdienen. Ziemlich cool. So was gab's nur in Russland, dachte ich. Ungefähr fünf Minuten lang kam mir das Land wie ein einziges riesiges informelles Arrangement vor, vollkommen außerhalb der Reichweite aller Modernisierungsbestrebungen und jeder behördlicher Reglementierung, ein sich permanent weiterentwickelndes Experiment. Ich mochte diesen Ort. Dieses Gefühl hielt, wie gesagt, nur ungefähr fünf Minuten an.

Auf dem Eis lief ein sogenanntes Pick-up-Spiel, ein offenes Spiel, bei dem zumindest theoretisch jeder mitspielen konnte. Das Niveau war durchwachsen, es gab ein paar sehr gute Spieler, die aus den beiden mittelmäßigen Mannschaften herausstachen. Es war ein gewisser Stilbruch, diese Nichtprofis mittleren Alters in diesem wunderschönen Stadion auf dem Eis und den Bänken einer Profimannschaft zu sehen, aber es war auf jeden Fall ein Spielniveau, bei dem ich mithalten konnte. Und es waren nicht allzu viele Spieler anwesend – auf jeder Bank saßen nur drei, das war sogar etwas dünn.

An einer der Bänke stand ein Typ in Straßenkleidung, als wäre er der Trainer. Wahrscheinlich war er es gar nicht – ich hatte beobachtet, dass es in Russland viele Leute gab, die einfach ohne irgendeinen erkennbaren Grund in der Gegend herumhingen, aber ich ging davon aus, dass er wusste, wie es hier lief.

Als ich auf ihn zuging, wurde mir klar, dass ich seit meiner Ankunft mit Ausnahme meiner Großmutter mit so gut wie niemandem interagiert hatte, und ich war mir nicht sicher, ob in dieser Situation das vertrauliche *Ty* oder das höflichere *Wy* angemessen wäre. Damals in Boston hatten meine Eltern, außer zu ihren engsten Freunden, zu fast jedem *Wy* gesagt, aber die kulturellen Gepflogenheiten hatten sich weiterentwickelt, und mein Gefühl sagte mir, dass inzwischen mehr Leute *Ty* benutzten. Aber genau wusste ich es nicht. *Wy* war sicherer, also entschied ich mich dafür.

»Entschuldigen Sie«, sagte ich, »kann ich vielleicht bei Ihnen mitspielen?«

Der so höflich angesprochene Pseudotrainer sah mich mit neutralem Gesichtsausdruck an und sagte: »Da musst du Zhora fragen«, und wandte sich wieder dem Spiel zu.

»Entschuldigen Sie«, war ich gezwungen, ihn noch einmal anzusprechen, erneut sehr höflich. »Wo ist Zhora denn?«

Zhora sei auf der anderen Bank. Ich ging hinüber. Der Typ ganz außen auf der Bank war älter als ich, über vierzig, aber er war gut in Form und hatte eine Narbe auf der Wange. Ich fragte ihn (*Wy*), ob er mir sagen könne, wer Zhora sei. Er konnte. Zhora war auf dem Eis; ein großer, rechtshändiger Stürmer, der sich kaum auf den Schlittschuhen zu halten vermochte. Doch im Gegensatz zu den meisten anderen Jungs, die nicht Schlittschuh laufen können, fütterten ihn seine Mitspieler am laufenden Band mit Pucks, und seine Gegenspieler ließen ihm jede Menge Platz. Ich schloss daraus, dass Zhora die Miete für das alles hier zahlte.

Als er am Ende seiner Eiszeit zur Bank kam, sah ich, dass er ungefähr in meinem Alter war und gebräunte, glatte, fast babyhafte Haut hatte. Seine gesamte Eishockeymontur war brandneu, und in der Hand hielt er etwas unbeholfen einen ziemlich teuren Schläger.

»Zhora, ich grüße Sie, mein Name ist Andrej«, sagte ich schnell. Zunehmend unsicher wegen des *Wys* fügte ich hinzu: »Ich bin gerade erst nach Moskau gezogen und auf der Suche nach einer Möglichkeit zum Eishockeyspielen. Können Sie vielleicht noch jemanden gebrauchen?«

Zhora musterte mich. Ich sprach alle mit *Wy* an, wie ein Ausländer. Statt einer vernünftigen CCM-Eishockeytasche hatte ich eine große IKEA-Plastiktasche dabei, aus der mein Zeug quoll. Und ich trug mein geliebtes kurzärmliges Kragenhemd aus irgendeinem Secondhandladen in Massachusetts, mit dem Foto einer Tankstelle und dem Namen Hugo auf der Brust. Entweder war ich ein leidenschaftlicher Eishockeyspieler oder ein kompletter Idiot.

Zhora entschied sich für Letzteres.

»Wir sind schon genug«, sagte er.

Es war eine offensichtliche Lüge.

»Jedes Mal?«, fragte ich. »Vielleicht sind Sie diesmal genug, aber nächstes Mal nicht?«

»Wo hast du gespielt?«, wollte Zhora wissen. Er benutzte das vertrauliche *Ty*, als wäre er mein Boss. Ich konnte ihn nun weiterhin mit *Wy* ansprechen, als Zeichen des Respekts, oder ebenfalls *Ty* benutzen, was als aggressiv angesehen werden könnte. Oder ich konnte alle Ausdrücke vermeiden, die eine Entscheidung erforderten.

»Wo ich gespielt habe?«, fragte ich, weil ich nicht genau wusste, was er meinte.

»Genau«, sagte Zhora. »Der da zum Beispiel hat bei Spartak gespielt.« Er zeigte auf den raubeinigen Kerl, der mir geholfen hatte, Zhora zu identifizieren; er war über die Bande gesprungen, als Zhora zurück auf die Bank gekommen war, und trieb gerade den Puck nach vorne. Vollkommen mühelos ließ Spartak Typen stehen, die halb so alt waren wie er – er war ein fantastischer Spieler.

Zugegeben, die Frage, wo jemand gespielt hatte, war nicht unvernünftig. Beim Eishockey will man nicht mit Leuten zusammenspielen, die schlecht sind. Zum einen stören sie den Spielfluss, und zum anderen kann es gefährlich werden, wenn jemand, der es nicht kann, mit einem Schläger in der Hand auf glattem Untergrund Schlittschuh läuft. Zhora selbst war ein solcher Spieler. Ich nahm ihm seine Frage also überhaupt nicht übel, es war nur so, dass ich keine vernünftige Antwort darauf hatte.

»In Boston«, sagte ich.

Zhora kicherte. »Wo in Boston?«

»In der Schule.« Im Russischen gibt es kein Wort für Highschool, die gesamte Schulzeit, von der ersten bis zur zehnten Klasse, wird als »Schule« bezeichnet. Und noch viel wichtiger, aber das wusste ich in dem Moment noch nicht: In Russland gab es so was wie Highschool-Sport gar nicht. Der Jugendsport ist in sogenannten Sportschulen organisiert, die nichts mit den eigentlichen Schulen zu tun haben. Sie können einem der großen Proficlubs angegliedert sein (ZSKA oder Dynamo oder Spartak) oder unabhängig agieren. Sie trainieren Kinder von klein auf, manche kostenlos, und ermutigen die talentierten und entmutigen die talentlosen. Weswegen sich meine Antwort für Zhora anhörte, als wäre ich ein bisschen auf dem Teich hinter meiner Grundschule herumgerutscht.

»Schule, hm?« Zhora lachte erneut. »Nein, lass mal, wir sind schon mehr als genug.« Und dann auf Englisch: »Sorry.«

»Na schön«, sagte ich, obwohl ich ziemlich sauer war. Wenigstens würde ich ihn nie wieder mit *Wy* ansprechen müssen. Auf dem Weg nach draußen verfolgte ich noch ein bisschen das Spiel. Es waren wirklich drei, vier herausragende Spieler dabei, aber der Rest der Jungs war auf meinem Niveau oder schlechter. Sie hatten nicht für Spartak gespielt.

Auf dem Weg zur Metro fühlten sich meine Sachen mit jedem Schritt schwerer an, und um der vorherigen Demütigung noch eine weitere folgen zu lassen, wurde ich von zwei Polizisten angehalten und nach meinen »Dokumenten« gefragt. Das hatte ich, als ich jünger war, immerzu erlebt – die Polizei hielt ständig irgendwelche nicht slawisch aussehenden Männer an, weil es sich ja um illegale Einwanderer oder tschetschenische Terroristen handeln könnte –, aber es war mir bei meinem jetzigen Aufenthalt noch nicht passiert, wahrscheinlich, weil ich der Alterskohorte der illegalen Einwanderer/tschetschenischen Terroristen entwachsen war. Doch meine Tasche musste ihnen verdächtig vorgekommen sein. Ich zeigte ihnen meinen Reisepass, und sie fingen an, ihr Englisch an mir auszuprobieren, aber ich antwortete ihnen auf Russisch, und sie verloren das Interesse und schickten mich unhöflich (*Ty*) weg.

Was zum Teufel stimmte mit diesen Leuten nur nicht? In Amerika musste man, zumindest im Jahr 2008, seine Papiere nicht an jeder Ecke vorzeigen. Und man konnte Eishockey spielen! Man tauchte an einer Halle auf, informierte sich über die Zeiten, zu denen gespielt wurde, blätterte zehn Dollar hin – oder vielleicht zwanzig, wenn man in New York war – und spielte Eishockey. Das war's. »Offenes Spiel« nannte sich das oder »Schlägerzeit«. Wunderbare Wörter! Solange man einen Gesichtsschutz dabeihatte, konnte man mitspielen. Und hier? Ich war nach Moskau gekommen, um mich um meine Großmutter zu kümmern, und ich konnte noch nicht mal ein Eishockeyspiel auftreiben, bei dem ich mitmachen durfte. Wenn ich in einen Laden ging, um Lebensmittel zu kaufen, wurde ich von den Kassierern angepflaumt. Die Leute in der Metro waren aufdringlich. Die Baristas im Coffee Grind lächelten zwar immerzu, aber nur, weil ihnen jemand die westliche Servicementalität eingeimpft hatte und sie ihren Job verlieren würden, wenn sie es nicht taten.

Ein paar Tage nach meinem misslungenen Ausflug in die Spartak-Arena standen meine Großmutter und ich in der Apotheke und warteten darauf, ein paar Rezepte für ihre zur Neige gegangenen Medikamente einzulösen. Die meisten russischen Apotheken unterschieden nicht zwischen frei verkäuflichen und verschreibungspflichtigen Medikamenten und verkauften alles über denselben Tresen. Das führte zu Warteschlangen. In einer solchen Schlange standen wir nun, als zwei riesige Kerle in schwarzen Jeans und schwarzen Pullovern den Laden betraten, einen Blick auf die Schlange warfen, sich vordrängelten und die Frau, die am Ausgabefenster wartete, ruppig beiseiteschoben. Diese Kerle waren Schläger, und sie ähnelten den Gangstern aus den 1990er-Jahren, auch wenn es Unterschiede gab: Sie waren nicht mehr ganz so dick, und sie waren ein bisschen besser angezogen. Mir waren solche Typen im Viertel schon aufgefallen, sie fuhren schwarze SUV und gingen im Coffee Grind ein und aus, und ich war zu dem Schluss gekommen, ob zu Recht oder zu Unrecht, dass sie zum FSB gehörten. Das also war aus der postsowjetischen Verbrecherkaste geworden – sie waren gar nicht tot oder steckten in schicken Anzügen; sie arbeiteten jetzt für den Staat! Ich musterte die Schlange: Sie bestand aus fünf Frauen zwischen vierzig und sechzig sowie meiner Großmutter und mir.

»Entschuldigung«, rief ich. »Was ist denn hier los?«

Die Männer ignorierten mich. Einer von ihnen gab dem Apotheker, der sich Notizen machte, Anweisungen und deutete auf etwas im Hintergrund.

Ich wiederholte es lauter. Jetzt drehte sich einer der Männer um und kam auf mich zu.

Er sagte: »Gibt es ein Problem?«

»Das hier ist eine Schlange.«

»Und?«, fragte der Riese. Er war sehr, sehr hässlich, mit gewaltigen hängenden Wangen, einem kahl rasierten Kopf und kleinen fiesen Knopfaugen.

Meine Großmutter nahm die Drohung nicht wahr und schien zu denken, dass es sich um einen neuen Freund von mir handelte. Ausgesprochen höflich sagte sie: »Hallo!«

Der Riese sah sie an. »Hallo«, antwortete er in neutralem Ton.

Dann wandte er sich wieder an mich. »Es ist eine gute Schlange«, sagte er. »Du solltest schön darin stehen bleiben.« Der hässliche Riese hatte mich mit *Ty* angesprochen. Er drehte sich um und ging zurück zu seinem Kumpel. Sie bekamen, weswegen sie gekommen waren, und gingen wieder. Auf dem Weg nach draußen starrte mich der Riese lange an, um sicherzugehen, dass ich ihn verstanden hatte, und nach einem kurzen Moment sah ich weg.

»Andrjusch, wer war dieser Mann?«, fragte meine Großmutter, als habe sie darauf gewartet, vorgestellt zu werden.

»Ich weiß es nicht«, sagte ich.

»Oh.« Sie klang verwirrt.

Es war demütigend. Unerheblich, aber demütigend.

Wir gingen mit ihren Medikamenten zurück nach Hause.

»Dieser Mann war sehr dick«, sagte meine Großmutter schließlich. »Ich mag dicke Männer nicht. Ich war zweimal verheiratet, und dazwischen gab es jede Menge Männer. Aber keiner von ihnen war fett.«

»Großmutter!«, sagte ich.

»Was ist?«

»Es ist nicht nett, schlecht über Dicke zu sprechen.«

»Was soll ich machen? Ich mag dicke Menschen nicht.«

Ich betrachtete meine Großmutter. Sie berührte beim Gehen leicht meinen Arm, um nicht aus dem Gleichgewicht zu geraten. Ich konnte sie nicht dazu bringen, über den Stalinismus zu reden, aber von meiner Mutter wusste ich, dass sie das Sowjetregime verachtet hatte. Es hatte ihr Leben vergiftet, ihre Karriere vereitelt und ihre Tochter veranlasst, in ein fremdes Land auszuwandern, wo sie weit entfernt von ihrer sie liebenden Mutter krank wurde und starb. Als das Regime zusammenbrach, hatte meine Großmutter gejubelt. Und heute? Das Viertel, in dem sie seit sechzig Jahren fast ununterbrochen lebte, hatte sich verändert. Es war entsetzlich teuer geworden. Mein Bruder vermietete seine Wohnung für mehrere Tausend Dollar pro Monat. Wir waren umzingelt von teuren Cafés, teuren Supermärkten, teuren Modeboutiquen. Die meisten Anwohner waren noch nicht lange hier; die alten Mieter waren rausgekauft oder rausgemobbt worden, um Platz zu schaffen, oder sie waren gestorben. Überall um uns herum wurden Gebäude renoviert, erneuert, abgerissen, und manchmal alles auf einmal – mehrere Gebäude in der Petschatnikow wurden gerade vollkommen entkernt und hinter ihrer Ziegelsteinfassade aus dem neunzehnten Jahrhundert von Grund auf erneuert. Man lief durch die ruhige Seitenstraße, betrachtete eine der alten Fassaden – und bemerkte, dass dahinter gearbeitet wurde. Dann sah man nach – und entdeckte eine einzige gigantische Baustelle; sogar das Fundament wurde erneuert, aber aus irgendeinem Grund ließ man sämtliche Fassaden stehen. Und zwischen all diesen glitzernden neuen Objekten und den gewaltigen Baustellen voller offener Löcher lief meine Großmutter in ihrer rosafarbenen Bluse und ihrer grünen Hose umher wie ein Geist, der durch sein eigenes Leben spukte. Auf der Suche nach irgendeinem billigen Käse.

Sie musste meine Stimmung gespürt haben, denn sie fragte: »Habe ich dir schon mal erzählt, wie wir unsere Datscha verloren haben?«

Ich war überrascht. Nein, das hatte sie nicht. Ich wusste, dass es das Ergebnis irgendwelcher dubiosen finanziellen Machenschaften in den frühen Neunzigerjahren war, mehr aber auch nicht.

»Ljowas Freunde hatten damit zu tun«, sagte sie. »Und RussOil, du weißt schon. Noch während des Studiums entwickelte Ljowa die Theorie, dass es auf Jamal Ölvorkommen gäbe.« Sie sprach von der Jamal-Halbinsel in der Arktis. »Aber es gab nie genügend Zeit, die Sache zu vertiefen. Als es dann mit dem Institut« – sein Forschungsinstitut in Dubna – »bergab ging, schlugen ihm einige seiner Freunde vor, eine Firma zu gründen und nach dem Öl zu suchen.«

Onkel Lew war Geophysiker gewesen und hatte vom mächtigen Imperium den Auftrag bekommen, ihm bei der Suche nach dem Öl zu helfen. Gemeinsam mit dem großen jüdisch-italienischen Physiker Bruno Pontecorvo, der 1950 in die UdSSR übergelaufen war, hatte Onkel Lew Pionierarbeit bei der Nutzbarmachung der Neutronenphysik für die Bohrlochvermessung geleistet. Die Entdeckung steigerte die Effizienz der sowjetischen Erdölförderung grundlegend und machte den Arbeiterstaat zum größten Erdölproduzenten der Welt. Und es war Öl, das die sowjetische Aufrüstung in den 1970er-Jahren und den Einmarsch in Afghanistan finanzierte, und es war der Zusammenbruch der Ölpreise im Jahr 1986, der dazu führte, dass die Sowjetunion anfing auseinanderzufallen. In der ganzen Zeit arbeitete Onkel Lew daran, besser an Oberflächenstrukturen erkennen zu können, ob sich darunter Öl befand oder nicht.

So wie meine Großmutter mir die Geschichte erzählte und wie Dima sie später für mich ergänzte, wo sie Erinnerungslücken hatte, hatten Onkel Lew und seine Freunde ihre Firma mit einer kleinen Investition durch das Institut in der Hoffnung gegründet, auf Jamal Öl zu finden. Sie entwickelten einen Plan, mieteten Ausrüstung und begannen mit der Suche, wobei sie die besten und neuesten Methoden einsetzten. Aber natürlich gab es Verzögerungen und Budgetüberschreitungen. Als die Sondierung des Geländes das bewenige Kapital der jungen Firma aufzufressen drohte, begannen alle Gründer, Onkel Lew eingeschlossen, Geld zu sammeln, damit sie die Suche abschließen konnten. Meine Großmutter und Onkel Lew hatten bereits alle ihre Ersparnisse durch die verschiedenen Währungs-»Reformen« verloren, die von der Regierung durchgeführt worden waren, aber sie hatten immer noch alle ihre alten Sachen sowie eine Wohnung in Moskau, eine Datscha in Scheremetjewo und eine Wohnung in Dubna. Zuerst verkauften sie ihre ganze alte Kleidung, die Bücher und ihre Skier. Als das nicht ausreichte, nahmen meine Großmutter und Onkel Lew einen Kredit auf, mit ihrer Datscha als Sicherheit. Als sogar das nicht ausreichte, fuhr meine Großmutter nach Moskau, um eine Hypothek auf die Wohnung aufzunehmen. Das konnte gerade noch von Dima, der zu der Zeit mit seiner ersten Frau darin wohnte, verhindert werden. Es gelang ihm, meine Großmutter davon zu überzeugen, dass es eine schlechte Idee sei. Und das war ein Glück, denn kurz darauf ging der Clique endgültig das Geld aus, und sie waren gezwungen, zusätzliche Mittel von ihren Partnern zu erbitten, von denen einer eine Tochtergesellschaft von RussOil war. Einen Monat nachdem die Finanzierung ausgezahlt worden war, wurde Öl gefunden, und zwar eine sehr beachtliche Menge für ein Feld dieser Größe und Lage, und als die Geologen nur einen Tag darauf ins Büro kamen, mussten sie feststellen, dass die Schlösser ausgetauscht worden waren und Wachleute mit RussOil-Abzeichen vor den Türen Stellung bezogen hatten. Sie durften noch nicht einmal ihre Sachen holen. Es kam zu gerichtlichen Auseinandersetzungen und Versuchen, die Presse einzuschalten, und am Ende wurde einer der Geologen vor seinem Wohnhaus zusammengeschlagen und ein anderer – vielleicht versehentlich – von einem Auto überfahren, und Onkel Lew hatte einen kleinen Schlaganfall, nach dem er seinen linken Arm nicht mehr bewegen konnte. Und natürlich hatten er und meine Großmutter ihre Datscha verloren.

»Er ist sehr gelassen damit umgegangen«, sagte meine Großmutter jetzt, als wir unser Haus erreichten. »Er sagte nur: ›So ist der Kapitalismus. Wir kannten die Regeln nicht, und wir haben verloren. Es ist unsere eigene Schuld.‹ Aber ich war immer der Meinung, seine Freunde haben ihn betrogen. – So, das war also die Sache mit der Datscha«, schloss sie. »Wollen wir Mittag essen?«

Mittag essen! Mittag essen. Natürlich sollten wir Mittag essen. Aber mein Gott, dachte ich. Was für ein verdammtes Drecksloch. Was für ein abgefucktes, nichtsnutziges, entsetzliches Land. Genau wie meine Großmutter immer sagte.

»Omama«, sagte ich. »Lass uns nach Amerika ziehen. Du und ich. Wir können in New York leben. Dort gibt es viele schöne Parks.«

»Ich mag New York nicht«, sagte meine Großmutter sachlich. »Mir ist Boston lieber.«

Meine Großmutter war noch nie in New York gewesen. Aber in Boston, zur Beerdigung meiner Mutter.

»In Ordnung«, sagte ich. »Dann ziehen wir nach Boston.«

»Andrjusch«, sagte meine Großmutter. »Ich gehe nirgendwo mehr hin. Ich wäre tot, bevor wir landeten. Ich bleibe schön hier. Nächsten Sommer fahre ich in Musjas Datscha, und dann kann ich sterben.«

In diesem Drecksloch hier?, dachte ich, sprach es aber nicht laut aus. In diesem ausgesprochenen Drecksloch von einem Land? Zum Sterben ist es gerade gut genug. Aber warum ihnen die Genugtuung geben?

Doch ich sprach nie mehr von Amerika.

Gegen mein Schlafproblem trank ich jetzt jeden Abend vor dem Zubettgehen ein großes russisches Bier. Ich kaufte es in dem kleinen, übel riechenden Lebensmittelgeschäft an der Ecke Lubjanka und Boulevard oder in dem anderen übel riechenden Lebensmittelgeschäft auf der Petschatnikow, näher an zu Hause, das man durch einen schmalen Weg zwischen unserem Nachbargebäude und der Kirchenmauer erreichte. In dieser kleinen Gasse zur Petschatnikow stand auch unser Müllcontainer, und manchmal durchwühlte ihn nachts ein Mann auf der Suche nach Essen. War es derselbe Mann, der sich schon vor vielen Jahren daraus bedient hatte? Wenn ja, dann sprach das für seine Zähigkeit. Jedenfalls half mir das Bier beim Einschlafen und beim Durchschlafen. Allerdings war mir morgens beim Aufwachen immer ein bisschen schlecht. Russisches Bier war nicht gerade für die Reinheit seines Wassers bekannt. Aber importiertes Bier kostete doppelt so viel, und ein bisschen Bauchweh war unterm Strich ein geringer Preis für einen guten Schlaf.

5. ICH VERSUCHE, FREUNDE ZU FINDEN

In der zweiten Septemberwoche kam Emma Abramowna, die beste Freundin meiner Großmutter, aus ihrer Datscha in die Stadt zurück. Wir gingen sie auf der Stelle besuchen.

Emma Abramowna stammte ursprünglich aus Polen. Sie war in den späten 1930er-Jahren Hitler zuvorgekommen und nach Moskau gezogen. Meine Großmutter hatte sie in den Vierzigerjahren an der Staatlichen Universität Moskau kennengelernt, wo beide als junge Professorinnen lehrten. Als jüdische Frauen in einem zunehmend judenfeindlichen institutionellen Umfeld wurden sie bald Freundinnen. Im Gegensatz zu meiner Großmutter hatte es Emma Abramowna allerdings irgendwie geschafft, sich trotz all der Änderungen, die es in der UdSSR gab, an der Universität zu halten. Sie war ein wahnsinnig charismatischer und offenherziger Mensch, ohne die geringste Furcht vor Autoritäten, weshalb sie, laut meiner Großmutter, oft mit der Universitätsverwaltung aneinandergeraten war; vielleicht hatte gerade diese Freimütigkeit sie vor dem Schlimmsten bewahrt. Jedenfalls blieb sie in Moskau – selbst als ihre Tochter Ende der 1980er-Jahre nach Israel auswanderte. Auch ihre beiden Söhne blieben in der Stadt, und das war eine enorme Hilfe.

Emma Abramowna wohnte in einem alten Gebäude in der Twerskaja, einer gewaltigen Durchgangsstraße beim Patriarchenteich, ungefähr zwei Kilometer von uns entfernt. Auch wenn es per Luftlinie oder für junge Menschen zu Fuß nicht weit weg war, so gab es doch keine direkte Metro-

Verbindung; wir mussten die rote Linie nach Süden nehmen und dann umsteigen und mit der grünen Linie nach Nordwesten fahren. Als wir endlich ankamen, war meine Großmutter etwas wackelig auf den Beinen, aber wenigstens brauchten wir keine Treppen zu steigen; vor ein paar Jahren, als Emma Abramowna Probleme mit den Hüften bekam, hatten ihre Söhne ihre Wohnung im vierten Stock gegen eine baugleiche Wohnung im Erdgeschoss desselben Gebäudes eingetauscht. Wir betraten das Haus, gingen den Flur herunter und standen vor ihrer Tür.

Wir wurden von Emma Abramownas Haushälterin Walja begrüßt, einer großen, runden, freundlichen Frau aus Moldawien. Während ich einen schnellen Rundgang durch die Wohnung machte, half sie meiner Großmutter dabei, sich zu orientieren und vor dem Spiegel zurechtzumachen. »Was für eine alte Frau«, sagte meine Großmutter immer wieder. »Was für eine grässliche alte Frau« – die Besuche bei Emma Abramowna lösten in meiner Großmutter die Furcht aus, nicht attraktiv genug zu sein. Und ich kämpfte derweil mit meinen eigenen Unsicherheiten. Die Wohnung war unglaublich. Der Boden war neu gemacht, die Wände und die Decken waren frisch gestrichen, und Emma Abramownas Söhne (oder irgendwer anders) hatten eine spezielle Duschkabine mit einer durchgängigen Griffleiste installiert, die Emma Abramowna den Ein- und Ausstieg erleichterte. Als ich das sah, schämte ich mich zutiefst dafür, wie sehr Dima und ich die Wohnung in der Sretenka vernachlässigt hatten.

»Musja«, sagte meine Großmutter, als ich im Wohnzimmer, das zugleich auch Emma Abramownas Schlafzimmer war, zu ihnen stieß. Emma Abramowna hatte es sich halb liegend, halb sitzend mit einer Decke über den Beinen auf dem Sofa bequem gemacht, während meine Großmutter am Fußende der Couch auf einem kleinen Hocker saß, den Walja ihr gebracht hatte. »Musja, sieh dich nur an, wie hübsch du bist!«

Es stimmte. Emma Abramowna war fast genau so alt wie Baba Sewa, und sie war nicht bei bester Gesundheit: Ihre Hüften waren zerschlissen; sie benutzte einen Gehwagen und brauchte Hilfe beim Hinsetzen und Aufstehen. Aber im Gegensatz zu meiner Großmutter strahlte sie von innen heraus. Sie hatte dichtes, lockiges, inzwischen graues Haar, das ihr in einem kleinen Afro um den Kopf lag, und ihre olivfarbene Haut und ihre braunen Augen schmückten sie noch immer sehr. Es war seltsam, jemanden aus der Generation meiner Großmutter so lebhaft und fröhlich zu sehen; meiner Großmutter kam es wohl ebenfalls etwas seltsam vor.

»Schau dir dein Haar an«, fuhr sie fort, die Schönheit ihrer Freundin zu preisen. »Wie dicht es ist!«

»Sewotschka, lass das«, sagte Emma Abramowna.

»Was?«

»Ich sagte, hör auf damit!«

»Ich kann doch nichts dafür, dass du so schön bist!«, legte meine Großmutter nach.

»Andrej«, wandte sich Emma Abramowna an mich. »Wie geht es Ihnen? Wie lange sind Sie hier?«

Ich sagte ihr, ich wisse es nicht, aber bestimmt ein paar Monate.

»Das ist großartig«, sagte Emma Abramowna. »Sewa ist überglücklich, dass Sie bei ihr sind.«

»Aber irgendwann geht er wieder«, sagte meine Großmutter traurig.

»Ja, aber jetzt ist er da!«

»Das stimmt«, sagte meine Großmutter, immer noch sehr traurig. »Das stimmt.«

Und so ging es weiter, bei einer Vielzahl unterschiedlichster Themen, von der Lage des zeitgenössischen Films bis zu den Auswirkungen des Zweiten Weltkriegs. Meine Großmutter sagte etwas Pessimistisches, nur um von Emma Abramowna berichtigt zu werden, oder Emma Abramowna sagte etwas Optimistisches, dem meine Großmutter widersprach. Und dann war da natürlich noch die Datscha.

»War es schön in Peredelkino?«, wollte meine Großmutter wissen.

»Ja, es war herrlich. Borja«, ihr jüngster Sohn, »hat im Winter viel am Haus gemacht. Und ich hatte den ganzen August über Besuch. Ich weiß wirklich nicht, was ich ohne Peredelkino machen würde.«

Emma Abramowna sagte immer frei heraus, was sie dachte. Das war ein bewundernswerter Charakterzug, aber es bedeutete auch, dass ihr die Signale von Menschen wie meiner Großmutter entgingen, die die Dinge subtiler oder indirekter ansprachen.

»Ich hatte auch mal eine Datscha«, sagte meine Großmutter jetzt. »Wir waren jeden Sommer dort.«

»Ich weiß, Sewotschka.« Emma Abramowna wurde kurz milde.

»Jetzt kann ich nirgendwo mehr hin«, sagte meine Großmutter.

Das wäre eine gute Gelegenheit für Emma Abramowna gewesen, meiner Großmutter vorzuschlagen, ihr im nächsten Sommer einen Besuch abzustatten, aber der Gedanke schien ihr nicht zu kommen, und sie ließ den Moment verstreichen.

»Du kannst von Glück sagen, dass du drei Kinder hast«, fuhr meine Großmutter fort. »Sie kümmern sich wirklich gut um dich.«

»Du hättest ja auch noch mehr Kinder bekommen können!« Emma Abramowna verlor ein bisschen die Fassung. »Niemand hat dich daran gehindert!«

»Ja«, sagte meine Großmutter so, wie man es macht, wenn man im tiefsten Inneren eigentlich anderer Meinung ist. »Vielleicht.«

Trotzdem, so lebendig und fröhlich wie hier hatte ich meine Großmutter seit meiner Ankunft in Moskau noch nicht erlebt. Dies war ihre einzig verbliebene Freundin und Zeitgenossin. Und bestimmt würde Emma Abramowna die Anspielungen auf die Datscha irgendwann verstehen.

Kaum waren wir zur Tür hinaus, wandte sich meine Großmutter zu mir um und sagte, als hätte sie schon die ganze Zeit darauf gewartet, es loszuwerden: »Die arme Musja. Sie kann nicht mehr laufen. Kannst du dir das vorstellen? Ich weiß nicht, was ich machen würde, wenn ich nicht mehr laufen könnte.«

Auf dem Rückweg nahmen wir ein Auto. Eins der unbestreitbar nicht schrecklichen Dinge an Moskau war, dass man einfach irgendein beliebiges Auto auf der Straße anhalten konnte, und der Fahrer fuhr einen zu einem vernünftigen Preis ans gewünschte Ziel. Es war ein Beispiel dafür, wie die Russen auf die Mängel des Kommunismus reagiert hatten – es gab nicht annährend genug Taxis, also fingen die Menschen an, sich gegenseitig mitzunehmen. Als ich klein war, fuhr mein Vater mehrere Nächte in der Woche auf der Suche nach Fahrgästen durch die Stadt. Das war nicht ungewöhnlich für Leute mit Autos, auch nicht für Leute mit Autos und Ingenieursdiplom. Diese Praxis hielt sich bis weit in die postsowjetische Zeit hinein, auch wenn mir seit meiner Ankunft aufgefallen war, dass immer weniger Moskauern danach war, jemanden für drei Dollar ein paar Kilometer den Boulevard hinaufzufahren. Man musste nach zerbeulten alten russischen Autos Ausschau halten; deren Fahrer waren arm genug, um einen mitzunehmen. Diesmal hatten wir Glück, und eines der ersten Autos, denen meine Großmutter zuwinkte, war alt und russisch und hielt an. Auf der Heimfahrt war sie in redseliger Stimmung und fragte den Fahrer nach seiner Datscha. Wie sich herausstellte, stammte er aus Armenien und besaß tatsächlich eine Datscha außerhalb Eriwans. Sie habe einen wunderschönen Garten, sagte er, auch wenn er schon drei Jahre nicht mehr dort gewesen sei, weil er hier in Moskau Geld verdienen müsse.

»Ja«, sagte meine Großmutter. »Eine Datscha ist eine sehr gute Sache.«

Zu Hause sagte sie zu mir: »Das mit Musjas Beinen ist schrecklich, aber in anderer Hinsicht hat sie großes Glück. Ihre Kinder kümmern sich wirklich sehr gut um sie. Das war mein großer Fehler. Ich hatte nur ein Kind. Achte darauf, dass du mehr als ein Kind hast. Am besten drei. Dann bist du gut versorgt.«

Als ich an diesem Abend ins Bett ging, dachte ich: Hatte meine Großmutter nicht eine Tochter, und hatte diese Tochter nicht zwei Söhne, und kümmerten wir uns nicht gerade um sie? Meine Großmutter suggerierte, dass wir es nicht taten. Und verglichen mit dem, was Emma Abramownas Söhne veranstalteten, war dem schwer zu widersprechen. Ich war hier, ja, aber gleichzeitig war ich auch nicht wirklich hier. Meine BOMOKs waren arbeitsintensiver, als ich erwartet hatte: Ich betreute sechzig Studierende in den vier Kursen, was Hunderte von Foreneinträgen und im Laufe des Semesters Hunderte von E-Mails bedeutete – Hunderte von E-Mails, die ich zeitnah beantworten musste, denn die Organisatoren der BOMOKs schworen auf Studierendenbewertungen – sie hatten sonst nichts, woran sie sich orientieren konnten –, und nichts nahmen Studierende einem übler, als wenn man ihre Mails nicht zügig beantwortete. Ich musste also viele Stunden im Coffee Grind verbringen, ob ich nun wollte oder nicht. Und ehrlich gesagt: Ich wollte. Meine Großmutter machte es mir nicht gerade leicht, ihr Gesellschaft zu leisten. Sie war schwermütig; sie jammerte. Sie nörgelte an allem herum. Wenn es mir selbst gut gegangen wäre, hätte ich vielleicht mehr Verständnis aufbringen können; aber ich war selbst ein bisschen neben der Spur. Nachdem sich meine ursprüngliche Hoffnung zerschlagen hatte, sie für meine wissenschaftliche Arbeit befragen zu können, hatte ich immer noch keine Ahnung, wie es nun weitergehen sollte. Alle Themen schienen bereits vergeben zu sein; die Konkurrenz war riesig. Ich würde niemals etwas Originelles und Eigenes finden. Perverserweise verbrachte ich dadurch noch mehr Zeit im Coffee Grind, um mir Facebook-Seiten anderer Leute anzusehen. Mein Versagen als Akademiker machte mich nicht zu einem besseren Enkel.

Inzwischen brach drüben in der Heimat das amerikanische Finanzsystem zusammen. Von meinem Ausguck im Coffee Grind verfolgte ich die Ereignisse auf Facebook und der Website der *New York Times.*

Einige meiner ehemaligen Kommilitonen machten Witze über die Ereignisse – »Wie gut, dass ich in einer Branche arbeite, in der sowieso niemand Geld verdient«, schrieb Sarah auf Facebook –, aber auf der Slawistik-Jobbörse war die Stimmung gedrückt. Eine Ausschreibung war zurückgezogen worden, weil die Finanzierung weggebrochen war. Und es gab Gerüchte über weitere Einschnitte.

»Wir sind am Arsch«, schrieb mir mein Berater auf GTalk. »Nelson« – Phil Nelson, der forsche Präsident unserer Universität – »hat den Universitätsetat wie sein privates Geld in einem Pokerspiel behandelt. Ich wette, wir werden einen gewaltigen Teil davon abschreiben können. Und wenn die Ölpreise einbrechen, steckt auch der Campus in Katar in Schwierigkeiten.« Der Satelliten-Campus in Katar war einer von Präsident Nelsons prestigeträchtigsten Leuchtturmprojekten und hatte in Zeiten, zu denen das Fass Öl hundert Dollar kostete, einen schönen Gewinn abgeworfen.

»Schreiben sich während einer Wirtschaftskrise nicht mehr Menschen an der Uni ein?«, fragte ich. Ich hatte so was irgendwo gelesen.

»Stimmt«, sagte mein Berater, »aber sie gehen an eine bezahlbare Uni. Eine gute Uni. – Ich schwöre bei Gott«, fuhr er fort, »ich könnte buchstäblich jede Minute gefeuert werden. Ich habe Angst, meine Mails zu checken.«

»Sind Sie nicht gerade in Ihrem E-Mail-Programm?«

»Ja. Aber ich habe Angst.«

Das Gespräch jagte mir einen gewaltigen Schrecken ein. Kurz fühlte ich mich wie jemand, der eine große Katastrophe überstanden hatte, aber natürlich hatte ich noch gar nichts überstanden. Mein Berater behielt seinen Job, auch wenn das Institut für Slawistik die Krise nicht unbeschadet meistern sollte. Was mich betraf, so bekam ich schließlich eine Mail von der Universitätsverwaltung, die mich darüber in Kenntnis setzte, dass wegen der zu erwartenden verringerten BOMOK-Einschreibungen die neue Höchstzahl der Kurse pro Dozent im Semester auf drei verringert wurde. Das bedeutete de facto eine Gehaltskürzung um fünfundzwanzig Prozent.

Hier in Moskau sahen meine Großmutter und ich uns im Hinterzimmer an drei bis vier Abenden in der Woche die Abendnachrichten an. Alle Sender wurden vom Staat kontrolliert, aber sie waren weder grau noch langweilig. Die Nachrichtensprecherinnen waren attraktiv und sprachen klar und deutlich und mit Überzeugung; die Produktionsqualität war erstklassig. Untermalt von Furcht einflößender Musik und in schnellen Schnitten zeigten die Nachrichten eine Welt in der Krise: Es gab Probleme in Georgien; es gab

Probleme im Irak; es gab Probleme in Afrika. Zum Glück hatten wir Russen Putin. Wo auch immer ein Problem sein Haupt erhob, war Putin nicht fern, um es ihm abzuschlagen. Dabei war Putin gar nicht mehr Präsident – sein handverlesener Nachfolger, Dmitri Medwedew, war Präsident, und Putin war Ministerpräsident –, aber wenn es hart auf hart kam, hatte noch immer Putin das Sagen. Alles war in Ordnung. Die Russen konnten nachts beruhigt schlafen.

Und nun hatten auch noch die Amerikaner Probleme. Die Russen hatten wirklich ihren Spaß an der Finanzkrise, zumindest am Anfang. Die Nachrichten zeigten Aufnahmen von amerikanischen Bankern, die Kartons aus ihren ruinierten Firmen trugen. Sowjetische Propaganda war immer gern auf der Obdachlosigkeit in den Vereinigten Staaten herumgeritten, und diese Bilder der Banker mit ihren Kartons warfen die Frage auf, ob sie wohl darin schlafen würden. Gleichzeitig erklärte uns der russische Finanzminister, dass wir uns keine Sorgen machen müssten: Russland sei eine Insel der Stabilität in einem Meer aus Problemen. Er hoffe jedoch, dass diese Erfahrung den Amerikanern eine Lehre sein werde.

Ungefähr zu dieser Zeit machten meine Großmutter und ich abends einen Spaziergang auf dem Boulevard; wir hatten uns weiter vorgewagt als sonst und waren in einem kleinen Park gegenüber der Metro-Station Saubere Teiche gelandet. An diesem Abend hatten sich dort Menschen an der Gribojedow-Statue versammelt; sie waren umringt von Polizisten.

»Eine Demonstration«, sagte meine Großmutter. »Lass uns hier weggehen.«

Diesmal hatte sie recht. Es war eine Demonstration. Ich manövrierte uns auf die andere Straßenseite, wo ich aus sicherer Distanz verfolgen konnte, was vor sich ging. Die Demonstrierenden waren mehrheitlich mittelalt und sahen gebildet aus – strubbeliges Haar, Brillen, kurzärmelige Hemden und Pullover mit Argyle-Muster. Sie sahen aus wie meine Eltern. Sie hielten Schilder hoch, auf denen »Freundschaft mit dem Westen« und »Amerikas Krise ist auch unsere Krise!« stand. Es gab sogar einige Schilder auf Englisch. Dies waren die Liberalen, die *Echo-von-Moskau*-Hörer, die Leute, die Putins politischer Berater Wladislaw Surkow vor Kurzem als fünfte Kolonne im eigenen Land bezeichnet hatte. Eingekesselt von nicht nur zahlenmäßig überlegenen, stämmigen Polizisten mit versteinerten Gesichtern wirkten sie harmlos und mitleiderregend.

Und dann bemerkte ich, wie einige ganz in Schwarz gekleidete Menschen, die mir wie Teenager vorkamen, auf das Dach der Metro-Station kletterten. Als sie oben angekommen waren, schossen sie eine Leuchtrakete in den Himmel. Ganz kurz fragte ich mich, ob dies als direkte Aktion Teil des Protests war, ob es sich um die Verstärkung handelte. Dann entrollten sie ein Banner mit der Aufschrift »Schluss mit dem Scheiß« und fingen an sie zu skandieren: »Schluss mit dem Scheiß!« Es waren Gegendemonstranten, Regimeanhänger, die geschickt worden waren, um diese kleine Gruppe Demonstrierender einzuschüchtern, als wäre die massive Polizeipräsenz nicht genug. Die Polizisten taten noch nicht mal so, als würden sie versuchen, sie daran zu hindern. Die Demonstrierenden ebenso wenig. Es war deprimierend.

Wir gingen nach Hause, um die Nachrichten zu sehen. Unser Protest kam nicht darin vor. Putin schon. Eigentlich musste man seine Meisterschaft bewundern. Die Welt sah einen kaltblütigen Killer in ihm, einen skrupellosen Diktator, den Totengräber der russischen Demokratie. Aber aus russischer Sicht war er eben *unser* kaltblütiger Killer, *unser* skrupelloser Diktator, *unser* Totengräber. Und er wusste genau, was er tat. Er konnte charmant sein, wenn er es musste, er konnte bedrohlich sein oder pathetisch. Er liebte es, die Erwartungen zu unterlaufen. Wenn man den toughen Putin erwartete, bekam man den sensiblen Putin, aber wenn man anfing, sich an den sensiblen Putin zu gewöhnen – Kawumm! –, verpasste einem der toughe Putin einen Schlag ins Gesicht. Bei einem Interview, das meine Großmutter und ich uns ansahen, wurde er auf die Kritik der Opposition an seiner Regierung angesprochen. Statt sie unverblümt zurückzuweisen, sagte er traurig: »Ein Teil dieser Kritik ist berechtigt. Ich denke, wir müssen sie uns anhören, uns damit auseinandersetzen und noch härter arbeiten als zuvor. Aber der Rest der Kritik geht zu weit. Sie richtet sich nicht nur gegen meine Regierung, sondern auch gegen unser Land. Und ja, unser Land plagen Probleme. Es hat sich noch immer nicht von den Turbulenzen unter meinem Vorgänger erholt. Ich denke, uns allen ist klar: Mutter Russland ist krank. Aber wenn deine Mutter krank ist, dann gibt es nur eine Möglichkeit: Du musst ihr helfen.« Es war eine unschlagbare Antwort. All das Geschrei und Gebrüll der Opposition über Putins Verbrechen, seine Korruption, seine Rücksichtslosigkeit – alles übrigens wahr, soweit ich es beurteilen konnte – vermochte sie nicht auszuhebeln.

Nach den Nachrichten ging meine Großmutter normalerweise ins Bett; aber ich blieb auf und guckte weiter. Man kann beim Fernsehen viel über ein Land lernen. Ein Großteil des Programms waren Importe: amerikanische Actionfilme, südamerikanische Soaps, sogar die *Simpsons.* Aber es gab auch ein paar einheimische Sendungen. Mir gefielen die Realityshows. Meistens handelte es sich um den Abklatsch amerikanischer oder europäischer Formate, aber mit mehr Sex und Gewalt. Vor allem der Sex war beeindruckend. Sogar in Russland, einem Ort, an dem man meinen könnte, die Menschen wären vor allem damit beschäftigt zu überleben, nicht ins Gefängnis zu kommen und nicht von einem Auto überfahren zu werden – sogar hier wollten die Menschen miteinander vögeln.

Eine meiner Aufgaben in meiner Rolle als Dimas Vertreter war es, einmal im Monat die Miete von den Jungs nebenan zu kassieren. Es handelte sich um Expats, aber meine Großmutter nannte sie aus nicht ganz nachvollziehbaren Gründen »Soldaten«. Es konnte sein, dass sie meinen Bruder oder mich falsch verstanden hatte, als wir auf Englisch von »subletters«, Untermietern, gesprochen hatten (aber warum hätten wir Englisch mit ihr sprechen sollen? Vielleicht hatte sich aber auch einer der »Soldaten« selbst als »subletter« vorgestellt), oder sie konnte einfach nicht nachvollziehen, warum sich drei unverheiratete Männer eine Wohnung teilten, statt bei ihren Müttern (oder Großmüttern) zu wohnen, es sei denn, sie waren in der Tat Soldaten. Jedenfalls: Es waren keine Soldaten; es handelte sich um einen hübschen Italiener namens Roberto, der in der Immobilienbranche tätig war, einen sanftmütigen amerikanischen Blondschopf namens Michael und um Howard, einen pummeligen britischen Journalisten, der bei der *Moscow Times* arbeitete, der englischsprachigen Zeitung für hier lebende Ausländer. Sie waren alle Mitte zwanzig, und als ich das erste Mal rüberging, um die Miete zu kassieren, erörterten sie gerade, ob sie einen bestimmten Nachtclub besuchen sollten oder nicht. Eigentlich versuchte Roberto, Michael davon zu überzeugen, dass es Michaels moralische Pflicht sei, in den Club zu gehen, weil die jungen Frauen dort so auf ihn abfuhren. Michael brachte vor, dass er nicht mitkommen wolle, schließlich habe er eine Freundin in der Heimat und müsse am nächsten Tag früh raus. Währenddessen sah sich der dritte Mitbewohner, Howard, auf Dimas riesigem Flachbildschirm ein

Premier-League-Spiel an. Es war ein Schock, die Wohnung zu betreten: Sie war genauso groß wie die meiner Großmutter und hatte einst auch denselben Grundriss gehabt, aber Dima hatte unter der Anleitung seiner zweiten Frau Alina mehrere Wände eingerissen, sodass ein großzügiger offener Raum entstanden war, von dem drei kleine Schlafzimmer abgingen. Wenn die Wohnung meiner Großmutter ein Museum für alte Sowjetmöbel war, dann handelte es sich bei der von Dima um ein Zeugnis des kultivierteren russischen Geschmacks um die Jahrtausendwende. Ich hatte das Gefühl, als wäre ich mit dem Überschreiten der Türschwelle fünfzig Jahre in die Zukunft gereist.

»Ich bin gerade erst wieder mit Susan zusammengekommen«, sagte Michael. »Ich will keine russischen Mädels aufreißen.«

»Aber sie *mögen* dich«, sagte Roberto.

»Nein, das stimmt nicht. Sie tun nur so, um ihre reichen russischen Typen eifersüchtig zu machen.«

»Michael, wen interessiert's, *warum* sie so tun. Das ist doch vollkommen egal.«

»Warum sind in dieser Stadt nur alle so besessen davon, mit heißen Girls zu schlafen?«, fragte Michael. Es schien ihn richtig zu quälen. »Ich mein, es gibt doch auch noch andere Dinge.«

Roberto schüttelte traurig den Kopf. »Du verstehst das Leben nicht«, sagte er. »Das Leben muss *gelebt* werden. Sieh dir Putin an. Oder Berlusconi. Er ist ein alter Mann. Er hat unbegrenzte Macht über sein Land. Und trotzdem läuft er den jungen Frauen hinterher.«

»Ich will nicht wie Berlusconi sein!«

»Okay, okay, kein Berlusconi. Aber russische Frauen sind die schönsten Frauen der Welt. Und die freizügigsten. Du bist da sehr unvernünftig.«

»Nun mach schon, du Wichser!«, schrie Howard. Er hatte die Augen auf den Fernseher gerichtet. Wir alle wandten uns dem Spiel zu. Die Szene endete damit, dass der Spieler, den Howard angeschrien hatte, den Ball übers Tor schoss. Howard schnaubte und drehte sich kurz zu Roberto und Michael um. »Ich komme mit«, sagte er.

Das gefiel Roberto offenbar nicht besonders. »Du stellst zu viele Fragen«, sagte Roberto. »Die Mädels wollen nicht das Gefühl haben, verhört zu werden.« Und an mich gewandt: »Er fragt: ›Woher kommst du? Was machst du so? Wie viele Geschwister hast du? Willst du ein Selfie mit mir machen?‹ Sie denken, er ist vom FSB.«

»Ich bin halt neugierig«, sagte Howard.

»Ich gehe ins Rasputin«, sagte Roberto drohend. »Wenn du nicht am Türsteher vorbeikommst, ist das dein Problem.«

»Das Risiko gehe ich ein«, sagte Howard.

»So ist das Leben.« Roberto seufzte. »Die, die könnten, wollen nicht. Und die, die wollen ...«

»Sind voller intensiver Leidenschaft!«, ergänzte Howard. »Du wirst schon sehen«, sagte er. »Das wird meine Nacht.« Und damit sprang er von der Couch und lief in sein Schlafzimmer, um sich umzuziehen.

Das waren also die Jungs von nebenan.

Nachdem ich die Miete in Empfang genommen hatte, musste ich das Geld zusammen mit meiner Großmutter zu Dimas Bank bringen. Sie lag mehrere Metro-Stationen und einmal umsteigen entfernt. Meine Großmutter musste dabei sein, weil es aufgrund eines russischen Gesetzes, das sowohl Kapitalflucht wie Kapitalzufuhr verhindern sollte, für einen ausländischen Staatsbürger (mich) verboten war, Gelder auf das Konto eines Russen oder eines doppelten Staatsbürgers (Dima) einzuzahlen. Also schleifte ich sie mit zur Bank. Beim ersten Mal war sie so erschöpft von der Metro-Fahrt, dass sie, sobald wir die HSBC-Filiale betreten hatten, auf dem erstbesten Stuhl zusammenbrach. Ich ging an den Schalter und erklärte, dass ich Geld auf das Konto meines Bruders einzahlen wolle und meine Großmutter dafür unterschreiben werde. Ich erhielt ein Formular und brachte es zu Baba Sewa. Beim Unterschreiben wollte sie wissen, was sie denn da unterschrieb.

Sehr laut sagte ich: »Wir zahlen die Miete von Dimas Untermietern auf sein Konto ein.« Ich sprach so laut, weil jeder sehen konnte, wie es eigentlich war: dass ich irgendeine ältere Dame auf der Straße aufgelesen hatte und sie nun dazu brachte, mir dabei zu helfen, gestohlenes Geld auf ein Offshore-Konto zu transferieren.

Als ich die Untermieter erwähnte, fragte sie: »Wer?«

»Die Untermieter! Dimas Untermieter! Die Soldaten!«

»Ah, die Soldaten.«

Ich ging mit dem Formular zurück an den Schalter. Niemand sagte etwas. Ich hielt zweihundert Rubel zurück, damit wir mit dem Taxi heimfahren konnten, aber als wir die Bank verließen, war der Verkehr so schlimm, dass wir doch wieder die Metro nehmen mussten. Die zweihundert Rubel steckte ich ein.

Ich war mir nicht sicher, ob es für mich als Mieteintreiber angemessen wäre, mit den Soldaten rumzuhängen, oder ob es für mich als dreiunddreißigjährigen Akademiker nicht vor allem erbärmlich wäre, weil ich noch nie in einem echten Nachtclub gewesen war, geschweige denn in einem mit Gesichtskontrolle. Ich war mir nicht einmal sicher, ob ich es überhaupt wollte. Es war eine Erleichterung, Englisch zu sprechen, sich keine Gedanken darüber machen zu müssen, wen man mit *Ty* und wen mit *Wy* ansprach, und wieder in die lange, verschwenderische Jugend des modernen westlichen Mannes einzutauchen. Aber deswegen war ich natürlich nicht hergekommen. Es kam mir wie eine faule Ausrede vor. Allerdings hatte ich auch nicht so schrecklich viele Alternativen.

Mitte September hatte ich eine kurze soziale Begegnung mit Dimas Freunden, von denen ich hoffte, sie mir während meines Aufenthalts vielleicht als eigene Freunde ausborgen zu können, so wie ich einst darauf spekuliert hatte, Dimas Auto auszuborgen. Offenbar war ein Typ namens Maxim schuld daran, dass der Heimtrainer mein Zimmer verstopfte. Das heißt, Dima hatte ihn vor seiner Abreise gefragt, ob er ihn haben wolle, und Maxim hatte Ja gesagt und es dann den ganzen Sommer über versäumt, ihn abzuholen. Als er schließlich irgendwann deswegen auftauchte, meinte er, dass er am Wochenende gleich um die Ecke eine Geburtstagsparty feiern werde und ich doch vorbeikommen solle.

Ich traf ihn und ein paar andere in einem kleinen französischen Restaurant namens Jean-Jacques unten bei der Metro-Station Zwetnoi-Boulevard. Es war für Moskauer Verhältnisse gar nicht so furchtbar teuer, lag aber immer noch weit oberhalb meiner Preisklasse. Bevor mir eine Ausrede einfiel, mit der ich mich verdrücken konnte, spendierte mir Maxim ein französisches Bier und stellte mich der kleinen Gruppe von Freunden vor. Alla, Borja, Kristina, Denis, Elena, Fjodor waren alle auch Dimas Freunde, altersmäßig jedoch näher an mir als an ihm. Sie schienen nett zu sein. Dima war ein Geschäftsmann, aber er hatte sich seine Freunde schon immer unter Kunststudierenden, Bohemiens und Journalisten gesucht. Aus ihren Gesprächen hörte ich heraus, dass diese Moskauer Freunde in der Werbung, bei Zeitschriften und in der PR arbeiteten. Sie interessierten sich für Politik – Maxim und Elena waren unter den Demonstrierenden gewesen, die meine Großmutter und ich ein paar Tage zuvor bei den Sauberen Teichen gesehen hatten – und gaben ihre Meinungen mit dieser Mischung aus Wut, Sarkasmus und Verzweiflung zum Besten, die ich schon aus *Echo von Moskau* kannte.

»Diese Kobolde glauben wirklich, sie würden von der weltweiten Finanzkrise verschont bleiben, während alle anderen vor die Hunde gehen«, sagte Maxim. »Das ist doch ein Witz.«

»Ich hingegen glaube, die Amerikaner«, sagte Fjodor und sah mich dabei an, »werden das Schiff ziemlich schnell wieder flottbekommen, meinst du nicht auch?« Er benutzte *Ty*.

Aber ich hatte keine Ahnung. Ich wusste, dass die Leute daheim ihre Sparkonten plünderten und darüber diskutierten, welches Wurzelgemüse sie kaufen sollten, falls die Supermärkte über den Winter dichtmachten. Und je besser die Leute die Finanzwelt kannten, umso verängstigter schienen sie zu sein.

Zu Fjodor sagte ich: »Ich weiß es nicht. Meine Freunde in Amerika sind ziemlich nervös.«

»Sie werden es überstehen«, sagte Maxim bestimmt. »Amerika wird gut aus der Sache herauskommen. Aber Russland ist am Arsch. Dieses Land wird von Idioten regiert.«

Bald drehte sich das Gespräch um Kultur. Es gab eine lange und kleinteilige Diskussion über die erste Staffel von *Breaking Bad;* als Experte alles Amerikanischen wurde ich nach meiner Meinung gefragt, musste aber zugeben, weder die Serie gesehen noch jemals New Mexico besucht oder Crystal Meth probiert zu haben. Und auch sonst war ich wohl eine ziemliche Enttäuschung. Als sie hörten, dass ich aus New York kam, fingen sie an, mich nach den Kunstgalerien und den Restaurants zu fragen, die sie dort kannten, in denen ich aber noch nie gewesen war, ja, von denen ich noch nicht einmal gehört hatte. In jeder Minute, die ich mit ihnen verbrachte, wurde deutlicher, wie viel mehr Geld sie hatten als ich.

Die einzige Gemeinsamkeit, die wir fanden, war unsere Wut auf Russland. Als ich ihnen von meinem Versuch erzählte, in Sokolniki Eishockey zu spielen, waren sie angemessen empört. »Das ist der typisch russische Mangel an Kultur«, sagte Alla, der Vertriebsleiter war. »Es ist beschämend.«

»Keine Sorge«, sagte Borja, der in der Werbung arbeitete, »ein paar normale Menschen gibt es noch in diesem Land.«

»Wissen Sie vielleicht, wo man hier Eishockey spielen könnte?«

»Nein. Tennis ist mir lieber.«

»Um Eishockey zu spielen, braucht man ziemlich viel *blat*«, sagte Kristina – Vitamin B, Verbindungen.

Das machte mich wieder richtig wütend. »Das ist doch lächerlich!«, sagte ich. »Eishockey sollte für alle da sein.«

»Um ehrlich zu sein«, sagte Maxim, »wenn sie jeden mitspielen ließen, wäre es schnell nichts mehr wert.«

Das waren also die russischen Liberalen, die das Putin-Regime ablehnten. Wie sich herausstellte, hassten sie Russland. Irgendwie lebten sie dort, aber irgendwie dann auch ganz woanders. Keiner von ihnen schaute russisches Fernsehen. Im Zuge der allgemeinen Diskussion über Popkultur erwähnte ich meine Vorliebe für russische Realityshows, nur um von Elena gesagt zu bekommen, dass meine Lieblingssendung – eine extrem gewalttätige Version von *Cheaters*, über fremdgehende Männer und (vor allem) fremdgehende Frauen – gefakt sei.

»Wie meinen Sie das – gefakt?«

»Nicht echt. Die ganzen sogenannten Realityshows sind gestellt.«

»Woher wissen Sie das?«

»Ich bin Journalistin«, sagte sie. »Ich weiß so was.«

Elena war blond, so groß wie ich, stämmig, mit einer Frisur, die ihr Gesicht und die schönen blauen Augen einrahmte. Sie war im Prinzip eine slawische Ausgabe von Sarah. Ich fühlte mich zu ihr hingezogen.

Bei den Enthüllungen über meine Lieblingssendung musste ich erschrocken geguckt haben, denn sie fügte hinzu: »Tut mir leid.«

Aber natürlich ergab das einen Sinn. Der Plot folgte jedes Mal demselben Muster, und die Vorstellung, dass sie tatsächlich so viel illegales Filmmaterial aufgenommen hatten, wie sie behaupteten, war lächerlich. Jetzt kam es mir ganz offensichtlich vor.

»Es ist immer noch als Kulturprodukt interessant?«

»Es ist Trash. Alles im russischen Fernsehen ist Trash.«

»Ich sage euch, was ich gucke«, unterbrach uns Maxim. Er war ein ehemaliger Zeitschriftenredakteur, der jetzt einen noblen Weinladen führte. »Meine Woche sieht so aus: montags *Mad Men*, dienstags *Dr. House*, mittwochs *Breaking Bad* ...« Das war jeweils ein Tag nach der Erstausstrahlung in den Staaten, so lange dauerte es, bis die Episode auf einer der Streamingseiten auftauchten.

»Und was ist mit russischem Fernsehen?«, fragte ich.

»Nicht in einer Million Jahren«, sagte Maxim. »Ehrlich gesagt, ich könnte es mir auch gar nicht ansehen, selbst wenn ich wollte. Ich habe gar keinen Anschluss mehr. Mein Fernseher ist mein Computerbildschirm, das war's.«

Ich wollte hier weg. Ich war mir nicht sicher, ob ich diese Leute mochte. Ich wusste nicht, ob ich sie mit *Ty* oder *Wy* ansprechen sollte. Und, noch wichtiger, wenn ich blieb, müsste ich Maxim ein teures französisches Bier kaufen. Andererseits: Elena. Sie hatte mir meine Lieblingssendung vermiest, aber mir gefiel, *wie* sie es getan hatte. Ich scannte ihre rechte Hand nach einem Ehering (die Russen tragen ihre Eheringe rechts), es gab keinen. Zur Sicherheit warf ich noch einen Blick auf die linke Hand (bei diesen Leuten konnte man nie wissen), aber auch dort war sie unverheiratet. Wir standen, wenn auch nicht an der Bar, und ich beschloss, Maxim ein Bier zu kaufen und mir ebenfalls noch eins, damit ich etwas entspannte, und ich fragte Elena, ob ich ihr auch etwas mitbringen könne.

»Warum nicht?«, antwortete sie, was ich als gutes Zeichen wertete, und bat um ein Glas Grenache.

Es kostete zwanzig Dollar, und zusammen mit zwei Bier à neun Dollar musste ich achtunddreißig Dollar plus Trinkgeld bezahlen. Ich bat den Barkeeper, es zu wiederholen, weil ich dachte, er hätte sich vertan. Er hatte sich nicht vertan.

Wie auch immer, als Elena ihren Wein ausgetrunken hatte und ankündigte, es sei an der Zeit zu gehen, fragte ich sie (*Wy*), ob ich sie vielleicht noch ein Stück begleiten dürfe, wohin auch immer.

»Wenn du möchtest«, sagte sie und benutzte *Ty*. Ich könnte also ebenfalls ins *Ty* wechseln – oder doch nicht?

Elena hatte auf der Petschatnikow geparkt, das lag auf dem Weg zu meiner Großmutter, und während wir nebeneinander hergingen – es war eine schöne Nacht in dieser kurzen herbstlichen Zeit zwischen Sommer und bitterkaltem Winter –, fragte ich sie, wo sie denn als Journalistin arbeite.

»*Echo von Moskau*«, antwortete sie.

»Oh, das höre ich die ganze Zeit!«, sagte ich. »Es ist der Lieblingssender meiner Großmutter.«

»Das freut mich zu hören«, sagte Elena. »Für mich ist es einfach nur ein Job.«

»Verstehe«, sagte ich. Und fügte lahm hinzu: »Dann werde ich auf Ihre Sendung achten.« (Wieder das *Wy!* Ich konnte einfach nicht anders.)

»Okay«, sagte sie.

Elena stand ganz offensichtlich nicht auf mich. Allerdings sind Russen sehr zurückhaltend. Vielleicht war diese an offene Feindschaft grenzende Einsilbigkeit ihre Art, mir mitzuteilen, dass sie mich mochte?

»Das war eine lustige Party«, sagte ich.

»Es war okay.«

»Wo wohnen Sie?«

»In Samoskworetschje«, sagte sie. »Weißt du, wo das ist?«

Ich wusste es nicht. Und wir hatten ihr Auto erreicht.

»Also, gute Nacht«, sagte Elena und öffnete die Autotür.

»Warten Sie«, sagte ich. Ich merkte schon, dass sie nicht auf mich stand, aber irgendwie ließ mich ihre Ähnlichkeit mit Sarah glauben, dass ich vielleicht doch eine Chance hätte.

Elena wandte sich widerwillig um, und ich beugte mich vor, um sie zu küssen. Schnell drehte sie den Kopf zur Seite, sodass mein Kuss auf ihrer Wange landete.

»Andrej«, sagte sie und stieß mich von sich, nicht unfreundlich, »du scheinst ein netter junger Mann zu sein. Aber ich glaube, du bist dafür einfach nicht geschaffen.«

»Wofür?«, fragte ich. Meinte sie das Küssen?

»Für all das hier«, sagte sie und gestikulierte die Petschatnikow herunter und in der Gegend herum. Von dort, wo wir standen, konnte man ein paar Kirchturmspitzen und die Hochhäuser der Innenstadt mit den Unternehmenssitzen der Gas- und Ölkonzerne sehen. »Für Russland.«

»Aha«, sagte ich. Aber ich verstand es nicht. »Wie meinen Sie das?«

»Keine Ahnung«, sagte sie. »Einfach so ein Gefühl.«

Und damit stieg Elena ins Auto. Der Fahrersitz war auf der rechten Seite – das bedeutete in der Regel, dass das Auto von einem geschäftstüchtigen jungen Mann gebraucht in Japan gekauft, mit der Fähre nach Wladiwostok gebracht und durch ganz Russland gefahren worden war, um dann in Moskau verkauft zu werden – und sie studierte eine Weile den Rückspiegel, um sicherzugehen, dass sich auf der Petschatnikow keine Autos näherten.

Dann fiel ihr etwas ein, und sie kurbelte das Fenster herunter.

»Du musst nicht jeden mit *Wy* ansprechen«, sagte sie, »es hört sich an, als wärst du zurückgeblieben.«

»Okay«, sagte ich. Ich versuchte, mir einen Satz einfallen zu lassen, der das vertrautere *Ty* enthielt, aber es gelang mir nicht. »Okay«, sagte ich noch einmal – wie ein Idiot. »Abgemacht.«

Elena nickte und fuhr davon.

Wie hatte sie das gemeint, ich sei für Russland nicht geschaffen? Ich fühlte mich beleidigt, auch wenn ich die Beleidigung nicht so richtig verorten konnte. War ich zu weich? Ich hatte mich seit dem College nicht mehr geprügelt (und es war auch eher ein Ringen gewesen und endete unentschieden), und auch wenn ich für einen Akademiker ziemlich gut in Form war, so lag hier doch ein Hauch von Gewalt über den Straßen, mit dem ich nicht so richtig umzugehen wusste. Oder hatte sie etwas anderes gemeint? War ich zu langweilig für Russland? Also in geistiger Hinsicht? Nicht reif genug?

Während ich darüber nachdachte, wurde mir noch eine andere Folge des Abends bewusst. Mein Versuch, Elena zu küssen, war zwar gescheitert, hatte mir aber die Existenz von Frauen in Erinnerung gerufen. Mir war bis dahin nicht klar gewesen, wie sehr mich die Sache mit Sarah immer noch belastete; war mir ihr Schlussmachen selbst vor allem peinlich gewesen, so hatte mich die schleichende Erkenntnis, dass Sarah mit jemand anderem schlief, sexuell frustriert. Ich hatte noch nicht mal mehr Interesse. Und auch das Zusammenleben mit der eigenen Großmutter war, das musste ich zugeben, eine ziemlich antierotische Erfahrung.

Aber wenn ich jetzt zum Einkaufen durch die Straßen unseres Viertels ging oder im Coffee Grind saß oder den Fernseher einschaltete, fiel mir auf: Ich wollte jede Frau vögeln, die ich sah. Ich konnte nicht sagen, ob es an ihnen lag oder an mir: an mir, weil ich sexuell so unterversorgt war, oder an ihnen, weil sie sich so hübsch kleideten und so gepflegt aussahen. Wie auch immer. Als ich erst mal angefangen hatte, daran zu denken, konnte ich nicht mehr damit aufhören. Im Coffee Grind, das nicht nur von den FSB-Gorillas, sondern auch von jungen Büroangestellten aus dem angrenzenden Stadtviertel besucht wurde, bemerkte ich, wie den Frauen ihre dünnen Blüschen den nackten Rücken hochrutschten, wenn sie sich vorbeugten, um an ihrem Espresso zu nippen. Ich beobachte, wie sie die Beine übereinanderschlugen, und wenn sie auf der Straße auf High Heels an mir vorbeiliefen, sah ich auf ihre Knöchel und ihre Hüften. Wie konnte so ein bisschen nacktes Fleisch an der einen oder anderen Stelle plötzlich so eine Bedeutung bekommen? Es waren doch nur Haut und Muskeln und Fett. Trotzdem.

Lag es nun an mir, oder lag es an ihnen? Ich könnte schwören, dass es an ihnen lag. Russische Männer hatten so lange getrunken und sich angebrüllt und aufeinander geschossen, dass es nicht mehr so viele von ihnen gab. Es waren einfach nicht mehr genügend Männer für alle da. Das führte zu einem großen Konkurrenzkampf um die, die es noch gab. Die Frauen hielten sich fit und trainierten ihren Körper, sie machten sich zurecht, sie verbrachten Stunden in Schönheitssalons, um sich die Haut glätten, die Augenbrauen zupfen und den Hintern massieren zu lassen. Was ich sah, wenn ich mich mit meinem Ständer in der Hose umschaute, war die kalkulierte Reaktion auf eine tragische Verknappung. Es war nicht richtig von mir, es zu genießen, das sagte ich mir immer wieder.

Aber ich wusste auch gar nicht, wie ich diese Frauen ansprechen sollte, und sie schienen kein Interesse daran zu haben, mir bei zu helfen, es herauszufinden. Die meiste Zeit meines Lebens hatte ich im sicheren Schoß der Universität verbracht, und ich hatte keinen Schimmer, wie ich ganz auf mich allein gestellt Kontakte knüpfen sollte – mir fehlte der Kontext, der institutionelle Rahmen, in dem ich bisher Leute kennengelernt hatte. Ein paarmal versuchte ich, ein Gespräch in der Schlange im Coffee Grind zu beginnen, aber es kam nichts dabei heraus.

Als ich eines Tages im Grind saß und solchen Gedanken nachhing, kam mir eine Idee: russisches Online-Dating. Ich gab es bei Google ein, und nach einigen Fehltritten landete ich auf einer russischen Datingseite. Sie war voller wunderschöner junger Frauen. Oder zumindest voller Fotos von ihnen. Ha! Ich fischte ein altes Foto von mir aus den Tiefen meines Laptops, zimmerte ein Profil zusammen und schrieb Nachrichten an ein paar junge Frauen, die intelligent aussahen. Noch bevor die Woche zu Ende war, hatte ich ein Date mit der süßen, blonden fünfundzwanzigjährigen Sonja.

»Ich bin morgen Abend bei dir in der Gegend«, schrieb sie mir. »Wollen wir uns treffen?«

Wow!, dachte ich. Ein Hoch auf die moderne Welt! Und ich dachte es noch einmal, als ich Sonja schließlich in einer unglaublich teuren Bar namens Sad (die sich Saad aussprach) in der Nähe der Haltestelle Zwetnoi-Boulevard gegenübersaß. Sonja war hübsch, fast genauso hübsch wie auf ihrem Profilfoto, und klug. Sie studierte Mode an der Staatlichen Universität Moskau und wollte Hutdesignerin werden. Sie war aus der südrussischen Stadt Rostow nach Moskau gekommen, die, wie sie sagte, vollkommen kriminalitätsverseucht und hochgefährlich sei. Ihre beste Schulfreundin sei eine Woche nach dem Abschluss vergewaltigt und getötet worden. Moskau sei auch kein Zuckerschlecken, sie müsse jeden Monat knausern und knapsen, um die Miete zusammenzukratzen, aber im Vergleich zu Rostow empfand sie es als große Erleichterung. Ich für meinen Teil erzählte ihr ein paar ausgewählte Dinge aus meinen New Yorker Leben und dass ich nach Moskau gekommen sei, um mich um meine Großmutter zu kümmern und ein interessantes Thema für meinen nächsten akademischen Aufsatz zu finden. Sie schien auf eine Art beeindruckt oder zumindest nicht komplett gelangweilt zu sein.

Wir tranken jeweils zwei Drinks für insgesamt ruinöse fünfzig Dollar, aber das spielte keine Rolle, denn Sonja schien mich zu mögen. Zu meiner großen Erleichterung bestellte sie kein Essen, und nach ungefähr einer Stunde fragte sie mich, ob ich gehen wolle. Ich war mir nicht ganz sicher, was das bedeutete, aber ich sagte Ja. Wir traten hinaus in eine wunderschöne Nacht und machten uns auf den Weg zur Metro, und ich fragte mich, ob ich etwas unternehmen sollte. Aber als wir gerade auf den Boulevard einbogen – und noch bevor ich so richtig darüber nachdenken konnte –, schmiegte sie sich an mich und küsste mich.

Mir wurde richtig ein bisschen schwindlig davon. Mein erster russischer Kuss! Er war wie ein amerikanischer Kuss, nur besser, intensiver, und er war in Russland. Wie sich herausstellte, hatte ich einfach nur online gehen und ein Formular ausfüllen müssen.

Dann unterbrach Sonja unseren Kuss und legte ihre Hand auf meine Brust. »Andrej«, sagte sie, »sieh mal, ich würde dich wahnsinnig gern mit zu mir nach Hause nehmen. Aber es gibt eine Reinigungsgebühr.«

»Eine Reinigungsgebühr?«

»Na ja, wenn wir zu mir gehen, dann werden wir bestimmt eine ziemliche Sauerei anrichten.« Sie drückte sich wieder etwas enger an mich.

Endlich dämmerte mir, worum es hier ging. Irgendwie war es mir jetzt aber auch egal. Ich fragte: »Wie viel?«

»Dreitausend«, sagte sie.

»Dollar?«

»Nein, natürlich nicht.« Sie lachte. »Wir sind schließlich immer noch in Russland. – Rubel.«

Das waren etwas über hundert Dollar. Exakt diese Summe hatte ich dabeigehabt, sozusagen als eine Art Obergrenze für meine Ausgaben an diesem Abend, und die Hälfte hatte ich bereits für die Getränke ausgegeben.

»Gingen vielleicht auch tausendfünfhundert?«

»Tut mir leid«, sagte sie, »so sind die Regeln. Vielleicht können wir zu einem Geldautomaten gehen?«

Ich war geil, aber das ging zu weit. Ich schüttelte den Kopf.

»Na gut«, sagte sie sanft und löste sich von mir. »Ruf mich an, wenn du es dir anders überlegst.« Dann drehte sie sich um und verschwand in der Metro.

Fünfzig Dollar ärmer ging ich zurück nach Hause. Die Baustellen um mich herum und die bereits fertigen Gebäude waren mir noch nie so hässlich erschienen. Lärmende Teenager tranken auf dem Grünstreifen entlang des Boulevards Bier und schrien herum. Als ich in die Petschatnikow einbog, kam ich an einem weiteren schicken Restaurant vorbei. Reiche Männer und ihre ziemlichen jungen Begleitungen – Escorts, wie ich nun vermutete – saßen darin und aßen zu Abend. Dieses Land war zum Kotzen. Aber es war auf eine ganz andere Art zum Kotzen, als man mir eingetrichtert hatte. Was war aus der Furcht einflößenden Diktatur geworden? Wo war das blutrünstige Regime? Ich hatte erwartet, verhaftet zu werden, aber niemand wollte mich verhaften. Keiner interessierte sich auch nur einen Scheiß für mich. Dafür war ich einfach viel zu arm. Die Universität überwies mir alle zwei Wochen vierhundertdreiundneunzig Dollar dreiundfünfzig für meine BOMOKs, ein für russische Verhältnisse nicht vollkommen lächerliches Gehalt, aber mein Konto wies noch immer exakt denselben Stand wie bei meiner Ankunft auf: ein bisschen weniger als eintausend Dollar. Und mein zweiwöchentlicher Gehaltscheck würde ab Januar eher bei dreihundertfünfundsiebzig Dollar liegen. Alles, was über Fixkosten für die Wohnung und Essen und den täglichen Cappuccino im Coffee Grind hinausging, würde für mich weiterhin vollkommen außer Reichweite liegen. Man wurde zwar nicht mehr mitten in der Nacht zur Lubjanka gebracht, aber als eine Form sozialer Kontrolle funktionierte Geld hervorragend. Wenn Menschen vor allem mit dem unmittelbaren Überleben beschäftigt waren, würden sie wahrscheinlich eher nicht versuchen, eine politische Partei zu gründen, um nach der Macht zu greifen. Es war gar nicht nötig, sie wirklich in den Gulag zu schicken. Was für eine beschissene Masche. Die Welt, meine ich. Die ganze Welt war ein einziger verdammter Beschiss.

6. ICH GEHE IN EINEN CLUB

Das also war mein Leben – eine Abfolge von Botengängen für Dima, ergänzt durch eine Reihe von Zurückweisungen durch Russinnen und eine Kette von Aktivitäten mit einer Mitbewohnerin – meiner Großmutter –, die sich nur an diejenigen erinnerte, die ihr nicht gefallen hatten. Meine Reise nach Russland verlief wirklich überhaupt nicht wie geplant. Zu allem Überfluss hatte ich die Vorstellung gehabt, mein Aufenthalt hier würde meinen Marktwert zu Hause in die Höhe treiben. Ich war nicht nur irgendein Bücherwurm, der in New York herumsaß und über Russland nachdachte, ich war mitten in Russland selbst! Aber das schien nicht zu klappen. Vielmehr ließ sich der gegenteilige Effekt beobachten. Als ich eines Tages im Coffee Grind saß und so über meine Lage nachgrübelte, bekam ich eine E-Mail.

Lieber Andrew Kaplan,
mein Name ist Richard Sutherland. Wie Sie vielleicht wissen, lehre ich Kulturwissenschaften in Princeton. Ich werde demnächst nach Moskau kommen, um dort mit einigen Kulturschaffenden über deren Konzepte von »Modernität« zu sprechen. Unser gemeinsamer Freund Sasha Fishman erzählte mir, dass Sie gerade dort seien und bereit wären zu helfen. Ich spreche natürlich kein Russisch, aber ich habe ein paar Fördermittel für die Reise zur Verfügung gestellt bekommen (Princeton ist da wirklich ziemlich großzügig) und kann Sie für Ihre Zeit bezahlen – wie wäre es mit acht Dollar pro Stunde? Ich komme am 3. Oktober mit Delta aus

New York; wenn Sie mir ein Mineralwasser mitbringen könnten? Ich bin nach einem langen Flug immer sehr durstig!
Danke im Voraus.
Richard

Ich starrte auf die Mail, mitten im Trubel des Coffee Grind, direkt gegenüber vom KGB. In einem ersten Impuls löschte ich sie, dann kniff ich und machte es rückgängig. Ich war baff – ich sollte es nicht sein, und doch war ich es. Würde jemand einer Person, für die er auch nur einen Funken Respekt empfand, auf diese Art schreiben und sie auffordern, ihn mit einer Flasche Mineralwasser in der Hand vom Flughafen abzuholen? Ich hatte keine Ahnung, aber ich vermutete mal: nein. Schlimmer noch, dieser Jemand hatte Fördergelder von Princeton erhalten, um ein Thema zu recherchieren, das im Grunde genommen *mein* Thema war, und das, obwohl er nicht das Geringste darüber wusste.

Aber wenn dies eine Beleidigung war – und das war es –, dann kam die Beleidigung eigentlich von Fishman. Sasha »Arschloch« Fishman! Ich war so wütend, dass ich, ohne lange nachzudenken, bei der ungelöschten Mail auf »weiterleiten« klickte und seine Mailadresse eingab.

Lieber Sasha,
mir ist schon klar, dass ich kein so großer akademischer Star bin wie du, aber das geht ein bisschen zu weit. Wenn du das nächste Mal jemanden hast, der einen Diener in Moskau sucht, dann mach es bitte selbst.
Andrej

Ich schickte die Mail sofort ab, und auf der Stelle bereute ich es. Nicht weil ich unrecht hatte sondern, weil es Fishman die

Gelegenheit gab, etwas Herablassendes zu erwidern. Ich musste einen Tag warten, aber natürlich ließ er es sich nicht entgehen. Er benutzte meinen amerikanischen Namen und schrieb:

> Andrew,
> ich bedauere sehr, dass du es so siehst. Sicher hast du weitaus wichtigere Dinge zu tun, als einen meiner Kollegen herumzuführen.
> Alles Gute
> Alex Fishman
> Gastprofessor für slawische Literatur usw.

Na schön, Alex, dachte ich. Wir werden schon noch sehen.

Bloß was würden wir sehen? Ich wusste es nicht. Wenn es einen Weg gab, Alex Fishman zu demütigen und zu beschämen, musste ich ihn erst noch finden. Irgendwie schien er jenseits aller Scham und Demütigung zu sein. Einmal hatte er einen überschwänglichen Fünftausend-Wörter-Blogpost über die großartigen wissenschaftlichen Leistungen des Leiters des Instituts für Slawistik in Princeton geschrieben – *zur selben Zeit, als er sich dort auf eine Stelle bewarb.* Wie konnte man so jemanden beschämen?

Hatte ich also einen Fehler gemacht? Nicht nur, weil ich nach Russland gekommen war, das auch. Aber hatte ich mein ganzes Leben in den Sand gesetzt? Meine Eltern waren große Risiken eingegangen und hatten viele Entbehrungen auf sich genommen, um mich in ein Land zu bringen, in dem mir im Grunde alle Möglichkeiten offenstanden. Und was hatte ich getan? Meine Freunde vom College und von der Highschool waren jetzt Ärzte, Anwälte, Banker. Einige von ihnen waren in Hollywood, ihre Visionen erreichten täglich Millionen von Menschen, und obendrein waren sie reich. Sie lebten in schönen Häusern in Los Angeles und brachten zahlreiche Kinder zur Welt. Ich hingegen hatte mich entschieden, Bücher zu lesen. Was für ein Witz! Ich las gern Bücher, und ich hatte gehofft, sie zu lesen würde mir helfen, die Welt zu verstehen. Aber ich verstand die Welt nicht. Ich wusste nicht das Geringste über die Welt. Und als erwachsener Mann – der ich inzwischen nun mal zweifelsfrei war – immer noch Bücher zu lesen? Das war einfach nur erbärmlich. Aber in dieser erbärmlichen Welt hatte Sasha Fishman immerhin einen festen Job. Er musste nicht vier Online-Kurse gleichzeitig betreuen, nur damit der Strom nicht abgeschaltet wurde. Niemand würde auf die Idee kommen, sich von ihm für den Mindestlohn durch Moskau fahren zu lassen.

Das Schlimmste an der ganzen Richard-Sutherland-Sache war, dass ich das Geld gut gebrauchen könnte. Zwar hätte ich meine Großmutter vernachlässigen müssen, aber nach ein paar Tagen als Wasserträger für Sutherland hätte ich mir die Reinigungsgebühr für Sonja leisten können. Allerdings gab es nach der Mail an Fishman kein Zurück mehr. Ich schrieb Sutherland und wand mich höflich aus der Sache heraus.

Meine Großmutter war enttäuscht von mir. Sie hatte einen unersättlichen Hunger nach Gesellschaft, aber alle ihre Freunde waren, wie sie nicht müde wurde zu betonen, tot oder weggezogen, und auch Emma Abramowna konnte sie nicht unbegrenzt oft am Tag anrufen, um Anspielungen auf ihre Datscha fallen zu lassen. Und dann gab es da noch mich. Mit mir konnte man reden. Aber ich hatte meine eigenen Probleme. Nachdem wir *Die Kosaken* überstanden hatten, behandelten wir *Väter und Söhne* und landeten schließlich bei *Krieg und Frieden*. Die Studierenden wurden angesteckt von Tolstois laienhaften Historisierungen. Sie entwickelten alle möglichen Theorien. Einige hatten am College kurz zuvor Hegel durchgenommen, andere waren seit vierzig Jahren nicht mehr in einer Bildungseinrichtung gewesen. Einer meiner älteren Studenten kam mit einer historischen Theorie über Muslime an, die vielleicht oder vielleicht auch nicht gegen die universitäre Richtlinie bezüglich Hate Speech verstieß; ich musste die Einträge rausnehmen und mit ihm darüber reden. Danach schaltete ich sie wieder frei, ergänzt um eine kurze Erläuterung, warum ich so vorgegangen war. Und das war nur einer der Kurse. Ich hatte keine Regeln aufgestellt, wann die Studierenden posten durften und wann nicht, und so schrieben sie, wann immer sie wollten, und ich musste es alles lesen, um sicherzugehen, dass es nicht zu verrückt oder zu rassistisch oder zu eklatant falsch war. Kurz gesagt, es nahm immer mehr meiner Zeit in Anspruch, und währenddessen machte ich keinerlei Fortschritte bei der Suche nach einer festen Stelle für das kommende Jahr. Aus all diesen Gründen hatte ich weniger Geduld für die Diskussionen mit meiner halb tauben Großmutter, als ich es mir im Nachhinein gewünscht hätte.

Mein gedanklicher Rettungsanker war die Vorstellung, dass sie es gar nicht mitbekam. Sie hörte so wenig und vergaß so viel. Wir gingen in den Park oder besuchten Emma Abramowna, und am nächsten Tag gab es keinen Hinweis darauf, dass sie sich noch daran erinnerte. Sie konnte sich noch nicht mal merken, worüber wir fünf Minuten zuvor gesprochen hatten. Warum sollte sie sich dann daran erinnern, dass ich mich nach dem Mittagessen ins Coffee Grind verdrückte, statt ihr Gesellschaft zu leisten und mit ihr zu plaudern?

Gelegentlich kam Howard von nebenan vorbei, um Sushi zu essen und über seine Artikel zu sprechen – seit er wusste, dass ich einen Doktor in russischer Literatur hatte, bat er mich um literarische Anspielungen, die er in seine Texte für die *Moscow Times* einstreuen konnte. Aber die Gespräche entwickelten sich ziemlich schnell zu Erzählungen über Howards sexuelle Abenteuer. Als ich ihn das erste Mal nach seinem Besuch des Rasputins wiedersah, erzählte er mir, dass er von jemandem im Club betäubt und dann von Roberto (der dachte, er sei einfach nur total besoffen) in ein Taxi verfrachtet worden war. Als er wieder zu sich kam, lag er irgendwo am Stadtrand auf dem Boden, und seine Brieftasche war weg. Sein Taxifahrer hatte ihn ausgeraubt. Er versuchte, seine Mitbewohner anzurufen, war aber immer noch so derangiert, dass es ihm nicht gelang, sich ihnen verständlich zu machen. »Ich dachte ich würde da draußen sterben«, sagte er. Schließlich gelang es ihm, ein Auto anzuhalten und irgendwie zu erklären, wo wir wohnten, aber der Fahrer traute ihm nicht genug, um ihn zum Geldholen nach oben gehen zu lassen, und am Ende hatte Howard für die Fahrt mit seinem Handy bezahlt.

»Das war sehr einfallsreich von dir«, sagte ich.

»Danke«, sagte Howard, »aber es war ein Dreihundert-Dollar-Handy.«

Trotzdem ließ er sich davon nicht abschrecken. Er war sogar noch einmal ins Rasputin gegangen. Und er hatte sich bei einer Website angemeldet, auf der man Prostituierte bestellen konnte, nachdem man die Profile studiert und sich die Kundenbewertungen ihrer Arbeitsleistung angesehen hatte.

»Ist das dein Ernst?«, rief ich. Ich war geschockt und erstaunt.

»Ja«, sagte Howard. »Willst du mal sehen?«

»Nein!«, sagte ich. »Ich weiß nicht. Vielleicht später.«

Als er gegangen war, sah ich, dass meine Großmutter in der Tür ihres Zimmers gestanden und uns beobachtet hatte. Einen Augenblick lang befürchtete ich, sie hätte gehört, was Howard über die Huren-Website gesagt hatte. Aber wir hatten Englisch gesprochen, und außerdem hätte uns meine Großmutter von dort drüben auch kaum verstehen können. Wie sich herausstellte, war sie aus einem ganz anderen Grund verärgert.

»So redest du nie mit mir«, sagte sie.

»Was meinst du?«

»So lebhaft. Mit so viel Interesse.«

»Natürlich tue ich das«, sagte ich.

»Nein«, sagte sie. »Das tust du nicht.«

Ich war perplex. Ich meine, Howard hatte da von einer sehr interessanten Website erzählt. Aber natürlich hatte meine Großmutter recht. Statt mich zu entschuldigen, stritt ich es allerdings ab. »Wir reden die ganze Zeit!«, sagte ich. »Wir reden ununterbrochen! Sogar jetzt gerade reden wir! Aber wir können noch mehr reden. Worüber möchtest du denn reden?«

Meine Großmutter kräuselte die Lippen. Sie wusste, dass ich unfair zu ihr war, aber sie war bereit, mir noch eine Chance zu geben. »In Ordnung«, sagte sie. »Rede mit mir über die Lage. Wie ist die Lage im Land?«

Aus irgendeinem Grund regte mich diese Frage auf. »Woher soll ich das denn wissen?«, sagte ich. »Ich sitze von morgens bis abends hier rum und versuche, deine Fragen zu beantworten. Ich habe keine Ahnung, wie die Lage im Land ist!« Ich hatte mich vor ihr aufgebaut, während ich das sagte.

»Du brauchst nicht zu schreien«, sagte meine kleine Großmutter. Dann trat sie in ihr Zimmer zurück und schloss mit zittrigen Händen die Tür hinter sich. Ich fühlte mich furchtbar.

Später entschuldigte ich mich, und sie vergab mir, aber so etwas Ähnliches passierte immer wieder in unterschiedlichen Variationen: Sie kritisierte meine miese Fürsorge, ich fühlte mich angegriffen und reagierte gereizt und traurig und kümmerte mich noch schlechter um sie als zuvor.

Wie war die Lage im Land? Es stimmte, dass ich es nicht wusste. Aber es war falsch, dass ich so gar keine Ahnung hatte.

Jeder in Moskau schien einen schwarzen Audi zu fahren, und es gab Websites, auf denen man Prostituierte bestellen konnte, nachdem man ihre Kundenbewertungen gelesen hatte. Außer in ein paar miefenden Lebensmittelgeschäften aus der Sowjetzeit war das Essen teuer; die Mieten waren haarsträubend, und Eishockeyspiele waren für Außenstehende unerreichbar. Jedes Mal, wenn ich ins Coffee Grind ging und das billigste Getränk auf der Karte bestellte, wunderte ich mich über die anderen Kunden. Woher aus diesem verwundeten und traumatisierten Land kamen sie? Einige kamen aus dem KGB-Gebäude auf der anderen Straßenseite, aber nicht alle, und überhaupt, dies war das billigste Café in der gesamten Nachbarschaft. Diese Leute kauften zwei doppelte Espresso und Gebäck und Sandwiches und mussten dafür dreißig Dollar hinblättern. Und das Schlimmste war, dass sie sich nicht mal darüber aufregten! Man sollte denken, dass zumindest ein paar von ihnen »Wie bitte?!« sagen würden. Aber keiner machte den Mund auf. Bereitwillig öffneten sie ihre Portemonnaies und zahlten, ohne mit der Wimper zu zucken.

Das also war der Putin'sche Deal: Ihr gebt eure Freiheiten auf, ich mache euch reich. Nicht jeder war reich, aber genügend Menschen hatten es zu etwas gebracht, damit das System funktionierte. Und wer war ich schon, ihnen zu sagen, dass sie auf dem Holzweg waren? Wenn sie ihren Putin mochten, dann sollten sie ihn behalten.

Natürlich war Bequemlichkeit eine Sünde. Zu Beginn des stalinistischen Terrors hatte Mandelstam die verächtliche Bemerkung fallen lassen, die Menschen glaubten, alles wäre in Ordnung, solange nur die Straßenbahnen noch fuhren. Aber wie sollte man sonst merken, dass die Dinge nicht in Ordnung waren? In Moskau hatte man vor langer Zeit die meisten Straßenbahnschienen herausgerissen, um Platz für Autos zu schaffen. Wenn die verbliebenen Straßenbahnen aufhörten zu fahren, würde es eine Weile dauern, bis es jemand merkte.

Ich hatte immer noch gelegentlich Schwierigkeiten einzuschlafen. Auch wenn mir meine Lieblingssendung mit den Fremdgängern vermiest worden war, blieb ich oft lange wach und sah fern. Dank Neunzigerjahre-Dima hatten wir einen Kabelkanal, der US-Sport zeigte, inklusive Football. Ich hatte Football immer gerne gesehen, besonders College-Football mit seinem Prunk und den Menschenmengen. Damals im College hatte ich mich immer darauf gefreut, samstagmorgens von unserem Spielmannszug geweckt zu werden, der auf dem Weg ins Stadion war. Und jetzt in Moskau kam das alles zurück. Der einzige Haken an der Sache war, dass die Stadionatmosphäre und der Originalkommentar fehlten. Stattdessen war ein russischer Sprecher zu hören, der das Spiel offenbar gerade erst lernte. »Jetzt werden sie natürlich punten«, sagte er nach einem vierten Down, nur dass sie es manchmal eben nicht taten. »Jetzt haben sie sich dagegen entschieden. Es gibt doch keinen Punt.« Bei einem der ersten Spiele, die ich mir ansah, gab es ein Safety, und der Kommentator wusste, was ein Safety war, war aber (verständlicherweise) verwirrt, weil ein Pass auf einen nicht passberechtigten Spieler zu einem Foul geführt hatte und, weniger verzeihlich, weil es wegen des Bodenkontaktes kein Fumble war. »Aus irgendeinem Grund geben sie ihnen den Ball nicht«, sagte er über die Verteidigung, die den Fumble verursacht (beziehungsweise eben nicht verursacht) hatte. Für einen Amerikaner war natürlich »nach einem Bodenkontakt kann es kein Fumble geben« so selbsterklärend wie »alle Menschen sind gleich«. Aber der Kommentator war kein Amerikaner. Und ich war nicht in Amerika. Das war die Lektion, die mir immer wieder erteilt wurde, auch wenn ich offenbar nicht bereit war, sie zu lernen.

An einem Wochenende Ende September saß ich im Hinterzimmer und versuchte trotz der künstlichen Stille, in der es stattfand, das Spiel der LSU gegen Auburn zu verfolgen, als mein Handy summte, weil eine SMS einging. Ich weiß noch, dass ich vor Schreck zusammenzuckte, weil es die erste SMS war, die ich seit meiner Ankunft in Moskau bekam. »Howard hier«, lautete sie. »Wir gehen in einer Stunde ins Teatr. Willst du mitkommen?« Das Teatr war ein Club in unserem Viertel, nicht allzu weit von unserem Haus entfernt. Ich war während meiner Besorgungen ein paarmal daran vorbeigekommen. Er befand sich in einem alten Theatergebäude, und über dem Eingang hing ein großes, grelles Neonschild.

Ich hielt mein Handy in der Hand und fragte mich, was ich antworten sollte. Einerseits konnte ich Clubs nicht ausstehen und fürchtete vor allem die Aussicht, fünfzig oder mehr Dollar auszugeben. Andererseits war es Wochenende, und meine Großmutter schlief tief und fest und würde mich ausnahmsweise mal nicht vermissen. Außerdem war ich neugierig. Und einsam. Ohne Internet zu Hause hatte ich mir angewöhnt, Bilder von nackten Menschen im Coffee Grind für die spätere private Betrachtung herunterzuladen, aber vor Kurzem mussten sie eine Art Megabyte-Zähler installiert haben, denn die jüngsten Versuche, Pornos herunterzuladen, waren allesamt gescheitert.

Ich sah auf den Fernseher. Die jungen Männer der LSU spulten lautlos ihre Spielzüge ab. Der Kommentator klang müde. Das war doch kein Leben. Ich zog ein Hemd und ein Jackett an und ließ mich auf der anderen Seite des Flures blicken.

»Das schafft er, oder?«, fragte Howard, als ich reinkam.

»Ich glaube schon.« Roberto musterte mich. »Die Gesichtskontrolle im Teatr ist ziemlich entspannt.«

Also tranken wir ein paar Bier und ein paar Wodka und fuhren dann mit einem Taxi zum Club. Eingepfercht auf dem Rücksitz zwischen einem euphorischen Howard und einem widerwilligen Michael, beide im Sakko, fühlte ich mich betrunken und ein bisschen aufgeregt. Endlich kam ich mal aus dem Haus.

Im Teatr pulsierte elektronische Musik; wir konnten sie bereits beim Vorfahren hören. Wie von Roberto vorausgesagt, klopften mich die beiden Gorillas am Eingang nur kurz nach Waffen ab und ließen mich dann rein. Drinnen empfing uns ein Pulk junger Menschen, die sich auf einer Tanzfläche krümmten, die leicht zu einer Bühne hin abfiel. Es war ein altes Theater, aus dem einfach die Stühle herausgerissen worden waren. Die Bühne stand allerdings noch, und dort hatte der DJ sein Set aufgebaut und spielte sehr laute Musik.

Auf der Stelle bereute ich mein Kommen. Es war die Hölle. Die anderen Jungs verschwanden in der Menge und ließen mich allein. Ich konnte nicht tanzen, aber es schien auch niemand mit mir tanzen zu wollen, selbst wenn ich es gekonnt hätte. Jeder im Club schien zwanzig Jahre alt zu sein. Es gab ein paar Männer, die meinem Alter etwas näher kamen: Sie waren fett und kahl und schwitzten in ihren Anzügen, aber sie waren umringt von jungen Frauen, und fast konnte man dabei zusehen, wie ihnen die Dollarscheine aus den Taschen flogen. Ich versuchte, ein bisschen zu tanzen, aber nachdem ich mich einer Gruppe Tanzender angeschlossen hatte und beobachten musste, wie diese Gruppe in einer koordinierten Choreografie Stück für Stück von mir wegtanzte, schlich ich zur Bar und kaufte ein teures Bier, das ich hochkonzentriert sehr langsam zu trinken begann, als wäre ich mit etwas Wichtigem beschäftigt.

So fand mich Howard. Er war in Begleitung eines großen, dünnen, blauäugigen Mädchens mit hohen Wangenknochen und perfekten Haaren. Ich war fassungslos.

»Da bist du ja«, sagte Howard, als ob er nach mir gesucht hätte. »Natascha«, sagte er, »das ist Andrew, mein Vermieter.«

»Vermieter?«, fragte Natascha auf Englisch.

»Eher ein Vertreter des Vermieters«, sagte ich auf Russisch.

»Du bist Russe?«, fragte sie.

»Im Grunde schon.«

»Und ein Vermieter, sieh an. Das ist sehr beeindruckend.«

Mein Blatt schien sich zu wenden. Ich hatte junge Frauen wie diese schon auf der Straße oder im Coffee Grind gesehen, aber ich hatte noch nie mit einer gesprochen. Es war, als spräche man mit einem normalen Menschen, nur eben in sehr schön.

»Natascha möchte hier raus und woanders weiterfeiern«, sagte Howard zu mir. »Willst du mitkommen?«

Ich wollte! Aber ich zögerte, weil ich nicht wusste, ob Howard ein zahlender Kunde von Natascha war und ob er lieber allein mit ihr sein wollte.

Doch offenbar wollte er, dass ich sie begleitete, und Natascha sagte: »Na los, Vermieter. Komm mit.«

Ich glaube nicht, dass sie wusste, was als Nächstes geschah. Zumindest hoffe ich das. Ich glaube, sie dachte wirklich, wir würden die Party woanders fortsetzen. Aber Howards Pech fing an, auf mich abzufärben. Wir bahnten uns einen Weg durch die tanzende Menge, hinaus an die frische Herbstluft. Es war großartig, wieder draußen zu sein – noch dazu in Begleitung einer hübschen jungen Frau. Ich war schon fast überzeugt, endlich eine richtige Entscheidung getroffen zu haben.

Während wir draußen standen und Howard eine Zigarette rauchte, fummelte Natascha an ihrem Handy herum und murmelte dabei immer wieder genervt vor sich hin.

»Was ist los?«, fragte Howard.

»Mein Freund ist ein Arschloch«, sagte sie.

Es war das erste Mal, dass ich was von einem Freund hörte, aber Howard trug es mit Fassung. Wer hatte schließlich keinen Freund? Und eine Frau wie Natascha hatte bestimmt jede Menge wunderschöner Freundinnen.

»Er sagt, er holt mich ab und bringt mich nach Hause«, fuhr Natascha fort. »Aber ich wette, ich kann ihn überreden mitzukommen.«

Der Club befand sich am Grünstreifen des Boulevards, ungefähr anderthalb Kilometer von unserem Haus entfernt. Um Nataschas Freund zu treffen, waren wir über den niedrigen Zaun auf die Straße gestiegen. Dort standen wir eine Weile herum; es war Samstagnacht kurz vor zwei, also eigentlich schon Sonntag, und auf der Straße herrschte reges Treiben. Diese Stadt machte Spaß. Von dort, wo wir standen, fühlten wir den Club pulsieren. Hin und wieder kamen Leute heraus, um eine Zigarette zu rauchen oder in ein Taxi zu steigen. Vor dem Eingang wartete eine formlose Schlange informeller Taxis. Die alten pastellfarbenen Gebäude aus dem neunzehnten Jahrhundert entlang des Saubere-Teiche-Boulevards, die in Geschäfte für Luxusmode umfunktioniert worden waren, schimmerten gelb und rosa im Mondlicht. Es gab ein Benetton und ein Restaurant namens Avocado, das so aussah, als wäre es noch geöffnet. Natascha tippte weiter auf ihrem Handy herum, zunehmend schlechter gelaunt. Ich weiß noch, wie normal mir diese Szene erschien – ein paar Leute, die feierten, die auf ihre Mitfahrgelegenheit warteten, die hofften, die Nacht würde niemals enden – und wie schön ich es fand.

Danach ging alles ziemlich schnell. Ein schwarzer Mercedes-SUV – die allgegenwärtige schwarze G-Klasse, die ein bisschen wie ein Leichenwagen aussah, sehr selten in den Vereinigten Staaten, aber sehr beliebt in Moskau – fuhr vor, und ein großer, blonder junger Mann stieg auf der Beifahrerseite aus. Das war also der Freund. Wir drehten uns alle um und sahen ihn an, Howard und ich setzten freundliche, harmlose Mienen auf. Ich fand, dass ich als russischer Muttersprachler derjenige sein sollte, der uns vorstellte, also ging ich auf ihn zu und wollte gerade so was wie »Ich bin Andrej, und das ist mein Freund Howard« sagen, als ich bemerkte, dass der Freund seine Hand hob, wie um mir zu signalisieren, ich solle still sein, und dass er etwas Schwarzes in der Hand hielt, von dem ich hätte schwören können, es war eine Waffe, und dass die Hand mit dieser etwaigen Waffe auf mein Gesicht zuflog.

Die Waffe traf mich im Gesicht, bevor es mir möglich war, den Ablauf der Ereignisse zu sortieren; meine Knie knickten ein, und ich stürzte zu Boden. »Hey!«, rief Howard. Dann setzte der Schmerz ein. Ich spürte ein Pochen im linken Wangenknochen und eine Art Kreiseln im ganzen Kopf. Ich bereitete mich darauf vor, erneut getroffen zu werden, und hob sogar meinen Arm, um den Schlag abzuwehren, aber als ich aufblickte, waren die G-Klasse und Natascha verschwunden. Kein einziges Wort hatte der Freund, der mich niedergeschlagen hatte, gesagt. Unbeholfen blieb ich auf dem Boden sitzen. Ich war kurz davor loszuheulen. Die ganze Sache war dermaßen demütigend, das ganze Land dermaßen entsetzlich, warum war ich überhaupt hier?

»Heilige Scheiße, es tut mir so leid«, sagte Howard. Er hockte neben mir und sah sehr aufgewühlt aus. Das Sprechen tat weh, also sagte ich nichts, aber es war nicht Howards Schuld. »Der Wagen hatte ein Nummernschild der Regierung«, sagte er. »Dieser Wichser war bestimmt der Sohn eines Duma-Abgeordneten. Mein Gott!« Er winkte ein Auto heran, damit es uns nach Hause brachte.

Die Fahrt dauerte nur fünf Minuten, aber es kam mir wie eine Ewigkeit vor. Howard saß vorne neben dem Fahrer. Ich hielt mir mit der Hand die Wange, um zu verhindern, dass sie mir aus dem Gesicht fiel. Ich fragte mich, ob was gebrochen war.

»Die haben deinen Freund übel zugerichtet, was?«, sagte der Fahrer zu Howard.

Howard nickte. »Pistolet«, sagte er und meinte: »Waffe.«

»Sie haben ihm eine Waffe übergezogen?«, fragte der Fahrer. Er schien aufrichtig besorgt zu sein. »Ihr Ausländer«, sagte er, »müsst vorsichtig sein. *Nash chelovek inogda voz'met i po yebal'niku dast, prosto tak.*« (Unsere Leute – also die Russen – stehen manchmal einfach auf und schlagen einem grundlos in die Fresse.) Er schüttelte den Kopf.

Wir hielten an der Ampel vor der Metro-Station Saubere Teiche, neben dem Postamt, nicht weit von der Statue Gribojedows entfernt, wo meine Großmutter und ich die Demonstration gesehen hatten. Ich nahm immer wieder die Hand von der Wange, um nachzusehen, ob sie blutete. Sie blutete, aber nur ein ganz kleines bisschen. War das schlimm?, fragte ich mich. Wäre es besser, wenn sie stärker bluten würde?

Der Fahrer schien sich wegen der Sache im Namen aller Russen schlecht zu fühlen und griff mit einer Hand in die

Jackentasche. Eine Sekunde lang dachte ich, es wäre schon wieder eine Waffe, aber es war ein Flachmann. Er reichte ihn mir nach hinten.

»Russische Medizin!«, sagte der Fahrer auf Englisch zu mir und lachte.

»Vielen Dank«, sagte ich auf Russisch. Ich nahm einen Schluck aus dem Flachmann – es war Wodka.

»Oh, du bist Russe?«, fragte der Fahrer.

»Irgendwie schon, ja«, antwortete ich.

Der Fahrer schüttelte noch einmal den Kopf, diesmal verärgert, als hätte ich es besser wissen müssen.

»Aber ich bin gar kein Russe«, wollte ich ihm sagen, »ich bin Amerikaner. Ich komme aus einem Land, wo eine solche Scheiße nicht passiert. Ich werde von hier abhauen, und ihr werdet mich nie wiedersehen.« Allein schon diese Gedanken zu haben, empfand ich als demütigende Erfahrung. Aber ich meinte es ernst. Ich war fest entschlossen zu gehen. Weder schaffte ich es, mich anständig um meine Großmutter zu kümmern, noch war der Aufenthalt der erwartete Höhepunkt meines Lebens. Ich würde Dima schreiben und von ihm verlangen, mir endlich zu sagen, wann er zurückkäme, und sobald er wieder da war, würde ich von hier verschwinden. Es war ein schreckliches Land, und ich war nicht dafür geschaffen.

Am nächsten Morgen wachte ich mit einem stark geschwollenen, aber allem Anschein nach nicht gebrochenen Wangenknochen auf. Der Schmerz war schlimm, aber noch schlimmer war der Schock auf dem Gesicht meiner Großmutter, als sie mich sah. Ich hatte vergessen, mir eine Ausrede einfallen zu lassen, aber nun dachte ich mir schnell etwas aus. Vor ein paar Tagen hatte ich einige asiatische Bauarbeiter am Rand einer staubigen Baustelle an der Petschatnikow Fußball spielen sehen, und ich erzählte meiner Großmutter, ich wäre von einem Fußball getroffen worden.

»Es sieht schrecklich aus«, lautete ihr Kommentar.

Es sah in der Tat schrecklich aus, und so blieb es auch noch die nächsten zwei Wochen. Aber das Schlimmste spielte sich eigentlich erst an diesem Nachmittag ab. Ich beschloss, zu Hause zu bleiben und mein Gesicht, so gut es ging, mit Eis zu kühlen, statt ins Coffee Grind zu gehen. Nachmittags tranken meine Großmutter und ich Tee und hörten *Echo von Moskau* – und wer wurde da von Elena interviewt? Mein Bruder.

In der Woche zuvor waren ein paar Aktivisten einer Gruppe namens September auf eine Baustelle an der neuen Autobahn zwischen Moskau und St. Petersburg vorgedrungen. Ich hatte von dieser Autobahn gehört, weil Dima sich um den Bau von Tankstellen an dieser Strecke beworben hatte, ohne allerdings den Zuschlag zu bekommen. Die Demonstranten hatten Schilder an die Planierraupen gehängt, auf denen sie erklärten, dass Wälder dem Volk gehörten, nicht den Oligarchen – die Autobahn sollte durch einen großen Wald nördlich von Moskau führen, von dem ein beträchtlicher Teil beim Bau zerstört werden würde –, und sie hatten versucht, die Arbeiter daran zu hindern, ihre Maschinen zu benutzen, etwa indem sie Zucker in den Tank einer der Planierraupen schütteten, was offenbar den Motor zerstörte. Als Antwort darauf wurden sie von Fußball-Hooligans aufgemischt, die von der Baufirma angeheuert worden waren, und am nächsten Tag erschienen Fotos in der Zeitung, auf denen zu sehen war, wie diese netten jungen Demonstrantinnen und Demonstranten von Schlägern mit MMA-Handschuhen zusammengeschlagen wurden. Wie sich herausstellte, befand sich das Bauunternehmen zum Teil im Besitz eines leitenden Angestellten von RussOil, der gleichzeitig für Einiges Russland in der

Duma saß. Die Empörung darüber war groß genug, dass der Duma-Abgeordnete eine öffentliche Erklärung abgeben musste. Er behauptete, dieser bedauerliche Zwischenfall sei die Schuld »einiger im Ausland lebender Geschäftsmänner«, die vom »Walten des freien Marktes« enttäuscht seien und nun versuchten, die Lage zu destabilisieren. »Wir sind ein Land der Gesetze und des respektvollen Umgangs mit Eigentum«, sagte er. »Wenn nun Eigentum auf Geheiß irgendeines ausländischen Geschäftsmannes zerstört wird, dann müssen sich die Strafverfolgungsbehörden das ganz genau ansehen.« Das könnte eine potenzielle Anspielung auf meinen Bruder sein, hatte ich gedacht, aber zu dem Zeitpunkt war mir das als so weit hergeholt erschienen, dass ich den Gedanken gleich wieder verworfen hatte.

Und jetzt war Dima im Radio und redete mit Elena über ebendiese Sache. Sie sprach ihn auf die Äußerungen des Abgeordneten an und wollte wissen, ob er sie auf sich bezog.

»Das ist Dima!«, rief ich.

»Oh?«, sagte meine Großmutter, die nicht sofort verstand. Aber dann: »Das ist Dima!«

»Ob ich glaube, dass er mich gemeint haben könnte?«, fragte Dima. »Ich habe keine Ahnung. Ich kann die kranken Gedanken der Vertreter dieses kranken Regimes nicht lesen. Aber ich denke, die Schuld bei anderen zu suchen, ist ein perfekter Ausdruck für ebendiese Krankheit des Systems. Genau wie die ganzen Unwahrheiten, die sie verbreiten. Ich weiß nicht, ob sie bewusst lügen oder wirklich daran glauben, und es ist mir auch egal.«

»Das ist wahr«, sagte meine Großmutter, aber ich war überrascht. Erstens über den Gedanken, dass die Anschuldigungen des Offiziellen stimmen könnten und Dima tatsächlich eine Art Rebellenarmee organisiert hatte. Und zweitens über die Art und Weise, wie Dima sprach: Er klang nicht wie jemand, der vorhatte, in nächster Zeit nach Moskau zurückzukehren.

Am Abend schrieb mir Howard eine SMS, um sich zu erkundigen, wie es mir gehe, und ich fragte ihn, ob ich rüberkommen und an seinem Computer meine Mails abrufen dürfe. Ich schrieb Dima, dass ich ihn im Radio gehört hätte, und forderte ihn auf, mir endlich zu sagen, wann er denn nun konkret zurückzukommen gedenke. Ich erwähnte nicht, dass ich vor dem Teatr mit einer Pistole niedergeschlagen worden war, da er mich wahrscheinlich nur als Idioten hinstellen würde, weil ich überhaupt dort gewesen war. Jedenfalls schrieb er sofort zurück, dass er Ende Oktober wieder in der Stadt sei und wir dann über alles reden könnten. Das war zwar noch einen ganzen Monat hin, aber damit konnte ich umgehen. Die Schwellung in meinem Gesicht würde zurückgehen, und wenn Dima dann wieder da war, konnte ich ihm sagen, dass ich so schnell wie möglich von hier verschwinden wollte.

Ich schrieb dem Rock-Schlagzeuger, dem ich mein Zimmer untervermietet hatte, dass ich es wahrscheinlich in ein oder zwei Monaten wieder selbst brauchen würde und er schon mal anfangen solle, sich nach etwas anderem umzusehen.

7. WIR GEHEN ZUR BANK

Und dann wartete ich. Ich wartete darauf, dass die Schwellung in meinem Gesicht nachließ und die Tage vergingen, bis Dima zurückkam und ich entlassen wäre. Es war mir zu peinlich, so, wie ich aussah, im Coffee Grind zu erscheinen, also betreute ich meine Kurse aus dem Postamt an den Sauberen Teichen; wie sich herausstellte, standen dort ein paar alte Computer in einem stickigen, fensterlosen Raum im ersten Stock, und der Zugang zum Internet wurde minutenweise abgerechnet. Ich verbrachte nicht eine Minute länger als unbedingt nötig dort, was zur Folge hatte, dass ich nun öfter in der Wohnung war. Meine Großmutter sagte immer wieder, wie schön es sei, mich um sich zu haben. Manchmal freute ich mich darüber, dass sie sich freute, dann wieder ärgerte ich mich, weil es dazu eines gewaltsamen und unbeabsichtigten Hausarrests bedurft hatte.

Ende September erreichte der Tsunami der Finanzkrise schließlich unsere kleine Insel der Stabilität. Und zwar ohne große Vorwarnung. Es hieß immer nur »Insel der Stabilität, Insel der Stabilität«, und dann gab der Rubel von einem Tag auf den anderen zehn Prozent gegenüber Euro und Dollar nach. Innerhalb einer Woche kosteten so gut wie alle Artikel in den Lebensmittelgeschäften in unserer Nachbarschaft zehn Prozent mehr.

Bald sprachen alle von der *Krizis:* die Liberalen auf *Echo von Moskau*, die Propagandisten in den Fernsehnachrichten und dann, ganz plötzlich, auch meine Großmutter. Ich saß immer noch zu Hause und wartete darauf, dass mein Gesicht verheilte, als sie in mein Zimmer kam und sagte: »Andrej, ich habe eine Frage.«

Sie hielt mir ein kleines Büchlein entgegen, kaum breiter und größer als eine Kreditkarte. Es war von ihrer Bank, der staatlichen Sparkasse, und listete alle Transaktionen der letzten Jahre auf. Auf den ersten Seiten waren sie noch handschriftlich eingetragen, ab einem gewissen Punkt stammten sie dann von einem Nadeldrucker – die Bankangestellten mussten das kleine Buch irgendwie in den Drucker gezwängt haben.

Meine Großmutter überreichte es mir nun also mit den Worten: »Andrjusch, wie viel Geld habe ich?«

Ich studierte das winzige Dokument und stellte fest, dass sie zwölftausend von irgendetwas hatte – wenn es Dollar waren, war es eine Menge, wenn es Rubel waren, dann nicht. Schließlich fand ich das Kleingedruckte: Es waren Rubel.

»Du hast zwölftausend«, sagte ich.

»Dollar?«

»Nein. Rubel.«

Sie sah niedergeschlagen aus.

Dann: »Wie viel ist das?« Sie meinte in Dollar.

»Fünfhundert«, sagte ich.

»Fünfhundert Dollar?« Jetzt klang sie beeindruckt.

»Ja.«

»In Ordnung.«

Sie nahm ihr Sparbuch und ging. Die Finanzkonsultation war beendet.

Dann kam sie zurück.

»Andrjusch. Ist mein Geld in Dollar oder in Rubel?«

»Rubel.«

»Soll ich es in Dollar wechseln?«

Aha. Das Radio hatte ihr mit seinem Gerede vom Zusammenbruch des Rubels Angst eingejagt. Aber in Wirklichkeit war es zu spät dafür. Der Rubel hatte bereits ein Zehntel seines Wertes verloren. Als ich sagte, sie habe fünfhundert Dollar, hatte ich aufgerundet. Vor Beginn der Krise waren es fünfhundert Dollar gewesen. Jetzt waren es vierhundertfünfzig. Aber zum einen könnte der Rubel sich wieder erholen, und zum anderen war es auch einfach nicht besonders viel Geld. Der ganze Aufwand, zur Bank zu gehen und die Sache zu erledigen, stand in keinem Verhältnis zu einer möglichen weiteren Abwertung. So sah ich es zumindest. Für ein oder zwei Tag fügte sich meine Großmutter, dann spielte sich exakt dieselbe Szene noch einmal ab. Und nachdem sie zu dem Schluss gekommen war, dass es nichts brachte, mich um Rat zu fragen, setzte sie sich in die Küche und fing an, kleine Berechnungen auf einem Blatt Papier anzustellen. Einmal warf ich einen Blick darauf, aber soweit ich es beurteilen konnte, waren es nur Zahlen, die sie nach dem Zufallsprinzip miteinander multiplizierte.

Ein paar Tage später, an einem Freitagmorgen, als mein Gesicht wieder mehr oder weniger normal aussah, feierte ich meine triumphale Rückkehr ins Coffee Grind. Gierig stürzte ich mich auf die amerikanische Berichterstattung zu der in wenigen Wochen stattfindenden US-Präsidentschaftswahl – die Russen hassten McCain wegen seiner angriffslustigen Art und schienen zuversichtlich, dass Obama der vernünftigere Amerikaner wäre –, als Dima mich auf GTalk anschrieb.

»Hey, hast du die Miete schon eingezahlt? Sie ist noch nicht auf dem Konto.«

»Nein, sorry. Es war viel los.«

»Kannst du es bitte heute noch erledigen? Der Rubel wird übers Wochenende komplett abstürzen.«

Dima hatte die Miete klugerweise in Dollar festgelegt, um sie vor den Schwankungen des Wechselkurses zu schützen, aber es gab einen Haken: Howard und die Jungs zahlten den Tageskurs des Rubel am Ersten des Monats; und zwischen ihrer Zahlung an mich und meiner Einzahlung bei der Bank lauerte Gefahr. Sollte der Rubel einbrechen, bevor ich es zur Bank schaffte, verlor Dima Geld. Neun Tage waren seit dem Ersten des Monats bereits vergangen. Und Dima verlor nicht gerne Geld.

Ich fragte: »Woher weißt du das mit dem Rubel?«

»Ich weiß es eben!«

»Ich habe gelesen, dass die Zentralbank die Währung mit aller Kraft verteidigt.«

»Hör mal, könntest du bitte einfach die Miete einzahlen? Am Montag ist der Rubel im Arsch.«

»Okay, okay.«

»Danke!«

Aber ich war genervt. Wenn es so wichtig für Dima war, seine Miete rechtzeitig auf dem Konto zu haben, hätte er es so einrichten sollen, dass ich unsere Großmutter nicht durch die halbe Stadt zur HSBC schleifen musste. Außerdem hatte ich es, und das wollte ich Dima nicht unbedingt unter die Nase reiben, für keine gute Idee gehalten, in den letzten beiden Wochen mit meinem geschwollenen Gesicht zur Bank zu gehen, um eine potenziell illegale Transaktion durchzuführen.

Nach unserem Chat fand ich aber, dass ich es trotzdem riskieren sollte. Ich schrieb ein paar Mails an Studierende zu Ende und ging nach Hause.

Als ich die Wohnung betrat, trank meine Großmutter in der Küche Tee. Sie saß immer mit dem Rücken zur Tür und mit dem Gesicht zum Fenster, und manchmal hörte sie mich nicht reinkommen.

»Hallo!«, rief ich, um sie nicht zu erschrecken.

Sie drehte sich auf ihrem Stuhl um und lächelte. »Kuckuck!«, sagte sie fröhlich. Sie hatte ihre Zähne rausgenommen, was ihr beim Lächeln den Ausdruck kindlicher Freude verlieh. »Du bist früh zu Hause. Soll ich das Mittagessen warm machen?«

Und dann fiel es mir wieder ein – die Ersparnisse meiner Großmutter! Sie hatte sie ein paar Tage lang nicht erwähnt, aber wenn der Rubel zusammenbräche, würde sie es mir niemals verzeihen. *Ich* würde es mir niemals verzeihen.

»Hör mal«, sagte ich nun. »Möchtest du dein Sparkonto in ein Dollarkonto umwandeln?«

»Was?«

»Dein Sparkonto. Soll es in Dollar sein?«

»Aber natürlich!«

Sie mochte den Kursverlust vergessen haben, aber sie wusste noch, dass sie dem Dollar vertraute.

»Gut«, sagte ich. »Lass uns zur Bank gehen.«

Meine Großmutter setzte sich die Zähne ein, zog ihre beste Hose an, einen Pullover, ihren rosafarbenen Mantel samt rosafarbenem Hut, und es konnte losgehen. Ihre Bank, die staatliche Sberbank, lag direkt um die Ecke, und ich entschied, zuerst dorthin zu gehen und danach Dimas Miete, die ich bei mir trug, einzuzahlen.

Aber die Sberbank war brechend voll. Die Filiale war einfach zu klein – nur eine Reihe mit Schaltern und davor ein enger, höchstens anderthalb Meter breiter Wartebereich. Es war unmöglich, in diesem engen Raum eine vernünftige Schlange zu bilden, also standen die Menschen einfach dort, wo sie gerade Platz fanden.

»Wer ist der Letzte in der Schlange?«, fragte ich.

Ein bebrillter Mann in seinen Fünfzigern meldete sich.

»Und diese Leute sind alle vor Ihnen dran?«, fragte ich.

»So funktioniert eine Schlange«, bestätigte er.

»Dann sind wir nach Ihnen an der Reihe«, sagte ich, um die Sache zu besiegeln. Es war nicht abzusehen, wie lange sich das hier noch hinziehen würde. Ich könnte den Mann bitten, meinen Platz in der Schlange frei zu halten, während ich meine Großmutter nach Hause brachte, aber falls es doch schneller als gedacht voranging, würde ich gleich wieder loslaufen und sie zurückschleifen müssen. Wahrscheinlich war es das Beste, einfach stehen zu bleiben und abzuwarten. Während ich noch die Möglichkeiten abwog, hörte ich, wie sich meine Großmutter bei jemandem bedankte; eine Frau hatte ihr den einzigen Sitzplatz angeboten.

Dann kam eine Frau durch die Tür, betrachtete stoisch die vielen Wartenden und fragte, wer der Letzte sei.

»Das bin ich«, sagte ich.

»Ich bin hinter Ihnen«, sagte sie. Ich nickte.

»Warum sind so viele Leute hier?«, wandte ich mich an den Mann, der vor mir der Letzte gewesen war. Ich fragte mich, ob er ebenfalls von der bevorstehenden Entwertung gehört hatte.

»Freitags ist es immer so voll«, sagte er. Er dachte kurz nach. »Und an allen anderen Tagen auch.«

Schlussendlich warteten wir mehr als zwei Stunden. Als wir endlich dran waren, buchte ein erschöpfter und gereizter Bankbeamter die Ersparnisse meiner Großmutter in Dollar um und überreichte uns ein nagelneues Sparbuch.

»Das war alles?«, fragte meine Großmutter, als wir den Schalter verließen.

»Ja«, sagte ich. »Jetzt hast du Dollar.«

Meine Großmutter, die sich bei mir untergehakt hatte, tätschelte meinen Arm. Sie war erschöpft, aber zufrieden. Es war noch nicht zu spät, um zu Dimas Bank zu fahren, aber das konnte ich ihr nicht antun. Sie war viel zu müde. Wir gingen nach Hause, und ich verbrachte das Wochenende damit, mich im Grind auf der Suche nach Hinweisen auf den Zusammenbruch des Rubels durch die Nachrichtenseiten zu klicken.

Doch die Schlagzeilen wurden noch immer vom amerikanischen Präsidentschaftswahlkampf bestimmt. Vorsorglich deaktivierte ich GTalk, damit mein Bruder mich nicht anschnauzen konnte. Tatsächlich öffnete der Rubel am Montag sogar noch ein bisschen stärker, als er am Freitag geschlossen hatte. Gleich morgens machten wir uns auf den Weg zur HSBC und zahlten Dimas Geld ein. Meine Verspätung hatte ihm sogar noch etwas Geld eingebracht, auch wenn ich nicht darauf herumreiten wollte, zumal der Rubel zwei Wochen später erneut einen schlechten Tag erwischte – den *Schlimmen Dienstag* – und weitere zehn Prozent verlor. Aber die Ersparnisse meiner Großmutter hatten den Sturm mehr oder weniger unbeschadet überstanden.

In diesen ersten Wochen, nachdem man mir ins Gesicht geschlagen hatte, war ich äußerst schreckhaft, wenn ich das Haus verließ. Immer wieder bildete ich mir ein, den Kerl zu sehen, der mich geschlagen hatte, und jedes Mal fing mein Herz an zu rasen: Sollte ich ihm hinterherlaufen und ihn zur Rede stellen? Und würde er mich noch einmal schlagen, wenn ich es täte? Wenn man sich erst einmal klargemacht hat, dass einem andere Menschen ohne Vorwarnung und ohne vorherige Provokation körperlichen Schaden zufügen können, sieht man die Welt mit anderen Augen. Ich verließ nur sehr ungern die Wohnung, auch wenn ich hin und wieder einkaufen musste und ein paar Mal joggen ging, um nicht in allzu großen Depressionen zu versinken. So ging es mir, wie gesagt, ein paar Wochen, aber irgendwann wurde es besser. Mein Herz raste nicht mehr jedes Mal wie verrückt, sobald ich auf der Sretenka oder im Coffee Grind einen großen blonden Typen entdeckte. Lange würde ich ohnehin nicht mehr hier sein, beruhigte ich mich.

Ich spürte, dass Obama die Wahl gewinnen würde, und freute mich darauf, in ein aufgeklärtes, postrassistisches

Amerika zurückzukehren, sobald mein Bruder wieder hier war.

Unterdessen war ich durch die Verluste des Rubels reicher geworden. Meine Cappuccinos kosteten jetzt zwanzig Prozent weniger. In der Woche nach der Abwertung leistete ich mir sogar ein- oder zweimal ein Sandwich. Lass es krachen, Kaplan, dachte ich. Lass es krachen.

8. MEINE GROSSMUTTER VERLANGT NEUE HAUSSCHUHE (AUS WEISSRUSSLAND)

Und noch eine andere Sache verlangte meine Aufmerksamkeit, bevor Dima zu Besuch kam. Meine Großmutter verkündete, dass sie neue, weißrussische Hausschuhe benötige. Dass sie neue Hausschuhe brauchte, stimmte. Wie alle Russen zog meine Großmutter beim Betreten ihrer Wohnung die Straßenschuhe aus und Hausschuhe an. Da sie ohne Unterlass durch die Wohnung tigerte, hatten die Hausschuhe einige Kilometer runter, und das sah man. Das Problem war, dass sie ihre jetzigen Hausschuhe sehr mochte und glaubte, sie wären aus Weißrussland. Also mussten es wieder welche aus Weißrussland sein.

Das war gar nicht so einfach. Es gab ein Schuhgeschäft auf der Sretenka, wo ich meine eigenen Hausschuhe gekauft hatte – sie hatten eine schwarze Innensohle und ein Argyle-Muster; es waren ziemlich coole Hausschuhe –, aber das Geschäft führte keine Artikel aus Weißrussland. Ich versuchte es noch bei ein paar anderen Läden in der Nachbarschaft, aber ohne Erfolg. Ich schrieb Dima und fragte, ob er wüsste, woher die angeblich weißrussischen Hausschuhe stammten, und er antwortete, er wisse es nicht, und ob ich unserer Großmutter nicht einfach ganz normale Hausschuhe kaufen könne? Nein, das konnte ich nicht, obwohl ich mich langsam selbst fragte, warum eigentlich nicht. Ihre Hausschuhe waren nicht besonders ausgefallen, es gab viele chinesische, russische und ukrainische Modelle, die genauso aussahen. Aber sie bestand darauf. Ein berühmter Historiker hatte das sowjetische Volk – den *Homo sovieticus* – einmal definiert als »eine Spezies, zu deren am höchsten entwickelten Fähigkeiten das Jagen und Sammeln von knappen Gütern in städtischer Umgebung gehört«. Diese Fähigkeit hatte ich nie entwickelt. Es schien unfair, von mir zu verlangen, dies jetzt nachzuholen.

Irgendwann gestand ich meiner Großmutter, dass ich Probleme hatte, weißrussische Hausschuhe zu finden.

»Hast du es auf dem Markt vor dem Olympiastadion probiert?«, fragte sie. Hatte ich nicht. »Dann lass uns hingehen«, sagte sie, und das taten wir dann.

Das Olympiastadion lag nur ein paar Metro-Haltestellen von uns entfernt. Es war für die Olympischen Sommerspiele 1980 gebaut worden, die vom Westen wegen des sowjetischen Einmarsches in Afghanistan boykottiert worden waren, und hatte die Boxwettkämpfe beherbergt (die Kubaner hatten gewonnen). In den Neunzigern hatten sich kleine Klamottenläden darin breitgemacht, und auch wenn es jetzt wieder als Stadion genutzt wurde – nächsten Monat spielte Metallica dort –, war auf dem großen offenen Platz davor ein Textilmarkt entstanden. Wir stiegen an der Station Prospekt Mira (Friedensallee) aus und näherten uns dem Markt über einen großen chaotischen Platz mit einer kleinen Kirche, einem McDonald's und einer tatsächlich aktiven, einmal mitten über den Platz verlaufenden Straßenbahnlinie. Von Zeit zu Zeit rumpelte eine Straßenbahn heran, und die Menschen traten zur Seite und ließen sie durch. Moskau war verrückt.

Schließlich erreichten wir ein Meer aus kleinen Marktständen. Wir gingen sie einen nach dem anderen ab, und meine Großmutter hatte es nicht besonders eilig. Sie schien sich ausnahmsweise einmal prächtig zu amüsieren. Es gab ziemlich viele Schuhstände, und meine Großmutter fragte bei allen, ob sie Hausschuhe aus Weißrussland hätten; nachdem ausreichend viele von ihnen es verneint hatten, erklärte sie sich bereit, es mit nicht weißrussischen Hausschuhen zu versuchen. Jeder der kleinen Stände hatte einen Stuhl, auf dem sie sitzen konnte, während sie ihre Schuhe auszog und die Hausschuhe anprobierte. Die Verkäuferinnen waren verständnisvoll. Schließlich verbrachte man sein halbes Leben in Hausschuhen. Die Wahl des richtigen Paares war eine ernste Angelegenheit.

Meine Großmutter lehnte alle Hausschuhe ab. Das entmutigte mich, aber ihr machte es nichts weiter aus. Das nannte man wohl Shopping. So ging es noch fast eine Stunde weiter, dann machten wir uns auf den Heimweg.

Ich würde diese aufregende Geschichte nicht erzählen, wenn sich nicht Folgendes zugetragen hätte: Als wir zurück über den Platz mit dem McDonald's und der Kirche und den Straßenbahnschienen gingen, fielen mir zwei Teenagermädchen auf, die Sporttaschen und Schlittschuhe bei sich trugen und mit ihren geröteten Gesichtern aussahen, als wären sie vor Kurzem noch auf dem Eis gewesen. Normalerweise wäre ich viel zu schüchtern, um sie anzusprechen, aber meiner Großmutter eine Stunde lang beim Anprobieren von Hausschuhen zuzusehen, hatte offenbar meine Hemmschwelle gesenkt. Ich hielt die Mädchen auf und fragte, ob es in der Nähe eine Eisbahn gäbe.

Sie bejahten und zeigten aufs Stadion hinter mir. »Sie müssen einmal rundherum gehen – und dann nach unten. Sie liegt direkt gegenüber vom Schwimmbad.«

»Wird da auch Eishockey gespielt?«

»Ja, abends, glaube ich.«

Wenn das stimmte und wenn ich dort mitspielen dürfte, würde das mein Leben eindeutig zum Positiven verändern – das Stadion war wirklich nicht weit von uns entfernt.

Als meine Großmutter am nächsten Abend ins Bett gegangen war, fuhr ich hin und sah es mir an. Diesmal ließ ich meine IKEA-Tasche zu Hause. Der Eingang befand sich gegenüber vom Schwimmbad, genau wie die Eisläuferin gesagt hatte, und davor standen die für Moskau üblichen Sicherheitsleute in ihren billigen schwarzen Anzügen. Als ich sie nach der Eisbahn fragte, zeigten sie einen Korridor hinunter, und als ich sie fragte, ob es okay wäre, wenn ich hineinginge, zuckten sie mit den Schultern. Das bedeutete Ja. Ich ging den Flur entlang, stieg eine Treppe hinab und bemerkte zu meiner Linken ein paar Umkleidekabinen. Ich öffnete eine Metalltür, und dahinter befand sich – ein Eishockeyfeld. Es war keine professionelle Anlage wie in Sokolniki, es gab keine Tribünen für Tausende von Fans – da es sich unter dem Stadion befand, war es eher so was wie ein Geheimtipp –, aber es war nichtsdestotrotz eine Eishockeybahn, mit ihrem typischen Geruch nach Schimmel, Schweiß und abgestandener kalter Luft, und es wurde Eishockey darauf gespielt.

Diesmal beschloss ich, erst einmal in den Umkleidekabinen nachzusehen. Eine war verschlossen, eine zweite leer, aber in der dritten saßen zwei Typen in meinem Alter, einer groß, blauäugig und glatzköpfig – wie ich später erfuhr hieß er Grischa –, der andere kleiner, etwas älter, mit dunkelblonden Haaren und einem verschlagenen Gesichtsausdruck – Fedja. Sie saßen neben ungeöffneten Sporttaschen und tapten ihre Schläger. Eishockeyspieler.

Und dann ging alles wieder von vorne los. Sie wollten mich nicht mitspielen lassen. Ich blieb hartnäckig. Sie sagten Nein. Sie verstanden nicht, wer ich war. Inzwischen war die Schwellung in meinem Gesicht zurückgegangen, und ich hatte zwei Monate lang fast ununterbrochen Russisch gesprochen, sodass sich auch der letzte Rest meines schwachen Akzents verflüchtigt hatte. Deshalb erschien ich ihnen eigentlich wie ein ganz normaler Typ. Wieso hatte ich kein Netzwerk aus Leuten im Rücken, die für mich bürgen und mir die Teilnahme an ihrem Eishockeyspiel vermitteln konnten?

Irgendwann stand Grischa tatsächlich auf und schrie aus Frust über meine Weigerung zu gehen: »Wer bist du wirklich, und was willst du hier?«

»Ich will einfach nur Eishockey spielen«, antwortete ich ruhig.

Grischa wandte sich angewidert ab, aber Fedja, den ich für den Gemeineren der beiden gehalten hatte, sagte: »Komm am Mittwoch wieder und bring fünfhundert Rubel mit.«

Ich dankte ihm und machte, dass ich rauskam, bevor Grischa die Einladung widerrufen konnte. Fünfhundert Rubel wären vor der Abwertung zwanzig Dollar gewesen, jetzt waren es siebzehn. Damit konnte ich leben.

Das war an einem Freitag. Die nächsten fünf Tage lang stellte ich mir vor, wie es wohl wäre, in Russland Eishockey zu spielen, und dann fand ich es heraus. Lächelnd betrat ich Fedjas und Grischas Umkleidekabine. Fedja sagte nur grußlos und ohne mich richtig anzusehen: »Du bist in der anderen Mannschaft« und schickte mich in die Nachbarkabine. Die Jungs dort rückten ein Stück zur Seite, beachteten mich aber ansonsten nicht weiter. Draußen auf dem Eis setzte mich das Team von Fedja und Grischa einem außergewöhnlichen Maß an körperlicher Gewalt aus. Ich wurde von hinten von den Beinen geholt, umgefahren und mit dem Schläger malträtiert – nicht zuletzt von dem großen, glatzköpfigen Grischa. Einmal schlug mir einer der Typen – nicht Grischa – so kräftig mit dem Schläger gegen das Bein, dass mir der Kragen platzte und ich zurückschlug. Er machte ein Riesentheater deswegen und tat so, als würde er mir einen Faustschlag verpassen wollen. Inzwischen war mir das egal; es machte mir alles keinen Spaß mehr. Einer der Jungs aus meinem Team zog ihn weg, und es war so ziemlich das erste Mal, dass überhaupt einer von ihnen meine Existenz anerkannte.

Die Mannschaft von Fedja und Grischa war gut; sie trug passende weiße Trikots und war perfekt eingespielt. Meine Mannschaft war weniger gut. Wir trugen alle unterschiedlich farbige Trikots (unser Torwart sogar eins im Stil der alten sowjetischen Olympiatrikots, knallrot und mit *CCCP* auf der Brust) und spielten sehr schlecht zusammen. Noch dazu hatten wir eine miese Einstellung. Bei meinem ersten Einsatz bekam ich den Puck in der Angriffszone, jagte ihn in die Ecke des Spielfelds und wurde von hinten von Grischa umgehauen. Der Puck spritzte davon, mein rechter Flügel, Anton, nahm ihn auf und versuchte, meinen linken Flügel, Oleg, einzusetzen, der vor dem Tor lauerte. Aber das Abspiel war zu ungenau und Grischa ging dazwischen. Er schlug einen schönen langen Pass auf seinen rechten Flügel, der einen Doppelpass mit Fedja spielte und dann die Bande entlangflitzte und einnetzte.

Unsere Reihe ging vom Eis, und sobald wir die Bande erreicht hatten, fingen Oleg und Anton an, sich gegenseitig anzumotzen. Es waren große Kerle, über eins achtzig und ein paar Jahre älter als ich; Anton trug ein blaues Owetschkin-Trikot aus der Zeit, als er (Owetschkin) für Dynamo gespielt hatte; Oleg trug ein rotes Trikot von Karlovy Vary und hatte ein freundliches, pausbäckiges Gesicht.

»Verdammte Scheiße, Oleg!«, sagte Anton. »Du musst schon gucken, wenn ich dich anspiele!«

»*Bljad'!*«, sagte Oleg. »Was willst du von mir? Spiel mir den scheiß Pass doch einfach in den Schläger, dann komm ich verdammt noch mal auch ran. Scheiße.«

So ging es das ganze Spiel über weiter. Keiner der Jungs schrie mich an; sie schienen mich kaum wahrzunehmen. Aber sie brüllten sich immer wieder gegenseitig an.

In Boston, wo ich aufgewachsen war und Eishockeyspielen gelernt hatte, wurde überhaupt nicht herumgeschrien. In New York hingegen lagen die Dinge etwas anders; dort gab es die Long-Island-Schule des Eishockeys, die etwas überschwänglicher war, bei der die Spieler auch verbal ordentlich austeilten – allerdings nie untereinander, immer nur gegen die Gegner. Aber in Boston wurden ganze Spiele in vollkommener Stille gespielt. Wenn jemand aus der gegnerischen Mannschaft etwas zu einem sagte, warf man ihm einen verächtlichen Blick zu und antwortete: »Halt's Maul!« Wenn er dann immer noch nicht still war, fuhr man davon oder ließ seine Handschuhe fallen und schlug zu. Aber meistens sagte niemand ein Wort. Meistens wurde einfach nur gespielt.

Ehrlich gesagt widerte es mich an. Wir mussten mit sechs oder sieben Toren Unterschied verloren haben, und danach war die Stimmung in der Umkleidekabine düster. Niemand lud mich zum nächsten Spiel ein, und ich hatte auch keine Lust hinzugehen. Lieber würde ich gar nicht mehr Eishockey spielen als mit diesen Idioten, dachte ich.

Aber am nächsten Mittwoch war ich bereit, es noch einmal zu versuchen. Als ich eine halbe Stunde zu früh in der Umkleidekabine erschien, damit sich die anderen an meine Anwesenheit gewöhnen konnten, war unser Torwart schon da. Er war ein kleiner, dünner Kerl in meinem Alter, aber ein guter Torhüter – es war nicht seine Schuld, dass die andere Mannschaft so viel besser war als wir.

»Ach«, sagte er jetzt, »d-d-du bist da!« Er stotterte leicht und benutzte das *Ty* in eindeutig freundschaftlicher Absicht. »Wir haben uns schon gefragt, ob du noch mal auftauchen würdest. Es ist dir vielleicht entgangen, aber wir können ein bisschen Tempo vorne gut gebrauchen.« Ich war immens dankbar dafür und lachte. »Mein Name ist übrigens Sergej«, sagte er.

»Grüß dich, Sergej«, antwortete ich und benutzte ebenfalls das *Ty*.

Wir gaben uns die Hand. Dann gingen wir raus und verloren erneut. Und obwohl ich wieder ziemlich in die Mangel genommen und mit Stockschlägen malträtiert wurde, fühlte ich mich besser auf dem Eis. Die Kerle waren brutal, aber sie waren auch ziemlich langsam; ich konnte mir eine halbe Sekunde Zeit nehmen und mich darauf konzentrieren, dass meine Pässe ihr Ziel fanden, bevor ich mich gegen den Einschlag wappnete. Mir gelang nichts Außergewöhnliches, aber ich entwickelte langsam einen Sinn dafür, wo ich mich befand.

Anschließend in der Umkleidekabine wandte sich einer der Jungs zu mir um und fragte: »Bist du am Freitag auch dabei?« Wieder ein *Ty*.

»Denkst du, ich sollte?«, fragte ich und benutzte ebenfalls *Ty*.

»Auf jeden Fall.«

»Na gut«, sagte ich.

Jetzt war ich Teil der Mannschaft. Es war keine gute Mannschaft; sie war böse unterlegen und wurde regelmäßig von der weißen Mannschaft gedemütigt, aber nichtsdestotrotz war es jetzt meine Mannschaft.

Einer der Jungs sprach mich sogar auf meine IKEA-Tasche an. »Ist das bequem?«, wollte er wissen.

»Es ist okay«, log ich. »Sie lässt mein Zeug atmen.«

Er nickte – etwas skeptisch, aber immerhin.

Und was die weißrussischen Hausschuhe meiner Großmutter anging, so kam ich ein paar Wochen nach unserem erfolglosen Ausflug zum Olympiastadion auf dem Weg zu einem Eishockeygeschäft, in dem ich mir die Kufen schleifen lassen wollte, durch eine Metro-Unterführung, in der eine ältere Dame Hausschuhe verkaufte, die denen meiner Großmutter auffällig ähnlich sahen.

»Entschuldigen Sie«, fragte ich, »woher kommen die?«

»Gomel«, antwortete die Frau.

»In Weißrussland?«

»Ja und? Die sind genauso gut wie die russischen.«

»Nein, das ist großartig!«, rief ich sehr zu ihrer Überraschung. Seit Tschernobyl waren die Weißrussen sensibel, was ihre Produkte anging.

Ich kaufte zwei Paar und steckte sie in meine IKEA-Tasche. Meine Großmutter war sehr zufrieden mit ihnen und brüstete sich Emma Abramowna gegenüber am Telefon ständig damit. Emma Abramowna war sicher sehr begeistert.

Und in der Zwischenzeit war Dima zurückgekommen.

9. DIMA KOMMT NACH MOSKAU

Alle glücklichen Familien sind einander ähnlich; unsere war offensichtlich keine glückliche Familie.

Was hatten wir falsch gemacht? Nach den üblichen Maßstäben nicht viel, sollte man meinen. Einige Jahre in den späten Siebzigern erlaubten die Sowjets ihren Juden die Auswanderung. Zuerst ließen sie die Kriminellen und die Systemkritiker gehen (»Sollen sie doch Amerika ausrauben und kritisieren!«), aber es gab nicht endlos viele Kriminelle und Kritiker, und schließlich durften auch Programmierer wie mein Vater und Literaturwissenschaftlerinnen wie meine Mutter das Land verlassen. Meine Eltern waren nicht dumm. Wenn man die Chance bekommt, aus einem armen, maroden, zerfallenden Land in ein reiches, mächtiges, dynamisches Land auszuwandern, dann ergreift man sie. Und sie ergriffen sie. Sie reichten den Antrag ein, bestachen jemanden, der sagte, er könne helfen, verkauften alle ihre Sachen, und los ging's.

Es war nicht leicht. Ich war sechs Jahre alt, als wir drüben ankamen, und sogar mir fiel das auf. Zuerst wohnten wir mit einer anderen Familie zusammen, dann in einem seltsamen Apartment in Brighton, dem äußersten Rand des respektablen Boston. Jemand stahl unsere Kaution. Vom ersten richtigen Gehaltsscheck meines Vaters kauften wir ein riesiges, hässliches Auto. Während meine Eltern durch Boston fuhren, um ihre russischen Freunde zu besuchen – sie hatten ausschließlich russische Freunde –, machte ich es mir auf dem Rücksitz bequem und schlief.

Mit der Zeit kamen sie besser zurecht, mein Vater fand eine gute Arbeit und dann eine bessere, und meine Mutter wurde eine der wenigen russischen Literaturwissenschaftlerinnen, die tatsächlich einen literaturwissenschaftlichen Job fanden. Wir zogen von Brighton über Brookline ins aristokratische Newton. Aber die ganze Zeit hängte sich Dima an den frustrierenden Momenten und Schwachstellen unseres neuen Lebens auf. Für ihn waren die Russen, mit denen meine Eltern herumhingen, Loser, und seine neuen Klassenkameraden lehnte er als Idioten ab. Er habe die Sowjetunion zwar gehasst, sagte er, aber zumindest habe es in der Sowjetunion Menschen gegeben, mit denen man sich unterhalten konnte.

Der Einzige, den er zu mögen schien, war ich. Als er mit seinen ersten Jobs in Amerika Geld verdiente – er fand eine Stelle als Tankwart, bei der er, wie er mir stolz erzählte, einen Stundenlohn und zusätzliches Trinkgeld bekam –, brachte er mir immer kleine Geschenke mit und weihte mich in seine Theorien über den Kapitalismus ein. Er versuchte, mich für seine endlosen Kämpfe gegen unsere Eltern zu gewinnen, und verriet mir die (wenigen) schmutzigen Familiengeheimnisse.

Als Dima in die Welt hinausging – mit achtzehn zog er von zu Hause aus, eröffnete meinen verblüfften Eltern, dass er nicht aufs College gehen würde, und gründete noch im selben Jahr seine erste eigene Firma (sie entwickelten irgendein Videospiel) –, verfolgte ich ihn und sein Leben mit großer Faszination. Was war das für eine neue Welt, und was würde ein Kaplan in ihr erreichen können? Was für ein Leben war für uns möglich? Ich hatte nicht die geringste Ahnung. Meine Eltern waren gute Menschen, aber sie lebten in einem russischen Ghetto. Nicht nur ihre Freunde waren Russen, sondern einfach alle, mit denen sie sich umgaben:

Unser Arzt war Russe, unsere Zahnärztin war Russin, unser Automechaniker war Russe, der Clown, der an unseren Geburtstagen zu uns nach Hause kam, war Russe, der Typ, der unser Dach reparierte, war Russe. Woher zum Teufel kannten sie so viele Russen? Aber mir war auch klar, dass mir diese Welt, diese engmaschige Community, nicht zur Verfügung stehen würde. Ja, meine Eltern waren ausgewandert, natürlich, aber nur in ein Russland mitten in Amerika; Dima und ich würden noch einmal ganz von vorne auswandern müssen – ins eigentliche Amerika. Dima war es, der diese neue Welt für uns erschloss. Er war die Vorhut für uns beide. Ich würde nicht denselben Weg einschlagen müssen wie er – tatsächlich würde ich in vielen Dingen das genaue Gegenteil tun –, aber zumindest konnte ich von ihm lernen, welche Möglichkeiten es gab. Bis ich ungefähr sechzehn war, gab es niemanden, den ich mehr bewunderte.

Dann starb unsere Mutter. Sie wurde während meines zweiten Highschool-Jahres krank, ließ schreckliche Behandlungen über sich ergehen und starb trotzdem zwei Jahre später unter großen Schmerzen. Mein Bruder war damals bereits in New York und arbeitete an der Wall Street; nach der Beerdigung blieb er eine Woche bei uns in Newton. Wir standen alle unter Schock, ich glaube stärker, als uns in diesem Moment bewusst gewesen ist.

Nach dem Tod meiner Mutter war es, als ergäben unsere ganze Vergangenheit, unsere Auswanderung, unser gesamtes Leben plötzlich keinen Sinn mehr. Sie war der Mittelpunkt gewesen, gemeinsam mit Dima. Jetzt brach alles auseinander: Ich ging aufs College, mein Vater verkaufte das Haus und zog nach Cape Cod, heiratete schließlich eine Amerikanerin und gründete eine neue Familie; und Dima kündigte seinen Job und zog nach Moskau. Ich weiß nicht, ob er seine Rückkehr als Zurückweisung unserer Eltern oder als eine Hommage an sie betrachtete. Vielleicht war es beides.

Ich weiß nicht, worauf er sich alles eingelassen hatte, während er sich im russischen Kapitalismus einrichtete. Bei seinen immer seltener werdenden Besuchen in den Staaten berichtete er von immer neuen, aufregenden, todsicheren Projekten – er investierte in ein Abrissunternehmen in Erwartung der Abwrackung der sowjetischen Wohnsiedlungen; er kaufte eine Lagerhalle für Autoteile; er holzte die Wälder rund um Moskau ab und verkaufte das Holz an die Norweger –, und wenn er das nächste Mal kam, war er schon wieder an etwas ganz anderem dran. Und genauso war es auch mit seinen Ehefrauen und Freundinnen. Er heiratete und ließ sich scheiden, noch bevor ich mit dem College fertig war, dann noch einmal während meiner Zeit an der Grad School, und inzwischen war er zum dritten Mal verheiratet.

Ich kann nicht sagen, dass ich im Laufe der Zeit irgendeine Veränderung an ihm bemerkt hätte; das hatte ich nicht. Er war immer noch derselbe. Aber sicherlich fand er im Laufe der Zeit, je erfolgreicher er wurde und je mehr Besitz er anhäufte, immer mehr zu sich selbst. Der Dima, mit dem ich zusammen aufgewachsen war, war ungeduldig und aggressiv gewesen und hatte sich permanent ungerecht behandelt gefühlt. Eigenschaften, die seine Pubertät für ihn und für unsere Eltern zur Hölle auf Erden gemacht hatten. Aber in Russland fand er eine geeignete Arena für diese Eigenschaften. Es war ein Ort, an dem sich Ungeduld und Aggressivität auszahlen konnten.

Ich weiß noch, wie ich ihn zu Beginn der Grad School besuchte. Er hatte gerade die Wohnung gegenüber der unserer Großmutter gekauft und ließ einen neuen Fußboden verlegen. Die Handwerker hatten nicht ganz optimale Arbeit abgeliefert – es gab einen kleinen Spalt zwischen den äußeren Dielen und der Wand. Mit »klein« meine ich einen halben Zentimeter – es wäre mir nicht aufgefallen, wenn Dima mich nicht darauf hingewiesen hätte. Und trotzdem, als der Chef, ein stämmiger Russe in einem Blaumann, vorbeikam, um sein Geld zu kassieren, ging Dima auf ihn los.

Sie hätten eine Scheißarbeit abgeliefert, rief er, und dafür werde er nicht bezahlen: »Sie und Ihre inkompetenten Leute werden gleich morgen wiederkommen und noch einmal ganz von vorne anfangen.«

Der Handwerksmeister, dessen dicker Bauch sich ungefähr auf Höhe von Dimas Brust befand, sah aus, als wäre er kurz davor, Dima eine reinzuhauen. Doch stattdessen versuchte er, die Angelegenheit friedlich zu regeln: »Wie wär's, wenn wir einfach die zwei, drei äußeren Bretter rausnehmen und noch mal so verlegen, dass alles passt?«, fragte er. »Das kommt aufs Gleiche raus.«

Dima witterte Schwäche. »Ihr werdet jedes einzelne Brett austauschen, hast du mich verstanden, du verdammter Bär?«

Der Handwerksmeister plusterte sich kurz auf und streckte die Brust raus, dann sackte er in sich zusammen. Er musste eine Berechnung angestellt haben: Wenn er Dima eine verpasste, konnte er die Bezahlung vergessen und würde vielleicht sogar verhaftet werden. Oder noch Schlimmeres. Wenn jemand, der so klein war, so laut wurde, konnte es nur bedeuten, dass er alle möglichen Beschützer im Rücken hatte. »In Ordnung«, sagte er betrübt, und am nächsten Tag kamen seine Leute zurück und fingen noch einmal komplett von vorne an.

Der Handwerksmeister schien sogar so was wie Sympathie für Dima zu entwickeln, der sich nun wieder von seiner besten Seite zeigte. »Nichts für ungut, ja?«, sagte der Handwerker und reichte ihm die Hand.

»Natürlich nicht«, sagte Dima und meinte es auch so.

Der Handwerksmeister war Stepan, der jetzt alle möglichen Sachen für Dima reparierte und manchmal (widerwillig) auch für mich.

Am Ende siegte Dimas kämpferische Entschlossenheit über alle Schwächen der russischen Marktwirtschaft, und er kehrte mit einigem Erfolg auf das einträgliche Geschäftsfeld seiner Jugend zurück – Tankstellen. Er baute ein kleines Netz aus ungefähr zehn von ihnen in Moskau und dem Moskauer Umland auf und fing an, Geld zu verdienen. Doch dann wurde das Autobahn-Projekt Moskau–St. Petersburg der Öffentlichkeit vorgestellt und damit auch die Ausschreibung für den Tankstellenauftrag ausgeschrieben. Es war ein gewaltiger Auftrag: zwanzig Tankstellen und die Möglichkeit, Geschäftsflächen in den zukünftigen Raststätten unterzuvermieten – zweistellige Millionenbeträge, ein ganz neues Level für Dima. Und damit fingen seine Probleme an. Er war nämlich nicht der Einzige, der sich dafür interessierte. Am Ende zog er gegen unseren alten Freund RussOil in einem, wie er behauptete, manipulierten Verfahren den Kürzeren und veranstaltete einen riesigen Wirbel deswegen. Das war alles, was ich darüber wusste, und soweit ich es beurteilen konnte, war das auch der Grund, warum er das Land verlassen musste.

Meine Hoffnung war, dass er einen Weg gefunden hatte, die ganze Sache zu klären – vielleicht war sein Auftritt im Radio Teil einer hartnäckigen Verhandlungsstrategie gewesen –, und nun nach Hause zurückkehren konnte.

Als ich meiner Großmutter erzählte, dass Dima zu Besuch komme, konnte sie es kaum fassen.

»Wo wird er denn schlafen?«, fragte sie aufgeregt.

»In unserem Zimmer«, sagte ich.

»Deinem Zimmer?«

Ich nahm meine Großmutter mit in mein Zimmer und zeigte ihr das Etagenbett, in dem wir als Kinder geschlafen hatten. Ich hatte am Abend zuvor das erste Mal Eishockey gespielt und die Sachen recht wahllos zum Trocknen auf dem Boden ausgebreitet. Der Rest des Zimmers war auch nicht gerade ein Muster an Ordnung.

»Hier kann Dima nicht schlafen!«, sagte meine Großmutter entsetzt.

»Die Hälfte des Krams gehört ihm!«, protestierte ich, und es stimmte, aber das war ihr egal. »Ich räume auf, bevor er kommt.«

»Na gut«, sagte meine Großmutter.

Am nächsten Tag – sechs Tage vor Dimas Ankunft – kam sie wieder in mein Zimmer. Ich hatte schon ein bisschen aufgeräumt, aber sie war noch längst nicht zufrieden damit. »Andrjusch«, sagte sie. »Ich habe nachgedacht. Vielleicht kannst du aus dem Zimmer ausziehen, solange Dima hier ist?«

»Und wo soll ich hin?«, fragte ich. Theoretisch könnte ich im Hinterzimmer schlafen, aber das würde bedeuten, jedes Mal durch das kleine Zimmer meiner Großmutter zu müssen, wenn ich auf die Toilette musste oder ein Glas Wasser holen wollte. Davon abgesehen hatte ich auch keine große Lust, aus meinem eigenen Zimmer geworfen zu werden.

»Das Zimmer wird für Dima schon in Ordnung sein«, sagte ich. »Er wird es mögen.«

»Bist du dir sicher?«

Und so ging es endlos weiter.

Eines Nachmittags kam ich aus dem Coffee Grind nach Hause und sah, dass meine Großmutter den Tisch für drei Personen gedeckt hatte. Sie hatte ihr bestes Geschirr rausgeholt und sogar die halb leere Flasche Rotwein auf den Tisch gestellt, die sie immer noch für besondere Anlässe im Kühlschrank aufbewahrte. Ich hatte keine Ahnung, wie lange sie dort schon stand, und wir hatten noch keine Fortschritte dabei gemacht, sie zu leeren.

»Was ist das hier?«, fragte ich.

»Heute kommt Dima«, sagte meine Großmutter stolz. »Kennst du meinen Enkel Dima?«

»Ich kenne ihn«, sagte ich, »er ist mein Bruder, und er kommt am Donnerstag.«

»Na ja, und was haben wir heute?«

»Montag.«

»Bist du sicher?«

Noch am selben Tag hängte ich einen Zettel an den Kühlschrank, auf dem stand: »Dima kommt am Donnerstag«, aber meine Großmutter nahm ihn ab. »Ich weiß, wann Dima kommt«, sagte sie.

Also führten wir diese Gespräche weiter, bis er endlich wirklich da war.

Dima war mein Bruder. Wir waren gemeinsam ausgewandert, hatten uns gemeinsam in Amerika eingelebt, waren gemeinsam zur Beerdigung unserer Mutter gegangen und hatten dann gemeinsam meinem Vater geholfen, aus unserem Haus auszuziehen. Wir hatten uns oft gestritten, aber er war mein Bruder; er war immer mein Bruder gewesen.

Woraus sonst baut man ein Leben auf, wenn nicht aus Menschen und Zeit? Menschen multipliziert mit Zeit. Aber Menschen können sich ändern. Umstände können sich ändern. Das Geld kann sich ändern – Geld kann alles ändern.

Er kam am späten Nachmittag mit British Airways aus London. Meine Großmutter hatte den ganzen Vortag in der Küche gestanden und gekocht. Sie hatte Borschtsch gemacht und Kotlety und Kascha. Dima aß im Allgemeinen sehr wenig, ihn schien allein eine unerschöpfliche Quelle nervöser Energie am Leben zu halten, aber als er mit seinem Rollkoffer, in einem schönen grauen Mantel und seinen teuren Lederschuhen die Wohnung betrat, willigte er sofort ein, etwas zu essen.

Das erfreute meine Großmutter ungemein. »Dima!«, sagte sie. »Ich bin so stolz auf dich!«

»Vielen Dank, Großmama«, sagte Dima.

»Du bist wirklich eine beeindruckende Persönlichkeit!«, legte meine Großmutter nach. Sie strahlte vor Glück. Dima war da! »Wir haben dich im Radio gehört!«, sagte sie.

»Vielen Dank, Großmama«, sagte Dima erneut.

»Wenn du dir nur die Haare schneiden lassen würdest«, sagte meine Großmutter. Dimas Haar war ein wenig lang. »Und mich öfter besuchen würdest!«

»Ich wohne im Moment in London.«

»Was?« Meine Großmutter hatte ihn nicht verstanden.

»London!«, sagte Dima etwas lauter. »In England!«

»Ah! England«, sagte meine Großmutter. »Ja, da ist es schön.« Sie hatte schon wieder vergessen, warum das eine Rolle spielte. Traurig sagte sie: »Wenn du mich nur besuchen kommen würdest. Nie besucht mich jemand.«

»Ich stehe direkt vor dir«, sagte Dima.

»Ja«, sagte meine Großmutter im selben traurigen Ton.

Dima aß seinen Borschtsch auf und sah, dass meine Großmutter Wasser aufgesetzt hatte. Er betrachtete einen Moment den Teekessel, dann fragte er mich anklagend: »Wo ist denn der elektrische Wasserkocher?«

»Was?«, fragte ich.

»Großmama«, sagte Dima. »Was hast du mit dem elektrischen Wasserkocher gemacht, den ich dir mitgebracht habe?«

Meine Großmutter sah ihn verständnislos an.

Dima stand auf. Er fing an, die Küchenschränke zu durchwühlen. Schließlich kramte er aus einem von ihnen hinter ein paar Töpfen einen brandneuen Wasserkocher hervor.

»Den habe ich ihr besorgt, weil sie die letzten drei von denen« – er zeigte auf den Herd, wo das Wasser im Kessel gerade angefangen hatte zu kochen – »auf dem Herd vergessen hat, bis sie vollkommen verbrannt waren.« Er stellte die Herdplatte aus. »Großmama«, sagte er. »Den hier habe ich dir mitgebracht, weil er einfacher zu benutzen ist.«

»Ich mag ihn nicht«, sagte meine Großmutter und winkte ab. »Er ist zu laut.«

»Er ist *zu laut?!*«, Dima schrie jetzt fast. Dann schüttelte er den Kopf. »Er ist sicherer, Großmama. Du solltest ihn wirklich benutzen.«

Er stellte ihn auf die Anrichte. Ich sah, dass er weiter die Küche inspizierte.

»Wo ist der Abfalleimer?«, fragte er mich.

»Was?«, fragte ich wieder. »Unter der Spüle.«

Dima sah unter die Spüle, wo meine Großmutter ihren winzig kleinen Abfalleimer stehen hatte; er war so klein, dass er normalerweise innerhalb eines Tages voll war, manchmal sogar zweimal, aber das war okay, denn es war nicht weit zum Müllcontainer, und ich brachte gern den Müll runter, wann immer es sein musste.

»Großmama«, sagte Dima jetzt, »was hast du mit dem Abfalleimer angestellt, den ich dir mitgebracht habe?«

»Ich weiß es nicht mehr«, sagte meine Großmutter leicht bockig.

Dima machte sich auf die Suche nach seinem Mülleimer. Meine Großmutter und ich blieben in der Küche sitzen wie Kinder, die etwas angestellt hatten.

Schließlich tauchte Dima mit einem großen, modernen Mülleimer aus Edelstahl auf. »Der hier stand im Hinterzimmer im Schrank«, sagte er zu mir.

»Großmutter. Das hier ist ein sehr schöner Abfalleimer. Da kann sich kein Ungeziefer drin festsetzen.« (Wir hatten im August ein paar Fliegen in der Küche gehabt.) »Und er sieht super aus.«

»Ich mag ihn nicht«, sagte meine Großmutter. »Er nimmt zu viel Platz weg.«

»Hier passt er doch gut hin«, sagte Dima und stellte ihn neben den Kühlschrank. Er passte fast.

»Möchtest du vielleicht etwas Tee?«, fragte meine Großmutter.

»Ich habe keine Zeit«, sagte Dima zu ihr. Und zu mir: »Ich muss ein paar Mails schreiben. Wollen wir danach vielleicht was trinken gehen?«

Ich war einverstanden. Dima holte seinen Laptop heraus und fing direkt auf dem Küchentisch an loszutippen – offenbar verband sich sein Laptop problemlos mit dem Netzwerk der Soldaten. Ich räumte die Reste unseres Abendessens weg und wusch ab, und meine Großmutter ging, nachdem sie sich einige Male vergebens um Dimas Aufmerksamkeit bemühte hatte, in ihr Zimmer. Schließlich verkündete Dima, dass er mit seinen Mails fertig sei, und ich nickte, als er fragte, ob es losgehen könne. Ich hatte das Gefühl, meine Großmutter zu verraten, weil ich ihn ihr vorzog. Aber in Wahrheit freute ich mich darauf, mal wieder hier rauszukommen. Ich steckte den Kopf in ihr Zimmer und sagte, wir würden in einer Stunde zurück sein. Sie lag im Bett und las Tschechow. Ohne aufzusehen, winkte sie uns tapfer zum Abschied zu.

Es war Abend, und Dima schlug vor, dass wir in den Stripclub über der Buchhandlung gehen sollten. »Warst du da schon mal?«, fragte er.

Ich schüttelte den Kopf.

»Nuuun«, sagte er und zog das Wort enttäuscht in die Länge. »Du musst *echt* dein Leben ändern.«

Wir gingen raus. Es war so seltsam, zusammen mit Dima durch die Straßen zu laufen. Er war dünn und klein und elegant und dunkelhaarig, mit einer schmalen, sehr jüdischen Nase – das Gegenstück der großen, plumpen, flachgesichtigen Slawen, die uns auf der Straße begegneten. Er war das genaue Gegenteil eines typischen Russen, er war ein Anti-Russe, und doch passte er perfekt hierher. Er wusste, dass niemand ihn mochte, und fühlte sich wohl damit.

Der Stripclub hieß Gentlemen der Erfolge, nach einem berühmten russischen Film gleichen Titels, und bestand aus zwei großen Sälen. Der erste war im Prinzip wie ein Café eingerichtet, mit Tischen und Stühlen und barbusigen Mädchen, die herumliefen und Drinks servierten, und der zweite Saal war ein leerer Raum mit Bänken entlang der Wände, auf denen die Männer saßen, während die Mädchen für sie tanzten. Die Mädchen sahen alle aus, als wären sie zwischen neunzehn und vierundzwanzig Jahren alt, und obwohl einige blond und blauäugig waren, andere dunkle Haare und braune Augen hatten und obwohl offensichtlich eine Reihe unterschiedlicher Nationalitäten vertreten waren, ähnelten sie sich allesamt stark: Sie waren dünn, zierlich und äußerst attraktiv. Tatsächlich fand ich es beunruhigend, *wie* attraktiv und jugendlich frisch sie alle aussahen.

Dima und ich setzten uns in den Café-Teil; Dima bestellte einen der teuren Drinks, und ich bestellte ein Bier, und während ich die halb nackten Mädchen zu ignorieren versuchte, erzählte er mir, wie es um sein Unternehmen bestellt war. Und je mehr er mir darüber erzählte, desto weniger interessierte ich mich für die Mädchen.

»Im Grunde«, sagte Dima, »haben sie mir den Laden dichtgemacht. Ich hatte Klage eingereicht, um eine Prüfung der Vergabe der Autobahnausschreibung zu erreichen, und das gefiel ihnen nicht. Die Steuerfahndung knöpfte sich meine Tankstellen vor. Ich versuchte, meine Kontakte im Kreml zu erreichen, aber sie gingen nicht mehr ans Telefon. Dann schloss das Finanzamt meine Tankstellen. Sie wickelten sie mit verdammtem Polizeiband ein, als wäre dort ein Mord passiert. Ich musste verschwinden, um einer Strafverfolgung zu entgehen, und jetzt haben sie den Fall in der Hinterhand und können ihn jederzeit hervorholen, wenn sie ihn brauchen.« Er hielt inne, um zu sehen, welche Wirkung das Gesagte auf mich hatte.

»Das ist nicht gut«, sagte ich.

»Nein, wirklich nicht. Jetzt, wo sie mich an den Eiern haben, werden sie mir die Tankstellen abnehmen. Wenn ich sie nicht freiwillig rausrücke, werden sie mit der Strafverfolgung fortfahren. Also steige ich endgültig aus.«

»Was?« Ich verstand nicht so richtig.

»Ich komme nicht zurück. Das war's. Ich bin fertig mit diesem Land.«

Damit hatte ich nicht gerechnet. »Du haust einfach so ab?«

»Ja. Was soll ich denn sonst machen?«

»Ich weiß es nicht!«, sagte ich. Natürlich wusste ich es nicht. »Hierbleiben? Kämpfen?«

»Und wie Chodor im Gefängnis verschwinden?« Chodor war Michail Borissowitsch Chodorkowski, der Oligarch, der geblieben war und gekämpft hatte und der damals bereits fünf Jahre im Gefängnis saß. »Nein, danke.«

»Okay«, sagte ich. Ich würde nicht mit ihm darüber diskutieren.

»Also Folgendes«, sagte Dima. Anscheinend war alles, was er bisher gesagt hatte, nur ein Vorspiel gewesen. »Wie lange willst du noch hierbleiben?«

»Hier? Eigentlich hatte ich vor, so lange zu bleiben, bis du endgültig zurückkommst. Ich hatte gehofft, es würde nicht mehr lange dauern.« Ein jämmerlich vorwurfsvoller Unterton schlich sich in meine Stimme, obwohl ich versuchte, ihn zu unterdrücken. »Ich habe meinem Untermieter schon gesagt, dass ich mein Zimmer bald wieder selber brauche.«

»Okay, prima«, sagte Dima. »Willst du das immer noch?«

»Na ja, ich weiß nicht. Ich ... warum?«

»Weil meine Anwaltsrechnungen mich auffressen und ich dringend Vermögenswerte liquidieren muss. Und ich möchte mit denen anfangen, die momentan am wenigsten an Wert verloren haben.«

»Okay.« Ich verstand nicht, was das mit mir zu tun hatte.

Dima sagte: »Die am wenigsten im Wert gesunkenen Vermögensaktiva sind Immobilien.«

»Was?« Es war mehr die Art und Weise, wie er es sagte, als das, was er sagte, was mich verstehen ließ, wovon er sprach. »Meinst du die Wohnung?«

Dima nickte.

Ich sagte: »Hat die nicht auch an Wert eingebüßt?«

»Nicht so sehr wie mein anderes Zeug. Hast du den MICEX gesehen?«

»Was ist das?«

»Die Börse, Professor. Sie ist um achtzig Prozent eingebrochen. Achtzig! Der Wert der Wohnungen ist um zehn, höchstens fünfzehn Prozent gesunken. Ich werde die Aktien nicht anfassen, bis sie sich erholt haben.«

»Aber du kannst Großmutters Wohnung nicht verkaufen! Sie gehört dir doch gar nicht!«

»Doch, eigentlich schon. Sie läuft auf meinen Namen, und ich habe eine Vollmacht. Und es ist das Beste für sie. Bald kommt sie gar nicht mehr die Treppen hoch, und dann hätten wir genug Geld, um jemanden einzustellen, der sich um sie kümmert.«

»Sie hat praktisch ihr ganzes Leben in dieser Wohnung verbracht.«

»Was spielt das für eine Rolle? Sie kann sich noch nicht mal dran erinnern, was sie zum Frühstück gegessen hat.«

»Aber sie weiß, wo alles ist, und kann sich orientieren.«

»Wir nehmen ihren ganzen Krempel mit in die neue Wohnung und bauen dort alles genau so auf, wie es vorher war. Wie bei Emma Abramowna.«

Ich dachte kurz nach. »Warum verkaufst du nicht deine eigene Wohnung?«

»Oh, das werde ich«, sagte Dima. »Aber mein Käufer will beide Wohnungen, damit er sie verbinden kann. Er ist bereit, dafür einen Aufpreis zu zahlen.«

»Nein«, sagte ich. »Das kannst du ihr nicht antun.«

»*Ich* kann ihr das nicht antun?!« Dima starrte mich an, als würde er etwas auf meiner Nase studieren. »Entschuldige, mir müssen in den letzten fünfzehn Jahren alle deine Beiträge zu Großmutters Gesundheit und Wohlbefinden entgangen sein. Hast du es heimlich gemacht?« Dima machte eine Pause, als würde er auf eine Antwort warten. »Nein? Nicht? Dann warst du also gar nicht die ganze Zeit hier? Dann hast du also wer weiß wie viele Jahre keinen einzigen Fuß in dieses Land gesetzt und weißt eigentlich gar nicht, was hier vor sich geht? – Dachte ich es mir doch.«

Er lehnte sich kurz mit seinem teuren Drink in der Hand zurück. Eine Orangenschale schwamm darin. Er war viel älter als ich, sodass wir nie miteinander gerangelt oder unsere Kräfte gemessen hatten, wie es Brüder normalerweise tun, und er war sowieso nicht so der Rangler. Er war hochintelligent, und seine Intelligenz war vollkommen darauf ausgerichtet, Profite zu maximieren und recht zu behalten. Und in diesem Fall hatte er recht. Ich war die ganze Zeit in Amerika gewesen. Meine Großmutter hatte den Weg in die Senilität ohne mich beschritten. Dass ich schließlich doch noch aufgetaucht war, änderte nichts daran.

Ich fragte: »Wann soll es denn losgehen?«

»So schnell wie möglich. Wenn du um Thanksgiving herum abreist, wäre das gut; wir werden wohl ungefähr dreihundert für die Wohnung bekommen. Ich müsste mir wahrscheinlich hunderttausend davon für meine Anwaltskosten leihen. Den Rest, zweihunderttausend, stecken wir in einen Großmutter-Fond – davon bezahlen wir die Miete ihrer Wohnung, alle medizinischen Kosten der kommenden Jahre und stellen eine Pflegerin ein, die bei ihr wohnt. Wenn ihre monatlichen Fixkosten bei ungefähr dreitausend liegen, dann sind das, Moment, sechsundsechzig Monate, fünfeinhalb Jahre. Das ist eine lange Zeit für sie.«

»Ja«, sagte ich. Unsere Großmutter würde keine fünfeinhalb Jahre mehr leben.

»Die Hälfte des Geldes gehört dir, und in zwei bis drei Jahren sollte ich in der Lage sein, dir deinen Anteil zurückzuzahlen. Wir können einen Vertrag aufsetzen.«

»Ich brauche kein Geld.«

»In Ordnung, Mr. Geldsack. Darüber reden wir, wenn es so weit ist.«

Ich saß schweigend da. Ich hatte mich darauf gefreut, in die Staaten zurückzukehren, aber das hier veränderte alles; wenn ich ging, würde meine Großmutter in irgendeine fremde Wohnung umziehen müssen.

»Also, was meinst du?«, fragte Dima.

»Ich weiß es nicht«, sagte ich. »Ich muss darüber nachdenken.«

»In Ordnung«, sagte Dima, »denk drüber nach.«

Dann machte er eine Geste, die ich nicht verstand, und eine der jungen Frauen kam zu uns rüber und setzte sich auf Dimas Schoß. Sie war oben ohne und kannte Dima offensichtlich; er flüsterte ihr etwas ins Ohr, und sie lachte.

Er wandte sich an mich: »Vera meint, sie hat eine Freundin, die dich gerne kennenlernen möchte. Sollen wir sie zu uns einladen?« Dann fügte er auf Englisch hinzu: »Es geht auf mich.«

Ein Teil von mir wollte sein Angebot annehmen, aber letztendlich hatten mich Dimas Neuigkeiten zu sehr durcheinandergebracht. Ich dankte Vera und Dima und sagte, ich würde nach Hause gehen.

Dima zuckte mit den Schultern. »Wir sehen uns später«, sagte er, und damit war unser Gespräch beendet.

Ich nahm einen Umweg nach Hause, um den Kopf freizukriegen. Die Abende wurden langsam kälter. Ich hatte einen Pullover und einen Herbstmantel an, aber das reichte nicht. Bis jetzt hatte ich es kaum abwarten können, endlich von hier verschwinden zu können. Ich kam an den teuren Cafés vorbei, die ich nicht ausstehen konnte, an der Hugo-Boss-Filiale, dem Off-Kino ... Ich war gerade erst dabei, mich an all das zu gewöhnen. Und wie es aussah, hatte ich eine Möglichkeit zum Eishockeyspielen gefunden. Aber vielleicht war es wirklich das Beste, wenn ich ging. Ich war nicht gerade der weltbeste Betreuer meiner Großmutter.

War ich der Meinung, dass Dima bleiben sollte? Ich meine, klar, wenn es darum ging, entweder im Gefängnis zu landen oder das Land zu verlassen, dann sollte er natürlich gehen. Aber irgendwie kam es mir nicht richtig vor. Neben dem ganzen Geldverdienen hatte Dima auch immer ein moralisches Argument mit ins Feld geführt. Er war nicht nur nach Russland gekommen, um den Jackpot zu knacken; er war gekommen, um den Kapitalismus, die Demokratie und eine moderne Nation aufzubauen. Er knüpfte an die Arbeit der großen sowjetischen Dissidenten an, die meine Eltern so verehrt hatten. Deswegen konnte er sich auf Facebook oder wenn Elena ihn für *Echo* interviewte so großkotzig und arrogant aufführen. Deswegen konnte er mit Stripperinnen schlafen und sich trotzdem für einen rechtschaffenen Kerl halten – er baute schließlich das neue Russland auf! Natürlich musste er manchmal ein bisschen Dampf ablassen! Jetzt verließ er das Land. Und natürlich war das in Ordnung. Aber wenn es angeblich immer darum gegangen war, etwas aufzubauen, und es noch nicht aufgebaut war – hieß das vielleicht, dass es eigentlich nie wirklich darum gegangen war, überhaupt etwas aufzubauen? Vielleicht war ich ungerecht. Aber im akademischen Bereich ließ sich dasselbe beobachten. Die Leute kamen nach Russland, sprachen mit den Russen, schrieben ihre Aufsätze und Bücher, und anschließend bekamen sie eine Dozentenstelle oder eine Professur oder den Nobelpreis – aber was genau hatten die Menschen in Russland davon? All das Geld, das die Russen jetzt hatten, hatten sie bestimmt nicht, weil Dima aufgetaucht war und Tankstellen gebaut hatte, und erst recht nicht wegen irgendwelcher Akademiker und ihrer Aufsätze. Sie hatten es, weil Onkel Lew und der große jüdisch-italienische Überläufer Pontecorvo die gottverdammte molekulare Natur des Öls entschlüsselt hatten. Sie hatten es, weil Onkel Lew Geräte zum Nachweis von Neutronenemissionen gebaut hatte. Kein Amerikaner war jemals rübergekommen und hatte den Russen gezeigt, wie sie an ihr Öl kommen konnten; das hatten die Russen schon alles ganz allein hinbekommen.

Als ich nach Hause kam, saß meine Großmutter in ihrem Nachthemd in der Küche und trank eine Tasse Tee. Sie hatte ihre Zähne rausgenommen, und als ich mich zu ihr setzte, schenkte sie mir ein zahnloses Lächeln. Ohne ihre Zähne sah sie immer sehr süß aus – wie ein sehr altes, weises, grauhaariges Baby.

»Andrjusch«, sagte sie, »du bist wieder zu Hause. Ich habe mir Sorgen gemacht. Wo warst du denn?«

»Ich war mit Dima unterwegs.«

»Dima? Ist er hier?«

»Ja.«

»Er ist mein Enkel, weißt du?«, sagte meine Großmutter traurig. »Er lebt jetzt in London.«

»Ich weiß«, sagte ich.

»Hast du Hunger?«, fragte sie. »Da sind noch ein paar Pfannkuchen mit Marmelade. Möchtest du welche?«

Sie wollte aufstehen, aber ich hielt sie zurück. »Ich mach das schon«, sagte ich.

Die Pfannkuchen standen auf der Fensterbank – es war eigentlich mehr ein Fenstersims, nur gut fünfzig Zentimeter tief – in einer Aluminiumschüssel, abgedeckt mit einer zweiten Schüssel; meine Großmutter besaß keine Tupperware. Ich legte zwei Pfannkuchen auf einen Teller und setzte mich wieder an den Tisch. Meine Großmutter nippte langsam und methodisch an ihrem Tee.

Dima und ich hatten gerade wer weiß wie viel Geld für unsere Drinks ausgegeben – dreißig Dollar? Und Dima würde zweifellos noch viel mehr Geld ausgeben. Wie hoch war Veras Reinigungsgebühr? Zweihundert Dollar? Fünfhundert? Ich hatte keine Ahnung, aber fünfhundert kam mir plausibel vor. Das waren die gesamten Ersparnisse meiner Großmutter.

»Meine Mutter hat immer solche Pfannkuchen gemacht«, sagte meine Großmutter auf einmal. »Sie war keine gute Köchin. Sie war eine Tänzerin. Und sie war sehr gut im Schach. Sie war eine der besten Schachspielerinnen Moskaus.«

Das alles war vollkommen neu für mich.

»Ja«, sagte meine Großmutter, »sie war sehr talentiert, aber sie mochte keine Kinder. Doch hin und wieder war sie da, wenn wir von der Schule nach Hause kamen, und hat solche Pfannkuchen für uns gemacht.«

Meine arme kleine Großmutter, dachte ich. Sie hatte so ein langes Leben gelebt, aber sie erinnerte sich noch immer an die Pfannkuchen ihrer Mutter.

Es war nicht richtig, dass sie so allein war. Und es war so gekommen, weil wir ausgewandert waren. Wir hatten es damals nicht so gesehen – damals war alles ein einziges großes Abenteuer gewesen –, aber unsere Auswanderung hatte die Generationen auseinandergerissen. Wir hatten meine Großmutter im Stich gelassen. Es hatte eine Weile gedauert, die ganze Tragweite zu verstehen, aber diese Auswanderung war mehr als alles andere die große Tragödie im Leben meiner Großmutter.

»Möchtest du Anagramm spielen?«, fragte ich sie.

Ihre Augen weiteten sich. »Natürlich!«, antwortete sie.

Und wir spielten drei Runden. Sie massakrierte mich. Danach gingen wir schlafen. Ich hörte nicht, wann Dima nach Hause kam.

Am nächsten Morgen schrieb ich dem Schlagzeuger, dass sich meine Pläne geändert hätten und er noch bleiben könne, falls er noch nichts anderes gefunden habe. Er schrieb umgehend zurück, dass er sehr gerne noch bleiben würde.

Es Dima zu sagen, war schwieriger, aber ich beschloss – recht untypisch für mich, das muss ich zugeben –, es nicht weiter aufzuschieben. Ich teilte ihm mit, dass ich gerne noch ein paar Monate bleiben würde, dass ich erst am Anfang stehe, dass ich mich gerade erst an alles gewöhne und dass ich finde, wir sollten unserer Großmutter den Umzug nicht zumuten, solange ich noch hier sein könne, um mich um sie zu kümmern.

Er nahm es besser auf, als ich erwartet hatte. »Na gut«, sagte er. »Wenn du hier bist, um ihr die Treppen hinaufzuhelfen, sparen wir uns die Pflegerin, also meinetwegen. Aber wenn die Wohnungen an Wert verlieren, dann ziehe ich es von deinem Anteil ab.«

»Okay«, sagte ich.

Dima blieb eine ganze Woche in Moskau. Wir erledigten ein paar Besorgungen zusammen und guckten uns den Wahlabend und Obamas Rede auf seinem Laptop an, aber ansonsten bekam ich ihn in der Wohnung kaum zu Gesicht. Er schlich wie ein Geist ein und aus, entweder sehr früh am Morgen oder sehr spät in der Nacht. Ich glaube, er ging meiner Großmutter aus dem Weg, und sie bemerkte es.

Jedes Mal, wenn sie ihn sah, sagte sie: »Dima! Ich bin so stolz auf dich! Du hast es so weit gebracht! Wir haben dich im Radio gehört! Wenn du mich nur ab und zu mal besuchen würdest! Ich bin hier!«

»Großmama, ich muss los«, sagte Dima dann immer, sah auf sein Telefon, zog sich Mantel und Schuhe an und setzte seinen Hut auf. »Wir sprechen später darüber, okay?«

»Kannst du nicht noch ein bisschen bleiben?«, fragte meine Großmutter dann. »Wir könnten Anagramm spielen.«

»Ich kann jetzt nicht.«

»Nur eine Partie?«

»Ich kann nicht.«

»Du kannst nie.«

»Ich bin sehr beschäftigt!«

Je mehr sie ihn bedrängte, desto mehr zog er sich zurück. Ich erkannte die Dynamik. Er dachte, sie würde ihn kritisieren, würde all die Zeit, die er im Laufe der Jahre mit ihr verbracht hatte, all die Aufmerksamkeit, die er ihr geschenkt hatte, bagatellisieren oder gar missachten, während sie lediglich einen Wunsch äußerte und, wie mir jetzt klar wurde, verzweifelt versuchte, etwas zu finden, worüber sie mit ihm reden konnte. *Da ist Dima. Was soll ich zu ihm sagen?* Und das Erste, was ihr einfiel, war immer eine Art Vorwurf. Dabei versuchte sie nur, ein Gespräch anzufangen, ihn dazu zu bringen, noch einen Augenblick zu bleiben und sich mit ihr zu beschäftigen.

Das alles sah ich, und es machte mich sehr traurig. Vielleicht konnte ich es anders machen. Dima würde gehen. Aber ich würde bleiben.

TEIL II

1. ES WIRD KALT DRAUSSEN

Nachdem Dima wieder weg war, wurde es kalt. Zuerst war es nur ein bisschen kalt, aber auszuhalten, dann wurde es kälter – und schließlich sehr, sehr kalt.

Es war eine trockene Kälte, und es gab wenig Wind. Es war einfach wirklich verdammt kalt. Minus zehn Grad waren normal. Wenn es auf minus zwanzig zuging, wurde es hart. Bei minus fünf Grad lockerten die Menschen hier ihren Mantelkragen und nahmen den Hut ab.

Jeden Tag, bevor man das Haus verließ, musste man sich fragen: Werde ich erfrieren? Egal, wohin man wollte, am Ende würde man ein Stück zu Fuß gehen müssen. Die Stadt war riesengroß. Die Straßen waren ungeheuer breit und zugig, und es gab keine Wärmeinseln, in denen man sich unterwegs aufwärmen konnte. Was, wenn man hinfiel? Was, wenn man sich verirrte oder den Mut verlor? Im belagerten Leningrad waren die Menschen während des Krieges auf der Straße vor Hunger und Kälte einfach zusammengebrochen, und das war's dann. Andere stiegen über sie hinweg. Irgendwann kam jemand und sammelte die steif gefrorenen Leichen ein.

Nach einer Woche in dieser Kälte kam ich zu dem Schluss, dass mein für New Yorker Verhältnisse vollkommen angemessener Wintermantel hier nicht ausreichte, und mit Erlaubnis meiner Großmutter plünderte ich den Schrank im Hinterzimmer. Dort entdeckte ich zu meinem Erstaunen eine grüne *Telogrejka*, was wortwörtlich »Körperwärmer« bedeutet. Ich hatte so etwas auf alten Fotos von sowjetischen Arbeitern gesehen, auch während des Gulag – es waren Arbeitsjacken mit einem grünen Außenfutter aus Baumwolle. Aber vor allem waren sie warm. Onkel Lew musste eine während seiner Arbeit auf einem der Ölfelder bekommen haben. Und zwar als er noch ein jüngerer, kräftigerer Mann gewesen war, denn als ich sie anprobierte, passte sie perfekt. Jetzt hatte ich also eine Winterjacke, wenn auch eine mit einem ziemlichen Hipster-Touch. Und dann fand ich noch einen roten Wanderrucksack mit dem Wort »Спорт« auf der Rückseite, in dem mit etwas kreativem Staugeschick meine gesamte Eishockeyausrüstung Platz fand. Ich entsorgte meine IKEA-Tasche und fuhr von nun an mit einem schönen roten Sowjet-Rucksack zum Eishockey.

Und ich spielte sehr viel Eishockey. Unsere Mannschaft kassierte jeden Mittwoch und jeden Freitag heftige Prügel vom weißen Team, und trotzdem konnte ich nicht genug bekommen. Die weiße Mannschaft beeindruckte mich. Es waren keine extrem begabten Einzelspieler, aber sie spielten schon eine Ewigkeit zusammen, und sie wussten die gesamte Eisfläche zu nutzen. Ihre Spieleröffnung aus der Defensivzone heraus war anders als alles, was ich bisher gesehen hatte. Ich war mit einem einfachen Spielaufbau groß geworden: Wenn der Verteidiger ganz hinten den Puck bekam, dann warteten die Flügelspieler an der blauen Linie, und wenn sie frei standen, bekamen sie den ersten Pass, den sie dann entweder zum Mittelstürmer weiterleiteten oder an der Bande entlangspielten; wenn die Flügelspieler gedeckt waren, kreiste der Mittelstürmer zum Tor zurück, bekam den Puck vom Verteidiger aus kurzer Distanz zugeschoben und startete von dort aus den Angriff. Das weiße Team verfolgte jedoch einen langfristigeren Plan: Die Flügelstürmer orientierten sich zur gegenüberliegenden blauen Linie und ließen sich dann Richtung Puck zurückfallen; der Verteidiger schob den Puck zum entgegenkommenden Flügelspieler, und der leitete ihn an den die Angriffszone verlassenden Mittelstürmer weiter. Es war in gewisser Weise derselbe Spielzug – der Verteidiger passte zum Flügelspieler, und der passte zum Mittelstürmer –, aber bei dieser Variante bekam der Mittelstürmer den Puck ein, zwei Meter weiter vorne als bei der Spieleröffnung, die ich kannte. Sowohl die Spieler als auch der Puck legten eine größere Distanz zurück, und schon das allein war nützlich, weil es die Verteidigung auseinanderzog, wodurch der anschließende Angriff schwieriger zu verteidigen war. Und es erforderte ein bemerkenswertes Geschick sowohl beim Spielen wie beim Annehmen der Pässe. Bis auf eine Ausnahme – einen pummeligen jungen Stürmer namens Aljoscha – war das weiße Team nicht besonders schnell, aber jeder Einzelne von ihnen war ein guter Passspieler. Aljoscha spielte mit Fedja zusammen, den ich an meinem allerersten Tag kennengelernt hatte und der, wie ich inzwischen wusste, Besitzer einer kleinen Restaurantkette in der Innenstadt war, wodurch er mit allen möglichen kriminellen und halb kriminellen Organisationen zu tun hatte. Fedja hatte ein übernatürliches Gespür dafür, wo sich die einzelnen Spieler befanden. Vielleicht hatte er es beim Ausschauhalten nach der Mafia entwickelt. Jetzt nutzte er es, um Aljoscha still, schnell und mit tödlicher Präzision den Puck zuzuspielen, der ihn dann eiskalt einnetzte. Wir waren nicht in der Lage, sie aufzuhalten.

Aber, dachte ich, vielleicht würde es mir eines Tages gelingen, sie aufzuhalten, wenn ich mich nur immer weiter verbesserte. Jedes Mal, wenn jemand ein Spiel erwähnte und es abends stattfand, ging ich hin.

»Am Samstagabend wird in der Nähe vom Kirgisia-Kino gespielt«, sagte Ilja, einer unser Verteidiger, eines Tages. »Dreihundert Rubel. Bist du dabei?« Ich war dabei.

Es war weit draußen am Stadtrand, an der Endstation der gelben Linie, gleich neben dem Kino, und die Umkleidekabine war eine Baracke auf dem Parkplatz. Es gab keine Duschen. Aber das Eis war gut in Schuss, und es kostete nur die Hälfte von dem, was wir im Olympiastadion bezahlen mussten. Die Jungs waren freundlich – sie waren einfacher, ärmer, und bei einigen von ihnen blitzten Goldzähne auf. Sie lachten viel, freuten sich auf ihre Datschas (sogar mitten im tiefsten Winter) und aufs Biertrinken. Nachdem ich dieses Spiel aufgetan hatte, fand ich sogar noch ein drittes, jeden Montag: Gespielt wurde im Institut für Körperkultur, dem Geburtsort des sowjetischen Eishockeys, wie ich später erfuhr; die Eissporthalle war altersschwach, die Umkleidekabinen schlecht beheizt, und auf dem Eis gab es entlang der Bande eine mehrere Zentimeter breite Wasserrinne, aus der man den Puck zwischendurch immer wieder rausfischen musste. Es war mir egal. Ich konnte nicht genug vom Eishockey bekommen. Bald spielte ich an sechs Abenden in der Woche. Der Puck klebte mir am Schläger. Ich bewegte mich auf dem Eis sicherer als auf normalem Boden.

Auf meinen Wegen zu den Spielen überall in der Stadt sah ich die merkwürdigsten Dinge. Wenn man erst einmal das Stadtzentrum verlassen hatte – das ganz sicher seine eigenen Merkwürdigkeiten aufwies –, wenn man erst einmal der unmittelbaren Umgebung des Kremls entkommen war, schien es, als hätte die Zivilisation aufgehört zu existieren. Oder vielmehr, als wäre eine andere Zivilisation – die sowjetische – hier gewesen, wie ein eiszeitlicher Gletscher, und hätte ihre gewaltigen Hochhaussiedlungen errichtet, zwölf oder sechzehn Stockwerke hoch, manche so breit wie ein gesamter Straßenzug, manche so lang gezogen, dass die Erbauer sie leicht gekrümmt errichtet hatten, wie um der Erdkrümmung zu folgen. Dann hatte sich diese sowjetische

Zivilisation, wie einst die Gletscher, zurückgezogen. Und jetzt hatte eine neue Zivilisation diese zerfallenden Plattenbausiedlungen übernommen und ihre eigenen Monumente errichtet: Tankstellen, gigantische hässliche Einkaufszentren mit schrecklichen, labyrinthartigen Verkaufsflächen so groß wie Flughäfen. Aber gleichzeitig auch, wie um all das wiedergutzumachen: Eishockeyhallen.

Für das sonntägliche Spiel musste ich mit der Metro bis zur Endhaltestelle fahren, in einen überfüllten Oberleitungsbus steigen und zu Fuß eine semiapokalyptische Landschaft entlang einer erhöht verlaufenden Autobahn und einer massiven oberirdischen Gasleitung durchqueren, bevor ich schließlich die Halle erreichte, die zwischen zwei Plattenbauten kauerte, als würde sie sich dort verstecken.

Es gab Straßen und Gehwege hier draußen, aber die meisten Menschen und Autos ignorierten sie. Alle Freiflächen zwischen den Wohnblocks waren zu Straßen geworden. Wenn es kein Haus war, war es eine Straße; wenn es keine Straße war, war es ein Haus. Mehr gab es dort nicht.

So tief in die Außenbezirke vorzudringen – mit der Metro bis zur Endstation, dann in den Bus, dann zu Fuß weiter durch die Ödnis –, war erhellend. So lebten die meisten Menschen in dieser Stadt. Die Entfernungen waren unglaublich. Kein Wunder, dass immer alle so schlechte Laune hatten.

Ich habe mich nie unsicher gefühlt, wenn ich so weit rausfuhr, auch wenn dort immer irgendwelche Betrunkenen herumhingen und ich hin und wieder Jugendgangs sah, die Ärger suchten. Ich war immer noch ein bisschen nervös, weil man mir mit einer Pistole ins Gesicht geschlagen hatte. Aber zum einen war der Typ, der mich mit der Pistole geschlagen hatte, aus einem schwarzen Mercedes SUV gesprungen, und davon rollten nicht allzu viele durch die Innenhöfe und über die Bürgersteige von Moskaus Außenbezirken (hier draußen bekam man eher einen Eindruck davon, was russische Automobilhersteller so alles getrieben hatten: vor allem Autos gebaut, die aussahen wie Hyundais oder billige Kompaktwagen von Ford). Und zum anderen hatte ich einen Hockeyschläger in der Hand und wusste, wie man ihn benutzte. Also fuhr ich weiter durch die Gegend und spielte und wurde besser.

Aber trotzdem gelang es uns nicht, das weiße Team zu schlagen. Sie waren einfach zu viele, und ganz egal, wie schnell ich auch wurde, der Puck war schneller. Es half auch nicht gerade, dass mein eigenes Team so schlecht war. Ich weiß noch, wie ich einmal in dieser Zeit – ich war wahrscheinlich in der besten Form meines Eishockeylebens – in der neutralen Zone den Puck bekam und sah, dass Grischa auf mich zulief. Ich schlug den Puck gegen die Bande, wich Grischa aus und nahm den Puck hinter ihm wieder auf; aber jetzt hatte es Grischas Sturmpartner Sascha, der gewalttätigste Spieler des Teams (Grischa war lediglich der unfairste) auf mich abgesehen. Es gab kein Entkommen. Kurz vor dem Aufprall gelang es mir, den Puck durch seine Beine auf meinen rechten Flügel, Anton, durchzustecken, der neben mir angriff. Sascha rammte mich aufs Eis, aber Anton stand frei vorm Tor. Dann vermasselte er es. Er stolperte vorwärts, strich unbeholfen über den Puck und schoss ihn dann, als der Torwart zu Boden ging, übers Gehäuse.

»Was zum Teufel war das denn?«, fuhr ihn mein linker Flügel Oleg an, als wir wieder auf der Bank saßen.

»Ich habe versucht, ihn zu überlupfen«, antwortete Anton.

»Du hättest nur das Netz treffen müssen, du Arschloch.«

»Das hab ich doch versucht! Und wo warst du überhaupt? Andrej wurde umgehauen, und wo warst du?«

»Fick dich«, sagte Oleg.

Und so weiter. Sie brüllten sich immer gegenseitig an, nie mich. Und natürlich verloren wir auch diesmal wieder.

Während ich durch die Kälte zum Eishockeyspielen ging, meinen eigenen Atem vor Augen, dachte ich über Geld nach. Ich hatte noch nie nicht über Geld nachgedacht, aber bis jetzt war es immer eher eine Art Spiel gewesen: Würde ich in New York mit fünfundzwanzigtausend Dollar jährlich zurechtkommen? Wie sähe es mit zweiundzwanzigtausend aus? Und so weiter. Aber kein Geld zu haben war mir nie wie ein Verbrechen vorgekommen. Jetzt allerdings schon. Wenn ich doch nur meinem Bruder seinen Anteil an der Wohnung auszahlen könnte, dann würde meine Großmutter nicht umziehen müssen. Aber ich hatte keine Möglichkeit, an so viel Geld zu kommen, und es war nur eine Frage der Zeit, bis er sie vor die Tür setzen würde.

Beim Eishockey – meinem ursprünglichen Spiel, bei dem uns das weiße Team ständig den Arsch versohlte – unterhielten sich die Jungs in der Kabine oft über Geld. Ich versuchte, ihren Gesprächen zu folgen, vielleicht konnte ich etwas Nützliches aufschnappen. Das war nicht einfach. Ich war russischsprachig aufgewachsen, war jetzt seit drei Monaten im Land und sprach fast ausschließlich Russisch, aber trotzdem hatte ich Schwierigkeiten, ihnen zu folgen. Das Problem waren die Flüche. Sie fluchten nicht einfach bloß; sie ersetzten ganze Wörter durch Flüche. Verben waren die häufigsten Opfer. »Ich habe meine Rubel über die Grenze gefotzt«, sagte Tolja einmal. »Da haben sie eine Weile rumgeschissen, und dann habe ich sie zurückgefotzt.« Ich glaube, Tolja beschrieb ein einfaches Währungsmanöver, bei dem er Rubel in Euro gewechselt hatte, um vom schwankenden Rubel zu profitieren. Aber sicher war ich mir nicht.

Mit Ausnahme von Sergej, unserem Torwart, der ein altes russisches Auto fuhr und in der Umkleidekabine kaum ein Wort sprach, waren die Hockeyjungs alle in der Geschäftswelt aktiv. Oleg, mein linker Flügel, besaß Immobilien, die er vermietete; Anton, mein rechter Flügel, war Wirtschaftsanwalt; Tolja war Banker; Wanja gehörte eine Zuckerfabrik; und Ilja war Geschäftsführer eines Agrarkonzerns. Sie fuhren teure deutsche Autos. Aber sie waren nicht wie Dimas Freunde – sie waren ungehobelter, weniger gebildet und geistig nicht schon auf halbem Weg in den Westen. Sie waren Russen, sie hatten ihr Vermögen in Russland gemacht, und sie würden als Russen sterben, selbst wenn sie ihr Leben in einem der Häuser, die sie an der Südküste Spaniens besaßen, aushauchten.

Die Jungs reisten viel, und das nicht nur, um Rubel zu fotzen. Sie kannten den Flugplan von Moskau nach Frankfurt genauso gut wie Geschäftsleute aus Boston die Delta-Verbindungen nach New York. Aber sie gaukelten sich nicht vor, irgendwo anders hinzugehören als dorthin, wo sie waren.

»Frankfurt ist ein verschissener Flughafen«, sagte Tolja. »Ich bin gerne etwas vor dem Abflug da und fotze ein, zwei Bier.«

»Frankfurt ist ganz nett, aber warst du schon mal in Istanbul?«, fragte Wanja. »Ich bin da letztes Jahr auf meinem Weg nach Dubai durchgebumst, und ich bin echt abgefuckt. Diese verdammten Türken! Ich habe mich richtig geschämt, um ehrlich zu sein. Du musst echt gefickt sein, wenn du in Russland ein Hotel findest, das so schöne Möbel hat wie dieser verkackte Flughafen.«

»Ja«, sagte Anton, »so was kommt dabei raus, wenn nicht jeder zweite Dollar gefotzt wird. Man kann was Schönes zusammenscheißen.«

Manchmal wurden so wenige echte Wörter benutzt, dass die Jungs selbst durcheinanderkamen. »In Deutschland ist alles gefotzt«, sagte Wanja mal. Meinem Verständnis nach bedeutete »gefotzt« normalerweise etwas Schlechtes, aber so, wie Wanja es aussprach, als lang gezogenes »gefoooootzt«, als wäre er beeindruckt, ließ es Raum für Interpretationen.

»Meinst du gut gefotzt oder schlecht gefotzt?«, fragte Anton.

»Gut gefotzt!«, sagte Wanja. Er dachte einen Augenblick nach und fügte dann hinzu: »Hätte ich gesagt, in Russland ist alles gefotzt, wäre das was Schlechtes gewesen.«

Alle lachten.

»Was sagst du dazu, Serjoga?« Ilja wandte sich an unseren Torwart, Sergej. Der streifte sich sein rotes CCCP-Torwarttrikot über. »In der UdSSR war alles anders, oder?«

Sergej lächelte. »N-n-nun ja«, sagte er. »Die Dinge waren stabil. Ihr Jungs müsstet euch keine Sorgen darüber machen, eure Rubel zu fotzen. Ihr könntet nachts gut schlafen und vom Eishockey träumen.«

»Du hast recht«, sagte Tolja und stand auf. »Es wird Zeit, aufs Eis zu gehen.«

Wir gingen aufs Eis und spielten und verloren acht zu eins.

Ich würde niemals genug Geld verdienen, um Dima auszahlen zu können. Einhundertfünfzigtausend Dollar waren einhundertfünfzig BOMOKs – es würde zwanzig Jahre dauern. Selbst wenn ich eine echte Professorenstelle mit einem echten Professorengehalt bekäme, würde ich nur ungefähr sechzig oder siebzig Riesen im Jahr verdienen. Wenn es mir auf wundersame Weise gelänge, die Hälfte meines Gehalts zu sparen, würde es immer noch fünf Jahre dauern, bis ich alles zusammenhätte. Und bis dahin wäre es zu spät.

Trotzdem könnte es nicht schaden, eine Stelle an einer Hochschule zu finden. Ein paarmal in der Woche gab es in einer Buchhandlung und Bar namens Bilingua einen Vortrag oder eine Lesung eines Schriftstellers oder einer Wissenschaftlerin, und ich fing an hinzugehen. Ich lauschte Vorträgen über den Missbrauch von Puschkin für sowjetische Propagandazwecke, über das Konzept der »Ukraine« im russischen Denken des neunzehnten Jahrhunderts und über die »Indigenisierungskampagne« in den ethnischen Sowjetrepubliken in den 1920er-Jahren. Das alles war sehr interessant, und auch wenn es nicht hundertprozentig mein Fall war, hatte ich das Gefühl, ich könnte dort vielleicht Inspiration für ein eigenes Projekt finden.

Eines Abends kam ich nach einem der Vorträge nach Hause – sie fanden immer um sechs Uhr statt, also dann, wenn meine Großmutter am unruhigsten war – und stellte fest, dass sie verschwunden war. Ihre Hausschuhe standen neben der Tür, ihr Mantel hing nicht mehr am Ständer, auf dem Küchentisch lag keine Nachricht. Sie hatte sich einfach angezogen und war rausgegangen.

So etwas war durchaus schon vorgekommen. Meine Großmutter kaufte nach wie vor selbst ein, auch wenn sie mit zunehmender Kälte immer öfter dazu neigte, mich darum zu bitten. Manchmal ging sie auch allein in der Nachbarschaft spazieren. Sie war schon ein paarmal nicht zu Hause gewesen, wenn ich aus dem Coffee Grind zurückgekommen war, und bisher war sie immer wieder wohlbehalten aufgetaucht. Aber es war nicht ihre Art, abends allein aus dem Haus zu gehen.

Während ich noch über die Situation nachdachte, rief Emma Abramowna an. »Andrej«, sagte sie, »ist Sewa da?« Meine Großmutter hatte Emma Abramowna gesagt, dass sie vorbeikommen würde. Aber sie hätte schon vor einer

Stunde dort sein sollen. Es sah meiner Großmutter gar nicht ähnlich, sich dermaßen zu verspäten.

Panisch beendete ich das Gespräch, zog meine Telogrejka an und eilte hinaus. Ich lief runter zum Zwetnoi-Boulevard, der auf dem Weg zu Emma Abramowna lag, für den Fall, dass meine Großmutter es nicht geschafft hatte, ein Auto anzuhalten und einfach losgelaufen war. Nichts. Ich rannte zurück bis zu den Sauberen Teichen, falls sie in die falsche Richtung gelaufen war: nichts. Ich lief sogar runter zur Polizeiwache auf der Sretenka, wo ich auf einen blutjungen Polizeibeamten traf, den mein Gulagmantel ziemlich zu verwirren schien – der Einzige, den ich je ebenfalls einen hatte tragen sehen, war der Typ, der sich an unserer Mülltonne bediente –, der sich aber trotzdem meine Nummer notierte und versprach anzurufen, sollten sie eine verwirrte ältere Dame in der Nachbarschaft aufgreifen. Schließlich beschloss ich, dass es wohl das Beste wäre, nach Hause zu gehen, für den Fall, dass sie anrufen würde, und ungefähr zwanzig Minuten nach meiner Rückkehr hörte ich einen Schlüssel am Schloss kratzen. Ich lief zur Tür, und dort stand meine Großmutter – halb erfroren und vollkommen verängstigt. Sie hatte ein Taxi angehalten, erzählte sie mir, während ich sie in eine Decke wickelte und ihr heißen Tee einflößte, aber der Verkehr war sehr dicht, und der Fahrer hatte den ihr vertrauten Weg zu Emma Abramowna verlassen. Meine Großmutter musste feststellen, dass sie sich nicht mehr an die Adresse erinnerte. Sie verirrten sich hoffnungslos und fuhren eine Weile ziellos im Zentrum Moskaus herum. Schließlich gab sie auf, und der Fahrer fuhr sie zu uns zurück. Sie hatte ein echtes Taxi erwischt, eine Seltenheit in Moskau und erheblich teurer als ein gewöhnlicher Privatwagen, und sie sah, dass sich der Taxameterstand auf eintausend Rubel zubewegte.

»Aber wir haben unser Ziel ja nie erreicht«, sagte sie zum Fahrer.

»Das ist doch nicht meine Schuld«, antwortete er.

Die Fahrt zu Emma Abramowna kostet normalerweise einhundert Rubel, und meine Großmutter hatte nur fünfhundert Rubel dabei. Das sagte sie dem Fahrer, und der warf sie raus. Sie kannte den Weg von dort nach Hause, aber sie hatte mehr als einen Kilometer gehen müssen, und es war kalt.

Während sie die Geschichte erzählte, rief Emma Abramowna an, und meine kleine Großmutter ging ran und begann zu erzählen, was geschehen war. Dann verließen sie die Kräfte, und sie sagte ihr, sie würde später zurückrufen. Nachdem sie aufgelegt hatte, kamen ihr die Tränen. Sie saß auf ihrem Stuhl am Küchentisch, hielt den Telefonhörer in der Hand und weinte.

Danach ging ich erst einmal nicht mehr zu den Veranstaltungen ins Bilingua. Wenn meine Großmutter Emma Abramowna besuchen wollte, kam ich mit. Ich spielte sogar etwas weniger Eishockey, obwohl die Spiele im Olympiastadion so spät am Abend stattfanden, dass sie keiner unserer gemeinsamen Aktivitäten in die Quere kamen.

Natürlich verloren wir weiterhin gegen das weiße Team, und das frustrierte mich zunehmend. In einem Spiel, nicht lange nach dem schrecklichen Abenteuer meiner Großmutter, bekam ich den Puck von Oleg direkt vorm Tor. Ich hätte aus dem Handgelenk schießen müssen, aber ich war wütend. Stattdessen probierte ich es mit einem Schlagschuss. Als mein Schläger aufs Eis traf, brach er in der Mitte entzwei. Die obere Hälfte behielt ich in der Hand, die untere Hälfte flog an die Bande, und der Puck flitschte kraftlos Richtung Gehäuse. Für den Rest des Spiels durfte ich Antons Schläger benutzen. Später in der Umkleidekabine fragte er mich, ob ich den Schläger auf meine Größe kürzen und behalten wolle. Mir gefiel die Position der Kelle nicht, aber ein neuer Schläger würde mich hundertfünfzig Dollar kosten. »Ja«, sagte ich. »Danke.« Und von da an spielte ich mit Antons miesem Schläger.

2. ICH ERWEITERE MEIN SOZIALES UMFELD

Hin und wieder ging ich rüber, um ein Bier mit den Soldaten zu trinken, aber nach dem Vorfall vorm Teatr ging ich nicht mehr mit ihnen aus, und im Großen und Ganzen war mein Sozialleben ziemlich öde. Von Zeit zu Zeit lud mich Dimas Freund Maxim auf eine Party oder zu einer Ausstellungseröffnung ein. Ich ging nie hin. Ich wusste, wenn ich mich mit diesen Leuten traf, würde irgendwann immer der Moment kommen, an dem ich aufgefordert wäre, mich mit fünfzig Dollar an einer Bar- oder Restaurantrechnung zu beteiligen, und das würde bedeuten, dass ich eine Woche lang nicht ins Coffee Grind gehen konnte. Außerdem war es mir peinlich, dass ich versucht hatte, Elena zu küssen. Also blieb ich zu Hause.

Die Eishockeyjungs waren mir ein Rätsel. Ich hatte mich daran gewöhnt, dass sie nur selten Freundlichkeiten austauschten oder lächelten – einmal hatte Wanja versucht, mir zuzulächeln, damit ich mich willkommen fühlte, aber es hatte mich eher an einen Wolf erinnert, der die Zähne fletscht. Ich fand es seltsam, dass sie nie ein Bier trinken wollten. In Amerika war es Tradition, nach dem Spiel mit ein paar Bier in der Kabine anzustoßen, selbst wenn man die Leute, mit denen man gespielt hatte, gar nicht kannte. Und wenn man erst mal eine Zeit lang zusammengespielt hatte, ging man auf ein paar Drinks in eine Bar und lernte sich näher kennen. In Russland, wo es vorkommen konnte, dass man mit wildfremden Menschen, die man zufällig auf der Straße traf, etwas trinken ging, hätte ich erwartet, dass wir in kürzester Zeit ein Bier zusammen trinken würden. Aber das war nie der Fall. Eines Abends beschloss ich, die Sache zu forcieren und brachte ein paar Bier mit, um zu sehen, ob jemand was trinken wollte. Alle lehnten höflich ab, also nahm ich das Bier wieder mit nach Hause und kam mir vor wie ein Idiot.

Aber ich hatte bemerkt, dass meine Sturmpartner Anton und Oleg nach dem Umziehen von Mal zu Mal länger in der Kabine blieben, rumtrödelten und miteinander plauderten. Es waren lustige Jungs. Anton war wahrscheinlich der schlechteste Spieler unseres Teams – er war ein lausiger Schlittschuhläufer und hatte eine Schulterverletzung, die dazu führte, dass er die meiste Zeit den Schläger nur mit einer Hand halten konnte –, aber er unterhielt die ganze Kabine und war schon ewig dabei. Er kam mit einem riesigen schwarzen Mercedes zur Arena. Bei Oleg lagen die Dinge anders: Er war ein talentierter Spieler, groß und schlaksig, mit einem grandiosen Schlagschuss. Aber er war faul. Wenn ihm der Puck nicht genau in den Schläger gespielt wurde, lehnte er es ab, ihm hinterherzulaufen, und kam zur Bank, um sich zu beschweren. Das war nicht meine Art von Eishockey. Und es war gut möglich, dass ich in die Reihe mit Anton und Oleg gesteckt worden war, weil niemand sonst mit ihnen spielen wollte. Aber jetzt war es eben meine Reihe.

Nach und nach erfuhr ich ihre Geschichten. Anton war knapp vierzig Jahre alt. Er hatte an einer der besten Universitäten Moskaus Mathematik studiert, und wenn er ein paar Jahre früher seinen Abschluss gemacht hätte, wäre er wahrscheinlich wie Onkel Lew in einem der Forschungsinstitute gelandet, nur, um dann jahrelang zu versuchen, dem wieder zu entkommen. Stattdessen hatte er sich direkt in die Geschäftswelt gestürzt. Er und ein paar befreundete Programmierer hatten eine Workflow-Management-Software ent-

?

wickelt, von der sie dachten, dass sie Personalabteilungen von Nutzen sein könnte, aber es hatte zu nichts geführt. Dann hatten sie ein Videospiel programmiert, und das lief besser. In den 1990er-Jahren war das rechtliche Umfeld für Unternehmen so komplex, dass Anton abends noch ein paar Jurakurse belegte, um sich und seine Partner aus Schwierigkeiten herauszuhalten. Schließlich hatte er genug Scheine für das Juraexamen beisammen, und mit seiner Hilfe hatte sich die Firma aus dem volatilen (und selbst bei Videospielen gefährlichen) Einzelhandelsumfeld zurückgezogen und angefangen, juristische Dienstleistungen anzubieten. Seit über zehn Jahren verdiente er nun schon gutes Geld mit der Rechtsberatung von neu gegründeten russischen Unternehmen. Eine ihrer beliebtesten Dienstleistungen war das Aufsetzen ausländischer Briefkastenfirmen zur Vermeidung lästiger (beziehungsweise aller) russischer Steuern.

Olegs Geschichte war spannender. Er war ein paar Jahre jünger als Anton, stammte aus bescheideneren Verhältnissen und hatte also nicht das nötige Kleingeld gehabt, um der Armee zu entgehen. Da er aber ein ziemlich aufgeweckter junger Mann war, durfte er seinen Dienst als Radaraufklärer im Nahen Osten ableisten, wo er den amerikanischen Funkverkehr überwachte. Dies galt als prestigeträchtig und intellektuell, und als er ausgedient hatte, war ihm eine Stelle beim KGB und ein Platz an einer Spitzenuniversität für Diplomaten mit Verbindungen zum KGB angeboten worden. Aber das war nicht Olegs Sache, und er beschloss, sich stattdessen in der Geschäftswelt zu versuchen. Zuerst kam er auf die Idee, die begrenzten Öffnungszeiten von Spirituosengeschäften während Gorbatschows Anti-Alkohol-Maßnahmen auszunutzen. Der junge Oleg kaufte abends im Spirituosenladen billigen Wein und tauchte dann früh am nächsten Morgen wieder vor demselben Laden auf, um ihn mit einem Aufpreis an die bereits Schlange stehenden und auf die Öffnung wartenden Säufer zu verkaufen. Nachdem er auf diese Weise etwas Kapital angespart hatte, investierte er es nach dem Zusammenbruch der UdSSR in ein klappriges Auto, mit dem er in die Ukraine fuhr, um billige Zigaretten einzukaufen. Er lud den gesamten Kofferraum voll und verkaufte sie dann in Moskau auf der Straße oder an Mittelsmänner, wobei er die ganze Zeit hoffte, nicht von der Polizei angehalten zu werden, da die Beamten sonst bestochen werden mussten. Das war harte Arbeit, aber sie zahlte sich aus, und schließlich hatte Oleg genug Geld und Kontakte beisammen, um sich zu günstigen Konditionen in die neunundneunzig Jahre laufenden Pachtverträge zweier Gewerbeimmobilien in der Moskauer Innenstadt einzukaufen. Gerade vermietete er sie an zwei ausländische Banken – an eine europäische Bank auf der Twerskaja und unglaublicherweise an die HSBC, bei der meine Großmutter und ich die Miete der Soldaten einzahlten. Er hatte monatliche Einnahmen von fünfundzwanzigtausend Dollar, nur sehr wenige Kosten und hing im Grunde den ganz Tag nur rum und lud Leute zum Mittagessen ein.

Oleg lebte mit seiner Frau und dem kleinen Sohn in Rubljowka, einem elitären Gebiet am Stadtrand, in dem viele Regierungsbeamte, darunter auch Putin, in ihren meist recht großen Häusern residierten.

Anton wohnte mit seinem Vater und seinem Teenagersohn in der alten Familienwohnung in der Nähe der Staatlichen Universität. Er hatte noch einen weiteren Sohn, der mit seiner Mutter in Spanien lebte und den er so oft wie möglich sah. Oleg besaß ein Sommerhaus in Spanien. Sie sprachen häufig davon, wie sie es hinbekommen konnten, sich während des Sommers, den sie beide im Süden verbringen wollten, gegenseitig zu besuchen.

Oleg war sehr nervös wegen der Finanzkrise und fragte mich immer mal wieder, ob ich Kenntnisse darüber hätte, wie seine Bankmieter im Westen eingeschätzt würden. »Sagt man, dass sie die Sache durchstehen werden?«, fragte er mich dann, worauf ich antwortete »Ich habe keine Ahnung« und er zerknirscht nickte, wie, um zu sagen, »ja, du hast recht, das kann ja auch keiner wissen«.

Eines Abends schlug Oleg nach dem Eishockey vor, dass wir drei noch zusammen ausgehen sollten. Ich dachte, wir würden endlich irgendwo ein paar Bier trinken gehen, aber stattdessen fuhren wir zu einem der teuren Cafés auf der Sretenka, und sowohl Anton als auch Oleg bestellten Fruchtsäfte. Wie sich herausstellte, war der Grund dafür, dass nach dem Eishockey nie ein Bier getrunken wurde, die herrschende Nulltoleranz-Politik gegenüber Trunkenheit am Steuer. Wer auch nur den Hauch einer Bierfahne hatte, wurde mit einer empfindlichen Geldbuße belegt. Dazu kam: Wenn diese Jungs erst mal tranken, dann tranken sie sehr viel.

»Wenn ich einmal anfange«, sagte Oleg, »trinke ich gleich mehrere Tage. Also versuch ich gar nicht erst anzufangen.«

Die meiste Zeit sprachen wir natürlich über Geld. »Hör mal«, sagte Oleg. »Was kostet ein Haus in Amerika?«

Ich sagte ihm, das käme auf die Lage an.

»Könnte ich was Schönes für eine Zitrone bekommen?« Eine »Zitrone« war eine Million Dollar.

»Ja«, sagte ich. »Absolut.«

Das gefiel Oleg.

»Weißt du, was ich machen würde?«, fragte Anton. »Ich würde mir ein kleines Haus in einer kleinen Stadt kaufen, es als Basis benutzen und überall mit meinem Motorrad hinfahren.« Wie sich herausstellte, fuhr Anton gern mit dem

Motorrad durch die Welt. Er hatte schon ganz Europa und Teile von Südamerika durchquert. »Ich fahre zum Haus zurück, lege mich kurz hin und breche dann wieder auf.«

»Wie viel kostet denn so ein kleines Haus?«, fragte Oleg mich.

»Es kommt darauf an.«

»Könnte Anton eins für fünfzig Teile bekommen?« Ein »Teil« war eintausend Dollar.

»Nein«, sagte ich. »Aber für einhundertfünfzig würde er bestimmt was finden.«

»Was ist mit New York?«, fragte Oleg. »Wie sieht's dort mit Gewerbeimmobilien aus?«

»Die sind teuer«, vermutete ich.

»Und was, wenn ich das Untergeschoss eines Gebäudes kaufen würde, um es zu vermieten?«

»Wie bei deinen Banken?«

»Ja.«

»Ich weiß es nicht.« Ich wusste es nicht. »Wir könnten nachschauen. Aber in Manhattan wären es sicher fünf Millionen Dollar, schätze ich.«

»Nur für das Erdgeschoss?«

»Ich weiß nicht, ob man überhaupt nur das Erdgeschoss kaufen kann. Aber wenn ja, dann dürfte es so was um den Dreh sein.«

»Selbst jetzt noch?« Er meinte während der Finanzkrise.

»Selbst jetzt noch«, sagte ich. Nach allem, was ich wusste, war Manhattan immer noch teuer.

Oleg dachte darüber nach. Fünf Millionen waren ganz offensichtlich mehr Geld, als er hatte. Und wie sich herausstellte, gab es einen tieferen Grund für all diese Fragen. »Verdammte Scheiße«, sagte er jetzt. »Meine Europäer haben gekündigt.« Die HSBC blieb, aber die europäische Bank auf der Twerskaja brach ihre Zelte ab. Oleg war dabei, nach neuen Mietern Ausschau zu halten. »Wenn ich nicht bald einen Nachmieter finde«, sagte er, »dann bin ich gefotzt.«

»Mach dir keine Sorgen«, sagte Anton. »Irgendwas wird sich schon ergeben.«

»Ja, wahrscheinlich«, sagte Oleg, aber er sah besorgt aus.

Die Jungs tranken noch eine Runde Fruchtsaft, dann machten wir uns auf den Heimweg.

Es war jetzt Dezember, und das Semester neigte sich dem Ende entgegen. Jeff, der Professor, setzte gern ein Buch aus dem zwanzigsten oder einundzwanzigsten Jahrhundert ans Ende des Lehrplans, um zu versuchen, den Stoff mit der Moderne zu verbinden. In diesem Semester hatte er sich für Schalamows *Erzählungen aus Kolyma* entschieden.

Ich hatte sie nicht gelesen. Ich hatte mich an der Grad School ein ganzes Semester lang mit Solschenizyn beschäftigt, und danach war mein Bedarf an Lagergeschichten gedeckt. Es war ebenso sehr eine Reaktion auf meine Kommilitonen, die vollkommen melodramatisch wurden, wenn sie über den Gulag sprachen, wie auf Solschenizyn selbst, der die ganze Zeit nur herumzuschreien schien. Beides war schwer zu ertragen. Wenigstens verstand ich, warum Solschenizyn laut war. Aber warum waren meine Mitstudierenden so traurig? *Wir* waren doch nicht im Gulag. Man könnte meinen, diese Erkenntnis hätte sie glücklich machen sollen.

»Warum machst du so ein trauriges Gesicht?«, fragte ich schließlich, als Fishman sich mal wieder endlos darüber ausließ, wie schlimm die Lager gewesen waren. »Wir sind in New York. Sieh doch mal raus!«

»Es ist wichtig, Zeugnis über dieses Leid abzulegen«, hatte Fishman geantwortet. »Das ist das Mindeste, was wir tun können.«

Eigentlich war ich also mit dem Gulag fertig und zögerte, mir Schalamow vorzunehmen. Aber mit das Erste, was ich über ihn erfuhr – aus einer Ausgabe seiner Memoiren, die ich in der Buchhandlung unter dem Stripclub gefunden hatte –, war, dass er Solschenizyn gehasst hatte. Das war ermutigend. Wie sich herausstellte, hatte er eine andere Sicht auf die Lager. Er war darüber nicht verbittert geworden. Er strebte in diesem Leben nicht nach Rache für das Unglück, das ihm widerfahren war, zum Teil, weil er wusste, dass vielen der Männer, die ihm in den Lagern Leid zugefügt hatte, selbst von anderen viel größeres Leid angetan worden war – sie waren gefoltert, erschossen oder zu Tode geprügelt worden, wie sie andere zu Tode geprügelt hatten. Er hatte kein Interesse daran, Predigten über die Bedeutung seiner Zeit im Lager zu halten. Aber er wollte sie aufzeichnen. Und daraus sollten die Menschen ihre eigenen Schlüsse ziehen. Man könnte sagen, dass Schalamow einen berührenden Glauben an die Kraft der Kunst besaß.

Schalamow lag also vor mir auf dem Tisch, als meine Großmutter in die Küche kam und mich fragte, was ich da las. Ich zeigte ihr das Buch.

»Schalamow«, sagte sie traurig. »Ja.«

Sie setzte sich mir gegenüber an den Tisch.

»Klawdia Georgiewna hat ihn gekannt«, sagte sie.

Ich hatte nie zuvor von einer Klawdia Georgiewna gehört, aber irgendwie kam ich drauf. »Tante Klawa?«, fragte ich.

»Ja. Sie ist in Kasachstan gewesen.«

»Das wusste ich gar nicht«, sagte ich. Ich hatte es nicht gewusst.

»Sie war natürlich gar nicht meine Tante«, sagte meine Großmutter.

»Was?«

»Ich habe den Leuten nur gesagt, sie wäre meine Tante. Aus Perejaslaw. Sogar Jolka habe ich das erzählt.«

Das stimmte. Tante Klawa, die mit in der Wohnung gewohnt hatte, als meine Mutter dort aufwuchs, war gestorben, bevor meine Eltern heirateten, deswegen hatte ich nur sehr wenig von ihr gehört. Meines Wissens nach hatte sie den Krieg in der Ukraine überlebt und war dann allein nach Russland gekommen.

»Ihr Mann war ein bedeutender ungarischer Kommunist«, sagte meine Großmutter. »Er kam her, um dabei zu helfen, den Kommunismus aufzubauen. Sie gaben ihm diese Wohnung. Dann verhafteten sie ihn. Und Klawdia Georgiewna auch. Er starb, aber sie überlebte. Und dann kam sie zurück. Da lebten wir hier schon. Mit Jolka. Sie stand vor der Tür, und ich wusste nicht, was ich tun sollte. Es war doch früher ihre Wohnung.«

Irgendwie hatte ich nie darüber nachgedacht, dass meine Großmutter ihre Stalin-Wohnung nur hatte bekommen können, weil jemand anders sie vorher verloren hatte.

»Also einigten wir uns darauf, dass ich die Wohnung behalten konnte, aber sie weiterhin dort leben durfte. Sie hat in deinem Zimmer gewohnt und mir mit Jolka geholfen. Sie war eine wundervolle Frau, eine Ärztin.«

»Das habe ich nicht gewusst«, sagte ich.

»Niemand hat es gewusst. Noch nicht mal Jolotschka habe ich davon erzählt. Ich wollte nicht, dass sie die Leute anlügen muss. Und als das alles keine Rolle mehr spielte, war es zu spät.«

Meine Großmutter spielte mit dem kleinen metallenen Salzstreuer auf dem Tisch herum.

»Manchmal denke ich, ich hätte damals sofort ausziehen sollen. Sobald sie vor der Tür stand, hätte ich verschwinden müssen. Andrjusch, was denkst du darüber?«

Was *ich* darüber dachte? Wen kümmerte es, was ich darüber dachte? Und doch hatte ich festgestellt, dass dies immer öfter geschah – meine Großmutter behandelte mich wie jemanden, dem man sich auf der Suche nach moralischer Führung anvertrauen konnte.

»Ich weiß nicht«, sagte ich. Ich war immer noch dabei, die Neuigkeiten über Tante Klawa zu verdauen. »Du musstest ja auch irgendwo wohnen.«

»Das ist wahr.«

»Außerdem …«, fing ich an und überlegte, was ich sagen sollte. Rund um den Stalinismus hatte sich eine ganze Ethik formiert, die manchmal schwer zu entschlüsseln war. Solschenizyn hatte den Grundsatz »Lebt nicht mit der Lüge« propagiert, was so viel bedeutete wie: »Beteiligt euch nicht an den Betrügereien und Täuschungen des Regimes.« Von Stalin eine Wohnung für die Arbeit an einem Propagandafilm anzunehmen und in dieser Wohnung wohnen zu bleiben, auch nachdem die verfolgte und inhaftierte ehemalige Besitzerin wieder vor der Tür gestanden hatte, fiel sicher darunter. Meine Großmutter hatte eine Lüge gelebt. Aber was hatte Solschenizyn getan? Er hatte seinen Grundsatz geprägt, den Nobelpreis gewonnen und dann in den letzten Jahren seines Lebens mit Putin gekuschelt – und dabei mit einem einzigen landesweit im Fernsehen übertragenen Lächeln (während eines Besuchs von Putin) seine ganze moralische Autorität verspielt, die er sich über fünfzig Jahre hinweg aufgebaut hatte.

Ich hatte Schalamow gelesen. Was würde Schalamow sagen? Schalamow sah die Dinge anders als Solschenizyn. Er betrachtete sie vielschichtig, ambivalent. Er hatte Solschenizyn für einen Schaumschläger gehalten. Körperliche Schmerzen, Hunger und bittere Kälte: Diese Dinge konnte der menschliche Wille nicht einfach »überwinden«. Und die Welt ließ sich auch nicht so feinsäuberlich, wie Solschenizyn es tat, in Freunde und Feinde des Regimes aufteilen. Für Schalamow gab es in den Lagern Menschen, die ihm halfen, und Menschen, die ihm Schaden zufügten (ihn schlugen, sein Essen stahlen, ihn verrieten), aber die meisten Menschen, mit denen er es zu tun hatte, taten nichts dergleichen. Sie versuchten einfach nur zu überleben, genau wie er. In den Lagern gab es viel Brutalität und nur sehr wenig Heldentum. In seinen Memoiren erzählt er die bemerkenswerte Geschichte, wie er in einer der dunkelsten Stunden seines Lagerlebens erfuhr, dass sich seine Schwägerin Asja, der er sehr nahestand, in einem der benachbarten Lager befand. Schalamow lag mit der Ruhr auf der Krankenstation, und einer der Ärzte fragte ihn, ob er Asja eine Nachricht zukommen lassen wolle. Halb tot schrieb Schalamow ihr eine kurze und unsentimentale Mitteilung. »Asja«, lautete sie, »ich bin sehr krank. Schick etwas Tabak.« Das war alles. Schalamow erinnert sich voller Scham, aber auch mit Verständnis daran: Er war schwach, stand am Rande des Todes und war auf seine nackte, tierische Existenz zurückgeworfen. Daraus ließ sich keine höhere Erkenntnis ableiten, außer dass ein Mensch unter bestimmten Bedingungen schnell aufhörte, ein Mensch zu sein.

Es war nichts Persönliches, wie man so schön sagt. Einfach das zwanzigste Jahrhundert. Ich fragte mich, ob ich jetzt, nachdem ich die Wahrheit erfahren hatte, verpflichtet war, mit Tante Klawas Verwandten Kontakt aufzunehmen, um zu versuchen, ihnen die Wohnung zurückzugeben. Aber ich schlug es mir aus dem Kopf. Meine Großmutter hatte die Schuld beglichen, als sie Tante Klawa bei sich aufgenommen hatte. Soweit eine solche Schuld beglichen werden konnte.

Ich wusste also nicht, was ich meiner Großmutter sagen sollte. Sie hatte eine Lüge gelebt, aber sie hatte es allein und in aller Stille getan, damit niemand anderes ebenfalls diese Lüge leben musste. Das fand ich mutig. Aber dass ihr Gewissen sie noch immer plagte, dass es vielleicht ein Teil dessen war, was sie am Leben hielt – das war nichts, was ich unbedingt aus der Welt schaffen musste. Auch wenn es natürlich in Ordnung war, es zu versuchen.

»Du hast dir diese Wohnung verdient«, sagte ich. »Du hast sie dir durch die Arbeit an dem Film verdient. Und als Tante Klawa zurückkam, hast du sie bei dir aufgenommen.«

»Ja«, stimmte meine Großmutter widerwillig zu.

»Das hätten nicht viele Leute getan«, wagte ich mich vor. Den Menschen, die aus den Lagern entlassen wurden, war es oft verboten, nach Moskau zurückzukehren, und schon gar nicht war ihnen erlaubt, zurück in ihre alten Wohnungen zu ziehen. Wahrscheinlich hatte Tante Klawa gegen Gesetze verstoßen, als sie zurückgekommen war, und meine Großmutter hatte sie beschützt.

»Das ist wahr«, sagte meine Großmutter. »Leider«, fügte sie mit Bestimmtheit hinzu, »leider ist das wahr.«

Jetzt sah sie wieder traurig aus, aber nur auf ihre übliche Weise.

»Weißt du, Andrjuschik«, sagte sie, »alle meine Freunde sind tot. Alle meine Verwandten sind gestorben. Ich bin ganz allein.«

»Du bist nicht ganz allein«, sagte ich.

»Doch«, beharrte sie. »Das bin ich.«

Es war seltsam. Nach Gesprächen wie diesem und bei anderen Gelegenheiten – wenn wir gemeinsam die Abendnachrichten sahen oder Anagramm spielten oder nach dem Mittagessen einfach nur unseren Tee tranken – kam es mir vor, als hätte sie meine Anwesenheit, wie endlich sie auch sein mochte, als eine reale und zuverlässige Sache akzeptiert. Es war selten etwas Bestimmtes, das ich für sie getan hatte, was sie wertschätzte, es war einfach die Tatsache, dass ich da war.

Wenn ich mich anzog, um ins Coffee Grind zu gehen, versäumte sie nie, ihrer Bewunderung Ausdruck zu verleihen. »Andrjusch, ich bin sehr beeindruckt von dir«, sagte sie dann. »Du bist so groß.«

Ich war und bin gerade mal eins dreiundsiebzig. Aber meine Großmutter war jetzt so winzig, dass ich ihr groß vorkommen musste. Oder jedenfalls behauptete sie das.

Einmal ging ich auf den sogenannten Markt und kaufte jede Menge Lebensmittel ein; da die Plastiktüten etwas kosteten, benutzte ich immer meine Tragetasche aus der Labyrinth-Buchhandlung, und diesmal hatte ich sie bis zum Rand mit Clementinen, Kartoffeln, Suschki und dem Lieblingsmohnkuchen meiner Großmutter vollgestopft. Während des Einkaufens musste ich immer dringender pinkeln, also stellte ich, sobald ich die Tür hinter mir geschlossen hatte, die Tasche auf den Boden, streifte meine Turnschuhe ab und rannte auf die Toilette. Als ich wieder herauskam, sah ich, wie meine Großmutter mit ihrer ganzen Kraft an den Trägern der Tasche zog und sie ganz langsam Stück für Stück über den Boden Richtung Küche schleifte. Es war ein unfassbarer Anblick. Sie war eine unbeugsame Person. Ich hielt sie auf und hob die Tasche hoch.

»Das kannst du alles tragen?«, fragte sie ehrfürchtig.

Aber genauso oft konnte sie mir gegenüber ein profundes Misstrauen an den Tag legen. Zwei Vorfälle stachen heraus. Der erste ereignete sich bei einem der seltenen Besuche von Emma Abramowna. Offenbar fühlte sie sich schlecht wegen des misslungenen Versuchs meiner Großmutter, sie zu besuchen, und außerdem wohnte ihr Sohn Arkadi ein paar Tage bei ihr, während sich seine Frau und seine Tochter außerhalb der Stadt aufhielten, und hatte deshalb Zugang zu einem Auto. Also beschloss sie, uns zu besuchen. Meine Großmutter war begeistert und traf aufwendige Vorbereitungen. Unter anderem setzte sie sich mit mir zusammen und erkundigte sich sehr ernsthaft, ob ich glaubte, dass man die alte Flasche Wein im Kühlschrank noch trinken könne, und wenn nicht, womit wir sie meines Erachtens nach ersetzen sollten. Ich schlug eine Flasche abchasischen Weißwein vor und ging los und kaufte sie. Am Tag des Besuchs deckte meine Großmutter frühmorgens den Küchentisch mit Tellern und Besteck und ihren besten Servietten ein, und wir frühstückten am Tisch im Hinterzimmer, um nichts durcheinanderzubringen.

Endlich war es Mittag, und Emma Abramowna traf zusammen mit Arkadi ein. Arkadi war ein stiller Programmierer Anfang fünfzig; er verbrachte den Großteil des Besuchs damit, auf sein Handy zu starren. Aber es ging dabei ja ohnehin um meine Großmutter und Emma Abramowna. Der Besuch verlief, wie die meisten Besuche zwischen den beiden verliefen, nämlich mit einer Erörterung von Emma Abramownas Enkeln (wunderbar!) und den Enkeln meiner Großmutter (nachlässig, mit Ausnahme von mir), ihren gemeinsamen Bekannten (fast alle in Israel) und dem lausig kalten Wetter. Hin und wieder versuchten Arkadi oder ich, frische Gesprächsthemen in die Konversation einfließen zu lassen, mit mäßigem Erfolg. Und dann verfiel meine Großmutter – ich konnte praktisch dabei zusehen – in ihre übliche Depression nach dem Essen.

»Ja«, sagte sie, »ja«, und dann, bevor ich es verhindern konnte: »Weißt du, die Sache ist die: Alle sind tot. Jeder, den ich kenne, ist gestorben. Alle meine Verwandten, alle meine Freude. Sie sind gestorben und haben mich allein gelassen.«

»Komm schon, Sewa«, sagte Emma Abramowna.

»Aber es stimmt doch!«, beharrte meine Großmutter.

»Ich bin noch am Leben«, schluckte Emma Abramowna den Köder.

»Ja, du schon, stimmt. Aber wer sonst?«

»Woher soll ich das wissen?!«, rief Emma Abramowna. »Ich bin mir sicher, dass außer mir noch andere Menschen am Leben sind!«

»Ja«, sagte meine Großmutter traurig. »Vielleicht.« Und damit beherrschte ihre Melancholie den Raum.

Als Arkadi und Emma Abramowna nach Hause gegangen waren, konnte ich nicht anders.

»Omama«, sagte ich. »Dir bedeutet Emma Abramownas Freundschaft so viel. Es war dir so wichtig, dass ihr der Besuch gefallen würde. Und dann ist sie hier, und du redest in einer Tour darüber, wie einsam und deprimiert du bist.«

»Ja und?«, sagte meine Großmutter und sah zu mir auf. (Ich war dabei abzuwaschen und hatte mich zu ihr umgewandt, sie saß am Küchentisch und ruhte sich aus – soziale Aktivitäten schlauchten sie immer sehr.) »Es stimmt doch, oder etwa nicht?«

»Darum geht es doch nicht! Die Leute wollen nicht ständig hören, wie deprimiert du bist!«

»Du brauchst nicht so zu schreien«, sagte sie. Dann stand sie auf, legte ihre Tasse in die Spüle und verließ die Küche.

Ich hatte nicht geschrien, glaube ich. Aber ich hatte auch nicht *nicht* geschrien. Ich sah zu, wie sie in ihr Schlafzimmer ging und die Tür hinter sich schloss. Wie ich auf die Idee gekommen war, ich könnte das Verhalten meiner Großmutter ändern, indem ich es kritisierte, wusste ich nicht. Was für ein Idiot ich doch war. Ich wusch weiter ab.

Der andere Vorfall ereignete sich ungefähr eine Woche später, als meine Großmutter verkündete, sie müsse wegen ihrer jährlichen Untersuchung zur Ärztin. Wie jährlich sie war, wusste ich nicht, aber ich wollte unbedingt mitkommen. Meine Großmutter klagte über eine Vielzahl von Beschwerden, doch keine davon schien sie jemals an irgendetwas zu hindern. Gleichzeitig lief sie ständig in die Apotheke und brachte neue Medikamente mit nach Hause. Deswegen freute ich mich darauf, die ganze lange Medikamentenliste mit ihrer Ärztin zu besprechen, um zu sehen, ob damit alles seine Richtigkeit hatte.

Ich wurde nicht enttäuscht. Die Ärztin war eine nette Frau Mitte fünfzig, die ihr braunes Haar zu einem Dutt hochgesteckt hatte. Sie sprach ernsthaft mit meiner Großmutter, hörte Lunge und Herz ab und bescheinigte ihr eine grundsätzlich gute Gesundheit.

Dann sah sie sich ihre Medikamentenliste an und sagte zu mir: »Sind Sie noch ganz bei Trost?«

»Was?«

»Woher kommt diese Liste? Haben Sie die erstellt?«

»Sie geht in die Apotheke und kommt mit neuen Medikamenten zurück.«

»Aber die Hälfte davon ist kontraproduktiv. Sehen Sie, das hier ist ein Medikament gegen niedrigen Blutdruck und das hier gegen hohen. Beide zusammen sollte sie auf keinen Fall nehmen!«

Offenbar hatte meine Großmutter sich mithilfe des örtlichen Apothekers selbst behandelt.

»Welche der Medikamente sollte sie denn nehmen?«

Die Ärztin ging alle fünfzehn Medikamente durch und strich zehn davon weg.

»Die hier sind in Ordnung«, sagte sie. »Aber nichts Zusätzliches mehr, es sei denn, es wird von einem Arzt verschrieben.«

Mit dieser Herangehensweise war ich einverstanden, und als wir nach Hause kamen, warf ich sämtliche Medikamente weg, die die Ärztin durchgestrichen hatte. Meine Großmutter hatte volles Vertrauen in die Ärztin – sie hatte ihr eine Schachtel Pralinen als Geschenk mitgebracht, über jeden ihrer Scherze gelacht und war ungemein dankbar für die fünfzehn Minuten ungeteilter Aufmerksamkeit gewesen, die sie ihr entgegengebracht hatte –, also rechnete ich nicht mit Problemen und ging sogar davon aus, dass sie es überhaupt nicht bemerken würde. Doch sie bemerkte es sofort.

»Was ist mit meinen Medikamenten passiert?«, fragte sie nach dem Abendessen.

»Die Ärztin hat uns gesagt, dass du weniger Medikamente einnehmen sollst«, sagte ich. »Hier ist die neue Liste.«

»Aber was ist mit den anderen passiert?«

»Die habe ich weggeworfen.«

»Warum das denn?!«

»Damit du sie nicht versehentlich einnimmst! Sie waren nicht gut für dich!«

Meine Großmutter vergrub ihr Gesicht in den Händen. »Wie konntest du mir das nur antun?«, fragte sie. »Ich brauche diese Medikamente.« Und dann: »Du willst gar nicht, dass es mir besser geht, oder?«

»Was?«

»Du willst, dass ich krank bin.«

»Das ist nicht wahr!«

»Schön«, sagte sie. »Dann bleibe ich eben krank.« Sie schürzte die Lippen und verließ wieder einmal die Küche.

Ich war verärgert – und diesmal wenigstens zu Recht. Am nächsten Tag war die ganze Unterhaltung vergessen; gelegentlich fragte meine Großmutter, wer all die Medikamente auf ihrer Liste durchgestrichen habe, und ich sagte ihr, es sei die Ärztin gewesen, und sie akzeptierte es. Von da an versuchte ich, darauf zu achten, dass sie keine neuen Medikamente anschleppte. Aber dieser Vorfall blieb bei mir hängen. Dass sie sich so schnell und mit solcher Überzeugung gegen mich wenden konnte, war nicht gut. Und in den nächsten Monaten sollte es noch schlimmer werden.

3. ICH BESUCHE EINE DINNERPARTY

Mit einer Flut abschließender Postings über russische Literatur – einige davon ziemlich gut – ging mein erstes vollständiges BOMOK-Semester zu Ende. Ich las sie durch und versah sie mit individuellen Kommentaren, und als sich die zweite Dezemberwoche ihrem Ende zuneigte, hatte ich alles geschafft.

Ich war ürprünglich davon ausgegangen, inzwischen wieder zu Hause zu sein, aber wie die Dinge lagen, konnte ich es mir nicht leisten zurückzufliegen und hatte auch keinen Grund dazu. Mein Vater und seine Familie waren Skilaufen, in New York fehlte mir ein Ort zum Übernachten, und niemand hatte mich zu einer der über die Ferien stattfindenden Slawistik-Konferenzen eingeladen. Also blieb ich hier. Ich ging wieder zu einigen der Eishockeyspiele, die ich in der letzten Zeit hatte ausfallen lassen, und spielte mit meiner Großmutter Anagramm.

Nach Semesterende wartete dann gewissermaßen eine Belohnung auf mich: Simon, ein Postdoc, den ich kannte, lud mich zum Abendessen ein. Er hatte ein Jahr in Moskau verbracht, um an seinem langjährigen Projekt über tschechisch-russische Kulturbeziehungen zu arbeiten, und gab eine Party, so schrieb er, zu Ehren des Moskaubesuchs des reizenden Alex Fishman. Das stand tatsächlich dort: »reizend«. Fishman war während der Semesterferien in der Stadt, und Simon schmiss eine Dinnerparty für ihn.

Seit meiner Ankunft war ich Simon und den anderen akademischen Expats aus dem Weg gegangen. Sie alle waren aus einem bestimmten Grund in Russland, mit konkreten Zielen und Projekten, während ich wer weiß was trieb und bei meiner Großmutter wohnte. Es waren wirklich Gespräche, auf die ich keine Lust hatte. Diese Dinnerparty allerdings war eine andere Sache. Trotz allem war Moskau immer noch meine Stadt. Ich war hier geboren. Fishman würde nicht einfach zu Besuch kommen können, ohne sich mit mir auseinandersetzen zu müssen. Außerdem, das musste ich zugeben, war ich einsam.

Der Abend verlief anders als geplant. Mein erster Fehler war, dass ich eine Stunde zu spät kam. Es war die Schuld meiner Großmutter. Ich hatte den Tag damit verbracht, die letzten schriftlichen Beurteilungen meiner vielen Studierenden zu schreiben. Das war eins der Zusatzangebote der BOMOKs im Vergleich zu den normalen alten OMOKs, die kostenlos angeboten wurden; zusätzlich zu einer Benotung bekam man eine schriftliche Beurteilung! Als ich endlich aufstand, um zu gehen, versperrte mir meine Großmutter den Weg und fragte, ob ich Anagramm mit ihr spielen wollte.

»Wir haben heute doch schon gespielt«, sagte ich. Und das stimmte. Wir hatten nach dem Mittagessen gespielt.

»Haben wir?«, fragte meine Großmutter. Wie sie da in ihrem rosafarbenen Morgenrock im Flur stand, den Stift und ein Blatt Papier bereits in der Hand, sah sie schrecklich enttäuscht aus. Ich konnte es ihr nicht antun.

»Na gut«, sagte ich. »Ein schnelles Spiel.«

Am Ende spielten wir vier Spiele – wie üblich ein totales Gemetzel –, und dann durfte ich gehen.

Als ich eintraf, wurde bereits gegessen, und wie ich gleich feststellen konnte, hatte Fishman die Unterhaltung monopolisiert. Ich konnte ihn schon beim Reinkommen hören, noch während ich im Flur die Schuhe auszog und dann Simon die Hand schüttelte. Simons Wohnung befand sich auf einem Gelände, das der tschechischen Botschaft gehörte, und war frisch renoviert. Sie lag im zwölften Stock und bot einen großartigen Ausblick auf den Triumphbogen und die Majakowski-Statue. Er begleitete mich in die Küche, damit ich die Bierdosen, die ich in einer Tüte mitgebracht hatte – in Russland gab es so etwas wie Sixpacks nicht – in den Kühlschrank legen konnte. Eins davon nahm ich mir gleich selbst. (Ich bemerkte, dass jemand anders eine bessere Marke mitgebracht hatte, aber es wäre taktlos von mir gewesen, zumindest zu Anfang nicht eins meiner minderwertigen russischen Biere zu trinken.)

»Hör mal«, sagte Simon leise, während ich mein Bier öffnete, »ist zwischen dir und Alex alles in Ordnung?«

Ich war überrascht. Ich dachte, ich hätte es geschafft, meinen Hass auf Fishman ziemlich erfolgreich für mich zu behalten. Ich beschloss, mir auch weiterhin nichts anmerken zu lassen. »Na klar«, sagte ich. »Warum?«

Jetzt sah ich, dass Simon an der Reihe war, überrascht zu sein. Er war offensichtlich davon ausgegangen, ich wüsste etwas, das ich nicht wusste, und hatte es mir versehentlich schon zur Hälfte offenbart.

»Warum?«, fragt ich noch einmal.

Sehr widerwillig antwortete Simon: »Wegen Sarah?«

»Sarah«, wiederholte ich nickend, als ob wüsste ich, was er meinte. Und dann wusste ich es. Natürlich! Er war derjenige, mit dem sie sich traf; er war es, der diese Fotos gemacht hatte. Hätte ich Fishmans Facebook-Posts nach seinem unausstehlichen Foto von Princeton nicht geistig ausgeblendet, wäre ich schon längst drauf gekommen. »Na ja«, sagte ich jetzt. »Das ist doch schön. Für sie.«

Ich hatte kein Recht, wütend zu sein – sie waren erwachsen, ich lebte in Moskau, und davon abgesehen hatte Sarah ohnehin Schluss mit mir gemacht –, und ich wollte Simons

Party nicht ruinieren. Er war ein feiner Kerl, wenn es darauf ankam. Aber ich war etwas benommen, als ich ihm ins Esszimmer folgte.

Dort saßen ungefähr zehn Menschen um einen großen, rechteckigen Glastisch und tranken Wein. Die Lichter waren gedimmt, die Einrichtung war modern (allerdings, wie ich vermutete, tschechisch), und wenn durchs Fenster nicht die Statue von Majakowski zu sehen gewesen wäre, hätte man denken können, man befände sich in einer Wohnung mitten in Manhattan. Ich hatte die Hälfte der Anwesenden schon mal bei verschiedenen Konferenzen und Vorträgen gesehen, und natürlich erkannte ich Fishman, der sich seit unserem letzten Zusammentreffen einen Hipster-Bart hatte wachsen lassen und mir nun argwöhnisch zunickte, bevor er sich wieder seinem Lieblingsthema zuwandte: Fishman selbst. Das einzig Bemerkenswerte an Fishman, abgesehen von seinem äußerst teuren Hemd, war die hübsche junge Frau, die neben ihm saß. Ich hatte nicht alle Namen mitbekommen, da ich in aller Eile vorgestellt worden war, aber ihren schon: Yulia. So, wie sie sich anzog und mich begrüßt hatte, musste sie Russin sein. Woher kannte sie Fishman?

Simon hatte eine große Schüssel Spaghetti gemacht, und ich versteckte mich hinter einem Berg aus Nudeln, während ich mich langsam an alles gewöhnte – an den Gedanken, dass Fishman mit Sarah schlief, und an die Gesellschaft von Leuten, die weder mit Obszönitäten um sich schmeißende russische Eishockeyspieler noch meine Großmutter waren. Ich hatte gedacht, es würde anstrengend und nervig werden, aber immer, wenn Fishman mal für eine Minute die Klappe hielt, fand ich es zu meiner Überraschung alles andere als nervig. Es war nett. Die Gruppe war eine Mischung aus Russen und Amerikanern, allesamt Masterstudierende, Doktoranden oder Postdocs. Einiges von dem, woran sie arbeiteten, war hochinteressant – einer der Russen schrieb eine Biografie über den kontroversen Formalismuskritiker Viktor Schklowski. Eine andere beschäftigte sich mit dem Marina-Zwetajewa-Archiv des NKWD. Es waren liebe, ernsthafte Menschen, die eine akademische Laufbahn eingeschlagen hatten, weil ihnen Wissen und Erkenntnis am Herzen lagen. Die Amerikaner am Tisch berichteten Neuigkeiten von der Finanzkrise: An einigen Universitäten war die Rede davon, die Fakultäten für Slawistik ganz und gar abzuschaffen, sie in den Geschichts- oder Literaturfakultäten aufgehen zu lassen und Mitarbeiter einzusparen – die Zahl der neuen Studierenden war bereits gesunken, niemand wollte mehr Russisch lernen, und das Geld war knapp. Mich durchströmte ein Gefühl der Zuneigung für meine Slawistik-Kollegen. Ich verbrachte so viel Zeit auf Facebook damit, ihnen ihren Erfolg, ihre schicken Posts oder ihre brillante Zukunft zu neiden, aber es waren gute Menschen! Dass sie nun alle in einem erniedrigenden Streben nach beruflichem Aufstieg feststeckten, und das auch noch in einem schrumpfenden Feld, war nicht ihre Schuld. Sie waren mit den reinsten Motiven an die Sache herangegangen. Vielleicht sogar Fishman. Obwohl – wahrscheinlich eher nicht.

Wie konnte Menschen so etwas passieren? Jeder von uns hätte lukrativere Berufswege einschlagen können. Es gab Leute aus unserem Fachbereich, die den Wissenschaftsbetrieb verlassen hatten und reich geworden waren. Aaron Blumberg hatte nach zwei Jahren unser Doktorandenprogramm verlassen, hatte Jura studiert und verdiente nun mehrere Hunderttausend Dollar pro Jahr als Anwalt für Urheberrecht in Washington, D.C. Oder Eugene Priglaschowkin, ein Emigrant wie ich und Fishman, der eines seiner Forschungsthemen – das postsowjetische Leben in einer ehemaligen Gulag-Stadt in Sibirien – so interessant fand, dass er einen

Dokumentarfilm darüber gemacht hatte. Jetzt war er in Hollywood und drehte richtige Filme. Berichte von Priglaschowkins neuem Leben in Los Angeles hatten sich in Gespräche in der Fakultät für Slawistik gemischt wie Gerüchte aus einer anderen Welt. Priglaschowkin datete eine Schauspielerin. Priglaschowkin ging zu einer Party von Leonardo DiCaprio! Sogar Fishman höchstpersönlich hatte mich, als ich ihm ein Jahr zuvor in der Bibliothek in die Arme lief, zu einem der Computer gezogen und mir Priglaschowkins Haus auf *zillow.com* gezeigt. Es war für zwei Komma zwei Millionen Dollar gekauft worden. Von Priglaschowkin.

Und trotzdem hatten die Leute in diesem Raum durchgehalten! Und ich hatte durchgehalten! Wir mögen frustriert, ausgebremst, verbittert oder arm gewesen sein, aber wenigstens verfolgten wir noch unseren Traum. Den Traum von der Wissenschaft, vom Lehren, vom Lernen, von der Weiterentwicklung des menschlichen Wissens. Jeder, der der Wissenschaft so lange treu blieb, war mein Bruder, dachte ich bei mir, während ich mir eine weitere Portion Spaghetti auf den Teller lud. Sogar Fishman, verdammt noch mal.

Aber Fishman schien fest entschlossen, mir diese großmütigen Gedanken nicht zu gönnen, weder über ihn noch über den Rest der Welt. Er hörte einfach nicht auf zu reden, und je mehr er redete, desto mehr hatte ich das Gefühl, wieder in die Kleinkariertheit der akademischen Welt hinabgerissen zu werden, als würde Fishman sie durch pure Willenskraft herbeizaubern.

»Ich meine«, sagte er gerade, »in der jetzigen Zeit sollte man sich eine Anstellung in der Slawistik besorgen und dann sein eigenes ›Forschungszentrum‹ gründen. Die sind zwar die größte Abzocke überhaupt, aber dadurch haben die Universitäten das Gefühl, sich an den zeitgenössischen Debatten zu beteiligen.«

Meine Mutter hatte an einem Forschungszentrum gearbeitet. Es war eine prekäre Existenz, aber ganz bestimmt keine betrügerische.

Fishman! Richtig, Sarah war nicht mehr meine Freundin. Aber unabhängig davon war es eine Tatsache, dass Fishman etwas für die Freundinnen anderer Leute übrighatte. Während unseres ersten Jahrs am Institut, als wir noch Freunde waren, sprach er ganz offen darüber. In unserem zweiten Jahr sorgte diese Vorliebe für jede Menge Ärger: Auf einer Party knutschte Fishman mit der betrunkenen Freundin von Jake, einem Erstsemester aus Wisconsin. Das war eins der schönen Dinge am Slawistik-Studium – die Leute kamen von überallher, es waren nicht nur die Kinder russischer Immigranten. Und ich weiß nicht, wie jemand, der nicht aus Wisconsin kam, damit umgegangen wäre, aber Jake, der einen Kopf größer als Fishman war, packte diesen wortlos am Kragen und schleuderte ihn zu Boden. Dann verließ er mit seiner zerknirschten und nun etwas weniger betrunkenen Freundin im Schlepptau die Party. Das alles wäre bedauernswert und ärgerlich genug gewesen, aber immer noch im Rahmen dessen, was auf Uni-Partys nun mal passieren konnte, wenn Fishman sich nicht anschließend bei der Fakultät über den »tätlichen Angriff« beschwert hätte, durch den er sich jetzt in der Gegenwart des armen Jake an der Uni »unsicher« fühle. Mein Berater war damals der Leiter der Fakultät, und er gab sein Bestes, um Fishman zu überreden, die Sache fallen zu lassen. »Solange Sie sich aus den Beziehungen der Leute heraushalten«, sagte mein Berater zu ihm, »werden Sie vollkommen sicher sein.« Aber Fishman war unerbittlich – es sei eine Sache des Prinzips, sagte er – und brachte seinen Fall vor den Disziplinarausschuss der Universität. Daraufhin wurde Jake für ein Jahr der Uni verwiesen, und mein Berater fing sich eine offizielle Verwarnung ein, weil er nicht schneller auf die Sorgen eines

Studenten hinsichtlich seiner Sicherheit reagiert hatte. Mein Berater nahm die ganze Sache philosophisch – »Ich sage Ihnen, was für ein unsicheres Umfeld sorgt: diese Ratte Fishman!« – und trat zum Jahresende von seinem Posten als Fakultätsleiter zurück, wobei er nur allzu glücklich war, endlich einen Vorwand für diesen Schritt gefunden zu haben. Jake kehrte nie aus seinem erzwungenen Sabbatical zurück. Ich war immer noch auf Facebook mit ihm befreundet, aber er postete nur selten etwas.

Das also war Fishman. Seit dem Vorfall mit Jake wartete ich darauf, dass er bestraft würde, dass ihn der gerechte und rachsüchtige Gott der Slawistik zur Rechenschaft zöge, aber es geschah einfach nicht. Klar, es gab ein paar Jobs, die er nicht bekommen hatte, das schon. Am Ende des Tages konnte er nicht jeden mit seiner neumodischen Arbeit an der Digitalisierung des Gulags um den Finger wickeln. Aber unterm Strich landete er immer wieder auf den Füßen. Er hatte seine Dissertation ein Jahr vor mir beendet und war mit einem Fulbright-Stipendium nach Moskau gegangen; danach hatte er seine Postdoc-Stelle in Princeton angetreten. Darin aalte er sich jetzt.

»Dort herrscht eine so solidarische Atmosphäre«, sagte er gerade. »Ob neu an der Fakultät oder alteingesessen, das spielt gar keine Rolle – ein sehr kollegialer Ort.«

Ich hörte Fishman zu, warf aber so viele heimliche Seitenblicke wie gerade noch angemessen auf die junge Frau neben ihm. War es möglich, dass Fishman nicht nur mit Sarah, sondern auch mit ihr zusammen war? Am Anfang versuchte ich, mir einzureden, dass sie gar nicht so süß war, wie es den Anschein hatte. War sie nicht ein bisschen zu dünn? Und ihre Zähne waren schief! Aber es funktionierte nicht. Sie war süß. Sie hatte kurze schwarze Haare und große grüne Augen und schmale Schultern, und sie saß ungemein aufrecht da – wie eine russische Ikone. Und sie war sich ihrer Zähne bewusst; wenn sie lachte, zum Beispiel über einen Witz von Fishman, beugte sie ihren Kopf leicht nach vorne, sodass ihre Zähne nicht zu sehen waren. Es war eine liebenswerte Geste. Sie hatte eindeutig eine Verbindung zu Fishman, aber welche? War ich verpflichtet, es Sarah zu sagen, falls Fishman mit ihr schlief? Nein, ich würde es Sarah nicht sagen. Aber meine Güte! Fishman beugte sich während des Essens mehrere Male zu ihr rüber und flüsterte ihr etwas zu, das niemand sonst hören konnte, und einmal legte er sogar seine Hand auf ihren Arm. Fishman legte ständig seine Hände verschwörerisch auf die Menschen. Was für ein Arschloch!

»Princeton, Princeton, Princeton«, sagte Fishman zu Leuten, die sich ihren linken Arm abnagen würden, wenn ihnen diese Reduzierung ihrer Körpermasse ermöglichen würde, sich unter den schweren Eisentüren der Universität hindurchzuzwängen. Ich wartete die ganze Zeit darauf, dass einer von ihnen rebellierte, dass jemand die von Fishman auferlegten Fesseln sprengte: Für wen hielt er sich, dass er so mit ihnen sprach? Stattdessen saugten diese lieben russischen und amerikanischen Akademiker jedes Wort auf.

Einer von ihnen erkundigte sich nach einer berühmten Bachtin-Gelehrten: »Wie ist Caryl Emerson so persönlich?«

»Oh«, sagte Fishman, »sehr kollegial. Ich habe ihr erst neulich von meinem neuen Projekt erzählt – sie war sehr hilfsbereit. Wisst ihr, sie ist wirklich sehr bodenständig.«

Er sagte es so, als dächte der Rest von uns, Caryl Emerson würde überall mit dem Hubschrauber hinfliegen. Was wir tatsächlich auch irgendwie dachten.

Sein neuestes Projekt, so Fishman weiter, sei die Überlegung, das eine oder andere aus der Lenin-Bibliothek ins Internet zu stellen. Tatsächlich sei er diese Woche in der Stadt, um mit der Bibliothek über die digitalen Rechte zu verhandeln, allerdings stellten sie sich als ziemlich stur heraus. »Sie sagen: ›Warum ins Internet schauen, wenn man auch die Bibliothek besuchen kann?‹« Die meisten Leute am Tisch lachten; die neben Fishman sitzende Yulia nicht. Hasste sie das Internet und liebte Bibliotheken? Ich liebte Bibliotheken auch! »Sie benutzen immer noch einen Zettelkatalog«, fuhr Fishman fort. »Ab einem gewissen Punkt muss man das als einen Akt der Wissensfeindlichkeit interpretieren.«

Die anderen nickten. Ich kippte den Rest meines Biers runter und zog mich in die Küche zurück, um mir ein neues zu holen.

Verdammter Fishman. Dieser Typ hatte mich tatsächlich mal gefragt, was an Lotman so besonders sein solle. »Er ist nur ein zweitklassiger Barthes, findest du nicht?« Nein, fand ich nicht. Fishman war ein Idiot.

Ich beschloss, das bessere Bier zu trinken – ein tschechisches Budweiser, das ich vorher noch nie als Dose gesehen hatte –, nahm eins aus dem Kühlschrank und öffnete es. Lecker! Stark und ein bisschen süßlich, genau, wie ich es in Erinnerung hatte. Ich überlegte, ob ich nicht gleich einen ganzen Armvoll mit an den Tisch nehmen sollte, aber Simon hatte alles so schön hergerichtet, dass ich den Anblick nicht durch einen Berg Bierdosen verschandeln wollte. Gleichzeitig hatte ich aber auch keine Lust, immerzu in die Küche zu schleichen, um Nachschub zu holen. Ich trug eine blaue Strickjacke mit ziemlich tiefen Seitentaschen und steckte mir eins der Budweiser in die linke Tasche. Es ragte ein bisschen heraus, aber das war okay; es achtete sowieso niemand wirklich auf mich.

Fishman war nicht nur ein Idiot, er war ein gefährlicher Idiot. Seine Eltern waren genau wie meine aus der Sowjetunion in die Staaten gekommen; und auch ungefähr zur selben Zeit. Wie viele von uns war er russischsprachig aufgewachsen, und wie viele von uns hatte er die Ambivalenz seiner Eltern gegenüber dem Land, dem sie entkommen waren, geerbt. Unsere Eltern hatten Russland so skeptisch gegenübergestanden, hatten solche Angst vor den Russen gehabt, dass sie die Wurzeln ihrer Existenz gekappt, ihr ganzes Leben in Kisten verpackt hatten, Dutzende Male zur Post gegangen waren, um all ihre Bücher nach Amerika zu verschicken, nur, um endlich wegzukommen. Aber gleichzeitig waren sie durch eine Million Bande der Erinnerung und Gewohnheit und Zuneigung mit Russland verbunden geblieben. Sie sahen sich russische Filme an, kauften in russischen Geschäften ein und bevorzugten russische Süßigkeiten. Mein Vater mit seiner amerikanischen Frau und den nicht russischsprachigen Kindern drüben in Massachusetts lud sich die neuesten russischen Fernsehserien aus dem Internet herunter und sah sie sich Stunde um Stunde an, während er auf seinem Heimtrainer strampelte. Wir Kinder dieser Emigranten hingegen ... Wenn wir uns überhaupt mit Russland beschäftigten, dann standen wir Russland und den Russen kritisch gegenüber, ein bisschen so wie unsere Eltern, aber irgendwie auch ganz anders. Wir pflegten nicht mehr dieselben Bande, wir verspürten nicht mehr dieselbe Verbundenheit. Manchmal musste ich an den Vorwurf denken, den Gershom Scholem gegenüber Hannah Arendt während der hitzigen Diskussion um *Eichmann in Jerusalem* erhoben hatte. Das Buch kritisierte zutiefst sowohl Israel als auch die vielen Juden, die laut Arendt zu verständnisvoll denen gegenüber seien, die sie hatten auslöschen wollen. Arendts Buch sei gelehrt und scharfsinnig, urteilte Scholem. Aber ihm fehle *ahavat Israel* – »die Liebe für Israel«, eine Liebe zu ihrem Volk. Der Vorwurf mag Hannah Arendt gegenüber unfair gewesen sein, aber ich glaube, auf uns, die Kinder der Emigranten, traf er zu. In allem, was sie taten, selbst in der heftigsten Ablehnung Russlands, hatten sich unsere Eltern ihre Liebe zu Russland bewahrt. Wir Kinder hatten das nicht.

Etwas an der Art und Weise, wie Fishman sich über die Lenin-Bibliothek lustig machte, ärgerte mich wirklich. Oder vielleicht ärgerte es mich auch, dass da diese wunderschöne junge Frau neben ihm saß. Und dann war da natürlich noch die nicht ganze unwichtige Sache, dass er mit meiner Ex-Freundin schlief. Und vielleicht kam zu alldem auch noch meine Frustration über diese schöne Wohnung hinzu, in der Simon ganz allein wohnte, und über Simons fantastische Berufsaussichten durch das Studium des russisch-tschechischen Kulturaustauschs, in dessen Verlauf er selbst zur Inkarnation eben dieses Kulturaustauschs geworden war – als jemand, der sowohl Russisch als auch Tschechisch sprach und dazu noch in einer tschechischen Wohnung in Moskau lebte. Und ich wohnte bei meiner Großmutter, in einem Zimmer, in dem sich immer noch Dimas Kisten stapelten, und auf die Lebensläufe und Bewerbungsschreiben, die ich verschickte, antwortete schon lange niemand mehr, und ich hatte auch längst aufgehört, es zu erwarten.

Wie auch immer, jedenfalls kehrte ich mit meinem Bier an den Tisch zurück. Fishman breitete gerade seine Theorie über Putins Russland aus. »Wie ich bereits meinem Kollegen Richard Sutherland sagte, sollten sich die pädagogischen Bemühungen in Zusammenhang mit Russland eigentlich auf den Totalitarismus konzentrieren. Wir müssen lernen, den Totalitarismus zu verstehen. Das Putin-Regime ist nämlich nichts anderes als Totalitarismus in postmodernem Gewand. Er ist dabei, das ganze Land in einen Gulag zu verwandeln.«

Ahhh, stimmten die Leute zu. Das ist so wahr.

Ich konnte es nicht mehr ertragen.

»Fishman«, sagte ich, bevor ich es mir anders überlegen konnte, »hörst du dir eigentlich manchmal selber beim Reden zu?«

»Was?«, sagte Fishman. Er sah mich an, als hätte er meine Anwesenheit vollkommen vergessen.

»›Die Leute von der Leninka sind Barbaren. Ich bin in Princeton. Putin ist totalitär.‹ Hörst du dich eigentlich mal selbst reden?«

»So, wie jeder andere auch«, sagte Fishman und sah mich direkt an. »Tatsächlich bin ich selbst mein größter Kritiker.« Er blieb sehr cool, während ich quasi hyperventilierte. »Aber verrate mir doch, was stimmt nicht mit dem, was ich sage?«

»Du machst Russland ununterbrochen runter! Du beschwerst dich über das Land und machst Witze darüber, und zwar *die ganze Zeit.* Und gleichzeitig profitierst du davon. Es ist dein Beruf, dich intensiv mit Russland zu beschäftigen, und doch scheinst du nichts weiter als Verachtung dafür übrigzuhaben.«

»Kritik ist nicht dasselbe wie Verachtung. Kritik ist Teil eines Dialoges.«

An dieser Stelle hätte ich es gut sein lassen und die Sache beenden können. Aber ich hatte die Kontrolle über mich verloren. »WAS HAST DU JE FÜR RUSSLAND GETAN?!«, rief ich. Ich wusste nicht genau, was ich damit meinte, aber was meiner Aussage an Klarheit fehlte, machte sie durch Lautstärke wett. »Was hast du jemals für Russland getan, Fishman?«

Fishman sah aus, als würde er denken, ich sei kurz davor, über den Tisch springen und ihn an der Kehle zu packen. Es wäre nicht das erste Mal, dass jemand aus unserem Institut Fishman körperlich attackierte. Ich sah auf meine Hände. Ich hielt die Tischkante umklammert – auch mit meiner linken, mit der ich bis dahin das Bier in meiner Tasche festhalten hatte, damit es nicht herausfiel.

»Ich bin kein Sozialarbeiter, falls du darauf hinauswillst«, sagte Fishman, jetzt wieder gefasst. »Aber ich stelle mir gerne vor, dass die Menschen, die meiner Kritik gewahr werden, sie als anregend und bestärkend empfinden. Aber sag mir, was hast *du* für Russland getan?«

»Ich weiß es nicht«, sagte ich. Es war eine berechtigte Frage. »Vielleicht gar nichts. Aber ich würde es gerne.«

»Fantastisch«, sagte Fishman. »Viel Glück dabei.«

Einen Moment lang herrschte Stille. Ich sah mich am Tisch um, weil ich wissen wollte, wie die anderen reagierten; halb hoffte ich, sie würden Fishman mit dem Abscheu betrachten, den er verdiente. Doch das taten sie nicht. Tatsächlich starrten einige stattdessen mich an. Yulia sah mit einem Ausdruck, der sich nur als undurchschaubar beschreiben ließ, zu mir herüber, andere starrten peinlich berührt auf ihre Teller. Aber ich musste erkennen, dass es nicht Fishman war, den sie peinlich fanden. Sie fanden mich peinlich – den Typen, der keinen Job finden konnte und auf Dinnerpartys erschien und ohne den geringsten Anlass ehemalige Kommilitonen anschrie, die erfolgreicher waren als er. Und es war schwer, ihnen zu widersprechen. Ich fand mich selbst peinlich.

Ich beschloss zu gehen. Als ich aufstand, kippte das Budweiser aus meiner Tasche und fiel zu Boden. Wir alle sahen zu, wie es auf die Wand zurollte und dort zum Stillstand kam. Einen Augenblick überlegte ich, so zu tun, als wäre es nicht meins, aber das war unmöglich.

Fishman fing an zu lachen. »Warum hast du ein Bier in der Tasche, Kaplan?«

Ich ignorierte Fishmans Frage. Mit aller Würde, die ich noch aufbringen konnte, beugte ich mich vor und hob die Dose auf. »Russland ist krank«, sagte ich und richtete mich wieder auf. »Wenn jemand krank ist, braucht er keine Kritik. Dann braucht er Hilfe.«

Noch während ich es aussprach, wusste ich, dass ich jemanden zitierte. Aber wen? War es Schalamow? War es Dostojewskis Rede über Puschkin, die wir über Thanksgiving gelesen hatten? Ich konnte es nicht so richtig unterbringen.

Es war Fishman, der darauf kam. »›Russland ist krank‹«, ahmte er mich nach. Dann breitete sich ein Grinsen auf seinem Gesicht aus. »Warte, das hat Putin gesagt. Du zitierst Putin.«

»Es reicht mir mit deinem Putin«, rief ich. Er hatte recht, wurde mir klar; die Worte waren irgendwie aus mir herausgesprudelt. Aber gleichzeitig hatte er auch unrecht. Ich sagte: »Nur weil Putin es gesagt hat, muss es ja nicht falsch sein.«

»Hmm«, sagte Fishman grinsend. Yulia neben ihm sah mich weiterhin mit einem Ausdruck an, den ich nicht so richtig deuten konnte.

Auf jeden Fall war es Zeit zu gehen. »Es tut mir leid, dass ich dein Abendessen durcheinandergebracht habe«, sagte ich zu Simon, der ein dünnes Geräusch der Bestätigung hören ließ. Er wollte eindeutig, dass ich ging.

Im Flur brauchte ich ewig, um mir die Schuhe anzuziehen, und die ganze Zeit sagte niemand am Esstisch ein einziges Wort. Schließlich hüpfte ich mit einem halb angezogenen Schuh in den Hausflur; erst im Aufzug zog ich ihn richtig an. Ich hatte das Bier behalten und öffnete es noch im Fahrstuhl. Eine gewaltige Schaumfontäne schoss heraus und verteilte sich über meine Telogrejka. Gut ein Drittel des Bieres war verloren, den Rest trank ich aus, während ich von Simons Wohnung durch die Kälte nach Hause lief.

Was hatte ich für Russland getan? Nicht besonders viel. Ich hatte viele auf Russisch geschriebene Bücher gelesen, und ich hatte jahrelang Studierende in russischer Literatur unterrichtet – ich schätzte, das war zumindest ein bisschen was. Aber niemand hatte meinetwegen seine Meinung über Russland geändert. Ich hatte nichts Neues über Russland herausgefunden. Um als Akademiker wirklich etwas für Russland zu tun, müsste ich einen ganz neuen Zugang finden, eine ganz neue Perspektive eröffnen, die die Art und Weise veränderte, wie die Menschen über Russland dachten und sprachen, ja, die Russland selbst veränderte. Das war nicht unmöglich. Aber es war auch nicht einfach, und ich hatte noch nie etwas Vergleichbares getan.

Ich verbrachte eine trübselige Nacht in meinem Zimmer und den größten Teil des nächsten Tages, einen Sonntag, mit meiner Großmutter und versuchte, den ganzen peinlichen Vorfall zu vergessen. Abends spielte ich Eishockey in der seltsamen Halle neben der oberirdisch verlaufenden Gasleitung.

Am Montag bekam ich eine Mail von YuSemenowa@yandex.ru – Yulia Semenowa –, der Yulia vom letzten Samstagabend. Sie habe meine Adresse aus Simons Einladungsmail, schrieb sie. Sie bedauere den Überfall, aber sie organisiere in einigen Wochen, kurz nach Neujahr, eine kleine Gesprächsrunde über Neoliberalismus im Hochschulwesen in der Buchhandlung Falanster, und sie würde sich außerordentlich freuen, wenn ich Zeit hätte, vorbeizukommen und ein paar Worte über das amerikanische Bildungssystem zu sagen. Die Veranstaltung sei für neunzehn Uhr geplant; sie hoffe, dass sie gut besucht sein werde.

Ich war perplex. Was hatte ich gesagt oder getan, dass sie auf den Gedanken gekommen war, ich wäre der Richtige, um über den Einfluss des Neoliberalismus auf das Hochschulwesen zu sprechen? War es, weil ich bei Simons Abendessen für Unruhe gesorgt und ein Bier geklaut hatte, und wollte sie, dass ich auch bei ihrer Veranstaltung für Unruhe sorgte und

Bier klaute? Das ergab doch keinen Sinn. Vielleicht hatte sie gesehen, dass unter meinem lautstark galoppierenden Wahnsinn ein reines und treues Herz schlug? Das erschien unwahrscheinlich. Aber es gab nur einen Weg, es herauszufinden. Ich würde sehr gerne vorbeikommen, schrieb ich zurück.

4. OFFENBARUNG

Silvester verbrachte ich zu Hause, aber es war nicht ereignislos.

Zuerst fanden wir einen Neujahrsgruß von Premierminister Putin höchstpersönlich in der Post. Er richtete sich direkt an meine Großmutter. »Liebe Sewa Efraimowna!«, lautete er. »Mögen Sie ein wunderbares neues Jahr haben. Unser Land ist dankbar für Ihre Opfer. Wir werden nicht vergeben, und wir werden nicht vergessen!«

Meine Großmutter war nicht besonders beeindruckt. »Die können sich zum Teufel scheren«, sagte sie und warf die Karte weg.

Etwas später saß ich in der Küche, nippte am Instantkaffee und hörte *Echo,* als meine Großmutter hereinkam und mir einen Schlüssel vor die Nase hielt.

»Andrjusch«, sagte sie. »Ich habe gerade diesen Schlüssel hier gefunden. Weißt du, wozu der gehört?«

Es war ein kleiner Schlüssel – für einen altmodischen Tisch oder Schrank –, und ich nahm an, dass es nicht allzu viele Antwortmöglichkeiten auf diese Frage geben konnte. »Schauen wir doch mal nach«, sagte ich.

Mit meiner Großmutter im Schlepptau ging ich in ihr Zimmer und probierte ihn an der Schreibtischschublade aus, die bereits unverschlossen war. Dort passte der Schlüssel erfreulicherweise nicht. Dann probierte ich ihn am Standregal in ihrem Zimmer, das die ganze Zeit verschlossen gewesen war und sich nun, voilà, öffnen ließ.

»Hurra!«, rief meine Großmutter.

»Brauchst du etwas daraus?«, fragte ich.

»Ich weiß es nicht!«, sagte sie. »Was ist denn drin?«

Es war einiges drin. Die alten Arbeitspapiere meiner Großmutter. Ihre alten Fotos. Verschiedene weitere Dokumente. Und dann war da vor allem noch eine alte Pralinenschachtel voller Briefe. Briefe, die meine Mutter meiner Großmutter geschrieben hatte, nachdem wir ausgewandert waren. Und die Briefe meiner Großmutter an meine Mutter – mein Vater musste sie irgendwann nach dem Tod meiner Mutter zurückgeschickt haben.

Ich las den ganzen Tag lang in den Briefen. Die meiner Mutter waren voller langer, lebendiger, nicht immer euphorischer Beschreibungen unseres Lebens in Amerika, meiner Kindheit, Dimas Rebellion, ihrer zeitweisen Entfremdung von meinem pragmatischen Vater; die Briefe meiner Großmutter enthielten traurige Auswertungen des häuslichen Lebens der von meiner Mutter zurückgelassenen Freunde und Verwandten. Über ihr eigenes Leben sprach meine Großmutter mit einer Art hohler Tapferkeit. Selbst in den Briefen, die dazu gedacht waren, die Schuldgefühle ihrer Tochter darüber, sie verlassen zu haben, zu beschwichtigen, konnte meine Großmutter einen Anflug von Traurigkeit nicht vermeiden. Die Winter in Dubna waren trist; die Filme, die sie in Moskau sah, eine Enttäuschung. Und da war ein als Verwunderung getarnter Neid oder sogar Groll auf Onkel Lew. »Er ist vollkommen von seiner Arbeit eingenommen, er reißt sich nicht mal während unserer Reisen davon los – als wir vor einem Monat in Koktebel waren, fragte er sich die ganze Zeit, warum dort noch nie jemand nach Öl gesucht hatte. Ein erstaunlicher Mensch!« Es war nicht unbedingt sarkastisch, aber doch ein bisschen wehmütig: Meine Großmutter hatte einen Beruf gewählt, der sich als von allem möglichen politischen Unsinn durchsetzt herausstellte, und sie hatte ihn im Grunde genommen aufgeben müssen; während Onkel Lew Wissenschaftler geworden war, und sosehr es die Partei manchmal auch gereizt hatte, sich in die Wissenschaft einzumischen, so hatte sie ihre Ölmänner doch in Ruhe gelassen.

Aber vor allem war in den Briefen meiner Großmutter die Sehnsucht zu spüren, wieder mit ihrer Tochter vereint zu sein, und das Gefühl, den Mittelpunkt ihrer Welt verloren zu haben. Sie hatte meiner Mutter ungeheuer oft geschrieben – in den ersten Jahren bis zu einmal pro Woche und dann nie seltener als einmal im Monat –, bis in die späten Achtziger, als es einfacher wurde, miteinander zu telefonieren. Meine Mutter hatte einen Spitznamen für meine Großmutter; meine Großmutter sprach meine Mutter mit »meine geliebte kleine Tochter« an. Und obwohl die Briefe raffiniert, komplex, ausgefeilt und ironisch waren, voller Austausch über Filme, die sie gesehen, und Bücher, die sie gelesen hatten, behandelten sie sich gegenseitig mit absoluter, ungekünstelter Ehrlichkeit. Auch wenn es vollkommen folgerichtig war – meine Großmutter hatte meine Mutter ganz allein aufgezogen, während einiger der schwierigsten Jahre des letzten Jahrhunderts –, so war mir doch nicht klar gewesen, wie nahe sie sich tatsächlich gestanden hatten. Ich hatte keine Ahnung gehabt, wie sehr sie sich gegenseitig vermisst hatten. Es war sogar die Rede davon, dass meine Großmutter und Onkel Lew nach Boston kommen würden, um dort zu leben, als ihnen die Sowjetunion um die Ohren flog. Dazu war es nie gekommen. Onkel Lew hatte eine Sicherheitsfreigabe, und selbst in den letzten Jahren der UdSSR hatten solche Leute nicht ausreisen dürfen. Und dann starb meine Mutter.

»Es ist meine Schuld, dass sie weggegangen ist, weißt du?«, sagte meine Großmutter, nachdem sie ebenfalls ein paar der Briefe gelesen hatte.

»Wie meinst du das?«

Wir waren im Zimmer meiner Großmutter – ich saß auf dem grünen Sessel neben ihrem Bett, sie saß auf dem zum Sofa hergerichteten Bett und ruhte sich aus.

»Ich habe ihr die Wahrheit gesagt. Selbst als kleines Mädchen habe ich ihr immer die Wahrheit über dieses Land gesagt, darüber, was für ein schrecklicher Ort es ist. Und als sie dann alt genug war, ist sie gegangen.«

Ich sagte nichts. Meine Großmutter hatte ihr nicht die ganze Wahrheit gesagt – sie hatte ihr zum Beispiel das Geheimnis um Tante Klawa verschwiegen –, aber darum ging es nicht.

»Und es ist meine Schuld, dass sie gestorben ist«, fuhr meine Großmutter fort. »Als sie hier gearbeitet hat, gab es obligatorische Mammografien. Aber in Amerika nicht. Wenn sie hiergeblieben wäre, hätte man es rechtzeitig erkannt.«

»Das weißt du doch gar nicht«, sagte ich automatisch. Doch jetzt verstand ich, was sie damit meinte, wenn sie sagte, meine Mutter sei nach Amerika gegangen und gestorben. Ich hatte gedacht, es sei eine Feststellung zweier unzusammenhängender Tatsachen. Aber meine Mutter war an Brustkrebs gestorben, nach einer Diagnose, die zu spät gekommen war. Meine Großmutter hatte recht.

Am Abend besorgte ich uns eine Flasche Wein, und wir stießen auf das neue Jahr an. »Es ist so schön, dich hier bei mir zu haben, Andrjuschenka«, sagte meine Großmutter. Ich war sehr gerührt. Sie rief Emma Abramowna an, um ihr ein frohes neues Jahr zu wünschen, und ging dann früh zu Bett. Ich für meinen Teil ging rüber zu den Soldaten. Sie wollten später zu einer großen Party aufbrechen, aber im Moment glühten sie zu Hause noch ein bisschen vor.

Nach ein paar Bieren nahm mich Howard zur Seite.

»Hör mal«, sagte er, »ich muss dich um einen Gefallen bitten.«

Er hatte eine junge Frau über die Sexarbeiterinnen-Website mit den Kundenbewertungen kennengelernt und war zu ihr gefahren. »Ich tauche dort auf, und ihre Mutter steht in der Küche. Eine sehr nette Dame. Wir haben zusammen Tee getrunken, und dann hat mich die Kleine in ihr Zimmer geführt und gefickt. Kannst du dir das vorstellen? Ich habe mich wie ein Teenager gefühlt. Das war eins der erotischsten Erlebnisse, die ich jemals hatte.«

Howard hielt inne. Um welchen Gefallen könnte er mich wohl bitten wollen?

»Ich würde ihr gern eine sehr gute Bewertung dalassen, aber auf Russisch«, sagte Howard. »Wenn ich sie schreibe und dir maile, kannst du sie dir dann mal ansehen, damit nicht zu viele Fehler drin sind?«

Ein paar Tage später erhielt ich interessante Neuigkeiten. Mein Studienberater rief mich auf dem Handy an. »*S novym godom!*«, rief er. Frohes neues Jahr.

»Vielen Dank«, sagte ich.

»Es gibt traurige Neuigkeiten«, sagte er. »Frank Miller ist gestorben.«

Frank Miller war ein beliebter Professor für russische Philologie am Watson College. Watson war eine kleine, unscheinbare Hochschule für freie Künste in den kalten Ausläufern des Bundesstaats New York, aber das Besondere an ihr war, dass ein exzentrischer Alumnus, der auf dem Höhepunkt des Kalten Kriegs Millionen mit der Herstellung von Waffensystemen gemacht hatte, eine ständige Professur für russische Geschichte und Literatur gestiftet hatte. Frank Miller hatte sie herausragend ausgefüllt. Er war außerdem ein enger Freund und Mentor meines Beraters, und als Miller vor ein paar Jahren ein Sabbatical eingelegt hatte, hatte mein Berater dafür gesorgt, dass ich seine Kurse übernehmen konnte. Ich hatte mein Bestes gegeben, um sowohl die Kurse lehrreich zu gestalten als auch jeden depressiven Anflug zu unterdrücken, und die Bewertungen der Studierenden war gut ausgefallen.

»Ich wusste gar nicht, dass er krank war«, sagte ich.

»Nein, er hat es für sich behalten. Und es kam ziemlich plötzlich. An Thanksgiving hat er erfahren, dass seine Leber befallen war, und danach ging alles sehr schnell.«

»So eine Scheiße«, sagte ich.

»Ja, große Scheiße«, sagte mein Berater. »Aber die Sache ist die: Bringen Sie Ihren Lebenslauf in Ordnung. Die werden sich auf die Suche nach einem Nachfolger machen, und zwar sehr bald. Ich werde denen sagen, dass sie besser mal ein Auge auf Sie werfen sollten.«

»Okay«, sagte ich. »Danke.«

»Aber«, sagte er, »Sie müssen unbedingt etwas veröffentlichen. Im Moment sind alle besessen von Veröffentlichungen. Hat Ihnen Ihre Großmutter jede Menge cooles Zeug über die UdSSR erzählt?«

»Nein.«

»Na ja, dann lassen Sie sich was anderes einfallen. Sie brauchen unbedingt eine Veröffentlichung. Das wäre eine große Hilfe.«

Das war ein seltsamer Anruf. Gerade hatte ich mich so ziemlich an mein neues Moskauer Leben gewöhnt, da streckte meine alte Existenz in Form meines Beraters die Fänge nach mir aus. Ich war mir nicht sicher, was ich davon halten sollte. Aber ich brachte meinen Lebenslauf auf den neuesten Stand.

Die Buchhandlung Falanster, in der das Gespräch über Neoliberalismus im Hochschulwesen stattfinden sollte, war nicht leicht zu finden. Nachdem ich meine Großmutter bei Emma

Abramowna abgesetzt hatte, ging ich in der bitteren Kälte zur vermeintlichen Adresse der Buchhandlung und irrte etwa eine Viertelstunde in der Gegend herum; ich ging durch einen mächtigen Bogengang in einen Hinterhof und wieder heraus, und mir wurde immer kälter, und ich wurde immer besorgter, dass ich die Veranstaltung verpassen könnte. Warum glaubte ich eigentlich immer noch, dass ich, nur weil ich die Adresse kannte, einen Ort auch tatsächlich finden würde, obwohl sich das doch schon so viele Male als falsch herausgestellt hatte?

Schließlich fragte ich jemanden nach der Buchhandlung und wurde auf den Bogengang verwiesen. Im Laufe der Generationen hatten die Russen diese alten Bauwerke aus der Zarenzeit auf Millionen verschiedene Arten neu aufgeteilt – und hier befand sich tatsächlich eine ganze Buchhandlung innerhalb der Struktur dieses breiten Bogengangs.

Man konnte sofort erkennen, dass es sich um eine sehr gute Buchhandlung handelte. Sie führten die ganzen wissenschaftlichen Bücher des legendären *New Literary Observer* und hatten eine ausgezeichnete Zeitschriftenabteilung. Es hing kein Poster von Putin über der Kasse wie bei der Buchhandlung unter dem Stripclub auf der Sretenka, es gab keine reißerischen Bücher à la *Wie Amerika plant, unser Öl zu stehlen* und keine obskuren religiösen Traktate. In den Regalen befanden sich ernsthafte Bücher über Poesie, Philosophie und Politikwissenschaften. Und in der Ecke stand eine kleine Gipsbüste von Karl Marx, an der ein Stapel alter Zeitschriften lehnte.

In der Buchhandlung befanden sich ungefähr ein Dutzend Menschen, und ich entdeckte Yulia; sie trug einen roten Pullover und einen braunen Wollrock und sah gleichzeitig streng und sexy aus. Sie unterhielt sich mit jemandem und schien mich nicht zu bemerken. Hatte sie vergessen, dass sie mich eingeladen hatte? Ich tat so, als würde ich mich für die Bücherstapel in der Mitte des Ladens interessieren, als ein mir vertraut erscheinender Mann die Buchhandlung betrat. Ich assoziierte etwas Positives mit ihm, aber was? Es war so dermaßen außerhalb jedes Kontextes, dass ich erst gar nicht darauf kam. Aber dann fiel es mir ein.

»Sergej!«, sagte ich. Es war der Torhüter meines Eishockeyteams. Er sah auf, lächelte und kam zu mir rüber. »Was machst du denn hier?«, fragte ich.

»Ich spreche hier«, sagte er. »Und du?«

»Ich spreche auch hier.« Es klang irgendwie wenig überzeugend, so, als würde ich ihn nachahmen, also fügte ich hinzu: »Yulia hat mich eingeladen.«

»Ah, Yulia«, sagte Sergej. »Na, großartig.« Er klopfte mir auf den Rücken und ging weiter, um mit jemandem zu sprechen, der schon die ganze Zeit versucht hatte, seine Aufmerksamkeit auf sich zu ziehen.

»Ah, Yulia« – was sollte das bedeuten? Ich musste den Gedanken beiseiteschieben, da besagte Yulia nun zu mir herüberkam.

»Danke, dass Sie gekommen sind«, sagte sie und legte kurz ihre Hand auf meinen Arm. »Sergej Iwanow« – unser Torwart! – »wird einen Vortrag über seinen Weg durch das heutige Bildungssystem halten, aber ich dachte, es wäre nützlich, ein bisschen globalen Kontext hinzuzufügen. Wenn es Ihnen also nichts ausmacht, werde ich Sie vorstellen und Sie bitten, ein paar Worte über die Lage des amerikanischen Bildungssystems zu sagen, bevor ich Sergej vorstelle. Wäre das in Ordnung?«

»Was möchten Sie denn von mir über die Lage in Amerika hören?«

»Einfach, was Sie so denken. Die Situation von Professoren und Honorarprofessoren auf dem Arbeitsmarkt.«

Ich wusste genau, was sie meinte: die lausige und beschämende Lage der Honorarprofessoren, die Demütigungen, die ihnen und ihren Studierenden von der Universität zugefügt wurden, der Aufstieg der BOMOKs als Lösung, die gar nichts löste. Wie kam sie darauf, dass ich all dies wusste? Vielleicht hatte sie mit Fishman über mich gesprochen. Oder vielleicht wusste sie es einfach. Ich wollte sie danach fragen, aber ich hatte keine Ahnung, wie ich es formulieren sollte, und dann ließ sie mich stehen, begab sich nach vorne und bat die Anwesenden, ihre Plätze einzunehmen. Als ich mich umschaute, sah ich Männer und Frauen in ihren Zwanzigern, viele von ihnen mit Brille, zerschlissenem Pullover und schlechter Haltung; ein bisschen wie die Gruppe beim Abendessen vor ein paar Tagen, aber struppiger – sie sahen aus wie Studierende, die vielleicht gar keine waren. Ich mochte sie alle sofort.

»Unser erster Redner«, sagte Yulia strahlend, »wird Andrej Kaplan aus New York sein, wo er als Honorarprofessor für Russistik arbeitet. Andrej?«

Ich stand auf und schilderte kurz etwas aufgeregt die Misere der Honorarprofessoren in den Vereinigten Staaten – ich wäre auf jeden Fall aufgeregt gewesen, aber auf Russisch zu einer Gruppe von Menschen zu sprechen, machte es nicht gerade besser. Mein Hauptvorwurf war die ungleiche Behandlung: Wenn man in der akademischen Lotterie gewann und eine Vollzeitstelle ergatterte, bekam man ungefähr fünfzehntausend Dollar pro Kurs. Wenn nicht, bekam man gerade mal um die dreitausend. (Oder eintausend, wenn es ein BOMOK war.) Das war ungerecht. Meiner Meinung nach gab es keine Rechtfertigung für eine dermaßen große Ungleichheit bei der Bezahlung, besonders in Institutionen, die sich selbst als Vorbilder für Demokratie und Liberalismus begriffen.

All das sagte ich so schnell, wie ich konnte. Die Leute nickten zustimmend oder verständnisvoll, und als ich zum Ende gekommen war, gab es einen kurzen Applaus. Yulia stand auf, schenkte mir ein Lächeln, senkte den Kopf, um ihre Zähne zu verbergen, und dankte mir. Erleichtert und glücklich setzte ich mich, und Yulia stellte Sergej vor.

»W-w-wie einige von euch wissen«, begann Sergej mit einem kleinen Stottern, »habe ich die Universität vor drei Jahren aus Protest gegen die zunehmende Privatisierung des russischen Bildungssystems verlassen. Danach war mein erster Impuls, etwas vollkommen anderes zu machen. Vielleicht einen Roman zu schreiben oder so. Aber das fand ich langweilig, und außerdem fehlt mir dafür das Talent. Und ich fing an, darüber nachzudenken, wie sich meine Erfahrungen an der Universität auf mein Leben in unserem Land übertragen ließen.

Der Begriff ›Neoliberalismus‹ ist in letzter Zeit in der ausländischen wissenschaftlichen und politischen Literatur in Mode gekommen, und lange Zeit war ich mir ziemlich sicher, dass er nichts mit mir, mit uns, zu tun hat. Er war ein Fremdwort, und unsere Wirklichkeit unterschied sich stark von den Realitäten, die er beschrieb, selbst in so offensichtlich vergleichbaren Situationen wie sie Andrej Kaplan gerade für die Vereinigten Staaten skizziert hat.

Aber je länger ich darüber nachdachte, desto klarer wurde es mir. Es ist ein hässliches Wort, es beschreibt allerdings auch ein hässliches Phänomen. Es beschreibt die Privatisierung von Sachen, die vorher staatlich waren, die Vermarktlichung menschlicher Beziehungen und menschlicher Angelegenheiten. Und in Russland erklärt dies eine Menge von dem, was wir sehen. Wir sind es gewohnt, unsere Diktatoren mit Stalin zu vergleichen: Ist es stalinartig, oder ist es nicht stalinartig? Ist es wie 1937, oder ist es nicht wie 1937? Und wenn die Frage so gestellt wird, dann wird die Antwort immer lauten: Es ist nicht wie 1937, und es ist nicht stalinartig. Die Supermärkte platzen aus allen Nähten, die Menschen haben neue Fernseher, manche fahren die neuesten Autos: Alles ist prima.

Aber es ist nicht alles prima! Ihr wisst es, und ich weiß es. Stalin ist nicht mehr das Maß aller Dinge. Denn es gibt einen Diktator, der so unbarmherzig wie Stalin ist und so grausam wie Stalin, aber gleichzeitig auch sehr viel akzeptierter und sehr viel beliebter, als Stalin es jemals war: Man nennt ihn den Markt.

Was wir während der letzten zwanzig Jahre in Russland gesehen haben, ist die Übernahme eines stagnierenden, manchmal gewalttätigen und unterdrückerischen, aber grundsätzlich funktionstüchtigen Staates durch eine Diktatur des Marktes. Die Menschen sind an Hunger gestorben, an Depressionen, an Alkoholismus und Gewalt, und sie haben es nicht nur stillschweigend getan, sondern sogar *bereitwillig*. Sie haben ihren Eroberer gepriesen. Wir alle wissen von den Bolschewiken, die in den 1930er-Jahren die schlimmsten Verbrechen gestanden haben, obwohl sie unschuldig waren. Dies hier ist dem sehr ähnlich. Außer dass die alten Bolschewiken gefoltert wurden! Menschen wie unsere Eltern haben es aus freien Stücken getan. Sie hatten ein Land aufgebaut; sie hatten ihm loyal und nach ihren besten Möglichkeiten gedient. Jetzt bekannten sie sich zu Sünden, die ihnen von der neoliberalen Ökonomie zugeschrieben wurden. Sie waren bereit, alle ihre Überzeugungen aufzugeben, weil sie dachten, dass der Lauf der Geschichte sie ins Unrecht gesetzt hatte.

Und wisst ihr, lange Zeit habe ich ihnen zugestimmt. Ich dachte, der Kommunismus wäre das Schlimmste, was einem Land passieren könnte. Die Lügen, der Mangel, die Gewalt gegen Dissidenten. Es war abscheulich.

Viele von uns wussten, dass die Dinge in den Neunzigern schlecht standen. Dass der neue Kapitalismus auf viele Ar

Putin

ten zerstörerischer, betrügerischer und gewalttätiger war als die Sowjetunion in den Siebzigern und Achtzigern. Als Putin Präsident wurde, dachten viele, er verkörpere die Rückkehr der UdSSR – dass wir es nicht geschafft hätten, das Land von der kommunistischen Bedrohung zu ›säubern‹, und dass diese nun auferstand. Andere argumentierten, wie ihr euch erinnert, Putin sei jung und ein ›Reformer‹, der KGB sei die einzige geschäftsmäßige Struktur in der UdSSR gewesen – und Putin würde diese ›Reformen‹ jetzt fortsetzen.

An der Universität in den Jahren 2001, 2002 und 2003 beobachtete ich, wie die Universitätsleitung immer mehr den Jargon und die Praktiken des Großkapitals übernahm, und mir wurde klar, dass die Reformen in der Tat fortgesetzt wurden. Und dass Putin tatsächlich ein Reformer war, genau, wie die Optimisten vorausgesagt hatten, dass er aber gleichzeitig auch, genau, wie die Pessimisten gewarnt hatten, die sowjetischen Methoden der politischen Unterdrückung, der Kontrolle der Presse und so weiter übernahm und anpasste. Es schien ein Widerspruch zu sein – aber es war keiner. Als ich mehr darüber las, verstand ich es irgendwann: Genau so sieht der Kapitalismus an den Rändern der Weltordnung aus. Die Türkei, China, Mexiko, Ägypten … sie alle hatten Regierungen wie die unsere, Wirtschaftssysteme wie das unsere. Ob es sich um einen Dauerzustand handelte, wusste ich nicht – auch wenn ich da so eine Vermutung hatte. Was ich wusste und was ich immer noch weiß, ist, dass dies ein Zustand, ein Regime war, dem man sich widersetzen musste. Und man musste es im Namen des Antikapitalismus bekämpfen. Nicht im Namen des Antikommunismus, wie die Liberalen dachten und denken, was nicht nur eine Fehleinschätzung der Situation ist, sondern sie auch an die Seite der schlimmsten Kräfte der internationalen Politik stellt. Nein, man muss es im Namen des Antikapitalismus bekämpfen.

Das ist der richtige Weg, der uns zudem mit den besten dieser Kräfte verbindet – mit den radikalen Studierenden in Griechenland, mit den streikenden Arbeitern in der Automobilindustrie in Spanien, mit den protestierenden Ölarbeitern in Kasachstan, mit den frisch ein Bewusstsein entwickelnden Akademikern in den Vereinigten Staaten.« Sergej nickte mir zu. »All das habe ich schließlich verstanden.«

Sergej hielt einen Moment inne und trank einen Schluck Wasser. Währenddessen versuchte ich, mich auf meinem Platz in der ersten Reihe unauffällig umzudrehen, um zu sehen, wie das Publikum seinen Vortrag aufnahm. Ich hatte das Gefühl, hier ging etwas ganz Besonderes vor sich, aber als ich mich jetzt so umschaute, sah ich nicht mehr und nicht weniger als eine Gruppe Studierender, die höflich zuhörten. Einige nutzen Sergejs kurze Pause sogar, um einen Blick auf ihr Handy zu werfen. »Du könntest ihnen mit der Bergpredigt kommen«, hatte mein Berater mal gesagt, »und sie würden einfach nur dasitzen und sich Notizen machen.«

Das hier war nicht die Bergpredigt, das war mir schon klar – aber auf mich hatte es in diesem Moment in diesem Raum eine ähnliche Wirkung. Ich konnte es kaum glauben. Sergej war ein guter Torwart, aber kein hervorragender. Er schien ein netter Kerl zu sein, aber kein Übermensch. In dem ganzen vulgären Geschrei und Gealbere in unserer Umkleidekabine hatte ich ihn kaum bemerkt.

Und trotzdem hatte er den Durchblick. Plötzlich erschien mir alles – nicht nur die letzten paar Monate hier in Moskau, sondern die ganzen letzten Jahre an der Universität und die gesamten fünfzehn Jahre meiner Auseinandersetzung mit Russland – in einem anderen, klareren Licht. Die Errungenschaften und Erkenntnisse der westlichen Zivilisation hatten Russland schon immer verspätet erreicht. Diese Verspätung war sein Charme und sein Fluch zugleich – es war, als wäre Russland ein Drogenabhängiger, der jeden Stoff erst dann erhielt, wenn er maximal kristallisiert war und maximale Wirkung entfaltete. Nirgendwo sonst wurden westliche Ideen, westliche Überzeugungen ernster genommen; nirgendwo sonst wurden sie leidenschaftlicher umgesetzt. Das erklärte die bolschewistische Revolution, die das alte Regime stürzte; das erklärte die Menschenrechtsbewegung, die in Blue Jeans die Bolschewiken erledigte; und das erklärte schließlich auch die hier geschaffene neue Ausprägung des Kapitalismus, die meinen Bruder reich gemacht und dann vertrieben, die meine Großmutter in die Armut gestürzt und Onkel Lew getötet hatte. Man musste nicht tausend Bücher gelesen haben, um das zu erkennen, man musste einfach nur bleiben, wo man war, und die Augen aufmachen.

Yulia saß ein paar Plätze von mir entfernt. An ihrer Stelle hätte ich mich sofort in Sergej verliebt. Aber das schien nicht der Fall zu sein. Sie achtete mehr auf das Publikum als auf ihn. Sie hatte die Veranstaltung organisiert und wollte, dass alles glatt lief. Ich konzentrierte mich wieder auf Sergejs Vortrag. Neben allem anderen fiel mir auf, dass auch sein Stottern verschwand, wenn er über diese Dinge sprach.

»Trotz der guten Gründe, die dafürsprachen, fiel es mir schwer, die Universität zu verlassen. Wir hatten ein kleines Kind zu Hause, und auch wenn mein Gehalt nicht üppig war, so war es doch besser als nichts. Außerdem glaubte ich an die Universität als Idee. Ich glaubte an Bildung. Aber dann wiederum: Was ist der Sinn von Bildung? Ihr letztendlicher Sinn ist Befreiung. Aber es kann keine vollkommene Befreiung geben, also hört auch Bildung niemals auf. Mir wurde klar, dass man nicht an einer Bildungseinrichtung beschäftigt sein musste, um weiterhin etwas zu lernen und anderen weiterhin etwas beizubringen. Das Ziel unserer Bewegung ist Freiheit, und um frei sein zu können, müssen wir erst lernen, wie man denkt. Wir müssen lernen, gemeinsam zu denken; wir müssen solidarisch sein; wir müssen uns selbst organisieren, und wir müssen andere organisieren. Nur so können wir die Dunkelheit zurückdrängen, nur so wird es uns gelingen, hier auf der Erde Gleichheit und Demokratie zu erreichen.«

Sergej hielt inne.

»Ich beantworte gern noch ein paar Fragen.«

Die Frage-und-Antwort-Runde dauerte eine Stunde. Anschließend meinte Yulia zu mir, dass sie und Sergej und einige der anderen noch in einer nahe gelegenen Bar etwas trinken gehen würden. Gern hätte ich noch etwas mit Yulia oder in der Nähe von Yulia getrunken, aber ich musste meine Großmutter bei Emma Abramowna abholen. Auf dem Weg dorthin ging ich die Twerskaja entlang und dachte darüber nach, was ich gerade gehört hatte.

Es war das erste Mal, dass ich durch Moskau ging und nicht nur teure Restaurants und Hinrichtungskammern sah. Ja, es gab teure Restaurants und Hinrichtungskammern. Aber da waren auch die Wohnungen der Menschen, die in diesen Kammern hingerichtet worden waren. Da waren die Bücher, die sie gelesen, und die Bücher, die sie geschrieben hatten. Und dann, als ich endlich die Wohnung von Emma Abramowna erreichte, in der sie mit meiner Großmutter zusammensaß und Anagramm spielte, war da das Zuhause derer, die auf die eine oder andere Weise überlebt hatten.

Am nächsten Tag im Coffee Grind suchte ich im Internet nach Sergej. Sein Bruch mit der Universität und dem System, das sie nährte, war öffentlich und, wie sich herausstellte, umstritten gewesen. Er hatte es auf seiner *LiveJournal*-Seite bekannt gegeben und dann wochenlang mit Leuten in den Kommentaren darüber diskutiert. Ich las mir alles durch.

Ihm wurde vorgeworfen, die Bildung der jungen Russen aufzugeben, das Ausmaß der Korruption, das an den Privatuniversitäten herrschte, zu übertreiben, ein Kommunist zu sein. Sergej ging ruhig und methodisch auf jede Anschuldigung ein. Er habe die Bildung der Reichen aufgegeben, sagte er, aber er beabsichtige, Menschen, denen die finanziellen Mittel fehlten, auch weiterhin zu unterrichten; er übertreibe nicht; und ja, er sei Kommunist.

Woher solle seiner Meinung nach das Geld für die Universität – für die Gebäude, für die Bibliotheken, für die Gehälter solcher faulen Professoren wie ihn – denn bitte kommen? Sergej entgegnete, es müsse von der Regierung kommen; Bildung sei etwas, für das die Menschen mit ihren Steuern bezahlen sollten, als Individuen und als Unternehmen. »Wenn der Staat sein Militär reformieren und Milliarden von Rubel in Autobahnen stecken kann, warum sollte er dann nicht seine Universitäten dabei unterstützen, allen Kindern kostenlose Bildung zur Verfügung zu stellen?«

»Leute wie Sie bringen unseren Kindern Gottlosigkeit und allen möglichen anderen Blödsinn bei«, hatte jemand geschrieben. »Warum sollte ich dafür bezahlen?«

»O Mann«, hatte Sergej gesagt.

Aber er hatte nicht nachgegeben.

Abends war Eishockey, und ich ging früher hin, falls Sergej ebenfalls eher auftauchen würde. Aber er kam zusammen mit den anderen. Er begrüßte mich und lobte meinen Vortrag vom Vorabend. Ich verbrachte einen Teil des Spiels damit, darüber nachzudenken, wie es mir gelingen könnte, das Thema von gestern Abend wieder zur Sprache zu bringen. Sergej nahm es in die Hand. In der Umkleidekabine nach unserer Niederlage fragte er mich, ob ich eine Mitfahrgelegenheit bräuchte. Eigentlich fuhr Oleg mich meistens nach Hause, aber ich sagte sofort zu. Oleg hatte nichts dagegen. Er hatte vor Kurzem einen Mieter für die von der europäischen Bank gekündigten Gewerberäume gefunden. Als er das in der Umkleidekabine erzählte und den Namen des Mieters erwähnte, hoben einige der Jungs die Augenbrauen.

Ich verstand nicht, warum, und fragte: »Ist es auch eine Bank?«

»Nicht so ganz«, sagte Oleg. Es stellte sich heraus, dass es sich um eine kriminelle Organisation handelte. Als Tolja sich laut fragte, ob das so klug sei, lachte Oleg nur. »Ich steige ja nicht bei ihnen ein«, sagte er. »Ich vermiete ihnen nur meine Gewerbefläche.« Er schien sehr zufrieden mit sich zu sein, als hätte er es wieder einmal geschafft, der Welt eins auszuwischen, und mir wurde klar, dass Oleg weniger vorsichtig, weniger zurückhaltend war als die anderen, mit denen wir Eishockey spielten. Es war Teil seines Charmes, aber ich konnte sehen, dass die Jungs sich Sorgen um ihn machten.

Sergej fuhr einen klapprigen alten Lada, und wir hievten unser Zeug in den Kofferraum. Ich hatte mir ganz umsonst Sorgen darüber gemacht, wie ich es anstellen sollte, ein Gespräch mit ihm zu beginnen. Er schien glücklich zu sein, im Prinzip seinen Vortrag vom Vorabend fortsetzen zu können.

»Eines der wichtigsten politischen Ereignisse meines Lebens war der Irakkrieg«, sagte er. »Oder vielmehr die Reaktionen darauf innerhalb Russlands. Ich musste mit ansehen, wie Menschen, die Putin ablehnten, womit ich instinktiv übereinstimmte, den Irakkrieg unterstützten, was ich instinktiv ablehnte. Also waren entweder meine Instinkte falsch, oder irgendetwas stimmte da nicht. Bis dahin war ich ein ziemlich durchschnittlicher Liberaler gewesen. Ich habe Jelzin gewählt. Aber jetzt fing ich an, über meine Eltern und Großeltern nachzudenken. Sie waren gute, hart arbeitende Menschen. Und sie hatten extrem unter den Reformen gelitten. Ich begann, mich näher damit zu beschäftigen. Ich hatte Literatur studiert, genau wie du. Meine Abschlussarbeit handelte über spätsowjetische nonkonformistische Lyrik. Aber ich begann, über Politik zu lesen – über Weltpolitik und über russische Politik. Und je mehr ich las, desto klarer wurde mir, dass nicht meine Eltern das Problem waren, sondern die Reformen. Der Kapitalismus war das Problem, und Putin war eine ganz besondere Art Kapitalist. Und als ich das erst mal erkannt hatte, verstand ich eine ganze Menge.«

Inzwischen hatten wir den Trubnaja-Platz erreicht, und Sergej hielt neben einer der riesigen Baustellen.

Ein paar Jahre zuvor, erzählte er, hätten er und ein paar Freunde eine politische Gruppierung namens Oktober gegründet. Sie war noch klein, etwa zwanzig Leute, aber sie wuchs.

»Und Yulia?« Ich musste es einfach fragen.

»Yulia hat sich vor ungefähr einem Jahr gemeinsam mit Petja Schipalkin, ihrem Mann, der Gruppe angeschlossen. Aber dann haben sie sich getrennt. Wir haben Yulia behalten, und ihr Mann ist zu den Anarchisten abgewandert.« Sergej lachte. »Yulia ist eine sehr gute Organisatorin«, fügte er hinzu.

Ich hörte zum ersten Mal von einem Mann, aber es war jetzt ein Ex-Mann, und ich hatte eine dringendere Frage, und zwar wegen Fishman.

Sergej war überrascht. »Sasha Fishman? Du kennst ihn?«

»Ja, wir haben zusammen studiert.«

»Nun ja.« Sergej lacht erneut. »Fishman ist Fishman. Ein kleiner Schleimer. Er ist ein Freund von Schipalkin, aber seit sie sich getrennt haben, ruft er Yulia an, wenn er nach Moskau kommt.«

»Ach.«

»Ja«, sagte Sergej. »So ist Fishman.«

»Gibt es da nicht noch eine andere Gruppe, die September heißt?«

»Oh, das sind wir auch. Ich meine, das waren wir. Es ist so, die Revolution war im Oktober, und wir waren der Monat *vor* der Revolution.«

»Und jetzt ist die Revolution näher gekommen?«

»Äh, nein. Wir fanden es einfach einen blöden Namen.«

»Wart ihr das mit dem Protest gegen die Autobahn Moskau–St. Petersburg?«

»Ja.«

»Dima Kaplan ist mein Bruder. Er wird beschuldigt, daran beteiligt gewesen zu sein.«

»Das ist dein Bruder?« Sergej war amüsiert. »Nein, wir hatten nichts mit ihm zu tun und würden uns auch nie mit ihm einlassen. Er ist eine kapitalistische Schlange. – Nichts für ungut.«

Kein Problem. Ich dankte Sergej fürs Mitnehmen und nahm meine Sachen aus dem Kofferraum.

»Wir sehen uns nächste Woche«, sagte Sergej, bevor er davonfuhr.

Ich hatte endlich Leute gefunden, mit denen ich reden konnte.

5. ICH WERDE KRANK

In der folgenden Woche sah ich Sergej nicht, denn am Wochenende wurde ich krank. Irgendwie hatte ich es bisher wie durch ein Wunder vermieden, aber jetzt spürte ich zuerst ein Kratzen im Hals, und ehe ich mich's versah, hatte ich Fieber. Es waren noch Semesterferien, deshalb konnte ich ein paar Tage im Bett liegen bleiben.

Wie ich so dalag, dachte ich über meine Großmutter nach, die alle fünf Minuten heldenhaft reinkam und nach mir sah. Sie war vom Kapitalismus ausgeplündert worden, das erkannte ich jetzt. Oder von einer zufälligen Verschwörung zwischen Kapitalismus und Kommunismus. Der Kommunismus hatte die Ressourcen des Landes verstaatlicht: Das gesamte von Onkel Lew gefundene Öl hatte dem Staat gehört. Als dieser Staat zusammenbrach, hatte er die Kontrolle über das Öl für ein paar Almosen an einige wenige gut vernetzte Männer verkauft. Es war sogar die ausdrückliche politische Strategie der russischen Reformer gewesen, ein paar wenige Megakapitalisten – Oligarchen, wie sie später genannt wurden – hervorzubringen, die die russische Wirtschaft modernisieren und das Land in die Zukunft führen sollten. »Im Kommunismus aufgewachsene Menschen haben eine Sklavenmentalität«, hatte Dima bei meinem ersten Besuch in den Neunzigern zu mir gesagt. »Sie tun nichts von sich aus. Man muss sie zu allem zwingen. Und ja, manchmal wird's hässlich. Man kann kein kapitalistisches Omelett machen, ohne ein paar Eier zu zerschlagen!« Es waren Menschen wie er und Vorstellungen wie diese, die die Bedingungen schufen, durch die meine arme Großmutter ihre Datscha verloren und Onkel Lew einen Schlaganfall erlitten hatte.

Ich war nie ein Sozialist. Tatsächlich war ich sogar lange Zeit Antisozialist. So war ich erzogen worden. Wir waren aus der Sowjetunion geflohen, wo man nichts von dem, was man verdiente, behalten durfte, und waren nach Amerika gegangen und hatten unser Leben geändert. Seit er wählen durfte, wählte mein Vater die Republikaner. Durch den Einfluss der Universität war ich nach links gerückt und ein Liberaler geworden, aber bei dem Wort »Sozialist« hatte ich eine Grenze gezogen. Ich hatte es einfach für eine dieser Sachen gehalten, bei denen meine ansonsten intelligenten amerikanischen Freunde dumm oder naiv waren – so wie bei iPods. Meiner Meinung nach brauchte kein Mensch einen iPod, wenn man Musik auch kostenlos im Radio hören konnte. Und genauso wenig brauchte man Sozialismus, wenn der demokratische Kapitalismus doch wunderbar funktionierte.

»Diese Leute denken, Karl Marx ist ein netter alter Mann mit Bart«, hatte mein Berater einmal zu mir gesagt, als eine Gruppe Studierender die Übernahme einer unserer Campus-Cafeterien durch eine Studierendenvertretung forderte. Es ärgerte meinen Berater auf mehreren Ebenen, nicht zuletzt, weil es in der Cafeteria sein geliebtes Hühnchen-Parmesan-Sandwich gab. »Sie denken, er ist der Weihnachtsmann!«, sagte er über die Studierenden. »Ich würde diese Freunde der Arbeiterklasse gern über dem Petrograd von 1917 abwerfen. Mal sehen, wie lange sie durchhalten würden.«

Drüben im Institut für Slawistik hatten wir alle Mandelstam gelesen und Achmatowa, Grossman, Solschenizyn, Brodsky ... Wir waren durchdrungen von den Erinnerungen an die gewalttätige Revolution und ihre noch gewalttätigere stalinistische Fortsetzung. Jedes Mal, wenn irgend so ein aufgeweckter Student aus der Anglistik »Sozialismus« sagte, griffen wir in unsere Bücherregale. »Wir Lebenden spüren den Boden nicht mehr, / Wir reden, dass uns auf zehn Schritt keiner hört, / Doch wo wir noch Sprechen vernehmen, – / Betrifft's den Gebirgler im Kreml.« Das Stalin-Epigramm von Mandelstam. Noch Fragen?

Aber *russische* Sozialisten? Das war etwas anderes. Das war interessant. Wenn ich Sergej so zuhörte, war klar, dass er von mir keine Lektionen in russischer Geschichte nötig hatte. Er wusste von den Lagern, den Säuberungen, den Lügen. Aber es gab noch andere Seiten des Sozialismus, schien er zu sagen. Der war mehr als Lager und Irrenanstalten. Und was ihn ersetzt hatte – »die Reformen« –, hatte die Dinge nicht besser gemacht.

Als das Fieber am höchsten war, träumte ich von meiner Mutter. Wie sich herausstellte, war sie gar nicht tot: Sie war nur für eine Weile fort gewesen, und nun war sie wieder da. Wir waren in Newton, in unserem alten Haus. Mein Vater lebte immer noch dort. »Ich wohne bei Baba Sewa«, erzählte ich meiner Mutter. »Ich weiß«, sagte sie. »Es könnte sein, dass ich bald einen Job als Dozent bekomme«, dehnte ich die Wahrheit. »Ich weiß«, sagte sie. »Ich habe keine Kinder«, sagte ich, denn meine Mutter liebte Kinder. »Das ist okay«, sagte sie. »Es ist noch nicht zu spät.« Ich wollte ihr sagen, dass wir gedacht hatten, sie wäre tot, aber dass es sich um ein Missverständnis handelte und ich sehr glücklich war, dass sie noch lebte. Aber im Traum war ich nicht in der Lage, ihr diese Dinge zu sagen.

Als ich aufwachte, durchströmte eine tiefe Wärme meinen Körper, und bald ging es mir wieder besser.

6. OKTOBER

Als ich gerade wieder zur Kräften gekommen war, lud mich Sergej zu einer antifaschistischen Demonstration an der Metro-Station Saubere Teiche ein. Es war ein bitterkalter Tag, und als ich ankam, waren gerade einmal sechs andere Menschen dort. Aber einer von ihnen war Sergej, und eine andere war Yulia. Sie trug eine bauschige schwarze Jacke mit einer pelzgefütterten Kapuze, wie sie die Gangster-Teenager in New York trugen, und unter der Kapuze eine Pelzmütze mit Ohrenklappen. Nase und Wangen waren vor Kälte gerötet, und in ihren großen grünen Augen standen Tränen, ebenfalls vor Kälte.

»Hi«, sagte ich.

Sie nickte.

Ich wollte ihr erzählen, dass ich krank gewesen war und von meinen Überlegungen über den Sozialismus und dass ich von meiner Mutter geträumt hatte, aber dafür was es eindeutig zu früh. Stattdessen versuchte ich, mich aufs Demonstrieren zu konzentrieren. Jemand hatte ein großes Banner gebastelt, auf dem »Stoppt den Faschismus« stand, und das entrollten wir nun. Wir wollten uns in der Nähe des Parkeingangs vor die Station stellen und das Banner dreißig Minuten in der Kälte in die Höhe halten.

»Das ist alles?«, fragte ich Sergej.

In Erwartung des Protests und in Unkenntnis irgendwelcher russischer Faschisten war ich online gewesen und hatte recherchiert. Wie sich herausstellte, gab es jede Menge Faschisten; zu ihren Aktivitäten gehörte es, zentralasiatische Einwanderer anzugreifen und manchmal sogar zu töten und Videos von diesen Angriffen auf YouTube hochzuladen. Auch antifaschistische Aktivisten oder Mitglieder der Antifa wurden von ihnen überfallen, und manchmal gab es sogar Tote. Ich war so ziemlich auf alles gefasst gewesen, als ich bei der Veranstaltung aufgekreuzt war. Aber so hatte ich es mir nicht vorgestellt.

»Im Moment schon«, sagte Sergej. »Wir müssen den Menschen einfach nur zeigen, dass wir keine Angst haben und auch sie keine Angst zu haben brauchen. Das reicht erst mal.«

Wir wechselten uns mit dem Halten des Banners ab. Wir skandierten antifaschistische Slogans: »Nein zum Faschismus!« Und: »Keine Chance dem Faschismus!« Die Leute kamen aus der Metro und liefen an uns vorbei. Die meisten sahen uns gar nicht erst an. Trotzdem hatte ich das Gefühl, dass wir etwas taten.

Yulia beachtete mich nicht weiter. Aber ich genoss es, sie »Nein zum Faschismus« sagen zu hören.

Dann bemerkten wir einen Tumult am Eingang der Metro. Es waren die regierungstreuen Demonstranten, die aufs Dach kletterten, wo sie pflichtbewusst ihr Banner auspackten und uns aufforderten, »Schluss mit dem Scheiß« zu machen. Unser kleiner Protest hatte keine Polizei angelockt, aber diese Kerle waren wachsam.

Sergej verlor keine Zeit. Sobald sie ihr Banner entrollt hatten, ging er auf sie zu und rief: »Das hier ist ein antifaschistischer Protest! Seid ihr für den Faschismus?«

»Wie meinst du das?«, rief einer von ihnen zurück.

»Auf unserem Banner steht: ›Stoppt den Faschismus‹. Glaubt ihr, dass das Regime faschistisch ist und dass ein Nein zum Faschismus es destabilisiert?«

»Was?«

»Kommt runter, dann reden wir«, sagte Sergej.

Die Gegendemonstranten waren offenbar ziemlich verwirrt. Sie diskutierten untereinander und kamen schließlich vom Dach runter und schlossen sich unserem Protest an. Nachdem Sergej sie eine Weile bearbeitet hatte, hielten sie sogar kurz unser Banner. Sie waren noch jung, ganz frisch an der Uni. Sie gaben zu, dass man ihnen für den Gegenprotest fünfhundert Rubel pro Person bezahlt hatte. Einer von ihnen versuchte, bei Yulia zu landen. Nach einer Weile wurde ihnen langweilig, und sie verschwanden, allerdings nicht, ohne ein bisschen von der sozialistischen Literatur einzustecken, die Sergej mitgebracht hatte.

»Man kann mit fast jedem reden«, sagte Sergej zu mir. »Du wirst sie nicht gleich überzeugen können, aber das völlige Fehlen eines echten politischen Diskurses in diesem Land bedeutet auch, dass es eine Offenheit für Ideen gibt, weil die Leute nicht gewöhnt sind, welche zu hören.«

Wir standen noch weitere fünfzehn Minuten in der Kälte, und dann verkündete Sergej, dass es Zeit sei, Tee trinken zu gehen und sich aufzuwärmen.

An dieser Stelle verabschiedete sich Yulia. »Ich habe morgen eine Deadline«, sagte sie.

Sie machte sich auf Richtung Metro. Eine Woche war seit der Veranstaltung in der Buchhandlung vergangen, und ich hatte keinen Ton von ihr gehört. Sie war vielleicht von ihrem Mann getrennt und konnte Fishman nicht wirklich leiden, aber das hieß noch lange nicht, dass sie mich mochte. Trotzdem hielt ich sie auf und fragte, in der höflichen *Wy*-Form, wann ich sie wiedersehen würde.

Ohne überrascht zu sein, sah sie mich an. »Bald, denke ich«, sagte sie und lächelte. Ich konnte ihre schönen schiefen Zähne sehen, und dann neigte sie den Kopf und war weg. Das fand ich ermutigend. Als Sergej fragte, ob ich mit ihm und dem Rest der Protestler einen Tee trinken gehen wollte, fragte ich mich, ob ich wohl langsam ein Teil der Gruppe wurde.

Die Antwort lautete: vorerst nein. In dem Kellercafé, in das sie mich mitnahmen, teils Boheme-Treffpunkt, teils ein Ort, an dem Männer mittleren Alters grimmig Bier tranken, obwohl es noch relativ früh am Nachmittag war, behandelten sie mich höflich, aber wie einen Gast. Alle entschieden sich, Wodka Cranberry statt Tee zu bestellen, und dann erklärten sie mir ihren Sozialismus. Außer Sergej waren da noch zwei junge Männer, die wie Studenten wirkten – der blonde, dünne, gut aussehende Mischa und der dunkelhaarige, pummelige, vergeistigte Boris –, sowie ein Programmierer namens Nikolaj, der einen Pferdeschwanz trug. Wie sich herausstellte, wussten sie alles über Dima – es kam ihnen vor, als würden sie sich schon seit Jahren mit ihm herumärgern müssen. »Liberale wie dein Bruder denken, dass wir nur einen funktionierenden Markt bräuchten, einen ›guten‹ Kapitalismus, und alles würde sich von selbst regeln«, sagte Boris. »Sie verstehen nicht, dass dies hier der Kapitalismus *ist.* Wir sind bereits mittendrin. Und wenn man die letzten Beschränkungen wegnähme, würde es nur noch schlimmer werden.«

»Aber kann man wirklich von Kapitalismus sprechen, wenn es keinen freien Markt gibt?«, fragte ich. »Wenn ein Markt dermaßen durch Korruption verzerrt wird, ist es doch eigentlich gar kein echter Markt, oder?«

»Ja und nein«, sagte Boris. »Du hast recht, es ist kein effizient arbeitender Markt. Aber es gibt trotzdem Lohnarbeit; es gibt trotzdem Profite, die investiert werden; es gibt Unternehmen, die andere Unternehmen aufkaufen. Nur weil ein Markt verzerrt ist, hört er nicht auf, ein Markt zu sein. Aber selbst wenn plötzlich all die korrupten Bürokraten verschwinden sollten, wenn sie morgen verhaftet und erschossen würden, käme dieses Geld nicht in den Taschen der Arbeiter an. Es würde in den Taschen der Kapitalisten verschwinden. Es würden Yachten und ausländische Sportmannschaften davon gekauft.«

»Und was ist die Lösung?«, fragte ich. »Revolution?«

»Ja«, sagte Boris. »Ganz genau. Enteignung der Kapitalisten. Arbeiterräte, die ihre Führer selbst wählen. Gemeinschaftseigentum.«

»Das hat man in diesem Land schon einmal versucht.«

»Viele Dinge wurden schon mal versucht. Auch der Kapitalismus wurde schon ausprobiert, auch in diesem Land. Und er hat zu Ausbeutung und Elend und Armut geführt. Das hält die Menschen doch auch nicht davon ab, es noch einmal zu versuchen.«

»Sieh mal«, sagte Mischa und beugte sich zu uns vor. Wir saßen an einem alten Holztisch, und es war kalt in dem Keller, kaum jemand hatte seine Jacke ausgezogen. »Es ist doch so: Das Leben kann nicht so weitergehen wie bisher. Die Ölkonzerne haben sich mit dem Staat verbündet, um die Löhne niedrig zu halten, um uns unserer Rechte zu berauben und den Planeten zu zerstören. Und es ist wichtig zu verstehen, dass sie dabei mit dem Rest des kapitalistischen Weltsystems unter einer Decke stecken, ganz egal, ob die einzelnen Galionsfiguren dieses Systems nun miteinander auskommen oder nicht. Und das müssen wir bekämpfen.«

Ich sah offenbar nicht besonders überzeugt aus, denn jetzt schaltete sich Sergej ein. »Du wohnst doch bei deiner Großmutter, oder?«, fragte er.

Ich nickte.

»Was hat sie in der Sowjetunion gemacht?«

»Sie war Professorin. Ihr Mann war Geophysiker.«

»Und waren sie schlechte Menschen? Haben sie gelogen, betrogen, gestohlen? Oder haben sie versucht, das Land voranzubringen – trotz aller möglicher Hindernisse?«

»Sie haben versucht, das Land voranzubringen«, sagte ich.

»Genau wie unsere Eltern. Sie waren Ärztinnen und Architekten und Ingenieurinnen. Sie haben versucht, das Land besser zu machen. Sie haben versucht, etwas Gutes aufzubauen. Sie haben getan, was sie konnten. Und dann wurde alles, was sie aufgebaut hatten, von einer kleinen, intriganten Gruppe mit Verbindungen zur Jelzin-Regierung konfisziert. Das ist doch nicht richtig.«

»Es ist nicht nur nicht richtig«, sagte Boris, »es war vollkommen vorhersehbar. Genau so funktioniert der Kapitalismus. Und um sich ihm zu widersetzen, muss man ihn verstehen. Das ist der Unterschied zwischen uns und den Liberalen. Sie denken, es läge alles nur an dem einen bösen Mann namens Putin. Wir wissen, es liegt an einem seit Jahrhunderten existierenden Wirtschaftssystem.«

Wir saßen drei Stunden dort – irgendwann bestellte ich ein paar Pelmeni, und Boris kritisierte, dass ich zu viel saure Sahne darauf tat, und ich sagte ihm, dass es mein Vater genauso gemacht habe, und er ließ es gut sein –, und am Ende erhielten wir eine Rechnung über zwölfhundert Rubel – vierzig Dollar. Das war bemerkenswert günstig, wenn man bedachte, dass wir zu fünft über Stunden getrunken hatten, aber es schien die Oktobristen schwer zu erschüttern.

»Heilige Scheiße«, sagte Mischa, »ich kann nicht glauben, dass wir so viele Wodka Cranberry getrunken haben!«

Ich achtete darauf, mehr Geld als die anderen dazuzulegen, wegen der Pelmeni.

Das Watson College schrieb die Nachfolge von Frank Miller offiziell aus. Ich wartete eine angemessene Zeit und reichte dann meine Bewerbung ein.

Einerseits fühlte es sich an wie ein Verrat an allem, was ich hier tat. Andererseits, wer wusste schon, wie es in acht

Monaten aussehen würde, wenn das Herbstsemester begann? Meine Großmutter wäre vielleicht schon gar nicht mehr am Leben. Sie sagte mir immer wieder, wie sehr sie bei Gott hoffe, es nicht mehr zu sein. Außerdem war es unwahrscheinlich, dass ich die Stelle bekam – schließlich waren alle meine bisherigen Bewerbungen abgelehnt worden. Also beschloss ich, es zumindest zu versuchen. Und das bedeutete, auf meinen Beraters zu hören und mich in der Zwischenzeit um irgendeine Art von Veröffentlichung zu bemühen.

»Sagen Sie«, schrieb ich ihn eines Tages auf GTalk an. »Ich habe hier ein paar junge Sozialisten kennengelernt. Was meinen Sie, wäre das vielleicht ein interessantes Thema?«

»Auf jeden Fall«, schrieb er. »Die Wiederkehr der Unterdrückten. Die unverbesserlichen Russen. So was in der Art. Ja. Ran da!«

Würde Sergej die Idee feige finden? Er wollte sich und andere von den akademischen Institutionen befreien, damit sie anfangen konnten, die Welt zu verändern. Und ich schlug vor, ihn und seine Genossen zum Gegenstand einer akademischen Arbeit zu machen. Zwei Tage später spielten wir zusammen Eishockey, und ich beschloss, ihn zu fragen.

Er war nicht abgeneigt. »Wir werden es intern diskutieren müssen«, sagte er und meinte innerhalb der Gruppe. »Aber ich sehe nicht, was dagegenspricht. Gut möglich, dass es uns dabei hilft, unsere Ideen und Vorstellungen klarer zu formulieren, wenn wir darüber mit einer externen Person reden. Ich werde die anderen fragen.«

Als wir das nächste Mal Eishockey spielten, teilte er mir mit, dass sie einverstanden seien und mich einluden, an ihrer wöchentlichen marxistischen Studiensitzung teilzunehmen. »Aber da wir nicht an den objektiven wissenschaftlichen

Diskurs glauben, musst du dich natürlich an der Diskussion beteiligen. Das war eine der Bedingungen der Gruppe.«

Damit hatte ich kein Problem. Ich war dabei.

Die Studiengruppe traf sich jeden Dienstag in Mischas Wohnung in der Nähe des Weißrussischen Bahnhofs. Mischa teilte sich mit einem anderen Studenten, der ebenfalls Mischa hieß, eine große Studiowohnung, die früher seiner Großmutter gehört hatte; es gab nur die Küche und ein weiteres, allerdings ziemlich großes Zimmer, und die beiden Mischas schliefen auf Schlafsofas an den gegenüberliegenden Enden des Raums. Der andere Mischa studierte Griechisch, und auf seiner Seite des Zimmers stapelten sich griechische Bücher, wohingegen unser Mischa Geschichte und Soziologie studierte und sich bei ihm Weber, Marx und Wallerstein türmten. Dienstagabends hatte der zweite Mischa irgendein Griechisch-Seminar, und meistens hatten wir die Wohnung für uns allein.

Die anderen regelmäßigen Teilnehmer der Gruppe waren Boris und Nikolaj, die ich von der antifaschistischen Demonstration kannte; Vera, eine altkluge Gymnasiastin mit dicken Brillengläsern; und, am allerwichtigsten, Yulia. Sergej kam zu ungefähr der Hälfte aller Sitzungen; er war der Einzige aus der Gruppe, der verheiratet war und ein Kind hatte, und ich bekam langsam den Eindruck, dass sein Familienleben nicht unproblematisch war und er deshalb manchmal nicht dabei sein konnte.

Der Studienkreis existierte erst seit kurzer Zeit, und sie hatten offenbar die ersten Sitzungen damit verbracht, darüber zu streiten, was gelesen werden sollte. Ein Teil der Gruppe wollte die Bücher zeitgenössischer marxistischer Autoren studieren, während andere an der Quelle beginnen und mit Marx' *Das Kapital* anfangen wollten. Am Ende hatten die *Kapital*-isten einen knappen Sieg errungen, und vor ein paar Wochen hatte die Gruppe Marx' Meisterwerk in Angriff genommen. Während meiner ersten Sitzung gab es eine halbstündige Diskussion darüber, ob die Abstimmung angesichts der Tatsache, dass es ein neues Mitglied gab, noch einmal überdacht werden sollte. Der Anstoß zu dieser Diskussion kam von Boris, der offenbar eine Neuabstimmung wollte, aber die anderen stiegen bereitwillig darauf ein und debattierten die Feinheiten, die sich aus meiner Teilnahme ergaben, ihre Abstimmungsprozeduren und Konsenspolitik, bis Yulia schließlich sagte, dass ich nur ein assoziiertes Mitglied sei und kein Stimmrecht besitze und sie überdies auch schon mit dem Buch angefangen hätten. Daraufhin wurde vereinbart, eine Pause zu machen und eine Kleinigkeit zu essen und sich sofort danach dem Buch zuzuwenden.

Kurzum, ich war nicht überrascht, als ich erfuhr, dass sie noch beim ersten Kapitel waren und ich aufschließen konnte.

Da Mischa Junggeselle war und außer Bier und Wodka nichts im Kühlschrank hatte, brachte jeder irgendetwas zu essen zu den Treffen mit. Ich hielt mich an die Basics wie Schwarzbrot und Salami, andere hatten kleine selbst gemachte Kuchen oder Salate dabei. Manchmal brachte Yulia Wein für sich und Vera mit. Zur Vorbereitung auf die Sitzung lasen wir alle einen Teil des Textes, aber einer von uns wurde im Vorfeld ausgewählt, um die Diskussion zu leiten. Diese Person musste bis zur nächsten Sitzung den ausgewählten Text besonders sorgfältig lesen und sich auch mit Sekundärtexten auseinandersetzen, um ihn besser zu verstehen. Beim ersten Mal durfte ich aussetzen, als ich an der Reihe war, aber beim nächsten Mal würde ich nicht mehr drum herumkommen, meinten sie.

Währenddessen verknallte ich mich immer stärker in Yulia. Sie war, wie sich herausstellte, Doktorandin der russischen Literatur; sie schrieb ihre Dissertation über einige mittelalterliche slawische Texte, an denen ich während meines Studiums ebenfalls ein bisschen herumgerätselt hatte. In den kurzen Gesprächen während unserer Pausen wurde mir schnell klar, dass sie ungefähr fünfmal mehr über russische Literatur wusste, als ich jemals lernen könnte. Sie zog sich konservativ an – Hemdblusen, Pullover und lange Röcke –, was ihre Figur aber eher noch betonte. Sie war süß. Und sie war ausgesprochen höflich. Sie sprach mich mit *Wy* an, und zuerst hatte ich gedacht, es läge an meinem Alter – sie war neunundzwanzig, vier Jahre jünger als ich –, aber dann reimte ich mir zusammen, dass es mit ihrer traditionellen Erziehung zu tun haben musste. Sie war nicht gerade das lautstärkste Mitglied unseres Studienkreises – das war entweder Mischa, der während der Sitzungen gerne Bier trank und der, wenn er zwei oder drei intus hatte, besonders beim Thema Kapital kaum mehr zu stoppen war, oder Boris, der wirklich so gut wie alles gelesen zu haben schien und eine totale, wenn auch manchmal etwas zu roboterhafte Erinnerung daran hatte –, aber sie war immer bei der Sache, hatte immer alles gelesen und nahm das alles sehr ernst. Ich liebte es, sie beim Reden zu beobachten, die Präzision, mit der sie diesen sehr schwierigen Text diskutierte, und wenn jemand etwas Lustiges sagte, liebte ich es, ihr dabei zuzusehen, wie sie den Kopf neigte und lachte. Ich war ausgehungert nach nicht großmütterlicher weiblicher Gesellschaft, ja, aber ich denke, ich hätte dasselbe auch dann für sie empfunden, wenn es nicht so gewesen wäre.

Anfangs war ich ein bisschen konsterniert wegen der vielen Männer im Studienkreis, aber es wurde schnell deutlich, dass sie sich nicht für Yulia interessierten. Boris schien sich überhaupt nicht mit Frauen zu befassen, sondern ausschließlich mit dem Sozialismus, während Mischa anscheinend ein

On-off-Verhältnis mit Yulias Mitbewohnerin Mascha pflegte. Und Nikolaj mochte vielleicht an Frauen interessiert sein, aber ich hatte nicht den Eindruck, dass die Frauen dieses Interesse erwiderten.

Allerdings schien sich diese besagte Frau auch nicht sonderlich für mich zu interessieren. Während der Sitzungen galt ihre ganze Konzentration der Diskussion, und auch danach, wenn wir alle zusammen aufbrachen und in einem Pulk zum Majakowski-Denkmal gingen, wo wir uns dann trennten, wollte es mir nicht gelingen, sie in ein Gespräch zu verwickeln. Sie befragte Boris zur politischen Lage in einem zentralasiatischen Land nach dem anderen, und ich war damit beschäftigt, mir Nikolaj vom Hals zu halten, der, wie sich herausstellte, gerade eine Datscha außerhalb der Stadt baute und ständig versuchte, Leute dazu zu bringen, ihm zu helfen. Alle anderen hatten sich herausgewunden, und nun hatte er ein Auge auf mich geworfen. Ich hatte ihm schon gesagt, dass ich die Wochenenden möglichst bei meiner Großmutter verbringen wollte, aber er ließ nicht locker. Und Yulia hörte nicht auf, Boris über Zentralasien auszuquetschen. Und dann erreichten wir das Majakowski-Denkmal, und unsere Wege trennten sich.

Als mich Sergej eines Abends nach dem Hockey zu Hause absetzte, sprach ich ihn schließlich darauf an. »Erinnerst du dich an den Abend im Falanster?«, fragte ich. »Als ich dir erzählt habe, dass Yulia mich eingeladen hatte, meintest du so was wie ›Ah, Yulia‹. Was sollte das heißen?«

»Was das heißen sollte?«

»Ja. Komm schon. Irgendwas hatte es zu bedeuten.«

»Okay. Also. Yulia ist eine sehr gute Rekrutiererin. Sie hat es wirklich drauf, Leute zu identifizieren, die Sympathien für unsere Sache aufbringen könnten. Man kann sagen, sie hat ein Gespür dafür.«

»Okay.«

»Tja, und manchmal kommt es vor, dass die Person, die sie anwirbt, ein Mann ist, und dieser Mann auf Ideen kommt.«

»Ich verstehe«, sagte ich.

Im Eishockey gab es ein Foulspiel, das »Slew Footing« genannt wird. Dabei schiebt man den Fuß hinter die Schlittschuhe des Gegners und stößt ihn dann um, sodass es ihm die Beine unter dem Körper wegzieht. Es gilt als ein sehr schmutziges Manöver, weil das Opfer mit Wucht hintenüberkippt und manchmal mit dem Kopf auf dem Eis aufschlägt. Als Sergej mir erzählte, dass die Männer, die Oktober beitraten, sich oft in Yulia verguckten, hatte ich das Gefühl, auf diese Weise gefoult worden zu sein.

Vielleicht spürte Sergej das. »Sieh mal«, sagte er, »ich kenne ihre Situation nicht genau. Schipalkin war kein besonders guter Genosse und kein besonders guter Ehemann, und ich habe den Eindruck, er ist immer noch dabei, sich zu finden. Für Yulia ist das alles ziemlich verwirrend, kann ich mir vorstellen. Bei uns war es genauso mit seinen politischen Ansichten, weißt du? Erst war er demokratischer Sozialist, dann Akzelerationist, jetzt ist er Anarchist. Ich weiß also nicht genau, was los ist. Aber ich denke, wenn es jemand wirklich ernst mit Yulia meint, könnte das Bewegung in die Sache bringen.«

Ich nickte. Sergej hatte mehr als genug gesagt. Ich nahm meine Eishockeysachen aus dem Auto und ging den Boulevard hinauf zu unserer Wohnung. Unterwegs kaufte ich an einem Kiosk eine große braune Dose Schiguljowskoje-Bier. Irgendwann war mir aufgefallen, dass ich keine Magenschmerzen mehr davon bekam.

Wer waren diese Leute, und woher kamen sie? Wieso waren sie nicht wie Dimas Freunde, die oft auf die gleichen Schulen gegangen waren und zumindest teilweise die gleichen Bücher gelesen hatten?

Ich hatte keine Antworten darauf, aber es musste etwas mit den Erfahrungen in ihrem postsowjetischen Leben zu tun haben. In der Maxim-Gruppe, so viel wusste ich, waren die Eltern wohlhabend. Sie hatten ihre antisowjetischen Referenzen in Jobs beim Fernsehen, bei der Presse oder in der undurchsichtigen Welt des »Consulting« überführt. Die Eltern der Oktober-Gruppe kamen meiner Einschätzung nach gerade so über die Runden. Ich weiß nicht, ob dies der ausschlaggebende Faktor war, aber es war etwas, worüber die Oktobristen sehr oft sprachen.

Ich ertappte mich dabei, die Welt langsam, aber unverkennbar in einem etwas anderen Licht zu sehen. Früher hatte ich es seltsam gefunden, dass sich direkt gegenüber vom KGB ein niedliches Café mit WiFi befand. Aber es war überhaupt nicht seltsam. Zumindest nicht seltsamer als die Tatsache, dass es drüben in Amerika an meiner Universität, wo von den Studierenden erwartet wurde, ein stilles und mönchsartiges Leben im Streben nach Wissen zu führen, ein wunderschönes, viele Millionen teures Fitnessstudio gab; oder dass in meinem alten Viertel in Brooklyn die gewaltsame Vertreibung der Menschen aus ihren Häusern, in denen sie Jahrzehnte gelebt hatten, und von den Treppen, auf denen sie so oft gesessen hatten, zur Begleitmusik von niedlichen Cafés stattfand. Niedliche Cafés waren nicht das Problem, aber sie waren auch nicht, wie ich offenbar einmal geglaubt hatte, das Gegenteil des Problems. Geld war das Problem. Es war schon immer das Problem gewesen. Privateigentum, Besitz, die Tatsache, dass einige Menschen leiden mussten, damit andere ein Leben in Muße führen konnten: Das war das Problem. Und dass es intellektuelle Argumente gab, die dies leidenschaftlich rechtfertigten – das war ein noch viel größeres Problem.

In der Lesegruppe wurde meine Anwesenheit gelassen aufgenommen. Ich war sowohl Beobachter als auch teilnehmender Beobachter, und darüber hinaus nahm man an, dass ich mit ihrer Sache sympathisierte. Mein völliger Mangel an Wissen über Marx und den Marxismus wurde meiner generellen amerikanischen Ignoranz zugeschrieben, während meine leicht zweideutigen Bemerkungen über meine eigene Vergangenheit im bestmöglichen Licht interpretiert wurden.

Einmal fragte mich Mischa, der von der Uni geflogen war, weil er an einem Protest teilgenommen hatte, ob es bei mir auf dem Campus eine Studierendenbewegung gegeben habe. Ja, antwortete ich, und dachte dabei an die Besetzung der Cafeteria. Mischa fragte nicht, ob ich an der Aktion teilgenommen hatte, er ging einfach davon aus. »Was war das Ergebnis?«, fragte er.

Das Ergebnis war, dass die Universität im Austausch für das Verlassen der Cafeteria und das Freigeben des Hühnchen-Parmesan-Sandwichs zugestimmt hatte, eine Kommission zur Prüfung einer möglichen Studierendenvertretung einzusetzen. Die Kommission schlug schließlich vor, dass statt einer Studierendenvertretung eine neue Kommission (eine ganz andere Kommission) gegründet werden solle, um die Beschwerden der Studierenden zu untersuchen. Vier Jahre später gab es noch immer keine Studierendenvertretung, und ich erfuhr zufällig, dass die Universität die Finanzkrise nutzte, um einige der von den Studierenden schließlich errungenen Errungenschaften wieder abzuschaffen.

»*Swolotschi*«, sagte Mischa.

Swolotschi. Mistkerle. Das stimmte. Tatsächlich waren sie, wie ich aus den Chats mit meinem Berater wusste, nicht nur damit beschäftigt, die aufkeimende Studierendenvertretung zu zerschlagen, sondern auch dabei, das Institut für Slawistik aufzulösen. Ein oder zwei eher historisch arbeitende Professoren wurden zu den Geschichtswissenschaften abgeschoben, die anderen wurden ins Germanistik-Institut gesteckt, das in Institut für deutsche und slawische Literatur und Sprache umbenannt wurde. Die Deutschen hatten das Sagen. Und ein paar Professoren mit wenigen Studierenden – allerdings noch nicht mein Berater – wurden in den Vorruhestand geschickt.

»Ja«, pflichtete ich Mischa bei. »Es sind Dreckskerle.«

Die Oktobristen stammten also, wie es aussah, aus Familien, die den Reformen zum Opfer gefallen waren – aber wie war das bei mir? Mein Vater mit seiner neuen Familie drüben in den Staaten war kein Opfer, auch wenn ich mir manchmal ausmalte, wie er zu russischen Fernsehsendungen auf seinem Heimtrainer strampelte, und mich dann fragte, ob er wohl einsam war und sich wünschte, nie weggegangen zu sein. Mein Bruder, der Möchtegern-Magnat, stellte sich selbst als Opfer des Regimes dar, war aber in Wirklichkeit dessen Komplize. Wenn überhaupt, dann war er ein Opfer des korrumpierenden Einflusses des Regimes – wie so viele andere, die durch den Reichtum, der durch die hohen Ölpreise und die einseitigen Reformen ins Land floss, korrumpiert wurden.

Meine Großmutter hingegen war wirklich bestohlen worden.

Während dieser Zeit gingen wir einmal auf dem Boulevard spazieren. Es schneite leicht, und meine Großmutter hielt sich an meinem Arm fest. In Moskau fiel nie besonders viel Schnee, aber es blieb durchgängig kalt, sodass der erste Anfang November gefallene Schnee bis zum Frühjahr liegen blieb und dabei hart und braun wurde, nur gelegentlich aufgefrischt durch etwas Neuschnee. In New York waren die Gehsteige Sache der Vermieter, und sie mussten ein Bußgeld zahlen, wenn sie Eis und Schnee nicht zeitnah beseitigten. In Moskau gehörten die meisten Gebäude der Stadt, und ihre Eingänge lagen in der Regel ohnehin in den Hinterhöfen, und es war also Sache der Stadt, die Gehwege zu räumen. Das dauerte manchmal Wochen. Draußen spazieren zu gehen war tückisch.

Wir machten also einen Spaziergang und kamen an der hoch aufragenden Krupskaja-Statue vorbei, die eine junge Nadeschda Krupskaja, Lenins Frau, in eine lange, wallende Stola gehüllt darstellte. Sie war von einer dünnen Schneeschicht bedeckt, was sie dramatischer als üblich erscheinen ließ, und nachdem wir in den letzten fünf Monaten fast täglich an ihr vorbeigelaufen waren, sah sich meine Großmutter vielleicht deshalb jetzt zu folgender Bemerkung veranlasst: »Sieh sie dir an! Sie war eine sehr bescheidene Dame. Aber hier sieht sie aus wie eine Ballerina!«

Ich betrachtete meine Großmutter. Sie bahnte sich vorsichtig, aber unbeugsam ihren Weg durch den Schnee. Als wir neulich in der Lesegruppe Marx' Darstellung der Abschöpfung des Arbeitswertes des Arbeiters durch dessen Ausbeutung diskutiert hatten, erzählte ich von der Enteignung von Onkel Lews Öl, und es brach aus mir heraus, wie unfair das alles gewesen war. Boris hakte nach. »Was hat Gerechtigkeit damit zu tun?«, fragte er. »Wir reden hier über die Gesetze des Kapitalismus.« – »Und die sind ungerecht!«, antwortete ich. Boris hatte nur mit den Achseln gezuckt.

»Großmutter«, sagte ich jetzt. »Was denkst du über den Kommunismus?«

»Kommunismus?« Sie seufzte einen ihrer typischen Seufzer. »Was ich über den Kommunismus denke? Ich denke, er war einen Versuch wert. In diesem schrecklichen Land wird nie etwas richtig funktionieren. Aber er war einen Versuch wert.«

»War das Leben im Kommunismus besser?«

»Für manche Leute war es besser. Für uns war es besser. Wir hatten eine Datscha und diese Wohnung, und jeder hatte Arbeit. Aber es gab auch schlechte Seiten. Man durfte nichts in den Zeitungen sagen. Einige Bücher waren nicht zu bekommen. Ich weiß nicht, Andrjusch. Was meinst du?«

»Ich weiß nicht. Ich war nicht dabei.«

Vor Kurzem war Wanja mit schlechter Laune beim Eishockey aufgekreuzt. Seine Zuckerfabrik war aufgefordert worden, die Preise künstlich niedrig zu halten, damit Zucker für die Leute, deren Einkommen durch die Finanzkrise in Mitleidenschaft gezogen war, nicht zu teuer wurde. »Fick deine Mutter, es geht alles wieder von vorne los«, sagte er. Damals, in der Sowjetunion, hatte er eine Schuhfabrik geleitet. »Wir haben Schuhe für fünfzehn Rubel das Paar produziert und für fünf verkauft. Sergej, nichts für ungut« – es war in der Umkleidekabine kein Geheimnis, dass Sergej Sympathien für das sowjetische Experiment hegte – »aber diese Scheiße muss aufhören. – Jetzt machen sie genau das Gleiche, nur von der anderen Seite«, fuhr er fort. »Wir haben einen Markt, wir haben Preise, mir gehört die Fabrik, aber sie verarschen uns immer noch.« Er hatte die örtlichen Beamten, die das Anliegen vorbrachten, aus seinem Büro geworfen, aber ein paar Tage später bekam er Besuch vom Staatsanwalt, der bereits ein Verfahren wegen Steuerhinterziehung gegen ihn vorbereitet hatte. »Also werde ich es machen. Dann kann ich die Gehälter meiner Angestellten zwar nicht mehr anpassen« – an die Inflation –, »aber das interessiert natürlich niemanden.«

»Ich habe Putin in St. Petersburg kennengelernt«, sagte Tolja. Putin hatte dort in den Neunzigerjahren, vor seinem Umzug nach Moskau und seinem kometenhaften Aufstieg zur Präsidentschaft, als stellvertretender Bürgermeister gearbeitet. »Er wusste über alles Bescheid. Deshalb taten die

Leute, was er wollte. Er kannte alle ihre schmutzigen Geheimnisse.«

»Das stimmt«, sagte Wanja. »Und jetzt führt er das ganze Land auf diese Weise.«

»Und was ist die Lösung?«, fragte Ilja. Er sah Sergej an.

»Demokratie«, sagte Sergej sofort. »Arbeiterräte. – Wanja, gehört deine Fabrik dir und deinen Arbeitern gemeinsam?«

»Natürlich nicht«, antwortete Wanja. »Wir haben ihnen in den Neunzigern alle Anteile abgekauft.«

»Da haben wir's«, sagte Sergej. »Wenn die Fabrik den Arbeitern gehören würde, könnte kein Staatsanwalt auftauchen und sie bedrohen. Soll er etwa die ganze Belegschaft ins Gefängnis stecken? Dann gibt's gar keinen Zucker mehr, und das ist noch schlimmer als teurer Zucker.«

Wanja dachte darüber nach. »Und was ist mit mir?«, fragte er. »Ich weiß, wie man die Fabrik führt.«

»Wunderbar«, sagte Sergej. »Die Fabrik bräuchte trotzdem einen kompetenten Leiter. Du hättest noch immer den Respekt deiner Mitarbeiter. Aber vielleicht würdest du ein bisschen weniger verdienen.«

»Dann fliegst nicht du jedes Wochenende nach Spanien, sondern die ganze Fabrik fliegt einmal im Jahr«, sagte Tolja.

Alle lachten. Sie stellten sich vor, wie Wanjas Arbeiter – goldzahnig, ungebildet, unbeholfen gekleidet – die sonnigen Strände Spaniens genossen. Aber es war ein warmes Lachen. Keiner schien es für eine schlechte Idee zu halten.

Meine Großmutter und ich hatten das Ende unseres Boulevard-Abschnitts erreicht, und das riesige RussOil-Gebäude verdunkelte uns den Weg. Ich musste an Dima denken – neulich hatte er mir einen Artikel über den sich rapide verschlechternden Moskauer Immobilienmarkt weitergeleitet. Seit unserem letzten Gespräch waren Innenstadtimmobilien um vier Prozent im Wert gesunken. »Du schuldest mir sechstausend Dollar«, hatte er dazugeschrieben. Ich hatte nicht geantwortet.

»Es wäre schön gewesen«, sagte meine Großmutter jetzt und meinte das sowjetische Experiment, »wenn es geklappt hätte.«

Wir drehten um und gingen zurück zur Krupskaja, der Braut der Revolution, Lenins treuer Frau.

Yulia kommentierte mein politisches Erwachen nicht, wenn sie es denn überhaupt bemerkte. Bei unseren Gruppentreffen war sie sehr zurückhaltend; ich sah sie lächeln, während ich stammelnd meiner Empörung Ausdruck verlieh, aber ich konnte nicht sagen, ob sie es charmant fand oder sich einfach nur höflich fremdschämte. Auf unseren gemeinsamen Wegen zur Station Majakowskaja sprach sie weiterhin fast ausschließlich mit Boris über Zentralasien. Ein paarmal gingen Boris und Nikolaj mit mir auf ein Bier in eine tschechische Kneipe unweit des Majakowski-Denkmals, aber Yulia kam nie mit. Und immer lauerte im Hintergrund ihr Schipalkin. Einmal brachte ich ihn beim Bier mit Boris und Nikolaj zur Sprache. Wie sich herausstellte, konnte vor allem Boris die Anarchistentruppe Mayhem, der sich Schipalkin nach dem Austritt aus Oktober angeschlossen hatte, nicht ausstehen.

»Weißt du«, sagte er, »sie haben einfach keine politische Position. Sie glauben, sie können die Regierung stürzen, indem sie Polizeiautos besprühen!« Mayhem hatte genau das kürzlich in Moskau getan und anschließend ein Video davon auf YouTube hochgeladen. »Es ist, wie Lenin gesagt hat«, schloss Boris. »Anarchismus ist eine frühkindliche Störung.«

»Okay«, sagte ich. »Aber was läuft zwischen ihm und Yulia?«

Boris sah mich an, als könnte er nicht glauben, dass sich jemand für eine solche Nebensächlichkeit interessierte, wo es doch die Gelegenheit gab, über den Anarchismus herzuziehen. »Du meinst privat? Ich habe keine Ahnung. Ich weiß nur, dass sie meine Einschätzung über den Anarchismus teilt.« Mehr sagte er nicht dazu.

»Habt ihr am Wochenende schon was vor?«, fragte Nikolaj. »Ich könnte nämlich etwas Hilfe bei der Datscha gebrauchen.« Und schnell mussten Boris und ich uns eine Ausrede einfallen lassen, warum wir keine Zeit hatten.

Dann, nach unserem vierten oder fünften Treffen, wurde die ganze Gruppe vor der Tür von einem sichtlich nervösen Dandy abgefangen. Yulia lachte gerade über etwas, das Boris gesagt hatte, verstummte jedoch, sobald sie ihn sah.

»Petja«, sagte sie. »Was machst du denn hier?«

»Ich wollte mit dir reden«, antwortete der Dandy, von dem ich sofort vermutet hatte, dass es Schipalkin war. Er trug einen Wollmantel und einen über die Schultern geworfenen Schal sowie Lederhandschuhe und High-Top-Sneaker von Converse – das Outfit eines Moskauer Hipsters. Das andere Bemerkenswerte an seiner Erscheinung war, dass er aussah wie ich: Er war ein kleiner, olivhäutiger osteuropäischer Jude. Wir waren keine eineiigen Zwillinge oder so, aber wenn ich mich vorher gefragt hatte, ob Yulia überhaupt jemals in Erwägung ziehen würde, mit einem Typen wie mir auszugehen, so hatte ich jetzt meine Antwort.

Und noch etwas anderes fiel mir auf. Schipalkin schüttelte Boris und Nikolaj die Hand und sagte *Priwet* zu Vera. Dann sah er neugierig und, wie mir schien, sogar leicht feindselig zu mir herüber.

»Das ist Andrej«, sagte Yulia leise.

»Aha«, sagte Schipalkin. »Das habe ich mir schon gedacht.«

Theoretisch hätte es hundert Gründe für seine Reaktion geben können, aber der einfachste war, dass Yulia mich ihm gegenüber erwähnt hatte, und zwar auf eine Weise, die mich als Bedrohung erscheinen ließ. Ja, es mochte andere Erklärungen geben. Aber diese war plausibel. Wir Männer sind nicht so dumm, wie wir tun. Ein sitzen gelassener Ehemann weiß so etwas.

Eine Woche später lud Sergej ein paar von uns auf eine Party bei sich zu Hause ein. Seine Frau war übers Wochenende mit dem Vierjährigen zu ihrer Mutter nach St. Petersburg gefahren, und Sergej meinte, er fühle sich einsam und brauche ein bisschen Gesellschaft.

»Ist deine Frau sauer, dass du nicht mitgekommen bist?«, fragte ich.

»Ich glaube schon, ja«, antwortete Sergej sachlich. Wir saßen nach dem Eishockey in seinem Auto.

»Und es ist dir egal?«

»Es ist mir nicht egal«, sagte er. »Aber ich wollte nicht mitfahren. Inzwischen weiß ich, dass es besser ist, Dinge, die ich nicht tun will, auch nicht zu tun. Besser für alle.«

Also gab es eine Party. Sergej wohnte weit draußen in den endlosen Vororten der Stadt. Ich nahm die graue Linie nach Norden, stieg in einen Bus und ging an fünf identischen siebzehnstöckigen Häuserblocks vorbei, bis ich den sechsten erreichte, in dem sich seine Wohnung befand. Dieses Viertel war ein besonders unverfälschtes Beispiel für das, was sich die modernistischen Architekten, allen voran Le Corbusier, einst erträumt hatten: gigantische Wohnblocks in denen die Menschen lebten und zwischen denen sie sich mit ihren Autos hin und her bewegten. Und gleichzeitig sollten auf den Flächen zwischen den Blocks Parks mit Bäumen und andere Naherholungsmöglichkeiten entstehen.

Was für ein Arschloch, dachte ich, während ich die fünf Blocks zu Sergej entlanglief. Wenn die Leute überall mit ihren Autos hinfahren konnten – warum sollten sie dann viel Zeit mit der Pflege der Gärten zwischen den Hochhauskomplexen verbringen? Die Antwort war: Sie taten es auch nicht. Wie bei den großen Projekten des sozialen Wohnungsbaus in den Vereinigten Staaten hatten sich die Freiflächen zwischen den Gebäuden nicht wie von Geisterhand selbst mit Parks und Bäumen und spielenden Kindern gefüllt. Vielleicht war es zu Sowjetzeiten anders gewesen, aber jetzt war alles voller Müll, Autos, die die Leute nirgendwo anders parken konnten, noch mehr Müll – und Baustellen. Auf dem Weg zu Sergej musste ich an mindestens einem halben Dutzend baustellenähnlicher Löcher im Boden vorbeilaufen, aber ich konnte nicht erkennen, warum dort gegraben wurde; allerdings war es auch schon dunkel. Hunde bellten. Die Straßen waren so verlassen, dass ich schon befürchtete, kein Geschäft mehr zu finden, in dem ich Bier kaufen konnte, aber als ich bei Sergej ankam, entdeckte ich einen Laden im Erdgeschoss des Hochhauses, in dem er wohnte. Ich kaufte ein paar Bier, dann klingelte ich bei ihm. Irgendjemand betätigte den Türöffner. Ich zog die schwere Metalltür auf und betrat ein enges, schlecht beleuchtetes Foyer; es hatte exakt denselben Zuschnitt wie das Haus, in dem meine Großmutter damals in Dubna gewohnt hatte, inklusive einer winzigen Kabine, in der normalerweise ein »Hausmeister« saß, fernsah und jeden, der reinkam, mit bösen Blicken bedachte. So war es auch hier. Es war nicht gerade die Sorte Pförtner, in dessen Gästebuch man sich eintragen musste, aber immerhin gab es einen Pförtner.

Ich beging den Fehler, ihn zu grüßen, worauf der Mann, der in seinen späten Sechzigern zu sein schien, ohne den Gruß zu erwidern, fragte: »Zu wem wollen Sie denn?«

»Sergej Iwanow«, sagte ich.

Der Mann grunzte. »Veranstaltet ihr da oben so 'ne Art Party, oder was?«

»Nur eine ganz kleine«, sagte ich und lächelte ihm zu.

Er antwortete nicht, und ich ging weiter. Vorbei an den Briefkästen, die sich an der gleichen Stelle wie im Haus meiner Großmutter und im gleichen Zustand befanden – zerbeult, halb offen stehend, von Graffiti übersäht –, und dann drei kleine Stufen hinauf zum Fahrstuhl. Es stank nach Urin. Ich hielt die Luft an und drückte auf die Neun.

Sobald ich Sergejs Etage erreicht hatte, wurde es besser. Musik drang aus der Wohnung, und Yulia öffnete strahlend die Tür. »Andrej!«, sagte sie auf eine Weise, wie ich es noch nie von ihr gehört hatte. Sie trug ein weißes Baumwollkleid mit Blumen darauf, und als ich eintrat, gab sie mir einen Kuss auf die Wange. Sie war angetrunken. Sie sagte, ich solle meinen Mantel einfach aufs Bett werfen, dann tanzte sie ins Wohnzimmer davon. Während ich all das noch verarbeitete, ging ich in die Küche, stellte das Bier ab und machte mir eins auf. Am Küchentisch saßen Mischa und Nikolaj und ein paar Leute, die ich nicht kannte, und tranken. Mischa erzählte eine Geschichte.

Er war in einem Viertel am Stadtrand von Moskau aufgewachsen, bevor er die Wohnung seiner Großmutter geerbt hatte, und als der kleine Mischa in den frühen Neunzigern durch die Gegend streifte, bekam er es immer wieder mit Kinderbanden zu tun, die ihn auf der Straße bedrängten. Sie fragten: »Grunge oder Metal«, und wollten wissen, was er lieber mochte. Die richtige Antwort konnte beides sein, und wenn man das Falsche sagte, wurde man verprügelt. »Aber meistens war Metal richtig«, sagte Mischa. »Sie fragten: ›Ach, wirklich? Und was ist deine Lieblingsband?‹ Aber man konnte bluffen, sie hatten nämlich auch nicht mehr Ahnung als man selbst. Ich sagte ›Deep Purple‹, und sie antworteten: ›Okay, Deep Purple‹, und ließen mich gehen.«

»Bei mir im Block hieß es ›Rap oder Metal‹«, sagte Nikolaj. »Und die Antwort lautete immer eindeutig ›Metal‹, weil es sonst bedeutet hätte, dass man Schwarze mochte. Das machte es leichter. Aber ich wurde trotzdem manchmal verprügelt.«

Ich mochte diese Jungs so sehr. Es war, als hätten sie eine verschärfte Version meines eigenen Lebens gelebt, in das die westliche Populärkultur zuerst nur tröpfchenweise eingesickert war, zu Beginn in Form von Gerüchten über Rap und Metal, bis sie dann nach und nach die ältere russische Buchkultur, die uns unsere Eltern weitergegeben hatten, verdrängte. Für mich war die Aneignung der amerikanischen Popkultur nur ein Aufholprozess, durch den ich mich anpasste. Für sie war es eine bewusste Entscheidung, mit der sie leben und die sie fast jeden Tag aufs Neue treffen mussten. Russisch zu sein bedeutete in gewisser Weise, immerzu Entscheidungen treffen zu müssen, nicht zwischen Rap und Metal per se, sondern zwischen Russland und dem Westen – wenn es darum ging, was man aß, welche Musk man hörte, was man dachte. Und Mischa, Yulia, Sergej, Boris, meine Freunde, sie hatten zu einer sehr ansprechenden Mischung gefunden: Niemand, den ich bisher in Russland getroffen hatte, hatte sich so gründlich mit der westlichen Kultur auseinandergesetzt und in so vielerlei Hinsicht das Beste daraus extrahiert wie sie, und niemand war dabei dem Land, aus dem sie kamen, so treu geblieben. Und bei ihren politischen Überzeugungen war es das Gleiche. Marx war ein deutscher Philosoph, der aus seinem Heimatland nach Paris und später nach London geflohen war. Aber seinen größten Erfolg und seine treuesten Schüler hatte er in den Russen gehabt. Und hier hatte er sie immer noch.

Ich stand in der Küche und sah aus dem Fenster. Wir waren ziemlich nah am Stadtrand; eine solche Wohnung, so weit vom Zentrum und dann auch noch so weit von der nächsten Metro-Station entfernt, war ziemlich billig – und doch bot sie eine tolle Aussicht. Aus Sergejs Küche konnte man eine Autobahn sehen, Bahngleise, eine Hochbahnstrecke, eine Hochstraße und eine weitere Bahnstrecke. In der Dunkelheit rasten die Autos und Züge in entgegengesetzter Richtung aneinander vorbei; es war einerseits ein sehr moderner, futuristischer Anblick, aber andererseits wirkte es schäbig und improvisiert; eindeutig die Folge davon, dass nicht gleich von Anfang an alles richtig gemacht worden war. Man hatte den Eindruck, als könnte einer der Wagen oder Züge jeden Moment herunterfallen und mit etwas zusammenstoßen. Und zwischen diesen Bahnlinien aus der Zukunft standen hohe Gebäude wie jenes, in dem ich mich befand; sie sahen aus wie wackelige Buchregale, die jemand an einer Straßenecke zurückgelassen hatte.

Ich nahm mein Bier und ging durch den Flur ins Wohnzimmer, wo Musik lief, zu der ungefähr zehn Leute etwas unbeholfen tanzten. Ich spürte immer noch den Kuss auf der Wange, mit dem Yulia mich begrüßt hatte. Langsam gewöhnten sich meine Augen an das relativ schummrige Licht, aber ich konnte sie nirgendwo entdecken. Kurz befürchtete ich, dass sie mit Schipalkin hier war, dass sie seinetwegen so gute Laune hatte und jetzt gerade irgendwo mit ihm zusammen war.

Dann packte mich jemand am Ärmel und zog mich zu sich: Yulia. Ich glaubte sogar, einen leichten Ausdruck von Ungeduld in ihren Augen aufblitzen zu sehen. Wir tanzten. Ich bin ein furchtbarer Tänzer, aber Yulia war nicht besser, also war es okay. Irgendwann während *Stayin' Alive* legte Yulia einen ziemlich glaubwürdigen Disco-Dance hin, und ich kopierte sie. Dann zog sie mich dicht an sich heran, richtete sich auf und küsste mich auf die Lippen. Es war nur ein flüchtiger Kuss, aber er war beabsichtigt, und nachdem sie mich losgelassen hatte, sah sie mich auf eine Weise an, als wollte sie sagen, sie habe die Tatsache, dass ich sie während der letzten beiden Monate nicht aus den Augen gelassen hatte, durchaus bemerkt. Wir tanzten weiter, und wir küssten uns weiter und immer entschlossener, und dann war es spät, und sie, Boris, Mischa und ich teilten uns ein Auto zurück ins Zentrum, da die Metro inzwischen nicht mehr fuhr. Boris und Yulia und ich saßen dicht gedrängt auf dem Rücksitz, und während der gesamten Fahrt hatte Yulia ihren Kopf auf meine Schulter gelegt und geschlafen. Wir setzten zuerst sie ab, dann die Jungs, ich war der Letzte. Ich bat den Fahrer, mich an der Ecke Sretenka und Gartenring rauszulassen, damit ich bei den aserbaidschanischen Hähnchenverkäufern eine Blätterteigpastete kaufen konnte.

Während ich aß, ging ich die restlichen Häuserblocks durch die Kälte nach Hause. Ich war mir nicht sicher, was genau da gerade zwischen Yulia und mir passiert war und ob sie es am nächsten und übernächsten Tag fortsetzen wollte, aber es war mir auch egal. Die ganze Sretenka leuchtete hell in dieser Nacht, und alles schien mich anzulächeln.

Am nächsten Tag fiel meine Großmutter die Treppe hinunter.

8. MEINE GROSSMUTTER FÄLLT DIE TREPPE HINUNTER

Ein paar Wochen zuvor hatte ich endlich ein WLAN-Signal in der Wohnung empfangen. Das neue Semester war bereits in vollem Gange, und ich saß eines Abends am Küchentisch und beantwortete offline E-Mails von Studierenden, die der Meinung waren, Tolstoi mache eine zu große Sache aus Anna Kareninas Scheidung, als meine Großmutter hereinkam und mich fragte, ob ich Tee und Pfannkuchen haben wollte. Während sie alles zubereitete, arbeitete ich weiter – war es wirklich das Ende der Welt, wenn man sich für die Liebe statt für die eigenen Kinder entschied? Ja, Freunde. Es war das Ende der Welt; oder das Ende einer Welt –, und als sie fertig war, stellte ich aus Faulheit meinen Laptop aufs Fenstersims, statt ihn in mein Zimmer zu bringen. Als ich das tat, öffnete sich eine Nachricht über dem Netzwerk-Icon, die mir mitteilte, ich hätte ein Signal. Ich zügelte meine Begeisterung, denn schon als ich das erste Mal versucht hatte, mich in der Wohnung mit dem Internet zu verbinden, hatte ich viele erfolgversprechende Signale empfangen. Doch als ich jetzt den Browser öffnete und versuchsweise die Webseite der *New York Times* aufrief, erschien dort tatsächlich die Graue Dame mit den neuesten Nachrichten. Ich war im Internet! Wenn ich mich vom Fenstersims entfernte, verschwand das Signal. Aber solange mein Laptop dort stand – ich rittlings auf einem Stuhl davor –, war ich drin. Ich hatte Internet!

Mein ganzes Leben veränderte sich. Ich musste nicht mehr jeden Tag fünf Stunden im Coffee Grind verbringen, wenn ich es nicht wollte. Ich musste nicht mehr alles herunterladen, bevor ich das Grind verließ, oder meine diversen Mails zu Hause in einem Textverarbeitungsprogramm verfassen, um sie dann mühsam in Gmail zu kopieren, wenn ich wieder online war. Ohne es so richtig zu bemerken, hatte ich im Laufe der letzten Monate ein ganzes Ad-hoc-System zur Kommunikation mit der Außenwelt entwickelt, nur zusammengehalten von Notlösungen und Improvisationen und meiner nervösen Gereiztheit. Jetzt konnte ich es entsorgen.

Ich ging trotzdem noch fast jeden Tag ins Grind, wenn auch nicht mehr so lange. Stattdessen saß ich stundenlang auf einem Stuhl vor der Fensterbank in der Küche und arbeitete dort. Das bedeutete, ich war öfter zu Hause.

»Musst du gar nicht zur Arbeit?«, fragte eines Morgens meine Großmutter, die inzwischen daran gewöhnt war, dass ich regelmäßig länger fortblieb.

»Ich werde hierbleiben«, antwortete ich, »wenn das in Ordnung ist?«

»Aber natürlich!«, rief meine Großmutter. Sie war hocherfreut.

Aber das Fenstersims-Internet führte auch dazu, dass ich meiner Großmutter weniger Aufmerksamkeit schenkte. Der Strom der Studierenden-Mails schien niemals zu versiegen. Und darüber hinaus gab es noch so viel anderes, was ich unbedingt lesen wollte. Die Oktober-Gruppe hatte einen Mail-Verteiler, der ständig bespielt wurde – mit Artikeln, Vorschlägen für mögliche Demonstrationen, Streitgesprächen. Es gab da einen Anarchisten, einen Bekannten von Schipalkin, der gelegentlich Mails schrieb, in denen er den Oktobristen diktatorische Tendenzen vorwarf, und einen Kommunisten, der sie der Sektiererei beschuldigte. Die ausführlichen und manchmal interessanten Auseinandersetzungen zogen sich oft über Tage hin. Ich las sie alle vor dem Fenstersims, mampfte Haferkekse und Suschki dazu und trank tagsüber eine Tasse Instantkaffee nach der anderen, bevor ich gegen Abend auf Tee umstieg.

Am frühen Abend am Tag nach Sergejs Party war ich gerade am Fenstersims in einen solchen Streit vertieft – ich könnte nicht mehr sagen, worum es ging –, als meine Großmutter mir mitteilte, sie werde noch mal kurz spazieren gehen. Es schneite ein bisschen, das konnte ich sehen, und es war rutschig draußen, aber nicht *zu* rutschig. Trotz der Kälte war meine Großmutter bereits früher am Tag schon einmal draußen gewesen, um ein paar Einkäufe zu erledigen, und alles war gut gegangen. Ich fand zwar, ich sollte sie vielleicht besser begleiten, aber gleichzeitig wollte ich auch unbedingt weiterlesen. Sollte ich mein ganzes Leben lang dazu gezwungen sein, mit meiner Großmutter rauszugehen, wann immer ihr der Sinn danach stand? So konnte man doch nicht leben. Ich ging zu ihr, gab ihr einen Kuss auf die Stirn und wünschte ihr viel Spaß beim Spaziergehen.

Ungefähr dreißig Minuten später hörte ich einen spitzen Schrei im Treppenhaus. Zuerst dachte ich, es sei ein Hund oder ein Kind, aber dann wusste ich plötzlich ganz genau, wer es war. Ich lief hinaus in den Hausflur; meine Großmutter lag auf dem Rücken am Fuß der Treppe, ihre Augen waren geöffnet, und sie hielt sich den Hinterkopf und sah mich angsterfüllt an. Ich lief die Stufen hinab – sie waren nass und rutschig von dem Schnee, den die Leute beim Hinaufsteigen hinterlassen hatten – und half ihr auf; ihr dicker rosafarbener Mantel hatte den Sturz abgefedert, aber als ich mir die Stelle an ihrem Hinterkopf ansah, die sie sich gehalten hatte, bemerkte ich, dass sie blutete.

»Oh, Andrjuschenka«, sagte sie, während ich ihr langsam die Treppe hinaufhalf. »Ich bin so dumm. Ich bin so dumm. In meinem Kopf dreht sich alles.«

Ich führte sie nach oben, half ihr aus dem Mantel und dabei, sich aufs Bett zu legen, dann lief ich zu meinem Laptop auf dem Fenstersims und suchte die Nummer für den Rettungsdienst heraus. Es war die 03. Ich wählte sie und erklärte, dass meine Großmutter sich den Kopf aufgeschlagen habe. Die Frau am anderen Ende der Leitung wollte wissen, ob ich glaube, dass sie in Gefahr schwebte. Ich hatte keine Ahnung. »Ist sie bei Bewusstsein?«, fragte die Frau. Das bejahte ich. Offenbar half es ihr bei der Entscheidung, wohin sie uns schicken sollte. Sie sagte, dass in zwanzig Minuten ein Krankenwagen bei uns sein würde, und so war es auch.

Im Nachhinein weiß ich nicht, ob ich richtig gehandelt habe. Ich habe inzwischen mit ein paar Ärzten darüber gesprochen, und einige meinten, dass so ein Schlag gegen den Kopf, wie ihn meine Großmutter bei ihrem Sturz erlitten hatte, zwar schmerzhaft, aber nicht lebensgefährlich sei; andere sagten, dass in ihrem Alter eine ganze Menge gefährlicher innerer Blutungen auftreten könnten und es die richtige Entscheidung gewesen war, sie ins Krankenhaus zu bringen. Wie gesagt, ich weiß es nicht.

Der Krankenwagen kam, zwei blasse junge Männer in Kitteln erschienen mit einer Trage, und während sie meine Großmutter sanft darauf betteten, schlugen sie vor, ich solle ihr ein paar Hygieneartikel und Wechselkleidung einpacken und einige Bücher, die sie gerne las. Soweit ich wusste, besaß meine Großmutter keine Reisetasche, also ging ich in mein Zimmer, schnappte meinen Спорт-Rucksack, kippte mein Eishockeyzeug aus und packte etwas Kleidung, ihre Zahnbürste und ihre Brille hinein. Dann verließen wir die Wohnung.

Niemals werde ich den Blick auf Moskau vergessen, den ich aus dem Fond dieses Krankenwagens hatte, während wir uns durch den zähen Verkehr auf dem Gartenring quälten. Nach einer Weile schlief meine Großmutter auf der Trage neben mir ein; einer der Sanitäter saß hinten bei uns und spielte mit seinem Telefon, und als ich ihn fragte, ob das mit dem Einschlafen in Ordnung sei, bejahte er es. Durch das Rückfenster sah ich hinaus auf die Stadt. Sie war von einer dünnen Schneeschicht überzogen, demselben Schnee, auf dem meine Großmutter ausgerutscht war, während ich am Laptop gesessen und E-Mails gelesen hatte. Man konnte aus dem Inneren des Krankenwagens sehen, wie kalt es draußen war. Die Menschen gingen in ihren schwarzen Mänteln, schwarzen Hüten und schwarzen Schuhen dicht an den Gebäuden entlang, weil es dort wärmer war. Als wir auf einer Kreuzung im Verkehr feststeckten, sah ich, wie zwei Autos mit den Stoßstangen zusammenrumpelten. Sofort sprangen die Fahrer heraus und gingen aufeinander los. Der eine war größer, aber der kleinere Mann war schneller; er brachte ein paar Fäuste ins Ziel, und der größere Kerl griff sich vor Schmerzen an den Kopf, und dann war es vorbei. Sie stiegen wieder in ihre warmen Autos und warteten darauf, dass sich der Verkehr in Bewegung setzte.

Als wir endlich den Gartenring verließen und auf die Kiewer Chaussee einbogen, fragte ich den Sanitäter neben mir, wie lange es noch dauern würde.

»Ungefähr eine Stunde«, antwortete er.

»Eine Stunde? Gibt es nichts näher dran?«

»Uns wurde gesagt, wir sollten sie in eine neurologische Klinik bringen, weil es sich um eine Kopfverletzung handelt«, sagte er. »Machen Sie sich keine Sorgen, es ist eine gute Klinik.«

Wir fuhren weiter durch die Industriegebiete und Wälder am südlichen Stadtrand. Das Krankenhaus, das der Krankenwagen schließlich erreichte, lag mitten im Wald. Im schummrigen Licht der Auffahrt konnte ich ein altes, lang gestrecktes, vierstöckiges Gebäude aus gelbem Backstein erkennen; angesichts der Entfernung zur Stadt hätte es auch ein Dorfkrankenhaus aus der Zeit vor der Revolution sein können. Oder kurz danach. Wer weiß. Die Sanitäter rollten meine in eine warme Decke gehüllte Großmutter vorsichtig hinein. Sie war jetzt wach. Die Vorgänge schienen sie nicht zu stören; ganz im Gegenteil, es schien ihr zu gefallen. Ihre Gesundheit hatte ihr Sorgen gemacht. Jetzt waren hier Menschen, die diese Sorgen ernst nahmen.

»Danke«, sagte sie immer wieder zu den Sanitätern, »vielen Dank.«

Im Inneren sah das Krankenhaus noch viel älter aus. Ein klappriger Aufzug brachte uns in die oberste Etage, und wir gingen einen schummrigen Korridor entlang. Es war spät geworden, die meisten Zimmertüren waren geschlossen. Billige, alte Holzstühle auf dem Flur ließen vermuten, dass sich hier tagsüber Besucher aufgehalten hatten.

Wir erreichten eine offen stehende Tür, hinter der ein junger Mann in grüner Krankenhauskleidung und mit dunklen Augenringen saß und eine Zigarette rauchte. Wie sich herausstellte, war es der Chefneurologe.

»Hallo, Arkadi Iwanowitsch«, sagte einer meiner Sanitäter. »Die Frau ist gestürzt, hat sich den Kopf angeschlagen. Es blutet ein wenig. Die Fahrdienstleiterin meinte, wir sollten sie zu euch bringen.«

»Bitte bringt sie in den Untersuchungsraum vierzehn«, sagte der Neurologe und folgte uns dorthin.

Ich fühlte mich ein bisschen wie meine Großmutter – es war eine Erleichterung, sie und ihre Gesundheit endlich in professionellen Händen zu wissen –, aber gleichzeitig war ich auch etwas besorgt. Das Krankenhaus war dreckig und weit weg von zu Hause. Ich war mir nicht sicher, ob ich diesen Leuten vertrauen konnte. Aus Gründen, die ich nicht verstand, drückten sich die Sanitäter weiter vor der Tür des Untersuchungsraums herum, nachdem sie meine Großmutter auf den Untersuchungstisch gelegt und ihre Trage wieder in Besitz genommen hatten.

Als der Arzt es bemerkte, sah er von ihnen zu mir. »Wissen Sie«, sagte er leise, »sie werden nicht besonders gut bezahlt.«

»Oh!«, sagte ich und griff nach meinem Portemonnaie, nahm fünfhundert Rubel heraus und reichte sie dem Sanitäter, der mit mir hinten gesessen hatte.

»Vielen Dank«, sagte er, und dann gingen sie.

Der junge Arzt untersuchte den Hinterkopf meiner Großmutter, leuchtete ihr mit einer Lampe in die Augen und stellte ihr ein paar Fragen. Als er fertig war, sagte er uns, dass er nichts Akutes erkennen könne, aber dass es klug wäre, sie weiter im Auge zu behalten und einige Untersuchungen durchzuführen, solange sie hier sei.

»Was denken Sie, Sewa Efraimowna?«, fragte er sie sanft.

Meine Großmutter sah mich an. »Was immer Andrjuscha für das Beste hält«, sagte sie.

Ich richtete mich auf. »Könnte sie denn dann morgen nach Hause?«, fragte ich.

»Nein«, sagte der Arzt. »Es wird eine Woche dauern.«

»Eine Woche?!« In Amerika hätte ich mir Sorgen wegen des Geldes gemacht, aber in Russland brauchte ich das nicht: Die medizinische Versorgung war kostenlos. Stattdessen machte es mir Sorgen, meine Großmutter eine so lange Zeit allein lassen zu müssen. Ich betrachtete den Raum mit seinen hohen Decken und der abblätternden blauen Farbe. Es war mir nicht wohl dabei, sie an diesem Ort zurückzulassen.

Der Arzt folgte meinem Blick. »Man sieht es vielleicht nicht, aber es ist ein anständiges Krankenhaus«, sagte er.

»Ich kann sie nicht dazu zwingen, sie hierzulassen. Manchmal zeigen sich mögliche Gehirnblutungen bei einem Sturz wie diesem erst später. Aber es kann natürlich auch gut sein, dass es gar keine Blutungen gibt. Es ist ihre Entscheidung.«

Ich spürte den Druck medizinischer Kompetenz.

Wenn sie stirbt oder einen Hirnschaden erleidet oder sonst eine Beeinträchtigung davonträgt, gab er mir damit zu verstehen, weil Sie denken, unsere blätternde Farbe würde bedeuten, wir hätten keine Ahnung von Medizin – nun, dann müssen Sie damit leben, nicht ich.

»Großmama«, sagte ich. »Willst du eine Weile hierbleiben, damit sie ein paar Tests machen können?«

»Ja«, sagte sie. »Wenn du denkst, dass es das Richtige ist, dann bleibe ich.«

Ich wusste nicht, was ich denken sollte. Aber ich hatte das Gefühl, keine andere Wahl zu haben. »Ja, das tue ich.«

»Dann ist es in Ordnung.«

»Gut«, sagte der Arzt. »Besuchszeiten sind zwischen zwölf Uhr mittags und abends um acht. Ich werde sie von einer Schwester auf ihr Zimmer bringen lassen.«

Dann war er weg. Ein paar Minuten später tauchte eine Krankenschwester mit einem Rollstuhl auf, setzte meine Großmutter mit meiner Hilfe hinein und rollte sie zu ihrem Bett in einem großen Zimmer am Ende des Flurs. Das Licht im Zimmer war gedimmt. Es gab einen Vorhang, und auf der anderen Seite des Vorhangs befand sich ein weiteres Bett, und in diesem Bett lag, wie es schien, eine weitere Patientin. Auf ein Zeichen der Schwester hin hoben wir meine Großmutter aus dem Rollstuhl aufs Bett. Sie war unglaublich leicht.

Die Krankenschwester war eine große blonde Frau in den Vierzigern und schien zu wissen, was sie tat. Nachdem wir meine Großmutter ins Bett gebracht hatten, ließ sie uns allein.

Seit unserer Ankunft war meine Großmutter wach, aber gedämpfter Stimmung. Ich packte ihre Toilettenartikel und die Kleidung zum Wechseln aus und legte alles in ihren Nachttisch. Dann schrieb ich meine Telefonnummer auf.

»Ich komme morgen wieder«, sagte ich.

»In Ordnung«, sagte sie. »Hast du den Schlüssel zu meiner Wohnung?«

»Hab ich.«

»Gut. Es ist noch etwas Suppe da – denk dran, sie zu essen.«

»Okay.« Ich gab ihr einen Kuss auf die Stirn und ging.

Als ich das Krankenhaus verließ, fuhr die Metro bereits nicht mehr, und ich musste ein Taxi nehmen. Es kostete fünfundzwanzig Dollar. In der leeren Wohnung beseitigte ich das Chaos, das ich beim Zusammensuchen der Sachen angerichtet hatte, stellte die Kartoffelsuppe zum Aufwärmen auf den Herd und klappte meinen Laptop auf. In der GTalk-Leiste leuchtete Dimas kleines grünes Licht. Ich schrieb ihn an.

»Großmutter ist im Krankenhaus.«

Er schrieb sofort zurück: »Wie bitte?!«

»Sie ist die Treppe runtergefallen und hat sich den Kopf aufgeschlagen. Der Arzt sagt, es ist nichts Schlimmes.«

»Und wo warst du in der Zeit?«

»Ich war in der Wohnung.«

»Das mit der Treppe habe ich dir doch gesagt!«

Darauf antwortete ich nicht.

»Bist du jetzt zu Hause?«

»Ja.«

»Ich rufe dich an.«

Kurz darauf klingelte das Telefon.

»In welchem Krankenhaus liegt sie?«, fragte Dima.

»Neurologische Klinik Nummer acht«, sagte ich. Ich hatte eine Karte der Klinik mitgenommen und sie mir ganz genau angesehen. »Sie ist weit draußen am Ende der Kiewer Chaussee.«

»Scheiße!«, sagte Dima. »Das ist ein staatliches Krankenhaus. Es gibt jetzt Privatkliniken, in denen man eine ganz anständige Versorgung bekommt.«

Dazu sagte ich nichts. Das hatte ich natürlich nicht gewusst. Wahrscheinlich hätte ich Dima sofort anrufen sollen, aber es war alles so schnell gegangen.

»Kannst du sie verlegen lassen?«, fragte Dima.

»Die Klinik ist ganz okay«, sagte ich. »Sie ist nicht schlecht. Und spezialisiert auf Neurologie.«

»Bring sie in die Amerikanische Klinik«, sagte Dima. »Sie ist gleich an der Haltestelle Prospekt Mira. Da kannst du zu Fuß hinlaufen.«

»Und was kostet das?«

»Ich bezahle es«, sagte Dima.

»Ich denk drüber nach.« Ich wollte meiner Großmutter nicht zumuten, noch einmal zwei Stunden mit ihrer Kopfwunde im Krankenwagen durch die Gegend zu fahren. Und ich wollte nicht, dass Dima dafür bezahlte.

»Aber wenn du sie dort lässt, dann steck dem Arzt wenigstens ein bisschen Geld zu«, sagte er. »Gib ihm dreitausend Rubel.« Einhundert Dollar. »Und der Schwester fünfhundert. Das hilft.«

»Okay«, sagte ich.

»Du hattest eine Aufgabe«, sagte Dima. »Du hattest eine verdammte Aufgabe.«

Ich sagte nichts.

»Unglaublich«, sagte Dima und legte auf.

Inzwischen war meine Suppe übergekocht. Ich aß, was noch übrig war, und las eine Stunde lang im Internet über Kopfverletzungen. Dann ging ich ins Bett. Zum ersten Mal in meinem Leben hatte ich die Familienwohnung ganz für mich allein. Ich schlief ziemlich schlecht.

Im Laufe der nächsten Woche testete das Krankenhaus meine Großmutter auf sämtliche neurologische Krankheiten. Sie schoben sie in Maschinen, schlossen sie an Monitore an und baten sie, Buchstaben und Zahlen von einer großen Tafel abzulesen. Sie machte alles gehorsam mit; sie war erleichtert, dass sie endlich jemand für krank hielt.

Ich verbrachte die Woche im Bus, der zwischen dem Krankenhaus und der nächstgelegenen Metro-Station verkehrte. Der Bus schien keinen regelmäßigen Fahrplan einzuhalten, und um der Kälte zu entkommen, stieg ich oft auch dann ein, wenn er in die falsche Richtung fuhr, da es nur einen Bus auf dieser Strecke gab und er sowieso zurück in meine Richtung fahren würde. Im Bus war es wärmer als draußen, wenn auch niemals warm genug.

Ich entschied, meine Großmutter nicht verlegen zu lassen. Sie fühlte sich in ihrem Zimmer wohl, und das Personal kümmerte sich gut um sie. Ich hatte ein bisschen Bammel davor gehabt, dem Arzt Geld zuzustecken, aber es lief alles glatt. Ich hatte keine unbenutzten Briefumschläge in der Wohnung meiner Großmutter finden können und meine drei Tausend-Rubel-Scheine deshalb in eine aus einem meiner Notizbücher herausgerissene Seite eingewickelt; es sah ziemlich albern aus, und als ich den Arzt in seinem kleinen Büro überfiel und es ihm hinhielt, zögerte er. Doch ich bestand darauf. »Bitte«, sagte ich. Schließlich gab er nach, öffnete die oberste Schublade seines Schreibtischs und ließ den improvisierten Umschlag hineinfallen.

»Das ist nicht nötig«, sagte er und sah mich würdevoll an, »aber vielen Dank.«

Und das war's. Keine Quittung, kein Austausch von Gefälligkeiten; ich ging gleich anschließend zurück ins Zimmer meiner Großmutter. Aber die Geldübergabe zahlte sich aus, zumindest für mich. Ich hatte das Gefühl, als hätte ich einen kleinen Teil des Krankenhauses gekauft. Ich war hier jetzt kein Fremder mehr. Und nachdem ich auch den Schwestern etwas zugesteckt hatte, bemerkte ich, dass meine Großmutter eine Extradecke bekam und ein Fernseher in ihr Zimmer gerollt wurde.

Die Bettnachbarin meiner Großmutter entpuppte sich als eine geschwätzige Frau namens Wladlenna. Sie war nur ein paar Jahre jünger als meine Großmutter, groß gewachsen, wo meine Großmutter klein, und laut, wo meine Großmutter leise war. Am Morgen meines ersten Besuchs traf ich meine Großmutter im Bett an, wo Wladlenna sie mit ihren Krankheitsgeschichten unterhielt.

»Oh, Wladlenna Wiktorowna, das hier ist mein Enkel Andrej.«

»Schön, Sie kennenzulernen, Andrej!«, rief Wladlenna mir vom Bett aus zu. Sie hatte irgendein gelbes, halb fertiges Strickobjekt auf dem Schoß und arbeitete beim Reden daran. Sie wog bestimmt neunzig Kilo, wenn nicht noch mehr. »Sewa«, rief sie, »ist der Kerl verheiratet?«

»Ich fürchte nein«, sagte meine Großmutter.

»Nun, dafür werden wir schon sorgen!«, rief Wladlenna. »Ich kenne jede Menge junge Frauen!« Sie gackerte.

Ich lächelte höflich. Die Wahrheit war: Wenn Yulia nicht vor Kurzem auf der Bildfläche erschienen wäre, hätte ich Wladlenna wahrscheinlich um ein paar Telefonnummern gebeten.

Man hatte meiner Großmutter einen grünen Krankenhauskittel angezogen, und an ihrem Hinterkopf befand sich noch immer ein Verband. Ich konnte nicht sagen, ob er frisch war oder nicht. Aber davon abgesehen sah sie ganz gut aus. Sie hatte ihren Mumm nicht verloren. Sie lächelte, als sie mich ansah.

»Wie ist das Essen hier?«, fragte ich.

Meine Großmutter schüttelte den Kopf, wie um mir zu verstehen zu geben, dass es unsagbar schlecht war.

»Ziemlich gut!«, rief Wladlenna von ihrer Seite des Zimmers. »Heute Morgen gab es Haferflocken mit Marmelade und dazu einen schönen Tee!«

»Stimmt das?«, fragte ich meine Großmutter.

Sie sah verwirrt aus. »Weißt du«, sagte sie, »ich kann mich nicht erinnern.«

»Ha!«, sagte Wladlenna. »Ich sag ja nicht, dass es das Unvergesslichste war, was jemals passiert ist, und wir uns alle bis ans Ende unserer Tage daran erinnern müssten. Haha!«

Ich saß eine Weile bei ihnen, dann sah ich mich nach der Cafeteria um. Ich aß eine Schüssel Borschtsch und einen Teller Kascha und Kotlety, alles zusammen für ungefähr drei Dollar, dann kaufte ich noch ein paar kleine Küchlein, die neben der Kasse lagen, und nahm sie mit rauf zu meiner Großmutter und Wladlenna. Ich blieb bis acht, und wenn meine Großmutter ein Nickerchen machte, arbeitete ich an meinem Laptop oder tauschte Nettigkeiten mit Wladlenna aus. Dann machte ich mich auf den langen kalten Nachhauseweg.

Und so ging es jeden Tag. Morgens konnte ich ein bisschen arbeiten, dann nahm ich die Metro zum Bus (ich brauchte fast zwei Stunden zum Krankenhaus) und verbrachte den Rest des Tages mit meiner Großmutter und ihrer Mitbewohnerin. Der CT-Scan zeigte keine inneren Blutungen, aber sie führten noch eine ganze Reihe weiterer neurologischer Untersuchungen durch, »wenn wir sie schon mal dahaben«, wie sie sagten. Alle waren negativ. Meine Großmutter war bei guter Gesundheit.

»Sind Sie sicher?«, fragte ich den Arzt, als er mir am letzten Tag diese Ergebnisse vortrug. »Ständig vergisst sie Dinge. Elementare Dinge.«

»Wie alt ist sie?«

»Neunundachtzig.«

»Ganz genau. Sie hat eine Demenz mittleren Grades, und das ist bei ihrem Alter und dem Leben, das sie geführt hat, eigentlich ganz gut. Überdurchschnittlich gut.«

»Und da gibt es gar nichts, was sie dagegen nehmen könnte? Sie ist ziemlich depressiv.«

Als mich der Arzt anfangs zu genau diesen Symptomen befragt hatte, hatte ich sie heruntergespielt. Aber nun, da er ihr eine einwandfreie Gesundheit bescheinigte, wollte ich doch noch einmal genauer mit ihm darüber sprechen.

»Sie leben in Amerika, ist das richtig?«, fragte der Arzt.

Ich nickte.

»Ich weiß, in Amerika verschreiben sie bei so etwas Medikamente. Und vielleicht haben sie recht damit. Aber es sind sehr starke Medikamente. Sie haben Nebenwirkungen. Hier sind wir vorsichtiger. Mein Rat ist: Beschäftigen Sie Ihre Großmutter geistig, so viel und so gut es geht. Sprechen Sie mit ihr. Diskutieren Sie mit ihr. Ihr Gedächtnis wird weiter schwinden, aber Sie können diesen Prozess verlangsamen. Sie kann sich immer noch an ihrer Familie erfreuen. Und sie kann immer noch die Natur genießen. Diese Medikamente können Teile des Prozesses verlangsamen, aber sie können gleichzeitig auch etwas anderes in ihrem Gehirn oder Körper beschädigen – ich würde darauf verzichten.« Der Arzt nickte, als wolle er sagen: und jetzt Schluss damit. Er hatte noch nie so viele Wörter hintereinander zu mir gesagt, und ich war überrascht und dankbar. »*Vot tak*«, sagte er. *Das war's dann also.* »Viel Glück.« Und er streckte mir seine Hand entgegen, damit ich sie schütteln konnte.

Und all das für einhundert Dollar.

Es war Zeit, nach Hause zu fahren. Ich rief ein Taxi und holte meine Großmutter, die nun wieder in ihren eigenen Kleidern auf dem Bett lag.

Ich half ihr beim Aufstehen – und sie brach beinahe in meinen Armen zusammen.

Die Schwester war da und sah es mit an. »Sie lag jetzt fast eine ganze Woche nur im Bett«, sagte sie. »Es wird eine Weile dauern, bis sie wieder bei Kräften ist. Aber sie wird es schaffen.«

Wir verabschiedeten uns bei Wladlenna, die uns einen Zettel mit ihrer Telefonnummer überreichte, und ich half meiner Großmutter den Flur entlang bis zum Fahrstuhl.

Der junge Arzt kam aus seinem Büro, um Auf Wiedersehen zu sagen. »Es war eine Freude, Sie bei uns gehabt zu haben, Sewa Efraimowna«, sagte er.

»Danke«, antwortete sie strahlend.

Sie schienen sich wirklich gern um sie gekümmert zu haben und ihr Gehen aufrichtig zu bedauern.

Aber etwas Schreckliches war geschehen. Eine ältere Frau, die es gewohnt war, jeden Tag mehrere Kilometer zu Fuß zu laufen, und sei es auch nur kreuz und quer durch ihre Wohnung, dazu zu zwingen, eine so lange Zeit im Bett liegen zu bleiben, hatte extrem viel Schaden angerichtet. Sie hatten es nicht böse gemeint! Aber meine Großmutter hatte das Krankenhaus mit einer leichten Kopfverletzung betreten, und als sie es wieder verließ, konnte sie kaum noch laufen. Auf dem Weg nach draußen kauften wir ihr im Krankenhausladen einen Gehstock.

Im Taxi fragte ich meine Großmutter, wann sie vorhabe, ihre neue Freundin Wladlenna anzurufen.

»Diese Frau?«, sagte meine Großmutter. »Die werde ich ganz sicher nicht anrufen. Sie ist eine Antisemitin.«

»Was? Woher weißt du das?«

»Ich weiß es nun mal«, sagte meine Großmutter. »Ich habe es daran erkannt, wie sie ›Sewa Efraimowna‹ gesagt hat. Zeig mir mal ihre Telefonnummer.«

Ich reichte ihr das kleine Stück Papier. Meine Großmutter knüllte es zusammen und kurbelte dann, bevor ich es verhindern konnte, das Fenster herunter und warf es hinaus.

»Hey!«, sagte der Fahrer. »Wenn wir angehalten werden, bezahlen Sie die Strafe.«

Meine Großmutter hörte ihn nicht. Und ich stand unter Schock.

»Haben Sie mich verstanden?«, fragte der Fahrer.

»Ja«, sagte ich, »machen Sie sich keine Sorgen.«

Wir fuhren weiter durch die Stadt. Meine Großmutter hatte alle ihre Freundinnen überlebt, aber das hieß nicht, dass sie bereit war, neue zu finden.

9. HAUSHALTSFÜHRUNG

Während der ganzen Zeit, in der meine Großmutter im Krankenhaus lag, hatte ich Yulia nicht gesehen. Wir hatten ein bisschen gesimst – ich hatte noch nie zuvor auf Russisch gesimst, und es machte mir Spaß; ich hatte mir ein billiges russisches Handy besorgt, nachdem mein Samsung den Geist aufgegeben hatte, und es korrigierte meine Rechtschreibung –, aber ich wollte Yulia nicht mit ins Krankenhaus schleppen, und für alles andere fehlte mir die Zeit. Im Bus zum Krankenhaus und zurück hatte ich mich allerlei Fantasien über unser nächstes Date hingegeben, doch sobald meine Großmutter wieder zu Hause war, wurde ich mit einem weiteren Problem konfrontiert.

Als ich am Morgen nach unserer Rückkehr aufwachte, fand ich meine Großmutter in der Küche vor, wo sie wie immer langsam einen Apfel raspelte. Ich gab ihr einen Kuss auf ihren gut verheilten Kopf, auf dem sich noch immer ein kleines Pflaster befand.

»Oh, Andrjusch«, sagte sie und drehte sich zu mir um. Der Gehstock, den wir im Krankenhaus gekauft hatten, lehnte neben ihrem Stuhl an der Wand. Sie fragte: »Was sollen wir machen?«

»Wie meinst du das?«

»Was sollen wir essen?«

»Ich kann Frühstück machen«, sagte ich.

»Und zum Mittagessen?«

»Zum Mittagessen gehen wir in ein Café«, beschloss ich spontan.

Wir würden ins Coffee Grind gehen! Es wäre eine großartige Gelegenheit für meine Großmutter, ein bisschen Bewegung zu bekommen und außerdem endlich mal den Ort kennenzulernen, an dem ich so viel Zeit verbrachte. Sie könnte ein Thunfischsandwich zum Mittag essen. Wir waren auf einem unserer Spaziergänge schon einmal in einem Café eingekehrt, und dort hatte sie das Essen für ungenießbar erklärt, aber vielleicht wäre das im Coffee Grind anders. Als Dauerlösung war es zu teuer, aber es würde uns über den Tag bringen, und morgen würde ich dann selbst etwas kochen.

»Ein Café?«, fragte meine Großmutter ungläubig, und so, wie sie es sagte, war mir klar, dass sie an eine kleine Theke mit einer Espressomaschine und ein paar Tischen davor dachte. »In einem Café wird es nichts zu essen geben.«

»Es ist eher wie ein Restaurant. Wir gehen in ein Restaurant.«

»Ein Restaurant?« Jetzt stellte sie sich einen Festsaal vor, ein Menü mit mehreren Gängen, mit viel Wodka, lauter Musik und einer wahrscheinlich gut gefüllten Tanzfläche. Dorthin ging man vielleicht einmal im Jahr, zu einem Geburtstag oder einer Hochzeit. »Das ist doch sehr teuer.«

»Nein, ist es nicht.«

»Aber natürlich! Es ist ein Restaurant!«

»Es ist kein elegantes Restaurant. Eher eine Cafeteria.«

»Ah, eine Cafeteria.« Sie dachte an einen großen, weitläufigen Raum, wo man ein Tablett in die Hand nahm und sich Kotlety und Suppe auf den Teller schaufeln ließ wie in einem amerikanischen Gefängnis. »In Ordnung.«

Also gingen wir später am Tag ins Coffee Grind. Es war ein fünfminütiger Spaziergang die Bolschaja Lubjanka hinauf, und die ganze Zeit über ächzte und stöhnte meine Großmutter, während wir versuchten, nicht auf dem Eis auszurutschen. Ich hatte sie fest am Arm gepackt, und sie hantierte zaghaft mit ihrem Stock herum. Wir kamen an einer neu eröffneten Galerie vorbei, vor der ein paar junge Frauen ohne Jacken standen und rauchten.

»Nun sieh dir diese Mädchen an«, sagte meine Großmutter laut über die spärlich bekleideten Raucherinnen. »Die haben ja überhaupt nichts an!« Sie war geschwächt und humpelte, aber wenigstens kehrten ihre Lebensgeister langsam wieder zurück.

Ich duckte mich weg, und dann waren wir da. Wir überwanden die Treppenstufe vor dem Eingang und betraten das Coffee Grind. Die hübsche Barista hinter der Theke begrüßte uns strahlend, so wie sie es bei jedem tat, der hereinkam, und ich geleitete meine Großmutter an einen Tisch. Es war seltsam, mit ihr zusammen hier zu sein – ich war nervös, als würde das Grind, wenn es ihr nicht gefiel, auch in meinem Ansehen sinken. Ich musste aufpassen, dass sie die Preise nicht zu Gesicht bekam, also bat ich sie, sitzen zu bleiben, während ich mich ums Essen kümmerte. Sie war einverstanden. Ich bestellte ein Kännchen Tee, zwei Stückchen Kohlpastete und zwei Thunfischsandwiches. Es kostete fünfundzwanzig Dollar. Schnell bezahlte ich und steckte das Wechselgeld in die Hosentasche. Meine Großmutter hatte drüben am Tisch nicht mitbekommen, wie teuer es gewesen war. Zu meiner Überraschung aß sie alles, ohne zu klagen, auf. Vielleicht hatte das Krankenhausessen ihre hohen Ansprüche etwas heruntergeschraubt.

»Andrjusch«, sagte sie, als wir nach dem Essen unseren Tee tranken. »Du bist ein guter Mensch. Du wirst doch nicht hierbleiben, oder?«

»Wie meinst du das?« Ich war mir nicht sicher, was sie hören wollte.

»In diesem Land. Bleib bloß nicht in diesem Land. Es ist ein schreckliches Land. Gute Menschen werden zu bösen Menschen, oder ihnen stößt etwas Böses zu.«

Sie beugte sich langsam vor und nippte an ihrem Tee, der immer noch sehr heiß war. Wenn ihr Tee zu heiß war, goss sie ihn manchmal in die Untertasse, um ihn abzukühlen, und schlürfte ihn dann direkt daraus. So auch jetzt.

»Habe ich dir schon mal von Lewas Firma erzählt?«, fragte sie.

»Ein bisschen.«

»Er hatte eine wundervolle Idee, und er gründete eine Firma mit seinen Freunden«, sagte sie. »Es waren Leute, denen er vertraute. Und dann ...« – ich sah, wie sie um ihre Erinnerungen kämpfte – »passierte etwas Schlimmes.« Sie bekam die Geschichte nicht mehr richtig zusammen, aber sie erinnerte sich an ihre Moral: »Er hat ihnen vertraut, und sie haben ihn verraten«, sagte sie. »So war es.«

Ich nickte. Im Grunde war es genau so gewesen, und zusätzlich zu allem anderen machte es mich traurig, dass dies die Gedanken waren, die meine Großmutter in ihren letzten Jahren beschäftigten.

»Also«, schloss sie, »bleib bloß nicht in diesem Land. Es ist ein schreckliches Land.«

Sie trank ihren Tee aus und lehnte sich in ihrem Stuhl zurück. Ja, dachte ich, es ist oft ein schreckliches Land, aber hier saßen wir, auch noch direkt gegenüber vom KGB, und es war gar nicht so schlimm. Man konnte kleine Oasen auftun, kleine Inseln des Friedens. Und bevor ich irgendetwas tun konnte, um es zu verhindern, nahm meine Großmutter ihre Zähne heraus und legte sie auf die Untertasse, in der der Tee gewesen war. Ich hatte sie dies noch nie in der Öffentlichkeit tun sehen, allerdings waren wir natürlich auch noch nicht so oft auswärts essen gewesen. Unauffällig sah ich mich im Coffee Grind um; ich hatte uns einen Ecktisch ausgesucht, abseits des Geschehens, und niemand schien uns zu beachten. Ich entspannte mich wieder.

Wir saßen eine Weile in zufriedenem Schweigen da. Meine Großmutter hatte im Krankenhaus viel Gewicht verloren, und sie sah blass aus. Nun, darum würden wir uns schon kümmern! Irgendwann räumte ich unsere Teller ab. Als ich sie auf die Theke stellte, hörte ich hinter mir ein Heulen. Ich drehte mich um und sah einen Jungen, ungefähr drei Jahre alt, mit seiner Mutter; sie hatten an dem Tisch schräg hinter uns gesessen, und als die Mutter dem Jungen zum Gehen die Jacke anzog, hatte er meine Großmutter und ihr Gebiss entdeckt und zeigte darauf. »Mama«, rief er verängstigt, »was ist mit ihren Zähnen passiert?« Ich sah zu meiner Großmutter. Sie verstand nicht, warum er so schrie, und schnitt zahnlose Grimassen, um ihn aufzumuntern. Sie liebte kleine Kinder! Je mehr sie grimassierte, umso heftiger weinte er. Ich wusste nicht, was ich tun sollte. Ich ging zurück zu meiner Großmutter und stand hilflos neben ihr. Nachdem die Mutter den Jungen angezogen und hochgehoben hatte, warf sie mir auf dem Weg nach draußen einen vorwurfsvollen Blick zu. Selbstvergessen steckte meine Großmutter ihre Zähne wieder zurück in den Mund und verkündete, es sei Zeit zu gehen.

Als wir uns langsam auf den Weg nach draußen machten, kam die hübsche Barista, die uns begrüßt hatte, zu mir und sagte so leise, dass meine Großmutter sie nicht verstehen konnte, ich möge sie doch bitte nicht wieder mitbringen.

Meine Großmutter nickte ihr höflich zu: »Vielen Dank«, sagte sie.

Ich hingegen war empört. »Ich komme jeden Tag hierher, und jetzt wollen Sie mir erzählen, dass ich meine Großmutter nicht mehr mitbringen darf?«

Die Barista blieb unbeirrt. »Wir haben hier gewisse Standards. Und was Sie angeht: Es tut mir leid, aber Sie kommen jeden Tag, bestellen das billigste Getränk auf der Karte und sitzen dann fünf Stunden damit vor Ihrem Computer.«

Das war echt gemein. »Wissen Sie was?«, sagte ich. »Ich werde Sie nicht mehr belästigen.«

»Dann soll es so sein«, sagte die Barista und deutete eine Verbeugung an.

»Und Ihre Cappuccinos sind ungenießbar.«

Sie verbeugte sich noch einmal, aber etwas Farbe schoss ihr ins Gesicht.

Ich drehte mich um und ging mit meiner Großmutter hinaus.

»Andrjuscha«, sagte sie, als wir auf der Straße waren. »Dank dir fürs Mittagessen. Heute Abend können wir etwas Hüttenkäse mit Marmelade essen. Aber was machen wir morgen?«

Ich kochte vor Wut. Meine Großmutter hätte ihr Gebiss nicht herausnehmen sollen, das stimmt. Aber es war ja nicht so, dass sie jeden Tag hereinkam und ihr Gebiss herausnahm. Es hatte sich um eine Ausnahme gehandelt. Und dass ich fünf Stunden dort herumsaß, stimmte auch. Aber es war doch der Zweck eines Cafés, dass Leute dort eine Weile sitzen konnten! Arghhh!

»Andrjusch«, sagte meine Großmutter noch einmal. »Was machen wir morgen?«

»Ich werde was kochen«, sagte ich barsch.

»Kannst du das denn?«, fragte meine Großmutter.

»Du wirst es mir beibringen.«

»Na gut«, sagte meine Großmutter und tätschelte mir ein wenig nervös den Arm.

Wir gingen die Bolschaja Lubjanka entlang. »Weißt du«, sagte meine Großmutter, »das da drüben ist das große, Furcht einflößende Gebäude«, sie gestikulierte hinüber zum KGB-Hauptquartier auf der anderen Straßenseite, »aber hier drin« – sie deutete auf ein kleines, hübsches, grünes Gebäude aus dem neunzehnten Jahrhundert zu unserer Linken – »haben die meisten Hinrichtungen stattgefunden.«

»Wirklich?«, fragte ich. Ich hatte immer angenommen, es sei in dem großen Gebäude gegenüber passiert.

»Ja«, sagte meine Großmutter ganz sachlich. »Bolschaja Lubjanka 11. Das ist hier.«

Wir gingen weiter.

Auch am nächsten Morgen fand ich nach dem Aufstehen eine besorgte Großmutter vor. »Andrjusch«, sagte sie, »was sollen wir machen?«

Ich erinnerte sie daran, dass ich heute das Kochen übernehmen würde, und machte uns Instantkaffee und ein paar Eier. Aber was die Gesamtsituation betraf, hatte sie natürlich recht. Selbst wenn wir etwas zu essen finden würden, was sollten wir machen? Ganz allgemein? Mit unserem Leben? Ich wusste es nicht.

Ich hatte nie gelernt zu kochen. Das hatte sich nie zuvor wie ein moralisches Versagen angefühlt; nun tat es das. Viele verschiedene Faktoren hatten dieses Versagen ermöglicht. Ich hatte einen Großteil meines Lebens in Universitäten verbracht, mit ihren Cafeterien und Pizzaabenden und kostenlosen Sandwiches im Austausch für die Teilnahme an irgendjemandes Vorlesung. Ich hatte in New York gelebt, wo man jederzeit einen Hotdog oder ein paar Hähnchenspieße kaufen konnte, und wenn man sich in einem Teil der Stadt befand, in dem die Verkäufer zu viel verlangten, konnte man sie immer noch herunterhandeln. Ich war mit Frauen zusammen gewesen, die kochen konnten, und wenn es gerade niemanden gab, der kochte, und ich nicht genug Geld für ein Sandwich hatte, ging ich in einen Laden und besorgte mir eine Dose Kichererbsen und eine Dose Thunfisch und eine Packung Nudeln. Kichererbsen plus Thunfisch plus etwas Olivenöl ergaben einen Salat. Nudeln plus Butter waren eine Zwischenmahlzeit. Auf diese Weise hatte ich mich selbst versorgen können. Aber natürlich würde ich so niemals jemand anderen versorgen können. Und ich hatte es auch noch nie zuvor gemusst.

Meine Großmutter war in einem Land aufgewachsen, in dem es, trotz all der Versprechungen kommunalen Lebens, nur sehr wenige öffentliche Orte gab, an denen man etwas zu essen bekam. Wenn man nicht kochen konnte – und zwar genügsam, indem man das Beste aus den spärlichen Zutaten machte, die zur Verfügung standen –, blieb man hungrig. Man hatte kochen müssen, sonst wäre man verhungert.

Vielleicht würde es mir also endlich gelingen, mich zu ändern. Nach dem Frühstück drückte ich meiner Großmutter Stift und Zettel in die Hand und forderte sie auf, mir eine Einkaufsliste zu schreiben. Ich würde Kotlety und Kartoffeln machen, dazu eine Kartoffelsuppe. Das würde zwei oder drei Tage reichen, je nachdem, wie schnell wir die Kotlety aufaßen. Und dann würde ich wieder etwas kochen.

In ihrer großen, runden Handschrift schrieb mir meine Großmutter eine Liste: ein Kilogramm Fleisch mit möglichst wenig Fett von der Kellerfleischerei auf der Sretenka, einen Laib Brot und Milch – das Brot sei am billigsten bei der Bäckerei auf dem Boulevard, sagte meine Großmutter, und die Milch koste auf dem sogenannten Markt am wenigsten. Für die Kartoffelsuppe ein Quart Milch und zwei Kilogramm Kartoffeln, ebenfalls am günstigsten auf dem Markt zu bekommen. Zwiebeln und Mehl waren noch da.

Ich überlegte, ob ich ihre Anweisungen, wo was zu kaufen sei, missachten sollte, aber ich wusste, sie würde es sofort bemerken, und so ging ich zum Fleischer auf der Sretenka, der Bäckerei auf dem Boulevard und schließlich auf den Markt. Dann kam ich nach Hause zurück und präsentierte die Einkäufe stolz auf der Anrichte. Vom Küchentisch aus wies sie mich in das Wolfen des Fleisches ein – ich schnitt es in Stücke und befreite es von so viel Fett wie möglich, was sich als recht schwierig erwies, da das Fett fest mit dem Fleisch verbunden war, und nachdem ich ein bisschen mit dem Messer daran herumgepult und einen gewissen Teil mit den Fingern abgezupft hatte, gab ich auf. Ich begann, das Fleisch durch den Fleischwolf zu drehen und gab immer wieder kleine Stückchen Brot und etwas Milch hinzu. Es war ein manueller Fleischwolf, und damit er funktionierte, musste ich wie in früheren Zeiten an einer kleinen Kurbel drehen, was Spaß machte, bis der Fleischwolf nach ungefähr der Hälfte des Fleisches langsamer wurde und schließlich ganz aufhörte zu arbeiten.

»Was ist denn los?«, fragte ich meine Großmutter.

»Das Fett hat ihn verklebt«, sagte sie. »Du musst ihn auseinandernehmen.«

Ich baute ihn auseinander und kratzte mühsam das Fett heraus. Dann wusch ich ihn und setzte ihn wieder zusammen. Der Fleischwolf bestand nur aus wenigen Teilen, es war also nicht besonders kompliziert, aber es dauerte eine Weile, bis es mir gelang, einen der kleineren Eisenbeschläge wieder an seinen Platz zu befördern.

Schließlich hatte ich das Kilo Fleisch, einen halben Laib Weißbrot, etwas Milch und ein paar Zwiebeln zu einer Hackfleischmischung gewolft. Wie sich herausstellte, war das der einfachste Teil der Angelegenheit gewesen. Als Nächstes bestäubte ich die Arbeitsfläche mit Mehl und puderte wie ein olympischer Gewichtheber auch meine Hände damit ein. Dann formte ich mit diesen bemehlten Händen kleine Kugeln aus dem Hack.

»Sie dürfen nicht zu klein und vor allem nicht zu fest werden«, wies meine Großmutter mich an.

Am Ende waren sie leider nicht fest genug, und als ich sie in die Pfanne legte, fielen sie auseinander. Angstvoll wachte ich über sie, und versuchte verzweifelt, die sich abtrennenden Stücke mit einem Holzspatel wieder zusammenzupressen. Doch das war nicht möglich.

Zwischen diesen Aktivitäten und daran anschließend brachte mir meine Großmutter bei, wie man Kascha machte. Kascha oder *gretschka*, Buchweizen, war das Hauptnahrungsmittel der Russen. Morgens aß man sie mit Milch, am Mittag zu Kotlety und abends, wenn man Glück hatte, als kleine Buchweizenküchlein. Ohne Kascha lief gar nichts, und bis zu diesem Tag hatte ich nicht gewusst, wie man sie richtig zubereitete.

Kascha war leichter als Kotlety.

Zuerst gibt man eine Tasse Buchweizen in einen kleinen Topf. Dann schüttet man kaltes Wasser darauf, damit der Staub und die beim Röstprozess angebrannten Buchweizenkörner an die Oberfläche steigen. Dann gießt man das Wasser ab, wiederholt die ganze Prozedur und gießt schließlich doppelt so viel kochendes Wasser darüber, wie sich Buchweizen im Topf befindet. (Dieses erste und viele weitere Male zeigte ich es meiner Großmutter, damit sie die Wassermenge beäugen konnte: Sie stimmte.) Nun den Topf auf den Herd stellen und den Inhalt etwa drei Minuten aufkochen; danach Butter und Salz einrühren und die Temperatur auf ein Köcheln reduzieren; abdecken. Fünfzehn bis zwanzig Minuten später hat man die perfekte Kascha.

Diesem Ereignis beizuwohnen – das Medium zu sein, durch das Kascha in die Welt trat, nachdem man es ein Leben lang nur gegessen hatte –, war ein unbeschreibliches Gefühl. Tolstoi hatte Kascha gegessen, Tschechow hatte Kascha gegessen. Mit der Macht des Kaschakochens auf meiner Seite würde ich nie wieder von jemand anderem abhängig sein. Noch immer koche ich Kascha fast jeden Tag.

Doch das blieb mein einziger Erfolg. Die Kotlety fielen wie erwähnt auseinander, und die simple Kartoffelsuppe meiner Großmutter – Kartoffeln, Wasser, ein paar Zwiebeln, etwas Milch – geriet mir zu wässrig. (Aber immerhin war es eine Suppe, so fair sollte man sein.) Wir aßen in aller Stille. Bevor wir uns an den Tisch setzten, nachdem ich die Küche von sämtlichen Mehlspuren befreit hatte, sah ich auf die Uhr. Es war kurz nach vier. Ich war um neun Uhr morgens zum Einkaufen aufgebrochen. Insgesamt hatte das gesamte Prozedere sieben Stunden gedauert. Die krümeligen Kotlety und die wässrige Suppe würden drei Tage reichen, realistischerweise eher zwei, wenn ich nach dem Eishockey hungrig nach Hause kam. Dann würde ich wieder einkaufen gehen müssen.

Meine Großmutter aß das Mittagessen mit einigem Appetit. »Ich muss wieder zu Kräften kommen«, sagte sie. »Und das geht nur, wenn ich viel esse.« Ich hatte sie schon lange nicht mehr so fröhlich gesehen.

Doch kurz darauf verdunkelte wieder ein sorgenvoller Schatten ihr Gesicht. »Andrjusch«, sagte sie. »Das Essen reicht noch zwei Tage. Was machen wir dann?«

An diesem Abend suchte ich aus alten Mails von Dima die Nummer einer Frau namens Serafima Michailowna heraus – sie hatte für ihn gekocht und bei ihm sauber gemacht, wenn er sich zwischen zwei Ehefrauen befand. Serafima erklärte sich bereit, am übernächsten Tag vorbeizukommen. Sie entpuppte sich als eine umgängliche ehemalige Mathematiklehrerin aus der Ukraine, deren Heimatstadt schon vor Jahren aufgehört hatte, ihre Lehrer zu bezahlen, und sie kochte eine gewaltige Portion Kotlety und Stampfkartoffeln und Borschtsch, die bis zu ihrem nächsten Besuch drei Tage später reichen würde. Ihre Kotlety waren gut, und ihr Borschtsch war sogar noch besser. Sie nahm fünfhundert Rubel pro Besuch, etwa sechzehn Dollar, dazu kamen die Lebensmittel, die sie direkt mitbrachte. Es war ein gutes Geschäft.

Anfangs fand es meine Großmutter ein wenig anstrengend, diese relativ fremde Person im Haus zu haben, die tat, was sie sonst getan hatte, und die sie glaubte, beaufsichtigen zu müssen. »Oh, ist das anstrengend«, sagte sie. »Selbst zu kochen und zu putzen ist schon schwer erträglich, aber es von jemand anderem machen zu lassen, ist noch viel anstrengender.«

Aber sie gewöhnte sich daran. Und solange Serafima Michailowna zum Kochen und Putzen zu uns kam, fragte meine Großmutter nicht mehr, woher unsere nächste Mahlzeit kommen sollte. Sie stand im Kühlschrank. Es war für alles gesorgt. Das war das Ende meines Experiments in guter Haushaltsführung. Abgesehen von Kascha kann ich immer noch nicht kochen.

10. SCHIPALKIN DURCHKREUZT MEINE PLÄNE

Inzwischen waren zwei Wochen seit Sergejs Party vergangen. Es war nicht so, dass ich dachte, Yulia würde mich vergessen, das nicht. Aber ich machte mir Sorgen, dass der Zauber oder die Illusion oder was auch immer sie auf der Party dazu gebracht hatte, mich zu küssen, brechen könnte, wenn noch mehr Zeit verging. Und dann brach er tatsächlich.

Am Freitagmorgen, einen Tag nachdem Serafima Michailowna die Bühne betreten hatte, schrieb ich Yulia eine SMS und fragte, ob sie Lust habe, am nächsten Tag, einem Samstag, etwas mit mir zu unternehmen. Es war eisig kalt, deshalb schlug ich vor, in die Tretjakow-Galerie zu gehen.

Yulia schrieb nicht sofort zurück, und ich klappte meinen Laptop auf dem Fenstersims auf, um meine Mails zu checken. Als Erstes fiel mir eine Nachricht von Mischa an die Oktober-Liste ins Auge. Im Betreff stand »Dringend«. Ich öffnete sie. »Leute«, hieß es in der Mail, »letzte Nacht wurde unser alter Genosse Petja Schipalkin während einer Aktion gegen den FSB verhaftet. Ich weiß, wir hatten unsere Differenzen mit ihm, aber all das spielt im Moment keine Rolle. Er wird auf dem Revier an der Sretenka festgehalten – wenn ihr könnt, lasst uns um zwölf Uhr dort treffen und unsere Unterstützung signalisieren. Es werden zweifellos einige Mayhem-Leute vor Ort sein, aber wir sollten versuchen, vorerst alle Diskussionen zu vermeiden, und einfach nur unsere Solidarität zeigen.«

Der Rest von Mischas untypisch nüchterner Mail bestand aus logistischen Hinweisen und der Übermittlung von Telefonnummern. Ich übertrug sie in ein Notizbuch, dachte aber die ganze Zeit nur: Schipalkin. Verdammter Schipalkin. Deshalb also hatte mir Yulia nicht geantwortet. Hätte sie es getan, hätte sie mir geschrieben und gesagt, was geschehen war, wäre das eine Sache gewesen. Aber sie hatte sich überhaupt nicht gemeldet.

Ich arbeitete unkonzentriert ein paar Stunden vor mich hin, sah, dass meine Großmutter sich nach einem herzhaften zweiten Frühstück zum Ausruhen hingelegt hatte, zog drei Pullover und meinen Gulag-Mantel an und ging raus in die Kälte. »Der Bürgerrechtsaktivist Pjotr Schipalkin«, hatte ich beim Anziehen auf *Echo* gehört, »wurde letzte Nacht vor der Lubjanka verhaftet, als er gegen politische Gewalt demonstrierte.« Es ging schon los mit der Heldenverklärung.

Kurz vor zwölf traf ich vor unserem Polizeirevier ein. Eine überraschend große Menschenmenge, etwa fünfzig Leute, hatte sich davor versammelt. Sie schien aus drei unterschiedlichen Gruppierungen zu bestehen. Bei der einen handelte es sich um Sergej, Mischa, Boris und den Rest (allerdings noch ohne Yulia) in ihren billigen, bauschigen Wintermänteln und alten Mützen. Meine Leute. Dann gab es eine Gruppe eher künstlerisch aussehender Typen, einige von ihnen in Lederjacken und sogar Lederhosen, allesamt stylish und in Schwarz. Das musste Mayhem sein. Und dann war da eine noch größere Gruppe besser gekleideter Menschen, unter denen ich einen von Dimas Freunden aus der Nacht von Maxims Geburtstagsfeier erkannte. Und schließlich Elena von *Echo von Moskau*, die ein Mikrofon in der Hand hielt und jemanden interviewte.

Sie bemerkte mich und kam zu mir. »Was machst du denn hier?«, fragte sie.

»Ich wohne in der Nähe«, antwortete ich. »Und du?«

Sie hob ihr Mikro, um zu signalisieren, dass sie arbeitete. »Kennst du den Typen?«, fragte sie.

»Nicht wirklich«, sagte ich.

»Hmmm«, machte Elena. Sie hatte das Interesse verloren und ließ den Blick auf der Suche nach möglichen Interviewpartnern über die Menge schweifen.

»Ich glaube, das da sind seine Leute.« Ich nickte in Richtung der Mayhem-Truppe.

»Ach? – Danke«, sagte Elena und ging zu ihnen rüber.

Es machte mir nichts aus. Elenas Zauber war verflogen, seit ich Yulia kannte. Und einen Moment erlaubte ich mir den Gedanken, ob Yulias Abwesenheit von dieser Quasi-Demonstration bedeutete, dass sie doch anders zu Schipalkins Verhaftung stand, als ich vorausgesetzt hatte. Vielleicht hielt sie Schipalkin noch immer für einen Idioten; vielleicht dachte sie, es sei nobler, die eigene Großmutter im Krankenhaus zu besuchen, statt vor dem KGB irgendeine Nummer abzuziehen. Doch dann sagte mir Mischa, dass sie sich zusammen mit Schipalkins Anwalt im Gebäude befinde. Da wurde mir klar, dass wir in nächster Zeit wohl erst mal nicht miteinander ausgehen würden. Sie hatte versucht, Schipalkin zu vergessen, und jetzt hatte er das unmöglich gemacht.

Wie Mischa erzählte, hatte Schipalkins Coup darin bestanden, betrunken mit einem Eimer Tomatensoße in der Hand in der Lubjanka aufzutauchen. Er hatte angefangen, die Soße mit der Hand gegen das große FSB-Gebäude zu schleudern und dabei »Hände in die Soße – Hände weg!« zu brüllen. Sehr zur Überraschung seiner Mayhem-Kollegen, die seine »Aktion« beobachteten, war niemand aus dem Lubjanka-Gebäude gekommen, um ihn zur Rede zu stellen. Stattdessen fuhr einige Minuten später ein Polizeiauto vor, aus dem Polizisten stiegen und ihn überwältigten. Er hatte die Nacht auf dem Revier verbracht. Wie es nun weiterging, würde davon abhängen, ob sie darin in erster Linie das Statement eines Politaktivisten sahen oder es vor allem als die Aktion eines Betrunkenen werteten. Letzteres wäre viel besser, zumindest was eine Freilassung betraf.

Die ganze Sache war unglaublich dämlich, fand ich. Hier war ein Regime, das systematisch die Rechte der Arbeiter untergraben und mehrere böse Kriege geführt hatte, zuletzt mit Georgien; das Gewerkschaftsaktivisten und Dissidenten verhaftete und die extreme Rechte förderte. Und Schipalkin wollte es bezwingen, indem er den FSB mit Tomatensoße bewarf? Was für ein Witz. Boris – und Yulia – hatten recht.

Endlich erschien Yulia mit dem Anwalt, und sie kamen rüber zu Mischa und mir und den anderen Oktober-Leuten. Sie umarmte uns alle ohne Unterschied; sie sah aus, als ob sie geweint hätte. Ich wusste nicht, was ich tun oder sagen sollte.

Der Anwalt bat die Leute um Aufmerksamkeit, und die drei Gruppierungen rückten näher zusammen, um zu hören, was er zu sagen hatte. Er teilte uns mit, dass Schipalkin politischer Extremismus vorgeworfen wurde. »Wir versuchen, sie herunterzuhandeln, aber die Lage ist ernst«, sagte er. »Ich möchte Sie dringend bitten, vorsichtig zu sein und gut zu überlegen, wie Sie sich in den nächsten Tagen und Wochen online und gegenüber den Medien äußern. Wenn Sie möchten, dass Petja bald wieder freikommt, müssen Sie darauf achten, dass er nicht zu einem politischen Märtyrer wird.«

»Was denn für ein Märtyrer?«, hörte ich meine Stimme. »Was, wenn wir einfach sagen, dass er ein Trottel ist, ohne jeden politischen Sinn und Verstand?«

Der Anwalt sah mich einen Moment lang forschend an. »Na ja, aus juristischer Sicht wäre das eigentlich ganz gut«, sagte er.

Aber meine Bemerkung hatte Unruhe ausgelöst. »Wer ist dieses Arschloch?«, fragte einer der Mayhem-Typen hinter mir, laut genug, dass ich es hören konnte.

Ich wollte mich gerade umdrehen und vorstellen, als ein junger Polizist aus dem Revier trat. »Es tut mir leid«, sagte er höflich, »aber Sie können hier nicht alle rumstehen. Sonst müssen wir es als nicht genehmigte öffentliche Versammlung begreifen.«

»Wir wollten gerade gehen«, sagte der Anwalt. »Richtig, Leute?«

Die drei Gruppierungen, Oktober, Mayhem und die Liberalen, die sich den Bericht des Anwalts gemeinsam angehörten hatten, berieten kurz und getrennt voneinander über diese Frage und beschlossen dann, sich zurückzuziehen.

»Wir könnten ins Coffee Grind gehen«, schlug jemand vor.

»Das ist sehr teuer«, sagte einer der Mayhem-Leute.

»Aber es gibt keine Tischbedienung«, sagte Mischa. »Wir bestellen einfach einen Cappuccino für uns alle, das reicht.« Der Vorschlag wurde angenommen. Einige warfen mir böse Blicke zu, bevor sie zum Grind aufbrachen, aber das war alles.

Ohne noch einmal mit mir zu sprechen, ging Yulia ihnen nach.

»Hey«, sagte ich und holte sie ein. »Ich werde heimgehen und nach meiner Großmutter sehen.«

»In Ordnung«, antwortete sie und hielt dabei den Blick auf den Boden gerichtet.

»Können wir uns bald mal wiedersehen?«, fragte ich.

Jetzt sah sie mich an, und ich konnte erkennen, dass sie wütend war. »Warum hast du das über Petja gesagt?«, fragte sie.

Ob zu Recht oder Unrecht, aber ich wurde ebenfalls wütend. »Anarchismus ist eine frühkindliche Störung!«, rief ich. »Das hast du doch früher auch gedacht!«

Yulia sah mir direkt ins Gesicht. »Erstens«, sagte sie, »erzähl mir bitte nicht, was ich früher gedacht oder nicht gedacht habe. Zweitens, wie kannst du es wagen? Was immer du oder vielleicht auch ich von Petjas politischer Einstellung halten mögen, jetzt gerade ist er dort drin, und wir hier draußen. Und überhaupt wirst du bald eh wieder da drüben sein.« Sie deutete über ihre Schulter in Richtung Amerika. »Es ist unanständig, jemanden zu kritisieren, in dessen Lage man niemals geraten wird«, sagte sie.

Ich fühlte mich ertappt. Noch vor einem Monat hatte ich keine Ahnung gehabt, dass es sich bei Anarchismus um eine frühkindliche Störung handelte; jetzt verkündete ich es der ganzen Welt. Und auch wenn ich mir selbst und Dima und meiner Großmutter einzureden versuchte, dass ich blieb, so wusste ich doch tief im Innersten, dass ich irgendwann gehen würde. Ich sagte nichts.

»Nun?«, gab mir Yulia eine letzte Möglichkeit zu reagieren. »Na schön«, fuhr sie nach einer kurzen Pause fort. »Wir sehen uns bei der Studiengruppe.«

Und das war's. Sie machte sich auf den Weg zum Coffee Grind. Ich drehte mich um und wäre fast mit Elena zusammengestoßen. Sie sah mich an, als hätte sie eine ganz neue Seite an mir entdeckt. »Das war eine interessante Aussage über den Aktivisten«, sagte sie. »Möchtest du es im Radio wiederholen?«

Ich hatte inzwischen jedes Interesse an Elena verloren. »Nein«, sagte ich. »Das möchte ich nicht.« Und dann ging ich nach Hause.

In der nächsten Woche wurde die marxistische Studiengruppe aus irgendeinem Grund auf den Mittwoch verlegt, sodass sie mit dem Eishockey kollidierte. Ich rief Sergej an, um zu sehen, was er dachte. »Ich finde, wir sollten Eishockey spielen«, sagte er. »Marx läuft uns nicht davon.« Ich war seiner Meinung.

Infolgedessen sah ich Yulia erst die Woche darauf wieder, zwei Wochen nach Schipalkins Festnahme. Schipalkin saß immer noch im Gefängnis, jetzt in Lefortowo, dem Spezialgefängnis des FSB. Ein Teil der Diskussion an diesem Abend drehte sich darum, was für ihn getan werden könnte. Yulia hatte ihn im Gefängnis besucht – es war ihr erlaubt, da sie offiziell immer noch verheiratet waren. Sie erzählte, er wirke verängstigt und verstört. Unser Rückweg mit Boris und Nikolaj über die Twerskaja war ziemlich unangenehm. Yulia und ich gingen wie vollkommen Fremde miteinander um. Wie sollte es auch anders sein? Lefortowo war eine ernste Sache – dorthin brachten sie Terroristen und Schwerkriminelle und gestürzte Oligarchen und andere Leute, die sie für lange Zeit wegsperren wollten. Ein anderer Aktivist, der wegen der Verunstaltung eines Regierungsgebäudes verhaftet worden war – er hatte ein Bild von Medwedew, der Putin einen blies, an eine Polizeistation in Nowosibirsk gemalt –, war vor Kurzem zu einer dreijährigen Haftstrafe verurteilt worden. Würde Yulia gezwungen sein, so lange zu warten? Unmöglich war es nicht. Sie sah unglücklich aus, und ich konnte nichts dagegen tun.

11. UM UNS AUFZUMUNTERN, GEHEN WIR SHOPPEN

Endlich hatte ich jemanden gefunden, und nicht irgendjemanden, sondern Yulia, und dann hatte ich sie wieder verloren. Russland hatte sie mir weggenommen. Meine Großmutter hatte recht gehabt.

Ich verstärkte meine Bemühungen, mich für die Stelle am Watson in Position zu bringen. Ich schrieb meinen Bürgen, um sie über meine Aktivitäten in Russland auf dem Laufenden zu halten, damit sie diese in etwaige Folgebriefe an die Berufungskommission einfließen lassen konnten; ich vertiefte mein Wissen über historische marxistische Splittergruppen, um Oktober besser mit ihnen vergleichen zu können. Wenn ich meinen Artikel bald bei einem der russischen Wissenschaftsmagazine einreichte, würde er vielleicht noch rechtzeitig angenommen werden, bevor Watson seine Entscheidung traf. Sie hatten spät mit dem Auswahlverfahren begonnen und würden wahrscheinlich erst im Mai zu einem Ergebnis kommen.

Meiner Großmutter ging es gleichzeitig besser und schlechter. Ihre Kräfte kehrten zurück. Sie schlurfte fast wie früher durch die Wohnung; sie aß ganz normal. Aber mit ihrer Kraft kehrten auch ihre Depressionen zurück – fast so, als könne sie sich nun, da sie ihre körperlichen Schwierigkeiten gemeistert hatte, wieder ihren seelischen Problemen zuwenden. Sie sprach regelmäßig von Selbstmord.

»Weißt du«, sagte sie eines Tages nach dem Mittagessen. »Ich habe genug.«

An der Art und Weise, wie sie es sagte, konnte ich schon erkennen, was sie meinte, aber ich entschied, dass es vielleicht therapeutisch für sie sein könnte, es laut auszusprechen. »Genug wovon?«, fragte ich.

»Von alldem hier«, sagte sie. »Vom Leben. Ich habe genug davon.«

»Nun«, sagte ich. Ich wusste nicht, was ich antworten sollte. »Du wirst es wohl noch eine Weile ertragen müssen.«

»Ja«, sagte meine Großmutter. »Das werde ich wohl.«

Ich versuchte mein Bestes. An einem Tag, an dem es draußen nicht ganz so kalt war, ging ich mit ihr ins Kaufhaus gegenüber der Metro-Station Saubere Teiche. Obwohl ich nur noch drei BOMOKs betreute, war es mir gelungen, ein bisschen Geld zur Seite zu legen, indem ich weniger Eishockey spielte und das Coffee Grind boykottierte, und ich dachte, es wäre vielleicht eine schöne Sache, ihr einen neuen rosafarbenen Pullover zu kaufen, da der, den sie gern trug, ausgefranst war und ein auffälliges Loch an der rechten Schulter hatte. Der Ausflug war nicht gerade ein Erfolg.

Während wir zum Kaufhaus schlurften, ließ meine Großmutter ihre sowjetischen Einkaufserlebnisse Revue passieren. »Es war unmöglich irgendetwas Passendes zu finden«, sagte sie. »Aber wenn man etwas fand, dann konnte man es sich auch leisten. Alles war erschwinglich. Aber natürlich spielte das keine Rolle, denn man fand ja nichts. Fast meine ganze Garderobe stammte aus Amerika.«

»Wie meinst du das, ›aus Amerika‹?«

»Jemand hat sie mir aus Amerika hergeschickt.«

»Meine Mutter?«, fragte ich. »Deine Tochter?«

»Meine Tochter?«

»Du hattest eine Tochter in Amerika.«

»Jolotschka?«

»Ja.«

»Ja, sie muss es gewesen sein. Sie ist gestorben, weißt du.«

Schweigend gingen wir weiter. Abgesehen von dem bulligen Wachmann am Eingang war das Kaufhaus leer. Die Menschen litten noch immer unter den Folgen der Krise. Und dieser Laden war nicht gerade billig. Er war nicht jenseits von Gut und Böse wie die Luxusläden in der Nähe des Kremls, aber er war eindeutig überteuert. Das hatte ich vorher gewusst. Aber ich hatte nicht damit gerechnet – auch wenn ich es hätte tun sollen –, wie meine Großmutter darauf reagierte. Als ich mit ihr zu den Pullovern rüberging und einen rosafarbenen fand, von dem ich dachte, dass er ihr gefallen könnte, griff sie als Erstes nach dem Preisschild. Er kostete fünftausend Rubel – hundertsechzig Dollar.

»Oh mein Gott!«, rief sie und ließ das Preisschild fallen, als ob sie sich daran verbrannt hätte.

Ich ertappte mich bei einer interessanten Reaktion. Oft genug war ich derjenige, der sich über die Preise beschwerte, in zahlreichen Geschäften, Restaurants, Cafés – überall. Und vor allem in Russland, wo einige der Preise zwar vernünftig waren und zu den Gehältern der Menschen passten, wo es andererseits aber auch dermaßen unverschämte Preise gab – ein Teil des massiven Diebstahls durch die Spitze der Pyramide –, dass es unmöglich erschien, sich nicht zu beschweren. Was ich sagen will: Meine Großmutter hatte recht. Der Pullover war bestenfalls dreißig Dollar wert. Aber meine interessante Reaktion bestand darin, dass ich Partei für das Geschäft ergriff.

»So viel kostet ein Pullover nun mal!«, sagte ich. »Es ist ein sehr hübscher Pullover.«

»Vielen Dank, nein«, sagte meine Großmutter.

»Willst du ihn nicht wenigstens mal anprobieren?«

»Was sollte das bringen?«

Es musste eine Abteilung mit Sonderangeboten geben, überlegte ich. Das hätte ich vorher herausfinden und meine Großmutter direkt dorthin bringen sollen. Schön blöd.

»Warte kurz«, sagte ich. »Ich sehe nach, ob ich ein paar billigere Pullover finden kann. Bin gleich wieder da.«

Meine Großmutter war inzwischen rüber in die Unterwäscheabteilung gewandert und sah sich extrem knappe Höschen an, die aus wirklich sehr wenig Stoff bestanden. Sie betrachtete die Preisschilder und lachte entsetzt auf. »Dreitausend Rubel!«, rief sie mir hinterher und hielt einen winzigen blauen Tanga in die Höhe.

Ich ließ sie dort zurück und hetzte durchs Kaufhaus. Es gab überteuerte Wintermäntel aus Schweden, überteuerte Wintermützen aus Norwegen und einige Jeans, die tatsächlich gar nicht mal so überteuert waren oder zumindest nicht überteuerter, als es Jeans ohnehin schon waren, aber die allesamt irgendwelche glitzernden Pailletten aufgenäht hatten. Doch warum war alles so schrecklich überteuert? Bestimmt nicht, weil alle Menschen in der Arbeitskette so gute Löhne bekamen – ganz im Gegenteil. Aus Gesprächen mit Michael, dem Untermieter, der in der Logistik arbeitete, wusste ich, dass Russlands Straßen sich in schlechtem Zustand befanden, dass das Zugsystem gut, aber überlastet war und die Einfuhrzölle unverhältnismäßig hoch ausfielen. Moskau lag weit im Landesinneren, und selbst unter optimalen Bedingungen wäre es schwierig, die Stadt mit Waren zu versorgen. Und eines der korruptesten Wirtschaftssysteme der Welt führte ganz bestimmt nicht zu den besten Bedingungen. Ich beendete meinen Rundgang durch den Laden. Es gab keine Abteilung mit Sonderangeboten.

Als ich zur Unterwäscheabteilung zurückkehrte, war meine Großmutter verschwunden. Und auch bei den Pullovern war sie nicht. War etwas passiert? Schließlich entdeckte ich sie bei dem bulligen Wachmann.

»Sagen Sie«, fragte sie, »kommen viele Leute in den Laden? Es ist sehr teuer.«

Der Riese zuckte mit den Schultern. Woher sollte er das wissen? Er wusste nur: Wenn jemand versuchte, etwas zu stehlen, würde er ihn fertigmachen.

»Nun.« Meine Großmutter ließ nicht locker. »Es scheinen nicht gerade viele Leute hier zu sein, oder?« Sie gestikulierte in Richtung des leeren Ladens.

Der Gesichtsausdruck des Riesen veränderte sich, und eine Sekunde lang glaubte ich sogar, er würde versuchen, auf meine winzige Großmutter loszugehen. Vielleicht war sie ja dabei, etwas zu stehlen, und musste vermöbelt werden? In diesem Land waren schon seltsamere Dinge passiert.

Energisch packte ich meine Großmutter am Ellenbogen. »Wollen wir los?«, fragte ich.

»Na schön.«

Wir gingen nach Hause. In den nächsten zwei Wochen beschwerte sich meine Großmutter jedes Mal, wenn sie Emma Abramowna anrief, über die Preise in dem Geschäft. Zuerst verletzte es mich – ich hatte das Gefühl, als beschwerte sie sich über mich –, aber dann wurde mir klar, dass ich ihr ein Erlebnis verschafft hatte, über das sie reden konnte. Sie trug auch weiterhin ihren Pullover mit dem Loch auf der Schulter. Es war nur ein kleines Loch. Es war schon in Ordnung.

Wir waren bei Emma Abramowna zu Besuch, und sie erzählte uns von einer Zwetajewa-Dokumentation, über die sie gelesen hatte. Ob wir sie schon gesehen hätten? Nein, hatten wir nicht.

»Wir gehen überhaupt nicht mehr ins Kino«, beklagte sich meine Großmutter. »Andrej ist viel zu beschäftigt.«

»Bin ich nicht!«, sagte ich. Es stimmte schon, ich hatte zuletzt viel Zeit mit Sergej verbracht und ihn bei seiner ehrenamtlichen Lehrtätigkeit begleitet, aber ich hatte immer noch an den meisten Abenden Zeit, und außerdem war das nicht der Grund, warum wir nicht mehr ins Kino gingen. »Dir gefällt ja keiner der Filme, die wir uns ansehen«, sagte ich.

»Der hier würde mir gefallen«, sagte meine Großmutter.

»Wunderbar!«, sagte ich. »Sehen wir ihn uns an.«

Also packten wir uns an einem eishockeyfreien Abend ein paar Tage später warm ein und gingen hinaus in die Nacht. Als wir auf den Boulevard kamen, versuchte meine Großmutter, ein Auto heranzuwinken. Mercedes um Audi um Mercedes fuhr vorbei, ohne sie zu beachten.

»Dieses Auto wird nicht anhalten«, sagte ich jedes Mal. Meine arme Großmutter ignorierte mich, trat etwas weiter auf die Straße hinaus und kam einige Augenblicke später enttäuscht zurück.

»Woher hast du das gewusst?«, fragte sie.

»Weil es ein Mercedes war.«

Dann sah ich einen alten Schiguli auf uns zurumpeln. »Während dieses Auto hier«, sagte ich, meine Hand ausstreckend, »uns mitnehmen wird.«

Und tatsächlich hielt das alte Wrack vor uns an, und der Fahrer fragte, wo wir hinwollten. Meine Großmutter sah mich an, als könnte ich hellsehen. Dann standen wir zwanzig Minuten im Stau. Der Boulevard war nicht wirklich für Autos gebaut worden, und doch hatten sie keine andere Wahl, als ihn zu benutzen. Wir wären schneller zu Fuß beim Kino gewesen, aber so saßen wir wenigstens. Meine Großmutter war vorne eingestiegen und redete fast die ganze Fahrt lang darüber, wie alt sie sei und dass alle ihre Freunde gestorben waren. Der Fahrer nickte höflich und ließ hin und wieder einen mitfühlenden Laut hören.

Als wir endlich beim Kino ankamen, gab meine Großmutter ihm fünfzig Rubel, was viel zu wenig war. Glücklicherweise hatte ich diese Möglichkeit kommen sehen und drückte ihm weitere fünfzig Rubel in die Hand.

Als wir den Kinosaal betraten, waren die Lichter schon aus; meine Großmutter klammerte sich an mich, während ich uns zu zwei Plätzen in der ersten Reihe manövrierte. So würde sie die Beine ausstrecken können. Und dann saßen wir endlich. Der Film lief ab: Er zeigte Zwetajewas Leben vor der Revolution, ein glückliches Leben inmitten der Moskauer Intelligenzija. Ihr Vater war Professor und hatte die Kunstsammlung ins Leben gerufen, aus der später das Puschkin-Museum hervorgehen sollte. Die Zwetajewas führten ein komfortables Leben, sie beschäftigten Bedienstete, aber sie waren keine Aristokraten oder Schmarotzer; sie repräsentierten das Beste jener Welt, die durch die Revolution zerstört worden war. Es gab eine Menge gutes Archivmaterial. Viel von dem, was wir sahen, spielte sich ganz in der Nähe des Kinos ab – Zwetajewa war praktisch direkt um die Ecke aufgewachsen, beim Patriarchenteich.

»Andrjusch«, sagte meine Großmutter sehr laut zu mir, »haben wir eigentlich Eintrittskarten gekauft?«

»Ja.«

»Bist du dir sicher?«

Ich versicherte ihr, dass wir Eintrittskarten erworben hatten.

»Entschuldigung!«, zischte jemand und meinte damit, dass wir doch bitte still sein sollten.

Zwetajewa hatte schon in jungen Jahren erste Erfolge mit ihren Gedichten und begann ersten Liebesbeziehungen, etwa mit der Dichterin Sofija Parnok und ihrem späteren Mann, Sergej Efron. Dann kamen die Bolschewiken an die Macht. Zwetajewa wurde schon bald von Efron getrennt, der auf der

Drillerin

Krim gegen die Bolschewiken kämpfte, während sie mit ihren beiden kleinen Töchtern in Moskau blieb.

»Andrjusch«, sagte meine Großmutter. »Ich muss mal auf die Toilette.«

Ich nahm ihre Hand und führte sie aus dem Saal. Vor den Toiletten ließ ich sie los. Sie wirkte unbeholfen und verschwand eilig auf dem Damenklo. Ich wartete in dem leeren, geschmacklos eingerichteten Café des Kinos auf sie. Es dauerte eine Weile, dann kam meine arme Großmutter wieder heraus; sie sah sehr müde aus.

Wir hatten den Bürgerkrieg verpasst, den schrecklichen Hungertod von Zwetajewas Tochter und ihre Emigration nach Prag zu ihrem Mann, der vor den Bolschewiken dorthin geflohen war.

Zwetajewa lebte glücklich in Prag und brachte einen Sohn zur Welt, dann lebte sie unglücklich in Paris, schrieb einige der besten russischen Gedichte des zwanzigsten Jahrhunderts und versuchte, über die Runden zu kommen. Und die ganze Zeit über tat ihr Mann nichts. Na ja, nicht ganz: Er studierte. Er studierte sehr lange. Mit dreißig schrieb er sich in Prag an der Universität ein und gründete ein studentisches Literaturmagazin. Als sie ein paar Jahre später nach Paris zogen, schrieb er sich *erneut* an der Universität ein, diesmal, um Film zu studieren. Ich hatte langsam das Gefühl, der Film entwickelte sich zu einer Art persönlicher Kritik an mir.

Erst im Jahr 1934, mit zweiundvierzig Jahren, nahm Sergej Efron schließlich eine Arbeit an – und zwar für das sowjetische Innenministerium, den NKWD. Am Anfang musste er nur die UdSSR bei der zutiefst antisowjetischen Pariser Exilgemeinde anpreisen, was Efron, der inzwischen zum Sowjetkommunismus konvertiert war, guten Gewissens leisten konnte. Aber irgendwann waren auch politische Attentate Teil des Jobs. So war das nun mal, wenn man sich auf den

NKWD einließ. Efron half bei der Organisation der Morde an dem übergelaufenen sowjetischen Agenten Nathan Poretski und (möglicherweise) Leon Trotzkis Sohn Lew Sedow. Efron lieferte eher mittelmäßige Arbeit ab, und als ihm die Polizei auf die Spur kam, floh er nach Moskau. Bald folgte ihm die Tochter des Paares, Ariadna, die ihren Vater anhimmelte, nach.

Hier musste meine Großmutter erneut zur Toilette. Ich drückte mich an der Tür des Kinosaals herum, hielt Ausschau nach ihr und verfolgte gleichzeitig den Film.

Zwetajewa war jetzt mit ihrem Teenagersohn Mur allein in Paris, verarmt und umzingelt von einer feindseligen Exilgemeinde, die überzeugt war, sie stecke mit ihrem Mann und damit auch mit dem NKWD unter einer Decke. Sie konnte sich gut vorstellen, was in Stalins Russland vor sich ging, auch wenn niemand, der nicht dabei gewesen war, wissen konnte, wie schlimm es wirklich gewesen war. Sie hatte 1935 in Paris eine schicksalhafte Begegnung mit Boris Pasternak gehabt. In verschlüsselten Worten – er war zu ängstlich, um frei zu sprechen – hatte er versucht, sie zu warnen. Aber sie hatte ihn nicht verstanden. Sie wusste nur, dass ihre Familie sie im Stich gelassen hatte und ihre Freunde sich weigerten, mit ihr zu sprechen. Nazideutschland erhob im Osten sein Haupt, und Frankreich bereitete sich, wenn auch langsam, auf den Krieg vor. Sollte sie in die UdSSR zurückkehren? Ein paar Jahre zuvor hatte sie eins ihrer besten Gedichte geschrieben. »Heimweh«, fing es an, »ist mir egal!« Sie würde nicht wegen irgendeiner unangebrachten Sentimentalität in ihr sogenanntes Vaterland zurückkehren. Aber ihr Ehemann und ihre Tochter waren dort.

Nach einer quälenden Zeit der Unentschlossenheit stieg Zwetajewa 1938 in den Zug nach Moskau. Sie fand ein verängstigtes Land vor. Ihre alten Freunde gingen ihr aus dem

Weg; selbst ihre Halbschwester lehnte es ab, sich mit ihr zu treffen. (Ihre Schwester Anastasia Zwetajewa war bereits im Gulag.) Efron und Ariadna lebten in einer Geheimwohnung des NKWD außerhalb Moskaus, wo Zwetajewa und Mur zu ihnen stießen. Innerhalb von sechs Monaten wurden sowohl Efron als auch Ariadna verhaftet, und Zwetajewa und ihr Sohn mussten die konspirative Wohnung wieder verlassen. Sie suchten Unterkunft bei den Verbliebenen ihrer alten Familie in Moskau. Mur, ein verwöhnter Teenager mit rudimentären Russischkenntnissen, hatte unterdessen Schwierigkeiten, sich an das Leben in der Sowjetunion anzupassen. Sein Verhalten machte eine ohnehin schon schlimme Situation noch schlimmer. Bald darauf schlossen sie sich der Massenevakuierung vor dem Einmarsch der Deutschen an, und ihr Leben wurde noch härter und einsamer. Irgendwann wurde es zu viel. Zwei Jahre nach ihrer Rückkehr erhängte sich Zwetajewa. Ihr überqualifizierter Ehemann Efron wurde noch im selben Jahr vom NKWD erschossen. Ihr Sohn kam als noch nicht mal Zwanzigjähriger 1944 an der Front ums Leben. Nur ihre einzige Tochter Ariadna, die einige Jahre im Gulag verbrachte, hatte überlebt.

Meine Großmutter war inzwischen von der Toilette zurückgekommen, und wir gingen wieder auf unsere Plätze. Wie viel davon hatte sie ebenfalls durchgemacht? Einiges ganz sicher. Auch sie war in Moskau gewesen, als die Deutschen einmarschierten, und auch sie hatte man ins sowjetische Hinterland evakuiert. Ihr Vater war krank, und sie war bereits schwanger mit meiner Mutter, aber wenn einen Stalin zu etwas aufforderte, dann tat man es, und tatsächlich standen die Deutschen ja auch bereits vor der Tür. Auch sie hatte in jenen Jahren ihren Ehemann verloren. Aber sie war dreißig Jahre jünger als Zwetajewa. Ihre Erschwernisse waren weniger schwer gewesen. Sie hatte überlebt.

Der Film war zu Ende, und das Licht ging an. Er war, zu meiner Überraschung, bewundernswert unaufdringlich, sorgfältig dokumentiert, intelligent und menschlich gewesen.

Als wir rausgingen, sah mich meine Großmutter mit einem leicht säuerlichen Gesichtsausdruck an und fragte: »Und, wie fandest du denn den Film?«

»Ich fand ihn großartig!«, flüsterte ich.

»Ich nicht. Ich fand ihn langweilig und sinnlos.«

»Was?!«, sagte ich lauter als erwartet. »Wie kannst du so was sagen?«

Meine Großmutter spitzte die Lippen und schüttelte den Kopf. Ich kannte die Geste. Ich hatte sie irgendwie geerbt, vermutlich durch meine Mutter, und setzte sie ein, wenn ich quasi gegen meinen Willen dazu gezwungen war (das bedeutete die Geste), darauf hinzuweisen, dass es sich bei irgendeinem hochgelobten Film oder einer Serie oder einem Buch in Wirklichkeit um ziemlichen Mist handelte. »Ich weiß es nicht«, sagte meine Großmutter. »Ich habe es einfach nicht verstanden.«

Sie urteilte extrem snobistisch über den Film, der dieses Leben mit so viel Sorgfalt nachgezeichnet, der die Leiden einer ganzen Generation zum Leben erweckt und gewürdigt hatte – Leiden, die sie, meine Großmutter, doch geteilt hatte! Merkwürdigerweise war ich richtig angefressen. Es waren ja nicht *meine* Leiden gewesen. Meine Leiden hatten gerade mal in einer peinlichen Autofahrt bestanden und darin, ein paarmal das Kino verlassen zu müssen, damit meine Großmutter auf die Toilette gehen konnte (wegen etwas, das wir gegessen hatten?). *Sie* hatte den Film doch unbedingt sehen wollen.

»Weißt du was«, sagte ich. »Wenn dir dieser Film nicht gefallen hat, dann gehen wir eben gar nicht mehr ins Kino. Was bringt das dann noch?«

Sie hatte mich gehört. Sie blieb stehen und drehte sich zu mir um. »Andrjuschik«, sagte sie sanft, »bitte, sei nicht böse. Ich habe wirklich nicht verstanden, worum es ging. Worum ging es denn?«

Ich hatte einen grollenden Gesichtsausdruck, das konnte ich spüren, und dann merkte ich, wie er dahinschmolz. Meine arme Großmutter. Sie konnte nichts hören; selbst im Kino mit seinen riesigen Lautsprechern musste es schwierig für sie gewesen sein, alles mitzubekommen, was sich auf der Leinwand abspielte. Und ihr Gedächtnis war schrecklich – wie hätte sie der Geschichte folgen können, wo sie doch von einer Minute auf die nächste alles vergaß? Natürlich hatte der Film ihr nicht gefallen.

»Es ging um Zwetajewa«, sagte ich.

»Zwetajewa?«, sagte sie. »Das ist eine wunderbare Dichterin.«

»Ja. Der Film handelte von ihrem Leben.«

»Sie hat sich aufgehängt«, sagte meine Großmutter. Dann fügte sie hinzu: »Während des Krieges.«

Meine Großmutter konnte noch immer Unmengen russischer Gedichte auswendig, und jetzt rezitierte sie ein paar Verse:

Nein, nicht unter fremdem Himmelsbogen,
Nicht unter fremder Flügel Schutz –
Ich war damals mit meinem Volk,
Wo mein Volk, zum Unglück, war.

»Ja …«, sagte meine Großmutter. »Wo mein Volk, zum Unglück, war.«

Ich war verwirrt. »Ist das von Zwetajewa?«, fragte ich.

»Nein. Achmatowa.«

Diesmal überließ sie es von Anfang an mir, ein Auto heranzuwinken. Es war fast zehn, die Straßen hatten sich ein wenig geleert, und wir kamen nach Hause, ohne im Verkehr stecken zu bleiben.

12. ICH VERPFLICHTE MICH

Mein Problem als Eishockeyspieler war: Ich war einfach nicht besonders gut. Ich war nicht unfähig, aber gemessen an meiner Liebe zum Eishockey war mein Können winzig. Diese klaffende Lücke barg meine ganze Enttäuschung. Ich war ein mittelmäßiger Spieler. Aber ich wollte so gern so viel besser sein.

Trotzdem tat ich, was ich konnte. Im Eishockey gab es zwei Arten von Spielern: Künstler und Arbeiter. Ich war ein Arbeiter. Mein Schuss war noch nie besonders gut gewesen, nicht mal auf der Highschool, und dass ich mit Antons miesem Schläger spielen musste, machte es nicht besser. Ich hatte keine Bewegungen drauf, die mir auf engem Raum etwas mehr Zeit und Platz verschaffen konnten. Ich war ziemlich gut darin, das Spiel zu lesen, zu antizipieren, wohin sich eine Spielsituation entwickelte, und dann richtig zu stehen, aber ich war schlecht darin, den Puck am Schläger zu führen und gleichzeitig den Kopf oben zu halten, wodurch ich noch mehr Lösungen hätte finden können. Ich schoss einige Tore in diesem Jahr, aber vor allem blieben mir Spielzüge in Erinnerung, bei denen ich einen schönen Pass auf Anton oder Oleg durchsteckte oder Grischa an der blauen Linie mit einem Check mitten auf dem Eis zu Boden schickte, worüber unsere Bank in spontanen Jubel ausbrach; oder das eine Mal, als ich es tatsächlich schaffte, Aljoscha einzuholen, während er mit dem Puck auf unser Tor zulief.

Aber ich war kein professioneller Eishockeyspieler und würde es auch niemals werden. Und jetzt, da ich immer mehr andere Sachen um die Ohren hatte, musste ich das Eishockeyspielen auf ein Minimum reduzieren. Ich spielte immer noch mittwochs und freitags gegen das weiße Team, aber ich fuhr nicht mehr zu der Höllenbahn neben der oberirdischen Gasleitung oder zu der Bahn mit dem Umkleidehäuschen auf dem Parkplatz.

Ich beschloss, Sergejs Ausscheiden aus der Universität und seine anschließenden Aktivitäten, vor allem die Lehrtätigkeiten, in den Mittelpunkt meines Artikels zu rücken. Er hatte etwas erfunden, das er das »mobile Klassenzimmer« nannte, auch wenn sich der »mobile« Teil vor allem auf die Fahrten in seinem alten Lada bezog. Er hatte monatelang Flyer in ganz Moskau ausgelegt, in denen er für kostenlose Literaturseminare mit einem hochschulerfahrenen Lehrer warb. Es habe eine Weile gedauert, erzählte er, aber schließlich hatte er einen Stamm von sechs bis sieben Studiengruppen beisammen, mit denen er sich einmal pro Woche traf.

Zu meiner Überraschung waren die Teilnehmer seiner Kurse hauptsächlich Männer mit relativ geringer Bildung, die vor allem über ihre Erfahrungen mit einer sich rasant ändernden Welt sprechen wollten. Sergej ermöglichte es, indem er dort, wo es sich ergab, etwas über die Literatur einbrachte, die sie lasen, und die Männer ansonsten einfach reden ließ. Außerdem unterrichtete er Gymnasiasten, deren Eltern sich keinen privaten Nachhilfelehrer leisten konnten, der ihre Kinder auf die Aufnahmeprüfung der Universität vorbereitete, und er gab Arbeitern aus Zentralasien so etwas wie Russischunterricht. Normalerweise versuchte er, zwei oder drei Klassen an einem Tag unterzubringen und sie so zu organisieren, dass er zwischendurch nicht zu weit fahren musste. Aber Moskau war eine große Stadt, und er verbrachte viel Zeit im Auto. Ich begleitete ihn eine Woche lang und war jeden Abend so erschöpft, dass ich vor Müdigkeit kaum einschlafen konnte. Sergej hingegen schienen die Strapazen nichts auszumachen. Er wurde für keinen der Kurse bezahlt, auch wenn bei den Treffen immer etwas Essen auf dem Tisch stand und abends ein Bier. Einmal begleitete ich ihn zu einem Kurs im Wohnheim einiger Arbeiter aus Tadschikistan, und als Zeichen ihrer Dankbarkeit schenkten ihm diese Männer ein traditionelles tadschikisches Tamburin – zu dem Zeitpunkt hatte er sie bereits ein Jahr lang unterrichtet.

Aber es war nicht alles nur wie das Best-of eines Werbefilms für Kritische Erziehungswissenschaften. Die Hälfte der Kurse, zu denen ich ihn begleitete, waren schlecht besucht und bestanden aus nicht mehr als zwei oder drei Leuten. Bei einem Treffen stellten vier dickbäuchige Männer mittleren Alters, die beschlossen hatten, sich auf ein Selbstoptimierungsprogramm einzulassen, Sergej zur Rede und wollten wissen, warum er ihnen ausgerechnet Zwetajewa zu lesen gegeben hatte, von der sie fröhlich nur als »die Schlampe« sprachen, selbst nachdem ihnen Sergej erklärt hatte, warum sie das nicht tun sollten.

Aber der vielleicht schlimmste Vorfall, den ich mitbekam, drehte sich um die Mutter eines Jungen, dem Sergej – kostenlos, gemeinsam mit einem weiteren Jungen – bei der Vorbereitung auf seine Aufnahmeprüfung half. Sie bedrängte Sergej wegen der theoretischen Natur der Diskussionen der kleinen Arbeitsgruppe. Konnte er ihnen nicht einfach sagen, welche Fragen die Prüfer stellen würden? Sergej versuchte, ihr zu erklären, dass die Jungs lernen müssten, über Literatur *nachzudenken*, aber die Mutter ließ sich nicht beschwichtigen. Sie gab erst Ruhe, als er ihr zu verstehen gab, dass das Erlernen eines theoretischen Nachdenkens über Literatur ihrem Sohn ermöglichen würde, sogar Fragen über Bücher zu beantworten, die er gar nicht gelesen hatte.

»Also muss er diese ganzen Bücher gar nicht alle lesen?«, fragte sie.

»D-d-d-doch, das muss er«, sagte Sergej. »Aber es kann sein, dass bei der Prüfung Bücher drankommen, die wir nicht behandelt haben.«

Die Mutter, eine dünne Frau mit großen, blauen Augen, die allein mit ihrem halbwüchsigen Sohn in dieser ordentlichen, aber uralten Einzimmerwohnung zu leben schien, nickte misstrauisch und zog sich in die Küche zurück.

Trotzdem, es war unglaublich – nicht nur, weil es anstrengend, entmutigend, geistig auslaugend und sogar potenziell gefährlich war, sondern auch, weil er keinen Pfennig dafür bekam. Seine Frau arbeitete als Redakteurin bei *Lenta.ru*, einem großen Medienunternehmen, und sorgte für einen kleinen, aber ausreichenden Lebensunterhalt, und das einzige Einkommen, das Sergej beisteuerte, war das Geld, das er als Torwart in den verschiedenen Herrenligen verdiente – er bekam zwanzig Dollar pro Einsatz und spielte ungefähr dreimal pro Woche. In gewisser Weise war es nicht so sehr das Unterrichten selbst, das mich beeindruckte, obwohl es das durchaus tat, sondern die Bereitschaft, sich von seiner Frau aushalten zu lassen. Sergej gab zu, dass das innerhalb der Familie zu Spannungen führte.

»Es ist so, als hätte sie den einen Menschen geheiratet und müsste nun mit einem ganz anderen Menschen zusammenleben«, sagte er über seine Frau. »Und sie denkt, dieser neue Mensch kümmerte sich mehr um seine politischen Überzeugungen als um sie und ihre Tochter.«

»Stimmt das denn?«

»Nein. Vielleicht. Ich weiß es nicht. Ich möchte, dass meine Tochter in einem gerechten Land lebt. Aber meine Frau möchte, dass ich Geld verdiene.«

Er fühlte sich schlecht deswegen, aber er würde sich nicht ändern. Jeder nach seinen Fähigkeiten, jedem nach seinen Bedürfnissen. Dies hatte die Kraft eines biblischen Gebotes – oder hätte es haben sollen. Und Sergej lebte danach.

Es wurde langsam März, und Dima meldete sich immer öfter bei mir. »Du gehst doch auf jeden Fall am Ende des Sommers wieder in die Staaten zurück, oder?«, wollte er eines Tages auf GTalk wissen.

»Ich weiß es nicht«, schrieb ich zurück.

Ich hatte gerade erfahren, dass sich mein alter Erzfeind Fishman ebenfalls um die Stelle am Watson bewarb – es war ein mittelmäßiges College, es lag irgendwo im Nirgendwo, die nächstgelegene kulturelle Attraktion war ein riesiges Bundesgefängnis, aber der Arbeitsmarkt war wie leer gefegt, und am Watson würden sie einen wenigstens nicht dazu zwingen, Deutsch zu unterrichten. Zu meinem Entsetzen und Verdruss erzählte mir dann auch noch mein Berater, dass das Watson Richard Sutherland aus Princeton – den Mann, der mich gebeten hatte, ihm Mineralwasser an den Flughafen zu bringen – als Leiter der Berufungskommission eingesetzt hatte. (»Sie brauchen einen Ahnungslosen, der ihnen dabei hilft, die anderen Ahnungslosen in die Irre zu führen«, drückte es mein Berater aus; wir wussten beide, dass Fishman damit nun eindeutig im Vorteil war.)

Aber Dima gegenüber ließ ich mir nichts anmerken. »Ich habe mich für einen Job beworben, der im Herbst beginnt«, schrieb ich ihm, »und ich hoffe, dass ich ihn bekomme. Aber wenn nicht, dann werde ich wohl hierbleiben.«

»Und was willst du dann machen?«

»Was ich jetzt auch mache.«

»Das ist doch lächerlich!«, schrieb Dima. »Oma wird es immer schlechter gehen. Irgendwann wird sie Hilfe beim Duschen brauchen. Und sie wird nicht wollten, dass du das machst. Wir werden eine Krankenschwester einstellen müssen, und die kostet Geld, und dieses Geld habe ich nicht, wenn wir nicht verkaufen.«

Aber es gibt Dinge, die sollten nicht des Geldes wegen getan werden, dachte ich. Ich saß am Fenstersims. Es war ein Freitag, nach Mitternacht – ich war gerade vom Eishockey zurückgekommen, trank ein Schiguljowskoje und aß Suschki. Während wir uns auf GTalk herumstritten, kam meine Großmutter im Nachthemd aus ihrem Zimmer und ging auf die Toilette. Ich glaube, ihr Sturz und der anschließende Aufenthalt im Krankenhaus hatten ihre Schlafgewohnheiten durcheinandergebracht, jedenfalls musste sie jetzt nachts öfter raus. Sie sah mich und winkte.

Manche Dinge dürfen nicht des Geldes wegen getan werden. Sie müssen stattdessen entlang kommunistischer Prinzipien verteilt werden: Jeder nach seinen Fähigkeiten, jedem nach seinen Bedürfnissen. Dima konnte so viel auf mich eintippen, wie er wollte – ich würde bleiben, wo ich war.

Nachdem ich Sergej eine Weile begleitet hatte, entschied ich, nun genug Material beisammen zu haben, und setzte mich hin und schrieb alles auf. Ich stellte seine Arbeit in den Kontext der edelmütigen und idealistischen russischen Versuche, die Welt neu zu gestalten. Sergej kam mir wie eine tolstoihafte Figur vor, jemand, der alles aufgab, um einzig dem Diktat seines Gewissens verpflichtet durch die Welt zu ziehen. Nur zog er durch Moskau, nicht die Welt, und statt barfuß zu gehen, fuhr er mit einem klapprigen alten Lada. Ich wollte nicht behaupten, dass Sergej ein Heiliger war. Ich wollte wohl darauf hinaus, dass er ein Narr war – ein heiliger Narr. Er tat, was wir alle gern tun würden, aber wozu wir zu vorsichtig, zu pragmatisch und zu feige waren.

Ich schrieb den Artikel und schickte ihn sowohl an Sergej als auch an die *Slavic Review*. Es war ein Schuss ins Blaue. Ich hatte im Laufe der Jahre eine Menge Beiträge an die *Slavic Review* geschickt, ohne jedes Ergebnis. Dieser hier war besser, aber das war kein Grund zu glauben, ich würde mehr Erfolg damit haben. Die *Slavic Review* war weit weg. Aber Oktober, Sergej, mein Eishockeyteam, meine Großmutter und schließlich, so hoffte ich immer noch, auch Yulia befanden sich direkt vor meiner Nase.

Kurz nachdem ich meinen Artikel abgeschickt hatte, bat Sergej etwas förmlich um ein Treffen. Mein erster Gedanke war, dass ihm der Artikel nicht gefiel. Mein zweiter Gedanke war dunkler: dass er und/oder Oktober wegen Yulia sauer auf mich waren. Ich hatte sie geküsst und vor der Polizeistation diese Sache über Schipalkin gesagt. Hatten meine Gefühle für Yulia mein politisches Urteilsvermögen getrübt? Ich hatte Yulia weiter bei unserer marxistischen Studiengruppe gesehen, und sie schien nicht mehr wütend auf mich zu sein, wirkte aber auch nicht so, als hätte sie große Lust, mit mir zu reden. Und Schipalkin, ihr Ehemann, saß noch immer in Lefortowo.

Wir verabredeten uns in einem Mu-Mu-Café ungefähr anderthalb Kilometer von der Wohnung meiner Großmutter entfernt. Wenn er wütend wegen des Artikels sein sollte, konnte ich damit umgehen. Doch es war auch möglich, dass sie nun, da ich den Artikel beendet hatte und es keinen Grund mehr gab, mit ihnen zusammen zu sein, den Kontakt abbrechen würden. Aber ich wollte den Kontakt nicht abbrechen. Ich mochte, was ich da tat. Ganz unabhängig von Yulia fühlte ich mich der ganzen Oktober-Gruppe inzwischen sehr verbunden.

Auf dem Weg ins Mu-Mu spielte ich im Kopf alle schlechten Szenarios durch. Das Mu-Mu, dessen Name auf das Muhen einer Kuh anspielte, befand sich im Keller und war im

Stil einer Cafeteria eingerichtet. Es war sehr günstig und ziemlich gut. Wenn es etwas näher an unserem Haus gewesen wäre, hätte ich mit meiner Großmutter hingehen können, wann immer wir etwas zu essen brauchten.

Als ich reinkam, saß Sergej vor einer Schüssel Borschtsch. Ich besorgte mir ebenfalls eine Portion und setzte mich zu ihm.

Sergej kam direkt zur Sache. »Hör zu«, sagte er. »Ich k-k-kenne deine Pläne nicht und weiß nicht, wie es in dir aussieht, aber jetzt, wo du deinen Artikel fertig hast, wollte ich dich etwas fragen.«

Ich nickte.

»Wir – Oktober – arbeiten an einer Website. Wir wollen einen Ort schaffen, an dem wir linke Politik, Bildungstheorien, kulturelle Ereignisse und solche Sachen diskutieren können. Wir finden es wichtig, dass die Linke eine solche Plattform hat.«

»Das hört sich gut an.« Es schien mir ein ziemlich umständlicher Weg zu sein, mich aus der Gruppe zu schmeißen.

»Und wir denken, dass ein gewisser Teil davon – nicht alles, ganz bestimmt nicht, aber die guten Sachen – es wert sein könnte, ins Englische übersetzt zu werden, um internationale Solidarität aufzubauen. Eins der Probleme der russischen Linken über die letzten Jahrzehnte war ihre Abschottung vom Westen. Das müssen wir ändern.«

Wieder stimmte ich ihm zu.

»Also, ein paar von uns haben miteinander gesprochen, und ich weiß, dass du dich vor allem aus Recherchegründen auf uns eingelassen hast, aber wir würden es wirklich gut finden, wenn du die Texte übersetzen könntest. Du verstehst, worum es uns geht. Und dein Englisch ist gut.«

»Ah!«, sagte ich. Ich war ungeheuer erleichtert. »Das mache ich sehr gern.«

»Wir können dich natürlich nicht bezahlen.«

»Das würde ich auch gar nicht wollen.« Das stimmte größtenteils sogar. So wenig Geld ich auch hatte, diese Leute hatten weniger.

»Gut. Das ist großartig.« Sergej beugte sich über seinen Teller und löffelte etwas Borschtsch. »Eine Sache wäre da allerdings noch: Wärst du bereit, Oktober beizutreten? Es würde die Zusammenarbeit einfacher und, glaube ich, auch angenehmer gestalten.«

Das kam unerwartet.

»Es wäre mir eine Ehre«, sagte ich. »Was muss ich dafür tun?«

»Na ja«, Sergej schien es ein bisschen unangenehm zu sein. »Es gibt einen Schwur. Als wir vor ein paar Jahren anfingen, haben wir endlose Diskussion deswegen geführt, aber wir sind zu dem Schluss gekommen, dass es das Richtige ist: Es verdeutlicht noch einmal, welche Verpflichtung die Gruppe dir gegenüber hat, und welche Verpflichtung du der Gruppe gegenüber eingehst.«

»In Ordnung«, sagte ich. »Wie lautet er?«

Es war ein kurzer Schwur: »›Ich gelobe zu tun, was meinem Gewissen nach das Beste für die Gruppe ist, und werde versuchen, auf eine Weise aufrichtig und gradlinig zu leben, die der Gruppe zur Ehre gereicht. Die Gruppe wiederum verpflichtet sich, mir mit Rat und Tat zu helfen, wann immer ich Unterstützung brauche.‹« Sergej hielt inne. »Das war's schon.«

Wir erledigten es gleich an Ort und Stelle im Mu-Mu-Café.

Jetzt war ich ein Mitglied von Oktober. In den folgenden Wochen erreichten mich die ersten ins Englische zu übersetzenden Texte. Und ich ging weiter zur Lesegruppe. Mein Beitritt zu Oktober führte dazu, dass sich die anderen mir gegenüber noch weiter öffneten. Mischa erzählte mir von seinen Alkoholproblemen, Boris von seiner Mutter, die wollte, dass er auszog und heiratete. Sergej war schon immer offen und ehrlich zu mir gewesen, aber nun, da seine Ehe in den letzten Zügen lag, hatte ich das Gefühl, im Prinzip seine einzige Vertrauensperson zu sein. Seine Frau hatte ihm eröffnet, dass sie so nicht mehr länger leben könne, und er hatte ihr geantwortet, dass er nur so leben könne; sie waren in einer Sackgasse gelandet. Sergej hatte das Gefühl, dass sich die Situation nicht mehr lösen ließ, aber er machte sich, genau wie seine Frau, Sorgen um ihre Tochter.

»Menschen ändern sich, das ist vollkommen normal«, sagte er. »Wir haben geheiratet, da waren wir noch an der Uni. Natürlich haben wir uns verändert. Aber Kinder können das unmöglich verstehen. Wenn es nur einen Weg gäbe, ihnen gleich am Anfang klarzumachen, dass Mama und Papa möglicherweise nicht für immer zusammenbleiben werden. Dass zwar jeder von uns immer für sie da sein wird, aber nicht notwendigerweise gemeinsam. Das müsste doch irgendwie möglich sein. Alles andere ist eine Lüge.«

Er steckte in einer Zwickmühle, die er sich selbst geschaffen hatte, aber das machte es, wie mir schien, nicht weniger schmerzhaft.

Yulia war mir gegenüber weiterhin sehr reserviert, aber das war verständlich: Ihr Mann saß im Gefängnis, und sie verbrachte viel Zeit damit, an ihn zu denken, Schlange zu stehen, mit Anwälten über seinen Fall zu sprechen. Ja, wir hatten uns geküsst, aber das war lange her. Ich würde schon irgendwann jemand anderen zum Küssen finden. Howard hatte erstaunlicherweise, nachdem er monatelang mit jungen Frauen von der Huren-Website geschlafen hatte, eine nette Frau kennengelernt, die bei der russischen *Esquire* arbeitete, und war jetzt mit ihr zusammen. Er hatte angedeutet, dass sie Freundinnen hatte, die Single waren. Und Oleg hatte in der Umkleidekabine etwas ganz Ähnliches erwähnt.

»Andrej«, fragte er mich eines Tages, »hast du eine Freundin?«

»Nein«, antwortete ich.

»Meine Freundin hat eine Kollegin, die vielleicht Interesse haben könnte.« Tatsächlich benutzte er für »Freundin« das Wort *tjolka,* Kälbchen – es war in diesem Zusammenhang ein Wort für »Mätresse«.

Und so kam es, dass ich ein paar Tage später mit Oleg, Olegs Kälbchen und Polina, der Kollegin des Kälbchens, in einem teuren Café bei den Sauberen Teichen saß. Olegs Kälbchen war eine stille, mausgraue junge Frau, die die ganze Zeit an ihrem Handy herumspielte, aber Polina war eine große, gesunde, attraktive Fünfundzwanzigjährige. Sie arbeiteten zusammen in einem Schönheitssalon. Noch vor ein paar Monaten hätte ich mir eine solche Chance nicht entgehen lassen, aber jetzt konnte ich keine richtige Begeisterung dafür aufbringen. Als Oleg vorschlug, den Abend in einem Club fortzusetzen, entschuldigte ich mich damit, dass ich nach Hause müsste, um mich um meine Großmutter zu kümmern.

»Verstehe«, sagte Oleg und nahm es mir nicht übel.

Ein paar Abende später, meine Großmutter versohlte mir gerade bei Anagramm den Hintern, bekam ich eine SMS. Sie war von Yulia.

»Hast du Zeit, dich mit mir zu treffen?«, lautete sie.

Es war Freitagabend, acht Uhr. Heute war Eishockey, aber das konnte ich ausfallen lassen. Wahrscheinlich wollte Yulia mir mitteilen, was Sergej versäumt hatte – dass sie mich nicht mehr bei der Lesegruppe sehen wollte. Vielleicht konnte ich es ihr ausreden.

Ich würde mich sehr gern mit ihr treffen, schrieb ich zurück und fügte sogar, als ein Zeichen der Tapferkeit, einen Smiley hinzu – die Russen benutzten dafür einfach nur ein paar schließende Klammern, ungefähr so:))) Es war eine merkwürdige Art, ein Gesicht darzustellen, weil es keine Augen hatte, aber andererseits konnte man auf diese Weise beliebig viele Klammern hinzufügen, um ein Superlächeln zu versenden. Ich hatte vier Klammern benutzt, aber als ich mich auf den Weg zu der tschechischen Kneipe bei ihr um die Ecke machte, fühlte ich mich wie ein Mann auf dem Weg zu seiner Hinrichtung.

Sie war schon da, als ich reinkam, und sah blass und wunderschön und nervös aus. Vor ihr stand ein Glas Wein.

»*Priwet*«, sagte ich.

»*Priwet*«, antwortete sie. Sie schien aufgewühlt zu sein. Ich sagte nichts. Sie erkundigte sich höflich nach meiner Großmutter und sagte dann: »Du hattest recht wegen Petja.« Petja war Schipalkin. Sie sah unglücklich aus, während sie es sagte.

»Hatte ich?«

»Er ist freigelassen worden«, sagte Yulia.

»Das ist doch schön!«, sagte ich und meinte es auch so, zumindest teilweise.

Yulia schien mich gar nicht gehört zu haben. »Er hat sie alle verraten«, sagte sie.

»Was?«

»Er hat sie verraten. Hat ausgepackt.«

»Das weißt du doch nicht.«

»Doch, das weiß ich. Sein Anwalt meinte, er müsse mit fünf Jahren rechnen, und es gebe keine Hoffnung – es sei denn, er kooperiert mit den Ermittlern und nennt ihnen die Namen der anderen Mayhem-Mitglieder.«

»Kennt die Polizei die Namen nicht schon?«

»Offenbar nicht. Ich weiß es nicht. Aber Petja wurde vor zwei Tagen freigelassen, und gestern haben sie zwei von ihnen festgenommen, und ein weiterer konnte gerade noch rechtzeitig mit dem Zug nach Kiew entkommen.

»Wow«, sagte ich. Es klang so, als hätte er sie tatsächlich verraten. Warum erzählte sie mir das?

»Und«, sagte ich, weil ich nicht wusste, was ich sonst sagen sollte, »was macht er jetzt?«

»Ich weiß es nicht«, sagte Yulia, »und es ist mir auch egal.«

Sie trank einen Schluck von ihrem Wein.

»Andrej, tust du mir einen Gefallen?«

Ich nickte.

»Betrinkst du dich mit mir?«

Also betranken wir uns. Und währenddessen versuchte ich, nicht allzu sehr darüber nachzudenken, was ich da tat. Befand sich Yulia wegen des beschämenden Verhaltens ihres Ex-Mannes in einem wehrlosen Zustand? Und nutzte ich diesen wehrlosen Zustand aus, weil ich trotzdem bei ihr blieb? Und – der Gedanke drängte sich mir auf – hieß das nicht auch, dass sie schnell wieder das Interesse an mir verlieren würde, wenn sich ihr Zustand änderte?

Yulia trug enge weiße Jeans und einen knappen schwarzen Baumwollpullover, der sich an ihren Oberkörper schmiegte. Sie war eine dünne junge Frau und hatte ein blasses Gesicht mit großen grünen Augen, was ihren schmerzerfüllten Blick noch zusätzlich betonte. Russische junge Frauen, sogar intellektuelle russische Marxistinnen, hungerten sich oft dünn. Doch in Yulias Fall spielte das keine Rolle. Es gefiel mir sogar. Nicht das mit dem Hungern natürlich. Aber wie sie aussah.

Nach drei Gläsern Wein war sie betrunken, während mir, nach der gleichen Anzahl Bier, nur etwas schummrig war. Ich begleitete sie zu ihrer Wohnung in einem zwölfstöckigen Wohnblock in der Nähe des Patriarchenteichs, und vor ihrer Haustür blieben wir stehen.

»Gute Nacht, Andrej«, sagte sie und umarmte mich.

Ich hätte es vorgezogen, wenn sie mich geküsst hätte, aber sie schien so aufgewühlt, so traurig zu sein, dass ich mir vor allem wünschte, dass es ihr besser ging. Wir verabschiedeten uns, und sie ging rein.

Danach fingen wir an, uns SMS zu schicken und zusammen ins Kino zu gehen. Und zwar ganz unschuldig, indem wir keine große romantische Sache aus den Kinogängen machten. Ich wollte sie nicht drängen. Aber ich wollte sie beeindrucken, und am Anfang versuchte ich es, indem ich, wie damals mit meiner Großmutter, besonders künstlerische Filme aussuchte. Dann gestand sie mir, dass sie eigentlich nichts dagegen hätte, sich etwas weniger Anspruchsvolles anzusehen, und das taten wir dann auch mit einiger Erleichterung. Wir sahen die russische Version von *Titanic*, die *Admiral* hieß und von General Koltschak und seinem Kampf gegen die Bolschewisten handelte, sowie eine Art russisches *Flashdance* mit dem Namen *Stiljagi*, »Die Stilvollen«, über eine Gruppe von Rebellen im Moskau der 1950er-Jahre, die bunte Klamotten und Jazzmusik als eine Form des Protestes gegen die erstickende modische Konformität des Stalinismus in Stellung brachten. Und das war auch der Film, den Yulia und ich an dem Abend sahen, als sie mich zu sich in die Wohnung einlud.

In jener Nacht veränderte sich Moskau für mich für immer. Es war nicht mehr länger der schreckliche Ort, an dem ich geboren war, sondern – etwas ganz anderes. Ich wollte zu Hause sein, wenn meine Großmutter aufwachte, also flüsterte ich Yulia mitten in der Nacht einen Abschiedsgruß ins Ohr und ging die Treppe hinunter. Es war drei Uhr morgens, Mitte März in Moskau, und noch immer ziemlich kalt. Die Metro fuhr nicht mehr, und wenn ich nicht laufen wollte, müsste ich ein Taxi nehmen, aber ich hatte keine Lust, meine Gefühle, meine Freude und mein Zugehörigkeitsgefühl mit jemandem zu teilen, und deshalb ging ich zu Fuß. Es waren ungefähr zwei Kilometer bis zu uns nach Hause, und es war kalt und still, und als ich durch die Seitenstraßen ging und die riesige, entsetzliche Schnellstraße erreichte, die der Gartenring ist, spürte ich die schreckliche Freiheit dieses Ortes. Es war eine Festung, die inmitten einer feindlichen Umgebung errichtet worden war. Auf der einen Seite die Mongolen; auf der anderen die Deutschen, Balten und Wikinger. Also bauten die Russen diese Festung hier an der Biegung des Flusses Jausa und hofften das Beste. Sie bauten sie so groß wie möglich, weil sie Angst hatten. Es war ein gewaltiges Land, und selbst jetzt, selbst noch im einundzwanzigsten Jahrhundert, kaum zu regieren. Man konnte wahrlich alles tun, was man wollte. Und inmitten dieser Freiheit, dieser Anarchie, trafen Menschen aufeinander und verliebten sich und versuchten, einander eine Stütze zu sein.

Bei unseren letzten Verabredungen, aber auch und vor allem als wir zusammen im Bett lagen, hatte ich einiges über Yulias Familie erfahren. Sie war in Kiew aufgewachsen, als Einzelkind – die meisten Kinder dieser Generation waren Einzelkinder, weil alle so arm waren –, und ihre Eltern waren beide Ingenieure. Als das Land anfing auseinanderzubrechen, erkannten sie die Zeichen der Zeit, und da Yulias Vater Jude war, beschlossen sie, nach Israel auszuwandern. Yulia war zehn, als ihr Vater fortging, um ihre neue Heimat zu erkunden und sich dort Arbeit zu suchen, während Yulias Mutter ihr Hab und Gut verkaufte und den Umzug vorbereitete. Anfangs meldete er sich oft, berichtete von den Schwierigkeiten, sich ans Immigrantenleben zu gewöhnen, seinen Sorgen, keine Arbeit zu finden, seinem Ärger mit anderen Auswanderern; aber schon bald schien er sehr beschäftigt zu sein und ließ immer seltener von sich hören. Yulias Mutter verkaufte trotzdem weiter ihre Sachen, denn sie wollten zum Beispiel weder ihren Fernseher noch ihr Sofa mit nach Israel nehmen, aber ein paar Tage nachdem sie den Fernseher verkauft hatte, erfuhr Yulias Mutter von einer gemeinsamen Bekannten, dass ihr Mann mit einer anderen Frau auf den Straßen von Haifa gesehen worden war. Yulias Mutter stellte ihren Mann am Telefon zur Rede, und er gab alles zu, sagte aber auch, er wolle weiterhin, dass sie nachkämen, sie seien schließlich immer noch verheiratet, und er würde sich um alles kümmern, und wenn dann alles erst einmal geregelt sei, könnten sie sich in Frieden scheiden lassen. Yulias Mutter schrie ihn an – Yulia saß friedlich lesend in ihrem Zimmer – und legte auf. Yulias Vater versuchte, ihnen weiterhin über verschiedene Bekannte, die zwischen den Ländern hin- und herreisten, Geld zukommen zu lassen, aber Yulias Mutter lehnte jedes Mal ab. So wuchs die kleine Yulia in großer Armut auf, ohne Sofa oder Fernseher, um sich die Zeit zu vertreiben, wenn auch an einem Ort, an dem alle anderen ebenfalls arm waren.

Ihre Mutter hatte sich nie wieder davon erholt. Sie schaffte es, ihre alte Arbeit wiederzubekommen, aber die war an einem Forschungsinstitut und nicht besonders gut bezahlt. Sie konzentrierte ihre ganze Energie auf Yulia, und es entwickelte sich eine, wie es klang, manchmal wundervolle, manchmal toxische, aber immer sehr intensive Beziehung. Im Streit mit ihrem Vater stand Yulia ganz und gar auf der Seite ihrer Mutter. Schließlich war sie dann in Kiew auf die Universität gegangen, um Literaturtheorie zu studieren. In einem ihrer Kurse hatte sie Schipalkin kennengelernt, und kurz darauf waren sie, wie die meisten, die sie kannte, verheiratet. Dann hatte Schipalkin Arbeit als Grafikdesigner in Moskau gefunden, und Yulia hatte sich dort an der Universität für das Hauptstudium beworben und war angenommen worden. Also waren sie umgezogen. Kurz bevor sie die Stadt verließen, war ihre Tante, die Schwester und beste Freundin ihrer Mutter, bei einem Autounfall ums Leben gekommen. Yulia hatte ein permanent schlechtes Gewissen, weil sie weggegangen war, und dachte oft darüber nach zurückzuziehen.

Nach Moskau verpflanzt, begann ihre Ehe zu bröckeln. Sie hatten sich als unbeholfene junge Menschen kennengelernt, die gerade dabei waren, sich ans Universitätsleben zu gewöhnen; jetzt entdeckte Schipalkin, dass ihm noch andere Möglichkeiten offenstanden.

»Es gab so viele hübsche junge Frauen, und er war nicht länger der kleine Junge, der nicht wusste, wie man sich das Hemd richtig knöpft«, sagte Yulia. »Das hat ihm den Kopf verdreht.«

Er kam immer öfter spät von der Arbeit nach Hause und gab schließlich zu, mit einer der Grafikerinnen aus seinem Büro zu schlafen. Yulia warf ihn raus; sie blieb in ihrer Wohnung oder vielmehr in ihrem Zimmer in der Wohnung, in der sie mit zwei Mitbewohnerinnen wohnte, musste aber bald feststellen, dass sie sich das Zimmer allein nicht leisten konnte, und lud eine Freundin aus Kiew ein, sich das Zimmer mit ihr zu teilen. Ihre Freundin Katja arbeitete in der Nachtschicht bei einer Fernsehproduktionsfirma, und so hatte Yulia das Zimmer meist nachts und Katja meist tagsüber für sich allein. Am Anfang war es kompliziert und verwirrend, aber inzwischen hatte sich Yulia daran gewöhnt. Und auch an Moskau habe sie sich gewöhnt, sagte sie, oder zumindest sei sie dabei, sich an Moskau zu gewöhnen.

»Für meine Mutter war mein Weggang aus Kiew sehr schwer«, sagte Yulia. »Und als Schipalkin und ich uns getrennt haben, wollte ich eigentlich zurückkehren. Aber es gibt keine Arbeit in Kiew. Die Stadt ist vollkommen ausgeplündert. Hier kann ich wenigstens ein bisschen Geld verdienen und etwas davon nach Hause schicken.« Sie bereitete Jugendliche auf ihre Aufnahmeprüfungen an der Universität vor und schrieb sogar als Ghostwriterin Dissertationen für Regierungsbeamte – genau die Sachen, wegen derer Sergej der akademischen Welt den Rücken gekehrt hatte. Einmal im Monat fuhr sie mit dem Nachtzug nach Hause, um ihre Mutter zu besuchen.

Alles hier war doppelt so schwer wie in New York, dachte ich, als ich in jener ersten Nacht mit Yulia durch die Kälte nach Hause lief. Es war schwieriger von A nach B zu kommen, es war schwieriger, einen Pullover zu finden, es war schwieriger, einen Sitzplatz in der Metro zu ergattern, es war schwieriger, ein bezahlbares Restaurant oder eine bezahlbare Wohnung zu finden – auch in New York hatten Studierende Schwierigkeiten, über die Runden zu kommen, aber ich hatte noch nie davon gehört, dass sich zwei Menschen, die keine romantische Beziehung miteinander führten, ein Bett teilten. Und es ging hier viel ungerechter zu, wirklich sehr viel ungerechter. Erst neulich hatte ein Mann im Sad, dem Restaurant, in dem ich mich mit Sonja aus dem Internet getroffen hatte, auf eine Frau geschossen, weil sie darauf bestand, dass er sich entschuldigte, nachdem er seinen Drink über sie verschüttet hatte. »Du bist eine fette Kuh«, hatte er gesagt und ihr ins Bein geschossen. Er arbeitete, wie anscheinend das halbe Land, bei RussOil und würde wahrscheinlich damit durchkommen.

Es war Schipalkin, der das Paar mit Sergej und Oktober in Berührung gebracht hatte, aber es war Yulia, die sich schon bald ganz auf die Gruppe einließ. Sie war sehr angetan von Sergejs Kritik an dem privatisierten Hochschulbildungssystem, und obwohl sie sich selbst nicht für eine besonders kontaktfreudige Person hielt, hatte sie ein Händchen dafür, unzufriedene Menschen aufzuspüren. Sie hatte Boris bei einer öffentlichen Vorlesung kennengelernt, bei der er aggressive Fragen stellte, und sie hatte Mischa bei seiner Protestaktion an der Universität aufgetan.

»Und dich natürlich auch.«

»Mich?«

»Weißt du noch, dass ich dir nach dem Abendessen geschrieben habe?«

»Na klar! – Aber ich habe nie verstanden, warum.«

»Na ja, ich hatte den Eindruck, dass du mit dem amerikanischen Bildungssystem unzufrieden bist und dass du Fishman nicht ausstehen kannst«, sagte sie. »Das fand ich eine reizvolle Kombination. Du wirktest etwas verwirrt, aber bereit, dich für deine Überzeugungen einzusetzen.«

Ich fragte mich, ob das der Wahrheit entsprach. Ich hoffte schon. Als ich den Zwetnoi-Boulevard bei uns um die Ecke erreichte, entdeckte ich ein *Kroschka Kartoschka*. Es war ein kleines, frei stehendes Plastikhäuschen, ungefähr so groß wie ein chinesischer Imbiss, mit einem großen weißen Tresen und ein paar wenigen Tischen samt Stühlen; sie hatten es direkt auf den Boulevard geknallt, eine kleine Bude mitten auf städtischem Grund, ganz sicher war dafür irgendein Bürokrat bestochen worden. Kroschka Kartoschka bedeutete »kleine Kartoffel«, und genau das servierten sie auch: Ofenkartoffeln. Sie schnitten sie in der Mitte auf, und man konnte sich eine Füllung aussuchen – Pilze oder Hähnchensalat oder Käse oder eine Kombination daraus. So machten es die Russen schon seit Generationen mit ihren Kartoffeln. Es war fast ein bisschen eklig, und es hier in dieser Bude mitten auf dem Zwetnoi-Boulevard zu sehen, kam mir irgendwie ungebührlich vor, wie etwas Schändliches, das sich in aller Öffentlichkeit abspielte. Aber es war unsere gemeinsame, nationale Schande. »Wir backen gerne Kartoffeln und schaufeln ekliges Zeug drüber, damit sie besser schmecken« – schien der Kroschka-Kartoschka-Stand zu sagen. Es war eine Kette, und überall in der Stadt standen diese kleinen Buden. Ich ging hinein, bestellte eine Kartoffel mit Speck und Zwiebeln, zahlte umgerechnet fünfzig Cent dafür und aß sie gedankenverloren und, ohne den Mantel auszuziehen, an einem der kleinen Plastiktischchen. Dann endlich ging ich nach Hause. Es war vier Uhr morgens. Meine Großmutter würde bald aufstehen. Aber ich schlief bis um zehn, und meine Großmutter hatte nichts dagegen.

TEIL III

1. YULIA

Yulia und ich waren jetzt zusammen. Tagsüber war sie meist an der Universität, und ich las die Foreneinträge der Studierenden über *Onkel Wanja* und saß mit meiner Großmutter zusammen, bis sie ins Bett ging; aber danach gehörte Moskau uns. Es war eine Stadt, die lange wach blieb. Die Metro fuhr schon früh nicht mehr, aber alle Bars, Cafés und Kinos blieben geöffnet, und nach elf Uhr konnte ich in ungefähr zehn Minuten bei Yulia sein, wenn ich mich von jemandem für hundert Rubel den Roschdestwenski-Boulevard hinunterfahren ließ. Zurück dauerte es genauso lange und kostete genauso viel, obwohl ich für den Heimweg meistens den Gartenring nahm. Nachts rasten die Taxis wirklich wie verrückt über den Ring.

Was unternahmen wir zusammen? Meistens ganz normale Sachen. Katjas Schichtplan hatte sich, kurz nachdem Yulia und ich zusammengekommen waren, geändert. Sie war nun öfter zu Hause, und es war nicht mehr ganz so attraktiv, Zeit in Yulias Wohnung zu verbringen. Also gingen wir weiter zusammen ins Kino und sogar in ein paar Cafés. Moskau gemeinsam mit Yulia zu erleben, war etwas völlig Neues für mich. Es war nicht so, dass ich die Stadt um mich herum vergaß, ganz im Gegenteil: Ihre unterschwellige Gewalt, die Art und Weise, wie aggressive Männer den öffentlichen Raum dominierten, wurde mir viel stärker bewusst, als ich mit Yulia durch die Gegend lief. Und auch in allen anderen Belangen blieb es derselbe grimmige, überteuerte Ort. Aber ich sah, wie Yulia sich in der Stadt behauptete. Sie war überaus höflich, sogar förmlich im Umgang mit Leuten, die sie nicht kannte. (Ich erkannte darin die Höflichkeit und Förmlichkeit meiner Großmutter wieder, die sie sogar bei einigen Menschen, die sie kannte, aufrechterhielt, weil sie vergaß, dass sie sie kannte.) Yulia war eine Meisterin der Unverbindlichkeit: Außerhalb ihres engsten Freundeskreises war sie permanent auf der Hut. Aber innerhalb dieses Kreises und in der kleineren Stadt, die dieser Freundeskreis sich innerhalb der größeren Stadt geschaffen hatte, existierte eine ganz andere, eigene Welt. Die Oktobristen hatten sich in Moskau ihre Pfade angelegt, die es ihnen erlaubten, die Stadt zu genießen. Niemand von ihnen verdiente viel Geld, wenn sie denn überhaupt ein Einkommen hatten. Sie konnten keine vollwertigen Bewohner des Konsumparadieses sein, in das Moskau sich verwandelt hatte. Aber es gab kleine Cafés und Buchhandlungen und kleine Cafés in Buchhandlungen, wo man sitzen und für ein paar Dollar einen Tee oder ein Bier trinken und ein paar Stunden lang Derrida lesen konnte, ohne dass einen jemand störte. Selbst die Kritische Theorie, in den Vereinigten Staaten längst aus der Mode, war hier noch cool. Es war das Moskau, dessen Existenz ich mir immer erhofft hatte, das ich aber nie hatte finden können. Jetzt war es da.

Yulia, das lernte ich bald, unterteilte die Welt in zwei Arten von Menschen: ihre Leute und andere Leute; gute und böse. Männer waren, zum größten Teil zumindest, böse. Frauen waren Verbündete im Kampf gegen Männer, oder sie waren Verräterinnen. Einige waren Verräterinnen aus Schwäche, andere aus Heimtücke. Und zumindest theoretisch waren auch einige Männer Verbündete. Der nicht besonders männliche und asexuelle Boris war okay, genau wie der seltsame, mitleiderregende Nikolaj, mit seiner donquichottesken Datscha, die zu bauen ihm niemand helfen wollte. Mischa und Sergej wurden misstrauisch beäugt. Mischa wegen seiner Sauferei und weil er Yulias Mitbewohnerin Mascha nicht besonders gut behandelte; Sergej aus etwas komplizierteren Gründen.

»Er hält seine arme Frau schon fast so lange hin, wie ich ihn kenne«, sagte Yulia. »Er kann den Gedanken nicht ertragen, seine Familie zu zerstören. Aber er hat seinen Weg gewählt und muss ihn nun weitergehen.«

»Er versucht, ein guter Mensch zu sein«, sagte ich.

»Er versucht, sich ein reines Gewissen zu bewahren. Das ist ein Unterschied.«

Alle schlechten Vorstellungen, die sie, nicht zuletzt durch ihren Vater, bereits von Männern hatte, waren von Schipalkin vollauf bestätigt worden. »Er war so ein netter Junge, als wir uns kennengelernt haben«, sagte sie, »aber er war auch ein schwacher Mensch.« Und ein anderes Mal: »Hast du den Schal gesehen, den er getragen hat, als er bei der Lesegruppe vor der Tür stand? Er war so stolz auf diesen Schal. Er hat ihn von Fishman geschenkt bekommen, weißt du? Er denkt, er sei in Amerika total angesagt.«

Sie konnte unglaublich schneidende, fast grausame Bemerkungen machen. Aber wenn man auf ihrer Seite stand, blieb man davon verschont.

»Du bist doch anders, oder?«, fragte sie mich mal, als es um die Verwüstungen ging, die Mischa hinterließ, weil er sich ständig betrank und Mascha betrog.

»Ich weiß es nicht«, sagte ich.

Aber Yulia bestand darauf. »Du bist anders«, sagte sie. »Da bin ich mir sicher.«

So auserwählt zu werden, um auf der Seite des Guten gegen das Böse zu kämpfen – auch wenn man es eigentlich nicht wirklich verdient hatte –, war berauschend. Ich wollte, dass es für immer so blieb.

Im Nachhinein wird mir klar, dass bei allem, was wir taten, ein nerviger Grundton mitschwang. Wir wohnten gar nicht so weit auseinander, aber da wir beide über keinerlei Privatsphäre verfügten, endete es meist damit, dass wir stundenlang durch die Gegend liefen. Sie hatte einen Ex, der immer noch irgendwie präsent war – nach der Verhaftung seiner Freunde war Schipalkin in Moskau geblieben und postete endlose Einträge auf seiner *LiveJournal*-Seite, in denen er sich für sein Verhalten rechtfertigte. Yulia sagte, sie wolle ihn nie wiedersehen, und soweit ich weiß, hielt sie sich an diesen Vorsatz. Aber auch ohne Schipalkin war ihr Leben nicht einfach. Ihre Mutter in Kiew benötigte Hilfe und Aufmerksamkeit. Sie wohnte nur schichtweise in ihrem Zimmer und musste ständig die Laken wechseln. Und obendrein war es noch immer bitterkalt, wenn wir miteinander ausgingen.

Ich weiß noch, wie wir an einem Abend im März, nachdem wir wieder mal im Kino gewesen waren, auf einem Bürgersteig, der kaum von Schnee und erst recht nicht von Eis befreit war, sodass man seine ganze Konzentration brauchte, um nicht auszurutschen, die Pokrowka entlanggingen und an mehreren hell erleuchteten, einladenden Cafés vorbeikamen. Hätten wir mehr Geld gehabt, wir hätten uns reinsetzen können, aber sie verlangten zwölf Dollar für einen Becher Tee! Also gingen wir weiter. Ich fühlte mich beschämt und machtlos, weil ich es mir nicht leisten konnte, meiner Freundin eine Möglichkeit zum Aufwärmen zu bieten, aber Yulia schien die Lokale gar nicht zu sehen. Schließlich erreichten wir ein Café mit vernünftigen Preisen und saßen ungefähr fünfzehn Minuten zähneklappernd da, doch dann vergaßen wir unseren furchtbaren Fußmarsch und teilten uns sogar ein Eclair.

Die Schwierigkeiten, die wir überwinden mussten, um zusammen zu sein, zusammenzubleiben und überhaupt erst zusammengekommen zu sein, gaben mir das Gefühl, dass uns nichts je wieder etwas anhaben könnte, wenn wir nur erst einmal diese Situation oder die nächste oder die übernächste überstanden hätten.

Yulias Arbeitssituation war mies: Ihr Universitätspräsident war korrupt, ihr Fachbereichsleiter ebenfalls, und auch als Folge dieser Korruption war die Arbeitsbelastung der Lehrkräfte enorm. Vor allem aber misstrauten die beiden denjenigen, die sich nicht voller Freude an der Korruption beteiligten, auch wenn Yulia sich mit ihren privaten Nachhilfestunden und dem Ghostwriting stärker darin verstrickt hatte, als ihr lieb war. Sie tat es, weil sie es musste, aber auch, weil sie sich, genau wie ich, nicht überwinden konnte, die Uni zu verlassen.

»Ich habe einige so wunderbare Studierende«, sagte sie, »und es macht so wahnsinnig viel Spaß, mit ihnen über Awwakum zu diskutieren« – einen der verrückten alten Kleriker, über die sie forschte. »Wo sonst könnte ich das?«

Sergejs Lösung – es ehrenamtlich für die Allgemeinheit in der Freizeit zu tun – kam für sie nicht infrage. Sie war auf das Geld angewiesen. Yulia saß in der Falle.

Es blieb bis weit in den April hinein kalt, und wir liefen stundenlang durch Moskau, immer auf der Suche nach Orten, an denen wir sitzen und Tee trinken konnten. Ich war noch nie mit jemandem wie Yulia zusammen gewesen, und ich war noch nie mit jemandem in Russland zusammen gewesen. Am Anfang war es leicht: Ich brauchte einfach nur glücklich dazusitzen und Yulia beim Reden zuzusehen; es wurde nicht unbedingt erwartet, dass ich etwas zum Gespräch beitrug. Aber irgendwann wurde es kompliziert: Wenn mir etwas vorgeworfen wurde, meistens zu Recht, fehlte meinem Vokabular die zur Verteidigung nötige Tiefe, und mein Gehirn schaltete reflexartig auf Wut um.

»Du hast keine Ahnung, wie unser Leben ausgesehen hat«, sagte sie einmal. Wir hatten in einer kleinen Keller-Cafeteria in der Nähe der Universität eine Pause eingelegt, um ein paar Pelmeni zu essen. Das Essen war billig und ziemlich gut, und das einzige Problem bestand darin, dass es in dem Keller ganz schön dunkel war. Außerdem wären wir auf dem Weg dorthin fast von einem herabfallenden Eiszapfen erschlagen worden. In der ersten Aprilhälfte kam tagsüber manchmal die Sonne raus, die Temperatur stieg über den Gefrierpunkt, und der Winterschnee begann zu schmelzen. Nachts sank die Temperatur wieder und ließ das Schmelzwasser, das von den Dächern tropfte, zu riesigen Eiszapfen gefrieren. Wenn es dann insgesamt wärmer wurde, lösten sich diese scharfen, massiven Eisbrocken und erschlugen die Leute. Dieser Gefahr waren wir also gerade haarscharf entronnen, und ich hatte schlechte Laune wegen Moskau und Russland und, um es kurz zu machen: Ich sagte etwas Kritisches über die Lichtverhältnisse in dem Kellerimbiss, und Yulia wurde wütend.

»Du hast keine Ahnung, wie unser Leben ausgesehen hat. Du hast keine Ahnung, was uns ein solcher Ort bedeutet.«

Sie hatte recht. Ich mochte diesen Keller! Ich hätte meinen Ärger über die Eiszapfen nicht daran auslassen sollen. Und ich glaube, auf Englisch wäre ich prima mit Yulias Verteidigung des Ladens zurechtgekommen. Nachdem ich als kleiner Junge immer viel zu ernst gewesen war, hatte ich eine gewisse ironische Distanz entwickelt. Nichts berührte mich mehr allzu sehr. Ich kannte Leute, die das abstoßend fanden, aber in dieser Situation wäre es praktisch gewesen. Ich hätte ihren Ärger wegscherzen können.

Auf Russisch wusste ich nicht, wie ich das anstellen sollte, und ich war verletzt. Ich warf die Hände in die Höhe wie jemand, der mit seinem Latein am Ende war und das Gefühl hatte, nichts sagen zu können, ohne angegriffen zu werden, und der deswegen lieber gar nichts mehr sagte. Ich suhlte mich eine Weile in diesem Gar-nichts-mehr-Sagen, bis Yulia nachgab und mir verzieh. Aber mir fiel auf, dass sich dieses Muster mit einer gewissen Regelmäßigkeit wiederholte. Yulia war eine sehr ernsthafte Person, die sich die Dinge manchmal sehr zu Herzen nahm, und ob ich wirklich in der Lage gewesen wäre, unsere Gespräche in die richtige Richtung zu lenken, wenn sie auf Englisch stattgefunden hätten, weiß ich nicht. Auf Russisch gelang es mir jedenfalls nicht.

Aber so war es auch in Ordnung. Denn diese Unfähigkeit, zu scherzen, zu parieren und auszuweichen, machte mich gleichzeitig auch freundlicher. Ich war manchmal ungeduldig und manchmal wütend, aber ich war nie verletzend oder sarkastisch. Ich riss keine blöden Sprüche, die ich mir innerhalb einer Sekunde ausdachte und dann sechs Monate lang ausbügeln musste.

Eine Zeit lang fürchtete ich mich davor, Yulia meiner Großmutter vorzustellen. Ich hatte Angst, es könnte das fragile Gleichgewicht stören, zu dem wir schließlich in unserem häuslichen Arrangement gefunden hatten. Aber hatte sie mich andererseits nicht oft genug gedrängt, endlich zu heiraten? Nicht dass Yulia unbedingt die Absicht hatte, mich zu heiraten. Wir waren ja erst seit Kurzem zusammen. Aber ich hatte durchaus schon darüber nachgedacht. Ich hatte sie sogar schon ganz beiläufig gefragt, ob sie sich vorstellen könnte, in die Staaten zu ziehen.

Sie hatte es sofort verneint. »Meine Mutter lebt in Kiew, und sie hat niemanden außer mir. Es ist schon schlimm genug, dass ich in Moskau bin. Wenn ich nach Amerika ginge, würde sie das umbringen.«

»Und wenn sie ebenfalls nach Amerika zieht?«, fragte ich.

Ich stellte mir vor, wie wir alle – ich, Yulia, ihre Mutter, meine Großmutter – zusammen in einer großen Wohnung in Brooklyn lebten, lange gemeinsame Spaziergänge durch den Prospect Park unternahmen, die anderen Russen grüßten und uns in dem großen Kino neben dem Eingang des Parks einen Film ansahen.

»Einverstanden«, sagte Yulia. »Nehmen wir den goldenen Hubschrauber?«

Na schön. Aber zu diesem Zeitpunkt schien alles möglich zu sein. »Denk einfach noch mal drüber nach«, sagte ich.

Ich wollte sie also unbedingt meiner Großmutter vorstellen. Und ich hatte mir vollkommen umsonst Sorgen gemacht.

»Yulia«, sagte meine Großmutter, als ich Yulia eines späten Nachmittags mit nach Hause brachte. »Das ist ein sehr schöner Name.« Und sie lachte, während Yulia und ich unsere Mäntel und Schuhe auszogen. Sie schien sich aufrichtig zu freuen.

Wir setzen uns und tranken alle zusammen Tee.

Im Allgemeinen ging es meiner Großmutter jedoch ziemlich schlecht. Der Krankenhausaufenthalt hatte ihre Mobilität extrem eingeschränkt. War sie früher durch die Wohnung gerauscht wie ein Athlet beim Ausdauertraining, schlurfte sie nun mit zittrigen Schritten vom Schlafzimmer in die Küche und wieder zurück. Manchmal benutzte sie den Stock, manchmal auch nicht, was darauf hindeutete, dass sie ihn nicht unbedingt brauchte. Aber ohne den Stock verlor sie immer wieder das Gleichgewicht und kam nur zurecht, indem sie sich an Wänden und Möbelstücken abstütze. Sie wusste, wo sich alles befand, es war ihr in Fleisch und Blut übergegangen, und so schaffte sie es zu jeder Tages- und Nachtzeit, sich durch die Wohnung zu hangeln. Aber gleichzeitig bedeutete es auch, dass wir kaum zusammen spazieren gehen konnten. Im Moment, wo einem draußen die Eiszapfen um die Ohren flogen, war das in Ordnung, aber ich fragte mich, wie es sein würde, wenn sich das Wetter besserte.

Sie verlor sogar den Spaß an den Nachrichten.

Eines Abends schaltete ich ihr im Hinterzimmer den Fernseher ein und ging in die Küche, um am Fenstersims zu arbeiten. Ein paar Minuten später hörte ich sie rufen: »Andrjusch, Andrjusch!« Es lag echte Verzweiflung in ihrer Stimme, und ich lief zu ihr.

Ich fand sie vor, wie ich sie zurückgelassen hatte: auf der grünen Klappcouch vor dem Fernseher.

»Ist alles in Ordnung?«, fragte ich.

»Oje, oje«, sagte meine Großmutter und gestikulierte Richtung Fernseher. »Wer ist dieser Mann?«

Der Mann war Putin.

»Wer ist das?«

»Der Ministerpräsident.«

»Oje, was für eine fürchterliche Visage! Er soll weg da«, sagte meine Großmutter.

Ich zappte durch die Kanäle und landete bei einer russischen Polizeiserie. »Wie wär's damit?«, fragte ich.

»Na gut«, antwortete meine Großmutter.

Ich ging in die Küche zurück. Fünfzehn Minuten später hörte ich ein lautes Krachen aus dem Hinterzimmer. Ich lief wieder hin. Meine Großmutter stand mit entsetzter Miene neben dem Fernsehtischchen. Der Fernseher lag mit dem Bildschirm nach oben auf dem Boden. Er hatte den Sturz irgendwie überlebt und zeigte Putin beim Besuch einer Lkw-Fabrik in Nischni Nowgorod. Offenbar war die Polizeiserie zu Ende, und jetzt liefen die Nachrichten.

»Andrjusch, es tut mir leid«, sagte meine erschrockene Großmutter, als ob ich ihr böse sein könnte, weil sie ihren eigenen Fernseher runtergeschmissen hatte. »Ich habe versucht, den Kanal zu wechseln.«

Offenbar hatte sie versucht umzuschalten, indem sie den Fernseher zu Boden stieß. Der Fernseher war okay, er funktionierte noch, aber da immer die Gefahr eines plötzlich auftauchenden Putins bestand, musste ich beim Fernsehen jetzt im Grunde immer bei ihr sein, um rechtzeitig weiterschalten zu können. Beim nächsten Mal könnte der Fernseher schließlich auf ihren Füßen landen.

Das war gar nicht gut. Ich konnte ihr einen Film anmachen, aber sie konnte keinen der Filme leiden, die wir uns ansahen. Wir konnten nicht rausgehen, und ich konnte nicht rund um die Uhr Anagramm mit ihr spielen.

Es war Sergej, der mich ganz nebenbei auf eine Lösung brachte. Als er mich eines Abends nach dem Eishockey nach Hause fuhr, sagte er zu mir: »Wir denken an die Sowjetunion nur im Zusammenhang mit Fehlern und Verbrechen. Die Lager, die mangelnde Vorbereitung auf den Krieg, die Zwangseinweisung von Dissidenten in die Psychiatrie. Aber für viele Menschen war es ein guter Ort. Es gab eine kostenlose medizinische Versorgung, kostenlosen Wohnraum, kostenlose Bildung. Und vor allem gab es eine große kulturelle Produktion, ganz besonders fürs Kino: Weißt du, anders als die frühen Filmtheoretiker dachten, sind Filme kein besonders stark ideologisierter Raum. Sie dienen der Massenunterhaltung. Und um die Massen zu unterhalten, müssen sie einen gewissen Realitätsbezug haben. Es gab keine sowjetischen Filme über den Gulag, aber es gab einige ziemlich gute sowjetische Filme. Das ist eins der Dinge, für die sich der Arbeiterstaat am wenigsten zu schämen braucht.«

Stimmte das? Vor der Metro-Station Saubere Teiche gab es einen Kiosk, der DVDs verkaufte. Ich hatte dort ein paar aktuelle russische Filme besorgt, um sie mit meiner Großmutter anzusehen, aber die meisten von ihnen waren unerträglich. Selbst die guten Filme waren voller Gewalt – das war die neue russische Realität, und die Filme spiegelten diese Realität wider. Meine Großmutter mochte sie nicht, und ich konnte es ihr nicht verübeln.

Aber wie sah es mit sowjetischen Filmen aus? Aus irgendeinem Grund war ich nie auf die Idee gekommen, meiner Großmutter ältere Filme vorzuführen. Ich wusste nicht viel darüber. In der Schule hatte ich all die postrevolutionären Klassiker gesehen und dann die großen Werke des späten sowjetischen Untergrunds. Aber abgesehen von *Ironie des Schicksals,* dem Filmklassiker aus den Siebzigern, den sich alle Russen, einschließlich meiner Eltern, jedes Jahr zu Silvester ansahen und der von einem betrunkenen Arzt handelt, der versehentlich ein Flugzeug nach Leningrad besteigt, dann ein Taxi zur selben Adresse wie in Moskau nimmt, wo er eine Wohnung vorfindet, die genauso aussieht wie seine eigene, nur dass sie von einer Frau bewohnt wird, bei der es sich nicht um seine Verlobte handelt, kannte ich mich mit den populären Filmen aus der Sowjetzeit nicht besonders gut aus. Ich fragte Yulia, ob sie mir etwas empfehlen könne.

»Na ja, du könntest es mit *Osennij Marafon* versuchen«, schlug sie vor.

Tatsächlich gab es *Marathon im Herbst* am Kiosk vor den Sauberen Teichen, und ein paar Tage später saßen meine Großmutter und ich im Hinterzimmer und sahen ihn uns an.

»Oh!«, sagte meine Großmutter während der ersten Szene, »Leningrad!«

Wir hatten zahlreiche postsowjetische Filme gesehen, die in Leningrad spielten, aber meine Großmutter hatte die Stadt nie erkannt; die Filme hatten Leningrad auf eine Weise dargestellt, die sie nicht verstehen konnte. Bei *Marathon im Herbst* war das anders.

Film

Der Film handelt von einem Universitätsprofessor und Übersetzer im sowjetischen Leningrad, der eine Geliebte hat. Seine hauptsächliche Motivation für die Affäre ist nicht Lust oder Langeweile oder Rache, sondern ein Gefühl von Schuld und Verpflichtung. Dieser Professor wird von allen ausgenutzt: Er schreibt die schlechten Übersetzungen seiner Kollegen um; er hilft einem dänischen Gastwissenschaftler stundenlang dabei, Lermontow zu verstehen; er kann sogar den Aufdringlichkeiten seines betrunkenen Nachbarn nicht widerstehen, der darauf besteht, dass er und der Däne ihn beim Pilzesammeln begleiten und jede Menge Wodka trinken. Als seine leidgeprüfte Frau ihn wegen seiner Affäre zur Rede stellt, fühlt er sich schrecklich und verspricht ihr, die Affäre sofort zu beenden; aber als seine Geliebte mit Selbstmord droht, sollte er sie wirklich fallen lassen, trifft er sich weiterhin mit ihr. Zusätzlich muss er sich auch noch die ganze Zeit mit Leningrads Zugbrücken herumschlagen, die jede Nacht zu einer bestimmten Uhrzeit hochgezogen werden und so die Altstadt (wo er arbeitet und wo seine Geliebte wohnt) von der Neustadt (wo er und seine Frau leben) abtrennen. Er geht jeden Morgen mit dem Dänen joggen, aber er muss auch immerzu dem Bus hinterherrennen, der ihn gerade noch rechtzeitig über die Brücke bringt, bevor diese hochgezogen wird, und manchmal verpasst er den Bus trotzdem. Wegen der ganzen Rennerei dann auch der Titel: *Marathon im Herbst*. Nach der Hälfte des Films beschließt er, sein Leben zu ändern; aber am Ende des Films hat sich dieser Vorsatz wieder zerschlagen, und man weiß, dass alles so weitergehen wird wie bisher.

»Das war ein guter Film«, sagte meine Großmutter, als der Abspann lief. Das fand ich auch.

Am Abend fragte ich Yulia nach weiteren solchen Filmen.

»Keiner ist so gut wie *Marathon im Herbst*«, gab sie zu, »aber lass mich mal überlegen.«

Am nächsten Tag mailte sie mir eine ganze Liste.

Von da an sahen meine Großmutter und ich uns die von Yulia ausgesuchten alten und nicht ganz so alten sowjetischen Filme an. Sie gefielen ihr alle, selbst dann, wenn sie nicht ganz so gut waren (aber einige von ihnen waren sehr gut). Sie erinnerten sie an etwas. Es spielte keine Rolle, dass sie nicht immer verstand, was gesprochen wurde, oder der Handlung nicht immer zu folgen vermochte; zum einen hatte sie viele der Filme schon einmal gesehen, und zum anderen: Worum es auch gerade ging, wann immer ihre Augen und ihr Geist sich dem Film zuwandten – da war sie: die UdSSR. Die Bilder selbst und die Präsentation dieser Bilder und die Dinge, die die Menschen sagten, während sie sich durch diese Bilder bewegten – all das sprach von Werten, an die sie glaubte, auch wenn sie unter den Sowjets nur am Rande gewürdigt worden waren.

Ich entwickelte ein so freundschaftliches Verhältnis zu den Jungs vom DVD-Kiosk, dass sie mir sagten, sie würden eine »Bestellung« für den Film aufgeben, wenn sie einen nicht dahatten. Da ich mir ziemlich sicher war, dass sie die Filme raubkopierten und auf DVDs brannten, bedeutete das: Sie raubkopierten und brannten den Film nur für mich. Das war ziemlich erstklassiger Kundenservice, fand ich.

Obwohl sie meine Großmutter kennengelernt hatte und sich gut mit ihr verstand, wollte Yulia nicht bei mir übernachten; sie mochte eine marxistische Revolutionärin sein, aber sie war auch ein braves Mädchen aus Kiew und hielt es nicht für angemessen, die Nacht bei einem Mann zu verbringen, mit dem sie nicht verheiratet war, ganz besonders dann nicht, wenn dieser Mann bei seiner Großmutter wohnte, die damit vielleicht nicht einverstanden wäre. Und so verbrachte ich mehr und mehr Zeit bei Yulia. Was in einer amerikanischen Wohnung das Wohnzimmer wäre, war in ihrer Wohnung eines der Schlafzimmer, sodass einzig die Küche und, als es wärmer wurde, der Balkon als Gemeinschaftsraum dienten; Yulias andere Mitbewohnerinnen, Mascha und Sonja, saßen genau wie Katja stundenlang in der Küche, tranken Tee, lasen und unterhielten sich. Sie alle waren daran gewöhnt, auf engem Raum zu leben, und hatten die Fähigkeit entwickelt, die Gespräche der anderen auszublenden, sodass wir nie das Gefühl hatten zu stören wenn wir uns ebenfalls in der Küche aufhielten.

Sie waren sich wirklich ungewöhnlich nahe. Am Anfang war mir das Arrangement mit Katja wie der reine Wahnsinn vorgekommen, aber Yulia hielt es für äußerst vernünftig. Warum viel Geld für ein Zimmer bezahlen, das die Hälfte der Zeit leer stand? Warum nicht versuchen, in dieser Zeit jemanden darin unterzubringen? Sie versuchten, ihre Zeitpläne so zu gestalten, dass jede von ihnen so viel Zeit wie möglich allein im Zimmer verbringen konnte, aber oft schliefen sie gemeinsam in dem großen Bett, und wenn Yulia und ich dort zusammen gewesen waren, achteten wir jedes Mal darauf, die Laken zu wechseln. Irgendwann gewöhnte ich mich daran. Keine der Frauen verfügte über nennenswerte Einkünfte, und ihre Garderobe war überschaubar, aber sie tauschten ihre Sachen immerzu untereinander, um für Abwechslung zu sorgen. Yulia kannte eine Frau im ehemaligen Wohnblock ihrer Mutter, die Kleidung nähte, und gelegentlich legten die Mädchen zusammen und bestellten einen Pullover oder einen Schal. Ich erinnerte mich daran, irgendwo gelesen zu haben, dass Raissa Gorbatschowa, die berühmt für ihre glamourösen Auftritte war, bei einem der ersten Gipfeltreffen der Supermächte in

Verlegenheit geriet, weil ihr die Outfits ausgingen und sie dieselbe hübsche Bluse zweimal tragen musste, während Nancy Reagan für jedes Essen ein neues Designerkleid parat zu haben schien. Das war bei Yulia und ihren Mitbewohnerinnen auch so, aber es schien sie nicht zu stören.

Mischa war regelmäßig zu Gast in der Wohnung, um Mascha zu sehen, aber auch, um zu essen. (Der andere Mischa, erklärte Mischa grinsend, »kocht echt scheiße«.) Mischa als Gast zu bezeichnen, wurde ihm allerdings nicht ganz gerecht. Er war eher ein Naturereignis. Er konnte zum Abendessen erscheinen, höflich und umgänglich, aber er konnte auch spät in der Nacht und sehr betrunken auftauchen und am Ende auf ein paar Stühlen in der Küche schlafen, weil Mascha nicht wollte, dass er ihr ins Bett pinkelte (was tatsächlich schon vorgekommen war). Ich mochte Mischa sehr, auch wenn er sich manchmal beim Abendessen betrank und mich dann drängte, mit ihm loszuziehen, um mehr Alkohol zu besorgen. Er war von der Universität geworfen worden, weil er Proteste gegen die Einstellung eines zutiefst konservativen, putinfreundlichen Professors organisiert hatte. Jetzt schrieb er für eine deutsche Universität an einer Dissertation über die Arbeiteropposition in den 1920er-Jahren. Für einen freigeistigen intellektuellen Alkoholiker interessierte er sich überraschend stark für akademische Politik.

»Es gibt nur zwei Länder, in denen im Moment ernsthafte historische Arbeit betrieben wird«, sagte er einmal beim Abendessen, »und das sind Deutschland und die USA. Aber in Deutschland werden die Leute sehr schnell emotional. Die Linken geben Russland immer noch die Schuld am Tod von Rosa Luxemburg! Das macht es schwer, eine Stelle zu finden.«

»Du könntest dir nicht vorstellen, in Russland zu unterrichten?«

»Doch, das könnte ich. Das kann ich. Aber man muss zuerst woanders gearbeitet haben. Russische Universitäten stellen nicht gerne Absolventen ohne Berufserfahrung ein. Und außerdem können sie nichts bezahlen, darum muss man in der Lage sein, das internationale Fördersystem zu bespielen. Und das findet sich – da haben wir es wieder – überwiegend in Deutschland und den USA.«

»Mischa«, sagte Mascha, »reicht's jetzt vielleicht? Die Leute versuchen zu essen.«

»Ich hindere sie nicht daran«, antwortete Mischa.

»Von deinem Gerede über internationale Fördersysteme wird ihnen schlecht«, sagte Mascha.

»Ist ja gut«, sagte Mischa entschuldigend, »das habe ich nicht gewusst.« Er war ein paar Minuten still, dann löcherte er mich, nicht zum ersten Mal, mit Fragen zu den Bewerbungsprozessen in den USA.

Aber vieles von dem, was sich bei Yulia abspielte, bekam ich auch gar nicht mit. Ich bemühte mich, meine Großmutter, sooft es ging, ins Bett zu bringen, deswegen erschien ich oft erst spät bei Yulia, und ich versuchte, wieder da zu sein, bevor meine Großmutter mich vermisste, deshalb wachte ich morgens nur selten bei Yulia auf. Ich habe es nie gesehen, aber mir wurde erzählt, dass Sergej häufig dort schlief, während seine Ehe den Bach runterging. Und dass Mascha erklärte, sie würde Mischa verlassen, wenn er sich nicht endlich besserte. Und dass Yulias Beziehung zu Katja doch nicht immer ganz so harmonisch war. Vielleicht hatte ich also eine etwas rosige Sicht auf die Dinge, aber es gefiel mir extrem gut dort. Es war wie eine Art urtümlicher Kommunismus – aus der Not geboren, aber trotzdem auch freiwillig. Ich glaube, sie hatten Freude daran, dafür zu sorgen, dass es funktionierte.

Neben der Zeit, die ich bei Yulia verbrachte, wurde ich auch immer mehr in die Aktivitäten von Oktober hineingezogen.

Ihre Website war noch nicht fertig, aber sie schickten mir bereits fleißig Artikel zum Übersetzen. Es handelte sich um Analysen der politischen Situation in Russland aus marxistischer Perspektive. Es war im Prinzip das, was mir Sergej und Yulia und die anderen schon seit Monaten erzählten: dass der Autoritarismus des Regimes besser im Kontext des internationalen Kapitalismus als in einem postsowjetischen Zusammenhang verstanden werden konnte; dass das Regime seine Kritiker und Gegner nicht deshalb einsperrte, weil es sich eine Erinnerung an die sowjetischen Politikmethoden bewahrt hatte, sondern weil es seinen Kunden (den Oligarchen) weiterhin ermöglichen wollte, Geld zu scheffeln. Es ging, wie überall, immer nur ums Geld. Wenn man das erst einmal verstanden hatte, wurden die wahren Konturen des modernen Russlands sichtbar; alles ergab einen Sinn.

Ich übersetzte die Artikel mit Freude ins Englische. Mit dem wärmer werdenden Wetter gab es auch mehr und mehr Demonstrationen und andere Veranstaltungen, an denen ich teilnahm. Wir protestierten vor der kasachischen Botschaft, nachdem die dortige Polizei in einer der kaspischen Boomtowns auf streikende Ölarbeiter geschossen hatte. Wir protestierten vor der Bank, die Norilsk Nickel finanzierte, nachdem wir einen Bericht gelesen hatten, der Norilsk als die verschmutzteste Stadt der Welt bezeichnete. Wir demonstrierten vor dem Bildungsministerium gegen die neue standardisierte Uni-Aufnahmeprüfung, die russische Jugendliche in kleine Lernmaschinen verwandelte, genau wie ihre amerikanischen Gegenstücke, und wir demonstrierten vor dem russischen Parlament, während die Duma über ein Gesetz abstimmte, das vorsah, die staatlichen Mittel für die Bildung zu kürzen.

Die Demonstrationen verliefen alle friedlich und waren so organisiert, dass es nicht zu Verhaftungen kam – entweder hatten wir eine Genehmigung, oder wir standen so weit auseinander, dass es nicht als Versammlung gewertet wurde, oder wir verzichteten auf politische Slogans, sodass sie als unpolitisch galten.

»Es wird die Zeit kommen, zu der wir die Widersprüche deutlicher sichtbar machen müssen«, erklärte Boris, »aber zuerst einmal müssen wir daran arbeiten, eine Bewegung aufbauen.«

Also verteilten wir Flugblätter vor Fabriken, unterstützten ihre unabhängigen Gewerkschaften und luden sogar die Arbeiter ein, uns wegen einer Mitgliedschaft bei Oktober zu kontaktieren. Abgesehen von ein paar gelegentlichen Zusammenstößen mit den Sicherheitskräften wurden wir wegen alldem niemals systematisch belästigt oder schikaniert. Ich denke, die Tatsache, dass wir uns in Moskau befanden, dass wir uns auf nationale Themen konzentrierten statt auf kleinere, umstrittenere lokale Dinge und dass niemand so richtig wusste, was er von dieser Gruppe freundlicher junger Sozialisten halten sollte, die vor ihrer Fabrik oder ihrer Botschaft auftauchten, schützte uns eine Weile vor der Aufmerksamkeit der Behörden. Oktober war einfach zu klein und zu sonderbar, um anders als harmlos zu wirken.

Die eine offensichtliche Ausnahme war der Protest im letzten Sommer gegen die Autobahn gewesen, die durch den Wald führen sollte. Jener Protest, den angeblich mein Bruder angestiftet haben sollte. Die Behörden schienen noch immer sehr wütend deswegen zu sein und versuchten nun schon seit Monaten herauszufinden, wer daran beteiligt gewesen war. Wie ich von Mischa erfuhr, hatte es sich um eine gemeinsame Aktion mit Mayhem gehandelt, der Gruppe, der sich Schipalkin angeschlossen hatte, und es waren die Mayhem-Leute gewesen, die auf die Idee gekommen waren, eine der Planierraupen zu zerstören. Trotz einiger Bedenken hatten die Oktober-Mitglieder schließlich mitgemacht. Und das sollte sich noch als großer Fehler herausstellen.

Einmal lud Sergej einen Bekannten von sich ein, einen alten Marxisten, der in den 1970er-Jahren inhaftiert worden war, weil er zur Rückkehr zum Stalinismus aufgerufen hatte. Er sollte uns eine kurze Anleitung für den Fall geben, dass wir verhaftet würden.

Im Wesentlichen bestand seine Botschaft darin, auf jeden Fall den Mund zu halten. »Sowie ihr da reinkommt, betrachtet euch als taub, stumm und blind, denn im Grunde seid ihr das auch«, sagte er. »Ihr wisst nicht, warum sie euch die Fragen stellen, die sie stellen, was sie mit diesen Informationen anfangen werden, wohin das alles führen könnte. Nichts, was ihr sagt, kann eure Situation verbessern, aber vieles von dem, was ihr sagen würdet, könnte die Dinge verschlechtern. Also haltet einfach euren Mund. Sagt, wer ihr seid, und mehr nicht.«

Der Mann trug schäbige Klamotten, und ihm fehlten mehrere Zähne. Er roch aus dem Mund. Nichtsdestotrotz hatte es etwas Romantisches, einem tatsächlichen Veteranen des Kampfes gegen die russische Tyrannei zu begegnen. Ich fragte mich, ob ich vielleicht nach dem Oktober-Aufsatz über das Leben dieses Mannes schreiben sollte.

Ich kam natürlich nie dazu. Es gab so vieles, zu dem ich nicht kam.

An einem Sonntag Ende April machten Yulia und ich uns endlich auf die lange Reise zu Nikolajs Datscha. Wir trafen uns in der Metro-Station Nowokusnezkaja und fuhren mit der orangefarbenen Linie ganz hinaus bis zur südlichen Endstation. Dann nahmen wir einen Bus und fuhren eine halbe Stunde ins Nichts, stiegen aus, liefen anderthalb Kilometer eine lückenhaft gepflasterte Straße entlang, bis wir

Nikolajs Datscha-Siedlung erreichten und schließlich Nikolajs Datscha selbst.

Zu diesem Zeitpunkt war sie halb fertig. Das Gerüst des Hauses, ein kleiner zweistöckiger Kolonialbau, stand bereits, die Fenster und Türen waren eingebaut, und es gab sogar eine benutzbare Treppe. Aber noch fehlten das Bad und die Küche, und die Treppe hatte kein Geländer, und auch die Wände mussten noch gestrichen werde – es war unsere Tagesaufgabe, damit anzufangen –, und die Datscha-Saison kam mit schnellen Schritten näher. Das Gelände rund ums Haus war ein einziges Chaos aus ineinander verwachsenen Bäumen und Büschen und hohem Gras. Es war nicht klar, ob Nikolaj es bis zum Sommer schaffen würde, oder auch nur bis zum Herbst.

Auch die Lage ließ einiges zu wünschen übrig. Es gab einfach nicht viel Natur; keinen Wald, keinen Fluss. In der Nähe lag ein riesiger verlassener Steinbruch, aber er war nicht mit Wasser gefüllt; man konnte darin herumklettern, mehr nicht. Es gab ein Feld in der Nähe, aber dieses Feld war einfach nur ein großer Acker voller Schlamm.

»Und, was denkt ihr, Leute?«, fragte Nikolaj strahlend, nachdem er uns kurz herumgeführt hatte. Wie sich herausstellte, waren wir die Ersten, die hier rausgekommen waren, um ihm zu helfen.

»Es ist so gut wie fertig?«, fragte Yulia freundlich.

»Ja! Ihr hättet es letztes Jahr sehen sollen«, sagte Nikolaj begeistert. »Da war es nur ein Loch im Boden.«

»Und jetzt ist es ein Loch über dem Boden«, flüsterte mir Yulia zu. Auf Russisch bedeutete Loch »Vertiefung im Boden«, aber auch »Mülldeponie«. Es war schwer, sich Nikolajs Datscha als irgendetwas anderes vorzustellen.

Wir verbrachten den Tag damit, die Wände in einem der oberen Zimmer zu streichen. Es war harte Arbeit, und es war immer noch so kalt draußen, dass wir die Fenster nicht zu oft aufmachen wollten, aber gleichzeitig gingen von der Farbe so schlimme Dämpfe aus, dass wir die Fenster auch nicht allzu lange geschlossen halten konnten. Nikolaj versuchte, für Unterhaltung zu sorgen, indem er Musik auf seinem Handy abspielte, aber die Tonqualität war furchtbar, und Yulia bat ihn immer wieder, Songs zu überspringen. Gegen Abend waren wir endlich fertig. Nikolaj hatte von irgendwoher eine alte Holzbank und einen Stuhl angeschleppt und in das Gewirr aus Unkraut hinter dem Haus gestellt, und als wir fertig waren, setzten wir uns in den Garten und tranken Wodka und aßen das Schwarzbrot mit Salami, das er extra für diese Gelegenheit vorbereitet hatte.

Er war begeistert. »Das ist der erste Raum, den wir gestrichen haben, also bleiben noch zwei weitere Räume im Obergeschoss, alle Flure und das Untergeschoss. Wahrscheinlich noch ungefähr sieben solcher Tage wie heute, dann haben wir's geschafft«, sagte er. »Aber bevor wir im Erdgeschoss anfangen, müssen wir die Küche und das Badezimmer einbauen.« Er zählte etwas an seinen Fingern ab. »Vielleicht sind wir bis Juni fertig!«

Er hatte die Wochenenden hier verbracht, hatte auf dem Boden geschlafen und sofort nach dem Aufwachen angefangen zu arbeiten, bis er vollkommen erschöpft war. Nikolaj, so hatte ich inzwischen erfahren, war Programmierer bei einer Firma, die verschiedene Online-Betrügereien beging, die irgendwie mit Einnahmen aus der Werbung für Glücksspiel zu tun hatten; Nikolaj meinte, sie hätten es vor allem auf Großunternehmen abgesehen und würden irgendwann den Kapitalismus zum Einsturz bringen. Er verdiente wahrscheinlich mehr Geld als irgendjemand sonst bei Oktober und gab alles davon für diese Datscha aus. Aber das machte ihm nichts aus.

»Mein Vater hat es mir nun mal vererbt«, erzählte er. »Das hier. Ein Stück Land in einer beschissenen Datscha-Siedlung am Arsch der Welt. Aber es war alles, was er hatte, und ich habe es angenommen. Wenn wir hier fertig sind, können wir die Datscha alle gemeinsam nutzen. Sie könnte unser Rückzugsort sein. Verdammt, wenn irgendwas schiefgeht, können wir sie sogar als Geheimversteck benutzen!«

»Sie kann nicht ein Geheimversteck *und* unser Treffpunkt sein«, sagte Yulia nicht unfreundlich. »Entweder ist sie was Offizielles oder ein Geheimnis. Da sie auf deinen Namen läuft, ist sie wohl eher kein Geheimnis.«

»Das stimmt natürlich«, sagte Nikolaj. »Aber wer sagt denn schon, dass irgendwas schiefgehen muss.«

Als wir schließlich aufbrachen, war es schon dunkel; Nikolaj begleitete uns zur Bushaltestelle und ging dann zu seiner Datscha zurück, um weiterzuarbeiten.

»Es ist beeindruckend, wie viel er schon geschafft hat«, sagte ich, als Nikolaj in der Dunkelheit verschwand und wir in den quietschenden alten Bus stiegen.

»Wir werden sehen, ob er damit fertig wird«, sagte Yulia. »Gott, bin ich müde.«

Wir waren gegen zehn zurück bei Yulia und so erschöpft, dass wir auf der Stelle und ohne uns auszuziehen einschliefen. Ich wachte gegen Mitternacht auf, kurz bevor Katja nach Hause kommen würde, gab Yulia einen Abschiedskuss und machte mich auf den Heimweg.

Ein paar Tage später schrieb mir Dima auf GTalk, dass er die letzte Anhörung in seinem Fall verloren habe. Er hatte damit gerechnet, aber nun war seine Tankstellen-Ära endgültig beendet.

»Ich bin pleite«, sagte er. »Ich muss die Wohnungen verkaufen.«

»Wann?«

»In den nächsten Monaten.«

»Alle beide?«

»Ja.« Pause. »Es tut mir leid.«

»Nein«, tippte ich, bevor ich es mir anders überlegen konnte. »Wir werden Großmutter nicht aus ihrer Wohnung werfen. Sie ist schwach, und sie kommt nur zurecht, weil sie weiß, wo alles ist.«

Da war noch etwas, das ich nicht sagte. Dass ich nämlich zwei Monate nach meiner Bewerbung für Watson und sechs Wochen, nachdem ich meinen Artikel bei der *Slavic Review* eingereicht hatte, von beiden noch immer keinen Ton gehört hatte.

»In Ordnung«, sagte Dima. »Wie lange wird sie noch die Treppen raufkommen?«

»Mit meiner Hilfe noch lange.«

»Du wirst also für immer dableiben und ihr die Treppen hochhelfen?«

»Ja«, antwortete ich.

»Ist das dein verdammter Ernst?« Dima tippte jetzt sehr schnell. »Hast du in letzter Zeit mal aus dem Fenster gesehen? Hast du auch nur die leiseste Ahnung, was in diesem verdammten Land vor sich geht?«

»Ich habe aus dem Fenster gesehen«, sagte ich.

»Du hast doch nicht die geringste Ahnung«, sagte Dima. Er konnte sehr charmant sein, wenn er etwas wollte, und er konnte auch ziemlich gemein sein. Aber manchmal hatte er trotzdem recht. Und vielleicht hatte er in diesem Fall recht. Auf gewisse Weise hatte ich wirklich keine Ahnung.

Aber gleichzeitig hatte er auch unrecht. Mir gefiel es hier. Und ich würde es nicht zulassen, dass er unsere Großmutter aus ihrer Wohnung warf.

Eine Woche nach diesem Gespräch schrieb er mir, dass ein möglicher Käufer, der nur an der Wohnung unserer Großmutter interessiert sei, vorbeikommen würde, und ob er sich wenigstens mal kurz umsehen könne. Wenn er tatsächlich ein Angebot abgab, könnten wir immer noch entscheiden. Aber ich war nicht interessiert. Ich bat den marxistischen Lesekreis vorbeizukommen und einen kleinen Protest in unserem Hinterhof zu veranstalten. Sie fanden Gefallen an der Sache. Sie fertigten kleine Schilder an, auf denen »Hände weg von unseren Großmüttern!« und »Neureiche sind hier nicht willkommen!« stand. Als der Käufer vorfuhr und sie sah, stieg er gar nicht erst aus seinem Mercedes. Ich beobachtete ihn aus dem Schlafzimmerfenster meiner Großmutter.

Noch am selben Abend bekam ich eine kurze Mail von Dima. »Du bist ein Idiot«, schrieb er. »Der Käufer ist raus. Jetzt bist du auf dich allein gestellt.«

Gut, dachte ich. Gut.

Eine Woche später verkaufte Dima seine Wohnung an einen bulgarischen Waffenhändler namens Miklos, der eigentlich beide Wohnungen hatte kaufen wollen. »Vierhundert Riesen«, schrieb er mir. »Der Makler meinte, da hätten wir Glück gehabt. Aber wenn wir noch länger auf Großmamas Wohnung sitzen bleiben, bricht uns der Markt weg.«

»Tut mir leid«, schrieb ich zurück. »Ich bleibe hier.«

»Wie du willst«, schrieb Dima.

Miklos verkündete den Soldaten, sie könnten bis zum Ende des Sommers bleiben.

2. MEINE GROSSMUTTER FEIERT EINE PARTY

Endlich wurde es Frühling. Der Schnee schmolz, und ein paar Wochen lang war alles matschig. Aber die Sonne schien, und es wurde wärmer, und meine Großmutter und ich nahmen unsere Spaziergänge wieder auf. Ich hatte Dimas Vorschlag, die Wohnung zu verkaufen, aus dem Bauch heraus abgelehnt, aber nicht wirklich einen Plan, wie es weitergehen sollte. Wenn ich noch länger blieb, sollten Yulia und ich versuchen zusammenzuziehen. Ich könnte Katja ausbooten und in Yulias Zimmer ziehen, aber es war das Zimmer, in dem sie vor ihrer Trennung mit Schipalkin gelebt hatte – eine schlechte Idee. Sie könnte bei mir und meiner Großmutter wohnen, und ich könnte das Etagenbett ersetzen oder die Matratzen nebeneinanderlegen – aber da Yulia bisher noch nicht mal eine einzige Nacht bei mir hatte verbringen wollen, war das Ganze vielleicht etwas weit hergeholt.

Ich lief mit meiner Großmutter den Boulevard auf und ab und dachte über eine Lösung nach.

Der neunzigste Geburtstag meiner Großmutter stand vor der Tür. Ich war mir nicht sicher, ob sie ihn feiern wollte, aber ein paar Tage nach der Auseinandersetzung mit Dima kam sie zu mir und sagte: »Weißt du, ich werde bald hundert.«

»Na ja, fast«, sagte ich. »Du wirst neunzig.«

»Wie kann das sein?«, fragte sie.

»In welchem Jahr bist du denn geboren?«

»1919.«

»Und jetzt haben wir 2009. Du wirst neunzig.«

Meine Großmutter sah mich immer noch etwas ungläubig an. »Vielleicht«, sagte sie.

Jedenfalls war es eine große Sache, und ich beschloss, dass wir eine Party feiern sollten. Ich vergewisserte mich, dass Emma Abramowna an dem Tag Zeit hatte und kommen konnte, und sagte Yulia und ihren Mitbewohnerinnen Bescheid; außerdem unserer Lesegruppe, Sergej und den Soldaten.

»Ich habe ein paar Leute zu deinem Geburtstag eingeladen«, eröffnete ich meiner Großmutter.

»Hast du? Aber was sollen sie essen?«

»Serafima Michailowna wird uns was Schönes kochen.«

Meine Großmutter willigte ein, schien aber nicht restlos überzeugt zu sein. Am Vormittag des nächsten Tages zog sie Mantel und Schuhe an und sagte: »Ich muss ein paar Sachen für die Geburtstagsfeier besorgen.«

»Was zum Beispiel?«

»Alle möglichen Sachen«, antwortete sie.

Ich beschloss, sie zu begleiten, und gemeinsam gingen wir zum Markt. Der Boden war immer noch ein bisschen nass vom schmelzenden Schnee, aber die Sonne schien. Es war schön.

Auf dem Markt steuerte meine Großmutter auf den Stand mit den Backwaren zu. »Meinst du, die Gäste wollen diesen Kuchen?«, fragte sie und deutete auf ihren geliebten Mohnkuchen.

»Vielleicht«, antwortete ich. »Aber die Party ist erst in zwei Wochen. Warum kaufen wir ihn nicht kurz vorher, damit er frischer ist?«

»Lass es uns jetzt erledigen, dann brauchen wir uns darüber keine Gedanken mehr zu machen«, sagte meine Großmutter.

Ich beschloss, nicht mit ihr zu diskutieren.

Und als sie am nächsten Tag erneut loszog, um weitere Geburtstagsvorräte zu besorgen, blieb ich zu Hause. Von ihrem Schlafzimmerfenster aus beobachtete ich, wie sie sich langsam, aber entschlossen ihren Weg über den Hof und in Richtung Markt bahnte, mal unter Einsatz ihres Stocks, mal ihn ignorierend. Die Geburtstagsparty regte meine Großmutter dazu an, das Haus zu verlassen. Dagegen hatte ich nichts einzuwenden, auch wenn es einige der Dinge, mit denen sie heimkehrte – Weintrauben zum Beispiel – nicht bis zur Party schaffen würden. Manchmal endete es damit, dass ich die Sachen aß, die sie gekauft hatte; manchmal aß sie die Sachen selbst, weil sie vergaß, warum sie sie gekauft hatte. Ich fing an, das Ganze nicht als Energieverschwendung, sondern als eine zweiwöchige Geburtstagsschlemmerei zu sehen. Und warum auch nicht? Man wird nur einmal neunzig. Vor allem wenn man denkt, dass man hundert wird.

Als der Tag der Party endlich gekommen war, schickte ich morgens nach dem Aufstehen allen Gästen eine Erinnerungsmail. Emma Abramowna rief ich sogar an und sprach mit ihr und ihrer Haushälterin Walja, um sicherzugehen, dass die beiden auch wirklich kamen. (In den letzten Wochen hatte Emma Abramowna bereits zahlreiche Anrufe zu diesem Thema von meiner Großmutter erhalten. »Ich werde hundert«, hatte meine Großmutter jedes Mal gesagt. Pause. »Doch, wirklich. Ich habe nachgerechnet.« Wieder eine Pause. »Bist du dir sicher? Wie alt bist du denn?« Emma Abramowna war siebenundachtzig. »Wirklich?«, fragte meine Großmutter erstaunt. Sie konnte nicht dreizehn Jahre älter als Emma Abramowna sein.)

Nachdem ich die Rundmail abgeschickt hatte, frühstückte ich und machte mich an den Abwasch. Mir fiel auf, dass das Wasser nicht abfloss. Das war schon mal passiert, hatte sich aber durch den Einsatz der Saugglocke schnell beheben las sen. Ich bearbeitete die Spüle auch jetzt damit, und es schien besser zu werden, aber als ich ins Badezimmer ging und Wasser ins Waschbecken laufen ließ, staute es sich dort. Die Abflüsse waren miteinander verbunden, und ich hatte das Problem nur verlagert.

Also pümpelte ich das Waschbecken im Badezimmer. Das Wasser floss ab, aber als ich zurück in die Küche ging, staute es sich dort wieder. In diesem Moment kam meine Großmutter herein und merkte, dass irgendetwas nicht stimmte.

»Andrjusch, was ist denn los?«

»Die Spüle ist verstopft. Aber das werden wir schon wieder hinbekommen.«

»Weißt du denn, wie?«

»Ja«, sagte ich und ging in mein Zimmer.

Ich wusste es nicht. Es war jetzt zehn Uhr. Serafima Michailowna kam um zwölf, die Gäste kamen um fünf. Wir hatten ein Problem.

Ich rief Dimas Handwerker Stepan an. Er ging beim zweiten Klingeln ran. »Ich bin in Irkutsk«, ließ er mich wissen, »und besuche meine Familie. Aber du bist ein gebildeter Mensch, dir wird schon was einfallen. Unter der Spüle ist eine Abflussschlange. Nimm die.«

»Danke«, sagte ich.

»Kein Problem«, antwortete Stepan und legte auf.

Stepans Vertrauen in mich, so ironisch es auch sein mochte, trieb mich zurück in die Küche. Meine Großmutter saß schon dort und bereitete sich darauf vor, mir beim Bezwingen des Abflussrohres zuzusehen.

Ich hatte, wenn ich den Feudel zum Wischen des Bodens unter der Spüle hervorholte, ein Gerät bemerkt, das aussah wie ein dicker, aufgewickelter Draht und von dem ich immer gedacht hatte, dass es irgendwie zum Spülbecken gehören musste. Jetzt nahm ich es heraus. Es war ein zusammengerollter Draht mit einer Art Kurbelmechanismus. Das war also die Schlange: Man schob sie in den Abfluss und rollte sie aus, bis sie die Blockade beseitigt hatte. Aber der Abfluss des Spülbeckens war mit einem Metallgitter abgedeckt, das an den Spülbeckenboden gelötet war – die Schlange passte nicht hindurch. Gab es noch einen anderen Zugang zu dem Abfluss? Ich sah noch einmal unter der Spüle nach.

Das Wasser lief durch segmentierte Kunststoffrohre in die Wand ab. Da war ein Rohr, das direkt vom Waschbecken nach unten verlief und in ein U-förmiges Rohr mündete, das wiederum zu einem weiteren Rohr führte, das in der Wand verschwand. Also drei Rohre insgesamt. Aber warum führte man das Wasser durch ein U – also runter und dann wieder rauf –, bevor man es in die Wand leitete? Vielleicht lag dort das Problem? Vielleicht war das U blockiert? Zumindest sah das U so aus, als würde es sich lösen lassen; es war mit zwei Ringen an den beiden anderen Rohren befestigt. Ich fummelte daran herum. Sie waren locker – und ließen sich drehen. Ich schraubte einen der Ringe ab, und das U-förmige Teilstück löste sich von dem in die Wand führenden Rohr. Nun schraubte ich auch den anderen Ring ab – und auf einmal hielt ich das gesamte U in der Hand. Im selben Moment ging eine Wasserkaskade aus dem Waschbeckenrohr auf mich nieder – ich sprang unter der Spüle hervor und verteilte dabei das Wasser aus dem U-förmigen Rohr über dem Küchenboden. Das Wasser war ekelhaft brackig. Ich nahm das U und entleerte es in die Toilette. Dann kehrte ich zurück, schnappte mir einen Feudel und fing an, die Brackwasserpfützen aufzuwischen.

Meine Großmutter war außer sich. »Wie furchtbar!«, rief sie. »Wie schrecklich. Was sollen wir nur tun? Wir sind am Ende! Sind wir am Ende?«

Ich versuchte, nicht die Fassung zu verlieren. Schließlich hatte meine Großmutter nicht unrecht. Ich war von oben bis unten eingesaut und hatte gerade das gesamte Spülbecken zerlegt, ohne die geringste Ahnung zu haben, was ich als Nächstes tun sollte. Ich wusste nichts über die Klempnerei. Die gesamte physikalische Welt war mir ein Rätsel! Ich lebte in einer Wohnung, aber wie war diese Wohnung erbaut worden? Aus welchen Materialien bestand sie? Warum blieb die Kälte draußen? Wie kam die Wärme hinein? Woher kam das Wasser? Und wohin verschwand das Wasser, nachdem es durch die Plastikrohre des Abflusses gelaufen war?

»Andrjusch«, sagte meine Großmutter, »sollen wir die Feier absagen?«

Sie sah mich mit sorgenvoller Miene an. Sie hatte aufgehört, sich zu Hause schick zu machen und trug meistens ihren verschlissenen rosafarbenen Morgenmantel. Aber sie freute sich auf die Party, das konnte ich sehen.

»Es ist alles in Ordnung«, log ich. »Ich weiß, was ich tue. Gib mir eine Stunde, ja? Wenn ich es bis dahin nicht geschafft habe, sagen wir die Feier ab.«

Meine Großmutter war einverstanden und ging in ihr Zimmer, um sich hinzulegen. Ich kehrte ans Spülbecken zurück.

Ich hatte Marx gelesen – ein Mann, der versuchte, auch noch das kleinste sozioökonomische Detail zu untersuchen, um die Gesetze zu entdecken, nach denen eine kapitalistische Gesellschaft funktionierte. Aber gab es einen Marx der physischen Welt? Ja, es gab ihn tatsächlich: Es war Newton. Im siebzehnten Jahrhundert hatte Newton die grundlegenden Gesetze der Bewegung entdeckt: Trägheit, Schwerkraft, jede Aktion erzeugt eine gleich große Reaktion. Wo die Menschen vorher einfach nur gesehen hatten, dass etwas fiel, verstanden sie nun, warum es fiel. Eigentlich war Newton weniger der Marx der physischen Welt, vielmehr versuchte Marx, der Newton der sozialen Welt zu sein. Hatte er Erfolg damit gehabt? Vielleicht nicht. Die Gesetze der Ökonomie waren komplizierter als die Gesetze der Bewegung.

Ich überlegte kurz, Yulia anzurufen, um sie zu fragen, ob sie sich mit Spülbecken auskannte, aber ich hatte das Gefühl, dass sie sich nicht besonders gut mit Spülbecken auskannte. Und Sergej gab wahrscheinlich gerade irgendwo einen Kurs. Nicht, dass er sich besonders gut mit Spülbecken auskennen würde. Von allen Oktobristen bestünden wohl bei Nikolaj die besten Chancen, dass er etwas von Spülbecken verstand, aber ihn jetzt anzurufen, wäre ein stillschweigendes Versprechen, ihm wieder bei seiner blöden Datscha zu helfen; außerdem hatte ich ihn nicht zur Party eingeladen. Aber was sollte es: Ich wischte mir die Hände an einem Handtuch ab und wählte seine Nummer. Er ging nicht ran. Ich ging zurück zum Spülbecken.

Am einfachsten wäre es, wenn sich die Verstopfung im U befände. Ich hatte Wasser daraus weggegossen, aber das bedeutete nicht, dass es nicht trotzdem verstopft sein könnte. Ich sah hinein, und alles war dunkel. Ich ging mit dem U ins Bad und hielt es unter den Wasserhahn. Das Wasser lief hinein und schoss auf der anderen Seite wieder heraus. Das U war nicht verstopft. Ich kehrte in die Küche zurück und traf auf meine Großmutter, die in ihrem kleinen Telefonbuch blätterte.

»Andrjusch«, sagte sie, »wir müssen sie alle anrufen und ihnen sagen, dass sie nicht kommen können.«

»Warum?«, fragte ich.

»Na ja, sieh doch nur!« Sie deutete auf die Spüle.

Der Bereich um die Spüle sah grauenhaft aus – schmutzige, mit Wasser getränkte Feudel, ein Chaos aus Reinigungsmitteln und alten Plastiktüten. Die kleinen roten Türen unter der Spüle standen offen und zeigten, dass die Rohre rausgerupft worden waren. Ich konnte verstehen, warum meine Großmutter dachte, dass wir nicht bereit waren, Gäste zu empfangen.

»Du hast versprochen, mir eine Stunde Zeit zu geben. Es sind erst zwanzig Minuten vorbei. Ich schaffe das schon.«

Ich scheuchte sie zurück in ihr Zimmer. Dann stellte ich unseren größten Topf unter die Spüle, ließ Wasser in ein Glas laufen und schüttete es vorsichtig in den Abfluss. Es erschien ohne Verzögerung am anderen Ende des Rohrs und plätscherte in den Topf. Es gab also kein Problem mit der Spüle und dem Abflussrohr, und auch mit dem U war alles in Ordnung.

Damit blieb nur noch das Rohr übrig, das in die Wand führte. Ich nahm das Glas mit dem Wasser und schüttete etwas davon in dieses Rohr. Es lief hinein, aber ich konnte die andere Seite nicht erkennen. Die andere Seite war – ich hatte keine Ahnung, wo sie war. Draußen? Unter der Wohnung?

Vermutlich beides. So musste es sein. Die Rohre mussten zwischen den Wänden und unter den Böden entlangführen und dann in ein größeres Rohr unter der Straße münden. Das war die einzige Möglichkeit. Und die Rohre unter der Straße führten zu – ich hatte keine Ahnung. Das entzog sich meiner Expertise. In den Fluss? Es spielte keine Rolle. Ich musste nur diese eine Verstopfung beseitigen.

Ich steckte die Schlange in das Rohr an der Wand und betätigte den Handgriff. Zuerst gab es keinen Widerstand, dann einen kleinen. Ich kurbelte weiter am Griff, und der Draht arbeitete sich weiter voran. Hatte ich die Verstopfung beseitigt? Oder handelte es sich um eine Krümmung im Rohr? Ich nahm an, dass es eine Krümmung war, und hörte nicht auf zu kurbeln. Ich konnte nicht fassen, wie lang der Draht war – ich hatte kein Gefühl dafür, wie schnell ich ihn abspulte, und natürlich konnte ich es nicht nachmessen, aber es müssen mehr als viereinhalb Meter gewesen sein. Und dann stieß der Draht auf etwas, das ihn abrupt zum Stillstand brachte, eine Art Wand oder ein Stein. Zuerst dachte ich, dass ich das Ende des Rohrs erreicht haben musste. Wenn es sich um das Ende des Rohrs handelte und ich noch nicht auf die Verstopfung gestoßen war, dann stand ich vor einem Rätsel. Oder aber ich hatte das Hindernis bereits aus dem Weg geräumt, ohne es zu merken – so stark war die Schlange. Ich begann, den Draht wieder einzurollen. Ich würde die Rohre zusammenbauen und den Abfluss erneut testen müssen.

Nur, was würde es bedeuteten, wenn das Rohr zu Ende war? Ich hörte damit auf, die Schlange aufzurollen. Das Rohr konnte doch nicht einfach so zu Ende sein. Wenn das Rohr endete: Wohin floss dann das Wasser? Nein, unser Rohr musste in ein größeres Rohr münden, das zu einem noch größeren Rohr draußen unter der Straße führte, genau, wie ich gedacht hatte. Nur so konnte die Sache funktionieren.

Wenn meine Schlange ein größeres Rohr erreicht hätte, was hätte sie dann stoppen sollen? Nein. Ich drehte meine Schlange wieder in die alte Richtung, nach vorne, bis sie erneut auf den Stein traf. Und diesmal drehte ich weiter. Wenn sich ein Stein in meinem Rohr befand, musste ich ihn aus dem Weg schaffen. Und während ich die Schlange weiterdrehte, hatte ich das Gefühl – oder glaubte, das Gefühl zu haben –, dass sich der Stein bewegte. Ich war mir nicht sicher, vielleicht hatte meine ganze Kurbelei auch keinerlei Wirkung. Aber es kam mir so vor, als würde sich dort etwas lösen.

Ich drehte immer weiter, und inzwischen war ich davon überzeugt, dass es sich, auch wenn der Widerstand mir zwischendurch immer wieder absolut unverrückbar erschien, nicht um einen Stein oder eine Wand handelte, sondern um den Klumpen, der die Verstopfung verursachte. Mein Klumpen. Ein Ball aus Haaren und Gemüse und Shampoo und Kascha. Während ich mich dagegenstemmte, stellte ich mir vor, wie er wohl aussah, dieser Klumpen aus Haaren und Kascha; ich war erstaunt, dass es überhaupt etwas Wasser geschafft hatte, sich seinen Weg hindurchzubahnen. Allerdings hatte Wasser so seine Möglichkeiten, und außerdem ging es doch gerade darum, dass es aufgehört hatte, sich seinen Weg zu bahnen. Deshalb veranstaltete ich das ganze Theater ja.

Und dann fühlte es sich plötzlich so an, als wäre mein Klumpen irgendwo hinuntergefallen – und meine Schlange war frei. Ich drehte noch ein paarmal am Griff, aber das war überflüssig. Die Verstopfung war verschwunden! Ich wusste es einfach. Dieser verdammte Klumpen! Ich wünschte, ich hätte sein Gesicht sehen können, als er in das größere Rohr stürzte, um dann in einen Fluss und schließlich in den Ozean gespült zu werden. Oder wohin auch immer. (Leck mich, Klumpen! Ich bedauere nur, dass ich dir nicht in deine hässliche Visage sehen konnte.)

Ich schraubte die Rohre unter der Spüle wieder zusammen, drehte das Wasser auf und sah zu, wie es ablief. Ich war noch nie so beeindruckt gewesen; der simple Vorgang des Wasserablaufens kam mir unendlich elegant vor.

»Babuschka!«, rief ich. Meine Großmutter war in ihrem Zimmer, und als ich hinging, um sie zu holen, sah sie gerade aus dem Fenster in den Innenhof. »Babuschka, ich möchte dir etwas zeigen.« Ich führte sie in die Küche.

»Oh mein Gott!«, rief sie, als sie die Unordnung auf dem Boden entdeckte, die ich noch nicht beseitigt hatte.

»Nein, sieh nur«, sagte ich und drehte den Hahn auf. Das Wasser floss perfekt ab.

Ich hatte Angst gehabt, dass sie die ganze Sache vergessen haben könnte und mich fragen würde, was ich ihr hier zeigte, aber das hatte sie nicht.

»Du hast es repariert?«, fragte sie.

Ich nickte.

»Ich habe immer gewusst, dass du es schaffst«, sagte sie und ging zurück in ihr Zimmer.

Kurz darauf klingelte mein Telefon. Es war Nikolaj.

»Was gibt's?«, fragte er.

»Oh, gar nichts. Ich wollte dich etwas wegen eines Problems mit den Rohren fragen, aber ich habe es hinbekommen.«

»Du hast es alleine repariert?«

»Das habe ich.«

»Das ist doch schön«, sagte Nikolaj.

Es entstand eine Pause. Ich spürte, dass er wusste, dass es eine Party gab, zu der ich ihn nicht eingeladen hatte. Also lud ich ihn ein.

»Ich komme gern«, sagte er.

Kurz darauf kam Serafima Michailowna und bereitete ein fantastisches Festessen zu. Dann trafen die Gäste ein. Emma Abramowna und ihre Haushälterin kamen und die Soldaten zusammen mit Howards sehr netter und hübscher Freundin und auch die Oktobristen. Meine Sturmkollegen Anton und Oleg repräsentierten die Eishockeyjungs. Erst jetzt, als sie riesenhaft die altmodische Wohnung meiner Großmutter ausfüllten, fiel mir auf, wie groß sie waren.

Die Party hatte ihre kitzligen Momente. Mischa wollte von Oleg wissen, was er beruflich mache, und als Oleg erwiderte, er sei in der Immobilienbranche tätig, fragte Mischa, ob das bedeute, er sauge das Mark aus dem Leben der Stadt.

»Ja, ganz genau«, bestätigte Oleg fröhlich.

Mischa verlor kurz die Fassung ob Olegs Amoralität, aber dann prostete er ihm zu: »Du bist mein Feind, und du weißt es.«

Danach verstanden sie sich prächtig.

Es gab genug Alkohol und genug zu essen auf der Party. Es war mir vorher gar nicht aufgefallen, aber Anton und Katja waren beide Single, und am Ende des Abends bat er mich um ihre Nummer.

Fürs Abendessen bauten wir ein kleines Büfett im Hinterzimmer auf und platzierten meine Großmutter so, dass sie nicht aufstehen konnte, um die Leute mit Essen zu versorgen. Sie akzeptierte es. Ich hatte Angst, dass sie anfangen würde, Emma Abramowna gegenüber Anspielungen auf deren Datscha fallen zu lassen, und alle merkten, dass ihre älteste Freundin ihr auswich, aber sie brachte es nicht zur Sprache.

Von Zeit zu Zeit fragte sie in einem stillen Moment: »Wessen Feier ist das hier?« Am Anfang war es beunruhigend, aber dann schien es fast so, als ob sie uns necken wollte.

»Es ist deine Party!«, antworteten wir, und sie fragte: »Meine Party?«, und wir bestätigten es. »Na gut«, stimmte sie zu.

Sie blieb bei uns, bis die Gäste um kurz vor Mitternacht nach Hause gingen, und dann erklärte sie, während sie Yulia und mir beim Aufräumen zusah, dass wir nie wieder Gäste einladen würden, es sei viel zu anstrengend. Aber es lag Triumph in ihrer Stimme.

3. ICH ERGATTERE EIN VORSTELLUNGSGESPRÄCH

Mitte Mai, ein paar Wochen nach der Geburtstagsparty meiner Großmutter, erreichte mich schließlich eine unglaubliche Nachricht.

Die *Slavic Review* hatte meinen Aufsatz über Sergejs Kritische Umerziehungswissenschaften angenommen. Ich schickte der Berufungskommission des Watson College eine kurze Notiz darüber. Die Co-Vorsitzende der Kommission (neben meinem Beinahe-Arbeitgeber Richard Sutherland), eine deutsche Watson-Professorin namens Constanze Kotz, schrieb umgehend zurück, dass dies gute Neuigkeiten seien und ob ich ihr den Aufsatz schicken könne. Und das tat ich. Danach schrieb Professor Kotz noch einmal, um mir zu sagen, dass die Kommission sich freue, mich in die Schlussauswahl der Kandidaten aufnehmen zu können, und ob ich ein paar Terminvorschläge schicken könne, wann ich für einen Campus-Besuch und ein Vorstellungsgespräch zur Verfügung stünde. Wenn ich es nicht persönlich schaffte, wäre es auch möglich, das Gespräch per Skype zu führen. Die Kommission sei beeindruckt von meinem Engagement für die Lehre und meiner früheren Tätigkeit am Watson, fügte sie in einer privaten Anmerkung hinzu, sei gleichzeitig aber auch besorgt über meinen Mangel an Veröffentlichungen gewesen. Diese Sorge sei noch nicht ganz verflogen, aber angesichts der bevorstehenden Veröffentlichung in der *Slavic Review* deutlich verringert, und sie freuten sich darauf, mich persönlich kennenzulernen – oder eben per Skype, je nachdem.

Ich saß am Fenstersims, als ich die E-Mail erhielt. Ich sprang von meinem Stuhl auf – es war leichter als aus einer normalen Sitzposition, da ich rittlings darauf saß – und ballte meine Hand zur Faust, als hätte ich gerade einen großen Sieg errungen. In gewisser Weise hatte ich das ja auch. Und ich verdankte es alles Sergej und Oktober. An dem Abend war kein Eishockey, aber am nächsten Abend, und ich konnte es kaum erwarten, mich persönlich bei ihm zu bedanken.

Aber vorher traf ich Yulia, und sie sah die Sache nicht ganz so wie ich.

»Du hast also Sergej und den Rest von uns benutzt, um ein Vorstellungsgespräch in Amerika zu ergattern«, sagte sie.

»Was?«

Wir saßen in ihrer Küche. Yulia hatte uns ein paar Bockwürstchen gemacht, und ich aß sie gerade mit etwas Schwarzbrot und trank ein Bier dazu, als ich ihr von dem Gespräch erzählte. Die Küche war groß genug für einen kleinen Tisch mit einer Aluminiumplatte und hatte eine Tür, die auf einen Balkon führte.

»Du hast unsere Arbeit in kulturelles Kapital verwandelt«, sagte Yulia. »Oder etwa nicht?«

Ihr Gesicht hatte sich verhärtet, und sie sah mich nicht an, während sie es sagte.

»Na ja, schon. Aber das mache ich – das machen wir – doch nun mal: Wir schreiben über Sachen«, sagte ich. »Ist es falsch, über Sachen zu schreiben? Karl Marx hat über Sachen geschrieben.«

Ich aß immer noch fröhlich weiter und hatte noch nicht wirklich verstanden, wie wütend sie war.

»Marx hat geschrieben, weil er die Welt verändern wollte«, sagte Yulia, »du hast geschrieben, damit du eine Professur an einem College mit einem hübschen Rasen bekommst.«

»Wer sagt denn, dass es einen hübschen Rasen hat?«

»Ich habe im Internet nachgesehen.«

Der Campus verfügte tatsächlich über einen gut gepflegten Innenhof, aber das war nicht sein hervorstechendstes Merkmal. »Außerdem liegt es direkt neben einem Bundesgefängnis!«, sagte ich.

»Wunderbar«, sagte Yulia, »dann kannst du den Gefangenen ja auch Unterricht geben, damit du dich besser fühlst.«

Ich hatte diese Seite von Yulia noch nie persönlich zu spüren bekommen, auch wenn ich wusste, dass es sie gab. Ich hatte ihren Zorn gegen wirtschaftliche Ungerechtigkeit gerichtet gesehen, gegen ihren Vater, gegen Schipalkin. Aber noch nie gegen mich. Ich hörte auf zu essen.

»Weißt du«, sagte ich, »es war immer meine Sorge, dass ihr so denken könntet. Am Anfang war ich davon überzeugt. Aber mittlerweile bin ich Oktober beigetreten. Ich habe haufenweise Artikel für eine Website übersetzt, die es immer noch nicht gibt. Ich war auf allen Demonstrationen. Ich finde, inzwischen ist es unfair.«

Yulia sagte nichts.

»Wie auch immer«, ich konnte mich nicht bremsen, »ich werde die Stelle nicht annehmen.«

»Das solltest du aber. Es wäre verrückt, es nicht zu tun.«

»Kommst du mit, wenn ich sie kriege?«

»Nein. Das habe ich dir doch schon gesagt.«

»Dann lehne ich sie ab.«

»Nein, das darfst du nicht. Es ist ein guter Job, das hast du selbst gesagt.«

Wir hatten ein paarmal darüber gesprochen, meistens vor dem Hintergrund, dass ich meinte, es wahrscheinlich sowieso nicht zu schaffen.

»Er ist nicht gut genug.«

»Warum nicht?«

»Weil du nicht mitkommst.«

»Weißt du was, spiel jetzt nicht den Helden, ja? Lass uns erst mal abwarten, ob du die Stelle überhaupt bekommst. Dann können wir immer noch darüber sprechen.«

Ich stimmte ihr zu, und es war auch in Ordnung – es gab keinen Grund, sich wegen etwas zu streiten, das vielleicht nie passieren würde. Und doch waren meine Gefühle verletzt.

»Denkst du das wirklich?«, fragte ich später am Abend.

»Was denn?«

»Dass ich dich und Sergej nur benutze, um meine akademische Karriere voranzutreiben?«

»Ich weiß es nicht«, sagte Yulia. »Sag du es mir.«

Die Antwort machte mich rasend. Ich stand aus dem Bett auf und zog meine Jeans an. Ich wollte nur noch weg.

»Wo gehst du hin?«, fragte Yulia. »Katja kommt doch erst morgen früh zurück.« Sie und Anton machten einen Wochenendausflug nach Susdal.

»Ich gehe nach Hause«, sagte ich. »Die Metro macht bald zu, und ich möchte da sein, wenn meine Großmutter aufwacht. Oder denkst du, die benutze ich auch nur?«

Yulia zuckte mit den Schultern. Sie hatte denselben Gesichtsausdruck wie damals, als wir nach Schipalkins Freilassung über ihn gesprochen hatten. Es war ein Blick, der große Enttäuschung und Abscheu über die menschliche Schwäche erkennen ließ – und ganz besonders über männliche menschliche Schwäche. Frauen hatten es so viel schwerer als Männer, und doch ertrugen sie es irgendwie. Warum konnten wir das nicht? Waren wir solche Weicheier? Das bedeutete dieser Blick. Und streng genommen hatte sie natürlich recht. Aber in diesem Moment fand ich es unfair, dass sie mich auf diese Weise ansah.

Ich ging ohne ein weiteres Wort, und sie hielt mich nicht auf. Als ich in der Metro saß, rief sie mich an, aber ich ignorierte es. Als ich die Wohnung betrat, rief sie noch einmal an, und diesmal ging ich dran.

»Andrjuschik«, sagte sie, als ich mich meldete. Sie weinte. »Es tut mir leid. Ich weiß auch nicht, warum ich so reagiert habe. Also, ich weiß es doch: Ich will nicht, dass du mich verlässt. Ich will nicht, dass du nach Amerika zurückgehst. Aber ich war unfair zu dir. Wenn du die Professur bekommst, solltest du sie annehmen.«

»Ich werde sie nicht bekommen«, antwortete ich. »Aber wenn doch, kommst du dann mit?«

»Ich kann nicht!«, sagte sie und weinte noch stärker. »Ich kann meine Mutter nicht alleinlassen. Verstehst du das denn nicht?«

Ich dachte an meine Großmutter, die ebenfalls niemanden hatte.

Etwas an Yulias Weinen – ich hatte sie noch nie weinen sehen oder hören – war ansteckend. Ich fing ebenfalls an zu weinen.

»Yul«, sagte ich, »ich liebe dich.«

»Ich liebe dich auch.«

»Uns wird schon was einfallen.«

Sie schluchzte. »Versprichst du mir das?«

Es war eine wirklich herzergreifende Szene; Tränen und Rotz tropften auf mein Handy. Wie konnte ich etwas versprechen? Ich hatte kein Geld, ich lebte bei meiner Großmutter, und das Beste, das gerade in meinem Leben passierte – ein Skype-Interview mit Watson –, war gleichzeitig, wie sich herausstellte, auch das Schlechteste. Aber wir würden uns etwas einfallen lassen, davon war ich überzeugt. *Ich* würde mir etwas einfallen lassen.

»Ich verspreche es«, sagte ich.

»Soll ich vorbeikommen?«, fragte Yulia.

»Jetzt gleich?«

»Ich kann ein Taxi rufen. Es kostet nicht viel.«

»Gut«, sagte ich. »Ruf mich an, wenn du hier bist, dann komme ich runter.«

Diesmal blieb sie über Nacht, und am nächsten Morgen frühstückten wir alle drei zusammen.

»Yulia«, sagte meine Großmutter immer wieder, weil sie vergaß, dass sie es sagte. »Yulia. Was für ein wunderschöner Name.«

Das fand ich auch.

Und dann, nach all den Hoffnungen und Streitereien, vermasselte ich das Vorstellungsgespräch. Vielleicht hätte ich es nicht über Skype führen sollen, aber ich hatte keine siebenhundert Dollar übrig, um nach Amerika zu fliegen. Und außerdem war die Verbindung auf dem Fenstersims wunderbar. Daran war es nicht gescheitert.

Es war an mir gescheitert. Ich hatte mir so viele Jahre lang Sorgen gemacht, niemals eine solche Chance zu bekommen, dass meine Nerven blank lagen, als es endlich so weit war. Ständig unterbrach ich die sehr freundlichen Professoren, die mich mit Samthandschuhen anfassten, und auch mir selbst fiel ich immer wieder ins Wort. Der Tiefpunkt des Gesprächs war erreicht, als ich auf die Frage, wie ich es anstellen würde, den rückläufigen Einschreibungen in die Kurse über russische Literatur entgegenzuwirken, begann, einen Vortrag über die popkulturelle Relevanz bestimmter russischer Schriftsteller zu halten. Ich sagte sogar so was wie »Puschkin war eine Tupac-hafte Figur«. Es gab eine Pause. »Sie wissen schon, weil er erschossen wurde.«

Die Berufungskommission war konsterniert. Und während sie noch darüber nachdachten, ob ich gescherzt hatte – ich wünschte, es wäre so gewesen –, kam meine Großmutter in ihrem Morgenmantel in die Küche geschlurft. Ich drehte mich um – und sie winkte. Ich wandte mich wieder dem Bildschirm zu und fragte mich, ob die Leute in Upstate New York sie wohl gesehen hatten. Dem Ausdruck ihrer Gesichter nach zu urteilen schon.

»Das ist meine Großmutter«, murmelte ich.

»Vielen Dank, dass Sie sich Zeit für dieses Gespräch genommen haben, Andrew«, säuselte Sutherland. »Wie wir wissen, ist es bei Ihnen schon spät.«

Ich nickte.

»Wir melden uns bei Ihnen«, sagte er, und dann näherte er sich dem Bildschirm auf eine seltsam bedrohliche Weise. Das Watson College verschwand, und ich starrte auf das große, einsame Skype-Symbol.

Als ich zwei Wochen später die Slawistik-Jobbörse aufrief, entdeckte ich den Namen Alex Fishman. Er fiel mir ins Auge, noch bevor ich den Kontext verstand; schnell überflog ich es. Er hatte ein Angebot des Watson College angenommen.

Manchmal weiß man, dass etwas Schlimmes passieren wird, aber das hilft auch nicht; im Gegenteil: Es ist so, als müsste man es zweimal durchleben. Ich loggte mich bei Facebook ein. Selbst nach unserer Auseinandersetzung beim Abendessen hatte ich nicht den Mut gehabt, Fishman zu entfreunden – es war mir einfach unnötig vorgekommen, er wusste ja, was ich von ihm hielt –, aber ich hatte ganz bewusst seine Posts ignoriert. Als ich nun jedoch ein großes Foto mit einem lächelnden Fishman sah, der ein Gang-Zeichen und den Anfangsbuchstaben eines Colleges machte, an dem ich einmal zu unterrichten gehofft hatte, konnte ich nicht anders, als sein Status-Update zu lesen. Es lautete: »Ich werde in den Norden verfrachtet (um Literatur am Watson College zu unterrichten!).«

Ich fragte mich, ob ich einen Kommentar abgeben konnte, der Fishmans unglaublich aufgeblasenem Selbstverständnis irgendwie die Luft ablassen würde. Wusste er, wie dämlich er aussah, wenn er ein Gang-Zeichen machte? Wusste er, dass es oben in Watson im Winter sehr kalt wurde? Mir fiel nichts ein, was nicht gleichzeitig auch offenbart hätte, wie erbärmlich neidisch ich war.

Tatsächlich musste ich mich nun zum ersten Mal mit der Möglichkeit auseinandersetzen, vielleicht niemals einen Job zu bekommen. Warum erst jetzt? Ich weiß es nicht. Ich hatte immer geglaubt, ich würde es schon irgendwie schaffen, selbst angesichts der sich häufenden Gegenbeweise. Irgendetwas würde sich ergeben, mein Schicksal würde sich wenden, das Glück wäre mir hold: Ich würde es im Leben endlich zu etwas bringen. Jetzt sah es ganz so aus, als wäre das nicht der Fall.

Und vielleicht war es auch ganz in Ordnung so. Ich würde in Russland bleiben. Yulia und ich könnten zusammenziehen. Oder Yulia könnte zu mir und meiner Großmutter ziehen. Oder ... Wahrscheinlich dürfte ich meine BOMOKs auch im nächsten Jahr noch behalten, ein kleines Einkommen hätte ich also. Und Yulia verdiente auch ein bisschen was. Ich hatte noch nicht mit ihr darüber gesprochen und nahm mir vor, es nun umgehend zu tun.

4. ICH STELLE EMMA ABRAMOWNA ZUR REDE

Und dann schob ich es erst mal auf. Es war nicht so, dass mir wegen Yulia Zweifel gekommen waren. Das nicht. Aber ich zweifelte an mir. Ich war immer noch in Moskau, weil – ja warum? Weil ich in den Staaten keine Arbeit finden konnte und weil ich Dimas finsteren Plan, die Wohnung unserer Großmutter zu verkaufen, vereiteln wollte. Aber sonst? Es war rein negativ, rein reaktiv – wie die russische Außenpolitik. Es war, als ob ich mich in Yulias Leben hineinverirrt und hineinversagt hätte. War das ein gutes Fundament für eine stabile Zukunft?

Mein Jahresvisum lief Mitte August aus, und ich würde so oder so das Land verlassen müssen, um ein neues zu beantragen. Das würde wahrscheinlich bedeuten, zurück nach New York zu gehen. Und wenn ich schon in New York wäre, könnte es vielleicht sinnvoll sein, einen Monat zu bleiben und zu versuchen, einen Job aufzutreiben. Im Moment dachte ich aber erst einmal an den Sommer.

Es war schon fast Juni, und meine Großmutter hatte immer noch nicht mit Emma Abramowna über ihre Datscha-Träume gesprochen. Oder besser gesagt: Sie hatte immer wieder Andeutungen darüber fallen lassen, aber Emma Abramowna war nie darauf eingegangen. Schließlich beschloss ich, einfach hinzugehen und zu fragen.

Emma Abramowna war eine Respekt einflößende Person. Sie war vor Hitler geflohen, als polnische Staatsbürgerin nach Sibirien verbannt worden und hatte sich ihr glamouröses Äußeres bewahrt, das immer eine Menge unerwünschter männlicher Aufmerksamkeit auf sie gezogen hatte, einmal sogar von jemandem beim NKWD. Selbst aus der Generation, zu der meine Großmutter und Onkel Lew gehörten, stach sie hervor. Kurz gesagt: Als ich so vor ihr saß, sie hingegossen mit einer Decke über dem Schoß auf ihrer Couch, ich auf einem Hocker zu ihren Füßen, fand ich mich einer Frau gegenüber, deren Erscheinung noch immer ziemlich eindrucksvoll war, ungeachtet ihres Alters und ihrer körperlichen Verfassung.

»Und, was hast du in Moskau so getrieben?«

Ich erzählte ihr von meiner Arbeit für Oktober und unserer kurz vor der Veröffentlichung stehenden Website.

»Und es sind Kommunisten, oder was?«, fragte sie.

»Sozialisten«, antwortete ich.

»Idioten!«, sagte sie. »Dieses Land hat den Sozialismus schon einmal ausprobiert. Ich habe ihn am eigenen Leib erfahren. Und ich kann dir sagen: Noch schlimmer ist nur der Faschismus.«

»Sie wollen es ganz anders machen.«

»Sie wollen es immer alle ganz anders machen, und am Ende kommt es doch aufs Gleiche raus. Sieh dir China an, Kuba, Kambodscha – egal, wo in der sozialistischen Welt man sich umsieht, überall werden Lager errichtet; und manchmal noch Schlimmeres. Nein, danke.«

Sie erzählte mir, wie sie 1948 aus der Partei geworfen worden war, weil sie sich geweigert hatte, die Loyalität jüdischer Bürger, die Israel unterstützten, infrage zu stellen. (Stalin war davon überzeugt, dass die Juden mit der Gründung Israels zu einer fünften Kolonne innerhalb der UdSSR würden.) Ich kannte die Geschichte schon. Aber ich hörte sie mir noch einmal an.

»Diese Gruppe ist antistalinistisch«, sagte ich, als sie fertig war.

»Na, Gott sei Dank, wenigstens das!«, antwortete sie. Emma Abramowna würde sich von mir nicht wieder zum Sozialismus bekehren lassen.

Schließlich brachte ich das Gespräch auf den Grund für meinen Besuch.

»Emma Abramowna«, begann ich, »wie Sie wissen, hat Baba Sewa ihre Datscha in den Neunzigern verloren. Und jeden Sommer ist sie sehr traurig, weil sie nirgendwo mehr hinfahren kann.«

»Ich weiß«, sagte Emma Abramowna. »Sie spricht oft darüber.«

»Ja, und ich habe nachgedacht. Vielleicht könnte sie Sie mal in Peredelkino besuchen kommen? Es würde ihr den Sommer so viel schöner machen.«

»Das halte ich für keine gute Idee«, sagte Emma Abramowna geradeheraus. Der Vorschlag schien sie nicht im Geringsten zu überraschen. Offenbar waren ihr die Andeutungen meiner Großmutter gar nicht entgangen, sie hatte sie einfach nur ignoriert.

Ich hingegen war überrascht. »Ach, wirklich?«, fragte ich. Ich wusste, dass sich Emma Abramownas gesellschaftliches Leben ein wenig abwechslungsreicher als das meiner Großmutter gestaltete, aber ich hatte auch nicht den Eindruck, dass sie wochenlang durchfeierte. Sie würde in ihrem sozialen Kalender doch einen Platz für meine Großmutter einrichten können, dachte ich.

»Warum denn nicht?«, fragte ich.

»Borja und Arkadi werden oft mit ihren Familien da sein«, sagte Emma Abramowna. »Und es gibt einfach nicht genug Platz.«

»Gibt es denn wirklich keine Woche, in der sich ein bisschen Platz finden ließe?« Ich bettelte jetzt. »Sie sind doch ihre beste Freundin!«

»Mag sein«, sagte Emma Abramowna und verzog den Mund auf eine für sie sehr untypische Weise, bevor sie brutal ehrlich fortfuhr: »Aber sie ist nicht die meine.«

Und das war's. Ich schwieg, und dann schlug Emma Abramowna vor, wir sollten das Thema wechseln. Ihre Haushaltshilfe, Walja, brachte Tee und Kekse, die ich so schnell wie möglich herunterschlang, bevor ich mich so höflich, wie ich konnte, verabschiedete. Aber es brach mir das Herz. Es war, als hätte sich eine Tür im Leben meiner Großmutter geschlossen, und sie wusste nicht einmal davon.

Auf dem Nachhauseweg rief ich Yulia an, um ihr von meinem Besuch zu erzählen.

»Das ist sehr traurig«, sagte sie.

»Ja«, sagte ich. »*Starost' ne radost'* – alt werden ist nichts für Feiglinge. Kennst du noch irgendjemanden mit einer Datscha?«

»Meine Mutter verbringt die Sommer in einem Sanatorium außerhalb Kiews. Meinst du, deiner Großmutter könnte so was gefallen?«

»Vielleicht, aber ich fürchte, sie würde die Fahrt nach Kiew nicht mögen. Ich bin mir sogar ziemlich sicher, dass sie sich weigern würde, auch nur einen Fuß in den Zug zu setzen.«

»Ja. Nun, vielleicht wird Nikolaj rechtzeitig mit seiner Datscha fertig.« Sie sagte es halb im Scherz, aber das war gar keine schlechte Idee.

»Daran habe ich noch gar nicht gedacht«, sagte ich.

»Aber selbst wenn er irgendwann fertig ist: Es gibt nicht viel zu sehen«, sagte Yulia, »und schwimmen gehen kann man auch nicht.«

»Meine Großmutter ist dieser Tage keine große Schwimmerin. Meinst du, wir können ihn mal fragen?«

»Ich wüsste nicht, was dagegenspricht. Er kann immer noch Nein sagen. Immerhin haben wir ihm dabei geholfen, das Ding zu streichen.«

Ich beendete das Gespräch, als ich die Unterführung zum Puschkin-Platz hinunterging, und behielt das Telefon in der Hand. Die Unterführung war hell erleuchtet und voller Menschen. Einige eilten nach Hause, andere verweilten vor einem der vielen Kioske. Es gab inzwischen überall in Moskau schicke Einkaufszentren, aber es war einfacher und billiger und bequemer, etwas in einer der Unterführungen zu kaufen. Vor ein paar Jahren hatte ein tschetschenischer Terrorist in genau dieser Unterführung eine Bombe gezündet und ein Dutzend Menschen getötet. Eine Zeit lang hatten die Menschen sie gemieden, aber dann waren sie zurückgekommen. Was hätten sie auch tun sollen? Sie lag mitten in der Stadt. Ich fühlte eine Welle der Solidarität mit all diesen Menschen, die es nicht kümmerte, ob Tschetschenien unabhängig war oder nicht und ob es islamisch war oder nicht, die sich aber trotzdem jedes Mal beim Durchqueren der Puschkin-Unterführung Sorgen machen mussten, ob vielleicht jemand auf die Idee kommen würde, sie in die Luft zu jagen. Ich kam an dem Kuchenstand vorbei, bei dem ich mir manchmal einen schönen Aprikosenkuchen für dreißig Rubel kaufte. Es ärgerte mich, dass ich so viele Kekse bei Emma Abramowna gegessen hatte und nun zu satt dafür war.

Ich kam direkt neben Puschkin wieder hoch. Mit seinen Koteletten und der Haartolle beherrschte er, dreieinhalb Meter hoch und grün, den ganzen Platz. Warum so groß? Puschkin selbst war eigentlich recht klein gewesen. Wenn auch ein Genie.

Der Urenkel eines afrikanischen Sklaven, der zur Unterhaltung des Zaren nach Russland gebracht worden war, produzierte bereits im Alter von achtzehn Jahren Lyrik, die allen bis dahin in russischer Sprache geschriebenen Gedichten deutlich überlegen war. Zu dieser Zeit existierte die russische Literatursprache eigentlich noch gar nicht so richtig. Die meisten gebildeten Russen schrieben auf Französisch. Nur die reichsten Russen waren gebildet, und die wenige Literatur, die es gab, trug deutliche Züge dieser doppelten Trennung vom wahren russischen Leben. Puschkin schaffte es, dies zu ändern. Seine Lyrik war exquisit, *und* sie klang wie Russisch; sogar jetzt noch, zweihundert Jahre später, war sie vollkommen klar und verständlich. Sein Talent wurde ihm schließlich zum Verhängnis. Der Zar persönlich zensierte sein Werk. Er war umgeben von Intrigen. Ein junger französischer Offizier, der mit seiner Frau geflirtet hatte, tötete ihn im Duell, noch ehe er vierzig war.

Ich rief Nikolaj an, der sofort ranging. »Hör mal, ich würde meiner Großmutter gern irgendwann in diesem Sommer einen kurzen Aufenthalt außerhalb der Stadt ermöglichen, aber ich weiß nicht so recht, wohin wir fahren könnten, und da habe ich mich gefragt: Wärst du vielleicht bereit, uns die Datscha für eine Woche zu überlassen?«

»Na klar!«, antwortete er. »Es wäre mir eine Ehre, eine Frau zu beherbergen, der ihre Datscha von skrupellosen Kapitalisten gestohlen wurde.« Es folgte eine kurze Pause. »Aber wenn das Haus bis zum Sommer fertig sein soll, könnte ich etwas Hilfe gebrauchen.«

Also machte ich mich mehrere Wochenenden hintereinander auf den langen Weg hinaus zur Datscha und strich und schmirgelte und half den usbekischen Bauarbeitern, ihre kleinen Lastwagen auszuladen und das Bad und die Küche einzubauen.

Wir vereinbarten, dass Nikolaj mir die Datscha Mitte Juli für eine Woche überlassen würde.

In der Zwischenzeit wurde meine Großmutter immer niedergeschlagener und mutloser. Sie schrumpfte körperlich, aber auch ihre Persönlichkeit entwickelte sich zurück. Es blieb immer weniger von ihr selbst, und sie wurde mehr und mehr zu dem kleinen Mädchen von früher: die pflichtbewusste Tochter einer übermächtigen Mutter. Anhand ihrer Erzählungen über ihre Kindheit hatte ich erahnt, dass sie ein solches Kind gewesen sein musste; nun sah ich diese Person vor mir, in Gestalt einer neunzigjährigen Frau mit einem Stock.

Das Semester bog wieder auf die Zielgrade ein, und das bedeutete Dutzende, wenn nicht Hunderte von Mails, in denen die Studierenden um Klärung baten, was die Abschlussarbeiten beinhalten sollten und worum genau es mir ging, und fragten, ob ich ihnen ein paar Beispiele gelungener Arbeiten schicken könnte. Das meiste davon konnte ich vom Fenstersims aus erledigen, und meine Großmutter war besser darin geworden, mich nicht dabei zu unterbrechen. Ich glaube, es beruhigte sie zu sehen, dass ich ständig am Laptop saß und arbeitete, weil ich dann in der Nähe war, und es brachte sie auch dazu, mich in Ruhe zu lassen.

An den Abenden sah sie noch immer mit großer Freude unsere sowjetischen Filme. Manchmal leistete uns Yulia Gesellschaft, die uns weiterhin mit Tipps für neue Filme versorgte. An anderen Tagen sah ich sie erst danach. Sie schlief jetzt ziemlich oft bei uns, und meiner Großmutter gefiel dieses Arrangement. Es war, als hätte sie eine neue Familie gegründet.

Aber an den Nachmittagen, nach dem Essen, sprach sie von Selbstmord.

»Weißt du«, sagte sie eines Tages beim Tee. »Ich habe eine der Apothekerinnen um Gift gebeten. Ich habe ihr sogar schon das Geld dafür gegeben. Aber jetzt will sie nichts mehr davon wissen.«

»Was? Wer?«

»Die Apothekerin.«

»Wo?«

»Da hinten.« Sie zeigte nach draußen.

»Was denn für ein Gift?«

»Ich habe sie um etwas gebeten, das mich tötet. Sie meinte, sie hätte da was.«

Ich konnte nicht sagen, ob das wirklich passiert war. Ich stellte mir vor, wie ich bei der Apotheke auftauchte und durch die Glasscheibe hindurch zu wissen verlangte, ob sie meiner Großmutter versprochen hatten, sie zu vergiften.

»In einem der europäischen Länder gibt es einen Ort, an den man sich wenden kann«, fuhr meine Großmutter fort, »ein Haus, in das man gehen kann, wenn man sterben möchte, und sie helfen einem dabei.«

Sie sprach von ärztlich assistiertem Suizid, Sterbehilfe. Wie es in den Niederlanden praktiziert wurde. Vielleicht hatte sie einen Beitrag darüber in den Nachrichten gesehen.

»Ist das nicht schön?«, fragte sie. »Wenn man gehen möchte, kann man gehen.«

Ich diskutierte über diese Dinge nicht mehr mit ihr. Ich gab ihr recht, dass es schön sei. Leider, fügte ich hinzu, sei das hier nicht möglich.

»Ja«, sagte meine Großmutter, »leider nicht.«

Meine Großmutter träumte also davon, sich das Leben zu nehmen. Ihr Doktor hatte gesagt, dass Antidepressiva zu gefährlich für sie waren, also versuchte ich es mit Tee aus Johanniskraut. Aber sie reagierte schlecht darauf: Es machte sie ruhelos und paranoid. Sie wachte nachts immer wieder auf, weil sie Geräusche vor ihrem Fenster hörte. Ich musste bei ihr bleiben und im Sessel neben ihrem Bett sitzen, während sie schlief. Ich warf das Johanniskraut weg. Sie blieb depressiv. Ich hatte das Gefühl, dass sie mich bat, sie zu töten, aber ich konnte es nicht tun.

Ein besserer Mensch hätte es vielleicht getan. Ein besserer oder ein mutigerer Mensch. Mir wurde immer klarer, dass ich dieser bessere oder mutigere Mensch wohl nicht war. Es stimmte schon, ich war hier zu einem etwas besseren Menschen geworden. Ich war nicht mehr ganz so oft auf Facebook; ich war nicht mehr ganz so bitterlich eifersüchtig auf meine Kommilitonen. Ich war nett zu Yulia, und abgesehen davon, dass ich mich weigerte, sie mit einem Kissen zu ersticken, war ich meiner Großmutter ein guter Freund. Aber verglichen mit dem weitaus besseren Menschen, der ich hatte werden wollen, war das nicht viel. Und ich könnte jederzeit wieder zu demjenigen werden, der ich vorher gewesen war. Mehr als die Rückkehr in die Vereinigten Staaten bräuchte es dafür wahrscheinlich nicht.

Ich hatte sogar angefangen, an Yulia zu zweifeln. Ich wollte es nicht, aber es war so. Auch sie war manchmal ein bisschen depressiv. Und unglaublich empfindlich. Ich war nicht sicher, ob ich die ständige Gegenwart von jemandem mit solch feinen moralischen Antennen ertragen könnte. Ich zweifelte daran, ob ich es schaffen konnte, ihr gerecht zu werden. Eigentlich wusste ich ziemlich genau, dass ich es nicht konnte.

Aber noch wichtiger: Würde ich es wirklich aushalten, für immer in Moskau zu bleiben? Einerseits war es sehr verlockend. Ich machte mir gar nicht so viel aus gutem Kaffee. Und ich mochte das Essen. Aber der tägliche Trott des Lebens war eine ganz andere Sache. Jede Erledigung – meine Schlittschuhe zu schleifen oder ein Buch aus der Bibliothek zu holen – war eine unglaubliche Anstrengung. Was in New York zwanzig Minuten dauerte, dauerte hier eine Stunde. Was in New York eine Stunde dauerte, nahm hier fast den ganzen Tag in Anspruch. Es zermürbte einen. Genauso wie die Sorgenfalten auf den Gesichtern der Menschen. Und nach einer Weile auch die Lügen im Fernsehen.

Wenn meine Großmutter abends ins Bett ging, bat sie mich manchmal darum, ihr Gesellschaft zu leisten, während sie noch ein bisschen las. Dann lag sie mit der Brille auf der Nase in ihrem schmalen Doppelbett und hielt sich ein dünnes Blatt vors Gesicht, das sie aus einem ihrer Bücher herausgerissen hatte, und ich saß auf dem Sessel neben ihrem Bett und las, was immer ich gerade las. Irgendwann schlief sie ein, und ich nahm ihr vorsichtig die Brille ab, deckte sie ordentlich zu und machte das Licht aus.

Eines Abends in jenem Frühling war sie eingeschlafen, und ich saß in meinem Sessel und überlegte, ob ich es tun sollte. Meine Großmutter hatte Schmerzen – nicht so sehr körperliche Schmerzen (ein bisschen allerdings schon), sondern seelische Schmerzen. Sie langweilte sich, sie fühlte sich nutzlos, sie war traurig. Da lag sie, meine Großmutter, die Mutter meiner Mutter, mit offenem, zahnlosem Mund und schnarchte leise. Sie hatte ein Kissen unter den Knien, das ich, ohne sie aufzuwecken, wegziehen und ihr aufs Gesicht drücken könnte – ich hatte ihr die Brille schon abgenommen –, und wenn ich es sanft genug täte, würde sie vielleicht noch nicht einmal aufwachen. Es war doch ihr größter Wunsch, nicht mehr aufzuwachen! »Lewa ist eines Abends einfach ins Bett gegangen«, sagte sie oft über Onkel Lew. »Er ist einfach eingeschlafen und gestorben.« Aber natürlich würde sie aufwachen, wenn ich versuchte, sie mit einem Kissen zu ersticken. Ich stellte mir vor, wie sie instinktiv gegen das Ende ankämpfen würde, auch wenn sie es gedanklich herbeisehnte. Und was genau würde ich dann der Polizei erzählen? Dass sie mich gebeten hatte, es zu tun? Ich stellte mir den babygesichtigen Polizisten vor, mit dem ich gesprochen hatte, als meine Großmutter verloren gegangen war – würde er Verständnis haben? Sollte ich versuchen, ihn zu bestechen? Oder wäre das ein stillschweigendes Schuldeingeständnis?

Es spielte keine Rolle. Ich würde es nicht tun. Ein besserer Mensch hätte es getan, denke ich. Ich wette, Sergej hätte es getan. Er hatte mir vor Kurzem erzählt, dass er nun endlich seine Frau verlassen werde. »Es ist das Härteste, was ich je gemacht habe«, sagte er, »aber es ist besser so.« Er konnte nicht lügen, das war sein Problem. Und ich glaube, wenn ein älterer Mensch, wenn eine kleine Großmutter ihn gebeten hätte, sie zu töten, er hätte es getan. Aber ich konnte es nicht.

Ich fragte mich langsam, ob ich den Menschen um mich herum mehr versprochen hatte, als ich einzulösen vermochte. Ob ich mich für einen besseren Menschen gehalten hatte, als ich sein konnte. Ich wurde das Gefühl nicht los, dass ich mich übernommen hatte.

5. VERSPRECHEN

Und doch und doch und doch. Ich liebte es. Ich liebte Kascha und Kotlety, und ich liebte die Sprache, und ich liebte die Eishockeyjungs, und ich liebte sogar ein paar der Leute, die ich auf der Straße sah. Ich liebte es, mit meinem Sowjet-Rucksack voller Eishockeykram die Sretenka entlangzugehen, eine Station mit der Metro zu fahren, am Prospekt Mira auszusteigen und dann zum Stadion zu laufen, vorbei am McDonald's, der orthodoxen Kathedrale und dem Markt, auf dem wir keine Hausschuhe für meine Großmutter gefunden hatten, bis zur Eishalle. Und spätabends, auf dem Heimweg, liebte ich es, ein halbes Hähnchen bei den Aserbaidschanern zu kaufen. »Unser Eishockeyfreund!«, begrüßten sie mich immer. Und an den Abenden, an denen ich Yulia besuchte, liebte ich es, ein Auto für drei Dollar zu nehmen. Drei Dollar, glatte einhundert Rubel, wer konnte da schon meckern.

Einmal hielt ich auf dem Rückweg von ihr morgens um zwei direkt am Gartenring ein Auto an. Der Fahrer war Anfang zwanzig, von unbestimmter ethnischer Herkunft. Als ich einstieg, nahm er sein Handy aus dem Radioschacht, falls ich ein Polizist oder so was wäre, aber als ich saß, legte er es zurück, und während er beschleunigte, sah ich, dass ein Film lief – *300*, glaube ich. Wir rasten den Gartenring entlang, mein Fahrer und ich, und sahen abwechselnd auf die Straße und auf die Spartaner, die sich vor dem Bluescreen Xerxes Armee entgegenwarfen.

Eines Abends Anfang Juni entschloss sich Yulia, eine Dinnerparty zu geben. Sie lud die marxistische Lesegruppe und zwei ihrer Freundinnen aus der Universität ein, die keine Marxisten waren. Auf dem Weg zu ihr legte ich einen Stopp bei dem schicken Lebensmittelladen neben dem KGB ein. Sie hatten eine eigene riesige Abteilung nur mit Wodka. Es war zwar ein Klischee – die meisten Russen bevorzugten Bier –, aber es war auch etwas Wahres dran: Neben Bier tranken sie auch Wodka. Es war eine Frage der Geografie. In Russland war es zu kalt, um Trauben anzubauen; es war zu trocken, um leckeren Whiskey in Fässern reifen zu lassen. Und so tranken die Russen, genau wie die Finnen, Schweden und Polen, klaren Schnaps auf Weizen- oder Kartoffelbasis. Das heißt, sie tranken Wodka. In der Wodka-Abteilung des schicken Supermarktes neben dem KGB reichte das Angebot von wahnsinnig billig bis mäßig billig. Die Regierung hielt die Wodkapreise niedrig, weil sie wusste, dass die Menschen ab einem gewissen Preis anfangen würden, ihn in ihren Badewannen herzustellen und daran zu sterben. Alle Wodkaflaschen, von den billigsten bis zu den etwas teureren, waren klar, und das Licht des Ladens brach sich in ihnen wie in Kristallen. Ich ging den Wodka-Gang entlang und fühlte mich wie Superman in dieser Zitadelle auf Krypton, in der sich der Ältestenrat zu treffen pflegte, bevor der Planet zerstört wurde. Ich suchte mir einen Wodka aus und nahm noch einen hochwertigen Hering dazu.

»Feiern Sie eine Party?«, fragte mich die mittelalte Kassiererin mit rot gefärbten Haaren, während sie meine Sachen über den Scanner zog.

»Nur ein kleines Treffen mit Freunden.«

»Bon appétit.«

»Vielen Dank.«

Ich verließ das Geschäft in einem fast euphorischen Hochgefühl. Ich hatte noch nie eine solch erfreuliche Interaktion mit einer russischen Kassiererin gehabt. Aber in den letzten

Wochen passierte mir so etwas in der Art immer öfter. Vielleicht hatten sie damals, als ich gerade angekommen war, meine Angst und Sorge riechen können und instinktiv gespürt, dass ich nicht dazugehörte. Das hatte ich inzwischen abgelegt. Ich war ein Emigrant gewesen, ich hatte das Land verlassen. Nun war ich zurückgekommen.

Am Abend zuvor hatte Oleg beim Eishockey mit einem genervten Gesichtsausdruck das Eis verlassen, nachdem ich einen Pass auf ihn vermasselt hatte – aber Tatsache war auch, dass ich mich mit zwei Verteidigern des weißen Teams hatte herumschlagen müssen und mir auch noch Grischa im Nacken hing, als ich den Pass gespielt hatte.

»Andrej«, sagte Oleg, »was war das denn bitte für ein Pass?«

»Oleg, fick deine Mutter!«, schrie ich und verlor vollkommen die Fassung. »Hör auf, die ganze Zeit so ein Gesicht zu ziehen. Spiel Eishockey! Wenn der Puck nicht zu dir kommt, dann hol ihn dir gefälligst, du fauler Sack!«

Ich war leicht entsetzt über meinen eigenen Ausbruch, vor allem weil Oleg gerade eine schwere Zeit durchmachte – die Typen, an die er vermietete und vor denen ihn das ganze Team gewarnt hatte, zahlten keine Miete mehr und hatten erklärt, dass sie die Räume von nun an als ihr Eigentum betrachteten –, aber als ich ihn beschimpfte, lachte Oleg nur.

»Antosch«, sagte er und drehte sich nach Anton um. »Hast du das gehört? Andrej schimpft jetzt schon genau wie wir!«

Das hatte mich sehr stolz gemacht.

Als ich jetzt aus dem Supermarkt kam, beschloss ich, ein Auto heranzuwinken. Ich war spät dran, die Straßen waren frei, und es war keine Metro-Station in der Nähe, von der aus ich gut zu Yulia gekommen wäre. Ich fand schnell einen Wagen und setzte mich auf den Beifahrersitz. Mein Fahrer kam aus dem Kaukasus (inzwischen waren die meisten Leute, die einen mitnahmen, keine Russen, auch wenn sie russische Autos fuhren, sondern kamen aus den ärmeren Ländern südlich von Russland), und als wir den Puschkin-Platz erreichten, sah er rüber und fragte: »Woher kommen Sie? Argentinien?«

Eine solche Frage hätte mich kurz nach meiner Ankunft ziemlich erschreckt. Jetzt antwortete ich: »Ich bin von hier.« Was ja auch stimmte. »Aber ich bin Jude.«

»Ach, echt? Ich bin auch Jude. Haben Sie schon mal was von den Bergjuden von Georgien gehört?«

Das hatte ich nicht.

»Wir leben schon seit Tausenden von Jahren dort«, sagte er und fragte: »Können Sie Jiddisch?

»Nein.«

»Ich schon. Das haben sie uns da oben in den Bergen beigebracht.«

»Toll«, sagte ich und meinte es auch so.

Ich war also bester Laune, als ich bei Yulia erschien. Es war schon nach zehn, aber das war in Ordnung. Bei den Russen konnte es gern mal später werden. Sie hatten nichts dagegen, wenn das Abendessen erst um zehn Uhr begann. Vor allem jetzt, wo die Luft etwas wärmer war und die Sonne später unterging.

Sie hatten noch nicht angefangen zu essen. Die Gäste standen draußen auf dem Balkon, rauchten und tranken Bier. Yulia trug ihr hübsches weißes Baumwollkleid mit den Blumen darauf. Sie gab mir einen Begrüßungskuss und führte mich auf den Balkon.

Draußen sprach Sergej über einen neuen Ableger von Oktober, den er unten in Saratow gegründet hatte. »Die Genossen aus Saratow« nannte er sie. Offenbar kamen die Genossen aus Saratow aus der Antifa-Bewegung, die einen Teil ihrer Zeit damit verbrachte, sich auf der Straße mit Neonazis zu prügeln, und obwohl diese Gruppe beschlossen hatte, sich dem Sozialismus anzuschließen, hatten sie einige ihrer alten Angewohnheiten mit zu Oktober gebracht. »Wenn nur die ganzen Messerstechereien nicht wären«, resümierte Sergej, »hätten es die Genossen aus Saratow verdient, in Gold aufgewogen zu werden.« Nach der Trennung von seiner Frau war er zurück zu seinen Eltern gezogen und schien ziemlich glücklich zu sein.

Nachdem Yulia mich auf den Balkon gebracht hatte, war sie in die Küche gegangen, und jetzt rief sie alle zum Essen.

Yulia neigte dazu, die mangelnde Qualität ihres Kochens durch Masse wettzumachen. Sie und ihre Mitbewohnerinnen, von denen einige hervorragende Köchinnen waren, hatten Kartoffeln und Kotlety und Salat und sogar Kohlpastete zubereitet. Wir tranken den Wodka, den ich gekauft hatte – alle anderen hatten Wein oder Bier mitgebracht –, und stießen immer wieder miteinander an.

Irgendwann wurde darüber gesprochen, ob man sich vorstellen konnte, das Land zu verlassen.

»Ich glaube, ich schon«, sagte Mischa. »Akademisch kann ich hier nur recht wenig erreichen. Wenn ich ernsthaft arbeiten will, muss ich nach Deutschland oder England oder in die USA gehen. Aber ich würde gern irgendwann zurückkommen.«

»Wie Lenin«, sagte Boris.

Alle lachten. Es war offenbar Konsens: Sie waren bereit, vorübergehend das Land zu verlassen, wollten aber, wie Lenin, alle wieder zurückkommen. Ich wartete darauf, dass Yulia etwas sagte, und fragte mich, ob sie in diesem Kontext eine andere Haltung einnehmen würde, als sie es mir gegenüber getan hatte. Aber sie schwieg.

»Ich gehe nicht fort«, sagte Sergej. »Mein Schicksal ist mit dem Schicksal dieses Landes verbunden, komme, was wolle.«

»Sogar wenn Putin zurückkäme?«, fragte Katja. Sie meinte, wenn er wieder Präsident würde. Es herrschte die Auffassung – nicht so sehr bei den Oktobristen, aber Katja gehörte nicht zu Oktober –, dass die Medwedew-Regierung liberaler war und eine Rückkehr Putins dem ein Ende setzen würde.

»Völlig egal, was passiert.«

Es wurde still am Tisch. Sergej hatte es ganz sachlich gesagt, ohne unnötige Dramatik, und doch hatte es den Effekt, dass allen anderen ihre Verbundenheit zu Russland unzureichend erschien.

»Ich sehe es genauso«, sagte Yulia leise.

Ein noch betreteneres Schweigen legte sich über den Tisch. Ich hatte das Gefühl, dass die Leute mich ansahen, als würde Yulia gerade mitten auf der Dinnerparty Schluss mit mir machen. Und in gewisser Weise tat sie das ja auch. Ich war schließlich aus Amerika. Und da sie Russland nicht verlassen wollte, konnte das nur bedeuten: Mit uns war es vorbei.

Es sei denn ...

»Okay«, sagte ich zu ihr (wir saßen direkt nebeneinander), aber auch zu allen anderen. »Dann werde ich auch nicht fortgehen.«

Es gab eine Pause, und dann lachten alle. Wir tranken darauf, dass ich blieb.

Yulia gab mir einen Kuss auf die Wange. »Sei kein Idiot«, flüsterte sie mir zu.

»Ohne dich will ich nirgendwo hingehen«, sagte ich.

Sie küsste mich noch einmal.

Und ich meinte es ernst. Das hier waren meine Leute. Scheiß auf Amerika. Ich würde hierbleiben.

6. SOMMERZEIT

Dieser Sommer war magisch. Es wurde einfach immer wärmer und wärmer, bis es fast schon zu warm war, aber das war nicht schlimm – die Leute liefen in kurzen Hosen und Flip-Flops herum und ließen es langsam angehen. Ich genoss es, durch die Hitze zum Hockey zu gehen, mich auf dem Eis abzukühlen und anschließend wieder in den Sommer einzutauchen. Nach den Spielen ließ mich Sergej am Trubnaja-Platz raus, ich kaufte ein Schiguljowskoje und setzte mich in meinem Eishockeyzeug auf eine der Bänke auf dem Boulevard und relaxte. Die Moskauer Hitze war eine trockene Hitze, wie in Jerusalem. Als ich dort saß, dachte ich daran, wie drüben in der Eishalle der Zamboni-Fahrer mit seiner Eismaschine seine letzten Runden über das Eis drehte, damit wir am nächsten Tag einen frisch geglätteten Belag vorfinden würden. Gelegentlich summte an diesen Abenden mein Telefon in der Tasche, und Yulia fragte, ob ich sie sehen wollte. Ich wollte jedes Mal.

Jetzt, wo das Wetter besser war, konnten wir mehr Zeit draußen verbringen. Wie sich herausstellte, gab es noch weitere Städte innerhalb der Stadt. Ich hatte Moskau bisher als eine charmante alte europäische Stadt gesehen, die der Kommunismus verunstaltet und überschrieben hatte. Und da war etwas Wahres dran. Aber über die Jahre waren viele der Bauwerke, die den normalen Touristen ins Auge stachen, diese alten, pastellfarbenen Cupcake-Gebäude, instand gesetzt und aufgehübscht worden, während man die Gebäude der frühen sowjetischen Schule, darunter konstruktivistische Meisterwerke, hatte verfallen lassen. Die Spaziergänge mit Yulia brachten mir das große utopische Experiment näher, das hier auf Gebäudeebene versucht worden war, bevor man es aufgegeben und vergessen hatte.

Und sie zeigte mir noch etwas anderes, das nicht wirklich was mit dem Kommunismus zu tun hatte. Die Stadt, die ich kannte, war die Stadt der Alleen und der Seitenstraßen. Die Alleen waren riesige Schnellstraßen, die Seitenstraßen ruhig und verwinkelt. Aber zwischen den Seitenstraßen lagen die Innenhöfe. Man konnte hineingehen, sich auf eine Bank setzen und ein Bier trinken. Ich hatte in unserem Hinterhof Leute sitzen sehen und es vor allem nervig gefunden. Aber jetzt, wo Yulia und ich es taten – oder Yulia und ich und Mischa und Mascha oder Sergej –, war es großartig. Rund um das Haus meiner Großmutter gab es Hinterhöfe, die ruhig und fast altertümlich anmuteten; die Gebäude ringsum waren mit bröckelnder Pastellfarbe gestrichen, und es standen alte Bäume darin, und manchmal hatten die Leute Blumen angepflanzt. Keiner der Innenhöfe war außergewöhnlich hübsch oder besonders gut gepflegt, aber ich erkannte jetzt, dass ihnen eine gewisse Schönheit innewohnte; sie waren überdauernde Oasen inmitten der riesigen Metropole. Und nach und nach, sogar während meines Aufenthalts, wurden sie ausgelöscht: Wenn die alten Gebäude auf der Petschatnikow abgerissen und durch fast exakte Kopien ihrer selbst ersetzt wurden, achteten die neuen Eigentümer stets darauf, stabile Tore einzubauen, damit nur die wohlhabenden Bewohner Zugang zu den Innenhöfen hatten. Die Stadt schottete sich von sich selbst ab. Aber zumindest im Moment gab es noch Innenhöfe, in die man sich setzten konnte.

Und auch für unsere politischen Aktivitäten war das warme Wetter gut. Oktober hatte eine »Straßenuniversität« gegründet, bei der unterschiedliche Redner irgendwo im Freien einen kurzen Vortrag hielten – die Idee war nicht so sehr, zufällige Passanten anzulocken, sondern vielmehr, den öffentlichen Raum für öffentliche Diskussionen zu beanspruchen. Und auch die sonstige Frequenz unserer Treffen, Demonstrationen und anderen Aktivitäten nahm zu. Und endlich erblickte auch unsere Website das Licht der Welt – Yulia organisierte zur Feier des Tages eine kleine Party im Falanster –, und es gab mehr Texte zum Übersetzen für mich, wofür ich dankbar war.

Die wärmeren Temperaturen gingen auch mit einer Art politischem Tauwetter einher. Medwedew war ein bisschen liberaler als Putin, aber die wahre Veränderung bestand darin, dass die sprudelnden Geldquellen aus dem Ölverkauf schließlich versiegten. Im Zuge der globalen Finanzkrise waren die Ölpreise auf dem Weltmarkt eingebrochen. In Russland rutschte die Wirtschaft nach zehn Jahren eines erstaunlichen Wirtschaftswachstums in die Rezession. Man kann alle Leute einige Zeit zum Narren halten und einige Leute die ganze Zeit: Aber als es wärmer wurde und die Wirtschaft sich immer noch nicht erholt hatte – der Kurs des Rubels war gesunken, aber die Gehälter waren nicht an die Inflation angepasst worden –, war es, als wäre ein Ventil entfernt worden. In einer sibirischen Ölstadt hatten Arbeiter, deren Gehalt ein ganzes Jahr lang nicht an die Inflation angepasst worden war (eine Zeit, in der der Rubel gegenüber dem Dollar zwanzig Prozent seines Werts verloren hatte, was bedeutete, dass sie eine Lohnkürzung von zwanzig Prozent hatten hinnehmen müssen), damit begonnen, Proteste gegen ihren Arbeitgeber zu organisieren – die gute alte RussOil. Der Kopf ihres Organisationskomitees war verhaftet und ins Gefängnis geworfen worden, weil er angeblich eine Tüte mit Heroin bei sich gehabt haben soll. Als die Arbeiter immer noch keine Ruhe gaben, wurde ein anderer Anführer der Bewegung vor seinem Haus fast zu Tode geprügelt. Als die Arbeiter daraufhin aus Protest auf die Straße gingen, wurden sie von Sicherheitsleuten mit Baseballschlägern niedergeknüppelt. Irgendjemand hatte ein grobkörniges Handyvideo aufgenommen, und Mischa hatte es an unseren E-Mail-Verteiler geschickt: Es war surreal, diese russischen Schläger zu sehen, die eine Gruppe Arbeiter angriffen. Die Situation war so schlimm, dass sich Putin persönlich einschaltete und eine Anhebung der Löhne forderte. RussOil kam dem zähneknirschend nach.

Sergej und die anderen waren begeistert. Arbeiterunruhen bildeten das Herzstück ihres Konzepts der politischen Aktion. »Die Liberalen haben nie auch nur den Versuch unternommen, mit diesen Leuten ins Gespräch zu kommen, und im Grunde haben sie nichts als Verachtung für sie übrig«, schrieb Sergej auf der Oktober-Website. »Sie nannten sie *sowok*. Aber in Wirklichkeit sind diese *sowok* genau die Leute, die die Macht und das Recht haben, dieses Regime zu vernichten.« Die Proteste gegen RussOil und ein paar andere ähnliche Konzerne waren Grund zur Hoffnung.

»Es ist längst noch keine Revolution«, sagte Sergej zu mir, als wir eines Abends mit seinem Auto am Trubnaja-Platz standen. »Es ist noch nicht mal am Rande einer Revolution. Aber zumindest können wir schon mal anfangen, das Wort in den Mund zu nehmen.«

Den ganzen Sommer über hielten wir Mahnwachen zur Unterstützung der Arbeiter ab, verteilten Flugblätter vor Moskauer Fabriken und veröffentlichten enthusiastische Berichte auf unserer Website, die die Situation analysierten und für die Zukunft weitere Arbeiterunruhen vorhersagten.

Ich schaffte es immer noch an ein paar Abenden in der Woche zum Eishockey. Unser Spielglück gegenüber dem weißen Team hatte sich noch immer nicht gedreht, wir schlugen sie vielleicht einmal im Monat, wenn überhaupt. Aber für zwei

Wochen in diesem Sommer hatte Michael von nebenan zwei College-Freunde zu Besuch, bevor er zurück nach Seattle ging und heiratete. Er war in Vancouver aufs College gegangen, seine Freunde waren Kanadier, und auf mein Drängen hin hatte er sie gebeten, ihr Eishockeyzeug mitzubringen. Sie hatten es gern getan, und ich nahm sie mit zum Spiel. Es waren ganz normale, unauffällige Jungs, weder groß noch klein, weder dick noch dünn, und als ich mit ihnen auftauchte, konnte ich feststellen, dass meine Teamkameraden nicht besonders beeindruckt von »den Kanadiern« waren. Aber als es losging, drehten diese Kanadier unglaublich auf. Das Spiel lag ihnen im Blut. Wir steckten sie in einen Block mit Oleg, und sie müssen sechs oder sieben Tore geschossen haben. Das weiße Team war so verblüfft, dass sie noch nicht einmal versuchten, sie auseinanderzunehmen. Wir gewannen beide Spiele, bei denen sie mitmachten. Das Team war begeistert, und Sergej stellte unauffällig ein paar Fragen über das kanadische Gesundheitssystem.

Noch etwas anderes Interessantes ereignete sich beim Eishockey. Das weiße Team war zwar eine geschlossene Einheit, lud aber gelegentlich einen Freund oder Geschäftspartner zum Mitspielen ein. An einem Mittwochabend war ein solcher Gast dabei, und als ich ihn beim Warmmachen sah, überkam mich ein starkes, zutiefst unangenehmes Gefühl. Ich konnte es nicht zuordnen und kurvte noch einmal an ihm vorbei: Er war jung, hatte blaue Augen und kantige Gesichtszüge. Er kam mir bekannt vor, und ich wusste, dass ich ihn nicht mochte. Ich hatte ein solches Gefühl schon ein paarmal in New York gehabt, wenn ich auf der Straße einen Schauspieler sah, der einen Bösewicht im Fernsehen spielte. Hatte ich den Kerl in einem der Filme gesehen, den Yulia und ich uns angeschaut hatte? Ich versuchte, mich zu erinnern, welcher es gewesen sein könnte.

Als das Spiel lief, fragte ich auf der Bank Anton, ob der Typ Schauspieler sei.

»Schauspieler?«, fragte Anton. »Nein. Er ist bloß irgend so ein Arschloch. Sein Vater sitzt in der Duma.«

Dann fiel es mir ein. Es war der Typ, der mir vor dem Teatr mit der Pistole ins Gesicht geschlagen hatte. Und jetzt stand er hier auf dem Eis. Ich konnte es kaum fassen. Ich war noch nicht an der Reihe, aber ich kündigte an, dass ich beim nächsten Wechsel aufs Eis gehen würde, und niemand widersprach. Als ich ins Spiel kam, war der Kerl immer noch auf dem Eis, und ich lief direkt auf ihn zu und schlug ihm den Schläger gegen das Bein. Überrascht sah er auf.

»Erinnerst du dich an mich?«, schrie ich.

Er sah aus, als erinnerte er sich nicht und als wäre es ihm auch egal. »Verpiss dich«, sagte er.

Daraufhin drehte ich durch. Es war eine Sache, dass mich ein Typ ohne Grund mit einer Pistole schlug. Ich meine, das war schlimm genug. Aber dass derselbe Kerl bei meinem Hockeyspiel auftauchte und übers Eis lief, als wäre es keine große Sache, und dann auch noch so tat, als wäre ihm vollkommen egal, wer ich war – das war zu viel. Ohne meinen Schläger fallen zu lassen, schlug ich ihm hart von hinten auf den Helm. Er stürzte kopfüber aufs Eis. Ich wollte ihn treten, aber mit Schlittschuhen war das nicht möglich, also ließ ich Schläger und Handschuhe fallen, stürzte mich rittlings auf ihn und versuchte, ihm den Helm runterzureißen. Ich bekam ihn nicht ab und begann, die Rückseite seines Helms mit den Fäusten zu bearbeiten, während er weiter auf dem Eis lag – es war ein bisschen idiotisch, aber ganz wirksam, glaube ich.

»Also gut«, hörte ich ihn sagen, »es reicht jetzt.«

Inzwischen waren mehrere Jungs aus beiden Teams angefahren gekommen und versuchten, mich von ihm runterzuziehen. Ich ließ sie gewähren. Der Kerl wehrte sich nicht. Er war kein guter Schlittschuhläufer, seine Schulterpolster waren nagelneu, und offensichtlich fühlte er sich auf dem Eis nicht ganz so selbstsicher wie auf der Straße. Ich hingegen fühlte mich in diesem Moment ganz wie zu Hause.

»Andrjusch, was zum Teufel ist hier los?«

Fedja aus dem weißen Team hatte mich gepackt. Seit Monaten haute er mir an der Außenlinie humorlos die Pässe auf seinen Mitspieler Aljoscha um die Ohren, und seit unserem ersten Treffen schien ich für ihn gar nicht mehr zu existieren, auch wenn er mir einmal vor ein paar Wochen versehentlich den Schläger ins Gesicht gerammt und sich danach entschuldigt hatte.

Ich sagte: »Der Typ hat mich vor einem Nachtclub bei den Sauberen Teichen mit einer Pistole geschlagen. Ohne jeden Grund. Er ist einfach auf mich zugekommen und hat mich geschlagen.«

Fedja wandte sich dem Blonden zu, der langsam seine Ausrüstung einsammelte, die er bei meinem Angriff fallen gelassen hatte. »Alexej, ist das wahr?«

»Ich weiß nicht mehr«, antwortete er. »Vielleicht. Er hat mit meiner Freundin geredet.«

»Fick dich!«, schrie ich. Wörtlich: »Setz dich auf einen Schwanz.« Ich benutzte den Fluch mit großer Autorität. »Ich habe nicht ein Wort zu ihr gesagt. Und du hattest eine Pistole.«

Fedja sah ihn an und sagte: »Verschwinde.«

Der Kerl nickte und lief, ohne mich anzusehen, vom Eis, seine Handschuhe und seinen Schläger gegen die Brust gepresst wie ein kleiner Junge. Ich blieb.

Nach dem Spiel ging ich zu Fedja und bedankte mich bei ihm.

»Schon gut«, sagte er. »Du hattest recht, und er hatte unrecht. Wir werden ihn nie wieder einladen.«

Und das war's. Als wir das nächste Mal spielten, verhielt sich Fedja nicht so, als wären wir nun Freunde. Aber was passiert war, war passiert. Die Hockeyjungs waren in Ordnung.

Doch es war nicht nur eine Zeit der Siege und Triumphe. Als ich eines Nachts von Yulia nach Hause lief, sah ich ein Feuer – es war der aserbaidschanische Hähnchenstand, der lichterloh brannte. Ein paar Leute standen herum, und dann kam ein Feuerwehrauto und löschte das Feuer. Niemand wurde verletzt, aber wie ich ein paar Tage später im Internet las, war es kein Unfall gewesen. Gleich mehrere aserbaidschanische Geschäfte waren in jener Nacht in Moskau in Brand gesteckt worden, als Vergeltung für einen durch einen aserbaidschanischen Mann niedergestochenen Teenager. Ein paar Wochen lang blieb das ausgebrannte Gerippe des Hähnchenstands stehen, dann wurde es entfernt. Die Aserbaidschaner kehrten nicht mehr zurück.

Irgendetwas Übles lag in der Luft. Eines Sonntags hielten zwei italienische Kommunisten – »Genossen von Negri«, wie Boris sie in einer E-Mail angekündigt hatte, wobei er sich auf den legendären Kommunisten und ehemaligen politischen Gefangenen Antonio Negri bezog – einen Vortrag im Rahmen von Oktobers Straßenuniversität. Der Veranstaltungsort war gleich bei uns um die Ecke, vor der Krupskaja-Statue. Meiner Großmutter ging es an diesem Tag einigermaßen gut, und ich lud sie ein mitzukommen.

Die Italiener waren entzückende Doktoranden Mitte dreißig. Sie sprachen Englisch, und Boris übersetzte es mit meiner gelegentlichen Hilfe. Die Italiener wollten über »kognitiven Kapitalismus« reden. Es war ein Konzept, das Negri entwickelt hatte, um auf die Tatsache zu reagieren, dass der tatsächliche physische Kapitalismus für die Arbeiter in Europa eigentlich ganz gut funktionierte. Sie erhielten anständige Löhne, konnten sich sogar Eigentum leisten und waren nicht mehr länger an der Revolution interessiert. Aber, argumentierte Negri, ihre Köpfe würden kolonialisiert. Nicht mehr nur ihre Körper, wie Marx ausgeführt hatte, sondern auch ihre Köpfe.

Ich mochte die Italiener, aber ich konnte mich des Eindrucks nicht erwehren, dass diese Botschaft für Russland etwas zu früh kam. Hier wurden die Arbeiter noch auf die altmodische Weise ausgebeutet. Sie bekamen keine anständigen Löhne, sie konnten es sich nicht leisten, Eigentum zu erwerben; es gab keinen Schutz. Es war nicht nötig, sich schicke neue Theorien auszudenken, wenn die alten noch so offensichtlich zutrafen.

Während ich dies dachte, erschien eine Gruppe von fünf oder sechs Skinheads auf dem Boulevard und näherte sich der Krupskaja-Statue. Sie trugen Kampfstiefel sowie Armeejacken und -hosen. Ich hatte noch nie echte Skinheads in der Innenstadt von Moskau gesehen. Vielleicht, dachte ich, war es die gute Sorte Skinheads? Dann ließen sie sich keine fünf Meter von uns entfernt zu Füßen der Statue nieder und fingen an, herumzualbern und Selfies vor Lenins Witwe zu machen. »Nieder mit den Juden, rettet Russland!«, riefen sie. Klick. Und dann: »Heil Hitler!« Klick. Es war nicht die gute Sorte Skinheads. Sie saßen hinter den Italienern, die sie nicht zu bemerken schienen und nach wie vor den kognitiven Kapitalismus erklärten. Boris übersetzte pflichtbewusst weiter, auch wenn er von Zeit zu Zeit einen unauffälligen Blick über die Schulter warf.

Ich begutachtete unsere Gruppe. Wir waren zu siebt: die beiden Italiener, Boris, Vera, Yulia, ich und meine Großmutter. Von uns sieben war ich der Einzige, der aussah, als würde er regelmäßig Sport machen. Wir hätten keine Chance gegen die Skinheads.

»Sieg Heil!«, riefen sie.

»Wisst ihr was«, sagte Boris zu den Italienern, »ich denke, wir sollten rüber auf den Grünstreifen gehen. Da ist es ruhiger.«

Und das taten wir dann. Kurz dachte ich, die Skinheads würden sich fragen, was wir hier trieben, oder dass sie sogar extra zu uns rübergekommen waren, um ihre Parolen zu brüllen, aber sie schenkten uns keinerlei Beachtung. Sie waren damit beschäftigt, sich bei ihren Nazigrüßen zu fotografieren. Vielleicht hatten sie gerade ihre Website umgestaltet und brauchten neuen Content. Wir suchten uns ein schattiges Plätzchen etwas weiter den Boulevard hinauf, und die Italiener beendeten ihren Vortrag über den kognitiven Kapitalismus. Als meine Großmutter, Yulia und ich später nach Hause gingen, waren die Skinheads verschwunden.

Ein paar Tage später kamen meine Großmutter und ich von einem Ausflug auf den Markt zurück, als mir, nicht zum ersten Mal, die älteren Damen auffielen, die auf dem Spielplatz in einem Innenhof zwischen unserem Haus und dem Markt saßen. Das waren die Frauen, die meine Großmutter mir gegenüber als antisemitisch abgetan hatte, aber nach dem Vorfall mit Wladlenna fragte ich mich, ob sie sich das nicht vielleicht bloß einbildete. Und wenn sie ein bisschen antisemitisch waren, wen kümmerte das schon? Es war doch eine echte Gelegenheit! Alte Damen wie diese, die auf Bänken saßen, die Tauben fütterten und die Nachbarschaft im Auge behielten, waren einst in jedem sowjetischen und postsowjetischen Hinterhof zu finden gewesen. Die Ära der hohen Ölpreise hatte sie aus dem Zentrum von Moskau fast vollständig vertrieben, und doch gab es ausgerechnet hier, buchstäblich einen Innenhof weiter, eine letzte Bastion des Widerstands. Es war noch so viel Sommer übrig; vielleicht würde es meiner Großmutter gefallen, rauszugehen, sich zu ihren Altersgenossinnen zu setzen und die Themen des Tages zu besprechen?

Bevor meine Großmutter oder meine angeborene Schüchternheit mich aufhalten konnten, ging ich auf die alten Damen zu.

»Hallo!«, sagte ich und zog meine Großmutter hinter mir her.

Mehrere Tauben, die die alten Damen mit Brot gefüttert hatten, stoben lautstark auseinander, als wir uns ihnen näherten.

»Hallo«, sagte ich noch einmal, nachdem die Tauben verschwunden waren. »Mein Name ist Andrej. Und das ist Sewa.«

Die alten Damen nickten – sie waren zu dritt – und warteten darauf, dass ich fortfuhr.

»Erzählen Sie mir«, sagte ich, weil ich nicht wusste, was ich sonst sagen sollte: »Wie sehen Ihre Pläne für den Sommer aus?«

Die alten Damen wechselten etwas, das mir wie amüsierte Blicke vorkam. Dann meldete sich diejenige, die mit einem halben Laib Brot auf dem Schoß in der Mitte saß, zu Wort. »Wir werden genau hier sitzen bleiben; wo sollten wir denn auch sonst hin?«, sagte sie. »Anders als gewisse Leute, die wahrscheinlich den Sommer über nach Israel fliegen.«

Die unerwartete Erwähnung Israels wischte mir das höfliche Lächeln aus dem Gesicht, was wohl auch die beabsichtigte Wirkung war.

»Wie meinen Sie das?«, fragte ich. »Warum Israel?«

»Nun, wird dort nicht Sewa *Efraimowna* den Sommer verbringen?« Sie legte viel Wert auf die Betonung des offensichtlich jüdischen Nachnamens meiner Großmutter. Die beiden anderen Frauen kicherten zustimmend.

»Nein«, sagte ich überflüssigerweise. »Sie hat keine Verwandten dort.«

»Nein?«, antwortete die Frau. »Vielleicht geht sie dann ja nach Amerika. Dort gibt es doch viele von Ihrer Sorte, oder?«

Das gefiel den beiden anderen Frauen nun so richtig. Eine von ihnen klatschte sogar vor Vergnügen in die Hände.

Mein Herz raste. Ich war noch nie zuvor persönlich auf einen echten, ganz realen Antisemiten getroffen. Ich fühlte die Anwesenheit meiner Großmutter neben mir. Ich konnte nicht sagen, wie viel davon sie mitbekommen hatte, aber ich denke, sie spürte die Feindseligkeit dieser Frauen, und sie wusste, worum es sich drehte. Ich dagegen konnte es nicht glauben. Doch was sollte ich tun? Sollte ich mich vor sie stellen und sie anschreien? Oder mit ihnen kämpfen?

Ich stand einige lange Augenblicke da und starrte sie an, dann wandte ich mich mit meiner Großmutter ab – sie hielt sich an meinem Ellenbogen fest, sodass wir uns synchron wegdrehten –, und wir gingen davon.

»Auf Wiedersehen, Juden!«, riefen uns die Frauen lachend hinterher.

Aber es war trotzdem ein schöner Sommer. Eines Sonntags im Juni liehen Mischa, Boris, Yulia und ich uns Sergejs Auto und fuhren zu einem Ort namens Petrowo, ein paar Stunden südlich von Moskau. Mischa und Boris hatten ihn zufällig auf der Karte ausgewählt. Sie taten so, als ob sie den Ausflug mir zuliebe unternahmen, damit ich das »wahre Russland« kennenlernen konnte, aber sie waren offensichtlich ebenso neugierig. Petrowo war eine schlichte sowjetische Stadt, mit alten Chruschtschowki genannten fünfstöckigen Plattenbauten aus den 1950er-Jahren, einem Lebensmittelgeschäft, das lokalen Wodka verkaufte, einem Kaufhaus, in dem man noch die alten, in Russland hergestellten Töpfe und Dosenöffner kaufen konnte, die sich in der Wohnung meiner Großmutter angesammelt hatten.

»Das ist echter russischer Wodka«, sagte Mischa, als wir im Lebensmittelladen waren, »und das sind echte russische Gebrauchsgegenstände«, sagte er im Kaufhaus. Und als wir in eine altmodische Cafeteria gingen und kalten Borschtsch und Gurkensalat aßen, informierte er uns, dass es sich um »eine echte russische Cafeteria und echte russische Küche« handelte.

»Und du bekommst davon echte russische Bauchschmerzen«, sagte Yulia. Alle lachten.

Mir wurde klar, wie viel ich mit ihnen gemeinsam hatte, viel mehr, als mir bewusst gewesen war; sie kannten diese sowjetische Welt aus ihrer Kindheit, genau wie ich aus meiner. Sie betrachteten sie in gewisser Weise genauso nostalgisch wie ich.

Auf dem Heimweg fuhren wir von der Hauptstraße ab, weil Mischa, der in der Cafeteria ein paar Bier getrunken hatte, pinkeln musste. Die Schotterpiste, auf der wir uns befanden, war so schmal, dass wir nicht umdrehen konnten und weiterfahren mussten, bis wir eine Möglichkeit zum Wenden fanden. Wir landeten bei einem alten, offensichtlich verlassenen Schulhaus, über dessen Eingang »Schule Nummer 3« stand. Es dämmerte bereits, und die zerbrochenen Fenster und der Müll, der sich überall türmte, verliehen dem Gebäude ein verwunschenes Aussehen.

»Weißt du«, sagte Boris, »im Rest des Landes sieht es fast überall so aus.« Er wendete, und wir fuhren schnell zurück zur Hauptstraße.

Ein paar Wochenenden später fuhren Yulia und ich nach Kiew, damit ich ihre Mutter kennenlernte. Sophia Nikolajewna lebte allein in einem der bröckelnden Plattenbaublocks rechts des Dnjepr; sie ging auf die sechzig zu und war schon

Infokrieg ⇒ Krieg der Worte
Russland-Ukraine

seit über zehn Jahren ohne Arbeit. Yulia hatte mich gewarnt, dass ihre Mutter in ihrer Enttäuschung und Einsamkeit dem Infokrieg zwischen Russland und der Ukraine zum Opfer gefallen war. Ein Krieg der Worte, der sich Jahre später in einen echten Krieg verwandeln sollte. Sophia Nikolajewna war ethnische Russin. Früher hatte das in der Ukraine keine Rolle gespielt, aber jetzt tat es das, wenn man wollte – und sie wollte: Sie sah fast ausschließlich russisches Fernsehen, in dem sie davor gewarnt wurde, dass es in der Ukraine bald verboten sein würde, Russisch zu sprechen. Es gab Zeiten, erzählte mir Yulia, in denen sie sich nicht aus dem Haus traute, weil sie Angst hatte, als Russin enttarnt zu werden.

»Wenn sie anfängt, gegen die Regierung zu wettern, ignorier sie einfach«, sagte Yulia, als wir mit der Bahn zur Wohnung ihrer Kindheit fuhren.

Die Kiewer Metro war fast vollkommen identisch mit der Moskauer Metro, allerdings älter und schäbiger (und ungefähr fünfmal billiger), und die Durchsagen waren auf Ukrainisch – wie sich herausstellte, und im Gegensatz zu Sophia Nikolajewnas Befürchtungen war es so ziemlich das einzige Ukrainisch, das ich während meines Aufenthalts in Kiew hören sollte.

Yulias Mutter war sehr viel freundlicher und besser beieinander als angekündigt. Sie lobte mein Russisch, was ich angesichts der Tatsache, dass sie so eine wackere Verteidigerin der russischen Sprache war, als großes Kompliment auffasste, und behielt ihre Tiraden über die Regierung für sich. Wenn überhaupt, dann fand ich sie ein wenig distanziert.

»Vielen Dank, dass Sie mich besuchen, mein Freund«, sagte sie. »Das wäre nicht nötig gewesen.« Ich konnte nicht sagen, ob sich darin ihr Gefühl der eigenen Unbedeutsamkeit oder die Skepsis gegenüber meiner Verbindung zu ihrer Tochter ausdrückte. Oder eine Kombination aus beidem.

»Ich freue mich, Sie endlich kennenzulernen«, sagte ich.

»Vielen Dank, mein Freund«, antwortete Sophia Nikolajewna.

In Yulias Kinderzimmer stapelten sich die Bücher, und an den Wänden hingen kleine Gouachen, die sie als Teenager gemacht hatte. Die Wohnung befand sich im fünften Stock und war ziemlich beengt – drei Zimmer, niedrige Decken, eine winzige Küche –, aber ordentlich und gemütlich. Bei der Umgebung und dem Gebäude selbst sah es schon anders aus. Der Aufzug roch, als wäre jemand darin gestorben. Der Eingang war mit Hunderten Schichten Graffiti bedeckt. Das Haus war umgeben von identischen Gebäuden, ein paar kleinen Lebensmittelgeschäften und einem Fast-Food-Hähnchen-Grill, in den Yulia und ich uns zum Mittagessen davonstahlen.

»Der Imbiss war früher ziemlich in Ordnung«, sagte Yulia. »Er war voller Kinder. Im Winter bauten sie vor unserem Haus eine Eisbahn auf, und alle liefen Schlittschuh darauf.«

Auf dem Weg zum Hähnchen-Imbiss gingen wir durch etwas, das wie eine Reihe von mit Müll und Glasscherben übersäten verlassenen Grundstücken aussah (allerdings waren keine Möbel zu sehen – die Ukrainer waren zu arm, um Möbel wegzuwerfen). Einst sollte dies ein von Bäumen gesäumter Kinderspielplatz gewesen sein. Es war schwer, sich das vorzustellen.

»Es war ganz anders«, sagte Yulia. »Es war nicht nur äußerlich anders, es war auch moralisch anders. Die Menschen hatten Arbeit, und sie schämten sich nicht für sich selbst. Sie waren arm, aber Armut ist relativ. Erinnerst du dich an die Verelendungstheorie? Da sagt Marx, je mehr Kapital akkumuliert wird, desto mehr verschlechtert sich auch die Lage des Arbeiters, ganz egal, wie hoch oder niedrig sein Gehalt ist. Das Gegenteil stimmt aber auch. Menschen können arm sein, ohne zu leiden, solange sie nicht im

Stich gelassen werden, solange sie sich selbst nicht im Stich gelassen fühlen. Im Kommunismus war meine Mutter arm, aber sie hatte Arbeit, und sie hatte Zugang zu medizinischer Versorgung. Sie konnte mir in die Augen sehen und mir sagen, dass alles gut werden würde, und auch daran glauben. Sie war ein zufriedener Mensch. Der Mensch, den du gerade da oben kennengelernt hast, ist es nicht.«

Am nächsten Tag führte mich Yulia durch die Stadt. Sie zeigte mir den Maidan, wo sich die Menschen 2004 zur Orangen Revolution versammelt hatten, und die riesigen alten Kirchen auf den Hügeln darüber und schließlich das Museum im ehemaligen Wohnhaus von Michail Bulgakow, den Yulia verehrte.

»Er war kein Sozialist«, sagte sie, »und er mochte Juden nicht besonders. Aber er war ein guter Schriftsteller und ein ziemlich guter Mensch. Und das zählt.«

Kiew besaß eine natürlichere Schönheit als Moskau, und auch eine ruhigere. Es lebten fünf Millionen Menschen dort, aber man fühlte sich nie gedrängt oder gehetzt. Und Kiew war viel ärmer. Die Ukraine verfügte über nur wenige natürliche Ressourcen und hatte in der postsowjetischen Wendezeit vieles vermasselt. Für den Besucher hieß das vor allem, dass alles billig war. Wir gingen zwischen den Kirchen umher und aßen ein Eis. Yulia war so glücklich und entspannt, wie sie es in Moskau nur selten war.

Ich hatte das Gefühl, als versuchte sie, mir etwas zu sagen, indem sie mich mit nach Kiew nahm, mich ihrer Mutter vorstellte und mir die Stadt zeigte. So was wie: »Deswegen kann ich nicht weg. Es wäre feige, einfach abzuhauen.« Oder vielleicht auch: »Das mit uns ist etwas Ernstes. Jetzt weißt du alles über mich. Mach was draus.« Nachdem sie mir im Hähnchen-Grill von ihrer Kindheit erzählt hatte, liefen wir auf dem Hügel über der Stadt zwischen den Kirchen aus dem neunzehnten Jahrhundert herum und setzten uns schließlich in ihre Lieblingsbar, das Kupidon, wo ich ein großes ukrainisches Bier trank. Ich fragte mich die ganze Zeit schon, ob ich ihr vorschlagen sollte, unsere Leben miteinander zu verbinden. Vielleicht könnte Sophia Nikolajewna nach Moskau ziehen. Sie und meine Großmutter würden sich Gesellschaft leisten können. Oder vielleicht sollten wir alle nach Kiew ziehen. Wir könnten im verarmten Kiew wie die Könige leben. Wohin wir auch gingen – die ganze Zeit überlegte ich, wie ich es formulieren sollte und ob ich es formulieren sollte, und dachte darüber nach, wie sie wohl darauf reagieren würde.

Aber ich sagte nichts. Ein Teil von mir hoffte immer noch, dass es vielleicht doch irgendwo den passenden Job für mich gab, dass ich einen Glückstreffer landen könnte. Ich wollte Yulia und meiner Großmutter und mir selbst beweisen, dass ich kein Versager war, dass ich uns alle auf eine andere Weise versorgen konnte als durch den Verkauf der Wohnung meiner Großmutter.

Also wartete ich ab. Und wartete. Und dann nahmen die Dinge ihren ganz eigenen Lauf.

Der Höhepunkt des Sommers war unsere Woche in Nikolajs Datscha. Es hatte einige Verzögerungen und Budgetüberschreitungen gegeben, aber Mitte Juli war sie endlich fertig geworden. Nikolaj kostete eine Woche seinen Triumph aus, dann übergab er die Datscha an uns.

Auf keinen Fall wollten wir meiner Großmutter die höllische Anreise mit den öffentlichen Verkehrsmitteln zumuten, also lieh ich mir Sergejs klapprigen alten Lada. Und musste ihn fahren.

Ich war noch nie zuvor in Moskau Auto gefahren, und es war grauenvoll. Es war nicht nur eine große Stadt, sie war auch wahnsinnig verwirrend. Die Seitenstraßen waren eng, die strahlenförmig verlaufenden Alleen gigantisch. Auf einigen langen Abschnitten der Alleen waren die Ampeln abgeschafft worden, was das Linksabbiegen praktisch unmöglich machte. Auf meiner ersten Fahrt vom Eishockey, wo mir Sergej die Schlüssel übergeben hatte, nach Hause verpasste ich den Abzweig vom Gartenring nach links auf den Zwetnoi-Boulevard und wusste dann nicht, wie ich wenden sollte. Ich versuchte, rechts abzubiegen und dann noch mal rechts und noch mal, um dann links auf den Ring abzubiegen und ihm zu folgen, bis ich mich wieder am Ausgangspunkt befand, aber ich landete auf der falschen Spur und musste wieder rechts auf den Ring auffahren. Schließlich beschloss ich, dass es einfacher wäre, auf dem Gartenring zu bleiben und einmal ganz herumzufahren. Es war Abend und relativ wenig Verkehr, und schon nach vierzig Minuten war ich wieder am Zwetnoi-Boulevard. Diesmal erwischte ich meine verdammte Ausfahrt.

Und noch etwas anderes fiel mir auf, nachdem wir unsere Sachen und meine Großmutter ins Auto geladen hatten und uns auf den Weg machten. Nämlich, dass sich die Autos mit unterschiedlichen Geschwindigkeiten vorwärtsbewegten. In New York waren die meisten Autos so aggressiv unterwegs, wie es nur ging; wenn man sich erst einmal daran gewöhnt hatte, ließ sich alles gut antizipieren. In Moskau fuhren die Fahrer genauso aggressiv, aber es ließ sich weniger gut vorhersehen, wie genau sich diese Aggressivität in der Praxis auswirken würde, weil die Autos stark unterschiedliche Leistungsfähigkeiten aufwiesen. Es gab viele Mercedes und Audis – diese Autos waren schnell. Auf der anderen Seite des Spektrums gab es die alten russischen Autos wie meins – diese Autos verfügten über ein begrenztes Beschleunigungsvermögen. Und dazwischen fuhren neuere russische Autos, von denen einige zwar so aussahen, als könnten sie problemlos beschleunigen, es in Wirklichkeit aber nicht konnten. Während sich also jeder wie ein Draufgänger/Arschloch verhalten wollte, hatte doch nicht jeder dieselben PS zur Verfügung, und das fügte einer ohnehin schon komplizierten Situation noch eine weitere Ebene der Komplexität hinzu.

Irgendwie erreichten wir die Datscha ohne Zwischenfälle. Ich war ein paar Wochen nicht dort gewesen, und Nikolaj hatte ganz offensichtlich an ihrem Erscheinungsbild gearbeitet. Am auffälligsten war der aufgeräumte Garten. Unkraut und Gestrüpp waren verschwunden und hatten einer noch nicht ganz von Gras überwachsenen Freifläche Platz gemacht, auf der ein paar wenige, noch etwas formlose Büsche standen.

Als meine Großmutter sie entdeckte, sagte sie sofort: »Himbeeren!« Und sie hatte recht. Sie ging hin und pflückte die Beeren und aß sie direkt aus der Hand.

Und so verbrachten wir die Woche dort. Im Erdgeschoss gab es ein Klappsofa, auf dem meine Großmutter schlief, damit sie die Treppen nicht steigen musste, und auch wenn der kleine Lebensmittelladen ein bisschen zu weit entfernt war, um zu Fuß hinzulaufen, konnten wir dort jeden Morgen mit dem Auto hin und einkaufen, was wir brauchten – es gab Kartoffeln, Rüben, Kohl und Brot. Jeden zweiten Tag baute ein örtlicher Bauer einen kleinen Stand mit Gemüse und Früchten vor dem Laden auf, an dem wir Tomaten, Gurken und anderes Grünzeug kauften. Auf Nikolajs Vorschlag hin fuhren Yulia und ich an einem der Tage etwa eine Stunde hinaus in ein kleines Dorf, wo wir von Tür zu Tür gingen und Eier kauften. Wir mussten von Tür zu Tür gehen, weil die Menschen uns jeweils nur zwei Eier verkauften. Mehr schienen sie nicht zu haben. Aber wir liefen immer weiter, bis wir zwanzig Eier beisammenhatten. Eine Frau bot uns zudem etwas Hüttenkäse an. Zu zweit und mit der konzeptionellen Hilfe meiner Großmutter schafften wir es, genug Essen zuzubereiten, dass keiner verhungerte und alle zufrieden waren.

Trotz aller von Nikolaj geleisteter Heldentaten ließ sich die Tatsache nicht ändern, dass das Haus mitten im Nirgendwo lag. Wir erwachten nicht zu dem Geräusch eines plätschernden Baches oder dem frischen Geruch von Bäumen oder Gras in der Morgensonne. Aber immerhin waren wir auch nicht in Moskau. Einer der Nachbarn hielt ganz offenbar Hühner, denn in den frühen Morgenstunden wurden wir vom Krähen eines Hahnes geweckt.

Als es das erste Mal passierte, war Yulia bereits wach und lächelte mich an. »Mein Lieber«, sagte sie, »wir sind nicht mehr in Moskau.«

Das war ein Zitat aus einer alten sowjetischen Anekdote über eine amerikanische Familie aus Chicago, die durch die Sowjetunion reist und deren junge Tochter sich in einem fort über die Unterkünfte beschwert, in denen sie übernachten, woraufhin ihre Eltern antworten: »Meine Liebe, wir sind nicht mehr in Chicago.«

Aber es stimmte auch. Wir waren nicht mehr in Moskau. Und das hieß, wir waren im Urlaub.

Nikolaj hatte das Haus mit WLAN ausgestattet, sodass Yulia und ich vormittags arbeiten konnten. (Ich hatte drei Sommer-BOMOKs übernommen; zwar befand sich die US-Wirtschaft immer noch in der Rezession, aber es gab weniger BOMOK-Absagen als erwartet.) Nachmittags machten wir dann einen Spaziergang zu dem verlassenen Steinbruch. Meine Großmutter hatte keine Lust mitzukommen. Zufrieden blieb sie mit ihrem alten, breitkrempigen Sommerhut, den sie so gern trug, im Garten sitzen und stand nur gelegentlich auf, um sich an dem scheinbar unerschöpflichen

Himbeerstrauch zu bedienen. Als Yulia und ich eines Morgens aufstanden und in die Küche tappten, war meine Großmutter bereits draußen im Garten und pflückte Himbeeren. In den letzten Wochen war sie beim Gehen fast vollständig auf ihren Stock angewiesen gewesen, aber jetzt hatte sie sich zu ihrer vollen Größe ausgestreckt, um an die Himbeeren zu kommen.

»Sie sieht aus wie ein kleiner Bär«, sagte Yulia.

Ich hatte einen ganzen Stapel DVDs mit alten sowjetischen Filmen mitgebracht, die ich am DVD-Piratenkiosk bei den Sauberen Teichen gekauft hatte, und abends schauten wir sie uns gemeinsam an. Wir sahen *Liebe im Büro* über eine gemeine Chefin und ihren nerdigen, aber charmanten Untergebenen, die sich ineinander verlieben, und *Fünf Abende,* einen Film von Nikita Michalkow über einen Mann, der plötzlich aus unbekannten Gefilden zurückkehrt, um eine Woche mit seiner alten Liebe und ihrem jugendlichen Neffen zu verbringen, dessen Mutter im Krieg gestorben ist. Der Film war zwar aus den 1970er-Jahren, aber der Regisseur Michalkow lebte immer noch und hatte sich in einen fiesen Nationalisten verwandelt, weshalb Yulia sich weigerte, ihn mit uns anzusehen, und nach oben ging. Aber meine Großmutter und ich waren frei von solchen Befangenheiten, und wir wurden nicht enttäuscht.

Der Film dreht sich um die Versuche des Mannes, seine alte Liebe zurückzugewinnen, indem er einen männlichen Einfluss auf den rebellischen Teenager ausübt. Er spielt Mitte der 1950er-Jahre, und es ist unklar, warum der Mann, Sascha, fortgewesen ist – ob er im Gefängnis saß oder einfach nur abgehauen war oder was auch immer. Seine alte Freundin Tamara ist ihm gegenüber misstrauisch, aber nicht offen feindselig, der Junge hingegen lehnt ihn rundheraus ab. Zum Ende des Films hat Sascha die Abneigung des Jungen etwas aufgeweicht, und die drei verbringen ein wenig Zeit miteinander. Dennoch ist es ein harter und kompromissloser Film. In der letzten Szene überwindet Tamara ihr Misstrauen gegenüber Sascha und lässt es zu, dass er mit seinem Kopf auf ihrem Schoß einschläft. Endlich erfahren wir – für das sowjetische Publikum damals mag es von Anfang an klar gewesen sein – den Grund für die Trennung des Paares: Der Krieg hatte sie in verschiedene Teile des Reiches verschlagen, und Sascha ist es erst jetzt gelungen heimzukehren. Als er mit dem Kopf auf ihrem Schoß einschläft, spricht Tamara, die langsam wieder an eine gemeinsame Zukunft zu glauben beginnt, eine Art Gebet: »Es darf nur keinen Krieg mehr geben«, sagt sie. »Es darf nur keinen Krieg mehr geben.«

»Ja«, sagte meine Großmutter, als der Film zu Ende war. »Es darf nur keinen Krieg mehr geben.«

Als sie diesen Satz sagte, der während der Sowjetzeit zu einer Art Parole geworden war, schwang so vieles darin mit: ihr Mann, mein Großvater, der an der Front gestorben war; ihre Eltern, die trotz der schlechten Gesundheit ihres Vaters gezwungen waren, Moskau zu verlassen; und inmitten all dessen ihre eigene Schwangerschaft und die Geburt meiner Mutter. Es darf nur keinen Krieg mehr geben: eine Mischung aus Schrecken und Hoffnung.

Wir saßen nebeneinander auf der Couch, die durch das Entfernen einiger Kissen zu ihrem Nachtlager wurde. Hätte ihr Mann, mein Großvater, den Krieg überlebt, hätten sie weitere Kinder haben können. Oder wenn sie sich eher wieder entschlossen hätte zu heiraten. Wenn sie noch mehr Kinder gehabt hätte, wäre vielleicht eins von ihnen nun hier, und wahrscheinlich hätte sie mehr Enkel als nur Dima und mich.

»Aber man kann nicht darüber bestimmen, wie das Leben verlaufen wird«, sagte meine Großmutter plötzlich.

Und das stimmte natürlich. Einem Impuls folgend nahm ich ihre Hand in meine. Für so eine winzig kleine Großmutter hatte sie erstaunlich große Hände.

7. DAS ENDE EINER WUNDERBAREN ÄRA

Und dies war wirklich das Ende von allem für mich, das letzte Gute, was passierte. Nachdem wir aus der Datscha zurückkamen, fing alles an auseinanderzufallen.

Ende Juli klingelte Howard an der Tür. Etwas schien ihn zu beschäftigen.

»Tee?«, fragte ich.

»Russen und Engländer können bei jedem Wetter Tee trinken«, sagte er. »Aber für mich ist es zu heiß.«

Ich hatte einige Halbliterdosen Schiguljowskoje im Kühlschrank; meine Großmutter machte in ihrem Zimmer ein Nachmittagsschläfchen, also setzten wir uns in die Küche und tranken Bier.

»Ich brauche deinen Rat«, begann Howard. »Ich habe im Internet ein Mädchen kennengelernt, und wir haben uns verabredet. Sie war heiß. Und –«

»Warte«, sagte ich. »Was ist mit der Frau vom *Esquire?*«

»Wera? Sie war nicht da. Aber das ist ein Teil der Geschichte. Ich, äh, also dieses Mädchen war heiß. Und sie hatte ihre eigene Wohnung, was ziemlich selten ist.« Howard hielt inne, um zu sehen, ob ich immer noch wegen Wera entrüstet war oder ob ich zuhörte. Ich hörte zu. »Gut, also im Nachhinein kommt mir ihre Wohnung etwas seltsam vor, es gab zum Beispiel kaum persönliche Sachen. Es war alles irgendwie anonym, verstehst du?«

Ich nickte.

»Also, wir, äh, waren zusammen, und dann habe ich bezahlt und bin nach Hause gegangen. Und das war's. Wera kam zurück, und ich dachte nicht mehr groß daran. – Und dann ruft mich wie aus dem Nichts dieser verdammte Typ an. Er sagt: ›Howard, mein Name ist Vitali, wir müssen uns treffen. Ich habe ein paar Informationen über Natascha‹ – so hieß sie – ›über die ich mit Ihnen reden muss.‹ – Also, ich war natürlich ein bisschen erschrocken, aber dann treffe ich mich mit dem Typen zum Mittagessen, und er ist eigentlich ganz nett, gut angezogen, zurückhaltend. Er teilt mir mit, er arbeite für eine ›Informationsberatungsagentur‹. Dann übergibt er mir einen USB-Stick und sagt: ›Das hier wurde uns zusammen mit Ihren Kontaktdaten zugeschickt, und wir möchten gern Ihre Aufmerksamkeit darauf richten, für den Fall, dass Sie nicht wollen, dass es öffentlich wird.‹ – Es war ein verdammtes Video von mir und Natascha, wie wir in ihrem Zimmer rumvögeln!«

»Oh scheiße!«, rief ich. »*Kompromat!* Unglaublich!«

»Ja, oder? Aber jetzt gibt es zwei Probleme. Oder drei.«

»Wera«, sagte ich.

»Ja, aber eigentlich ist sie bei so was sehr verständnisvoll. Sie weiß, dass ich nicht gerade der enthaltsamste Mensch der Welt bin.«

»Okay, aber trotzdem.«

»Ja, stimmt schon.«

»Und die *Moscow Times?*«, fragte ich. Ich versuchte, meiner Rolle als Berater gerecht zu werden.

»Ja, aber eigentlich ist mir das egal. Ich bin seit drei Jahren dort, und ich bin bereit, mich nach etwas anderem umzusehen. Und was das Freiberuflerdasein angeht: Ich will nicht behaupten, dass ich ein Sex-Held bin, aber wenn das rauskäme … dann wär ich doch schon so eine Art Held, oder?«

Es war tatsächlich eine Frage.

»Ein Sex-Held?«, fragte ich.

»Ja, na ja, ich meine, ich bin auf einem Sex-Tape.«

»Okay«, sagte ich, »dann nehmen wir das mal an.«

Howard nickte und sah mich erwartungsvoll an.

»Also«, sagte ich. »Wera vergibt dir, und du bist ein Sex-Held. Wo ist das Problem?«

»Na ja, das wollte ich dich fragen. Ich glaube, mein Freund Vitali arbeitet nicht wirklich für eine private Informationsberatungsagentur, oder?«

»Ich denke nicht«, sagte ich. Howard unterstellte, nicht ganz zu Unrecht, er könnte vom FSB sein.

»Also frage ich mich: Wenn sie sich schon die Mühe machen, diese ganze Sache zu inszenieren – zu was wären sie wohl sonst noch in der Lage?«

»Das ist ein interessanter Punkt«, sagte ich.

Howard hatte an einem Artikel über den zehnten Jahrestag der Sprengstoffanschläge auf die Moskauer Wohnhäuser gearbeitet. Die Anschläge hatten sich kurz nachdem Putin Ministerpräsident geworden war ereignet, und man hatte sie sofort tschetschenischen Terroristen angelastet. Als Reaktion darauf hatte Putin den zweiten Tschetschenienkrieg begonnen und in einem berühmten frühen Moment seiner Herrschaft versprochen, den tschetschenischen Feind zu vernichten, wo auch immer er sich verstecke, und sei es auf dem Scheißhaus. Der Krieg hatte ihn auf einen Schlag zum beliebtesten Politiker Russlands gemacht und seine Wahl zum Präsidenten Anfang 2000 garantiert. Seitdem ging es für ihn nur noch bergauf.

Doch im Laufe der Jahre waren immer mehr Fragen zu den Bombenanschlägen laut geworden. Die Terrorverdächtigen wurden nie angeklagt; viele von ihnen waren angeblich bei der Verhaftung ums Leben gekommen. Die Duma versuchte, eine unabhängige Untersuchung einzuleiten. Zwei führende Mitglieder des Untersuchungsausschusses starben. Zwei ehemalige FSB-Agenten, die öffentlich den Verdacht geäußert hatten, dass der Staat in die Bombenanschläge verwickelt sein könnte, wurden verhaftet; einer von ihnen schaffte es schließlich ins Ausland. Er wiederholte seine Anschuldigungen und wurde in London mit Polonium vergiftet. Je mehr Zeit verging, ohne dass sich das Dunkel um die vermeintlichen terroristischen Drahtzieher des Anschlags lichtete, desto mehr Menschen hegten den Verdacht, ob zu Recht oder zu Unrecht, die Regierung selbst stecke dahinter.

»Meinst du, ich bin in Gefahr?«, fragte Howard.

»Woher soll ich das wissen?«, antwortete ich.

»Keine Ahnung«, sagte Howard. »Du scheinst dich in russischer Geschichte auszukennen.«

Ich kannte mich in russischer Geschichte nicht aus, dachte ich. Und das war nicht gut.

»Ich sage dir, was meine Großmutter sagen würde. Sie würde sagen: ›Es ist ein schreckliches Land‹ – und du solltest zusehen, dass du von hier verschwindest.«

Howard schien erleichtert zu sein. »Weißt du«, sagte er, »das habe ich mir auch schon gedacht.«

Ein paar Tage später kam er vorbei, um sich zu verabschieden. Er behandelte meine Großmutter ausgesprochen aufmerksam. Sie genoss es sehr, und sofort, nachdem er weg war, fragte sie mich: »Wer war das denn?«

Kurz darauf warf jemand, der sehr gut zielen konnte, einen Stein durch Howards Schlafzimmerfenster.

Dann wurde Oleg niedergeschossen. Ich hörte es von Anton, der es von Olegs Frau erfahren hatte. Oleg war bei einem Geschäftstermin in der Innenstadt gewesen und stieg gerade in sein Auto, um zum Eishockey zu fahren, als ein maskierter Mann am Beifahrerfenster erschien und das Feuer eröffnete. Er schoss dreimal auf Oleg und zielte dann mit der Waffe auf seinen Kopf. Als Oleg das sah, ließ er sich instinktiv zur Seite fallen, auf den Beifahrersitz. Das rettete ihm das Leben. Die Kugel traf seinen Kopf in einem schrägen Winkel und drang nur ganz leicht ins Gehirn vor, sodass die Ärzte sie entfernen konnten. Er überlebte.

Er war sich ziemlich sicher, dass seine Problemmieter dafür verantwortlich waren. Nachdem sie erklärt hatten, dass sie keine Miete zahlen würden, hatte er versucht, mit ihnen zu verhandeln, und als das nicht funktionierte, war er zur Polizei gegangen. Das war offenbar ein Fehler gewesen.

Die Sklifosowski-Notfall-Klinik, in die man ihn gebracht hatte, lag ganz in der Nähe meiner Wohnung, und Anton und ich waren ein paarmal vergeblich dort, bevor er uns endlich empfangen konnte, ungefähr eine Woche, nachdem er angeschossen worden war. Sein Kopf war nach der Operation noch bandagiert, und seine Sprache war schleppend – etwas, von dem die Ärzte glaubten, dass es sich mit der Zeit bessern würde –, aber davon abgesehen schien er in Ordnung zu sein. Er war erstaunlich gut gelaunt. Er hatte geglaubt, er würde sterben, und freute sich nun, noch am Leben zu sein. Nach den Schüssen hatte er beschlossen, das Objekt seinen verbrecherischen Mietern zu überschreiben. Er hatte immer noch die zweite Immobilie, die er vermieten konnte, und jede Menge Geld auf der hohen Kante. Diese Art von Verrücktheit brauchte er in seinem Leben nicht. Er überlegte, eine Weile nach Spanien zu gehen, wenn er wieder reisen konnte. Anton und ich waren uns einig, dass das eine gute Idee war.

»Ihr beide müsste euch wohl einen neuen linken Flügel suchen«, sagte Oleg. Er war wirklich schwer zu verstehen.

Anton und ich meinten, er solle sich darüber keine Gedanken machen, wir würden ihm seinen Platz frei halten, solange es nötig sei.

Als wir rausgingen, sagte Anton: »Er wird nie wieder Eishockey spielen können.«

Er sollte recht behalten. Olegs Gesundheit besserte sich, und er ging nach Spanien, aber seine Hüfte hatte eine Kugel abbekommen, und mit dem Eishockey war es vorbei.

Kurz nachdem Oleg angeschossen worden war, bekam ich eine Mail von Dima. Die anderen Soldaten hatten sich, jeder aus seinen eigenen Gründen, Howard angeschlossen und das Land verlassen, und Miklos, der Waffenhändler, wollte umgehend mit den Renovierungsarbeiten an seiner Wohnung beginnen. Wenn wir ihm Großmutters Wohnung ebenfalls verkaufen wollten, dann wäre jetzt der richtige Zeitpunkt – bevor er zu viel Geld in die Umbauten gesteckt hätte. Ich dachte darüber nach – dass Oleg niedergeschossen worden war, schien ein schlechtes Omen zu sein –, aber ich lehnte erneut ab. Meine Großmutter würde nicht mehr umziehen müssen.

Und dann musste sie doch umziehen, und es war alles meine Schuld.

Aber der Reihe nach.

Ende Juli schrieb Sergej an den Oktober-E-Mail-Verteiler und wies darauf hin, dass der Arbeiterführer, der auf Betreiben von RussOil inhaftiert worden war, noch immer nicht freigelassen worden war und einen Hungerstreik begonnen hatte. Es stand davon nichts, oder so gut wie nichts, in den Zeitungen – die putinfreundlichen Medien unterdrückten es, und die liberalen Zeitungen interessierten sich nicht für die Kämpfe der Arbeiter. »Die RussOil-Arbeiter benutzen keine iPhones, also sind sie ihnen egal«, schrieb Sergej. Konnten wir irgendwas tun, irgendeine Aktion planen, um Aufmerksamkeit auf die Misere die RussOil-Arbeiter zu lenken und RussOil zu beschämen? Hätte irgendjemand Lust zu einer Aktion vor der RussOil-Zentrale bei den Sauberen Teichen?

Wie wäre es zum Beispiel, wenn wir uns als verletzte Ölarbeiter verkleideten und Schilder mit der Aufschrift »RussOil saugt das Blut aus der russischen Erde« zeigten? Ob wir das für effektiv hielten?

Es gab einige Diskussionen über den Slogan im E-Mail-Verteiler: War er antisemitisch, wo doch so viele Öl-Manager Juden waren? War er unnötig nationalistisch, da er Russland in einen physischen Körper verwandelte, dessen Blut ausgesaugt werden könne, statt es als einen sozialen Pakt freier Menschen zu betrachten, ohne besondere physische Manifestationen oder zumindest nicht solche im Sinne eines heiligen »russischen« Landes, die im Gegensatz standen zu der einfachen Erde, die wir alle bewohnten und beschützen sollten? Aber es gab auch ein paar ernsthaftere strategische Einwände. RussOil war einer der ekligsten Akteure der russischen Politikszene – das Unternehmen kam aus den kriminellen 1990er-Jahren und hatte sich auf brillante Weise an die Kleptokratie der Nullerjahre angepasst. Sie hatten gute Verbindungen sowohl zur Mafia als auch in den Kreml und die Generalstaatsanwaltschaft. Und darüber hinaus waren sie immer noch sehr wütend wegen ihrer Planierraupe, und es ging das Gerücht um, dass sie die treibende Kraft hinter der strafrechtlichen Verfolgung von Mayhem waren.

»Wir könnten ziemlich in der Scheiße landen«, meinte Boris.

Die Leute waren nicht unempfänglich für dieses Argument – vielleicht sollten wir das Ganze verschieben oder uns etwas weniger Konfrontatives ausdenken?

Aber je mehr ich darüber nachdachte, desto mehr wollte ich, dass wir etwas unternahmen. Ich hatte ein Jahr lang – und noch viel entscheidender: meine Großmutter hatte jahrelang – im Schatten des RussOil-Gebäudes gelebt. Jedes Mal, wenn sie es sah, wurde sie daran erinnert, was sie ihrem geliebten Mann angetan hatten. Scheiß auf diese verdammten Typen, dachte ich, und zum ersten Mal überhaupt schrieb ich etwas an den Verteiler. Ich erzählte ihnen die Geschichte von meiner Großmutter und Onkel Lew und RussOil. Ich sagte, das sei einer der Gründe, warum ich Oktober beigetreten sei, und meiner Meinung nach sollten wir ihnen auf die Pelle rücken und sie wissen lassen, was wir von ihnen hielten.

Ich schickte die Mail ab. Ehrlich gesagt war ich davon ausgegangen, dass die Leute Bewunderung für meine Leidenschaft ausdrücken, aber gleichzeitig darauf hinweisen würden, dass ich die innenpolitische Lage nicht richtig verstünde und wir wirklich mit äußerster Vorsicht vorgehen sollten. Aber das war nicht der Fall. Meine Mail traf auf breite Zustimmung, und wir fuhren fort, die Demonstration zu planen.

Am 7. August, dem Tag des Protests, klebte ich etwas Pappe zusammen und bastelte mir ein Schild daraus (»RussOil sucks« stand darauf, ein Wortspiel). Dann ging ich zu der Apotheke, in der ich normalerweise die Medikamente für meine Großmutter besorgte, und kaufte Verbandszeug. Ein paar Jahre zuvor hatte sich meine Großmutter an der Schulter verletzt, und die Schlinge war noch da. Ich verbrachte einige Zeit im Badezimmer und verkleidete mich als verletzter Arbeiter.

Zwischendurch kam meine Großmutter herein und wollte wissen, was ich da trieb.

»Ich gehe auf eine Demonstration«, sagte ich.

»Oh«, antwortete meine Großmutter. »Na gut. Aber sei vorsichtig. Die Polizei mag keine Demonstranten.«

Sie ging raus. Eine Minute später war sie wieder da.

»Andrjusch, musst du da wirklich hingehen?«, fragte sie. »Ich glaube, es ist gefährlich.«

»Ist schon in Ordnung«, sagte ich. »Ich werde vorsichtig sein. Und Yulia kommt auch mit.«

Verkleidung für Demo

»Wirklich?«, fragte meine Großmutter. Wenn Yulia dabei war, konnte es nicht so schlimm sein.

Ein paar Minuten später klingelte Yulia an der Tür. Sie hatte einen Verband um den Kopf und ihn mit Ketchup bekleckert. Wir waren ein hübsches Paar.

Meine Großmutter lachte. Ich gab ihr einen Kuss auf die Stirn, und wir gingen los. Es war ein heißer Tag, trocken und staubig, und die Sonne schien. Der Weg zum RussOil-Gebäude – ein vierminütiger Fußweg, den wir schon viele Male gegangen waren – war interessant. Die Leute starrten uns an und versuchten herauszufinden, ob wir Schauspieler waren (in der Nachbarschaft gab es viele Theater) oder ob wir einen schlimmen Unfall gehabt hatten. Wir lächelten freundlich und gingen weiter.

Die Gruppe traf sich auf dem Gehweg gegenüber von RussOil – wir waren zu zehnt, in unterschiedlichen Kostümen, die unterschiedlich schwer verletzte Arbeiter darstellten. Sergej trug ein weißes T-Shirt, das mit etwas bedeckt war, das echtem Blut sehr viel stärker ähnelte, als Ketchup es tat. Mischa fragte ihn, ob es sich tatsächlich um Blut handelte, und er antwortete, es sei Rote-Bete-Saft.

»Sieht genau aus wie Blut«, sagte Mischa bewundernd.

Der RussOil-Koloss stand etwas abseits der Straße, und vor dem Gebäude befand sich ein großer Platz, der von einer transparenten und wahrscheinlich kugelsicheren Absperrung umgeben war, die bis auf den Bürgersteig hinausragte. Der Eingang zur Plaza war streng bewacht. Mitarbeiter in Anzügen mussten ihre Marke vorzeigen, um durchgelassen zu werden. Weil die Plaza erhöht lag, sah man vom Bürgersteig aus nur ihre Schuhe.

»Bereit?«, fragte Sergej, als wir alle versammelt waren. Wir waren bereit. Wir gingen über die Straße und stellten uns in Winkelformation außerhalb der Absperrung mit dem

Gesicht nach außen, zur Straße hin, auf. Wie vereinbart hielten wir jeweils zehn Meter Abstand voneinander, sodass es sich technisch gesehen nicht um eine unerlaubte öffentliche Versammlung handelte. Yulia und Sergej bildeten das Scharnier des Winkels direkt vor dem Eingang zur Plaza, während der Rest von uns, jeweils vier in jeder Richtung, auf die beiden sich kreuzenden Straßen verteilt war. Durch die Abstände befand sich die letzte Person einer jeden Reihe bereits jenseits der Absperrung, aber das ließ sich nun mal nicht ändern. Da ich neu war, entschied ich, dass ich einen Platz ganz außen einnehmen sollte, und so stand ich vierzig Meter von Sergej entfernt auf dem Roschdestwenski-Boulevard.

Um die Ecke befand sich die Sacharow-Allee, ehemals Gewerkschaftsallee, die 1995 umbenannt worden war, um den Physiker und Nobelpreisträger zu ehren, der versucht hatte, die Sowjetunion und den Westen aus der nuklearen Sackgasse herauszuführen, in die man sich gemeinschaftlich hineinmanövriert hatte. In dieser Straße stand das Gebäude des ehemaligen Zentralverbands der Konsumgenossenschaften, von Le Corbusier höchstpersönlich in den späten 1920er-Jahren entworfen und eins der größten Baudenkmäler des nachrevolutionären Modernismus. Vor mir befand sich das in den 1890er-Jahren erbaute Einkaufszentrum, das nun von Luxuswohnungen und jenem fürchterlichen Kaufhaus besetzt war, in dem meine Großmutter und ich am Kauf eines Pullovers gescheitert waren. Ein paar Hundert Meter weiter stand die Krupskaja-Statue, von der uns die Skinheads vertrieben hatten. Um die Ecke war die Apotheke, von der ich vermutete, dass die Apothekerin meiner Großmutter versprochen hatte, ihr Gift zu besorgen.

All das war mir jetzt sehr vertraut.

Ich hielt mein Schild in die Höhe und beobachtete die Gesichter der Menschen, die vorbeigingen. Die meisten sahen weg, aber einige musterten uns und lasen unsere Schilder. Grundsätzlich ließ sich feststellen: Je besser gekleidet jemand war, desto wahrscheinlicher war es, dass derjenige, ohne aufzuschauen, vorbeieilte, und je schlechter jemand angezogen war, desto eher blieb die Person einen Augenblick stehen und nahm die Szene in sich auf.

Es dauerte keine zehn Minuten, dann lief alles aus dem Ruder. Ein Polizeiauto fuhr vor. Zwei Beamte sprachen mit Sergej. Ich konnte nicht hören, was gesagt wurde, aber vermutlich erklärte er ihnen, dass es sich hier um eine legale Mahnwache handelte. Die zwei Polizisten entfernten sich und telefonierten, wahrscheinlich, um Anweisungen zu erbitten. Dann trafen weitere Polizisten ein, verteilten sich unweit des Gebäudes und behielten uns im Auge.

In diesem Moment kam Grischa, der glatzköpfige, brutale Verteidiger aus dem weißen Team, zusammen mit einem anderen Mann an mir vorbei. Beide trugen Anzüge. Ich wusste, dass Grischa im Ölgeschäft tätig war, aber nicht, bei welcher Firma. Er bemerkte, dass ich ihn ansah, sah zurück, und dann zeigte sich Überraschung auf seinem Gesicht.

»Andrjusch?«, fragte er und lächelte. Er kam auf mich zu und gab mir die Hand. »Was machst du denn hier?«

»Ich demonstriere.«

»Gegen uns?«

»Ja. RussOil hat einem Gewerkschaftsführer draußen in Tyumen übel mitgespielt, und wir versuchen, auf die Sache aufmerksam zu machen.«

»Ja, ich hab davon gehört.« Er schüttelte den Kopf und kicherte. »Bezahlt dich jemand dafür?«

»Nein. Wir verfolgen die Angelegenheit schon eine ganze Weile. Dahinten ist Sergej.« Ich zeigte in seine Richtung.

»Verdammte Scheiße!« Er lachte. »Was bist du, ein Kommunist?«

»Nicht so richtig. Aber fast.«

»Verstehe. Das wusste ich nicht. Kommst du heute Abend zum Eishockey?«

»Auf jeden Fall!«

»Ha!« Er schüttelte mir wieder die Hand. »Dann bis nachher, du internationaler Agent.«

Und damit schloss er sich wieder seinem Freund an, und sie verschwanden im RussOil-Gebäude.

Mischa, der links von mir stand, sah mich an, als wollte er sagen: »Was war das denn bitte?«

»Ich kenn ihn vom Eishockey«, sagte ich, und noch bevor die Worte meinen Mund verlassen hatten, packten mich zwei Polizisten an den Ellenbogen.

»Du kommst mit uns«, sagte einer von ihnen.

»Schon gut«, sagte ich. Ich leistete keinen Widerstand. »Was ist denn los?«

»Du hast mit deinem Freund gesprochen. Das macht das Ganze zu einer öffentlichen Versammlung.«

»Das ist ja wohl ein Scherz.«

»Sehen wir aus, als würden wir scherzen?« Sie führten mich zu einem kleinen Polizei-Jeep und schoben mich in den winzigen Fond, in dem sich eine Holzbank befand. Sie schlugen die Tür hinter mir zu, und abgesehen von ein paar Atemlöchern im Dach, durch die Sonnenlicht hineinfiel, saß ich vollkommen im Dunkeln.

Ich lehnte mich auf der Bank zurück und dachte über meine Situation nach. Noch vor wenigen Minuten hatte ich auf der Straße gestanden und tun und lassen können, was ich wollte. Und plötzlich war ich in diesem Polizeiwagen gefangen. Es war vier Uhr. Wenn sie mich nicht sofort gehen ließen, würde ich das Abendessen verpassen, aber Eishockey war erst um neun, das würde ich also vielleicht noch schaffen. Wenn sie mich sehr lange festhielten, würde ich meine

Großmutter anrufen und mir eine Lüge einfallen lassen müssen, warum ich mich verspätete. Solche Sachen gingen mir durch den Kopf.

Ich hörte Sergej draußen mit der Polizei diskutieren. »Er ist amerikanischer Staatsbürger«, sagte er. »Wollt ihr wirklich einen Amerikaner festnehmen, weil er gegen RussOil demonstriert hat? Die Zeitungen werden sich darauf stürzen.«

»Und wenn er portugiesischer Staatsbürger wäre, das interessiert mich nicht«, sagte einer der Polizisten. »Es gibt ein Gesetz, und dieses Gesetz befolgen wir.«

»Ganz wie ihr wollt«, sagte Sergej. »Noch ist es euer Land.«

»Was soll das denn heißen?«

»Wir werden sehen«, sagte Sergej.

Er kam zum Wagen und klopfte mit der Handfläche gegen die Tür, hinter der ich saß. »Andrej, ich bin's, Sergej. Wie geht es dir da drinnen?«

»Gut!«, sagte ich.

»Hör zu«, sagte Sergej. »Sie werden dich auf die Wache bringen, eine Weile schmoren lassen und versuchen, dir Angst einzujagen. Aber du wirst schnell wieder draußen sein, und dann werden wir alle zusammen was trinken gehen, in Ordnung?«

»Ja«, sagte ich.

Jetzt hörte ich Yulia. »Andrjuschik«, sagte sie. Sie schien neben Sergej zu stehen. »Geht es dir gut?«

»Ja«, sagte ich.

»Lass dich nicht einschüchtern«, sagte sie. »Wir werden einen riesigen Aufstand machen, und sie werden dich schnell wieder laufen lassen.«

»Ja«, sagte ich. »Rufst du meine Großmutter an und sagst ihr, dass wir zu spät zum Essen kommen?«

»Natürlich.«

»Los geht's«, hörte ich jemanden sagen, und dann öffneten und schlossen sich vorne zwei Türen, der Motor des Wagens sprang an, und wir fuhren los. Sie fuhren schnell, und ich schlingerte ein bisschen auf dem Rücksitz hin und her, aber bevor ich herausfinden konnte, wie ich mich hinsetzen musste, um nicht ständig gegen die Türen geschleudert zu werden, hielten wir auch schon wieder an, und ich hörte, wie die Beamten ihre Türen öffneten. Dann öffneten sie meine.

Das Erste, was ich sah, war Hugo Boss. Ich dachte, ich hätte Halluzinationen. Aber dann wurde mir klar, dass sie mich zum Polizeirevier auf der Sretenka gebracht hatten. Ich war zwei Minuten von zu Hause entfernt.

Über das, was als Nächstes geschah, habe ich oft nachgedacht, wenn auch nicht so oft, wie ich es hätte tun sollen. Ich kann nur schwer sagen, ob die Dinge, die ich der Polizei erzählte, Einfluss darauf hatten, was mit Sergej und den anderen passieren sollte. Allerdings werde ich das Gefühl nicht los, dass dem so war. Und immer noch ist.

Einen Moment dachte ich, sie würden mich einfach gehen lassen, nachdem sie mir einen kleinen Schrecken eingejagt hatten, aber stattdessen führten mich die beiden Beamten, die mich festgenommen hatten – ein blauäugiger Slawe und einer mit eher asiatischen Gesichtszügen, beide in ihren Zwanzigern – die Treppe hinauf aufs Revier. Ich war schon einmal hier gewesen, damals, als meine Großmutter verloren gegangen war, und ich hoffte ein bisschen, ich würde den diensthaben Beamten hinter dem Tresen wiedererkennen, aber es war ein anderer Mann, und es wäre sowieso unwahrscheinlich gewesen, dass er sich an mich erinnert hätte. Der neue Beamte schleuste uns durch das Drehkreuz ins Innere der Wache, und dann führten sie mich in einen Warteraum, in dem ein paar Bänke standen. Der slawische Beamte forderte mich auf, ihm mein Telefon und meine »Papiere« auszuhändigen.

Ich hatte meinen Reisepass eingesteckt, für den Fall, dass ich in genau so eine Situation geraten würde, und jetzt holte ich ihn raus und übergab ihn dem Beamten. Vor Monaten hatte ich ein kleines Lederetui gekauft, damit er nicht auseinanderfiel, wenn ich ihn ständig in meiner Hosentasche bei mir trug, und deshalb war das Erste, was der Polizist sah, die gewöhnliche schwarze Passhülle, auf der »Russland« stand. Er war offenbar nicht dabei gewesen, als Sergej einen der Beamten gedrängt hatte, mich gehen zu lassen, weil ich Amerikaner sei, und erst als er den Pass öffnete, wurde ihm klar, dass ich kein Russe war.

Einen Moment lang hielt er sein Pokerface aufrecht, dann verzogen sich seine Gesichtszüge. »Ein Amerikaner?«, fragte er ungläubig und, wie mir schien, nicht ohne Wut.

»Ja.«

»Also, fick deine Mutter.« Er wandte sich an seinen Partner, der durch eine der Türen verschwunden war und nun mit einigen Formularen in der Hand zurückkehrte. »Marat, der Typ ist ein verdammter Spion.«

»Wir haben einen Spion gefangen?«, fragte Marat neugierig.

»Ich glaube schon.« Der Polizist bedachte mich mit einem strengen Blick, und nachdem er meinen Pass und mein Telefon in seine vordere Hemdtasche hatte gleiten lassen, führte er mich am Ellenbogen in einen zweiten Warteraum, der an den vorherigen anschloss.

Dort saß ein ziemlich mitgenommen aussehender Mann. Er hatte die Ellenbogen auf die Knie gestützt, als hätte er Bauchschmerzen.

»Bleib hier«, sagte der Polizist und stieß mich in Richtung einer Bank dem Mann gegenüber.

Ich sah bald, dass der Mann einfach vollkommen betrunken war. Er trug dreckige Jeans und ein Oberhemd, und sein Gesicht war rot, als würde er sich die ganze Zeit im Freien aufhalten. Er begann, mich von oben bis unten zu mustern, und ich fragte mich, ob dies der Moment war, in dem ich herausfinden würde, ob ich die Eier hatte, die Gefangenschaft zu überstehen.

Aber mein Zellengenosse machte keine Anstalten, auf mich loszugehen. Stattdessen sagte er: »Dich haben sie also auch erwischt, was?«

Ich nickte.

»Wichser!«, sagte er laut. »Blutsauger!«, schrie er.

Oh, Scheiße, dachte ich. Das ist der Mülltonnen-Typ! Wie auch immer, niemand reagierte, und er zog sich wieder in seinen Kokon zurück. Wir saßen eine Weile so da und warteten, auch wenn sich die Tür – es war eine ganz normale Holztür wie in jeder anderen russischen Behörde – hin und wieder öffnete.

Beim ersten Mal standen zwei kleine, kräftige Männer mittleren Alters in schwarzen Jeans und Hemden in der Tür. Sie sahen mich eine Weile an, und dann sagte einer von ihnen mit unverhohlener Aggression: »Ein internationaler Agent, was?«

Ich war verblüfft. »Nein«, sagte ich und lächelte, weil ich dachte, er hätte vielleicht einen Witz gemacht.

Er hatte keinen Witz gemacht und schlug die Tür hinter sich zu. Auf die beiden folgten etwas jüngere, größere, dünnere Männer, die etwas teurere Straßenkleidung und bessere Schuhe trugen. Sie öffneten die Tür, warfen mir einen kurzen Blick zu und nickten höflich. Sie kamen mir seltsam bekannt vor. Als sie wieder weg waren, versuchte ich minutenlang herauszufinden, woher ich sie kannte – aus dem Fernsehen, vom Eishockey, aus der Nachbarschaft? –, bis es mir einfiel: das Coffee Grind! Ich hatte sie im Coffee Grind gesehen. Es waren FSB-Offiziere. Das ergab Sinn. Die älteren Männer waren Kriminalbeamte, die beiden anderen kamen vom FSB.

Ich war mir immer noch im Unklaren darüber, was hier gerade vor sich ging – ich hatte gedacht, ich würde wegen Ruhestörung oder einer nicht genehmigten öffentlichen Versammlung aufs Revier gebracht werden und vielleicht ein Bußgeld verpasst bekommen, aber sicherlich ziemlich schnell wieder rauskommen.

Es kam mir recht offensichtlich vor, was ich getan hatte, und sicherlich musste es für sie doch ebenso offensichtlich sein. Wenn ich wirklich ein Spion wäre, hätte ich mich doch wohl kaum mit einem Protestschild in der Hand vor Russ-Oil herumgetrieben, sondern versucht, RussOil zu infiltrieren.

Es musste jetzt ungefähr fünf Uhr sein, schätzte ich. Ich würde das Abendessen verpassen, aber wenn wir das hier schnell hinter uns brachten, könnte ich es vielleicht noch zum Eishockey schaffen.

Kurz darauf erschienen die Beamten, die mich verhaftet hatten, und nahmen mich mit. Ich ließ meinen betrunkenen Mülltonnen-Freund zurück und folgte ihnen in ein Büro, wo sich, da war ich zuversichtlich, die Dinge schnell aufklären würden.

Es war ein ganz gewöhnliches rechteckiges Büro mit zwei Schreibtischen an den Wänden und einem großen Besprechungstisch in der Mitte, an dem die beiden Kriminalbeamten sowie meine FSB-Offiziere vom Coffee Grind und ein älterer, uniformierter Polizist saßen. Sie entließen die Polizisten, die mich verhaftet hatten, und baten mich, Platz zu nehmen.

Später fielen mir all die Bücher ein, die über die Verhöre in den 1930er-Jahren und auch in den 1940er-, 1950er-, 1960er-

und 1970er-Jahren geschrieben worden waren. Über all die Dissidenten und Halbdissidenten der 1960er- und 1970er-Jahre – wie etwa Brodsky – gab es diese Geschichten, wie sie dem KGB gegenübergesessen und ihm die Meinung gegeigt hatten. Ich habe keinen Grund, an diesen Geschichten zu zweifeln. Aber bei mir lief es nicht ganz so.

Solschenizyn beginnt *Der Archipel Gulag* mit einer Auflistung aller Folterungen, denen die Menschen in der NKWD-Haft ausgesetzt waren. Es ist eine lange, beeindruckende, einfallsreiche Liste. Falls diese Folterungen, aus welchen Gründen auch immer, nicht ausreichten, bot der NKWD an, Familienangehörige einzubestellen und zu foltern – und manchmal machte er das auch. Wer würde einem solchen Druck schon widerstehen können? Und doch hatte Solschenizyn einen Ratschlag für alle, die plötzlich mitten in der Nacht auf der Straße oder in ihrer Wohnung aufgegriffen wurden und ihr Verhör überleben wollten. Solschenizyns Rat war einfach folgender: Du bist jetzt tot. Du hast keine Familie, kein Zuhause, keine Bindungen mehr. DU BIST TOT. Wenn es einem gelingt, sich selbst davon zu überzeugen, gibt es nichts, was die Vernehmungsbeamten tun oder sagen können, um einen zu brechen. »Und sieh! Solch ein Häftling bringt die Untersuchung ins Wanken.«

Und hier war ich und dachte darüber nach, ob ich es rechtzeitig zum Eishockey schaffen würde.

»Sagt man Ändruu«, fragte der uniformierte Beamten und sah auf meinen Pass. »Oder Ändruuw?«

»Andrej«, sagte ich.

»Ah«, sagte der Beamte höflich. »Andrej. Ausgezeichnet. Aber warum steht hier Ändruu?«

»Das ist das englische Äquivalent. Meine Eltern haben den Namen geändert, als wir in die Staaten gegangen sind.«

»Verstehe«, sagte der Beamte. »Nun, Andrej, diese Männer hier werden Ihnen ein paar Fragen stellen zu dem, was heute passiert ist und was Sie in Russland machen und wie Ihre Pläne aussehen, und dann können wir alle nach Hause gehen. Je besser Sie dabei helfen, desto schneller wird das alles gehen. Es sind gute Männer. Sie werden Sie nicht foltern oder schlagen oder irgendwas von dem anderen Kram anstellen, den Sie in Hollywoodfilmen sehen können. Sie werden Ihnen einfach nur ein paar Fragen stellen. Ist das in Ordnung?«

»Natürlich«, antwortete ich.

»Wunderbar«, sagte der Beamte und reichte meinen Pass an die FSB-Leute weiter. Dann stand er auf und ging.

Ich hatte das Gefühl, dass hier eine Art Performance für mich aufgeführt wurde, aber ich konnte nicht entschlüsseln, worin genau sie bestand. Als der Beamte den Raum verließ, dämmerte mir allerdings mit einiger Wucht, dass er gehen konnte und ich nicht. Mir war es verboten, den Raum zu verlassen. Am Ende des Flurs befand sich die Tür, die hinaus auf die Sretenka führte, zur Wohnung meiner Großmutter, zu der Straße, auf der ich so ziemlich zu jeder Tages- und Nachtzeit einen Hundert-Rubel-Wagen zu Yulia heranwinken konnte. Aber ich befand mich auf der falschen Seite der Tür. Und diese vier Männer – die Kriminalbeamten, älter als ich, die beiden Offiziere vom FSB, ungefähr in meinem Alter – konnten mich hier festhalten. Es war nicht beängstigend oder so; es war einfach bloß seltsam. Ich saß in einem ganz gewöhnlichen Büro, »in einer Besprechung«, und auch wenn es vermutlich kein freundliches Gespräch werden würde, so war es doch trotzdem ein Gespräch. Wir alle hier waren Menschen. Und dennoch konnten jene Menschen aufstehen und zur Tür rausgehen, und ich konnte es nicht.

Es kam mir in den Sinn, dass ich einfach alles tun würde, um wieder auf die andere Seite dieser Tür zu gelangen – zurück auf die Sretenka, raus aus dieser Wache, weg von diesen Leuten – und nie wieder an sie denken zu müssen.

»Also, Andrej«, ergriff einer der jungen FSB-Offiziere das Wort, »erzählen Sie uns bitte etwas über sich.«

Das schien eine ganz unschuldige Frage zu sein, und ich fragte mich, ob ich sie beantworten sollte. Mir fiel das informelle Verhaftungstraining ein, das wir mit dem alten Marxisten gemacht hatten – »Haltet einfach den Mund«, hatte er gesagt. Aber er hatte auch gesagt, wir sollten unsere Identität bestätigen. Also antwortete ich.

Ich erzählte ihnen von unserer Auswanderung, dass ich außerhalb Bostons aufgewachsen war, dass ich russische Literatur studiert hatte. Einer der Polizisten behauptete, mir nicht zu glauben, woraufhin einer der FSB-Leute ein iPhone zückte und anbot, mein Profil auf der Website der Universität aufzurufen. Ich hatte die Seite seit Monaten nicht mehr besucht und fragte mich kurz, ob ich dort überhaupt noch aufgeführt wurde – vielleicht hatten sie die Seite überarbeitet und mich entfernt. Aber dann war ich da; es gab sogar ein kleines Foto von mir, und der FSB-Mann hielt das iPhone vor sich in die Luft, als wolle er das Foto mit meinem Gesicht abgleichen.

»Ich denke, er ist es«, sagte er und zeigte das Foto dem skeptischen Polizisten. Der Beamte pflichtete ihm bei.

Der andere FSB-Offizier, derjenige, der meinen Pass in der Hand hielt, sagte: »Sie sind also ein gebildeter Mensch, Andrej. Wie sind Sie mit dieser Gruppe Extremisten in Kontakt gekommen?«

»Extremisten?« Ich lachte. »Nein. Sie sind keine Extremisten. Ich habe sie durchs Eishockey kennengelernt.« Das war nicht hundertprozentig korrekt, aber bereits zu diesem Zeitpunkt des Gesprächs hatte ich das Gefühl, dass ich Yulia nicht mit hineinziehen sollte. »Sergej Iwanow von

Oktober ist unser Torwart. Er ist ein guter Torwart.« Ich hoffte, dies auf eine Art und Weise zu sagen, die deutlich machte, dass niemand, der Eishockey spielte, ein Extremist sein konnte.

»Ach?«, sagte der FSB-Offizier.

»Ja!«, sagte ich. »Sie sind Studierende, die meisten zumindest. Sie sind sehr nett.«

»Ach?«, sagte der FSB-Offizier noch einmal. Er machte sich Notizen und sah nicht auf, während er etwas sagte.

»Ja!« Ich sah mich um und versuchte, die Stimmung im Raum zu lesen. Dabei musste ich wieder an den griesgrämigen Marxisten denken, der uns gesagt hatte, dass wir den Mund halten sollten. Aber das war damals, zu Sowjetzeiten. Die Typen, mit denen ich es jetzt zu tun hatte, waren anders, sie hatten iPhones, und selbst wenn sie sich nicht verändert hatten – ich würde alles aufklären können. Wenn sie erst einmal verstanden, wie harmlos Oktober war, wäre diese ganze Scharade schnell vorbei. Also redete ich weiter.

»Sie haben einen Lesekreis«, sagte ich. »Meistens treffen sie sich bei Mischa zu Hause. Sie diskutieren die Nachrichten per Mail. Gelegentlich veranstalten sie einen öffentlichen Protest, um auf bestimmte Dinge aufmerksam zu machen. Es sind keine Extremisten!«

»Handelt es sich um Mischa Worobjew?«, fragte der FSB-Mann.

Ich sah ihn an. Sie kannten Mischas Namen. Also wussten sie von Oktober. Und dann wussten sie auch, dass es keine »Extremisten« waren. Ich zögerte mit der Antwort.

»Worobjew, richtig?«, fragte der FSB-Mann noch einmal.

»Ja«, sagte ich.

»Wenn es keine Extremisten sind«, fragte der skeptische Polizeibeamte, »was sind sie Ihrer Meinung nach dann?«

»Es sind stinknormale europäische Sozialdemokraten.«

Politik

»Was bedeutet das für Russland? Wir sind schließlich nicht wirklich Europa.«

»Was es bedeutet?«, ich verstand nicht ganz.

»Klären Sie uns auf«, sagte der Polizeibeamte.

»Na ja«, begann ich.

Sie schienen ganz Ohr zu sein. Und warum auch nicht? Sergej hatte mich gelehrt, dass man fast jeden von Oktobers Sache überzeugen konnte, wenn man sich nur in seine Lage versetzte und die Dinge auf vernünftige Weise erklärte. Schließlich waren auch sie junge Männer, die in einem korrupten und sterbenden Land lebten. Wahrscheinlich wollten auch sie, dass die Dinge sich besserten.

»Na ja«, sagte ich noch einmal. »Ich denke, wir sind uns alle einig, dass Russland sich in einer schwierigen Situation befindet. Es fördert eine Menge Öl und Gas, aber die Wirtschaft ist nicht ausreichend diversifiziert. Das ganze Land ist eine Geisel der Erschütterungen auf dem Ölmarkt. Die letzten zwanzig Jahre hat es mehr oder weniger von der Infrastruktur gelebt, die während der Sowjetzeit geschaffen wurde und die jetzt zerfällt. Das Vertrauen in die öffentlichen Institutionen ist sehr gering.«

Ich sah mich im Raum um. Der FSB-Offizier machte sich weiterhin Notizen. Ich deutete es als Zeichen fortzufahren.

»Die Antwort der Regierung darauf scheint eine doppelte zu sein: einerseits eine stärkere Liberalisierung der Wirtschaft und andererseits mehr Unterdrückung von politisch Andersdenkenden. – Nicht falsch verstehen.«

Alle nickten: Sie hatten es nicht falsch verstanden.

»Was Oktober nun also sagt, ist: Hört mal, es kann nicht die Antwort auf die Krise sein, die Gelder für Schulen, Krankenhäuser und Infrastrukturprojekte zusammenzustreichen und sie in den Privatsektor zu pumpen, wo das Geld von Kapitalisten gestohlen wird. Die Regierung muss sich dazu verpflichten, das Volk zu beschützen. Das ganze Volk. Und solange die Regierung dazu nicht bereit ist, wird Russland weiter leiden, und das russische Volk wird weiter leiden, und es wird Unzufriedenheit und Unruhen geben.«

Ich sah mich im Raum um.

»Vielleicht haben Sie recht«, sagte der FSB-Offizier mit dem iPhone.

Ich lächelte. Ich war sehr zufrieden. »Vielleicht«, sagte ich bescheiden.

»Eine Sache wäre da allerdings noch«, sagte der andere FSB-Mann nachdenklich und blickte von seinen Notizen auf. »Wir hatten mal eine kommunistische Regierung. Aber jetzt nicht mehr. Und zu fordern, dass das Land wieder kommunistisch regiert werden sollte, könnte von einigen heißblütigen Menschen als Aufruf zum Sturz der aktuellen Regierung verstanden werden.«

»Ich habe nie gehört, dass jemand bei Oktober zum Sturz der aktuellen Regierung aufgerufen hätte«, sagte ich schnell. Das war technisch nicht ganz korrekt, fiel mir auf. Oktober definierte sich als »revolutionäre Bewegung«. In diesem Sinne traten sie also tatsächlich für den Sturz des gegenwärtigen Regimes ein. Und wie sich herausstellte, wussten meine neuen Freunde das bereits.

»Hier heißt es«, sagte der FSB-Mann mit dem iPhone und hielt es mir mit der geöffneten Oktober-Website hin, »sie seien eine ›revolutionäre Bewegung‹. Also wollen sie eine Revolution?«

»Das ist doch nur eine Redewendung!«, sagte ich. »Heutzutage ist doch alles revolutionär. Man sagt, das iPhone sei eine revolutionäre Technologie. Macht Sie das vielleicht zu einem Revolutionär?«

»In Ordnung«, sagte der mitschreibende FSB-Mann, »kein Grund zur Aufregung. Ich denke, wir können jetzt auch zum Ende kommen, oder?« Er hatte mit Mr. iPhone gesprochen.

Der nickte.

»Wunderbar«, sagte der andere.

Sie dankten mir beide und hielten mir ihre Hände hin. Da ich nicht wusste, was ich sonst tun sollte, schüttelte ich sie.

»Oh, eine Frage noch«, sagte der FSB-Mann mit dem iPhone, als wäre sie ihm plötzlich eingefallen. »Welcher Ihrer Freunde war anwesend, als die Planierraupe draußen im Wald zerstört wurde?«

»Ich weiß es nicht«, sagte ich. »Ich war nicht dabei.«

»Sie haben nie darüber gesprochen?«

»Nicht in meiner Gegenwart«, sagte ich.

Das war eine Lüge, wie sie sich wahrscheinlich denken konnten, aber sie gingen nicht darauf ein. Anscheinend hatten sie alles, was sie brauchten. Sie dankten mir noch einmal und verließen den Raum.

Dann war es vorbei. Die Polizeibeamten händigten mir meinen Pass und mein Telefon aus; sie schüttelten mir sogar die Hand und sagten, ich solle vorbeikommen, wenn ich mal wieder in der Gegend wäre; und dann ging ich hinaus, zurück auf die Sretenka, als freier Mann. Es war noch nicht einmal sieben Uhr; ich hatte weniger als drei Stunden in Haft verbracht.

Eine ganze Menge Leute standen auf der Straßenseite gegenüber der Polizeistation. Yulia und Sergej und der Rest von Oktober; Elena und einige andere gut gekleidete jüngere Menschen; ein Mann von der *Moscow Times*, den Howard mir mal vorgestellt hatte, und noch ein Typ von einer der Presseagenturen. Die Oktober-Leute unterhielten sich miteinander, während die Journalisten alle angespannt in ihre Handys sprachen. Sie sahen mich nicht herauskommen, und als ich auf oben auf den Stufen stand, hatte ich den starken Impuls, einfach still und leise hinter der nächsten Ecke zu verschwinden, bevor sie mich entdecken konnten, und möglichst nie wieder ein Wort mit einem von ihnen zu wechseln.

Da drinnen hatte ich gedacht, ich würde, wenn ich erst einmal wieder draußen wäre, eine vollkommen neu entdeckte Wertschätzung für alles verspüren. Für den miesen Buchladen unter dem Stripclub und die Hugo-Boss-Filiale und die auf dem Bürgersteig parkenden Autos und natürlich für meine Großmutter und alles andere. Jetzt war ich wieder draußen, und ich fühlte ganz und gar nichts in dieser Richtung. Stattdessen kam es mir vor, als wäre in dem Raum etwas passiert, das ich noch gar nicht richtig verstand. Aber ich hatte ein mulmiges Gefühl deswegen.

Jemand aus der Gruppe sah mich und rief meinen Namen, und der ganze Pulk kam zu mir herüber. Sie redeten alle durcheinander und sahen aus, als wären sie wirklich froh und glücklich, mich zu sehen. Yulia umarmte mich mit einer Intensität, die mir unangenehm war, angesichts der Milde dessen, was ich gerade durchgemacht hatte, und alle Oktobristen schüttelten mir entsprechend feierlich die Hand.

Sergej war der Erste, der sprach. »Alles in Ordnung?«, fragte er.

»Ich glaube schon«, antwortete ich.

Irgendwas daran, wie ich es gesagt hatte, musste Sergej stutzig gemacht haben, denn nun fragte er: »Ja?« Im Sinne von: War ich mir sicher, dass alles in Ordnung sei? Natürlich war ich das nicht.

»Sie haben mich gefragt, was Oktober ist«, sagte ich, »und ich habe ihnen gesagt, dass es eine Diskussionsgruppe ist.«

»Verstehe«, sagte Sergej.

»Sie meinten, es wäre extremistisch, aber ich habe ihnen gesagt, das sei lächerlich, und die Gruppe habe keinerlei Pläne, die Regierung zu stürzen.«

»Versteeeehe«, sagte Sergej, langsamer als beim ersten Mal.

»Ich habe ihnen gesagt, dass ich dich beim Eishockey kennengelernt habe und dass wir uns bei Mischa treffen, um über Marx zu reden. Das ist alles.«

»Verstehe«, sagte Sergej wieder. Er sah nachdenklich aus. »Ich dachte, wir hätten uns darauf geeinigt, nicht mit der Polizei zu reden.«

»Schon«, sagte ich. »Sie kamen mir nur einfach so normal vor. Um ehrlich zu sein, ich hatte fast das Gefühl, sie zu rekrutieren.«

Sergej ließ es wirken. »Wir können die Armee rekrutieren, nicht die Polizei«, sagte er dann leise, als würde er einen kurzen Katechismus aufsagen. Dann sprach er normal weiter: »Es wird bestimmt alles in Ordnung sein. Wollen wir noch irgendwo was trinken gehen?«

Ich hatte wirklich keine Lust, etwas trinken zu gehen. Ich wollte einfach nur nach Hause und unter die Dusche. Ich hatte immer noch Ketchup im Haar. Das sagte ich Sergej auch, und er nickte.

»Vielleicht morgen«, meinte er.

Ich stimmte zu.

Yulia hatte alles mit angehört. »Ich komme mit«, sagte sie zu mir.

Auch dem stimmte ich zu.

Jetzt näherten sich mir Elena und der Typ von der *Moscow Times* und fragten mich höflich, ob sie mir ein paar Fragen stellen dürften. Ich bejahte, aber setzte mich dabei in Richtung meiner Großmutter in Bewegung, um anzudeuten, dass ich nur kurz mit ihnen sprechen wollte. Elena hielt mir das

Mikrofon vor die Nase, und Howards Freund holte sein Notizbuch heraus. Ich sagte ihnen, dass die ganze Sache ziemlich harmlos sei und ich nicht das Gefühl habe, als wäre ich unter dem Absatz des Regimes zertreten worden, ja dass ich sogar froh gewesen sei, ihnen von Oktobers Aktivitäten erzählen zu können – ich dachte, es wäre nett, auf *Echo* ein bisschen Werbung für Oktober zu machen –, und das war's dann schon.

Den Rest des Weges gingen Yulia und ich allein.

»Mascha hat mich angerufen«, sagte sie. »Sie meint, es gibt bereits einen Haufen Artikel über die Festnahme eines amerikanischen Akademikers vor dem Gebäude der Russ-Oil.« Es lag eine gewisse Bitterkeit in ihrer Stimme.

Ich antwortete nicht.

»Haben sie dich geschlagen?«

»Nein. Überhaupt nicht.«

»Warum hast du ihnen dann von Oktober erzählt?«

»Sie wussten doch schon alles darüber!« Ich sagte es sehr flehentlich.

Auf der Oktober-Website hieß es wortwörtlich, dass es sich um eine »revolutionäre« Organisation handelte. Was hatte ich ihnen denn schon gesagt, dass sie nicht bereits wussten?

»Ach, Andrjusch«, sagte Yulia. »Lass uns nach Sewa Efraimowna sehen.«

»Gut«, sagte ich.

Den Rest des Weges legten wir schweigend zurück.

Meine Großmutter saß allein am Tisch und aß, als wir hereinkamen. »Andrjusch!«, sagte sie. »Yulia! Wo wart ihr denn?«

»Entschuldige, Großmama«, sagte ich. »Wir haben uns verspätet. Es ist alles in Ordnung.«

»Ihr müsst Hunger haben«, sagte sie. »Ich koche euch was.«

Sie sprach immer noch vom Kochen, obwohl es jetzt meistens bedeutete, das von Serafima Michailowna in den Kühlschrank gestellte Essen aufzuwärmen.

Yulia und ich willigten ein, etwas zu Essen, bestanden aber darauf, dass meine Großmutter sitzen blieb, während wir die Portionen warm machten.

Mein Laptop stand auf dem Fenstersims. »Ich mache das schon«, sagte Yulia und meinte das Essen. »Sieh nur nach.«

Ich tat, wie mir gesagt wurde. Es gab tatsächlich einen Haufen Artikel über den amerikanischen Akademiker, der von einem despotischen System verhaftet worden war. Auf Facebook erkundigten sich alle nach meinen Wohlbefinden, sogar Fishman. Es ließ mich wie einen mutigen Märtyrer aussehen, was mir unangenehm war. Vielleicht war Yulia deswegen sauer? Und wenn ich ein solch mutiger Märtyrer war, warum hatte die Polizei mich dann so einfach und so freundlich lächelnd gehen lassen?

Dann klingelte mein Telefon. Mein Berater war dran.

»Sind Sie wieder draußen?«

»Ja«, sagte ich. »Ich bin gerade nach Hause gekommen.«

»Okay, prima. Mein Gott, haben Sie uns einen Schrecken eingejagt. Hören Sie zu. Ich habe gerade einen sehr merkwürdigen Anruf von Phil Nelson bekommen. Er hat die Nachrichten gesehen und sich nach Ihnen erkundigt. Er ließ sogar durchblicken, dass es vielleicht ein Gleis für Sie bei der umstrukturierten IDSLS geben könnte.« So nannte mein Berater das Institut für deutsche und slawische Literatur und Sprache. Ein »Gleis« war eine Stelle.

»Wow«, sagte ich. »Aber warum ... warum sollte er das tun?«

»Wer weiß? Ich meine, Columbia hat gerade ein paar aufsehenerregende Neueinstellungen vorgenommen. Und Sie kennen Phil. Er liebt es, Babys zu knuddeln und Geiseln zu befreien. Und unsere Finanzen haben nicht so sehr gelitten, wie man erwartet hatte, glaube ich. Vielleicht bekommen wir sogar ein bisschen was von Obamas Konjunkturprogramm ab. Jedenfalls, als er anrief und sich nach Ihnen erkundigte, habe ich ihm gesagt, dass bald ein großer Aufsatz von Ihnen in der *Slavic Review* erscheint und dass Sie die Stelle am Watson hätten bekommen sollen. Also, aufgepasst! Wenn er wegen eines Angebots anruft, stellen Sie sicher, dass es sich um eine feste Stelle handelt, nicht um eine Gastprofessur. Und fragen Sie ihn wegen einer Unterkunft.«

»Ernsthaft?«

Mit Unterkunft meinte er eine subventionierte Wohnung. Es waren keine Luxusapartments, aber sie waren geräumig und befanden sich mitten in Manhattan; tatsächlich war es so nah am Sozialismus, wie es in New York nur ging.

»Ja, warum verdammt noch mal nicht?«, sagte mein Berater. »Wenn er Sie schon anheuern will, um etwas Publicity abzugreifen, dann soll er dafür auch bluten. Okay?«

»Okay«, sagte ich. »Danke schön.«

Ich hatte die Küche verlassen, um mit meinem Berater zu telefonieren, und jetzt ging ich wieder hinein. Yulia saß neben meiner Großmutter und hielt ihre Hand.

»Weißt du«, sagte die, »alle meine Freunde sind tot. Alle meine Verwandten sind tot. Alle außer mir sind tot. Was soll das alles noch?«

»Ich weiß, Sewa Efraimowna«, sagte Yulia. »Ich weiß.«

Als Yulia mich bemerkte, sah sie mich fragend an, als wollte sie wissen: Und, mit wem hast du telefoniert?

Ich zuckte mit den Achseln, wie um zu sagen: Niemand Wichtiges. Falsch verbunden. Es war gar nichts.

Ich war wirklich der Meinung, dass es keinen Sinn hatte, darüber zu reden, weil es ja auch gut sein konnte, dass am Ende gar nichts daraus wurde, wie bei der Stelle am Watson.

Mein Berater hatte eigentlich ein ziemlich gutes Gespür für solche Dinge, aber Präsident Nelson war jemand, der häufig seine Meinung änderte.

»Mit wem hast du telefoniert, Andrjusch?«, fragte meine Großmutter.

»Mit niemandem«, sagte ich. »Ein Freund aus Amerika.«

»Ah, Amerika«, sagte meine Großmutter. »Da war ich mal. Es hat mir nicht gefallen.«

»Und damit hattest du recht, Sewa Efraimowna, damit hattest du recht«, sagte Yulia. Dann stand sie auf und küsste zu meiner Überraschung meine Großmutter auf die Stirn. »Danke für alles, Sewa Efraimowna«, sagte sie. »Danke, dass Sie mich in Ihr Zuhause aufgenommen haben. Es war mir eine Ehre. Bleiben Sie stark.«

Meine Großmutter wusste nicht, wie ihr geschah, aber sie mochte es, berührt zu werden, und sie lachte glücklich. »Vielen Dank«, sagte sie zu Yulia, die sich auf den Weg in den Flur machte.

Aber mir kam es vor, als hätte sie meiner Großmutter Lebewohl gesagt. Ich folgte ihr in den Flur.

»Was ist los?«, fragte ich.

»Nichts ist los«, antwortete sie kühl.

»Warum hast du dich gerade so von meiner Großmutter verabschiedet?«

»Ich weiß nicht, ob ich sie noch einmal wiedersehe.«

»Warum nicht?«, fragte ich, und dann noch einmal: »Was ist denn los?«

Immer noch ohne die geringste Emotion zu zeigen, beantwortete sie meine Frage mit einer Gegenfrage: »Was hast du der Polizei erzählt?«

»Nichts! Ich habe nichts gesagt, was sie nicht schon wussten!«

»Du weißt doch, dass es so nicht funktioniert.«

»Dass es *wie* nicht funktioniert?«

»Sie waren nett und freundlich zu dir und haben so getan, als würden sie sich für alles, was du sagst, interessieren, richtig? Und du hast geredet und geredet. Stimmt's?«

Ungefähr so war es gewesen. Mein Schweigen gab ihr recht.

»Oh, Andrjusch. Du hast wirklich überhaupt nichts über dieses Land gelernt, oder? Du bist immer noch ein echter Amerikaner. Du glaubst immer noch an Worte.«

»Was ist so falsch daran?«, fragte ich. »An was soll man denn sonst glauben?«

»Mit wem hast du gerade telefoniert?«, fragte Yulia.

»Mit meinem Berater.« Auf Russisch ist der Ausdruck länger: *nauchny rukowoditel'*, akademischer Aufseher, oder kurz: *nautschruk*. »*Nautschruk*«, sagte ich.

»Und er hat dir gesagt, dass sie jetzt einen Job für dich haben?«

»Er meinte, vielleicht. Ja.«

»Ich hab's gewusst«, sagte Yulia, halb zu sich selbst.

»Ich werde ihn nicht annehmen«, sagte ich. »Wenn es ihn überhaupt gibt.«

»Doch, Andrjusch. Du wirst ihn annehmen.«

»Yul«, sagte ich. »Was ist los?«

»Ich weiß es nicht«, sagte sie. »Wir werden sehen. Ich könnte mich irren. Ich hoffe, dass ich mich irre. Aber wahrscheinlich irre ich mich nicht. – Auf Wiedersehen, Andrej.«

Sie küsste mich auf die Wange, nicht auf den Mund, ein bisschen so, wie sie mich damals auf Sergejs Party zur Begrüßung auf die Wange geküsst hatte, nur diesmal im Rückwärtsgang. Es kam mir vor, als wäre das Jahre her.

Sie öffnete die Tür und ging. Ich ließ es geschehen. Ich war wütend und verwirrt. Aber ich hatte auch Angst, sie könnte recht haben.

Es war jetzt acht Uhr, ich könnte es noch rechtzeitig zum Eishockey schaffen, aber mir war nicht danach. Ich wusch ab und spielte ein paar Partien Anagramm mit meiner Großmutter. Dann beantwortete ich so viele der E-Mails und SMS, die ich bekommen hatte, wie ich konnte. All das hinterließ bei mir ein mulmiges Gefühl; irgendetwas war da vorhin passiert, und ich wusste noch immer nicht, was.

Am nächsten Morgen, einem Samstag, verhafteten sie Sergej und Mischa und klagten sie wegen »Extremismus« an. Ich erfuhr es von Boris, der anrief, um zu fragen, ob ich etwas darüber wisse.

»*Bljad'*«, sagte ich. »Könnte es meinetwegen sein? Wegen irgendwas, das ich gesagt habe?«

»Ich weiß es nicht«, sagte Boris kühl. »Ich habe keine Ahnung, was du gesagt oder nicht gesagt hast. Also lautet die Antwort: Ich weiß es nicht.«

Ich versuchte es bei Yulia. Sie ging nicht ran. Ich versuchte es weiter, aber sie meldete sich weiterhin nicht. Schließlich zog ich mich an, ging nach draußen und nahm einen Wagen zu ihrer Wohnung. Ich rief zum Fenster hinauf, und Katja tauchte auf.

»Yulia will dich nicht sehen«, sagte sie.

»Aber sie ist da?«

»Ja, sie ist da.«

Ich fragte sie, ob sie von den Verhaftungen erfahren hätte, und sie meinte, das hätte sie.

Und das war's. Ich versuchte es bei Nikolaj, aber sein Handy war abgeschaltet. Ich sprach noch einmal mit Boris und fragte ihn, ob es Neuigkeiten über Nikolaj oder einen der anderen gäbe; er sagte, er habe nichts weiter gehört, und er denke, wir sollten nicht mehr am Telefon darüber sprechen. Ich sagte ihm, dass ich in der Nähe der Metro-Station Majakowskaja sei, und fragte, ob er sich mit mir treffen wolle, und er sagte Nein, das wolle er nicht, als wäre ich so eine Art Spion.

Ich ging runter zum Patriarchenteich und setzte mich auf eine der Bänke. Dies war einer der schönsten Flecken Moskaus. Ein kleiner Teich in einem kleinen Park mit Bänken und einem von alten Bäumen beschatteten Gehweg und ringsherum einige alte, meist gar nicht so hässliche Gebäude aus dem frühen zwanzigsten Jahrhundert. Yulia und ich waren bei schönem Wetter ein paarmal hergekommen. Es gab hier nur selten Betrunkene, die Krawall machten.

Jetzt fühlte es sich nutzlos, steril und bitter an. Meinetwegen saßen zwei gute Freunde im Gefängnis, und Yulia wollte mich nicht mehr sehen, und selbst der eiskalte Roboter Boris war sauer. Ich fühlte mich sowohl schuldig als auch ungerecht behandelt.

Ich rief Anton vom Eishockey an und fragte ihn, ob er Zeit habe, sich mit mir zu treffen. Anton war zwar Wirtschaftsanwalt, aber er war der einzige Anwalt, den ich kannte. Er sagte, er sei zufällig in seinem Büro in der Nähe, und eine halbe Stunde später trafen wir uns im Starlite Diner. Ich erzählte ihm, was passiert war.

Er machte mir keine Vorwürfe, aber er war verärgert. »Wir müssen es den anderen Jungs sagen, er ist immerhin unser verdammter Torwart.«

Er griff zum Telefon, und bald saßen sechs Jungs vom Eishockey, darunter auch Fedja und Grischa aus dem weißen Team, mit uns im Diner. Anton und ich sahen zu, wie einer nach dem anderen mit seinem Mercedes oder BMW vorfuhr und ordnungswidrig in bequemer Entfernung zum Diner parkte. Als ich beobachtete, wie sie ihre schnittigen schwarzen Autos langsam an ihren Platz manövrierten – »Das ist Tolja«, sagte Anton, »das ist Fedja« – und dann in ihren Wochenend-Jogginganzügen das Diner betraten, alle größer und kräftiger, als ich sie in Erinnerung hatte, war ich einen Moment lang stolz darauf, wie weit ich es im letzten Jahr gebracht hatte. Dass ich ein solches Treffen einberufen konnte, war erstaunlich; dann wiederum war es auch nur einberufen worden, weil ich es geschafft hatte, unseren Torwart ins Gefängnis zu bringen.

Der Reihe nach kamen sie herein, schüttelten jedem am Tisch die Hand und bestellten sich etwas zu essen. Erst danach hörten sie sich an, was Anton und ich zu sagen hatten. Anschließend begannen sie herumzutelefonieren. Grischa rief seine Freunde im Management von RussOil an. Fedja und Wewa kannten jemanden bei der Staatsanwaltschaft. Tolja probierte es bei einigen seiner Bankerfreunde – man konnte ja nie wissen. Dabei kam nicht besonders viel heraus, aber immerhin erreichten Grischa und Fedja ein paar Leute, die über die Sache Bescheid wussten.

»Das kommt von ziemlich weit oben«, berichtete Grischa. »Die sind immer noch ziemlich angepisst wegen der Planierraupe im Wald. Das ist außerhalb meines Einflussbereichs. Ich habe ihnen gesagt, dass wir einen Torwart brauchen. Sie meinten, wir sollten uns in einer der Sportschulen umsehen.«

»Was hast du geantwortet?«

»Ich habe aufgelegt.«

»Scheiße«, sagte Anton.

Die Jungs saßen noch eine Weile da und überlegten, wen sie sonst noch anrufen konnten, aber sie hatten eindeutig schon alles gegeben. Sobald wir das Diner verließen, wäre es vorbei.

»Gibt es denn niemanden, den wir kennen, der jemanden kennt, der sich um die Sache kümmern könnte?«, fragte ich.

»Andrej, ich habe mit dem Assistenten des Vorstandvorsitzenden der Firma gesprochen«, sagte Grischa. »Er meinte, der Boss hätte ein persönliches Interesse daran, dass diese Typen im Gefängnis landen. Das ist die oberste Ebene – da ist nichts zu machen.« Er nahm einen Bissen von seinem Burger. »Er erwähnte auch, dass es noch weitere Verhaftungen geben soll. Er sagte, es wäre eine junge Frau beteiligt.«

Oh Scheiße, dachte ich. Oh nein. »Grischa«, sagte ich, »hör mal, das ist Yulia. Sie war bei einem der Spiele, weißt du noch?« Yulia hatte sich eins der Spiele von der Tribüne aus angesehen; die Jungs waren alle sehr höflich zu ihr gewesen. »Kannst du deinen Freund noch einmal anrufen? Sag ihm, wenn Yulia verhaftet wird, gehe ich auf der Stelle zur Botschaft.«

Ich wusste nicht, was ich tun würde, wenn ich erst mal bei der Botschaft angekommen wäre, aber es zu sagen, hörte sich richtig an. Grischa sah einen Moment nachdenklich drein, dann griff er erneut nach seinem Telefon. Die meisten von ihnen hatten noch immer ganz normale, alte Handys, und Grischas sah in seinen riesigen Händen winzig aus.

»Sasch, hör mal«, sagte er. »Dieses Mädchen, das du da erwähnt hast – das ist die Freundin des Amerikaners. Sie wollen heiraten. Ich glaube, wenn man sie festnimmt, wird er Himmel und Hölle in Bewegung setzen. Das könnte ein Riesentheater geben ... Ja, ich verstehe. Behalte es einfach im Hinterkopf.«

Grischa legte auf und warf mir einen Blick zu, der sagte: Ich habe getan, was ich konnte. Wir werden sehen, was passiert.

Danach aßen alle gedämpft und etwas niedergeschlagen ihre Burger auf und zogen, nach ausführlichem Händeschütteln, von dannen. Anton und ich blieben mit einem Haufen ungegessener Pommes zurück.

Ich ging nach draußen – ich hatte mich nicht an die russische Gepflogenheit gewöhnen können, Telefongespräche direkt vor anderen Leuten zu führen – und rief noch einmal Boris an, um ihm mitzuteilen, dass weitere Verhaftungen bevorstehen könnten.

»Verstehe«, sagte er und legte auf.

Später erfuhr ich, dass er den nächsten Zug nach Kiew genommen hatte. Nikolaj konnte ich nicht erreichen, aber später erzählte er mir, dass er, sowie er von den Verhaftungen erfahren hatte, mit dem Zug nach Estland gefahren war. Nachdem ich ein weiteres Mal ohne Erfolg versucht hatte, Yulia zu erreichen, schickte ich ihr eine SMS mit der Warnung, dass es zu weiteren Verhaftungen kommen könnte.

Diesmal schrieb sie zurück: »Ich gehe nirgendwohin.«

Ich war hocherfreut, von ihr zu hören, aber es war nichts, was sie mir nicht schon ein Dutzend Mal gesagt hatte. Und als ich noch einmal versuchte, sie anzurufen, nahm sie nicht ab. Ich ging zurück zu Anton ins Diner.

»Andrej«, sagte er, »nimm es dir nicht zu Herzen. Es ist nicht deine Schuld. Sergej hat gewusst, was er tut.«

»Ich danke dir«, sagte ich.

Und ich war ihm dankbar. Aber es änderte nichts an der Tatsache, dass das Ganze meine Schuld war.

Am selben Abend bekam ich einen Anruf von Phil Nelson. Wir hatten während meiner Zeit an der Universität nur einoder zweimal kurz miteinander gesprochen, aber er begrüßte mich wie einen alten Freund. Er sagte, er sei schon immer schwer beeindruckt von meiner Arbeit gewesen, und er liebe meinen Aufsatz in der *Slavic Review* (den er unmöglich bereits gelesen haben konnte), und dann bot er mir, genau wie mein Berater vorhergesagt hatte, eine Stelle an. Er sei schon eine ganze Weile der Meinung, dass die Universität anfangen müsse, systematisch über die historischen

Lehren aus dem Gulag, sowohl in Sowjetrussland als auch an anderen Orten, nachzudenken, und ob ich es mir angesichts meiner Forschungsinteressen sowie meines kürzlichen Zusammenstoßes mit dem russischen Totalitarismus vorstellen könnte, den allerersten Lehrstuhl für Gulag-Studien an unserer großartigen Universität zu übernehmen?

Ich hatte den Anruf erwartet, wenn auch nicht in all seinen verrückten Details, und ich hatte gehofft, mein Instinkt wäre es, die Stelle abzulehnen. Aber so war es nicht. Mein Instinkt war es zuzusagen. Ich versuchte, Zeit zu gewinnen.

»Ich habe hier im Moment einiges laufen«, sagte ich halbherzig, »eine Menge Projekte, um die ich mich kümmern muss.«

»Klar, aber natürlich!«, sagte Nelson. »Ich denke, wir könnten Ihnen ein Forschungsbudget von fünfzehntausend Dollar zur Verfügung stellen, damit Sie ein bisschen Bewegungsfreiheit haben. Würde das helfen?«

Mein Gott, würde das helfen! Ich könnte praktisch jede zweite Woche hin- und herfliegen.

Ich versuchte, im Kopf eine Antwort zu formulieren, aber Nelson musste mein Schweigen als Verhandlungsgeschick missverstanden haben, denn er sagte: »Und da wir gerade von Zahlen sprechen, wie wäre es mit hunderttausend für den Anfang? Da sind Krankenversicherung und andere Leistungen natürlich noch nicht mit dabei.«

Ich war sprachlos. Die meisten Leute, die ich kannte, verdienten fünfundsechzig- oder siebzigtausend. Aber er war noch nicht fertig.

»Hören Sie, ich weiß, wie schwierig es ist, von Moskau aus in New York eine Wohnung zu finden, also lassen Sie mich sehen, ob wir Ihnen eine Unterkunft organisieren können. Es wäre wahrscheinlich im Neubau, aber der Campus ist immer noch gut zu Fuß zu erreichen.«

Die Universität hatte vor Kurzem einige neue Gebäude im East Village fertiggestellt. Er bot mir eine Unterkunft an, und ich hatte noch nicht einmal danach fragen müssen. Ich stieß ein kleines, ungläubiges Lachen aus, das Nelson offenbar ganz richtig als Kapitulation interpretierte.

Er beschloss, diesen Vorteil nicht auszuspielen. »Wie wäre es damit«, sagte er. »Nehmen Sie sich einen Tag Zeit, laufen Sie ein paarmal um den Block, denken Sie in Ruhe darüber nach, und wir sprechen morgen noch einmal darüber, okay? Ich denke, wir sollten uns einigen können.«

Und er legte auf. Am nächsten Tag rief er erneut an und bestätigte sein Angebot einer kleinen Wohnung im Neubau beim Astor Place. Nach allem, was ich über die Ungerechtigkeiten des akademischen Arbeitsmarktes gedacht und gesagt hatte, nach all den Fortschritten, die ich dabei gemacht hatte, ein neues Leben aufzubauen, nach all meinen Versprechungen, meine Großmutter unter keinen Umständen im Stich zu lassen, nach alldem und noch vielem anderen war nun die Zeit gekommen, nach meinen angeblichen Überzeugungen zu handeln, aber ich tat es nicht. Ich nahm den Job und die Forschungsgelder und die Wohnung an.

Dadurch würde ich es mir leisten können, die Wohnung meiner Großmutter zu behalten. Ich hatte nun ein Einkommen und konnte mich an den Kosten für eine Haushälterin beteiligen, ganz, wie ich es versprochen hatte. Trotz all seines Getöses würde Dima die Wohnung niemals ohne mein Einverständnis verkaufen. Aber ich hatte die moralische Oberhand verloren. Dima hatte unsere Großmutter im Stich gelassen, weil sie eine Anklage gegen ihn vorbereiteten. Ich hingegen ging aus freien Stücken. Wie konnte ich jetzt von Dima verlangen, die Wohnung nicht zu verkaufen, wenn er das Geld dringend brauchte? Hier, wie bei allem anderen, machte ich es mir so leicht wie möglich.

Vom Fenstersims aus schrieb ich meinem Bruder: »Ich bin bereit zu verkaufen.«

Er antwortete innerhalb von zwanzig Sekunden: »Endlich!!!!«, schrieb er.

Und das war's. Am nächsten Tag kam Miklos vorbei und bot zweihundertachtzig. Wir nahmen an. Ich fragte Serafima Michailowna, ob sie sich vorstellen könnte, bei unserer Großmutter zu wohnen, sobald wir eine neue Wohnung gefunden hätten. Sie konnte.

Miklos meinte, er wäre noch mindestens einen Monat mit Dimas Wohnung beschäftigt, wenn wir uns also diese Zeit nehmen wollten, um etwas Neues für unsere Großmutter zu finden, könnten wir das tun. Aber das wollte ich nicht. Ich wollte es so schnell wie möglich hinter mich bringen. Ich hatte noch zehn Tage, bis mein Visum ablief, und die ersten Tage verbrachte ich damit, mit einem von Anton empfohlenen Immobilienmakler nach einer Wohnung in unserem Viertel zu suchen. Aber es führte zu nichts. Die meisten Häuser in der Nähe waren alt, und auch wenn alle Wohnungen, die ich mir ansah, frisch renoviert worden waren, so gab es doch keine Aufzüge und jede Menge Treppen, die meine Großmutter hinunterfallen konnte.

Schließlich erfuhr Dima durch einen Freund von einer Wohnung: Sie lag in einem ruhigen Viertel auf der anderen Seite des Flusses, und sie hatte einen Balkon, auf dem meine Großmutter sitzen konnte, aber vor allem gab es einen Aufzug. Die Miete betrug nur fünfzehnhundert Dollar im Monat.

Dima brauchte einhunderttausend Dollar aus dem Wohnungsverkauf für seine Anwaltskosten, wir hatten also einhundertachtzig übrig; wenn wir Serafima Michailowna eintausend bezahlten und weitere tausend Dollar für alle sonstigen Ausgaben einplanten, wäre das Leben unserer

Großmutter für die nächsten vier Jahre finanziert. Wir nahmen die Wohnung, und drei Tage später flog Dima ein, um beim Umzug meiner Großmutter zu helfen.

Wieder übernachtete er in unserem Zimmer, und in fast völliger Stille packten wir die Bücher meiner Großmutter, ihre Kleidung, alle ihre Fotos und den ganzen kleinen Schnickschnack, ihre Medikamente und ihre Briefe zusammen. Wir sagten unserer Großmutter, dass sie vorübergehend umziehen müsse, weil ihre Wohnung renoviert werden würde, und sie akzeptierte es, dann vergaß sie es, dann akzeptierte sie es, dann vergaß sie es, dann akzeptierte sie es wieder.

Es dauerte drei lange, elende, heiße Tage, die Wohnung in Kartons zu verstauen, und am Ende des dritten Tages erschienen zwei Männer mit einem kleinen, aber ausreichenden Lastwagen, und während der Fahrer im Auto saß und rauchte, half uns sein Partner, die Sachen meiner Großmutter einzuladen, einschließlich sämtlicher Möbel aus ihrem Zimmer, sodass wir es in ihrem neuen Schlafzimmer quasi eins zu eins nachbauen konnten. Dann fuhren wir los. Wir hatten gedacht, dass wir zwei- oder dreimal hin- und herfahren müssten, aber alle Sachen meiner Großmutter passten hinten in den Lastwagen, und wir schafften es mit einer Fahrt. Serafina Michailowna war bereits in der Wohnung, und nach dem Entladen des Lastwagens überließ ich es ihr und Dima, die Sachen auszupacken. Ich ging zurück zu uns, um meiner Großmutter in der nun fast leeren Wohnung Gesellschaft zu leisten.

Als ich reinkam, saß sie auf dem letzten verbliebenen Stuhl in der Küche und blätterte in ihren Telefonbüchlein. Um nicht in der geplünderten Wohnung warten zu müssen, gingen wir nach draußen und setzten uns in einen der benachbarten Innenhöfe und genossen die Sonne. Es war noch mitten am Nachmittag. Irgendwann klingelte mein Telefon. Es war Dima, der in dem kleinen Nissan, den er am

Flughafen gemietet hatte, auf uns wartete. Es war Zeit zu gehen.

Ich saß hinten, meine Großmutter vorne, Dima fuhr. Es war eine zehnminütige Fahrt, aber sie dauerte viel zu lang. Von unserem Innenhof bog Dima nach rechts auf den Boulevard ein, und als wir bergab Richtung Trubnaja fuhren, öffnete sich für einen Moment der Blick auf Moskau – goldene Kirchtürme, die in der Sonne funkelten, ein paar gläserne Hochhäuser und ein tiefblauer Himmel über der Stadt.

»Ah, wie schön!«, sagte meine Großmutter. Und zu uns beiden: »Seht nur, wie schön es ist.«

Beim Trubnaja-Platz machte Dima einen U-Turn.

»Wieso drehst du um?«, fragte meine Großmutter. »Wo fahren wir hin?«

Da wir rechts auf den Boulevard gebogen waren, hatte sie wohl gedacht, dass wir auf dem Weg zu Emma Abramowna waren – dort fuhren wir normalerweise hin, wenn wir mit dem Auto in dieser Richtung unterwegs waren.

»Wir fahren in die neue Wohnung«, sagte Dima.

»Die neue Wohnung«, sagte meine Großmutter. Es klang halb fragend, aber wir gingen nicht darauf ein.

Eine Weile war alles ruhig, aber dann erreichten wir die Sauberen Teiche, und meine Großmutter spürte, dass etwas im Busch war.

»Weißt du«, wandte sie sich an Dima, als wäre ihr gerade etwas eingefallen, »lass uns umkehren. Ich denke, es ist Zeit zurückzufahren.«

»Es ist schon in Ordnung«, sagte Dima. »Wir sind fast da.«

Meine Großmutter sah, dass wir nicht umkehrten, und sie versuchte, sich für die Sehenswürdigkeiten zu interessieren. Wir fuhren an den Sauberen Teichen entlang, einer der schönsten Gegenden Moskaus, und es war ein warmer

Sommertag, und es herrschte nicht viel Verkehr, sodass wir schnell vorankamen.

Ich dachte, ich müsste weinen. Was taten wir da? So viele ihrer Erinnerungen waren bereits ausgelöscht. Und so viel von der Stadt, die sie kannte, war bereits verschwunden. Und jetzt löschten wir auch noch die physische Verbindung zu dem Ort, an dem sie über fünfzig Jahre gelebt hatte.

Wir überquerten die Brücke über die Jausa, die im Schatten eines der riesigen steinernen Wolkenkratzer aus der Stalinzeit lag, und hier versuchte meine Großmutter es noch einmal.

»Wisst ihr was«, sagte sie wie beiläufig, »lasst uns zurückfahren. Meint ihr nicht, es ist Zeit umzukehren?«

»Großmama«, sagte Dima.

Ich sah auf, als ich den Ton in seiner Stimme hörte. Er weinte. Hinten im Auto fing auch ich an zu weinen.

»Wir sind gleich da«, sagte Dima.

Und ein paar Minuten später waren wir es endlich. Als wir aus dem Auto stiegen, waren unsere Augen wieder trocken.

Dima und Serafina Michailowna hatten in der Wohnung gute Arbeit geleistet: Das Schlafzimmer war fast genauso eingerichtet wie Großmutters altes Schlafzimmer, mit dem gleichen Klappbett, ihrem alten Schreibtisch und allen ihren Fotos von uns und Onkel Lew auf einem kleinen Regal darüber. Und neben dem Bett stand der grüne Sessel, auf dem ich immer gesessen hatte, während sie las. Ins Wohnzimmer hatten wir die grüne Klappcouch und, heldenhafterweise, den lackierten Wandschrank überführt. Trotzdem war meine Großmutter verwirrt. Sie war müde von der Fahrt, und wir führten sie in ihr neues Schlafzimmer, damit sie sich hinlegen konnte.

Sie erkannte ihr Bett und ihr Bettzeug. »Das ist mein Bett«, sagte sie versuchsweise.

»Ja«, bestätigten wir.

Sie legte sich hin, und wir ließen sie allein, aber ein paar Minuten später kam sie raus und fragte wie ein sehr höflicher Gast nach dem Badezimmer. Ich brachte sie hin.

Dann kam sie ins Wohnzimmer, wo wir immer noch die Kartons auspackten, und sagte beim Anblick der ganzen Unordnung: »Wie schrecklich!« Sie fügte hinzu: »Andrjusch, bitte sag mir, wo wohne ich?« Ich brachte sie die paar Schritte in ihr Schlafzimmer, und wieder erkannte sie es, drehte sich zu mir um und fragte: »Das ist mein Zimmer, oder?«

Ich bejahte es.

Sie hielt ein langes Nachmittagsschläfchen in ihrem Zimmer, während wir weiter auspackten. Als sie aufwachte, war sie noch verwirrter. Ich ging in ihr Zimmer, um nach ihr zu schauen, und sie war glücklich und überrascht, mich zu sehen.

»Andrjuschik«, sagte sie, »mein Andrjuschik.« Dann fragte sie, wann wir nach Moskau zurückkehren würden.

»Wir sind in Moskau«, sagte ich.

»Oh.« Sie sah verwirrt aus. Wenn wir in Moskau waren, warum waren wir dann nicht in ihrer Wohnung? »Nun«, sagte sie, »sag mir einfach Bescheid, um wie viel Uhr der Zug fährt.«

»Welcher Zug, Omama?«

»Der Zug nach Moskau. Sag mir einfach, wann er abfährt, und ich werde dort sein.«

»In Ordnung«, sagte ich. Der Umzug hatte eine tiefe Verwirrung in meiner Großmutter ausgelöst. Ich wollte gerade aus dem Zimmer gehen, da rief sie mich zurück.

»Wann fährt denn der Zug?«, fragte sie.

»Omama«, sagte ich wieder, »welcher Zug?«

»Der nach Perejaslaw.« Dort war sie geboren.

Ich wusste, wenn ich jetzt den Mund aufmachte, um etwas zu erwidern, würde ich in Tränen ausbrechen, und sie würde sich Sorgen machen. Also sagte ich nichts.

»Sag mir einfach, wann er abfährt«, beharrte sie.

»Am Morgen.«

»Um wie viel Uhr denn genau?« Sie war jetzt ganz geschäftsmäßig. »Wie werden wir vorgehen? Soll ich dich anrufen?« Sie deutete auf mich. »Oder wirst du mich anrufen?« Sie deutete auf sich.

Ich wartete einen Augenblick, bevor ich antwortete.

»Lass es uns so machen«, sagte ich. »Ich komme morgen früh vorbei, und wir trinken einen Tee.« Das war eine Lüge – mein Flug ging früh am nächsten Morgen –, aber ich wusste nicht, was ich sonst sagen sollte. »Einverstanden?«, fragte ich.

»Tee?«, fragte meine Großmutter. »Ja, das hört sich gut an. Dann sehe ich dich morgen früh.« Und sie schloss die Augen.

Es war fast neun, als wir mit dem Auspacken fertig waren. Die Bücher standen in den Regalen, alle gerahmten Fotos und die wenigen Gemälde, die meine Großmutter über die Jahre gesammelt hatte, hingen an den Wänden, und die Teller und das Silberbesteck waren in den Schränken verstaut. Serafima Michailowna hatte sich das grüne Sofa ausgeklappt, um darauf zu schlafen. Dima und ich würden in unserem Etagenbett in der alten Wohnung übernachten.

Ich spähte ein letztes Mal in das Zimmer meiner Großmutter. Ein spärlicher Lichtschimmer fiel durchs Fenster hinein, und sie schlief wie immer auf dem Rücken, die Hände sanft über dem Bauch gefaltet.

Wir gingen.

Wir fuhren nach Hause und duschten. Dima hackte eine Weile wütend auf seinem Laptop herum, während ich meinen großen roten Koffer packte, und dann fragte er, ob ich ins Gentlemen der Erfolge gehen wollte. Ich wollte nicht. »Nun, aber ich werde gehen, wenn es dir nichts ausmacht.« Es machte mir nichts aus.

Ich war mit dem Packen fertig, und es war erst zehn Uhr. Es war mein letzter Abend in Moskau. Von den Eishockeyjungs hatte ich mich bereits verabschiedet, und Yulia hatte ich seit über einer Woche nicht mehr versucht anzurufen. Ich hatte probiert, Sergej und Mischa in Lefortowo zu besuchen, aber war abgewiesen worden. Der Oktober-Verteiler war verstummt.

Der Einzige, der noch mit mir sprach, war Nikolaj, aus der Wohnung eines Freundes in Tallinn. Er erzählte mir mittels eines verschlüsselten Chatprogramms – GTalks Privateinstellungen seien Blödsinn, meinte er; Dima hatte recht damit gehabt –, dass ihm Tallin wirklich gefalle, dass es dort eine blühende Hightech-Industrie gebe und er sich vorstellen könne, eine Weile zu bleiben.

»Und was ist mit deiner Datscha?«, fragte ich.

»Nach der Revolution werde ich triumphierend zu ihr zurückkehren«, schrieb Nikolaj. »Und wir werden eine riesige Party schmeißen.«

»))))«, antwortete ich.

In dieser letzten Nacht in Moskau schrieb ich Yulia eine letzte SMS. »Morgen ist es so weit«, lautete sie.

Diesmal schrieb sie zurück: »Gute Reise.«

Ich überlegte, sie zu fragen, ob sie mich sehen wolle, aber ich war mir ziemlich sicher, dass sie Nein sagen würde. Also schrieb ich »Danke« zurück und ging ins Bett.

Mein Flug ging um acht Uhr morgens, was bedeutete, dass ich das Haus um fünf Uhr dreißig verlassen musste. Ich beschloss, ein Taxi zu nehmen. Das würde eine zusätzliche halbe Stunde Schlaf bedeuten, und ich konnte es mir jetzt leisten: Bald würde ich zum ersten Mal in meinem Leben ein regelmäßiges Erwachsenengehalt beziehen.

Dima war noch nicht zu Hause, als mich der Fahrer anrief, um zu sagen, dass er vor der Tür stehe. Ich sah mich noch ein letztes Mal in der Stalin-Wohnung um, dann legte ich meinen Schlüssel unter die Fußmatte im Treppenhaus. Wenn jemand einbrechen und Dimas Laptop stehlen würde, wäre das seine Schuld, weil er erst so spät nach Hause gekommen war. Aber es brach niemand ein.

Das Taxi bog rechts auf den Boulevard und fuhr geradeaus Richtung Trubnaja. Es war früh am Morgen, und es war Wochenende, sodass die Straßen ausnahmsweise fast völlig leer waren. Der Fahrer bog am Puschkin-Denkmal rechts auf die Twerskaja ab, und wir fuhren bei Emma Abramowna und Yulia vorbei und auch an Mischas alter Wohnung, in der sie ihn erst kürzlich festgenommen hatten. Wir fuhren schweigend dahin.

Ich erinnerte mich an das Gefühl, das ich genau ein Jahr zuvor in dem Zug auf dem Weg in die Stadt gehabt hatte, dieses Gefühl von Angst und Aufregung und Sorge, dass man mich für einen Ausländer halten könnte. Wahrscheinlich klang ich nicht mehr wie ein Ausländer und sah auch nicht mehr wie einer aus, aber selbst wenn, wäre es mir inzwischen egal.

Ich saß auf dem Beifahrersitz und sah zu, wie die Stadt, in der ich geboren wurde an mir vorbeirauschte, ein verfallenes Gebäude nach dem anderen, und hier und da eine arme autolose Sau, die sich zu Fuß durch die Glasscherben und den sich überall auftürmenden Müll kämpfte.

EPILOG

Ich hatte gedacht, ich würde dank meines Forschungsbudgets andauernd hin- und herfliegen, aber der Semesteralltag hatte mich schnell fest im Griff – das Lehren und die Kommissionssitzungen und die langen Stunden im Büro. Ich genoss das alles, ich trug Cordhosen und einen Pullover in den Kursen und sprach über den Gulag, aber es blieb nicht viel Zeit für andere Dinge.

Ich schaffte es, einen Kurzbesuch über Thanksgiving dazwischenzuschieben, aber meine Großmutter erinnerte sich nicht mehr an mich.

»Das ist Andrjuscha«, sagte Serafima Michailowna zu ihr. »Du fragst immerzu nach ihm.«

»Nein«, sagte meine Großmutter kopfschüttelnd. »Ich kann mich nicht erinnern.«

Trotzdem saßen wir eine Weile da, tranken Tee und spielten ein paar Partien Anagramm. Meine Großmutter war immer noch unschlagbar. In der Wohnung gab es nicht genug Platz zum Übernachten für mich, und ich schlief in einem ziemlich dreckigen Hotel ein paar Metro-Stationen nördlich vom Olympiastadion. Zwar hatte ich Antons Schläger in der Wohnung meiner Großmutter gelassen, aber meine Schlittschuhe waren in New York. Davon abgesehen hatte ich in den letzten Monaten auch gar keine Zeit zum Spielen gehabt, und ich wollte mich nicht blamieren.

Sergej und Mischas Prozess fand Anfang Dezember statt, in der letzten arbeitsintensiven Zeit des Semesters, und ich konnte mich nicht loseisen. Ich nahm an, er würde sich bis in die Semesterferien hineinziehen, aber die Staatsanwälte fackelten nicht lange, und beide wurden wegen Extremismus zu drei Jahren Arbeitslager verurteilt. Danach tat ich mein Bestes, Aufmerksamkeit auf ihre Sache zu lenken, und schrieb sogar einen Kommentar in der *New York Times* darüber. Präsident Nelson ließ mich wissen, wie sehr er ihm gefallen habe, ebenso die Vorsitzende des Alumnivereins, aber es schien Sergej und Mischa nicht viel zu bringen. Ich versuchte es weiter, aber ich kam nicht aus dieser merkwürdigen Schleife heraus, in der ich dafür gelobt und zu Vorträgen eingeladen wurde, dass ich mich mutig für ihre Sache einsetzte und sie weiter im Gefängnis saßen.

Einmal hörte ich auch von Yulia. Sie hatte Sergej besucht, und er hatte sie gebeten, mir auszurichten, dass weder er noch Mischa mir die Schuld an dem gaben, was geschehen war. »Wir haben gewusst, worauf wir uns einlassen«, hatte Sergej gesagt.

Mischa wurde entlassen, nachdem er seine drei Jahre abgesessen hatte. Das Lager hatte ihm schlimm zugesetzt: Er hatte angefangen, den Schnaps zu trinken, den einige der Gefangenen aus Kartoffelschalen herstellten, und war krank davon geworden. Nach seiner Entlassung ging er nach Deutschland, wo er von Stipendien lebte. Ich habe ihn auf der letzten Tagung der Gesellschaft für Slawistik, Osteuropakunde und Eurasienkunde in Washington D.C. getroffen. Er sah nicht gut aus. Seine Gefängniserfahrung hatte seiner Karriere weniger geholfen als meiner.

Auch Fishman sah ich auf dieser Konferenz. Das mit ihm und Watson hatte nicht funktioniert – es gab wohl eine Art Skandal mit der Ehefrau eines der Fakultätsmitglieder –, und er arbeitete jetzt als Russland-Experte für einen der Washingtoner Thinktanks. Gelegentlich schrieb er in der *Washington Post* darüber, dass die USA endlich eine »härtere Gangart« Russland gegenüber einschlagen sollten. Jedes Mal, wenn ich etwas von dem Falken Fishman in der *Post* las, fragte ich mich, was unser alter Kommilitone Jake, der Fishman damals durch den halben Raum geschleudert hatte, wohl davon halten würde.

Während ich dies schreibe, befindet sich Sergej immer noch im Arbeitslager. Er war mit der Lagerleitung aneinandergeraten, weil er einen Protest der Gefangenen gegen die unfairen Arbeitsbedingungen organisiert hatte, und bei seiner Entlassungsanhörung lehnte er es ab, sich dafür zu entschuldigen.

»Ich werde ins Arbeitslager zurückgehen – oder in welches Lager Sie mich auch schicken wollen«, verkündete er. »Aber eines Tages werde ich aus reiner Neugier zu diesem Lager zurückkehren, um zu sehen, was die Menschen auf seinen Ruinen erbaut haben. Und auf den Ruinen dieses Gerichts und den Ruinen dieses ganzen verrotteten Systems.«

Die Anhörung war öffentlich, und ich sah sie mir auf YouTube an. Sergejs Strafe wurde um fünf Jahre verlängert.

Boris war nach den Verhaftungen in Kiew geblieben. Als es 2013 zu den Demonstrationen auf dem Maidan-Platz kam, kritisierte er sie wegen ihrer neoliberalen Tendenzen und zog schließlich, zum Schock und Entsetzen zumindest einiger seiner alten Freunde, nach Donezk. Dort schrieb er Lobeshymnen auf die von Russland unterstützte Volksrepublik Donezk. Ich machte mir Sorgen um seine Sicherheit – laut seiner Facebook-Seite war er während einer der Regierungskrisen in Donezk kurzzeitig verhaftet worden –, auch wenn ich immer noch irgendwie sauer auf ihn war: Nach Sergejs und Mischas Prozess war er es gewesen, der mich aus Oktober rausgeschmissen hatte.

Nicht dass es eine Rolle gespielt hätte. Nach den Verhaftungen hatten sie die Website abschalten müssen, und kurz darauf hatten sich die verbliebenen Mitglieder zerstritten. Als Ende 2011 die Anti-Putin-Demonstrationen, die sie seit Jahren vorausgesagt hatten, endlich stattfanden, waren Sergej und Mischa immer noch weg, und Oktober hatte im Grunde aufgehört zu existieren. Was noch schlimmer war: Die Demonstrationen waren im Wesentlichen liberal statt sozialistisch geprägt, sie setzten sich eher für Meinungsfreiheit und freie Wahlen als für wirtschaftliche Gerechtigkeit ein. Es waren nicht die Proteste, auf die Oktober gehofft hatte, und sie wurden schließlich zerschlagen.

Oleg wanderte nach Spanien aus und erholte sich weitgehend von den Folgen der Schüsse. Anton und Katja gingen eine Zeit lang miteinander aus und trennten sich dann, und Anton zog ebenfalls nach Spanien, um näher bei seiner Ex-Frau und seinem Sohn zu sein.

Und Yulia? Seit sie mir geschrieben hat, dass Sergej mich nicht für das Geschehene verantwortlich mache, hat sie sich nicht wieder bei mir gemeldet. Aber ich erfuhr von Nikolaj, dass sie Sergej weiterhin besuchte, sogar nachdem er in ein Lager im fernen Osten verlegt worden war, und dass sie tatsächlich geheiratet hatten. In gewisser Weise freue ich mich für sie. Endlich hat sie jemanden gefunden, der sie nicht hängen lassen wird. Und ich freue mich auch für Sergej, wenn man das so sagen kann. Er macht das, was er immer machen wollte. Ich hoffe nur, es bringt ihn nicht um.

Meine Großmutter lebte weniger als ein Jahr in ihrer neuen Wohnung. Sie hatte bereits stark abgebaut, und der Umzug beschleunigte dies nur noch. Das letzte Mal sah ich sie während der Frühjahrsferien, zwei Monate vor ihrem Tod. Sie war nicht mehr in der Lage, ein Gespräch zu führen. Sie bildete Sätze, aber sie hatten keinen Bezug mehr zu dem, was um sie herum geschah. Emma Abramowna starb sechs Monate vor ihr, und damit endete die letzte Verbindung zu der Welt, die sie gekannt hatte.

An dem Tag, an dem sie starb, gelang es mir, Serafima Michailowna über GTalk zu erreichen. Es gab kein Bild, aber sie hatte Ton, und sie ging mit ihrem Laptop in das Zimmer meiner Großmutter.

»Omama!«, sagte ich.

Sie stöhnte vor Schmerzen. Laut Serafima Michailowna tat sie das schon einen ganzen Tag.

»Omama!«, rief ich ins Mikrofon. Ich war in meinem Büro an der Universität. »Hier ist Andrej. Erinnerst du dich an mich? Ich bin's, Andrjuscha.«

Sie stöhnte auf. Ich glaube nicht, dass sie mich verstand. Sie schien schreckliche Schmerzen zu haben.

»Omama«, sagte ich sinnloserweise in den Computer und weinte. Am anderen Ende hörte ich Serafima Michailowna ebenfalls weinen.

Meine Großmutter starb später an diesem Tag. In ihren letzten Momenten, so erzählte mir Serafima Michailowna, rief sie immer wieder nach Dima.

Wir fuhren nach Moskau und beerdigten meine Großmutter.

Ich bin seitdem nicht mehr dort gewesen.

DANKSAGUNG

Ich bin einigen Menschen sehr dankbar, die Teile dieses Buches immer und immer und immer wieder gelesen haben und dabei trotzdem freundlich und ermutigend geblieben sind: Rebecca Curtis, Mary Hart Johnson, Eric Rosenblum und Adelaide Docx. Chad Harbach las eine frühe Fassung und drang weise darauf, sie zu kürzen. Mein Vater, Alexander Gessen, und seine Frau, Tatjana Weselowa-Gessen, und meine jüngeren Brüder, Daniel und Philip Gessen, nahmen mich wochenlang bei sich auf, während ich das Buch immer wieder überarbeitete. Es lässt sich kein besserer Rückzugsort zum Schreiben vorstellen, und mein Vater entdeckte sogar eine falsche Übersetzung von *tjolka.* Meine Schwester, Masha Gessen, nahm ein paar zeitgemäße Korrekturen vor und war, wie immer, eine weise und wohlwollende Ratgeberin; ihr wundervolles Buch »Esther und Rusja« war eine große Hilfe und auf vielerlei Weise eine Inspiration. Die letzten Korrekturen des Buches wurden bei meiner sehr freundlichen Tante, Swetlana Solodownik, in Moskau vorgenommen.

Überaus dankbar bin ich dem Dorothy and Lewis B. Cullman Center for Scholars and Writers an der New York Public Library, das es mir ermöglicht hat, ein Jahr lang Bücher über Eishockey, Öl und russische Geschichte zu lesen. Die Unterstützung, die mir dort von den großartigen Jean Strouse, Paul Delaverdac, Lauren Goldenberg, Marie d'Origny und Yulia Pagmagenta zuteilwurde, ist unbezahlbar. Ich danke Carlos Dada, Ayana Mathis und Michael Vasquez für die langen Nächte, Meghan Marshal für die Gespräche über Leben und Literatur, Hal Foster für seinen Humor, Steven Pincus, weil er mir den Neoliberalismus erklärt hat.

In zwei entscheidenden Momenten beim Schreiben dieses Buches bot mir Brian Morton eine Einnahmequelle. Ich stehe ganz praktisch in seiner Schuld, aber noch mehr verdanke ich seinem Vorbild. Ich fühle mich geehrt, zwei der größten Zeitschriftenredakteure unserer Zeit, Henry Finder und Cullen Murphy, als meine Freunde und als meine Redakteure betrachten zu dürfen. Die unglaubliche Truppe, die sich um *n+1* zusammengefunden hat, angeführt von Mark Krotov, Rachel Ossip, Cosme De Rosario-Bell, Nikil Saval und Dayna Tortorici, hört nie auf, mich mit ihrem Scharfsinn und ihrer Hingabe zu inspirieren. Carla Blumenkranz ist ein Genie. Mark Greif ist präsent in allem, was ich schreibe. Ben Kunkel und Marco Roth sind meine idealen Leser. Nell Zink schickte mir während der Arbeit an diesem Buch eine Nachricht, die mir tatsächlich ermöglichte, es zu beenden. Elif Batuman versicherte mir, dass es sich um einen Roman handele. Eddie Joyce, selbst Romanautor, versprach mir, dass das Buch zumindest einen Leser finden würde. An Christian Lorentzens Einsatz für die Literatur und seine Freunde reicht niemand sonst heran.

Niemals hätte ich in Moskau überleben können ohne meine Freunde Igor Alexandrow, Scott Burns, Anatoly Karawaew, Lenka Kabrhelowa, Leonid Kuragin, Kirill Medwedew, Grant Slater, Courtney Weaver und Marina Zarubin.

Ich bin meinen Chefs und Kollegen an der J-School dankbar, dass sie mich ein Semester später anfangen ließen, damit ich das hier fertigstellen konnte. Ich danke meinen damaligen Lehrern an der Syracuse, Mary Karr und George Saunders, für drei unglaublich wertvolle Jahre und ihre Unterstützung und Ermutigung.

Die großartige Allison Lorentzen ist die Lektorin dieses Buches. Alles Gute daran war ihre Idee, die schlechten Teile habe ich geschrieben. Ich bin Diego Núñez dankbar, dass er seine Ernährung umgestellt hat, um diesen Text authentischer auf dem Weg zur Veröffentlichung begleiten zu können. Sarah Chalfant und Rebecca Nagel von der Wylie Agency waren unglaubliche Unterstützerinnen und Beraterinnen.

Ich bin meinen Schwiegereltern, Kate Deshler Gould und Rob Gould, dankbar dafür, dass sie mir so sehr mit Raffi geholfen haben, als er noch klein war und ich versuchte, einen ersten Entwurf fertigzuschreiben. Ruth Currys anregende Monologe über Mietrecht und Literatur sowie ihre unermüdliche Großzügigkeit waren ein Trost und eine Inspiration.

Ohne Emily Gould, die einen Job angenommen hat, den sie nicht mochte, damit ich weiterschreiben konnte, wäre nichts davon möglich gewesen und nichts von Bedeutung. Ohne den kleinen Raphael Konstantinowitsch Gessen-Gould würden wir nur noch schlafen.

ÜBER DEN AUTOR

Keith Gessen wurde 1975 in Moskau geboren und immigrierte 1981 mit seiner Familie in die USA. Er ist Mitbegründer der literarischen Zeitschrift *n+1*, arbeitete als Übersetzer und schrieb unter anderem für die *New York Times*, die *London Review of Books* und den *New Yorker*. Gessen unterrichtet Journalismus an der Columbia University und lebt in New York. Sein Debütroman *All die traurigen jungen Dichter* erschien 2009 auf Deutsch.

PRESSESTIMMEN

»Ich frage mich, wie viele unter Drogen gesetzte Spione, gefälschte Wahlen und politische Morde es noch braucht, bis der Rest der Welt begreift, dass es aus existenziellen Gründen klug wäre, wenn wir Russland etwas mehr konsequente und nuancierte Aufmerksamkeit schenken würden. *Ein schreckliches Land* bietet eine ausgezeichnete und unterhaltsame Möglichkeit, damit zu beginnen.« *The Guardian*

»Der in Moskau geborene Amerikaner Gessen zeigt eine bewegende Sympathie für die kleineren Akteure auf der Bühne der Weltgeschichte.« *Kirkus Review*

»Ein leichtherziger, aber moralisch ernsthafter Roman.« *The London Review of Books*

»Hervorragend in seiner Breite und Tiefe, seinem Schwung, und seiner Fähigkeit, uns zu bewegen und zum Nachdenken zu bringen.« *New York Times*

»Andrejs ironische Beobachtungen über Moskaus Alltag – seine Tour durch die eigene Familiengeschichte, die Wohnung seiner Großmutter, die in der Zeit feststeckt, seine Suche nach Hockeyspielen und Partys in Nachtclubs – sind äußerst fesselnd. Das differenzierte Porträt eines Ortes, den wir zu kennen glauben, den wir aber nicht wirklich kennen – und den wir dringend kennenlernen müssen. Dieser Roman ist ein großartiger Reiseführer.« *Entertainment Weekly*

»*Ein schreckliches Land* ist eine intelligente, unterhaltsame und moderne Interpretation dessen, was wir bewundernd als den russischen Roman bezeichnen – in diesem Fall ein russischer Roman, den nur ein Amerikaner geschrieben haben konnte.« *The New York Review of Books*

»Ein Grund zum Feiern: warmherzig, geistreich, ernsthaft, witzig, äußerst gut lesbar und voll von jener fröhlichen Traurigkeit, die ich mit Russland und seinen Schriftstellern verbinde. Keith Gessen ist ein wunderbarer, bedeutender Schriftsteller.« George Saunders

»Ein humorvoller und herzerwärmender Roman über die vielen verschlungenen Wege, die uns nach Hause führen.« *Library Journal*

»*Ein schreckliches Land* ist ein fesselnder und unterhaltsamer Roman, voller Humor und Bescheidenheit, dem es vor allem um eines geht: die Wahrheit über unser zeitgenössisches Leben zu erkunden. Gessen beschreibt die Menschen in Moskau – Geschäftsleute, Anarchisten, Großmütter, Dissidenten, Baristas, Eishockeytorhüter, Prostituierte und FSB-Agenten – nicht als fantasievolle Figuren, sondern mit der vollen Wucht des Realen. Sein liebevolles, klarsichtiges Porträt eines schrecklichen Landes kann uns viel über unser eigenes lehren.« Chad Harbach, *Die Kunst des Feldspiels*

»Es ist faszinierend, eine so intime Reise durch die jüngste Vergangenheit von Putins Russland unternehmen zu dürfen – eine Reise, die durch die Anwesenheit von Andrejs lebhafter, trauriger und unberechenbarer Großmutter noch umso faszinierender wird.« *Vanity Fair*